Du même auteur, chez le même éditeur :

Les Chroniques des Ravens :
1. *AubeMort* (2002)
2. *NoirZénith* (2003)
3. *OmbreMage* (2003)

www.bragelonne.fr

James Barclay

OmbreMage

Chroniques des Ravens - livre troisième

Traduit de l'anglais par Isabelle Troin

Bragelonne

Collection dirigée par Stéphane Marsan et Alain Névant

Titre original : *NightChild, Chronicles of the Raven Book Three*

Originellement publié par Victor Gollancz,
une maison d'édition de Orion Books Ltd.

Illustration de couverture :
© Vincent Dutrait

ISBN : 2-914370-52-0

Bragelonne
35, rue de la Bienfaisance - 75008 Paris

E-mail : info@bragelonne.fr
Site Internet : http://www.bragelonne.fr

Ce livre est dédié à la mémoire de Stuart Bartlett. Un merveilleux ami pour moi, un mari formidable pour Viv et un père génial pour Tim, Emma, Claire et Nick. Tu nous manques énormément, Stuart. Celui-là est pour toi.

Une fois de plus, de nombreuses personnes ont facilité la rédaction de ce roman et apporté les bonnes réponses quand j'en avais le plus besoin. Merci à Alan Mearns de m'avoir fourni un lien manquant capital sur le chemin du pub de Killarney ; à Lisa Edney, Deborah Erasmus et Laura Gulvin pour les mots qu'elles m'ont donnés ; à Dave, Dick, George et Pete qui ont continué à livrer bataille en mon nom ; et à Simon Spanton, dont le soutien et la clairvoyance m'ont aidé pendant ce qui a parfois été une année très difficile.

www.jamesbarclay.com

Distribution

LES RAVENS	Hirad Cœurfroid, guerrier barbare Le Guerrier Inconnu, guerrier Ilkar, mage julatsien Denser, mage xetesk Erienne Malanvai, magicienne dordovane
LES COLLÈGES	Dystran, Seigneur du Mont, Xetesk Vuldaroq, Seigneur de la Tour, Dordover Heryst, Seigneur Mage Aîné, Lystern Sytkan, Seigneur Mage, Xetesk Ry Darrick, général, Cavalerie Lysternienne Aeb, Protecteur Lyanna, fille d'Erienne
LES SOLDATS, MARINS ET COMTES	Ren'erei, Guilde de Drech Tryuun, Guilde de Drech Jasto Arlen, comte d'Arlen Selik, capitaine des Ailes Noires Jevin, capitaine du *Soleil Calaien*
LES AL-DRECHARS	Ephemere Cleress Myriell Aviana
LES KAANS	Sha, Grand Kaan Hyn-Kaan Nos-Kaan

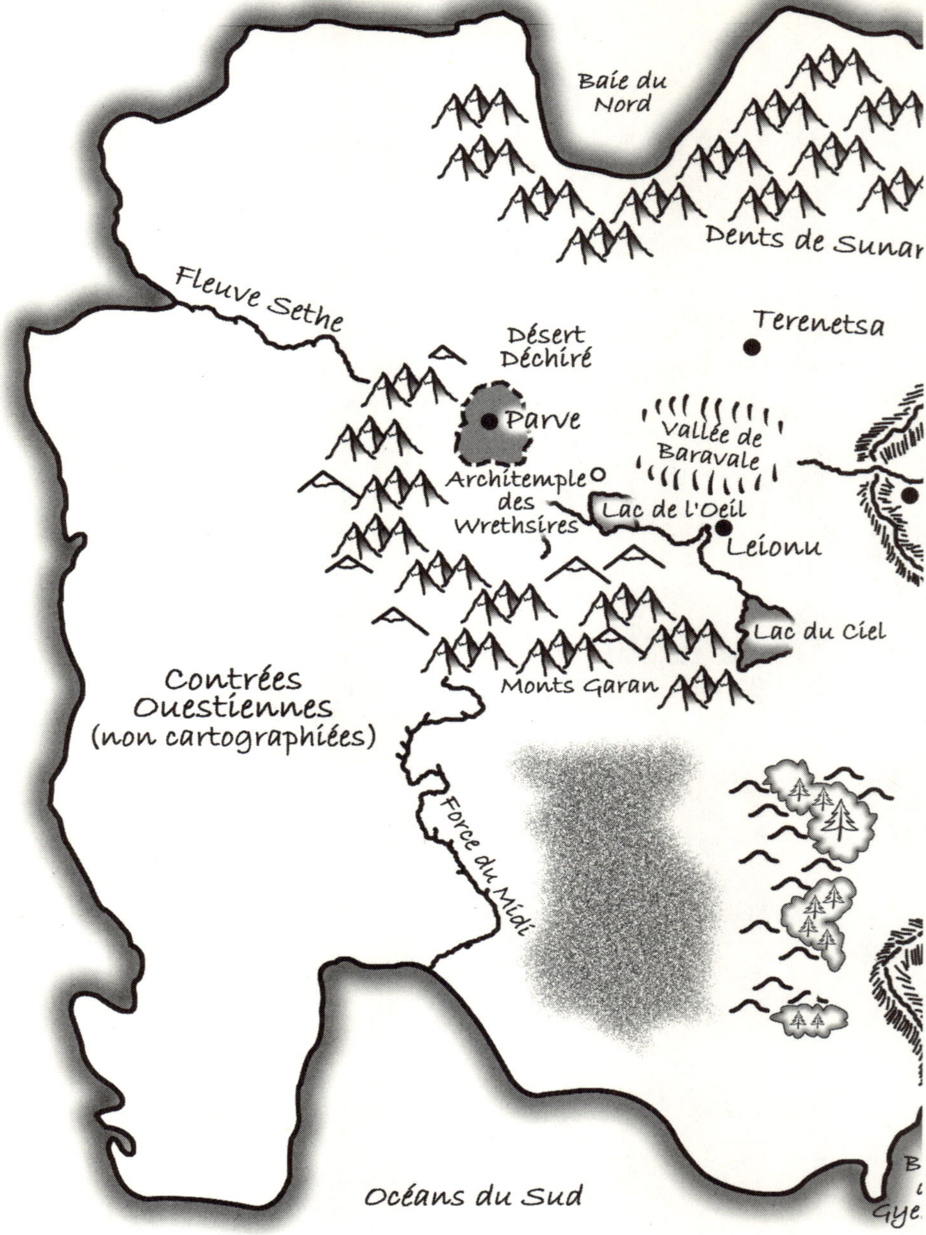
Baie du Nord
Dents de Sunar
Fleuve Sethe
Désert Déchiré
Terenetsa
Parve
Vallée de Baravale
Architemple des Wrethsires
Lac de l'Oeil
Leionu
Lac du Ciel
Monts Garan
Contrées Ouestiennes (non cartographiées)
Force du Midi
Océans du Sud

N
Bras de Triverne
Jaden
Rache
Lac de Sang
Fleuve Tri
Julatsa
Dordover
Havern
Corin
Lac de Triverne
Château des Ailes Noires
Lystern
Xetesk
Plaines de Pontois
Sousroc
Pontois
Denebre
Manoir de Septern
Hyld
Monts Noirépine
Falaises de Varfaucon
Erskan
Korina
Château du pic de Taran
Forêt de Grethern
Bois-d'Epines
Gresse
Les Echardes
Grisépine
Monts Balan
Arlen
Orytte
Noirépine
Baie d'Arlen
Gyernath

Quand l'Innocent chevauchera les éléments,
La Séparation deviendra simple souvenir ;
Et lorsque la terre s'étendra de nouveau plate et fendue,
Du chaos jaillira l'Unique, pour ne plus jamais faillir.

Tinjata, Haut Mage Aîné, Dordover.

Prologue

Toute sa longue vie, Jarrin avait pêché dans les eaux au nord des Dents de Sunara. Il connaissait la complexité des marées, la pétulance du vent… et la beauté de la solitude. Dès qu'il avait plongé ses lignes et ses pots dans les profondeurs d'une anse abritée, la merveilleuse attente commençait. Le moment qu'il préférait entre tous.

Alors que les courants marins faisaient doucement tanguer son caboteur de six mètres, dont l'unique voile était ferlée contre la bôme, Jarrin s'allongea sur le pont et déboucha son outre de vin coupé d'eau. Puis, il choisit un épais sandwich au jambon dans son havresac et le posa sur le banc, tout en fixant le ciel d'un bleu éclatant marbré de nuages. Par une journée comme celle-ci, il lui semblait qu'aucun autre mode de vie n'égalait le sien.

Il avait dû s'assoupir sans s'en apercevoir, car il se réveilla en sursaut, sentant le bateau remuer étrangement sous lui. Pendant son sommeil, le soleil s'était déplacé vers sa gauche. Quelque chose troublait la perfection de cette journée, et un rugissement distant lui irritait les oreilles.

Jarrin se redressa, pencha la tête et introduisit un doigt dans son oreille gauche. Il n'entendait plus un seul oiseau. Au fil des ans, il s'était tellement habitué aux cris rauques des goélands qui décrivaient des cercles au-dessus de lui ou suivaient son bateau après une pêche fructueuse, qu'ils étaient devenus partie intégrante de son paysage sonore. À présent, leur silence le mettait mal à l'aise. Les animaux sentaient des choses imperceptibles pour les humains.

Et maintenant qu'il était tout à fait réveillé, il s'apercevait que ce n'était pas le seul détail qui clochait. L'azur du ciel n'avait rien perdu de son éclat, mais un frémissement dans l'air annonçait l'approche de la pluie. Malgré la marée montante, les vagues entraînaient son embarcation vers le large. Et ce rugissement semblait se répercuter sur les pics des Dents de Sunara, emplissant l'air d'une vibration surnaturelle qui lui tordait les entrailles.

Fronçant les sourcils, Jarrin s'assit sur le plat-bord, son regard attiré par un mouvement, à la surface de l'océan. Il se pétrifia.

Un mur d'eau approchait de lui à une vitesse incroyable, précédant une masse de nuages sombres et bouillonnants qui s'épaississait à vue d'œil. Déjà, elle s'étendait d'une extrémité à l'autre de l'anse, telle une majestueuse montagne bleu-gris piquetée de blanc.

Jarrin continua à la fixer. Il aurait pu essayer de lever l'ancre, de hisser sa voile et de filer vers le rivage, mais c'eût été un geste futile. La lame de fond devait mesurer plus de trente mètres de haut. Elle ne lui laissait aucune échappatoire, lui offrant seulement la mort sur les brisants déchiquetés.

Jarrin s'était toujours juré de contempler son assassin en face. Il se leva donc et entonna une prière aux Esprits, les implorant de le guider vers le refuge ancestral, et s'imprégna du pouvoir grandiose de la nature jusqu'à ce qu'il le précipite dans l'oubli.

Chapitre premier

La voiture cahotait le long de la lisière ouest du Bois-d'Épines, roulant vers les falaises de Varfaucon en suivant un chemin envahi d'ornières et de mauvaises herbes. Ses roues rebondissaient sur la pierre, ses planches émettaient des craquements de protestation et ses boulons métalliques hurlaient. Le cocher fit claquer ses rênes et cria des encouragements aux deux chevaux qui tiraient leur chargement instable à une vitesse qui ne pouvait avoir qu'un seul résultat.

Mais pas tout de suite.

Chaque fois qu'une bosse de la route envoyait une secousse dans ses reins, l'homme tournait la tête pour regarder par-dessus son épaule. À travers le nuage de poussière soulevé par le véhicule, il les voyait se rapprocher. Six cavaliers dévoraient la distance qui les séparait, car le terrain accidenté sur lequel une voiture avait tant de mal à se déplacer ne ralentissait pas leurs chevaux.

Il les avait surveillés pendant la moitié de la journée, ses yeux perçants les repérant dès qu'ils avaient commencé la poursuite. Au début, il n'avait pas jugé bon de lancer ses chevaux au galop. Puis, alors que l'après-midi avançait, il était devenu clair que les cavaliers crèveraient leurs montures sous eux si nécessaire. Le cocher n'en avait pas été surpris. Ce que ces hommes croyaient trouver dans la voiture valait bien plus que la vie de quelques juments.

Souriant, il se tourna vers la route et fit de nouveau claquer ses rênes. Au-dessus de lui, le ciel dégagé s'assombrissait à l'approche du crépuscule. Déjà, la lumière diminuait. Il se gratta le menton et baissa les yeux vers ses chevaux. Leurs flancs étaient inondés d'une sueur qui moussait sous les lanières de cuir de leur harnais alors qu'ils filaient sur la route, les yeux écarquillés et les oreilles rabattues.

— Bien joué, les félicita le cocher.

Les braves bêtes lui avaient fourni le temps dont il avait besoin.

Il regarda de nouveau en arrière. Les cavaliers n'étaient plus qu'à une centaine de mètres. Un bruit mat signala que la première flèche se plantait dans la voiture. Le cocher prit une profonde inspiration. C'était maintenant ou jamais.

Plié en deux pour ne pas être touché par un projectile, il lâcha les rênes et se propulsa sur le dos du cheval de droite, sentant sa chaleur humide sous ses mains et entre ses jambes.

— Calme, dit-il en lui tapotant l'encolure d'une main.

De l'autre, il dégaina sa dague. La lame était bien affûtée. Un seul coup rapide lui suffit pour trancher les rênes de l'attelage. Un second, et le joug tomba à terre.

Il talonna sa monture, qui bondit vers la droite. Derrière eux, la voiture – à laquelle l'autre cheval était toujours attaché – ralentit dramatiquement et fit un écart vers la gauche. Le cocher pria pour qu'elle ne se renverse pas.

Saisissant les rênes enroulées autour de la bride, il lutta pour prendre le contrôle de sa monture et se plaqua contre son cou. À chaque seconde, la distance qui le séparait de la voiture augmentait. Quand il entendit des cris, dans son dos, il fit ralentir son cheval et se retourna.

Les cavaliers avaient atteint la voiture et ouvert ses portes. À présent, ils l'encerclaient en crachant des récriminations coléreuses. L'homme savait qu'ils pouvaient le voir, mais il n'en avait cure. L'ennemi ne le rattraperait plus, et surtout, il avait réussi à l'éloigner de sa véritable proie. Une demi-journée durant, les cavaliers avaient poursuivi une voiture vide. Jamais ils ne retrouveraient ce qu'ils cherchaient.

Mais l'heure n'était pas aux congratulations. L'homme avait réussi à berner une demi-douzaine d'incompétents. D'autres gens, beaucoup plus malins, restaient dans la cours et ils prendraient garde à ne pas manifester leurs intentions de manière si évidente.

Erienne baissa les yeux sur sa fille, qui dormait d'un sommeil agité, et se demanda pour la première fois si elle n'avait pas commis une énorme erreur.

Leur première journée dans le Bois-d'Épines s'était plutôt bien passée. Lyanna étant de fort bonne humeur, elles avaient marché vers le sud en chantant à gorge déployée dans la forêt baignée de soleil, d'où montait une odeur propre et fraîche, presque amicale.

La première nuit avait été une véritable aventure pour l'enfant. Jamais elle n'avait dormi ainsi à la belle étoile, pelotonnée sous la cape de sa mère et protégée par ses glyphes d'alarme. Pendant son sommeil, Erienne avait continué à avancer, se focalisant sur le spectre du mana, en quête de quelque indice de trouble.

Non qu'elle ait considéré que sa fille et elle couraient le moindre danger cette nuit-là. Erienne faisait confiance à la Guilde : ses membres savaient ce qu'ils faisaient, et ils les protégeraient. Et bien qu'il y ait des loups dans le Bois-d'Épines, ceux-ci ne chassaient généralement pas les humains. De plus, étant une magicienne dordovane, la jeune femme était tout à fait capable de se défendre.

Mais en cette seconde journée, l'atmosphère avait changé. À mesure qu'elles s'enfonçaient dans la forêt, les frondaisons s'étaient épaissies au-dessus de leurs têtes. À présent, elles marchaient dans l'ombre, leur moral connaissant une brève embellie lorsque le soleil perçait les frondaisons pour éclairer le sol.

Leurs chansons et leurs bavardages étaient devenus plus rares. Et même si Erienne luttait pour trouver des choses à dire ou à montrer à l'enfant de plus en plus anxieuse, ses efforts tombaient dans l'oreille d'une sourde ou mouraient sur ses lèvres alors qu'elle plongeait son regard dans les yeux effrayés de Lyanna.

Erienne aussi commençait à avoir peur. Elle comprenait, ou croyait comprendre, pourquoi sa fille et elle devaient voyager seules. Mais elle faisait de moins en moins confiance à la Guilde. Elle avait attendu un contact qui n'était jamais venu. À présent, chaque brindille qui craquait sous ses pieds la faisait sursauter. Elle tendait l'oreille pour capter le chant des oiseaux et se servait de leurs trilles pour rassurer sa fille. Après tout, avait-elle menti, quand les oiseaux chantent, il ne peut pas y avoir de danger.

Malgré le sourire que sa mère se forçait à afficher, Lyanna rechignait à continuer. Comme elle se fatiguait vite, Erienne avait décidé de faire halte en cette fin d'après-midi. Adossée à un tronc d'arbre moussu, elle regardait la petite somnoler. Pauvre enfant. À peine cinq ans et déjà obligée de fuir pour sauver sa vie. S'en apercevait-elle seulement ?

Erienne caressa les longs cheveux noirs de Lyanna et dégagea doucement la poupée coincée sous sa joue. Puis elle étudia la forêt. Le murmure du vent et les branches qui s'agitaient au-dessus d'elles lui semblaient presque maléfiques. Elle imagina qu'une meute de loups se rapprochait d'elles et secoua la tête pour chasser cette vision. Pourtant, Lyanna et elle étaient suivies. Elle le sentait. Et elle ne pouvait se défaire de l'idée que ça n'était pas par la Guilde.

Soudain, son cœur battit la chamade, et la panique la saisit à la gorge. Des ombres dansaient devant elle, prenant forme humaine et se dardant à la périphérie de sa vision, toujours hors de portée. Sa bouche était sèche. Au nom de tous les dieux, que faisaient-elles ici ? Une femme et une petite fille, poursuivies par un pouvoir beaucoup trop grand pour qu'elles le combattent. Et elles avaient remis leur vie entre les mains de parfaits étrangers qui les avaient sûrement abandonnées.

Malgré la tiédeur de l'après-midi, Erienne frissonna. Le mouvement réveilla Lyanna ; la fillette leva les yeux vers sa mère, cherchant du réconfort mais n'en trouvant aucun.

— Maman, pourquoi nous regardent-ils ? Pourquoi ne nous aident-ils pas ?

Erienne garda le silence jusqu'à ce que Lyanna répète sa question et ajoute :

— C'est parce qu'ils ne nous aiment pas ?

Alors, la magicienne gloussa et ébouriffa les cheveux de l'enfant.

— Comment pourrait-on ne pas t'aimer ? Évidemment qu'ils nous aiment, mon cœur. Mais ils doivent peut-être rester à l'écart, pour s'assurer qu'aucun méchant ne nous trouve.

— Quand arriverons-nous, maman ?

— Dans pas très longtemps, ma chérie. Alors, tu pourras te reposer. Tu n'auras plus rien à craindre. Nous ne devons plus être loin.

Mais ses propres paroles sonnaient creux à ses oreilles, et le vent qui soufflait entre les arbres chuchotait un message de mort.

Lyanna fixa sa mère d'un air grave, son petit menton tremblotant légèrement.

— Je n'aime pas cet endroit, maman.

Erienne frissonna de nouveau.

— Moi non plus, chérie. C'est pour ça qu'il faut continuer notre route.

La fillette hocha la tête.

— Tu ne laisseras pas les méchants m'emmener, n'est-ce pas ?

— Bien sûr que non, mon cœur.

Erienne aida Lyanna à se relever et chargea son baluchon sur son épaule. Elles repartirent vers le sud, dans la direction qu'on leur avait indiquée.

Tandis qu'elles cheminaient d'un pas vif, pressées de s'éloigner des fantômes qu'elles sentaient se rapprocher, Erienne tenta de se rappeler comment Thraun ou l'Inconnu auraient procédé pour semer des poursuivants, comment ils auraient recouvert leurs traces et laissé de fausses pistes. Elle se demanda même si elle ne pourrait pas porter Lyanna et lancer une MarcheVoilée pour les rendre toutes deux invisibles. Mais ce serait épuisant, autant physiquement que mentalement…

Erienne fit la grimace. Pour Lyanna, il s'agissait d'un jeu nouveau et vaguement excitant. Mais les enjeux étaient si élevés qu'elles ne pouvaient pas se permettre de perdre la partie.

Ils se déplaçaient dans la forêt avec aisance et discrétion, mais sous les frondaisons, rien n'échappait aux elfes. Ren'erei devait admettre qu'elle était surprise par leur compétence, leur réserve et les efforts qu'ils déployaient pour ne laisser aucune trace. Elle approuvait même l'itinéraire qu'ils avaient choisi, s'écartant souvent de la piste pour semer d'éventuels poursuivants.

Et cette tactique aurait fonctionné avec la plupart de ceux-ci. Mais Ren'erei et Tryuun étaient natifs de la forêt, capables de détecter tous les changements provoqués par le passage d'un ou plusieurs humains. Une feuille écrasée dans l'humus ; un lambeau d'écorce arraché à un tronc d'arbre à une hauteur révélatrice ; le motif formé par les brindilles brisées sur le sol… Et dans le cas de ces gens-là, des remous dans l'air et les cris altérés des créatures sylvestres.

Ren'erei marchait en tête, Tryuun couvrant sa sœur à une distance de vingt pas. Les deux elfes traquaient leurs proies depuis une journée entière, s'en rapprochant souvent sans les laisser s'apercevoir qu'elles étaient suivies.

Ren'erei avançait presque accroupie. Ses yeux sondaient le terrain, ses pieds chaussés de bottes de cuir souple ne faisaient aucun bruit et sa cape, son pourpoint et son pantalon brun tacheté de vert se fondaient avec son environnement.

Ils étaient tout près de leurs proies, à présent. Devant eux, les marmottes nichées dans les racines des grands pins avaient lancé un avertissement ; de la poussière d'écorce flottait dans l'air immobile tout près du sol, et dans la boue séchée, des brins d'herbe se redressaient doucement après avoir été aplatis par un pied humain.

Ren'erei fit halte près d'un chêne centenaire. Posant une main sur son tronc pour sentir son énergie, elle tendit l'autre devant elle, paume ouverte – un signal adressé à Tryuun. Elle n'avait pas besoin de chercher son frère des yeux pour savoir qu'il s'était caché.

Dix pas devant elle, une turbulence de l'air, signalée par le frisson des fougères et des feuilles basses, révélait la présence d'un mage sous MarcheVoilée. Il se déplaçait prudemment pour éviter de redevenir visible, fût-ce un instant. De nouveau, Ren'erei ne put qu'admirer son talent.

Ses doigts effleurant presque le sol, elle traversa l'espace qui les séparait, identifiant les flaques d'ombre et se construisant une image mentale de sa proie. Elle était grande, mince et athlétique, mais ne s'apercevait pas du danger qui la menaçait. L'elfe se déplaçait dans un silence absolu, sans rien déranger sur son passage. Habituées à sa présence, les créatures de la forêt ne la trahiraient pas.

Au dernier moment, Ren'erei fit glisser son couteau hors de son fourreau de cuir, se redressa de toute sa hauteur, saisit le mage par le front et le força à incliner la tête en arrière, lui tranchant la gorge dans le mouvement. Elle laissa le sang éclabousser la végétation tandis que l'homme frissonnait une dernière fois, trop surpris pour tenter de crier. Sa MarcheVoilée se dissipa, révélant des vêtements noirs moulants et un crâne rasé.

Quand elle tuait ainsi, Ren'erei ne regardait jamais le visage de ses victimes. L'expression de leur visage et leur regard, où se mêlaient étonnement et incrédulité, éveillaient en elle trop de culpabilité.

Elle posa le corps face contre terre, nettoya et rengaina son couteau, puis fit signe à Tryuun de se remettre en route.

Il en restait encore un autre, pas très loin.

Erienne et Lyanna fuyaient, terrorisées, et la journée toucherait bientôt à sa fin.

Denser était assis devant la cheminée, dans une étude glaciale de la Tour de Dordover. Le vent automnal faisait trembler les vitres. Des feuilles mortes voletaient dans le ciel gris et terne, mais le froid ambiant n'était rien en comparaison de celui qui avait envahi le mage xetesk.

Quand le messager dordovan était arrivé à cheval pour lui demander de venir au Collège, Denser avait compris que la situation était grave. Depuis, loin de se dissiper, le poids qui pesait sur son estomac et la pression, sur son cœur, avaient augmenté jusqu'à se transformer en une rage glaciale, quand il avait découvert qu'il leur avait fallu six semaines pour se décider à l'informer.

À l'origine, il avait été déçu qu'Erienne n'ait pas tenté de le contacter au moyen d'une Communion. Mais il n'était pas rare que des semaines s'écoulent sans qu'il ait de ses nouvelles. À présent, la distance qui les séparait dissuadait sans doute la jeune femme d'essayer, comprit-il tristement.

Il replia la lettre et la posa sur ses genoux avant de lever les yeux vers Vuldaroq. Le gros Seigneur de la Tour dordovan, vêtu d'une robe bleu nuit tenue à la taille par un foulard blanc, transpirait encore à cause de l'effort qu'il avait dû faire pour accompagner Denser jusqu'aux appartements d'Erienne. Mal à l'aise, il se dandina sous le regard de son interlocuteur.

— Six semaines, Vuldaroq. Que diable avez-vous fait pendant tout ce temps ?

Avec un mouchoir roulé en boule, Vuldaroq tamponna son front et son crâne chauve.

— Nous les avons cherchées. Et nous continuons à le faire. Ce sont des Dordovanes.

— Ce sont aussi ma femme et mon enfant, malgré notre séparation. Vous n'aviez pas le droit de me cacher leur disparition.

Denser balaya l'étude du regard : les piles de documents attachés par des rubans, les livres et les rouleaux de parchemins méticuleusement rangés sur les étagères, les bougies et les lampes à la mèche soigneusement coupée, le lapin en tissu assis sur un gros coussin moelleux.

Ça ne ressemblait pas à Erienne, qui se délectait de semer le chaos sur son lieu de travail. Une chose était certaine : on ne l'avait pas enlevée. Elle avait eu le loisir de faire le ménage et de mettre ses affaires en ordre, comme si elle s'attendait à ne pas revenir avant longtemps. Voire jamais.

— Ce n'est pas aussi simple, répliqua prudemment Vuldaroq. Il y a des procédures…

Denser bondit de sa chaise.

— Ne songez même pas à me servir ces foutaises, grogna-t-il. La fichue fierté et les intérêts politiques de votre Quorum m'ont empêché de participer aux recherches pendant six fichues semaines ! Six semaines gaspillées ! Ma fille et la femme que j'aime pourraient être n'importe où, à présent. Qu'avez-vous découvert, au juste ?

Il voyait des perles de sueur se former sur le visage gras et rougeaud de Vuldaroq.

— De vagues indices… Des rumeurs. Rien de probant, admit le Seigneur de la Tour.

— Vous voulez dire qu'il a fallu six semaines à la fabuleuse puissance de Dordover pour trouver « rien de probant » ? cracha Denser.

Le regard de Vuldaroq se dérobant au sien, il s'interrompit. Un petit sourire se forma sur ses lèvres. Il recula et se détourna à demi, tout en tripotant distraitement une pile de papiers.

— Elle vous a pris au dépourvu, n'est-ce pas ? devina-t-il. Vous ne soupçonniez pas le moins du monde qu'elle partirait, et vous n'avez aucune idée de l'endroit où elle a pu aller.

Vuldaroq garda le silence. Denser hocha la tête.

— Alors, qu'avez-vous fait ? Vous avez envoyé des mages et des soldats à Lystern ? À Korina ? Peut-être même à Xetesk. Et ensuite ? Vous avez fouillé les forêts de la région, dépêché des messagers à Gyernath et à Jaden ?

— La zone de recherches est vaste, se défendit Vuldaroq.

— Et avec toute votre immense sagesse, aucun de vous ne la connaissait assez bien pour deviner quelle direction elle avait pu prendre ?

Denser émit un claquement de langue désapprobateur et savoura l'embarras de son interlocuteur.

— Vous êtes incapables de vous fier à votre instinct, pas vrai ? Alors, vous avez fini par vous adresser à moi. Quelqu'un qui pouvait avoir une idée sur l'endroit où chercher Erienne et Lyanna. Mais vous avez tellement attendu… Pourquoi, Vuldaroq ?

Le Seigneur de la Tour s'essuya le visage et les mains avant de ranger le mouchoir dans sa poche.

— Malgré vos relations avec elles, Erienne et Lyanna étaient toutes deux sous la protection de Dordover, expliqua-t-il. Nous avons une certaine image à préserver et un protocole à observer. Nous voulions les récupérer le plus discrètement possible.

Il écarta les mains et esquissa un sourire. Mais Denser secoua la tête et avança vers lui. Vuldaroq fit un pas en arrière, heurta une chaise avec son mollet et s'y laissa tomber lourdement.

— Vous espérez que je vais avaler ça ? Si vous avez fait tant de mystère autour de la disparition de Lyanna, ce n'est pas par crainte de vous ridiculiser publiquement. Il y a autre chose. Vous vouliez la ramener avant que j'apprenne qu'elle n'était plus dans vos murs, n'est-ce pas ?

Se penchant vers le visage rubicond de Vuldaroq, Denser sentit sur ses joues l'haleine tiède et parfumée à l'alcool du Dordovan.

— Pourquoi donc ? Je me le demande. Craigniez-vous qu'elle atterrisse dans un autre Collège, plus compétent que le vôtre ?

De nouveau, Vuldaroq écarta les mains.

— Lyanna a des dons uniques qui doivent être canalisés correctement pour ne pas provoquer d'accidents funestes.

— Comme l'éveil d'un talent multicollégial, par exemple ? Ce n'est pas ce que je qualifierais d'accident funeste. Bien au contraire. Si cela arrivait, ce serait une source de réjouissances.

— Vous ne savez pas ce que vous dites, Denser. Il n'y a pas de place pour un autre Septern sur Balaia. Ni maintenant, ni jamais. Le monde a changé.

— Dordover peut parler pour lui-même, mais sûrement pas au nom de Balaia. Lyanna pourrait nous ouvrir et nous montrer le chemin du progrès. À nous tous !

— Du progrès ? ricana Vuldaroq. Un retour à l'Unique serait un pas en arrière, mon ami xetesk, et une enfant, même douée, ne saurait être le héraut d'un tel bouleversement. Une enfant seule n'a aucun pouvoir.

— Si vous l'empêchez de réaliser son potentiel, sûrement...

Denser avait commencé sa phrase sur un ton agressif, mais il la finit dans un murmure. Bouche bée, il recula comme si quelqu'un venait de le frapper.

— C'est ça, n'est-ce pas ? Par les dieux déchus, Vuldaroq, si vous touchez à un seul cheveu de sa tête...

Vuldaroq se débattit pour sortir de sa chaise.

— Personne ne lui fera de mal, Denser. Calmez-vous. Nous sommes des Dordovans, pas des chasseurs de sorciers. (Il marcha vers la porte.) Mais essayez de la retrouver et de la ramener ici. Le plus tôt possible. Croyez-moi, c'est important pour nous tous.

— Sortez, marmonna Denser.

— Je me permets de vous rappeler que nous sommes dans *ma* Tour ! cria Vuldaroq.

— Sortez ! hurla Denser. Vous n'avez aucune idée des forces avec lesquelles vous jouez, pas vrai ? Absolument aucune idée !

— Au contraire. Vous ne tarderez pas à vous apercevoir que j'en ai une très bonne.

Vuldaroq resta un moment immobile sur le seuil avant de sortir d'un pas traînant. Denser l'écouta s'éloigner de sa démarche pesante le long du couloir lambrissé. Puis il déplia la lettre que ses hôtes n'avaient pas trouvée, bien qu'Erienne ne se soit pas donné beaucoup de mal pour la cacher dans ses appartements. Il avait su qu'elle serait là, et qu'elle porterait son nom. Et comme Erienne s'en doutait, il avait su que les Dordovans ne la découvriraient pas. Ils n'avaient vraiment aucun instinct.

Denser relut la lettre et soupira. Plus de quatre années avaient passé depuis qu'ils s'étaient tenus ensemble devant les ruines du manoir de Septern. Pourtant, les Ravens restaient les seules personnes de confiance qu'il connaissait. Les seules capables de l'aider, malgré leur nombre désormais réduit.

Erienne avait disparu. Thraun devait toujours courir avec sa meute dans le Bois-d'Épines. Il restait Hirad, avec qui il s'était si violemment disputé, l'année précédente, qu'ils ne s'étaient pas recontactés depuis ; Ilkar, qui se tuait prématurément au travail dans les ruines de Julatsa ; et évidemment, le Guerrier Inconnu.

Denser ne put réprimer un sourire. Une fois encore, c'était sur le colosse que tout reposerait. Par la voie des airs, il pouvait atteindre Korina en à peine plus de deux jours. Un souper à *La Volière* et un verre de rouge de Noirépine avec le Guerrier Inconnu : ça, c'était une perspective agréable.

Il décida qu'il quitterait Dordover aux premières lueurs du jour.

Tirant sur un cordon de soie, il appela un domestique pour qu'il vienne ranimer le feu de cheminée dans les appartements d'Erienne. Il avait encore beaucoup à faire ce soir-là. Son sourire s'évanouit. Les Dordovans continueraient leurs recherches, et il ne pouvait pas risquer qu'ils retrouvent Lyanna les premiers. Non que ce soit très probable, vu le contenu de la lettre d'Erienne, mais il ne pouvait pas en être sûr. Et faute de certitude, sa fille serait en danger à cause des gens à qui Erienne avait fait appel pour les aider.

Ce n'était pas tout. Une autre chose le tourmentait, mais il n'arrivait pas à l'arracher aux profondeurs de son subconscient. Ça avait un rapport avec l'Éveil.

Une bourrasque fit trembler les vitres et s'en fut aussi vite qu'elle était venue. Haussant les épaules, Denser commença à fouiller parmi les papiers posés sur le bureau d'Erienne.

Korina grouillait d'agitation. Les activités commerciales avaient explosé pendant l'été, et même le changement de saison n'avait pas réduit l'intensité des échanges. Seuls les voyageurs et les ouvriers itinérants commençaient à s'embarquer pour le continent sud de Balaia, suivant la chaleur.

Après deux années de rumeurs sur des batailles à venir, une augmentation des impôts et une nouvelle invasion ouestienne, au sortir de la guerre, la confiance faisait enfin sa réapparition sur les quais et les marchés de Korina jadis désertés. Tous les commerçants semblaient déterminés à rattraper le temps perdu et à faire un maximum de profit.

Les heures d'ouverture des commerces avaient été prolongées. Des bateaux arrivaient dans le port ou en repartaient à chaque marée, de nuit comme de jour. Les auberges, les tavernes et les hôtelleries n'avaient pas été aussi bondées depuis l'époque paisible de l'Alliance marchande de Korina. Et bien entendu, les barons se disputaient de nouveau, entraînant une reprise de l'activité des mercenaires.

Une reprise qui se faisait sans les Ravens.

À la lisière du marché central de Korina, *La Volière* était bondée depuis l'aube, le moment où l'on commençait à servir le petit déjeuner, jusque très tard dans la nuit, lorsqu'il ne restait plus des sangliers rôtis que quelques os abandonnés dans l'âtre.

Le Guerrier Inconnu referma la porte de l'auberge sur les derniers ivrognes. Quand il se tourna vers le comptoir, sa silhouette se refléta dans un des petits miroirs accrochés aux piliers de la grande salle. Son crâne rasé de près ne pouvait cacher le grisonnement de ses cheveux assortis à ses yeux. Mais sa mâchoire était toujours aussi carrée, et son corps toujours aussi puissant sous sa chemise blanche et son pantalon fauve.

Chaque jour, il s'entraînait pour garder une condition physique optimale. Trente-huit ans. Il ne les faisait pas et ne les sentait pas dans ses os. Cela dit, il ne s'était pas battu depuis longtemps. Pour une très bonne raison.

La garde venait de sonner la première heure du nouveau jour, mais deux autres suivraient avant que l'Inconnu puisse rentrer chez lui. Il espéra que Diera passait une meilleure nuit avec le petit Jonas. Le garçonnet avait la colique et il pleurait beaucoup.

L'Inconnu sourit en revenant vers le comptoir, où Tomas avait posé deux seaux d'eau savonneuse qui fumait, des serpillières et un balai. Les meilleurs moments de la journée étaient celui où il contemplait son fils nouveau-né endormi dans son berceau, le soir, et celui où il se réveillait près de Diera dans leur chambre inondée par le soleil matinal.

Il redressa un tabouret avant de frapper des deux mains sur le comptoir. Tomas apparut de l'autre côté, tenant deux verres et une bouteille de vin cuit des îles du Sud. Il leur versa à chacun une rasade d'alcool. Bien que quinquagénaire et désormais complètement chauve, il avait toujours des yeux pétillants et une haute silhouette qui refusait de se courber sous le poids des ans.

— À une soirée lucrative de plus, dit-il en tendant un verre plein à l'Inconnu.

— Et à la sagesse d'avoir embauché deux personnes pour nous soulager.

Amis depuis vingt ans et copropriétaires de *La Volière* depuis une douzaine, ils trinquèrent avant de boire. Un seul verre chaque soir : un rituel auquel ils n'avaient pas dérogé depuis plus de quatre ans. Un petit plaisir qu'ils s'accordaient après une bonne journée de travail, et qui leur était aussi nécessaire que l'air qu'ils respiraient. Après tout, n'était-ce pas pour savourer ces moments ordinaires mais délicieux que l'Inconnu s'était battu avec les Ravens pendant plus de dix ans ? Même si, avec le recul, il comprenait que ces instants ne lui suffisaient pas.

Il se frotta le menton, déjà râpeux bien qu'il se soit rasé le matin même. Malgré lui, son regard dériva vers la porte de l'arrière-salle où était peint le symbole des Ravens. Leur ancien fief privé…

— Ça te démange, mon garçon ? demanda Tomas.

— Oui, admit l'Inconnu. Mais pas pour la raison à laquelle tu penses.

— Vraiment ? (Tomas leva un sourcil interrogateur.) J'ai toujours eu du mal à y croire, tu sais. Toi, renonçant à ta vie d'aventures pour te fixer ici et tenir cette auberge avec moi jusqu'à la fin des temps…

— Tu ne pensais pas que je vivrais assez longtemps pour ça, hein ?

L'Inconnu prit un seau et une serpillière.

— Je n'en ai jamais douté, le détrompa Tomas. Mais tu es un voyageur, Sol. Un guerrier. Tu as ça dans le sang.

Seuls Tomas et Diera étaient autorisés à appeler l'Inconnu par son nom de Protecteur. Chaque fois qu'ils le faisaient, le colosse savait que quelque chose les tracassait. Qu'ils s'inquiétaient pour lui.

La vérité, c'est qu'il ne s'était jamais vraiment fixé. Il restait encore beaucoup de travail à accomplir à Xetesk : notamment, convaincre les mages de chercher un moyen de libérer les Protecteurs qui le désiraient. De plus, l'Inconnu avait des foules d'amis à qui rendre visite. Des amis qui lui servaient d'alibi quand il se lassait de sa routine quotidienne, mourant d'envie de partir à cheval avec son épée dans le dos. Jamais il ne s'était senti aussi vivant que dans ces moments-là.

Son incapacité à rester tranquille plus de quelques semaines l'inquiétait encore plus que Tomas et Diera. Et s'il n'avait jamais vraiment eu envie de se fixer ? Un jour ou l'autre, dans un avenir qui ne devait plus être si lointain, il se calmerait forcément. Il aspirerait à une vie plus sédentaire. Déjà, il ne brûlait plus de se retrouver en première ligne lors d'une bataille. Non que personne ne le lui ait proposé. Les offres étaient toujours aussi nombreuses. Mais il arrivait à les décliner sans regret. C'était déjà ça de pris.

Il sourit à Tomas.

— Plus maintenant.

— Alors, d'où te vient cette démangeaison ?

— Denser arrive. Je le sens. Comme d'habitude.

Un pli barra le front de Tomas.

— Oh. Quand ?

L'Inconnu haussa les épaules.

— Bientôt. Très bientôt.

Rhob, le fils de Tomas, entra par la porte de derrière. Ces dernières années, l'adolescent surexcité s'était transformé en un jeune homme robuste au solide sens pratique. Ses grands yeux verts illuminaient son visage aux pommettes hautes surmonté de cheveux bruns coupés très court. Il devait son caractère affable à son père et sa silhouette musclée au dur travail physique qu'il accomplissait chaque jour à l'écurie.

— Les chevaux sont parés pour la nuit ? demanda Tomas.

— Nourris, abreuvés et à l'abri dans leurs boxes, fit Rhob. (Il gagna le comptoir pour prendre l'autre seau et le balai à franges.) Allons, papy, va te coucher et laisse les jeunes finir le travail.

Il fit un grand sourire à son père, et ses yeux pétillèrent à la lumière des lampes.

L'Inconnu éclata de rire.

— Voilà longtemps qu'on ne m'avait pas traité de jeune.

— Tout est relatif, répliqua Rhob.

Tomas essuya le comptoir et jeta son chiffon dans une bassine.

— Eh bien, le vieillard va suivre les conseils de son fils. Je vous revois demain vers midi.

— Bonne nuit, Tomas.

— Bonne nuit, père.

— Très bien, dit l'Inconnu. Je prends les tables. Tu te charges du sol et du feu.

Ils commençaient à peine à s'échauffer quand quelqu'un frappa à la porte de devant. Rhob leva les yeux de l'âtre qu'il astiquait énergiquement. L'Inconnu gonfla les joues.

— Je crois que je sais qui c'est, déclara-t-il. Va voir s'il reste de l'eau chaude pour le café, veux-tu ? Et amène une assiette de pain et de fromage.

Rhob posa son balai à franges dans un coin et disparut derrière le comptoir. L'Inconnu déverrouilla la porte et l'ouvrit. Denser lui tomba pratiquement dans les bras.

— Par les dieux, Denser, que t'est-il arrivé ?

— J'ai volé jusqu'ici, expliqua le Xetesk, les yeux hagards, profondément enfoncés dans leurs orbites. Je suis transi jusqu'à la moelle.

L'Inconnu passa un bras sous les aisselles de son ami et l'entraîna vers l'arrière-salle. Il approcha son fauteuil de la cheminée et y assit le mage.

La pièce n'avait pas beaucoup changé depuis la dernière visite de Denser à *La Volière*. Contre les fenêtres aux volets tirés, la grande table et les chaises de bois étaient enveloppées d'un drap blanc pareil à un linceul. Cette table avait connu bien des réjouissances et bien des tragédies. Mais le souvenir dominant de l'Inconnu était celui de Sirendor Larn, le grand ami d'Hirad, allongé dessus, agonisant…

Les fauteuils des Ravens étaient toujours disposés devant l'âtre. Chaque jour, l'Inconnu les déplaçait pour pouvoir s'entraîner en privé avec sa grande épée à deux mains. À tout hasard, bien entendu…

Rhob poussa la porte de l'épaule et entra. Dans une main, il portait un plateau où reposaient un broc fumant, deux chopes et une assiette de nourriture. Dans l'autre, il tenait une pelle pleine de charbons ardents. L'Inconnu le soulagea des deux en hochant la tête pour le remercier.

— Ne t'inquiète pas, je vais terminer le ménage dans la grande salle, promit Rhob.

— C'est gentil.

— Il va bien ?

— Il a simplement un peu froid, répondit l'Inconnu.

Mais il savait que ça n'était pas tout. Dans les yeux de Denser, il avait lu de la douleur et un épuisement proche du désespoir.

Il alluma rapidement le feu, poussa une chope de café brûlant dans les mains du mage et posa l'assiette de pain et de fromage à sa portée. Puis il s'assit dans son fauteuil et attendit que Denser se décide à lui parler.

Le Xetesk avait une mine affreuse : menton mal rasé, cheveux noirs hérissés autour de sa calotte, traits tirés, yeux cernés et injectés de sang, lèvres bleuies par le froid. Son regard nerveux balayait constamment la pièce, incapable de se fixer sur quoi que ce soit. Il semblait lutter pour dire quelque chose, mais aucun son ne sortait de sa bouche. Il avait atteint ses limites et il ne pouvait pas aller au-delà. Même un mage aussi talentueux que lui n'avait pas des réserves de mana infinies, et une erreur d'évaluation pouvait être fatale, surtout quand on se déplaçait avec des OmbresAiles.

L'Inconnu se sentait lié à Denser depuis l'époque où il avait été son Protégé – quand lui-même était encore Sol le Protecteur. À présent, il ne pouvait pas garder le silence.

— Je devine que quelque chose t'a poussé à venir ici aussi vite que possible, mais te suicider n'arrangera rien. Malgré tous tes exploits, tu ne peux pas incanter indéfiniment.

Denser hocha la tête et porta la chope à ses lèvres tremblantes. Il hoqueta en sentant le liquide fumant lui brûler la gorge.

— J'étais si près, balbutia-t-il. Je ne voulais pas m'arrêter à l'extérieur de Korina. Ça nous aurait fait perdre encore une journée.

Ses lèvres engourdies avaient du mal à former les mots. Il fit mine d'ajouter quelque chose, mais fut saisi d'une violente quinte de toux. L'Inconnu se pencha vers lui et lui prit la chope avant qu'il s'ébouillante avec le café.

— Prends ton temps, Denser. Tu es arrivé, maintenant. Calme-toi.

— Je ne peux pas me calmer ! lança le mage. Ils sont à la poursuite de ma fille.

Erienne l'a emmenée. Nous devons la trouver les premiers, ou ils la tueront. Par les dieux, elle n'est pourtant pas maléfique. Ce n'est qu'une enfant. J'ai besoin des Ravens.

L'Inconnu sursauta. Les révélations inattendues de Denser l'avaient ébranlé, mais la dernière phrase du mage le troublait presque autant. Les Ravens n'existaient plus. Ils s'étaient séparés plus de quatre ans auparavant. Depuis, chacun suivait son propre chemin. Reformer le groupe était impensable.

— Réfléchis bien, Denser, et calme-toi. Il faut que tu me racontes tout depuis le début.

La nuit était tombée sur les pentes sud des monts Balan, à une demi-journée de cheval de la ville de Noirépine – presque entièrement reconstruite à présent. Les étoiles piquetaient le ciel, et la lune projetait un pâle éclat qui maintenait les ténèbres à distance.

Hirad Cœurfroid descendait le chemin abrupt dans un silence presque parfait. Il le connaissait si bien qu'il aurait pu l'arpenter les yeux bandés en cas de besoin, mais cette fois, il était capital qu'il progresse le plus rapidement et le plus discrètement possible sur la boue traîtresse et la pierre lisse. D'autres chasseurs arrivaient, et comme ceux qui les avaient précédés, ils devaient être arrêtés. Cependant, même s'ils succombaient eux aussi, Hirad savait que ça ne mettrait pas pour autant un terme à cette folie.

Rares étaient ceux qui osaient se lancer dans l'aventure, mais leur nombre augmentait constamment – tout comme la complexité de leurs plans – alors que les informations sur les habitudes et les points faibles de leurs proies se répandaient à travers Balaia et tombaient dans des oreilles intéressées.

Même si leur comportement lui donnait la nausée, Hirad comprenait ce qui motivait ces hommes et ces femmes. L'appât du gain. La cupidité. Et le respect dont jouiraient ceux qui, les premiers, rapporteraient le trophée ultime des chasseurs.

La tête d'un dragon.

Voilà pourquoi Hirad ne pouvait pas quitter les Kaans, même s'il en avait eu envie. Non qu'ils soient vraiment vulnérables. Mais il y avait toujours un risque. Les humains étaient des créatures tenaces et ingénieuses, et le dernier groupe en date marquait une nouvelle évolution.

Hirad avait du mal à concevoir que des gens puissent oublier si vite la dette qu'ils avaient envers les Kaans. L'Inconnu avait bien tenté de le lui expliquer, quand il était venu le prévenir de l'imminence de la première attaque, après avoir entendu un voyageur soûl se vanter un soir à *La Volière*.

« Ça ne devrait pas t'étonner. », avait-il affirmé. « Tout a un prix ici-bas, et nombreux sont les humains qui refusent de croire que les Kaans ont sauvé Balaia. Plus nombreux encore sont ceux qui s'en moquent. Ils ne connaissent pas la valeur de l'honneur et du respect : seulement celle de l'or. »

Ces paroles avaient attisé la fureur d'Hirad, exactement comme l'Inconnu l'avait escompté. Cette fureur permettait au barbare de se tenir constamment sur ses gardes et de conserver une longueur d'avance sur les chasseurs. Dans leur ignorance, ils avaient d'abord essayé la magie, le poison, le feu puis l'assaut frontal. Instruits par la mort de leurs prédécesseurs et par les rapports de leurs éclaireurs, les chasseurs suivants s'étaient montrés de plus en plus prudents et… de plus en plus retors.

Pour la première fois, Hirad avait peur. Un groupe de six personnes – trois guerriers, un mage et deux ingénieurs – se déplaçait lentement dans les collines, en contrebas du Choul où vivaient les dragons. Ils avaient pris garde d'éviter les populations locales, qui auraient pu alerter le barbare, et s'étaient munis d'une baliste conçue pour tirer des pieux de bois à la pointe d'acier.

Comme tous les bons plans, le leur était très simple. À moins qu Hirad se trompât lourdement, ils avaient l'intention d'attaquer cette nuit, sachant que les Kaans s'envolaient pour chasser et se nourrir sous le couvert des ténèbres. Ils positionneraient leur baliste à la verticale d'un des itinéraires que les dragons empruntaient le plus fréquemment et leur décocheraient des projectiles avec l'espoir de les blesser, voire de les neutraliser s'ils avaient de la chance.

Hirad n'était pas prêt à courir le risque. Il comptait se porter à leur rencontre avant de donner aux Kaans le signal que la voie était libre pour décoller. Les chasseurs avaient commis deux erreurs : ils n'avaient pas tenu compte de la présence du barbare, et un seul d'entre eux était un elfe. Ils s'étaient mis à la merci de la nuit. Et ne tarderaient pas à découvrir qu'elle n'en avait pas.

Hirad les observa à travers un rocher fendu. Ils étaient dix mètres au-dessous de lui, une centaine de mètres plus loin. Le barbare pouvait suivre leurs mouvements dans l'obscurité grâce à la lanterne que l'un d'eux portait, au craquement des roues de leur baliste et aux bruits des sabots des chevaux qui la tiraient.

Les chasseurs approchaient d'un espace découvert où ils avaient sans doute l'intention de dresser leur piège, pensa Hirad. À cet endroit, la pente était assez faible, et il suffirait de caler la baliste contre un rocher pour l'empêcher de bouger. Le barbare savait ce qui lui restait à faire.

Il revint en arrière et repartit sur la droite, descendant dans un ravin peu profond qui courait parallèlement au plateau. Il s'approcha furtivement du bord et attendit, prêt à bondir, son épée au fourreau et les deux mains libres.

Le mage conduisait les chevaux par la bride. Il longeait le ravin, un guerrier marchant de l'autre côté de l'attelage pour surveiller sa progression. Les ingénieurs avançaient derrière leur baliste et les deux derniers guerriers fermaient la marche.

Hirad entendait la respiration laborieuse des animaux et l'écho de leurs sabots, étouffé par les chiffons dont les chasseurs avaient enveloppé leurs pieds. Même si les ingénieurs les lubrifiaient souvent, les roues de la baliste grinçaient et cahotaient sur le sol accidenté. Parfois, un avertissement ou un encouragement montait de la petite colonne.

Hirad s'apprêta à intervenir. Juste avant d'atteindre le plateau, le chemin formait une rampe assez escarpée sur une vingtaine de mètres. Après les averses de la journée, le sol devait être très glissant à cet endroit. Quand les chasseurs s'en approchèrent, ils ralentirent. Le mage tira sur les rênes des chevaux pour les forcer à s'engager sur la pente.

— Alors, c'est pour aujourd'hui ou pour demain ? lança une voix impatiente.

— Il faut y aller doucement, recommanda une autre.

Le mage apparut au sommet de la rampe. Hirad bondit sur le plateau et lui plongea dans les jambes. L'homme s'écrasa sur le sol. Hirad fut sur lui avant qu'il puisse crier et lui abattit un poing sur la tempe. La tête du mage heurta la pierre, et il s'immobilisa.

Plié en deux, Hirad contourna les chevaux, brusquement nerveux, et dégaina son épée. Le guerrier placé de l'autre côté de l'attelage s'était retourné à demi en entendant l'impact sourd des deux corps. Il n'était pas en position de se défendre. Hirad lui enfonça sa lame dans le flanc. Quand l'homme s'effondra en hurlant, le barbare se pencha vers lui.

— Crois-moi, c'est toi qui as le plus de chance ! dit-il.

Il calma les chevaux, qui faisaient mine de reculer, puis courut vers la baliste et trancha une corde de son harnais. D'instinct, les chevaux bougèrent pour compenser le déplacement du poids de l'engin. L'un d'eux hennit, nerveux.

En contrebas, quatre visages muets et choqués se levèrent vers Hirad. Des lames sortirent de leur fourreau.

— J'avais dit aux derniers chasseurs en date de prévenir les prochains qu'ils trouveraient la mort ici. Apparemment, vous avez choisi de ne pas les écouter.

Hirad dut s'y reprendre à deux fois pour trancher l'autre corde du harnais. La baliste dévala la rampe, éparpillant les chasseurs sur son passage et prenant de la vitesse alors qu'elle rebondissait sur la pierre et les touffes d'herbe. Une des roues se détacha ; le reste de l'engin bascula sur la gauche, tomba dans le vide et s'écrasa bruyamment dans un bosquet, quelque soixante-dix mètres en contrebas.

Sur le bord du chemin, les chasseurs se relevèrent. Les ingénieurs les regardèrent, l'air interrogateur.

— Ils ne peuvent plus rien pour vous à présent…, déclara Hirad.

Grand Kaan, la voie est libre. Vous pouvez y aller.

Derrière lui, une ombre monstrueuse monta des collines et plongea vers le chemin. Le battement de ses ailes gigantesques couvrant déjà les gémissements du vent, le dragon hurla de fureur.

Les chasseurs firent demi-tour et tentèrent de s'enfuir, mais une autre silhouette surgit face à eux. Une troisième la rejoignit. Ensemble, elles rabattirent les quatre hommes vers Hirad.

Les dragons étaient tellement gros qu'ils cachaient les étoiles, leurs corps majestueux suspendus dans les airs, leurs rugissements se répercutant à l'unisson dans les montagnes qui les entouraient. Les chasseurs devenus gibier hurlèrent à la mort. Ils se pelotonnèrent les uns contre les autres tandis que les Kaans décrivaient un cercle autour d'eux, les battements paresseux de leurs ailes aplatissant l'herbe et soulevant un nuage de poussière. Chaque dragon mesurait plus de trente mètres de long : leur taille et leur puissance ridiculisaient les pitoyables créatures qui étaient venues pour les tuer.

Les chasseurs étaient impuissants et ils le savaient. Ils pouvaient seulement contempler les gueules capables de les avaler tout ronds et imaginer des flammes si brûlantes qu'elles les réduiraient instantanément en cendres.

— Pitié, Hirad, marmonna un des ingénieurs. Nous avons compris la leçon.

— Trop tard, répliqua le barbare.

Sha-Kaan se rapprocha, le déplacement d'air de ses ailes déséquilibrant les chasseurs, qui s'étalèrent de tout leur long. Son cou sinueux se darda vers les intrus. Avec la rapidité d'un serpent, il en saisit un dans sa gueule et reprit de l'altitude. Sa vitesse était incroyable, comme son agilité et sa grâce, chez une créature de cette taille. Trop traumatisés pour penser à se relever, les chasseurs en restèrent bouche bée.

Celui que Sha-Kaan avait emporté n'eut pas le temps de crier avant que son corps déchiqueté retombe en deux morceaux, dans une pluie de sang et de chair. Le Grand Kaan rugit dans la nuit – une colère vibrante comme le grondement lointain du tonnerre.

À son tour, Nos-Kaan piqua vers le sol, la gueule grande ouverte. Les chasseurs hurlèrent. D'un seul battement d'ailes, le dragon freina son élan. La bourrasque ainsi produite fit rouler les intrus dans la poussière et couvrit leurs cris étranglés. Alors, Nos-Kaan frappa comme Sha-Kaan quelques instants plus tôt, et sa victime broyée retomba aux pieds de ses camarades.

Enfin, ce fut le tour d'Hyn-Kaan. Alors que Sha-Kaan aboyait, il plongea le long du chemin en rase-mottes, son énorme silhouette sombre à deux mètres seulement de la pierre. Il n'eut qu'à incliner légèrement la tête pour ramasser sa proie. Puis il battit des ailes et se lança vers les cieux, laissant dans son sillage un gémissement qui cessa très vite et auquel succéda le bruit mat d'un corps heurtant les rochers.

Hirad passa la langue sur ses lèvres, soudain sèches. Qu'avaient-ils déclaré ? Vouloir se venger... Et que les hommes prennent conscience de leur pouvoir. Pourtant, l'elfe qui gisait à ses pieds était toujours inconscient et il n'avait rien vu. Petit veinard !

Hirad aimait les Kaans. Le lien qui l'unissait à eux ne pouvait être rompu, même par un spectacle d'une telle violence. Pourtant, une fois encore, cela lui rappelait le gouffre infranchissable qui séparait les hommes des dragons. Les Kaans étaient la majesté incarnée. Ils auraient pu réduire les Balaiens en esclavage, s'ils l'avaient voulu.

Le barbare se tourna vers l'ingénieur solitaire, toujours vivant et entouré par les corps déchiquetés de ses camarades. Le malheureux avait souillé son pantalon : une petite flaque de liquide s'était formée sous ses bottes à l'endroit où il restait accroupi, en proie à une abjecte terreur provoquée par les trois dragons, qui décrivaient des cercles dans le ciel au-dessus de lui.

Sha-Kaan se posa et le prit dans une patte avant pour le porter à sa gueule. L'homme gémit et sanglota, balbutiant des supplications incompréhensibles.

Hirad déboucha son outre d'eau et la vida sur la tête du mage. L'elfe toussa et s'étrangla avec un grognement de douleur. Hirad l'empoigna par le col, le força à se redresser et lui appuya sa dague sur la gorge.

— Si tu penses seulement à incanter, tu mourras, grogna-t-il. Tu n'es pas assez rapide pour me battre, compris ?

Le mage hocha la tête.

— Bien. À présent, observe et apprends.

Sha-Kaan rapprocha encore l'ingénieur de ses mâchoires.

— Pourquoi nous chassez-vous ? demanda-t-il, son souffle soulevant les cheveux de l'homme.

Celui-ci tenta de répondre, mais seul un gémissement étranglé s'échappa de ses lèvres.

— Réponds-moi, humain !

L'ingénieur agita vainement les jambes, ses mains essayant de repousser les griffes auxquelles il n'avait aucun espoir d'échapper.

— Nous voulions... une chance de vivre confortablement jusqu'à la fin de nos jours. Je n'avais pas compris. Je ne vous voulais pas de mal. Je pensais…

— Pas de mal, ricana Sha-Kaan. Tu pensais que nous étions des reptiles dépourvus de cervelle. Et que nous tuer serait un… comment Hirad appelle-t-il ça, déjà ? Un exploit sportif. Maintenant, tu as changé d'avis, n'est-ce pas ? À présent que tu nous sais doués de raison ?

L'ingénieur hocha vigoureusement la tête.

— Je ne re-recommencerai jamais, je-je vous le jure, bégaya-t-il.

— En effet, tu ne recommenceras pas, dit Sha-Kaan. Et j'espère que ton veinard de compagnon a les oreilles et les yeux grands ouverts.

— Mon veinard… ?

L'ingénieur ne put terminer sa question. De sa patte avant libre, Sha-Kaan lui saisit le crâne et le pulvérisa comme un fruit trop mûr. Un craquement humide se répercuta contre les rochers qui les entouraient.

Hirad sentit le mage frémir et l'entendit hoqueter. Ses jambes cédèrent sous lui, mais le barbare le maintint debout.

Sha-Kaan laissa retomber le cadavre encore agité de frissons et tourna son regard vers eux. Ses yeux bleus perçants brillaient d'une lueur froide dans les ténèbres.

— Hirad Cœurfroid, je te charge d'en finir avec ce misérable.

Puis le Grand Kaan prit son envol pour emmener ses frères de couvée à la chasse.

Hirad soutenait toujours le mage terrorisé, le laissant prendre la mesure du carnage qui l'entourait. L'elfe tremblait de tout son corps. Alors que l'odeur désagréable de son urine atteignait les narines d'Hirad, celui-ci le lâcha enfin.

— Tu es toujours vivant parce que je t'ai choisi, dit-il. Et tu connais le message que tu es censé faire passer. Tous ceux qui viendront ici en quête des Kaans ne récolteront rien d'autre que leur propre mort. La chasse aux dragons n'est pas un sport : ils sont plus puissants que vous ne pouvez l'imaginer. C'est bien compris ?

L'elfe hocha la tête.

— Pour-pourquoi moi ? balbutia-t-il.

— Quel est ton nom ? lui demanda Hirad.

— Yeren.

— Tu es julatsien, n'est-ce pas ?

Nouveau hochement de tête.

— Voilà pourquoi. Ilkar manque de mages. Tu iras au Collège et tu y resteras pour l'aider de toute manière qu'il jugera appropriée. Si j'entends dire que tu ne l'as pas fait, tu ne seras plus en sécurité nulle part. Ni dans le vide interdimensionnel, ni dans les fosses de l'enfer. Je te retrouverai et j'amènerai mes amis.

Du pouce, Hirad désigna le sommet des montagnes.

— À présent, disparais de ma vue. Et ne t'arrête pas de courir avant qu'Ilkar t'en donne l'ordre. Pigé ?

Le mage fit signe que oui. Alors qu'Hirad se détournait et s'éloignait, un bruit de pas précipités amena un sourire sardonique sur ses lèvres.

Chapitre 2

Les derniers jours avaient été les plus paisibles de toute la remarquable existence d'Erienne. La jeune femme les avait passés à bord d'un navire, rassurée par la certitude qu'elle avait enfin échappé à l'emprise des Collèges. Et pas seulement à celle de Dordover. Dans l'agréable tiédeur sèche de cette fin d'été, entourées des eaux calmes de l'Océan du Sud, Lyanna et elle avaient pu se reposer et oublier leurs préoccupations passées pour se concentrer sur ce qui restait à venir.

Quand elle y repensait, les voix s'étaient manifestées dans sa tête avec une telle régularité qu'elles semblaient être devenues une part d'elle-même, la poussant à s'en aller pour les rejoindre. Erienne se souvenait du soir où elle avait pris sa décision. Une nuit de plus à Dordover, un cauchemar de plus pour Lyanna. Le cauchemar de trop !

Dordover. L'endroit où le Conseil des Aînés l'avait accueillie après qu'elle eut quitté Xetesk. L'endroit où, à cause de son passé mouvementé, on l'avait traitée avec un mélange de respect et de mépris. L'endroit où les dons extraordinaires de sa fille avaient été nourris et étudiés par des mages dont la nervosité l'emportait sur l'excitation.

L'année où les Dordovans avaient tenté de les aider, ils n'avaient rien découvert qu'Erienne ne sache déjà, ou que Denser et elle n'aient soupçonné. N'était que les talents de Lyanna échappaient à leur compréhension. Ils ne pouvaient pas plus permettre à la fillette de les développer en toute sécurité qu'ils n'auraient pu apprendre à voler à un rat.

Une seule magie, un seul mage. Les Aînés dordovans haïssaient ce mantra, qui allait contre toutes les croyances élémentaires qui fondaient leur indépendance. Et ils détestaient qu'Erienne y adhère avec tant de ferveur.

Au début, ils s'étaient consacrés à la formation de Lyanna avec un grand dévouement. Maintenant qu'ils avaient pris conscience des capacités de la fillette, leur zèle diminuait. Probablement parce qu'ils se sentaient menacés par l'enfant.

Mais d'autres personnes avaient compris. Des personnes puissantes, qui avaient parlé dans la tête d'Erienne. Et aussi dans celle de Lyanna – la jeune femme en était persuadée. Elles l'avaient soutenue ; elles avaient nourri sa conviction, l'aidant à conserver son équilibre mental et à maîtriser son impétuosité. Elles l'avaient pressée d'accepter ce qu'elles lui offraient : la connaissance et le pouvoir nécessaires pour aider sa fille.

Puis était venue la nuit où Erienne avait compris que, non, les Dordovans ne pouvaient rien faire pour Lyanna, leurs tentatives maladroites mettant l'enfant en danger. Ils étaient incapables de la soulager de ses cauchemars et ils ne lui laissaient pas l'espace nécessaire pour se développer. La frustration de la fillette ne pouvait conduire qu'au désastre.

Lyanna était encore si jeune... Elle ne comprenait pas la puissance des forces qu'elle risquait de libérer. Sa patience avait déjà des limites, très vite atteintes – en cela, elle était bien la fille de sa mère. Jusque-là, elle n'avait pas exprimé sa colère au moyen de la magie. Mais ce jour viendrait, à moins qu'elle n'apprenne à contrôler ses pouvoirs.

Cette nuit-là, son cauchemar l'avait fait hurler, ses cris aigus ayant effrayé Erienne comme jamais...

Alors que la jeune femme berçait l'enfant tremblante et baignée de sueur, elle avait compris que les choses devaient changer. Elle se souvenait de leur conversation comme si elle venait d'avoir lieu.

— Tout va bien. Maman est là. Rien ne peut te faire de mal.

Erienne avait essuyé le visage de Lyanna avec un mouchoir tiré de sa manche, luttant pour apaiser les battements précipités de son cœur.

— Je sais, maman, avait répondu la fillette en s'accrochant à elle. Les monstres des ténèbres sont venus, mais les vieilles femmes les ont chassés.

Erienne s'était pétrifiée.

— Les quoi ?

— Les vieilles femmes. Elles me sauvent toujours. (Lyanna s'était pelotonnée dans ses bras.) Si je suis près d'elles.

Erienne avait souri. Sa décision était prise.

— Rendors-toi, ma chérie, avait-elle dit en reposant la tête de l'enfant sur son oreiller. Maman a des choses à faire dans son étude. Ensuite, nous partirons peut-être en voyage.

— Bonne nuit, maman.

— Bonne nuit, mon cœur.

Erienne s'était détournée pour sortir, entendant Lyanna murmurer quelque chose alors qu'elle atteignait la porte. Elle avait fait demi-tour, mais ce n'était pas à elle que sa fille venait de parler. Les yeux clos, Lyanna dérivait vers un sommeil qui, si les dieux le voulaient, serait paisible et sans cauchemars.

L'enfant avait de nouveau chuchoté quelque chose. Cette fois, Erienne avait distingué ses paroles, ponctuées par un gloussement, comme si quelqu'un la chatouillait.

— Nous a-rrivons. Nous a-rrivons.

Leur évasion nocturne de Dordover, peu après, faisait toujours frémir la jeune femme. Même si elle comprenait à présent que Lyanna et elle n'avaient jamais vraiment couru le risque d'être capturées.

Une semaine dans une voiture conduite par une elfe silencieuse avait précédé leur inconfortable périple de trois jours dans le Bois-d'Épines. À l'époque, Erienne avait jugé ce plan plutôt bancal. Depuis, elle s'était aperçue que les membres de la Guilde n'avaient pas laissé grand-chose au hasard. Enfin, il y avait eu un dernier trajet en voiture vers le sud-est, puis l'arrivée à Arlen, où Lyanna et elle s'étaient embarquées. Alors, toutes ses inquiétudes s'étaient évanouies comme par magie.

L'Orme des Océans était un cutter à trois mâts, qui mesurait trente mètres de la proue au gouvernail. Étroit et élancé, il était conçu pour la vitesse, avec des quartiers d'habitation exigus mais assez confortables. La trentaine d'elfes composant son équipage le maintenait dans un état de propreté immaculée.

C'était un navire élégant et solide, à la coque de bois sombre vernie pour la préserver de l'eau salée qui aurait pu la ronger et aux mâts robustes mais souples…

Erienne, dotée d'une expérience très limitée de la navigation en mer, s'y était aussitôt sentie à son aise, et la gentillesse de l'équipage avait renforcé son impression de sécurité. Quand ils n'étaient pas de quart, les marins elfes se délectaient de la compagnie de Lyanna. La petite fille écarquillait de grands yeux émerveillés en les voyant jongler pour elle avec des oranges, danser, chanter et faire des acrobaties sur le pont.

Erienne était ravie de ne pas être le centre de l'attention générale – pour une fois.

Lyanna et elle avaient pu se détendre, ravigotées par la fraîcheur de l'air iodé qui leur apportait les senteurs complexes de l'océan.

Alors qu'ils laissaient Balaia derrière eux, leurs guides avaient enfin retrouvé le sourire et la parole. Ren'erei, la conductrice de leur voiture, avait présenté à Erienne son frère Tryuun. Il avait simplement incliné sa tête aux courts cheveux noirs et dévisagé la jeune femme de ses yeux bruns, le gauche étant injecté de sang, la pupille fixe. L'orbite qui l'entourait était couverte de tissu cicatriciel. Erienne s'était promis d'interroger Ren'erei à ce sujet avant qu'ils atteignent leur destination.

L'occasion se présenta un soir, quatre jours après leur départ d'Arlen. Le souper était terminé et les casseroles rangées, même si les feux de cuisson soigneusement entretenus brûlaient encore. Au-dessus de leurs têtes, les voiles étaient gonflées par le vent qui chassait les nuages dans le ciel. Lyanna dormait dans sa couchette. Accoudée au bastingage, Erienne regardait l'eau défiler sous la coque du navire, imaginant ce qui pouvait nager sous sa surface sombre. Un bruit de pas lui fit lever la tête. Elle vit Ren'erei approcher et adopter la même position qu'elle.

— C'est fascinant, pas vrai ? lança-t-elle.

— Magnifique, dit l'elfe.

Sa peau était bronzée par une vie entière passée sur Calaius, le continent sud de Balaia. Comme son frère, elle portait ses cheveux noirs coupés très court et rasés sur la nuque. Elle était encore jeune, avec des yeux verts en amande, des oreilles en forme de feuille et de hautes pommettes saillantes. Elle se tenait à moins d'un mètre d'Erienne : dans l'obscurité, la jeune femme vit que le reflet des étoiles, à la surface de l'eau, faisait briller ses yeux.

— Quand arriverons-nous ?

Ren'erei haussa les épaules.

— Si le vent se maintient, nous devrions apercevoir l'archipel d'Ornouth avant le prochain coucher de soleil. Ensuite, il nous faudra deux jours au plus pour atteindre notre destination.

— Et quelle est donc cette mystérieuse destination ? À supposer que vous puissiez me le dire maintenant.

Erienne avait bombardé l'elfe de questions pendant leur voyage en voiture, sans réussir à lui soutirer la moindre information.

Ren'erei sourit.

— Oui, je peux vous le dire, maintenant. Il s'agit d'une île située au cœur de l'archipel, que nous appelons Herendeneth – « l'infini foyer ». J'ignore si elle a un nom dans la langue commune. Ornouth abrite plus de deux mille îles, la plupart ne figurant même pas sur les cartes. Une vie ne suffirait pas à les répertorier toutes, ce qui nous arrange bien. Je crains qu'Herendeneth ne paye pas de mine vue du large : elle n'est que falaises et roches noires, alors que beaucoup d'autres îles ont de splendides plages sablonneuses, une profusion d'arbres et des lagons enchanteurs. Mais elle sert nos objectifs.

— Ça a l'air d'un endroit charmant, fit Erienne.

— Oh, ne vous y méprenez pas… L'intérieur des terres est très accueillant. Mais pour l'atteindre, il faut connaître le chemin. Les récifs sont sans pitié.

— Je vois.

— Non, vous ne voyez pas, affirma Ren'erei. Mais ça ne tardera plus. (Elle gloussa.) Personne ne peut aller sur Herendeneth s'il ignore où trouver l'unique canal d'accès.

— À moins d'arriver par la voie des airs.

— Vue du ciel, l'île n'est qu'un morceau de pierre nue. Les apparences sont parfois trompeuses.

— Décidément, vous avez tout prévu, grogna Erienne, dont le scepticisme naturel refaisait surface.

— Et depuis plus de trois siècles ! dit Ren'erei. (Elle marqua une pause ; la jeune femme sentit qu'elle la dévisageait.) Il vous manque, n'est-ce pas ?

Erienne sursauta. Inconsciemment, elle avait espéré que Denser réussirait à les suivre, mais maintenant… Par les dieux déchus, il n'avait rien d'un marin, et puisque la véritable nature d'Herendeneth était si bien cachée, même vue des airs, il n'y avait aucune chance que cela n'arrive.

La jeune femme n'était pas vraiment surprise par le luxe de précautions dont s'entourait la Guilde. Mais en réalité, elle se sentait seule et loin de tout ce qu'elle connaissait. La compagnie de sa fille la ravissait, sans l'empêcher de se languir de Denser.

Elle avait soif de ses caresses, du son de sa voix, de son souffle dans son cou, de la force qu'il mettait dans tout ce qu'il faisait et du soutien sans faille qu'il lui témoignait en dépit de leurs longues séparations. Et même si elle savait qu'elle avait pris la bonne décision, son compagnon lui manquait.

Denser aurait pu être son ancre, son rocher dans la tempête. Mais il n'était pas là, et Erienne devait puiser dans ses réserves de foi pour continuer à croire.

La présence amicale de Ren'erei l'aidait un peu. L'elfe était respectueuse et compréhensive. Erienne se promit de la garder près d'elle le plus longtemps possible. Les dieux seuls savaient ce qui l'attendait sur Herendeneth.

— Vous savez que nous l'accueillerions volontiers, mais beaucoup de gens sont animés d'un désir beaucoup moins pur de nous retrouver… Et je ne parle même pas de ceux qui ont déjà essayé, ajouta Ren'erei, épargnant à Erienne la peine de répondre. Ils nous pourchassent nuit et jour depuis plus de dix ans. Comme leurs ennemis, ils n'aspirent qu'à notre chute.

Erienne fronça les sourcils. Ça n'avait pas de sens. Les Dordovans étaient sûrement les seuls à les poursuivre.

— De qui parlez-vous ?

— Des chasseurs de sorciers, révéla Ren'erei. Les Ailes Noires.

Les jambes d'Erienne se dérobèrent. Elle s'écroula, les mains serrant le bastingage. Avec une rapidité époustouflante, Ren'erei franchit la distance qui les séparait et la rattrapa avant qu'elle tombe.

Erienne ne put trouver les mots pour la remercier. Son pouls battait follement dans sa gorge et le sang rugissait à ses oreilles tandis que son esprit libérait les souvenirs qu'elle avait enfouis si profondément des années plus tôt.

Ce fut comme si elle revivait toute la scène ; comme si elle goûtait de nouveau l'atmosphère du château des Ailes Noires, l'odeur de la peur dans la chambre de ses fils, la hideuse torture de la séparation et la grimace moqueuse du capitaine Travers, le chef des chasseurs de sorciers.

À l'infini, elle revoyait le sang qui jaillissait de la gorge tranchée des jumeaux, souillant les draps de leur lit, leur visage et les murs de leur prison. Ses fils. Ses magnifiques enfants. Assassinés à cause d'une menace imaginaire, par des hommes que la magie terrifiait parce qu'ils étaient incapables de la comprendre.

De nouveau, elle éprouva la douleur aiguë de leur perte, comme si cela s'était passé la veille. Chaque jour, elle revivait cette tragédie. Et le temps ne lui apportait aucun apaisement…

Malgré tout ce que les Ravens et elle avaient fait, les Ailes Noires vivaient encore. Ils n'avaient pas été détruits, et à présent, ils traquaient ce qu'il y avait de plus pur au monde : Lyanna !

— Non, souffla Erienne. Non. Pas encore.

— Je suis une idiote, murmura Ren'erei en essuyant une larme sur le visage de la jeune femme. Excusez-moi ! Je n'aurais pas dû vous dire ça. Nous savons ce qu'ils vous ont pris et nous avons pleuré pour vous. Mais vous devez être informée, afin de comprendre que vous serez en sécurité avec nous. Et de saisir que vous ne l'étiez pas là où vous étiez avant, fût-ce dans l'enceinte de votre Collège.

» Tryuun aussi a souffert entre leurs mains. Vous avez vu son visage. Il a pu leur échapper, mais pas sans en payer le prix. Un jour, je vous jure que nous achèverons les Ailes Noires. Oui, nous finirons ce que les Ravens ont commencé.

— Ils sont déjà vaincus, marmonna Erienne. Nous avons détruit leur château.

— Non. L'un d'eux a réussi à s'enfuir, et d'autres se sont joints à lui pour hisser de nouveau la bannière des Ailes Noires dans le sillage de la défaite ouestienne. Il se nomme Selik.

— Impossible ! lança Erienne. (Elle repoussa Ren'erei et alla s'asseoir sur une caisse, la nausée lui tordant l'estomac.) Selik est mort. Je l'ai tué moi-même.

— Allez dire ça à Tryuun ! Selik est défiguré, quasiment méconnaissable, mais ses méthodes, elles, restent faciles à identifier. Le côté gauche de son visage est froid et mort, son œil aveugle à jamais. Les flammes ont calciné ses cheveux, et il porte les cicatrices de nombreuses brûlures, mais la force de son bras n'a pas été entamée. C'est un adversaire dangereux, qui sait beaucoup de choses sur nous. Plus que tout autre homme vivant.

— Qu'attendez-vous pour le tuer ? demanda Erienne d'une voix blanche. Il ne doit pas être difficile à localiser.

— Plus que vous ne semblez le croire. Tryuun lui a échappé il y a dix semaines. Depuis, nous n'avons pas entendu parler de lui. Mais nous le retrouverons, et cette fois, nous serons plus nombreux. Je vous le promets.

Ren'erei s'accroupit face à Erienne, qui plongea son regard dans les yeux verts de l'elfe.

— Il ne peut pas nous suivre jusqu'ici, affirma-t-elle avec un sourire rassurant. Nul ne le pourrait. Vous êtes en sécurité, Erienne. Vous et Lyanna. Personne ne pourra vous faire de mal sur Herendeneth.

La jeune femme savait que Ren'erei avait raison. Mais le choc de ses révélations l'empêcha de dormir cette nuit-là. Des peurs irrationnelles traversaient son esprit fatigué et la réveillaient en sursaut, le cœur battant la chamade, chaque fois qu'elle s'assoupissait.

Denser était toujours sur Balaia, inconscient du danger qui s'y tapissait. Et ce cher Ilkar aussi. Tous deux avaient été torturés par les Ailes Noires. Qu'un de ces monstres ait survécu rendait Erienne malade de dégoût et de terreur.

La disparition de Selik signifiait peut-être que ses hommes avaient réussi à infiltrer l'équipage de *L'Orme des Océans*. À Herendeneth, qui savait si la mort ne les attendrait pas ? Les Ailes Noires étaient partout dans son imagination et chacun tenait une dague pour trancher la gorge d'une enfant sans défense…

Le lendemain, l'archipel d'Ornouth apparut à travers la brume du soleil couchant, chapelet d'îles qui semblaient ne faire qu'une, aussi loin que l'œil puisse voir d'un bout à l'autre de l'horizon. À travers un banc de nuages, le soleil projetait une lumière rouge sur toute sa longueur, baignant la terre et la mer qui l'entourait d'une douce tiédeur.

Erienne et Lyanna se tenaient à la proue de *L'Orme des Océans*, buvant du regard la splendeur de l'archipel. Ce qu'elles avaient d'abord pris pour les montagnes d'une des îles se révéla finalement appartenir à une autre île cachée derrière la première.

Des minuscules atolls rocheux qui jaillissaient des flots tels des poings cherchant à agripper l'air, jusqu'à ses étendues de sable blanc longues de plusieurs kilomètres, Ornouth s'étendait d'ouest en est telle une queue rattachée à la côte nord de Calaius. Semé de brisants cachés, ce lieu était prêt à éventrer la coque de tout navire qui s'aventurerait dans ses eaux, même les plus calmes. Erienne sentit augmenter la tension des marins quand ils approchèrent des îles extérieures.

Pas étonnant que personne n'ait jamais cartographié cet archipel ! Le voyage jusqu'à l'île la plus proche du continent sud de Balaia ne pouvait être tenté qu'à bord d'un navire conçu pour les traversées océaniques. Ensuite, une embarcation à fond plat était nécessaire pour se déplacer parmi la myriade d'îles centrales. Seul un illuminé ou un amoureux de cette région aurait pu décider d'entreprendre une tâche aussi ardue. Par conséquent, l'intérieur d'Ornouth restait un territoire non répertorié et, pour l'essentiel, jamais foulé par les pieds des mortels.

L'Orme des Océans fendait les flots vers les îles extérieures. Mais alors qu'ils arrivaient assez près pour voir les arbres qui bordaient les plages et les rochers qui se détachaient parmi les galets, la tension de l'équipage et des passagers augmenta encore.

De son poste près de la barre, le premier maître lança une série d'ordres. Aussitôt, les marins s'éparpillèrent sur le pont ou se lancèrent à l'assaut du gréement. La plupart des voiles étaient ferlées, ne laissant que le foc et la misaine pour diriger le navire. Tous les elfes qui ne manipulaient pas les haubans se penchaient par-dessus le bastingage ou balançaient des fils à plomb pour mesurer la profondeur de l'eau. Le timonier mit le cap entre deux îles, en restant tout près de celle où une corniche rocheuse cédait soudain la place à un haut-fond, à quelques mètres du rivage.

Leurs passagers oubliés, les marins attendaient. Tendus, ils réagissaient immédiatement à chaque quart de tour de la barre, à chaque ordre d'orienter ou de relâcher les voiles, un flot constant d'informations leur parvenant de la proue, où leurs camarades sondaient l'eau.

Le navire progressait à une allure d'escargot le long du canal. Erienne remarqua les perches rangées sous le plat-bord et n'eut pas besoin de demander à quoi elles servaient. Pourvu qu'on ne soit pas obligé de les utiliser, pensa-t-elle.

Stressés malgré leur grande expérience, les marins ne prononçaient pas un mot qui ne fût en rapport direct avec la manœuvre en cours. Il leur fallut plus d'une heure pour contourner l'île par bâbord et pénétrer dans un grand canal, où l'horizon était piqueté d'îles dans toutes les directions. Sous la lumière qui baissait rapidement, l'équipage se mit au repos. Bientôt, des odeurs de cuisine vinrent chatouiller les narines d'Erienne, tandis qu'une flûte égrenait une douce mélodie. La jeune femme et sa fille osaient à peine bouger. Elles se dandinèrent vaguement sur les caisses attachées, couvertes de filets, qui leur servaient de sièges, sans réussir à partager le soulagement des marins. Ren'erei les rejoignit et leur tendit deux chopes de thé fumant.

— Nous avons jeté l'ancre, annonça-t-elle. Seul un fou s'engagerait de nuit dans les canaux qui mènent à Herendeneth. Personne ne peut nous voir de l'océan, et très peu de navires seraient capables de nous suivre jusqu'ici. Croyez-moi, vous n'avez pas envie de savoir combien notre coque est passée près des brisants, et ça ne s'arrangera pas demain matin.

Erienne accepta une chope de thé et regarda Lyanna entourer la sienne de ses deux mains.

— Vous êtes sûrement déjà passés par là ! lança-t-elle enfin.

Ren'erei hocha la tête.

— Certes, mais les bancs de sable bougent et les récifs poussent. Le tracé des canaux ne cesse de changer au fil du temps. On ne saurait être trop prudent. Nous devons corriger nos cartes à chaque traversée. Jamais de beaucoup, mais assez pour rester en alerte.

— Arriverons-nous à terre demain ? demanda Erienne.

— Je veux marcher sur le sable ! lança brusquement Lyanna.

L'elfe sourit et secoua la tête.

— Il n'y a pas de sable là où nous allons, ma princesse. Au moins, là où nous irons demain. Mais un jour, je t'emmènerai sur une plage, je te le promets.

— Vous avez des enfants ? demanda soudain Erienne à l'elfe en caressant les cheveux de Lyanna.

Concentrée sur sa chope, la fillette eut un léger mouvement de recul. Il était si facile d'oublier la profondeur de sa réflexion, le pouvoir qu'abritait déjà son esprit...

— Non, répondit Ren'erei. Mais j'aimerais bien. Mes devoirs m'ont toujours privée de l'attention des mâles, mais ça ne durera pas éternellement.

— Vous ferez une excellente mère, déclara Erienne.

— Pour l'instant, je ne peux que l'espérer, dit Ren'erei. Mais merci.

La nuit se passa dans le calme. Trop conscient des rigueurs que l'aube amènerait avec elle, l'équipage savourait ce bref répit.

L'Orme des Océans appareilla de nouveau dans la fraîcheur du soleil levant. Erienne s'éveilla en sentant le navire avancer. Elle goûta le curieux silence qui était retombé à bord alors qu'ils longeaient l'étroit canal conduisant inexorablement à Herendeneth, et entendit à nouveau les voix qui les avaient poussées, Lyanna et elle, à entreprendre ce voyage.

Elle se lava et se vêtit rapidement d'un pantalon marron clair, d'une chemise de laine et d'un pourpoint de cuir fourni par Ren'erei. Puis elle avança vers la porte de la cabine, s'arrêtant au passage pour contempler la silhouette endormie de sa fille.

D'ordinaire, Lyanna était une boule d'énergie qui se levait avec l'aube. Mais depuis qu'elles avaient quitté Dordover, l'enfant dormait de plus en plus tard, et Erienne ne pouvait s'empêcher de penser que ce sommeil ne dépendait pas entièrement d'elle. Cela dit, Lyanna était toujours fraîche et reposée quand elle se réveillait, et la sérénité avec laquelle elle acceptait d'avoir été arrachée à tout ce qu'elle avait connu était une pure bénédiction.

Sur le pont, Erienne reprit sa position de la veille, buvant du regard le soleil qui brillait à travers un banc de nuages toujours plus épais. Le vent était vif mais constant, et *L'Orme des Océans* progressait sûrement à travers l'archipel.

Toute une journée, angoissés, ils louvoyèrent entre les îles, dont les lagons idylliques cédaient brusquement la place à des amas de rochers sans vie ou à d'immenses atolls volcaniques aux pics obscurcis par les nuages. Perchés dans le gréement, les marins se tenaient prêts à dérouler ou à ferler les voiles sur un ordre lancé par le premier maître, et affalaient le foc quand le vent prenait trop de force.

La menace sous-marine dissipait l'aspect romantique de cette dernière partie de leur voyage, et même si l'étendue et la beauté d'Ornouth ne cessaient d'émerveiller Erienne, la jeune femme ne pouvait se défaire d'un sentiment tenace : ils n'étaient pas les bienvenus ici. L'archipel était peut-être un paradis de tranquillité, mais une force malveillante se tapissait en son sein. Une force qui tolérait à peine la présence de *L'Orme des Océans* et qui sanctionnerait tout manque de respect par le son funeste des récifs éventrant les planches de sa coque.

L'après-midi, alors que le vent emportait les nuages, la température augmenta.

Lyanna, qui avait rejoint Erienne en fin de matinée, se dressa sur la pointe des pieds en se tenant à l'épaule de sa mère pour ne pas tomber et fixa un point, devant la proue du navire.

— Que se passe-t-il, mon cœur ? demanda Erienne.

— Nous y sommes, répondit l'enfant d'une voix douce presque inaudible sous les craquements des espars et le bouillonnement des flots.

Erienne plissa les yeux pour mieux voir. *L'Orme des Océans* longeait une plage de sable au-delà de laquelle de hautes falaises fourmillaient de milliers d'oiseaux marins dont les cris résonnaient autour d'eux.

Contournant l'île par tribord, le navire s'engagea laborieusement dans un canal qui devait mesurer à peine trois fois sa largeur. À présent, des falaises encore plus sombres les encadraient, se refermant au-dessus de leur tête, tandis que descendaient vers eux les glapissements aigus des goélands, qui décrivaient des cercles dans le ciel ou se reposaient dans leur nid en équilibre précaire.

Lyanna fixait intensément le bout de ce canal, car à chaque battement de cœur, ils se rapprochaient un peu plus d'Herendeneth. L'île était dominée par une paroi rocheuse abrupte qui montait sur des centaines de mètres vers le ciel. Lentement, ils découvrirent un rivage d'où saillaient des lances de pierre et d'énormes rochers éparpillés au pied des falaises, témoignage d'anciens mouvements tectoniques tumultueux.

Une fois encore, le silence tomba sur *L'Orme des Océans* pendant qu'il progressait dans le canal. Herendeneth était enveloppée d'une aura qui exigeait une soumission et une contemplation respectueuses. Tous les marins qui ne manipulaient pas les haubans se laissèrent brièvement tomber sur un genou, tête baissée, et touchèrent le milieu de leur front avec leur index droit.

— Tu es arrivée, Lyanna, annonça Ren'erei.

Erienne sursauta. Elle n'avait pas entendu l'elfe approcher.

— Bientôt, tu seras avec les Al-Drechars.

Ce nom, qui appartenait aux légendes et aux textes ancestraux, fit frissonner Erienne. Les Al-Drechars étaient les gardiens de la foi et de la véritable magie : les Protecteurs de l'Unique. Personne n'avait jamais douté qu'une secte importante ait survécu à la Séparation : une série de batailles cataclysmiques au terme desquelles Dordover, Xetesk, Julatsa et Lystern avaient émergé des ruines du Collège unique qui dominait précédemment la magie balaienne.

Mais deux millénaires étaient passés depuis. À mesure que la paix revenait sur Balaia, tout le monde avait supposé que les Al-Drechars s'étaient éteints...

Pourtant, l'idée que des descendants de l'Unique existent encore n'avait jamais été totalement infirmée. Au fil des siècles, un nombre important de mages avaient osé affirmer leur croyance en ce qui semblait n'être plus qu'un mythe.

À présent, Erienne savait qu'il n'en était rien. Bientôt, elle rencontrerait ces êtres que certaines personnes espéraient encore vivants... alors que beaucoup d'autres, au contraire, espéraient qu'ils aient tous disparu...

— Combien sont-ils ? demanda-t-elle.

— « Elles », rectifia Ren'erei. Il n'en reste que quatre, toutes des femmes. Votre fille est vraiment le dernier espoir de faire triompher notre cause.

Elle posa une main sur la tête de Lyanna. L'enfant leva les yeux et lui sourit, mais se rembrunit très vite.

— Les Al-Drechars sont à la fin de leur vie ? demanda Erienne.

— Elles sont très vieilles… Et elles vous attendent depuis longtemps. Elles n'auraient pas pu tenir beaucoup plus.

Erienne vit briller des larmes dans les yeux de l'elfe.

— Qu'allons-nous trouver ici ? murmura-t-elle.

Elle n'attendait pas vraiment de réponse, mais Ren'erei lui en donna une quand même.

— La paix, la bonté, la pureté. Et l'âge. (L'elfe regarda Erienne dans les yeux, et la jeune femme lut du désespoir dans les siens.) Nous ne pouvons pas les laisser disparaître comme ça… Les autres membres de la Guilde et moi, nous les avons regardées s'affaiblir régulièrement au fil des ans. Lyanna doit être l'élue.

— Elle l'est ! affirma Erienne.

Mais la ferveur de Ren'erei la mettait mal à l'aise. Lyanna y réagit aussi : elle se pelotonna contre sa mère, sans quitter du regard l'île qui serait son foyer pendant les dieux seuls savaient combien de temps.

— Dites-moi, Ren'erei, combien êtes-vous à les servir ? Je parle des Al-Drechars, bien sûr.

— Nous sommes peu, avoua l'elfe. Quarante-trois en tout, mais nos fils et nos filles reprendront le flambeau jusqu'à ce qu'on n'ait plus besoin de nous, d'une façon ou d'une autre. Nous les servons depuis des générations – depuis la Séparation – mais l'honneur qui accompagne notre mission est resté intact. (Elle se tenait très droite, la fierté illuminant son visage.) Nous sommes la Guilde de Drech et nous ne faillirons pas jusqu'à ce que notre tâche soit accomplie. Tout le reste est secondaire.

Elle se détourna d'Erienne pour observer Herendeneth. Puis elle s'inclina, un index pointé sur le front.

Le navire jeta l'ancre à cinq cents mètres de la sinistre côte nord de l'île. Seuls les végétaux les plus tenaces s'accrochaient au mur de pierre d'une hauteur vertigineuse qui se dressait devant elles. À ses pieds, les vagues venaient se fracasser dans une gerbe d'écume. Quelques oiseaux planaient dans le ciel, la brise emportant leurs cris au loin.

Dès que *L'Orme des Océans* se fut immobilisé, les marins défirent les attaches des trois canots et les mirent à l'eau. Puis ils jetèrent des échelles de corde et des filets par-dessus bord, et quelques-uns descendirent dans deux embarcations pour réceptionner les bagages et l'équipement que leurs camarades leur faisaient passer.

Au terme de cette brève mais intense agitation, quatre rameurs et un navigateur s'installèrent à bord de chacun des canots. Erienne fut invitée à prendre place dans celui réservé aux passagers. Toujours aussi pâle et silencieux, Tryuun hissa Lyanna sur ses épaules et dévala l'échelle de corde.

Les rameurs bandèrent leurs muscles et s'éloignèrent rapidement de *L'Orme des Océans*, gagnant un littoral apparemment dépourvu de tout site de débarquement. Mais alors qu'ils contournaient une flèche invisible du navire, ils atteignirent une étroite bande de galets d'où partait un chemin qui montait et disparaissait à travers une fissure dans la roche.

Ren'erei aida Erienne et Lyanna à descendre du canot ; elle sourit en les voyant patauger dans l'eau peu profonde pour gagner le rivage et les rejoignit alors qu'elles regardaient leurs mollets trempés d'un air mécontent.

— Nous ne sommes plus très loin à présent, promit-elle. Il reste une petite escalade... L'équipage portera vos affaires.

Le chemin était bien entretenu. Ses marches longues et basses, soigneusement taillées à même la roche, décrivaient une pente douce surplombée par des bouleaux.

Regardant en arrière, Erienne comprit la portée de l'illusion. Herendeneth n'avait rien de l'île nue et désolée qu'elle semblait être de l'extérieur. Certes, les brisants qui l'entouraient la rendaient difficile d'accès, mais les falaises n'étaient pas si hautes que ça. Et une fois franchies, le sol grimpait gracieusement vers un pinacle bas, en traversant des éboulis rocheux et une forêt verdoyante qui absorbait la chaleur de la journée.

Loin de la brise marine, l'air était humide, et Erienne sentit de la sueur dégouliner le long de son corps. Lyanna trottinait près d'elle, le visage grave, serrant sa poupée dans une main et fredonnant à voix basse.

— Ça va, ma chérie ? demanda sa mère en lui effleurant les cheveux.

— Oui, répondit l'enfant. Tu veux bien me chanter encore la chanson de marche ?

Erienne sourit.

— Si tu veux.

Elle tendit sa main, et Lyanna s'y agrippa de toute la force de ses petits doigts.

— C'est parti, dit la jeune femme en raccourcissant son pas.

J'avance le pied droit,
Et le gauche suit aussitôt.
Si je recommence,
Je suis arrivée bientôt.
Si je ne bouge pas mon pied gauche,
Le droit s'en va.
Si je ne bouge pas mon pied droit,
À jamais je resterai là.

Alors qu'elle répétait les paroles au rythme de leurs pas, Erienne ne put s'empêcher de rougir en voyant Ren'erei et Tryuun l'observer par-dessus leur épaule. Les deux elfes souriaient, et quand ils tournèrent de nouveau la tête vers le chemin qui s'étendait devant eux, Ren'erei imita les enjambées saccadées requises par la chanson.

— Un jour, ce sera votre tour, gloussa Erienne, gagnée par leur bonne humeur.

Lyanna sautilla jusqu'à l'elfe et lui prit la main.

— Tu ne fais pas comme il faut. Maman, recommence.

— Une seule fois, alors. Faites bien attention, Ren'erei.

Tout en chantant, Erienne regarda sa fille rire des tentatives de Ren'erei et souhaita avec ferveur que Lyanna ne soit pas née avec un tel fardeau sur les épaules. Mais comme toujours, ce souhait s'accompagna d'une culpabilité brûlante. Car elle avait tout fait pour qu'il en soit ainsi.

Et même si leur but était noble, il restait encore tant d'épreuves à subir, tant d'obstacles à surmonter avant d'atteindre leur but ! Sans compter que Lyanna n'aurait pas son mot à dire. Erienne pleurait déjà l'enfance à laquelle sa fille n'aurait pas droit.

Lyanna lâcha la main de Ren'erei et trottina en fredonnant une très vague approximation de la chanson. Quelques mètres plus loin, elle franchit un virage du chemin bordé d'arbres et disparut de la vue de sa mère.

Erienne accéléra quand elle n'entendit plus la chanson. Le temps que le cri de Lyanna déchire l'air, elle courait déjà.

Chapitre 3

Quatre ans après le départ des derniers Ouestiens, la cité de Julatsa était pratiquement redevenue elle-même, à une différence significative près. Debout sur une des rares parties encore intactes du mur d'enceinte du Collège, Ilkar se retourna, la brise légère faisant voler derrière lui les cheveux noirs qui lui tombaient jusqu'aux épaules.

À la lisière de la cité, les fortifications des Ouestiens avaient été démantibulées depuis longtemps ; leur bois avait servi à la reconstruction des maisons, des bâtiments administratifs et des dizaines de boutiques et de tavernes que les envahisseurs avaient démolis pendant leur brève occupation.

La pierre originale portait encore les traces et les brûlures de la guerre. La population, obligée de fuir ou réduite en esclavage, était revenue en masse aussitôt après le départ des Ouestiens, et la cité détruite pulsait de nouveau d'énergie.

La vue de la nouvelle architecture fit secouer la tête à Ilkar. Le meilleur adjectif pour la décrire était « enthousiaste ». Personne ne pouvait nier la vigueur qu'exprimaient la forêt d'aiguilles en spirale, les dômes de pierre blanche et les multiples arcs-boutants. Pourtant, Ilkar ne pouvait s'empêcher de se demander à quoi pensaient les maçons modernes…

Leur belle énergie et cet enthousiasme peut-être déplacé s'étaient taris aux portes du Collège. Au début, il n'en avait pas été ainsi. Dans le sillage immédiat du départ de l'ennemi, le Collège dévasté avait été la principale préoccupation de la cité qui luttait pour se remettre de son traumatisme. Chacun mesurait l'intensité de la violence qui avait frappé le Collège. Les premiers mois, les architectes et les ouvriers s'étaient attelés à la tâche avec détermination.

Des gravats avaient rapidement émergé de nouveaux quartiers d'habitation, quelques bâtiments administratifs, des cuisines et un réfectoire, une salle d'expérimentation et une bibliothèque – tristement vide à part les textes de Denser qu'Ilkar avait amenés après la fermeture de la fissure de NoirZénith.

Mais la tâche était considérable. Alors que les réfugiés julatsiens affluaient de nouveau vers leur cité, leur attention s'était très vite concentrée sur ses infrastructures.

Bientôt, ils avaient pu reprendre une vie normale. Hélas, il leur avait été facile de se détourner du Collège et d'oublier le travail qui restait à faire dans son enceinte.

Ilkar, lui, ne le pouvait pas. Il acheva son examen par la nouvelle bibliothèque. On ne pouvait nier la qualité de ce qui avait été fait, mais cela ne suffisait pas pour ressusciter un Collège fonctionnel. Il manquait encore le bâtiment vital qui aurait dû occuper le trou noirci et déchiqueté, d'une centaine de mètres de diamètre, dominant le centre de son enceinte.

La Tour.

Ilkar savait que ce qui était enfoui dessous effrayait les ouvriers et les commerçants julatsiens. Par les dieux, lui-même ne pouvait s'empêcher d'éprouver une certaine frayeur, mais elle était provoquée par l'énormité de ce que le cratère représentait. À sa base, couvert par une brume noire impénétrable, gisait le Cœur. Enseveli lors de la chute de Julatsa par Barras, l'ancien négociateur elfe, et par les autres membres du Conseil, sa reconstruction était vitale à la renaissance du pouvoir collégial.

Tant de savoir reposait à l'intérieur. Pas seulement des textes magiques clés, mais aussi des plans d'une importance immédiate bien plus considérable. Tant que le Cœur ne referait pas surface, ils ne pourraient reconstruire ni la Tour, ni la Cuve à Mana, ni la Chambre Froide. Et tant qu'Ilkar n'aurait pas assez de mages, il n'avait aucun espoir de ramener le Cœur à la surface…

L'elfe s'assit sur le parapet, les jambes pendant dans le vide. Des échos de coups de marteau montaient vers lui. La peinture fraîche scintillait au soleil sous le ciel d'un bleu éclatant, et son odeur lui chatouillait les narines. De la poussière de bois couvrait les pavés qui avaient été inondés par le sang de tant de Julatsiens.

Mais ça ne serait jamais terminé. Il n'y avait pas assez de mages julatsiens pour lancer les sorts nécessaires. Par les dieux du sol, il y avait à peine assez de mages expérimentés pour reformer un Conseil ! Mais Ilkar l'avait fait quand même, histoire de remettre en place un semblant de structure. Il n'avait pas vraiment envie d'assumer le rôle de Prime Magicien, mais il n'y avait pas d'autre figure de proue disponible. De plus, sa réputation lui valait le respect des autres et donnait du poids à ses opinions pendant les négociations.

Il faudrait qu'il élargisse ses recherches. Il devait rester, éparpillés à travers les continents, d'autres Julatsiens qui, comme lui, rendaient rarement visite à leur Collège mais lui devaient néanmoins la vie. Il avait même envoyé un message vers Calaius, le royaume natal des elfes que tant de Julatsiens avaient regagné au fil des ans, privant Balaia d'une ressource cruciale. Les dieux seuls connaissaient l'état de leurs pouvoirs. Ilkar espérait qu'ils n'aient pas trop oublié leur formation et leurs annales. Il devenait de plus en plus limpide qu'il ne pourrait pas se passer d'eux.

— Ilkar ! appela une voix en contrebas.

L'elfe se pencha en avant. Ses cheveux bruns attachés en chignon et son jeune visage couvert de poussière et de sueur, Pheone l'observait, sa robe verte ondulant doucement autour de ses chevilles. C'était une bonne magicienne, mais inexpérimentée, et très chanceuse d'avoir survécu à la déroute des renforts dordovans envoyés pendant le siège de Julatsa.

— Où en êtes-vous ? demanda Ilkar.

— Le capitonnage de la salle d'expérimentation est terminé, répondit Pheone. Quelques-uns de nous sont partants pour la tester. Histoire de libérer nos émotions refoulées, si vous voyez ce que je veux dire. Vous aimeriez vous joindre à nous ?

Ilkar gloussa. Il n'avait pas lancé de sort offensif depuis quatre ans. Il fléchit les doigts et se releva.

— Très volontiers.

Il épousseta les éclats de pierre de son pantalon beige foncé et du pourpoint de cuir sombre qu'il avait enfilé par-dessus sa chemise fauve, puis marcha vers l'escalier.

Une soudaine sensation d'énergie lui fit lever les yeux au ciel. Un éclair coléreux, couleur de paille claire, déchira l'azur sans nuages, sa détonation résonnant sourdement aux oreilles d'Ilkar. Un deuxième éclair, puis un troisième, brisèrent le calme de cette journée. L'elfe se rembrunit face à cette vision aussi surprenante qu'inquiétante.

Il descendit les marches en se promettant d'aborder le sujet au dîner. Quelqu'un pourrait sûrement lui donner une explication.

Le Guerrier Inconnu était assis sur une chaise, près de la silhouette endormie de Jonas. Le petit garçon avait passé une meilleure nuit que son père, qui était rentré chez lui peu avant l'aube. Et bien qu'il se soit glissé dans le lit conjugal auprès de Diera pour essayer de grappiller un peu de sommeil, il n'avait cessé de se repasser en boucle les paroles de Denser, ce qui l'avait empêché de s'abandonner à ses rêves.

Peu après que Diera se fut levée en réponse aux cris du bébé, pour le nourrir et le bercer jusqu'à ce qu'il se rendorme, il avait capitulé et était venu s'asseoir dans la quiétude de la chambre de Jonas afin de donner à sa femme la possibilité de finir sa nuit.

Tandis que le soleil se levait à l'horizon pour projeter une lumière encore fraîche sur Korina, il avait écouté le souffle de son fils d'un mois et demi, aux bronches toujours encombrées par le rhume qui avait déclenché son accès de colique. Jonas était un enfant robuste, et l'Inconnu se réjouissait de toutes ses maladies : elles le rendraient encore plus fort, comme cela avait été jadis le cas pour son père.

Alors que le bébé changeait de position, ses petites mains repoussant la couverture blanche moelleuse qui lui montait jusqu'à la poitrine, l'Inconnu éprouva un pincement de frayeur. Une fraternité envers Denser qu'aucun homme n'ayant pas d'enfant n'aurait pu comprendre. Il ne voulait pas *imaginer* ce qu'il aurait ressenti si son fils avait disparu, avec ou sans sa mère. Et il n'eut pas besoin de se demander ce qu'il aurait attendu de ses amis si une telle chose était arrivée.

Mais s'il accompagnait le mage xetesk, comme il se devait de le faire, il courrait le risque de ne jamais revoir sa femme et son propre enfant. Sans compter qu'il violerait la promesse faite à Diera : ne plus jamais repartir à la tête des Ravens.

L'Inconnu soupira et relut la lettre que Denser lui avait remise, cherchant à déterminer ce qui avait éveillé son inquiétude.

Mon cher époux,

Je sais que cette lettre te parviendra encore cachetée, parce que les membres du Conseil dordovan sont aveugles à tout ce qui n'est pas flagrant. Depuis un certain temps, j'ai l'impression que les maîtres du Collège sont incapables d'aider Lyanna, et que sa santé est menacée par le mana qu'elle attire sans réussir à le contrôler.

Parfois, tu lui manques terriblement, mais elle a l'air de comprendre que tu ne peux pas être ici, même si la raison lui échappe. Un jour, j'espère que nous pourrons lui expliquer ensemble. Mais peut-être est-ce trop désirer...

Tu dois te demander pourquoi nous sommes parties, et pourquoi je ne t'ai pas contacté par Communion pour te parler de mon anxiété grandissante. Mais tu es tellement à l'écart de la vie quotidienne de notre merveilleuse enfant que cela m'aurait été très difficile. De plus, il s'agit d'une chose que nous devons faire seules, sans solliciter l'avis de ceux qui pourraient nous dévier de notre chemin. Lyanna le sait, et je le sais aussi.

Pour le moment, j'imagine très bien ta colère. Le Conseil dordovan t'aura certainement caché ma disparition. Mon seul regret est de ne pas être là pour te voir humilier Vuldaroq. Je te supplie de le comprendre : moi seule peux accompagner Lyanna ! T'impliquer dans notre voyage nous aurait tous exposés à un danger considérable.

Je veux que tu saches que nous sommes saines et sauves, et que nous allons dans un endroit où Lyanna pourra apprendre en toute sécurité l'art auquel elle est destinée, sans renoncer pour autant aux joies de la délicieuse petite fille qu'elle devient un peu plus chaque jour. Il existe des gens qui comprennent son talent et qui souhaitent l'aider à le développer. Je les ai sentis. Ce sont des esprits bienveillants, et Lyanna est très heureuse à l'idée de les rencontrer. Je pense que nous pourrons les aider aussi. Malgré leur pouvoir, ils semblent très âgés et très fragiles.

J'ai du mal à contenir mon excitation. Je crois que nous avons enfin trouvé ceux dont nous espérions avec tant de ferveur qu'ils seraient toujours vivants. Ou plutôt, ce sont eux qui nous ont trouvées. Le voyage sera long et risqué, mais je t'en prie, ne t'inquiète pas pour nous.

Je t'enverrai des nouvelles dès que possible. Lorsque Lyanna sera installée, peut-être pourrons-nous nous revoir. Pour l'instant, je dois te dire adieu. Nous avons toutes deux versé des larmes à la perspective du temps qui passerait avant que nous soyons réunis, mais c'est ce qu'il y a de mieux à faire, dans notre intérêt à tous.

Lyanna sera la première véritable magicienne. Je le sais, à présent. Et ça signifie que nous pourrons commencer à bâtir un avenir meilleur.

Souhaite-moi bonne chance et envoie-moi tout ton amour. Une seule magie, un seul mage.

À toi pour toujours, Erienne.

Quelque chose dans cette lettre tourmentait Denser plus que le voyage qu'Erienne avait décidé d'entreprendre avec leur fille. C'était en rapport avec le désir pressant des Dordovans de les retrouver et de les ramener au Collège. Denser avait hâte de retrouver Ilkar – tous les Ravens, mais Ilkar en particulier –, et l'Inconnu avait dû lui ordonner de prendre d'abord un peu de repos.

À présent, un jour nouveau se levait, et Korina s'éveillait. Il y avait beaucoup à faire, et bien que l'Inconnu ne puisse pas réprimer l'excitation qui l'avait envahi, il n'avait pas idée de la façon dont ils s'y prendraient pour localiser une magicienne et sa petite fille dans ce vaste monde.

Tout ce qu'ils avaient, c'était cette lettre : un point de départ, une vague allusion à une magie très ancienne dont l'Inconnu n'avait jamais entendu parler. Mais si Denser pensait que c'était important, il ne le contredirait pas. Par les dieux, Thraun leur aurait été bien utile en la circonstance, mais le métamorphe était perdu pour eux.

Debout près du berceau, l'Inconnu écarta une boucle de cheveux blonds du visage de Jonas avant de se pencher pour embrasser son front pâle.

— Je ne resterai pas longtemps absent, mon petit, chuchota-t-il. Veille sur ta mère pour moi.

Il se redressa et se tourna vers la porte. Vêtue d'un corset et d'une jupe de travail bleue, Diera se tenait sur le seuil de la chambre. Ses cheveux blonds tombaient en désordre devant son visage, sans réussir à dissimuler son expression. L'Inconnu marcha vers elle et ouvrit la bouche, mais elle leva un index et le posa sur ses lèvres.

— Pas encore, Sol. Tu m'en parleras plus tard. Mais si tu dois vraiment partir, accorde-moi au moins l'heure qui vient.

Levant la tête, elle posa sa bouche sur celle de son époux, sa langue se dardant entre ses lèvres pour venir caresser la sienne.

L'Inconnu la saisit par les épaules et se dégagea.

— Nous risquons de réveiller Jonas. Et je connais un endroit beaucoup plus confortable.

Souriant, il lui prit la main et l'entraîna vers leur chambre.

Le vent ravageait la forêt, arrachant les racines et jetant les branches à terre avec une force terrible. Les troncs des jeunes arbres volaient à travers le Bois-d'Épines telles de vulgaires brindilles ; ils aplatissaient tout sur leur passage jusqu'à ce qu'ils se brisent, projetant des échardes mortelles que le maelström emportait à leur tour.

Dans l'abri que lui fournissait le tronc noueux et fendu d'un chêne, Thraun se tapissait sur le sol, le regard fou et l'esprit en ébullition. Ici, les échardes volantes ne pouvaient ni l'aveugler ni le couper, et les troncs ne lui rompraient pas les os, même s'ils risquaient de l'emprisonner. Mais il n'en allait pas de même pour le reste de la meute. Lorsque la tempête avait frappé sans crier gare, par une journée tranquille, la moitié de leur antre avait été détruit avant qu'ils puissent lancer un avertissement.

Ce qu'ils avaient pris jusque-là pour leur plus grande force s'était révélé un piège mortel. L'antre était creusé profondément sous les racines entremêlées d'un bosquet de pins touffus, mais le vent les avait emportés comme de simples feuilles mortes alors que la température dégringolait. Leurs racines arrachées avaient fouetté l'intérieur de la cavité tandis que de lourds buissons traversaient le plafond affaibli, écrasant une bonne partie des frères de Thraun et en mutilant beaucoup d'autres.

À ce moment-là, Thraun dormait à l'écart du carnage. Il s'était réveillé en sursaut, hurlant son appréhension, et s'était frayé un chemin jusqu'à leur antre à contre-courant de la meute en fuite, afin de constater les dégâts, de dégager ceux qui étaient coincés dedans et d'aider les blessés.

Mais il n'avait pas pu faire grand-chose. Du sang imbibait déjà le sol ; des os saillaient de la chair et de la fourrure de ses frères. Et parmi les rares qui bougeaient encore, aucun ne survivrait : leur corps avait été broyé par le poids de la terre et du bois. Le vent continuant à démolir leur antre, Thraun s'était précipité vers la seule issue et avait réussi à s'échapper avant que tout s'effondre.

Dehors, c'était à peine moins terrible. Une pluie d'échardes était tombée sur les rescapés. Elle les avait lacérés, les laissant presque tous ensanglantés, mutilés ou aveuglés. Ceux qui n'avaient pas pu s'abriter immédiatement avaient été emportés. L'un d'eux s'était retrouvé grotesquement suspendu à un entrelacs de branches – si hautes qu'aucun loup n'aurait pu les atteindre d'un bond – le regard vitreux, alors que ses forces vitales l'abandonnaient.

Thraun hurla, puis se plaqua au sol pour réfléchir à un moyen de sauver sa meute. Il promena son regard à la ronde, sur les mères qui protégeaient la poignée de petits qui avaient survécu et sur les mâles – quatre seulement – qui le fixaient comme pour l'implorer de les sauver. Il goûta le vent qui faisait rage autour d'eux, sentit sa violence maléfique et sut qu'ils ne devaient pas rester là.

Le vent semblait venir de partout à la fois, rugissant à leurs oreilles tandis que sa puissance aveugle dévastait la forêt. Thraun n'entendait que sa fureur et savait qu'il les traquait comme des proies. Il n'y avait qu'un seul endroit où ils pouvaient espérer survivre jusqu'à la fin de la tempête : le piton rocheux au pied duquel la meute se rassemblait avant de se mettre en chasse leur fournirait une barrière que les bourrasques ne pourraient pas franchir.

Mais il était à plus de deux cents pas. Une distance presque impossible à couvrir contre le vent. Les accalmies étaient peu nombreuses et toutes relatives. Thraun renifla. Justement, l'une d'elles approchait. Il attendit, tendu à craquer, le cœur battant la chamade.

Là. Le tumulte s'était légèrement apaisé. D'une manière à peine perceptible, mais qui lui donnerait l'avantage dont il avait besoin. Thraun bondit vers les mères pelotonnées les unes contre les autres, saisit un petit par la peau du cou et, grognant entre ses crocs serrés, intima aux autres l'ordre de rester là.

Puis il se lança vers le piton.

Le chemin était aussi difficile qu'il l'avait envisagé. Les pistes qu'il connaissait et les repères auxquels il se fiait avaient tous disparu. La nature même de la forêt avait changé au point de devenir méconnaissable. Partout, il pouvait voir le ciel envahi de gros nuages noirs qui bouillonnaient à travers son champ de vision telle une rivière en crue.

Tous les arbres étaient ravagés. Une épaisse couche de débris jonchait le sol, attendant d'être soulevée et transformée en un tourbillon meurtrier par la bourrasque suivante. Rien n'était plus comme cela aurait dû être, et seul le sens de l'orientation inné de Thraun, aiguillonné par le besoin pressant de trouver un nouveau chemin – même beaucoup plus long – lui permit d'atteindre son but.

Lorsqu'il se retrouva à l'abri de la saillie rocheuse, ce fut comme s'il passait de la nuit au jour. Le vent sifflait autour, plainte lugubre qui attristait le cœur. Mais au centre, la paroi protégerait leur vie. Thraun posa le louveteau sur le sol et lui lécha le museau avec un grognement réconfortant.

Reste ici. Je reviendrai.

Il fit l'aller-retour cinq fois : les quatre premières avec un autre petit dans la gueule, la dernière avec le reste de la meute.

Enfin, il put se reposer alors que le vent balayait les ruines du Bois-d'Épines. Il étudia ses compagnons : quatre mâles adultes, deux femelles et cinq petits, chacun ayant moins de deux saisons. Les pitoyables survivants d'une meute qui comptait plus de quarante membres le matin même. Il les sauverait et leur rebâtirait un antre. Mais avant, ils devaient honorer leurs frères morts.

Levant la tête, Thraun hurla à la mort.

Erienne parvint à calmer Lyanna seulement quand elles furent seules dans les appartements qu'on leur avait attribués au sein de l'extraordinaire bâtiment qui abritait les Al-Drechars.

Il se dressait entre un torrent et une palmeraie. Vu de devant, c'était une stupéfiante masse de bois et d'ardoise aux allures anarchiques. Mais peut-être était-ce voulu. Et dès qu'on y entrait, l'élégance du lieu vous coupait le souffle.

Non qu'Erienne ait eu le temps de jeter plus qu'un regard à la ronde. Les détails devraient attendre. Pour l'instant, elle berçait son enfant en se demandant comment elle arriverait à l'arracher de la ravissante chambre qui avait été décorée à son goût, si jamais Lyanna s'arrêtait de pleurer assez longtemps pour s'en apercevoir.

Les quatre femmes avaient également effrayé Erienne quand elle les avait vues plantées sur le chemin dans leur robe pâle qui flottait autour de leur grand corps décharné dont l'âge n'avait pas érodé la fière stature.

Ren'erei avait été la plus prompte à réagir : elle avait soulevé dans ses bras la fillette pétrifiée et s'était précipitée à l'intérieur avec elle. Erienne avait pris le temps de ramasser la poupée que Lyanna avait laissé tomber et de murmurer « Désolée » aux Al-Drechars. Puis elle avait emboîté le pas à Ren'erei jusqu'aux appartements où Lyanna et elle étaient désormais seules.

Sur les murs jaune pâle, des ours souriants agitaient la patte et des lapins cabotinaient gaiement. Trois lanternes projetaient une douce lumière. Outre le lit moelleux et le petit bureau de bois sculpté, la chambre était meublée d'un canapé et d'un fauteuil miniatures posés sur un épais tapis qui protégeait les pieds des lattes du plancher. Des bougies emplissaient l'air d'une vivifiante odeur sylvestre.

Mais Lyanna ne regardait rien de tout cela, et ses sanglots commençaient à peine à s'apaiser, même si elle tremblait encore violemment.

— Chut, ma chérie. Maman est là. Personne ne te fera de mal, murmura Erienne en caressant les cheveux de sa fille. C'est ça, calme-toi. Calme-toi.

— Les fantômes sont partis, maman ? marmonna la fillette.

— Mon cœur, il n'y a pas de fantômes. Ce sont tes amies.

— Non, gémit Lyanna en pleurant de plus belle. Ce ne sont pas des vieilles femmes. Ce sont des fantômes…

Erienne comprenait son point de vue. Elle savait que les robes légères, claires et vaporeuses des Al-Drechars étaient conçues pour ne pas les incommoder dans la chaleur humide qui régnait sur Herendeneth. Elle savait aussi que les vieux elfes portaient traditionnellement leurs cheveux blancs très longs afin d'inspirer le respect dû à leur grand âge, leur apparence squelettique résultant de la fonte de leurs muscles et de leur graisse au fil des ans. Mais les quatre personnes qui les avaient accueillies ressemblaient à un cauchemar d'enfant incarné, et Lyanna avait déjà subi plus que sa part de mauvais songes.

— Je vais rester avec toi, promit Erienne. Tout se passera bien. Ma courageuse petite fille…

Elle caressa les cheveux de Lyanna jusqu'à ce que celle-ci s'écarte pour relever la tête. Son visage était bouffi et tout rouge à l'endroit où elle l'avait pressé contre la poitrine de sa mère.

Erienne sourit.

— Regarde-toi ! la sermonna-t-elle gentiment.

Elle essuya les joues humides de Lyanna avec son mouchoir.

— Tu ne dois pas avoir peur. Tu as toujours peur ?

Lyanna secoua la tête avant d'avouer :

— Juste un peu. Ne me laisse pas, maman.

— Je ne te laisserai jamais, ma chérie. Veux-tu dormir avec moi ce soir ou préfères-tu rester ici ?

Pour la première fois, l'enfant examina la pièce, et une ébauche de sourire flotta sur ses lèvres.

— C'est une jolie chambre, admit-elle.

— Elle est à toi, si tu la veux.

— Où est la tienne ?

— À côté, pour que je puisse t'entendre si tu m'appelles. Ça te convient ?

Lyanna hocha la tête.

Quelqu'un frappa, et Ren'erei passa la tête dans la pièce.

— Comment ça va ? demanda-t-elle.

— Entrez, l'invita Erienne. Beaucoup mieux, merci.

Ren'erei s'était changée : elle portait désormais un ample pantalon de toile et une chemise de laine qui rappelèrent à Erienne que sa fille et elle étaient toujours couvertes de poussière et de transpiration.

— Tant mieux, approuva l'elfe. Les Al-Drechars ont hâte de vous rencontrer. Elles n'ont pas compris votre réaction.

Erienne regarda l'elfe, les sourcils froncés.

— J'imagine qu'elles n'ont pas dû voir beaucoup d'enfants récemment. Vous leur avez expliqué ?

— Dans la mesure du possible. (Ren'erei sourit.) Elles ont enfilé des vêtements plus convenables. (L'elfe se détourna pour sortir.) Venez quand vous serez prêtes. Je vous attendrai dans le couloir.

— Remerciez-les de ne pas s'être introduites dans notre esprit. C'était très prévenant de leur part.

— Elles ne comprennent peut-être pas les enfants, mais elles ne sont pas dépourvues de conscience. Ne laissez pas leur apparence affecter votre jugement.

Ren'erei referma la porte derrière elle.

— S'il y avait un autre moyen, je l'aurais choisi, affirma l'Inconnu.

Il se tenait sur le seuil de sa maison. Dans la rue, Denser était déjà en selle. Sa nervosité se communiquait à sa jument brun clair qui, incapable de se tenir tranquille, se dandinait d'une patte sur l'autre en faisant claquer ses sabots sur les pavés.

— Tu m'as déjà expliqué ta position très clairement, répliqua Diera, le visage rougi par les larmes.

Ses cheveux noués à la hâte en queue-de-cheval pendaient sur une de ses épaules.

Jonas était resté à l'intérieur. Elle n'avait pas voulu qu'il assiste à leurs adieux.

— Ne le prends pas comme ça ! cria l'Inconnu. Imagine ce que je ressentirais si c'était Jonas et toi qui aviez disparu. J'attendrais la même chose de mes amis.

— Oh ! je comprends ton maudit honneur et ton maudit code. Mais la promesse que tu m'as faite ? souffla Diera, pour que Denser ne l'entende pas

Il n'y avait rien à répondre. L'Inconnu revenait sur sa parole et cela le tourmentait.

Pourtant, il lui avait d'abord semblé que Diera comprenait. Ils avaient fait l'amour passionnément et tendrement. Il s'était perdu en elle, souhaitant que cette sensation dure à jamais. Mais alors qu'il était étendu près d'elle, comblé et apaisé, sa tête au-dessus de celle de Diera et sa main lui caressant la poitrine, les larmes de sa femme l'avaient averti que les adieux seraient pénibles.

Leurs cris avaient réveillé Jonas. Les pleurs du bébé avaient mis un terme à leur dispute et les avaient conduits à cet ultime dialogue, d'une froideur glaciale.

— Je n'ai pas d'excuse, et d'ailleurs, je ne crois pas en avoir besoin, déclara l'Inconnu en tendant une main vers Diera. (Mais la jeune femme se déroba.) Je ne pouvais pas lui refuser mon aide, tout comme il n'aurait pas pu me refuser la sienne si nos positions avaient été inversées.

— Mais tu n'as jamais envisagé de lui dire non, n'est-ce pas ? insista Diera. (L'Inconnu secoua la tête.) Tu n'as même pas pris le temps de réfléchir à ce que tu laisserais derrière toi en partant reformer les Ravens.

Elle avait craché ce nom comme s'il lui laissait un arrière-goût amer dans la bouche.

— Non, parce qu'ils… parce que nous sommes les meilleurs. Ensemble, nous avons une chance de retrouver Erienne et Lyanna et de nous en sortir sains et saufs. Cette fois, ce n'est pas une question d'argent. Je dois ma vie à Denser, tu le sais bien.

— Et Jonas et moi ? Tu ne nous dois rien, peut-être ? (L'expression de Diera s'adoucit un peu.) Écoute, je sais pourquoi tu t'en vas. C'est aussi pour ça que je t'aime. Mais tu ne m'as rien demandé, Sol. Comme si mon opinion ne comptait pas. Tu m'as fait une promesse, et même si ça te désole de la violer, c'est exactement ce que tu fais. L'idée que tu puisses ne pas revenir me brise le cœur. À présent, ta vie, c'est nous !

— Que voudrais-tu que je fasse ? soupira l'Inconnu.

— Quels que soient mes sentiments, je te comprends. J'accepte ton départ. Et je me réconforte en pensant que si j'avais des ennuis, les Ravens viendraient à mon secours. Mais j'aimerais que tu nous fasses passer avant le reste. Nous t'aimons, Sol. Nous voulons te revoir !

Diera s'avança et étreignit l'Inconnu, qui fut surpris de sentir des larmes couler sur ses joues. Il serra sa femme très fort contre lui, ses mains lui caressant le dos.

— Je reviendrai, affirma-t-il. Et crois-moi, je ne fais jamais rien sans penser à vous. Ton opinion compte beaucoup pour moi. Mais cette fois, le choix que je devais faire n'était pas de ceux que tu peux influencer.

Diera posa un doigt sur ses lèvres, puis l'embrassa une dernière fois.

— Ne gâche pas tout. Va-t'en, maintenant.

L'Inconnu se dégagea. Il enfourcha son cheval et le fit pivoter vers Julatsa. Quand il le talonna, Denser l'imitant, il implora les dieux de revoir sa femme un jour.

Vuldaroq était assis au milieu d'une longue table, flanqué de chaque côté par quatre elfes et quatre humains, membres du Quorum dordovan.

Face à eux se tenait un homme grand et fier. Derrière lui, quinze gardes collégiaux s'étaient déployés en demi-cercle. Une atmosphère glaciale régnait dans le petit auditorium, et elle n'était pas due au vent qui hurlait dehors. L'aura qui enveloppait cet homme et la répugnance qu'il éveillait chez ses hôtes rafraîchissaient dramatiquement la pièce. Nul n'était plus haï que lui au sein de la communauté des mages, et à présent, il était sur le sol sacré de Dordover, sa capuche abaissée révélant son affreux visage et le tatouage noir de son cou qui symbolisait ses viles croyances.

Son arrivée aux portes du Collège avait déclenché une agitation fébrile, qui culminait dans cette réunion organisée à la hâte. Chez les Dordovans, l'aversion dont cet individu faisait l'objet était oblitérée, temporairement au moins, par l'incrédulité et par le désir d'apprendre ce qui l'avait conduit en un endroit d'où il ne pouvait espérer repartir vivant.

— Vous avez pris un risque incroyable, Selik, déclara Vuldaroq. En réalité, je suis stupéfait que vous ne soyez pas déjà mort.

— C'est une chance pour vous que j'aie survécu, répliqua l'homme d'une voix lente et pâteuse, car ses atroces blessures faciales l'empêchaient de former correctement ses mots.

Cette déclaration fut saluée par les ricanements des membres du Quorum.

Quand il étudia les traits de Selik, Vuldaroq ne put réprimer un sourire de satisfaction. Le côté gauche de son visage semblait avoir été brouillé par un coup de pinceau maladroit donné sur de la peinture encore humide. Sous son arcade sourcilière tombante et dépourvue de pilosité, son œil aveugle et immobile était couvert d'une pellicule laiteuse. Sa joue était comme lacérée par des griffes monstrueuses qui auraient tiré le coin de sa bouche vers le bas, le forçant à afficher un rictus perpétuel. C'était une expression tout à fait appropriée, chez un tel individu, qu'accentuaient encore ses mâchoires flasques et dépourvues de dents.

Et tout cela avait été causé par une Dordovane. Jusque-là, Vuldaroq avait cru que le GlaceVent d'Erienne avait tué le bras droit du capitaine Travers. Mais d'une façon ou d'une autre, Selik avait survécu à ce sort, puis à l'incendie du château des Ailes Noires. Et l'ordre des chasseurs de sorciers avait survécu avec lui. Désormais, ses membres étaient moins nombreux, mais ils n'avaient rien perdu de leur zèle.

— Je ne peux envisager de circonstances où votre survie soit une chance pour un mage dordovan, déclara le Haut Secrétaire Berian avec un sourire mauvais.

— Vous devriez pourtant, dit Selik. Que cela vous plaise ou non, nous cherchons la même chose.

— Vraiment ? (Vuldaroq fronça les sourcils.) Je suis très curieux de savoir comment vous êtes parvenu à cette conclusion.

Quelques gloussements retentirent le long de la table. Selik secoua la tête.

— Regardez-vous, confits dans une arrogance qui me donne la nausée. Vous pensez que personne n'est au courant de vos petits secrets. Pourtant, je sais que vous avez perdu un grand trésor et que vous aspirez à le retrouver. À *la* retrouver. Or, je suis le seul qui puisse vraiment vous aider. Et je le ferai, parce que, pour une fois, nous avons un objectif commun. Cette magie ne peut être autorisée à prospérer : sinon, elle nous détruira tous. Je sais dans quelle direction elle voyage et je connais au moins une des personnes qui l'accompagnent.

Il s'interrompit pour étudier le visage de ses hôtes. Vuldaroq put presque sentir sur sa langue le goût du silence qu'avaient engendré ces révélations.

— J'ai réussi à éveiller votre intérêt, n'est-ce pas ? Les Ailes Noires voient tout, et il en sera toujours ainsi. Ne l'oubliez jamais, ô puissant Quorum de Dordover. Comme vous devez désormais le savoir, les Al-Drechars ne sont pas un mythe ; nous ignorons simplement où les trouver. Mais si nous joignons nos forces, nous ne tarderons pas à le découvrir, croyez-moi.

— Votre audace n'a d'égal que votre aveuglement ! Pensez-vous que nous pourrions nous allier aux Ailes Noires ? Avez-vous perdu ce qui vous reste de tête ?

Selik haussa les épaules et eut un sourire grotesque.

— Dans ce cas, tuez-moi, et si je n'ai pas bluffé, vous n'apprendrez jamais ce que nous savons. Le problème, c'est que vous n'avez pas assez de temps pour prendre ce risque, n'est-ce pas ? Tard dans la soirée, dans les tavernes dordovanes, vos mages ne sont pas toujours aussi discrets que vous le souhaiteriez. Beaucoup d'informations sont arrivées à nos oreilles, et nous les avons trouvées infiniment intéressantes. Oui, infiniment intéressantes.

— Mais vous n'êtes pas venu ici pour satisfaire vos tendances altruistes, fit remarquer Vuldaroq. Vous attendez quelque chose de nous. De quoi s'agit-il ?

— Ah, Vuldaroq ! lança Selik. Vous n'êtes pas toujours aussi obtus que vous en avez l'air. C'est très simple. Vous voulez récupérer la fille pour l'éduquer, la contrôler ou disposer d'elle comme bon vous semblera. Vous pouvez l'avoir, et je vous aiderai même à lui mettre la main dessus. Mais en échange, je veux la chienne qui m'a fait ça. (Il pointa un index vers son visage défiguré.) Remettez-moi Erienne Malanvai.

Dans la tempête de protestations qui suivit, Vuldaroq s'autorisa un petit gloussement.

Chapitre 4

Ren'erei précéda Erienne et Lyanna le long d'un couloir lambrissé et décoré de nombreux tableaux. Il s'étendait sur soixante-dix mètres et s'achevait par une simple porte à double battant que flanquaient des gardes de la Guilde. D'autres portes se dressaient le long du mur de gauche, et à droite, des fenêtres surplombaient un verger éclairé par des lanternes.

En apercevant l'extérieur, Lyanna avait temporairement oublié sa peur pour courir vers une fenêtre. Elle avait collé son nez à la vitre, fascinée par les lanternes qui se balançaient dans la brise, projetant leur douce lumière sous les branches et les feuilles grasses dans la pénombre de ce début de soirée.

Il faisait encore assez chaud. Erienne avait choisi une robe verte légère qui lui tombait jusqu'aux chevilles, et relevé ses cheveux en chignon pour laisser l'air lui caresser la nuque. Lyanna portait une robe rouge vif aux manchettes blanches. Ses cheveux étaient attachés en queue-de-cheval, et elle tenait toujours sa poupée dans sa main droite.

— Cet endroit est immense, souffla Erienne.

Debout derrière sa fille, elle observait une autre aile de la maison située à plus d'une centaine de mètres, de l'autre côté du verger.

— En effet, dit Ren'erei. Il doit couvrir une grande partie de la colline. Vous devriez aller faire un tour par la voie des airs. Vous pourrez le voir dans son ensemble si vous restez sous l'illusion. Sa construction a commencé à l'époque de la Séparation et elle ne s'est jamais vraiment interrompue, même s'il abrite désormais très peu de résidents : à peine quatre, contre plus de quatre-vingts, jadis.

— Qu'est-il donc arrivé ? demanda Erienne.

Elle fit pivoter Lyanna pour l'arracher à sa contemplation et elles se remirent en marche, longeant de très vieux tableaux aux couleurs passées qui montraient des cités en flammes, de grands festins et des cerfs qui couraient dans la forêt.

En vérité, une bien étrange collection…

— Les Al-Drechars ont négligé de perpétuer leur lignée jusqu'à ce qu'il soit presque trop tard, répondit Ren'erei. Comme vous êtes bien placée pour le savoir, il est très difficile de produire un véritable adepte. Leur nombre n'a pas tardé à décroître à cause de la baisse de la natalité et parce que beaucoup ne voulaient pas passer toute leur vie ici. Malgré l'importance de leur ordre, ils n'avaient plus la volonté nécessaire. Qui peut expliquer pourquoi ?

Elles atteignirent la double porte du fond, que les gardes leur ouvrirent. De l'autre côté s'étendait une immense salle de bal décorée en rouge et blanc, avec une profusion de chandeliers et de miroirs. Malgré la poussière qui couvrait toutes les surfaces – la preuve que cette pièce n'avait pas été utilisée depuis fort longtemps – Erienne en eut le souffle coupé.

— Elles vous expliqueront le reste, promit Ren'erei en traversant la salle de bal pour gagner une porte d'apparence anodine.

Elle frappa au battant, l'ouvrit, puis s'effaça pour laisser ses invitées entrer dans une petite salle à manger.

Des portraits d'elfes étaient accrochés aux murs lambrissés de chêne. Dans le fond, quatre femmes âgées assises à une longue table bavardaient. Elles s'interrompirent en voyant Erienne et Lyanna, qui s'accrochait à la jambe de sa mère.

— Tout va bien, ma chérie, chuchota Erienne. Je suis ici, et ce sont nos amies.

Pour la première fois, la jeune femme prit conscience de la majesté des Al-Drechars. Elle ne doutait pas d'être en présence des quatre magiciennes les plus puissantes de Balaia. Sur leur visage, elle lut une grande lassitude, mais aussi une profonde détermination à survivre tant qu'elles n'auraient pas accompli leur mission. C'était l'image qu'elle devait toujours garder d'elles…

En surface, c'était des elfes très vieilles et amicales, malgré l'expression sévère de leur visage décharné. Erienne vit des cascades de cheveux blancs, des doigts osseux, de longs cous et des yeux perçants. Puis l'une d'elles prit la parole, sa voix, comme un baume appliqué sur une plaie ouverte, dissipant toute anxiété.

— Venez donc vous asseoir. Nous avons toutes besoin de nous restaurer. Toi, mon enfant, tu dois être épuisée et effrayée après ce long voyage. Nous ne te retiendrons pas longtemps. Mais nous garderons un peu ta maman près de nous, si ça ne t'ennuie pas.

Lyanna réussit à sourire tandis qu'Erienne tirait une chaise à l'autre bout de la table et l'aidait à s'asseoir avant de prendre place à côté d'elle. Ren'erei s'installa entre les deux groupes.

— Vous ne ferez pas de mal à ma maman, marmonna Lyanna, le regard fixé sur la nappe bleue.

— Certainement pas, chère enfant. Bien au contraire, affirma une autre elfe. Nous attendons depuis trop longtemps pour faire du mal à qui que ce soit. (Elle frappa dans ses mains.) Les présentations attendront un peu. Mangeons d'abord.

Une femme d'âge mûr entra par une porte située sur la gauche, tenant une énorme soupière fumante par ses poignées de bois sculpté. Derrière elle, un garçon qui ne devait pas avoir plus de douze ans portait un plateau chargé de bols et d'assiettes. Avec des gestes vifs, et en commençant par Lyanna, ils servirent une soupe épaisse, composée de gros morceaux de légumes, dont l'odeur parfumée fit gargouiller l'estomac d'Erienne.

— Mange, chère enfant, dit une des Al-Drechars.

Lyanna trempa un morceau de pain dans sa soupe, souffla dessus et goûta.

— C'est bon, fit-elle, sourcils froncés.

— N'aie pas l'air si surprise, ma chérie, gloussa Erienne. Je suis sûre qu'il y a d'excellents cuisiniers, même dans cette partie du monde.

— Je l'espère.

Maladroitement, la fillette collecta un peu de bouillon dans sa cuillère. Un moment, elles mangèrent en silence la soupe, qui était aussi délicieuse qu'elle en avait l'apparence et l'odeur. Puis Ren'erei se racla la gorge.

— Il est temps de s'acquitter des civilités, déclara-t-elle. Erienne, Lyanna, j'ai l'immense honneur et le plaisir de vous présenter les Al-Drechars.

La lueur respectueuse, dans son regard, fit sourire Erienne.

— En partant de ma droite, Ephemere-Al-Ereama, Aviana-Al-Ysandi, Cleress-Al-Heth et Myriell-Al-Anathack, récita Ren'erei en les saluant chacune de la tête.

— Ren'erei, ne soit pas si solennelle, gloussa Cleress-Al-Heth. Tu nous donnes l'air complètement inaccessible !

Les autres Al-Drechars se mirent aussi à rire, et Ren'erei rougit, les coins de sa bouche frémissant légèrement.

— Erienne et Lyanna, continua la vieille elfe, je vous en prie, appelez-nous Ephemere, Aviana, Cleress et Myriell. Et si vous nous entendez utiliser d'autres noms entre nous, vous pouvez les employer aussi.

Erienne se sentit plus à l'aise qu'elle ne l'avait été depuis longtemps. L'aura des Al-Drechars se dissipa un peu, mais elle resta tout à fait consciente de leur pouvoir et de leur vitalité magique.

À un certain niveau, ces femmes n'étaient que des elfes âgées, et cette pensée la réconfortait.

Elle les étudia pendant qu'elles finissaient leur soupe. Sa première impression fut que les Al-Drechars se ressemblaient beaucoup. Il était sans doute inévitable, pensa-t-elle, après tant d'années de vie commune, qu'elles partagent certains tics de comportement, leur façon de se vêtir et même quelques caractéristiques physiques. Et bien que la couleur de leurs yeux, la forme de leur nez et de leur bouche permettent de les distinguer, elle s'attendait à ce que Lyanna ait un peu de mal à les reconnaître, les premiers jours.

— Vous vivez ensemble depuis longtemps, n'est-ce pas ? demanda-t-elle.

Cleress sourit.

— Très longtemps. Plus de trois siècles.

— Quoi ?

Erienne sursauta. Elle savait que les elfes bénéficiaient d'une grande longévité, mais trois siècles, cela semblait extraordinaire. Impossible.

— Nous avons attendu ici, sondant le spectre du mana, ménageant nos forces et préparant l'arrivée de quelqu'un qui pourrait reprendre le flambeau, déclara Aviana. (Elle eut un sourire triste.) À vrai dire, nous commencions à désespérer.

— Depuis combien de temps attendez-vous ?

— Trois cent onze ans. Depuis la naissance de nos derniers bébés : Myriell et Septern.

Erienne en resta bouche bée. Que Septern ait été un Al-Drechar ne la surprenait pas. Mais elle n'aurait pas cru que les adeptes étaient aussi peu nombreux.

— Il n'y en a eu aucun autre depuis ?

— Oh ! des rumeurs ont circulé, et nos espoirs ont été éveillés puis anéantis des centaines de fois, fit Cleress. Mais laissons cela pour plus tard. Je vois que votre belle petite fille tombe de fatigue, et nous devons lui parler avant qu'elle aille au lit. La journée a été longue.

Erienne baissa les yeux. Lyanna jouait avec le reste de sa soupe, promenant un morceau de pain à sa surface.

— Lyanna, ces dames veulent te parler. Ça ira ?

L'enfant fit signe que oui.

— Tu te sens toujours intimidée ? demanda Erienne.

— Un peu, avoua Lyanna. Et j'ai sommeil.

— Je sais, ma chérie. Je vais bientôt t'emmener te coucher.

Erienne fit un signe de tête aux Al-Drechars, les invitant à commencer.

— Lyanna ?

Entendant la voix douce d'Ephemere, la fillette leva les yeux vers le visage amical de l'Al-Drechar.

— Nous te souhaitons la bienvenue dans notre maison et nous espérons que tu voudras bien la faire tienne un petit moment. Ça ne t'ennuie pas ?

Lyanna secoua la tête.

— Si maman reste ici, je resterai avec elle.

— Bien entendu qu'elle restera, mon enfant. N'est-ce pas, Erienne ?

— Évidemment…

— Bon. (La voix d'Ephemere se durcit un peu.) Lyanna, tu sais qu'il y a de la magie en toi, pas vrai ? (L'enfant hocha la tête.) Là où tu vivais jusqu'à présent, elle commençait à te faire du mal. Tes professeurs ne pouvaient plus rien pour toi : c'est pour cela que nous nous sommes manifestées dans ton esprit et dans tes rêves. Pour t'aider. Le comprends-tu ?

Nouveau hochement de tête. Lyanna leva les yeux vers sa mère, qui lui sourit et lui caressa les cheveux.

— C'est bien, la félicita Ephemere. C'est très bien. Et comment crois-tu que nous allons t'aider ?

Lyanna réfléchit un moment.

— Vous allez chasser les mauvais rêves.

— Exact ! lança Myriell en frappant dans ses mains. Et bien plus encore. Je sais que la douleur de la magie te met parfois en colère. Nous t'apprendrons à la surmonter et à forcer la magie à faire ce que tu veux.

— Tu as un très grand don, Lyanna, ajouta Cleress. Nous laisseras-tu t'aider à le maîtriser ?

Erienne n'était pas sûre que l'enfant ait bien compris la dernière question, mais elle hocha quand même la tête.

— Parfait. Brave petite, dit Ephemere. Y a-t-il quelque chose que tu souhaites nous demander ?

— Non. (Lyanna secoua la tête et bâilla.) Maman ?

— Oui, mon cœur. Il est temps d'aller au lit !

La cuisinière et le serveur revinrent. Ils débarrassèrent les assiettes pendant qu'Erienne prenait sa fille dans ses bras.

— Je la couche et je reviens, promit-elle. Mais ça risque de prendre un moment.

Cleress haussa les épaules.

— Ne vous pressez pas. Nous vous attendrons ici. Après tant d'années, nous pourrons patienter quelques minutes de plus pour vous parler.

Lyanna s'endormit dans les bras de sa mère avant même qu'elles aient atteint leurs appartements. Ce fut tout juste si elle broncha pendant qu'Erienne la déshabillait et lui enfilait une chemise de nuit.

— Ça fait un peu trop pour toi, mon cœur, chuchota Erienne en glissant la poupée dans les draps près de sa fille, alors qu'une nouvelle vague de culpabilité la submergeait. Dors bien.

Elle posa un baiser sur le front de Lyanna et sortit en refermant doucement la porte derrière elle.

Ren'erei l'attendait dans le couloir.

— Je vais rester ici et veiller sur elle, proposa l'elfe. Si elle se réveille et qu'elle vous appelle, je viendrai vous chercher.

Brusquement soulagée, Erienne l'embrassa sur la joue.

— Merci, Ren'erei. Vous êtes notre amie, n'est-ce pas ?

— Je l'espère, répondit gravement l'elfe.

Erienne regagna vite la salle à manger. En son absence, les domestiques avaient apporté des plats de viande et de légumes posés sur des bougies qui les gardaient au chaud. Une bouteille de vin et des verres de cristal attendaient sur un plateau. Dans la main d'Ephemere, une longue pipe fumait.

Une image s'imposa à l'esprit d'Erienne : Denser assis dos à un arbre, fumant son tabac nauséabond, pendant que les Ravens débattaient de la fin du monde. La jeune femme sourit et regretta une fois de plus qu'il ne soit pas avec elle.

— Elle s'est endormie tout de suite ? demanda Aviana.

Erienne hocha la tête.

— Tant mieux. Prenez de la nourriture et du vin et rapprochez-vous pour que nous n'ayons pas à hausser la voix.

Erienne obéit et s'assit à côté d'Ephemere, qui agita la main pour dissiper la fumée.

— C'est une très mauvaise habitude, et je m'excuse de vous l'imposer, croassa-t-elle. Mais l'inhalation soulage nos poumons et nos membres endoloris. Hélas, comme vous pouvez l'entendre, elle affecte aussi notre voix.

Elle fit passer la pipe à Aviana, qui aspira profondément et toussa en avalant la fumée aux senteurs de chêne, de rose et d'une herbe douceâtre qu'Erienne ne put identifier.

Comme si elle les voyait pour la première fois, Erienne prit conscience du grand âge et de la fragilité des Al-Drechars. À la lumière des bougies et des lanternes, la peau du visage d'Ephemere semblait tendue à craquer. Presque aussi pâle que ses épais cheveux blancs, elle contrastait avec ses yeux d'émeraude scintillante, qui seuls trahissaient sa vitalité magique.

Les robes de la vieille elfe pendouillaient sur son corps décharné, d'où son cou mince aux veines et aux tendons saillants dépassait tel un rocher jaillissant de la mer. Ses mains longues et fines, qui évoquaient presque des pattes d'araignée, tremblaient légèrement, et ses doigts que n'ornait aucune bague se terminaient par des ongles courts soigneusement entretenus.

Se concentrant sur le visage d'Ephemere, Erienne vit la lumière et la chaleur qui brûlaient dans son regard. L'elfe lui sourit.

— Vous devez penser que vous êtes arrivée à temps, gloussa-t-elle. Et vous n'avez pas tort.

— Oh ! Ephy, ne sois pas si mélodramatique, lui reprocha Myriell d'une voix éraillée par le tabac.

— Je suis surtout réaliste, siffla Ephemere. Je refuse de me voiler la face ou de nier le risque que nous allons toutes prendre, et ses conséquences inéluctables.

— Notre invitée doit savoir la vérité. Toute la vérité, dit Cleress.

— Erienne, comme vous pouvez le voir, nous sommes très âgées, même pour des elfes, soupira Ephemere, et la magie a ses limites. Elle ne saurait repousser éternellement l'inévitable.

— Par ailleurs, il faut préciser qu'aucune de nous n'aurait choisi de vivre aussi longtemps si nous n'avions pas une mission à accomplir, ajouta Cleress.

Ephemere hocha la tête.

— Vous allez voir ici des choses qui ne vous plairont pas. Et vouloir nous empêcher d'agir sur Lyanna. Vous craindrez pour sa sécurité et vous en aurez parfaitement le droit, parce qu'elle sera en danger chaque jour de sa formation. Je crains que ce soit une conséquence malheureuse des dégâts provoqués par ses professeurs dordovans.

— Quels dégâts ? s'écria Erienne, le cœur battant la chamade.

— Calmez-vous, Erienne, dit Aviana. Il n'y a là rien d'irrémédiable, que ce soit sur le plan physique ou mental. Nous avons calmé les cauchemars qui l'assaillaient dans l'enceinte de votre Collège. Le problème, c'est qu'elle est encore bien jeune pour accepter l'Éveil. Et si elle ne parvient pas à assimiler notre enseignement, les conséquences risquent d'être terribles.

— La mort ?

Erienne osa à peine prononcer ce mot.

— C'est le prix que tout mage s'expose à payer lorsqu'il tente de réaliser son potentiel, répondit Cleress. Mais dans le cas de Lyanna, c'est ce qui se passerait avant que nous devons redouter.

Elle leva une main pour prévenir la question suivante d'Erienne.

— Nous savons que Lyanna a accepté le mana dordovan comme si c'était la chose la plus naturelle du monde. C'est d'ailleurs cela qui nous a alertées, le long des pistes de mana que nous étudions depuis si longtemps. Mais en elle fait rage un conflit provoqué par sa formation dordovane. Une partie seulement de ses capacités ont été éveillées. À présent, nous devons éveiller le reste, mais nous craignons que la partie de son esprit formée aux préceptes dordovans résiste, à moins que nous puissions la remodeler pour qu'elle s'en abstienne. C'est un concept qu'un mage adulte aurait déjà du mal à appréhender. Alors, une enfant si jeune…

L'elfe haussa les épaules et n'acheva pas sa phrase.

— Ne pouvez-vous attendre jusqu'à ce qu'elle soit plus grande ? proposa Erienne. Vous contenter de la protéger jusqu'à ce qu'elle soit prête ?

— Si nous le pouvions, nous le ferions. Mais le processus de l'Éveil a déjà été initié. Et sans nécessité.

Myriell plongea son regard dans celui d'Erienne.

— Je vous demande pardon ?

— Quoi qu'ils aient pu vous dire, les maîtres dordovans espéraient que leur magie étoufferait ses dons. Comme des imbéciles, ils ont entrepris de les activer dans leur totalité. J'imagine qu'ils ont prétendu que c'était le seul moyen de la sauver.

— Oui, mais…

Une clameur résonnait dans la tête d'Erienne, comme une alarme se déclenchant beaucoup trop tard. Elle se sentit au bord de la panique.

— Ce qu'ils voulaient avant tout, c'était se protéger d'elle, affirma Myriell. Mais ils n'avaient aucune idée de ce qu'ils affrontaient, Erienne. Et la confiance que vous leur avez témoignée a mis Lyanna en grand danger. Désormais, elle est menacée par son propre esprit, et nous toutes avec.

— Non, non, non ! (Erienne secoua la tête sans réussir à démêler l'écheveau de ses pensées.) Vous êtes censées pouvoir l'aider. La rendre comme vous. Comment pourrait-elle être encore en danger ? Nous sommes venues à Herendeneth pour y trouver la sécurité.

Ephemere posa une main froide sur le bras de la jeune femme.

— Détendez-vous, mon enfant, dit-elle d'une voix apaisante. Voilà ce que vous devez savoir, mais gardez à l'esprit que vous n'êtes pas à blâmer pour tout ce qui s'est passé jusqu'ici, et que nous amener Lyanna était son seul espoir. Et le nôtre aussi. Si elle était restée à Dordover, elle aurait certainement péri.

Erienne prit une profonde inspiration et sentit les battements de son cœur ralentir légèrement. Elle hocha la tête et, fixant les yeux émeraude d'Ephemere, attendit que l'Al-Drechar continue.

— En Lyanna sommeille un talent que seuls ses semblables peuvent comprendre et développer. Elle n'a pas seulement la capacité de comprendre les annales de *tous* les Collèges, mais aussi une connaissance innée de la force fondamentale et unique à laquelle tous les mages avaient jadis accès. Pour la libérer, elle doit d'abord apprendre à maîtriser les fils individuels qui composent la trame de cette force. Cela équivaudra à visiter la Cuve à Mana de chaque Collège pour accepter son mana et ses annales. Cela aurait dû être fait simultanément, mais les maîtres dordovans ont compromis cet équilibre.

» Je ne peux même pas vous décrire la puissance brute que Lyanna détient, mais sa capacité à modeler le mana est déjà perceptible à des centaines de kilomètres à la ronde. Si nous ne lui apprenons pas à contrôler ses pouvoirs, elle provoquera des dégâts incommensurables avant de finir par se tuer. Je crains que nous ne rencontrions des problèmes pendant sa formation ici, et chacune de ses erreurs attirera comme un phare dans la nuit ceux qui lui veulent du mal. Vous serez sa seule influence stabilisante quand elle sera le plus vulnérable. Il faudra la protéger à tout prix ! La pauvre enfant est encore très jeune, et physiquement fragile. Elle n'aurait pas dû avoir à affronter tout ça avant d'atteindre votre âge.

— Mais vous pouvez y arriver ? demanda Erienne en sondant les yeux d'émeraude d'Ephemere.

— Il le faudra bien, répondit Aviana. Parce que si nous échouons, il ne restera plus d'Al-Drechar.

— Pourquoi ? Que vous arrivera-t-il ?

Erienne pensait connaître déjà la réponse.

Ephemere éclata de rire.

— Chère Erienne, nous maintenir en vie et perpétuer les illusions qui nous dissimulent au reste du monde mobilise déjà toute notre énergie. Je crains fort qu'entraîner votre fille ne provoque notre mort à toutes. (Elle sourit et posa une main sur le bras de la jeune femme.) Mais telle est la voie de la nature, et la mort ne s'abat jamais très vite sur les Al-Drechars.

— Quand commencerez-vous ? demanda Erienne.

Elle n'était plus très sûre de devoir les laisser faire : pas seulement dans l'intérêt de Lyanna, mais aussi dans le leur.

— Demain matin, répondit Aviana. Le temps presse. Ren'erei pense que nos ennemis sont plus près de nous que jamais, comme en témoignent les blessures du pauvre Tryuun. Nous devons rester vigilantes. Rien ne doit nous détourner de notre tâche.

Dans ses rêves, Erienne avait imaginé que les Al-Drechars soulèveraient le voile qui s'interposait entre Lyanna et sa compréhension de l'Unique, et que leur problème serait résolu. Mais à présent, elle craignait ce que Denser rencontrerait sur son chemin pendant qu'il les chercherait. Et elle commençait à espérer qu'il ne les retrouve pas.

— Maintenant, nous devrions toutes aller nous coucher, lança Cleress. L'heure de travailler dur et de faire preuve d'une grande force est venue, et le sommeil est le meilleur guérisseur de l'esprit.

— Si ça ne vous ennuie pas, je vais rester pour finir mon vin, dit Erienne, certaine qu'elle ne parviendrait pas à s'endormir.

Elle regarda les Al-Drechars s'aider mutuellement à se relever et à rejoindre la porte de la salle de bal en se soutenant : Ephemere le dos voûté, Myriell droite comme un i mais traînant la jambe gauche, Cleress vacillant comme si elle avait perdu le sens de l'équilibre et Aviana souffrant visiblement d'arthrite.

Quatre très vieilles femmes qui marmonnaient tout en regagnant laborieusement leurs chambres, quelque part dans cette immense maison… Erienne faillit éclater de rire en pensant que l'aube se lèverait avant qu'elles arrivent à destination, mais elle parvint à se retenir.

Elle termina son vin et se resservit. Portant le verre à son nez, elle huma ses arômes fruités et les laissa l'envelopper. Par tous les enfers, qu'avait-elle fait ? Elle avait remis la vie de sa fille entre les mains de quatre sorcières qui semblaient sur le point de rendre leur dernier souffle. Cela aurait dû lui apparaître comme une folie, et pourtant, elle trouvait ça d'une logique absolue.

Son anxiété se dissipant, la jeune femme entrevit ce qu'elle avait cherché, et qui lui avait échappé jusqu'à maintenant : un but pour elle, et une chance pour Lyanna.

Elle réussirait peut-être à s'endormir, finalement.

Chapitre 5

Ilkar fut réveillé par des bruits de marteau familiers venant de l'extérieur du Collège. À en juger par la texture de l'air, une autre journée sèche commençait, et de la lumière filtrait à travers les rideaux tirés devant la fenêtre ouverte. Allongée près de lui dans son lit, Pheone s'agita et se tourna vers le mur. Ilkar sourit, comme il l'avait fait chaque matin depuis la nuit où ils avaient testé la salle d'expérimentation, cinq jours plus tôt.

Une sacrée nuit ! Ils avaient disposé des blocs de bois grossièrement taillés et peints à l'effigie des seigneurs ouestiens et des membres, passés ou présents, du Cercle des Sept xetesk et du Quorum dordovan. Puis ils s'étaient relayés pour les détruire en utilisant toute une palette de sorts offensifs à base de feu et de glace.

Vingt mages avaient participé au feu d'artifice, libérant la frustration accumulée depuis des semaines. Une séance spectaculaire : le feu qui pilonnait les murs, la glace qui faisait éclater le bois et s'accumulait dans les coins avant d'être pulvérisée par des rayons d'énergie concentrée, emplissant tout le bâtiment d'une vapeur dense. Chaque fois qu'il n'était pas occupé à incanter, Ilkar s'était tenu prêt à déployer un bouclier pour protéger ses collègues, dont la précision était encore inférieure à la sienne.

Toute la soirée, il avait senti la proximité de Pheone, et pendant le festin abondamment arrosé qui avait suivi les tests, la tête de la jeune femme s'était posée sur son épaule plus de fois qu'il n'aurait pu les compter. Bien que confus, ses souvenirs étaient pleins du sourire éclatant de Pheone, de son rire et de sa tunique largement décolletée.

Leurs ébats alimentés par l'alcool avaient été placés sous le signe de l'abandon et du déchaînement, même si Ilkar devait admettre que tout se brouillait un peu dans son esprit. Il n'était pas certain que ça ait duré très longtemps, mais la sensation d'un corps féminin contre le sien – fût-ce celui d'une humaine – avait été merveilleuse.

Pheone avait apaisé ses inquiétudes dès que leur gueule de bois avait permis à leur cerveau de fonctionner. Aucun elfe n'aurait dû s'engager dans une histoire sérieuse avec un humain : la différence de longévité débouchait sur un épouvantable chagrin et, bien souvent, sur le suicide du survivant elfe.

— Nous savons bien que ça ne durera pas, avait-elle dit. Mais pour le moment, nous avons besoin l'un de l'autre. Essayons d'en profiter et de ne pas trop penser à demain.

Ilkar n'était pas certain que la jeune femme croie ses propres paroles. La passion qu'ils avaient partagée au cours des nuits suivantes avait été intense – sur le plan physique, sinon émotionnel. Pourtant, elle avait eu raison. Leur union sexuelle lui faisait porter un nouveau regard sur le monde. Jusque-là, il s'était tellement absorbé dans la reconstruction de Julatsa que tout le reste avait pâli en comparaison. Il avait même commencé à redouter les rares visites de l'Inconnu, une réaction impardonnable. Pheone lui avait réappris à se détendre, et il l'aimait pour cela – si « aimer » était le terme approprié.

Surtout, il voyait désormais au-delà de la résurrection matérielle du Collège. À plus long terme, il pouvait envisager la reconstitution de son âme. Il y avait tant à faire pour ramener les Julatsiens partis s'installer ailleurs. Ilkar savait qu'un jour, il devrait arpenter le monde pour répandre la nouvelle que son Collège de magie vivait et respirait de nouveau.

Pour l'instant, son Collège restait dans le coma, et sa place à lui était ici. Il se pencha et embrassa la joue de Pheone endormie, avant de bondir hors de son lit sur les dalles de pierre froide, saisissant au passage un pantalon vert et une grossière chemise de travail en laine. Il enfila une solide paire de bottes qui lui montaient à mi-mollet, passa les mains dans ses cheveux en bataille et, mû par les gargouillis de son estomac, sortit de la chambre pour gagner le réfectoire, de l'autre côté de la cour.

Dehors, la journée était encore fraîche, mais la température montait peu à peu. L'aube était passée depuis une heure. Ilkar regarda le toit encore inachevé de la bibliothèque et un nouveau bâtiment dont les fondations avaient été coulées la semaine précédente. Comme toujours, il s'arrêta quelques instants pour observer le trou où gisait le Cœur.

Un jour, le Cœur reverrait la lumière, et les corps de ceux qui y étaient ensevelis – dont Barras, le dernier négociateur elfe – pourraient recevoir les honneurs qui leur étaient dus. Ilkar fit une courte prière aux dieux, pour qu'ils lui fournissent les outils nécessaires pour la réussite de cette mission.

— Ilkar !

L'elfe identifia aussitôt la voix qui l'avait interpellé et se tourna vivement vers sa source.

L'homme entra par l'ouverture béante qui avait jadis été la porte Nord du Collège. Il menait son cheval par la bride. Derrière lui venait un second voyageur dont la vue réjouit encore plus le cœur d'Ilkar.

— Denser ! (L'elfe avança vers ses amis à grandes enjambées.) Par les dieux, ils laissent vraiment entrer n'importe qui ces derniers temps.

— Désolé. Je croyais être le bienvenu ici depuis ma dernière visite.

— Et comment !

Les deux hommes s'étreignirent chaleureusement.

— Laisse-moi te regarder, dit Ilkar en se dégageant pour dévisager Denser. Tu es tout poussiéreux. J'aperçois quelques mèches grises qui n'étaient pas là la dernière fois, et tu as besoin d'une bonne coupe de cheveux. Mais à part ça, tu es à peu près reconnaissable. Ravi de te voir ! J'espère que tu as amené ton marteau et ton burin.

Denser sourit.

— Désolé, je n'ai jamais été très porté sur les travaux manuels. Mais j'ai ma pipe…

— Son odeur pestilentielle me manquait !

Ilkar tapota le bras de son ami et regarda par-dessus son épaule.

— Salut, Inconnu. Ça faisait longtemps.

Il se força à sourire, mais il savait que l'arrivée simultanée de ces deux hommes signifiait que quelque chose de grave – et plus probablement de très grave – était arrivé.

L'Inconnu s'approcha et lui serra la main, sa poigne pareille à un étau.

— Trop longtemps, dit-il.

— Alors…

Ilkar se tourna vers Denser. Malgré l'heure matinale, le Xetesk semblait épuisé et un peu trop solennel.

— Comment vont Erienne et Lyanna ?

De la douleur passa dans les yeux de Denser, et ses sourcils se froncèrent légèrement. Au lieu de répondre, il quêta l'aide de l'Inconnu du regard.

— C'est justement ce qui nous amène, déclara le colosse.

Ilkar hocha la tête. Ainsi, il avait vu juste.

— D'accord. Vous avez faim ? On pourrait en discuter devant un petit déjeuner.

Le réfectoire était un long bâtiment bas occupé par des rangées de tables rectangulaires et de bancs. La plupart des mages et des ouvriers étant déjà au travail, le calme retombait peu à peu à l'intérieur. Pendant que les voyageurs s'installaient dans le fond, Ilkar gagna le comptoir et lesta un plateau de bacon, de pain et de café.

— Là, dit-il en rejoignant ses amis et en s'asseyant avec eux. Servez-vous. Si vous avez encore faim après ça, j'irai vous en chercher d'autres.

Pendant qu'ils mangeaient, Denser lui parla des progrès et des cauchemars de Lyanna, du manque de coopération du Quorum de Dordover et de la disparition d'Erienne et de leur fille. Puis il lui passa la lettre. L'elfe la lut en silence, se rembrunissant à chaque ligne. Après l'avoir parcourue deux fois, il la rendit à Denser et remplit de nouveau leurs chopes de café.

— S'ils les trouvent les premiers, ils les tueront, affirma Denser.

— Qui ça ? demanda Ilkar.

— Les Dordovans, bien sûr.

— Un peu radical, non ? Ce n'est pas une simple conspiration, mais une attaque contre toutes les institutions magiques de Balaia.

— Ne commence pas avec ça ! Lyanna est notre avenir à tous, pas notre mort ou notre destruction. Les Dordovans ont peur, c'est tout. Ils ont besoin qu'on les éduque. Nul ne parle d'un retour forcé à la Voie Unique, pour l'amour des cieux ! Personne de vivant n'est capable de la pratiquer.

— À part Lyanna.

Denser haussa les épaules.

— Ouais, à part Lyanna. Peut-être. Écoute, Ilkar, Vuldaroq refuse l'émergence d'un mage pluridisciplinaire. Il m'a dit qu'il n'y avait pas de place sur Balaia pour un nouveau Septern. Voilà pourquoi il la tuera s'il ne peut pas la contrôler.

— Donc, tu veux les retrouver ? résuma l'elfe.

— Non, je veux les offrir à Dordover, enchaînées sur un autel sacrificiel, répliqua Denser.

— Je voulais vérifier que tu n'avais pas perdu ton sens de l'humour...

— Évidemment que je veux les retrouver !

— Pour faire quoi, exactement ? Et c'est une question très sérieuse...

Denser le regarda comme s'il venait de proférer une monstrueuse ânerie.

— Ilkar, Erienne et Lyanna sont ma famille. Je dois les protéger.

— Je crois que nous l'avons compris tous les deux, dit l'Inconnu.

Il reposa le sandwich qu'il s'était confectionné pendant qu'il écoutait ses amis, puis se pencha en avant. Ilkar ne put réprimer un sourire : le colosse n'avait rien perdu de son autorité naturelle.

— Mais d'après ce que tu nous dis, nous aurons toute la puissance de la magie dordovane contre nous. Qu'espères-tu donc accomplir ?

— Je voudrais lancer un avertissement, en cas de besoin. Et participer à la défense d'Erienne et de Lyanna. Je sais qu'elles sont déjà sous bonne garde. Mais nous pouvons aider leurs protecteurs en équilibrant les probabilités.

— Nous ? lança Ilkar.

— Les Ravens, précisa Denser.

Ilkar but une longue gorgée de café et sentit un goût fort et amer envahir sa gorge. Son destin lui était apparu quand il avait vu Denser et l'Inconnu franchir ensemble les ruines de la porte Nord. Quoi que puissent faire les Ravens, il devrait y participer. Ce serait peut-être inutile. Voire suicidaire, si Lyanna et Erienne étaient entre les mains de la puissance à laquelle pensait Denser.

Il devait s'assurer que ses amis comprenaient dans quoi ils se lançaient.

— Denser, il y a quelque chose que tu dois savoir.

— Vas-y. Je suis déjà certain que ça ne me plaira pas.

— Depuis un certain temps, nous observons une activité désordonnée du mana, dans le ciel, révéla Ilkar. Des éclairs, des averses, ce genre de choses. Pas en grande quantité, mais assez pour que nous trouvions ça inquiétant. As-tu entendu parler de la Prophétie de Tinjata ?

Denser secoua la tête.

— C'est bien ce qu'il me semblait. Je n'en avais pas entendu parler non plus, mais toi, tu aurais peut-être dû. N'as-tu jamais fait de recherches sur la Séparation ?

— Pas vraiment. Erienne ne s'intéressait qu'aux conditions nécessaires pour produire un enfant avec le potentiel voulu, et il y a des foules de textes qui traitent de ça à Xetesk. Cela mis à part, nous n'avons pas fouillé les archives accessibles. Qui était ce Tinjata ?

— Erienne doit connaître son nom. Il fut le premier Haut Mage Aîné de Dordover, répondit Ilkar.

— Dans ce cas, elle le connaît sûrement, mais elle ne m'a jamais parlé de lui.

— Peu importe ! Nous lui poserons la question quand nous la trouverons. Sache seulement que Tinjata fut un des instruments de la Séparation et qu'il se rendit coupable de crimes atroces contre les mages de l'Unique, les Al-Drechars. Il formula une prophétie fondée sur une extrapolation de la théorie du mana et de la connectivité dimensionnelle – dont les racines ont disparu depuis longtemps – et l'adressa comme un avertissement à tous ceux qui croyaient en l'avenir de la structure multicollégiale.

Denser fronça les sourcils.

— Comment sais-tu tout ça ?

— Je me suis renseigné. Tu te souviens de Thérus ? Le mage qui t'a aidé à la bibliothèque pendant le siège de Julatsa ? Eh bien, il a survécu. Il est archiviste, spécialisé dans l'époque de la Séparation. Ce qui inclut la Prophétie de Tinjata.

— Et alors ?

— Ses connaissances sont incomplètes, parce que les Dordovans lui ont toujours refusé l'accès de leur bibliothèque. Mais le résumé devrait nous suffire. « *Quand l'Innocent chevauchera les éléments, la Séparation deviendra simple souvenir ; et lorsque la terre s'étendra de nouveau plate et fendue, du chaos jaillira l'Unique, pour ne plus jamais faillir.* » C'est assez clair, tu ne trouves pas ?

Le cœur d'Ilkar battait la chamade pendant qu'il prononçait ces mots. Il avait du mal à imaginer Lyanna, une enfant qu'il n'avait jamais rencontrée, présidant à la destruction de Balaia. L'idée était franchement ridicule.

Denser et l'Inconnu gardèrent le silence. Le colosse finit son sandwich en réfléchissant, pendant que le Xetesk digérait la nouvelle.

— Et Thérus pense que c'est la cause de vos fameux éclairs et autres averses, n'est-ce pas ? lâcha-t-il enfin. Ma petite fille serait cet « Innocent » ? Un pauvre petit orage, et la fin du monde approche ?

Ilkar secoua la tête.

— Denser, je sais très bien ce que tu espérais pour Lyanna. Et elle sera peut-être bien la première représentante d'une nouvelle race de mages. Mais as-tu pensé aux conséquences ?

— Si le Quorum dordovan croit cette prophétie, déclara l'Inconnu, il tentera de récupérer Lyanna par tous les moyens, ou de faire quelque chose pour l'arrêter.

— Donc, d'après Tinjata, Lyanna serait une puissance destructrice, reformula Denser.

— Ou le catalyseur d'une apocalypse. Nous avons vu des éclairs déchirer un ciel sans nuages : une anomalie météorologique évidente, dit Ilkar. Et tu connais les rumeurs qui circulent aussi bien que moi : raz-de-marée, ouragans, tempêtes d'une durée de plusieurs jours... Ça ne se limite pas à « un petit orage », pour reprendre ta propre expression. Thérus dit que tous ces phénomènes sont mentionnés dans la prophétie.

» Et qui sont les gens chez qui Erienne s'est réfugiée, selon toi ? Et s'ils ne voulaient pas former Lyanna, mais se servir d'elle comme d'un focus ? Nous devons envisager cette possibilité.

— Cela dit, n'oublie pas que Tinjata avait tout intérêt à peindre un tableau le plus noir possible ! lança Denser.

— Mon ami, je ne suggère pas d'abandonner Lyanna aux Dordovans – ou à quiconque d'autre, d'ailleurs. Sa place est près d'Erienne et de toi.

— Que proposes-tu, dans ce cas ?

— Que nous gardions à l'esprit la totalité du tableau. Que la prophétie soit authentique ou non, qu'elle ait un rapport avec Lyanna ou non, les Dordovans partiront du principe que oui. Si nous ne faisons rien pour les arrêter, leurs actions diviseront les Collèges, et aucun de nous ne le souhaite.

» Inutile d'être un génie pour deviner que Dordover et Lystern considéreraient ça comme une menace contre leur indépendance et leur identité, et que Xetesk chercherait à s'emparer du pouvoir afin d'imposer une confédération dont il serait la partie dominante. Tout dépendra de qui contrôlera Lyanna. Quant à Julatsa… (Ilkar sourit tristement.) Pour l'instant, nous sommes très diminués, mais néanmoins déterminés à voir survivre notre magie et nos croyances.

Denser se plaqua les mains sur le visage et parla entre ses doigts.

— Ilkar, tu pousses le bouchon un peu loin ! Lyanna est une enfant. Elle ne peut rien faire seule.

— D'après ce que tu viens de me dire, les Dordovans ne partagent pas ce point de vue, répliqua l'elfe.

— Et nous sommes à peu près certains qu'elle n'est pas seule, ajouta l'Inconnu.

Ilkar soupira et vida sa chope de café.

— Denser, tu dois faire un rapport complet à Xetesk au sujet de tout ça, tu le sais. Par les dieux, ces gens ne doivent même pas être au courant de la disparition d'Erienne. S'ils l'étaient, ils pourraient faire pression sur les Dordovans et contrarier les plans qu'ils échafaudent peut-être au sujet de Lyanna. Ce qui nous permettrait de chercher ta femme et ta fille sans que personne nous mette de bâtons dans les roues.

— Officiellement, au moins, modéra l'Inconnu. Il étira ses bras au-dessus de sa tête, et les muscles de ses épaules tirèrent sur les coutures de sa chemise.

— Encore une chose, dit Ilkar. La nouvelle va se propager. Les rumeurs sur Lyanna sont déjà parvenues jusqu'à nous, même si nous leur avons prêté une oreille distraite. Bientôt, des multitudes de gens vont poser des tas de questions, surtout si les Collèges commencent à s'agiter. La Prophétie de Tinjata sous-entend un retour à la Voie Unique, et cette perspective inquiète la plupart des mages… moi le premier. Nous ne pouvons pas nous permettre de déclencher un conflit. Donc, tâchons d'y aller tout en douceur. D'accord ?

Denser haussa les épaules et eut un demi-sourire.

— Tu as raison. Je sais que tu as raison. C'est sans doute pour ça que je suis d'abord venu ici. J'avais besoin d'un avis objectif. Merci, Ilkar.

— De rien. Bien, maintenant, je propose que vous preniez une journée de repos pendant que je mettrai de l'ordre dans mes affaires. Puis nous irons à Dordover, et ensuite à Xetesk.

— Pourquoi à Dordover ? s'étonna Denser.

— Parce que Thérus est absent de Julatsa pour le moment, et qu'il faut que tu lises l'intégralité de la prophétie. Or, le texte annalytique original et ses traductions sont dans leur bibliothèque. J'espère seulement qu'on nous laissera les consulter.

— Sans compter que quelqu'un a bien dû voir Erienne quand elle s'est enfuie, renchérit l'Inconnu. Il faut simplement poser les bonnes questions. Will ou Thraun nous seraient très utiles. Ils connaissent bien les entrailles de Dordover. Mais leurs noms nous ouvriront peut-être quelques portes.

— Il manque quelqu'un à l'appel, fit Ilkar.

— Hirad, dit l'Inconnu.

— Nous passerons le chercher après notre visite à Xetesk, proposa Denser.

— Ça ne sera pas aussi simple, rappela l'Inconnu. Après tout, ses dragons sont toujours là.

D'un coup de pied, Hirad jeta du sable sur le feu qui brûlait devant sa petite hutte de pierre et de chaume. Puis il pénétra dans le Choul.

Ce n'était pas l'idéal pour un Kaan. L'écho du vent se répercutait sur les parois de la caverne, dont la gueule béante mesurait quinze mètres de large. Les mois d'hiver, il charriait un froid si glacial que trois dragons, même blottis ensemble, ne pouvaient pas se protéger.

Ils avaient vraiment besoin de la boue et de la chaleur d'une habitation kaan. Mais pour leur en construire une, il aurait fallu des maçons, des forgerons et des laboureurs. Et comme souvent quand les sauveurs de Balaia étaient concernés, les gens avaient simplement tourné le dos et choisi d'oublier.

Hirad comprenait leur attitude jusqu'à un certain point. À une demi-journée de cheval de là, le baron Noirépine luttait toujours pour rebâtir sa ville dévastée par les Ouestiens. Et il était le seul à avoir envoyé des hommes pour aider le barbare à rendre la montagne la plus habitable possible. Au moins, Hirad avait un toit séparé de celui des Kaans et une écurie rudimentaire pour son cheval.

Il alluma une lanterne et régla la mèche au minimum, conscient que la diminution de ses réserves d'huile le forcerait à aller à Noirépine d'ici peu de temps. Mais il était de plus en plus anxieux à l'idée d'abandonner les dragons, même un jour et une nuit. Tôt ou tard, des chasseurs attaqueraient pendant son absence.

Hirad entra dans le Choul en resserrant ses fourrures autour de lui. La nuit était froide pour la saison, et il avait plu une grande partie de la journée. Il aspirait à s'écrouler devant la cheminée d'une auberge, une chope de bière dans une main et une donzelle pas trop farouche dans l'autre. Mais il ne pouvait oublier ce qu'il devait à Sha-Kaan. Même si, apparemment, il était bien le seul.

L'odeur des dragons envahit ses narines. Indéniablement reptilienne, elle contenait des relents de bois et d'huile mêlés au souffle âcre qui s'échappait de leurs énormes poumons. Ce n'était pas une odeur qu'on pouvait ignorer, mais Hirad la trouvait supportable.

Au bout d'un passage incurvé, élargi par les hommes de Noirépine, s'étendait une caverne basse en forme de dôme, assez grande pour abriter dix dragons. Trois seulement étaient allongés au centre, mais leur taille frappa autant Hirad que lors de leur rencontre initiale.

Un premier coup d'œil révélait une masse d'écailles dorées, soulevées par leur respiration et scintillant faiblement à la lumière de sa lanterne. Un second regard plus appuyé, à la faveur d'une mèche rallongée, permettait de voir les trois Kaans.

Nos et Hyn étaient couchés sur les côtés, la queue et le cou repliés, les ailes plaquées contre leurs flancs ; leurs griffes cliquetaient sur le sol de pierre – un mouvement imperceptible mais réconfortant.

Entre eux, à qui il rendait une bonne dizaine de mètres, gisait Sha, le Grand Kaan de sa couvée. Le dragon qui avait choisi de s'exiler pour sauver deux dimensions. Sa tête se souleva alors qu'Hirad entrait dans le Choul, ce mouvement faisant onduler son corps vieillissant à l'éclat doré terni.

Le barbare s'approcha et s'immobilisa devant la gueule monstrueuse qui aurait pu l'avaler tout entier.

— J'espère que tu as apprécié ton repas, Hirad Cœurfroid, grogna Sha-Kaan, sa voix résonnant uniquement dans la tête du barbare.

— Oui, merci. C'était un festin inattendu, répondit Hirad en se souvenant du mouton que Sha-Kaan avait déposé devant sa hutte, intact à part sa nuque proprement brisée.

— Nous te nourrissons chaque fois que cela nous est possible.

— Il doit y avoir dans les environs un fermier mécontent que vous ayez choisi de vous servir dans son troupeau, ironisa Hirad.

— C'est un faible prix à payer pour notre sacrifice, répliqua Sha-Kaan, qui ne partageait pas son sens de l'humour.

Le sourire du barbare s'évanouit, et son cœur se serra alors que des pensées troublantes se bousculaient dans son esprit. Plongeant son regard dans celui de Sha-Kaan, il lut dans les yeux du dragon une intense tristesse, écho du chagrin de quelqu'un qui a subi une terrible perte : le genre de vide abyssal dont avait parlé l'Inconnu après que son lien avec les Protecteurs eut été tranché.

— Qu'est-ce qui ne va pas, Grand Kaan ? demanda-t-il.

Sha-Kaan cligna des paupières et prit une inspiration. Hirad sentit le déplacement de l'air autour de lui.

— Cet endroit nous vieillit, répondit le dragon. Il étouffe notre feu, assèche nos ailes et affame notre esprit. La psyché de la couvée ne saurait alimenter ce qu'elle ne peut pas toucher. Tu as fait tout ce que tu pouvais, Hirad, et notre gratitude t'est acquise. Mais notre vue baisse, nos écailles se ternissent et nos muscles protestent à chaque mouvement. Ta dimension sape nos forces.

Un frisson glacial courut le long de la nuque d'Hirad et se communiqua à tout son corps.

— Vous êtes mourants ? souffla-t-il.

Les yeux bleu vif de Sha-Kaan reflétèrent la lumière de sa lanterne.

— Nous devons rentrer chez nous, Hirad. Le plus vite possible.

Le barbare se mordit la lèvre et sortit du Choul, bouillonnant de colère et de frustration. Le moment était venu de passer à l'action.

Dans la tiédeur de ce début de matinée, après un petit déjeuner composé de fruits, de lait et de pain de seigle, Lyanna jouait dans le verger, sautillant autour des arbres et fredonnant tout bas, absorbée par un jeu dont les règles échappaient à sa mère.

La nuit avait été paisible. Lyanna n'ayant pas fait de cauchemars, elle s'était donc réveillée reposée et débordante d'énergie. Erienne s'en réjouissait : elle savait que son enfant aurait bientôt besoin de toutes ses forces, et de plus encore. C'était le calme qui précède la tempête, et la magicienne sentit l'anxiété lui serrer le cœur comme un étau tandis qu'elle regardait jouer sa fille. L'innocence de Lyanna, l'essence même de son enfance, son insouciance et sa joie de vivre – tout cela n'allait pas tarder à être submergé par un besoin impérieux de libérer, puis de contrôler le pouvoir en elle.

La nuit précédente, seule dans la salle à manger, alors qu'elle sirotait son vin et réfléchissait, Erienne était parvenue à une inévitable conclusion. Lyanna allait subir un changement irréversible. Nul besoin d'être un génie pour comprendre que ce changement risquait d'être mortel. Si sa formation tournait mal pour une raison ou pour une autre, la fillette mourrait.

— Viens là, mon cœur, appela Erienne.

Elle tendit les bras, prise d'un désir presque douloureux d'étreindre sa fille.

Lyanna s'approcha en trottinant, et sa mère la serra à l'étouffer, comme si elle ne voulait plus jamais la lâcher. Mais très vite, la fillette s'agita, et Erienne la laissa se dégager.

— Tu me promets d'être sage et de bien écouter tes professeurs ? demanda-t-elle.

Lyanna hocha la tête.

— Oui, maman.

— Et tu essaieras de faire tout ce qu'elles te demanderont ?

Nouveau hochement de tête.

— C'est très important, tu sais. Et je serai là si tu as besoin de moi.

Erienne regarda Lyanna dans les yeux. La fillette avait accepté l'enseignement dordovan sans broncher, l'assimilant avec autant de facilité qu'elle avait appris à se servir d'une fourchette et d'un couteau. Cela se passerait peut-être de la même façon, mais quelque part, Erienne en doutait.

— Par les dieux, soupira-t-elle, je me demande si tu as une idée de ce qui va se passer.

— Bien sûr que oui, maman, affirma Lyanna.

Erienne éclata de rire.

— Oh, ma chérie, je suis désolée. (Elle fit de son mieux pour reprendre son sérieux.) Raconte-moi donc ça.

— Les professeurs m'aideront à chasser les mauvaises choses. Puis elles ouvriront d'autres portes magiques et elles me montreront comment retenir le vent dans ma tête.

Erienne hoqueta de surprise, et son cœur fit un bond dans sa poitrine. Lyanna était sûrement trop jeune pour avoir la moindre notion de... Elle pensait que sa fille aurait des leçons à apprendre par cœur. Visiblement, elle s'était trompée.

— Comment sais-tu tout ça ?

— Elles me l'ont dit la nuit dernière.

— Quand ?

— Pendant que je dormais.

— Ah oui, vraiment ?

Erienne sentit un goût amer envahir sa bouche alors que son pouls s'accélérait. Le portillon du verger s'ouvrit, livrant passage à Cleress, qui affichait un large sourire. Sa raideur de la veille avait disparu, remplacée par une démarche presque juvénile.

— Est-elle prête ? demanda l'elfe d'un ton joyeux.

— Apparemment, vous êtes mieux placée que moi pour le savoir, répondit sèchement Erienne.

— Qu'est-ce qui ne va pas ?

— La prochaine fois que vous voudrez envahir l'intimité de mon enfant pendant son sommeil, vous aurez la décence de me demander d'abord la permission – est-ce bien clair ?

— Nous devons la préparer. Il y a beaucoup de choses que son esprit conscient rejetterait, mais que son subconscient peut accepter.

— Cleress, vous ne m'écoutez pas… (Erienne se leva, reposant Lyanna et la serrant contre ses jambes.) Je ne vous ai pas interdit de le faire. Par les dieux, je l'ai amenée parce que je crois que vous êtes les seules à pouvoir l'aider. Je vous demande simplement de m'en parler d'abord. Personne ne comprend Lyanna aussi bien que moi. Parfois, elle a besoin de solitude.

— Très bien, dit Cleress, maussade.

— Lyanna est ma fille. Ne l'oubliez jamais.

— C'est entendu. (L'elfe soupira et se radoucit enfin.) Voilà si longtemps que nous sommes seules…

— Bien, conclut Erienne. Puisque nous sommes d'accord, nous pouvons commencer.

Chapitre 6

Bien que la nuit soit déjà tombée et l'enceinte du Collège fermée à tous ceux qui n'étaient pas mages résidents ou membres du personnel, Denser n'eut aucun mal à accéder à la bibliothèque des Dordovans. À l'arrivée des Ravens dans la cité, la veille, Vuldaroq s'était empressé de leur offrir toute l'aide et les informations dont ils auraient besoin. Il avait bien accueilli la demande de Denser et d'Ilkar – lire la Prophétie de Tinjata – mais son invitation officielle concernait le seul Xetesk.

Bien entendu, Denser restait très méfiant. Mais puisque l'Inconnu et Ilkar passaient les rues au peigne fin, en quête de contacts et de tout ce qui aurait pu échapper aux Dordovans, il lui restait à lire et à espérer découvrir pourquoi Vuldaroq s'était montré si accommodant.

L'original de la prophétie était gardé dans une vitrine sous vide, dans une autre partie du Collège. L'archiviste affecté à Denser sortit un gros volume relié de cuir, à la couverture brun clair et au titre embossé à la feuille d'or. Il contenait plus d'une soixantaine d'épais parchemins : les pages de gauche retranscrivaient les annales originales, et celles de droite proposaient une traduction incomplète.

Denser avait demandé pourquoi certains passages manquaient, à des endroits apparemment aléatoires, et s'était entendu répondre que les passages en question étaient réservés aux seuls yeux des annalystes. Il avait froncé les sourcils, sa curiosité en éveil, et lu ce qu'il pouvait.

Les premières pages étaient une liste décousue des dangers d'une union entre membres de Collèges différents, des menaces qui pèseraient sur Balaia en cas de retour à la Voie Unique, et de l'importance d'identifier et de retarder le développement de tout mage capable de le provoquer.

Denser haussa les sourcils. Il lui semblait que le mode de pensée dordovan n'avait pas progressé sur la question durant le dernier millénaire.

Il continua à lire. Après quelques passages manquants, la traduction fragmentaire entreprenait de décrire ce qui se passerait si l'on dédaignait la menace ou si l'on ne parvenait pas à contrôler le mage qui la constituait.

Le cœur de Denser battit plus vite. Balaia avait déjà été frappée par des raz-de-marée, des ouragans et des tempêtes longues de plusieurs jours, comme décrit sous ses yeux. Il avait du mal à croire que c'était une prophétie et pas un compte rendu d'événements récents. Car Tinjata avait annoncé ces phénomènes météorologiques, mais il avait aussi prédit où ils frapperaient.

« *La mer se dressera pour frapper la bouche de la terre.* » Inutile d'être un génie pour comprendre que Tinjata parlait des Dents de Sunara. « *Le soleil cachera son visage, et les ombres du ciel s'épaissiront pour faire pleuvoir un déluge. Et lorsque les dieux soupireront, les grands seront renversés à l'endroit où ils se sentaient le plus en sécurité, et les fiers tomberont dans leurs temples de pierre devenus le tombeau de leurs familles.* »

Plus loin encore, Denser frissonna à la perspective de ce qui restait à venir. « *Les bêtes d'en dessous émergeront pour se repaître ; les montagnes s'effondreront sans que nul ne voie leur poussière, car les yeux du monde seront aveuglés par la nouvelle lumière de l'Unique. Elle sera la lumière de l'enfer sur la face de la terre.* »

— Grands dieux. (Levant les yeux, Denser vit que l'archiviste le regardait.) C'est vraiment en train d'arriver, non ? (L'homme hocha la tête.) Y a-t-il autre chose ?

— Lisez jusqu'au bout. Ça vous aidera à comprendre nos craintes.

Denser gonfla les joues.

— Je les comprends déjà. Simplement, je n'approuve pas vos méthodes. C'est de ma fille que nous parlons.

L'archiviste haussa les épaules.

— Que voulez-vous que je vous dise ?

— Vous pourriez par exemple me demander si je veux un café et un sandwich. La réponse est oui.

— Je vais vous les chercher. Ce ne sera pas long, mais jusqu'à mon retour, ne quittez pas la bibliothèque. Des tas de gens ici n'ont pas encore digéré ce qui s'est passé la dernière fois que vous êtes venu dans notre Tour.

L'homme s'inclina légèrement et sortit. Denser entendit la porte se refermer derrière lui.

Ce n'était pas ses actions que les Dordovans n'avaient pas digérées, pensa-t-il, mais plutôt celles de son Familier qui, à sa demande, avait tué un mage dans ses appartements. Denser n'avait jamais éprouvé une once de compassion pour cet homme – capturer un démon à l'esprit fusionné avec celui d'un Xetesk était d'une incroyable stupidité –, mais ça ne l'avait pas empêché de déplorer la nécessité de sa mort. À l'époque, AubeMort et le salut de Balaia étaient en jeu, et aucun sacrifice n'était trop coûteux.

Retournant à la prophétie, Denser feuilleta le volume de cuir qui craquait sous ses doigts. Son regard se posa sur une page incomplète, et il fronça les sourcils. À cet endroit, le parchemin avait un aspect étrange. Il rapprocha sa lanterne et lissa la page d'en face. Il y avait une différence de couleur perceptible entre la transcription de la prophétie et sa traduction.

Denser examina rapidement les autres pages incomplètes, puis vérifia la tranche et la reliure du livre. Aucun doute n'était possible. Six pages avaient été remplacées.

Il n'avait pas le choix. Le cœur battant à tout rompre, l'oreille tendue pour entendre les bruits de pas de l'archiviste, il sortit une dague et découpa la demi-douzaine de pages plus récentes que les autres. Puis il les plia hâtivement et les fourra dans sa chemise.

Il venait de cacher sa dague et de rouvrir le volume à un endroit intact quand la porte grinça dans son dos.

— Merci, dit-il, alors que l'archiviste posait devant lui un plateau où reposaient un sandwich et une cafetière.

Il se remplit une chope d'une main qui tremblait légèrement. C'était passé près.

— Vous avez encore besoin de moi ? demanda l'homme.

— Non, répondit Denser en souriant. J'ai presque fini. Il me reste quelques passages à vérifier...

L'archiviste s'éloigna. Denser se radossa à sa chaise et le suivit des yeux en soufflant sur son café. Il en prit une gorgée. Le liquide n'étant pas trop chaud, il en but la moitié d'un coup. Puis il avala une bouchée de sandwich. De la viande froide, hum...

L'archiviste disparut derrière une étagère. Denser saisit sa chance. Il referma le volume et remit les agrafes en place. Il lui semblait évident que des pages manquaient, mais quelqu'un qui n'était pas au courant ne remarquerait sans doute rien.

Décidant de ne pas courir le risque, il vida sa chope de café, mordit encore une fois dans son sandwich et se leva en faisant racler les pieds de sa chaise sur le plancher. Le volume de cuir à la main, alors qu'il avançait vers une bibliothèque, il fut intercepté par l'archiviste.

— Ne vous donnez pas cette peine, dit-il. Je vais le ranger.

Il tendit les mains.

— Ça ne m'ennuie pas.

— J'insiste.

Denser se força à sourire, l'air reconnaissant.

— Merci.

Il suivit l'archiviste, qui s'arrêta devant la place vide sur une des étagères d'un meuble qui en comportait huit. L'homme leva le livre pour le remettre à sa place et se pétrifia, les sourcils froncés. Il soupesa l'ouvrage, Denser retenant son souffle. La scène dura un bref instant. Mais il sembla au Xetesk qu'une éternité était passée lorsque l'archiviste haussa enfin les épaules et rangea le volume avant de se tourner vers lui.

— Merci pour votre aide, dit Denser.

— De rien. (L'homme arborait toujours une expression vaguement maussade.) Emmenez votre dîner. Le garde vous reconduira.

Denser lui tendit la main et il la serra.

— Au revoir. Espérons que cette histoire se termine bien pour nous tous.

— Oui, espérons-le.

Enfin, l'archiviste lui rendit son sourire.

Denser marcha le plus calmement possible vers la porte de la bibliothèque et appela le garde censé l'escorter jusqu'à la sortie du Collège. Une fois seul dans les rues de Dordover, il se détendit. Il devait retrouver les autres, et vite. Vuldaroq risquait de ne pas les trouver bienvenus pendant longtemps.

Le lendemain matin, les vagues soupçons de l'archiviste le poussèrent à sortir la Prophétie de Tinjata pour l'examiner. Ses jurons troublèrent le calme habituel de la bibliothèque.

Les Ravens, si on pouvait encore les appeler ainsi, étaient arrivés et repartis en deux jours. Pour ce qu'en savaient Vuldaroq et ses informateurs, ils n'avaient rien découvert de nouveau : c'était fort dommage, mais pas vraiment surprenant.

La garde collégiale et les mages de Dordover avaient déjà interrogé tous les contacts possibles dans les bas-fonds de la cité. Des espions et des assassins suivaient encore différentes pistes. Mais s'ils cernaient plus ou moins la direction prise par Erienne Malanvai et sa fille, ils n'avaient toujours aucune idée de leur destination finale.

Pourtant, Vuldaroq se sentait satisfait. Son plan se déroulait comme prévu. Les Ravens avaient mordu à l'hameçon. Sachant les plus grands professionnels de Balaia lancés aux trousses des disparues, il pouvait enfin se détendre.

Une chose l'irritait : si Denser avait bien pris les informations que le Seigneur de la Tour entendait lui donner, il avait aussi dérobé ce que personne ne lui avait offert. Et Vuldaroq refusait de courir le risque qu'il trouve quelqu'un pour le lui traduire. Quelqu'un comme son épouse annalyste, par exemple.

Pour ce rendez-vous, il avait choisi une taverne assez éloignée du Collège, à l'est du marché aux tissus : un quartier riche où un Mage Aîné pouvait se détendre sans que personne ne vienne l'embêter et rencontrer en toute discrétion qui bon lui semblait. Cette fois, son interlocuteur était moins arrogant que lors de leur première entrevue, plutôt tendue, mais il n'avait rien perdu de sa détermination.

— Vous devez comprendre que la nature des mages a changé depuis l'invasion ouestienne. Nous ne pouvons pas nous permettre de nous sacrifier sciemment les uns les autres, dans le seul but de satisfaire les désirs d'un chasseur de sorciers défiguré. Nous nous efforçons de recouvrer nos forces, pas de les entamer davantage.

Vuldaroq vida son gobelet et saisit la carafe pleine d'un délicieux rouge de Noirépine. Une serveuse lui apporta un second plat d'huîtres et de moules de l'estuaire de Korina.

— Excellent, se félicita-t-il.

— Mais vous devez comprendre que je ne peux pas baisser mon prix, dit Selik, le visage caché par sa capuche. Avec ou sans votre bénédiction, je mettrai la main sur cette chienne. Mais si nous œuvrons ensemble, il sera plus facile pour tous d'atteindre nos objectifs ultimes.

Vuldaroq gloussa. Selik avait eu de la chance de sortir vivant du Collège – grâce à son intervention personnelle. Même après qu'il l'eut libéré des sorts d'immobilisation qui l'avaient si rapidement enveloppé, l'Aile Noire était resté pâle et ébranlé. Il y avait eu des cris et des récriminations, mais surtout une incrédulité qui avait permis à Vuldaroq de le soustraire à la vindicte du Quorum.

— Erienne reste une de nos magiciennes les plus talentueuses et les plus fertiles. Sa mort porterait un coup sérieux à notre Collège. Mais je ne partage pas nécessairement l'opinion de mes collègues.

— Donc… ?

— Donc, j'accepte votre prix. Mais vous devrez m'obéir en tout. D'ailleurs, je me suis déjà arrangé pour vous fournir une assistance.

— L'assistance de qui ?

Sous sa capuche, l'œil unique de Selik fixait sévèrement Vuldaroq.

— Celle des Ravens.

Selik éclata d'un rire rauque et laborieux qui fit frissonner ses poumons ravagés.

— Quel genre d'aide pourraient-ils m'apporter ? Je suis déjà plus proche de votre précieuse proie qu'ils ne le seront jamais.

— Je vous conseille de ne jamais sous-estimer les Ravens, ni l'ingéniosité dont ils font preuve. Malgré les tortures que vous lui avez infligées, l'elfe que vous soupçonniez d'appartenir à la Guilde de Drech ne vous a rien révélé. Dans ce contexte, les Ravens peuvent être des alliés utiles. Surveillez-les comme je le ferai et mettez vos découvertes à profit de la manière qui vous semblera la plus indiquée. Comme je le ferai aussi.

Selik se leva.

— Dans ce cas, je suis déjà en retard. Les Ravens se sont mis en route il y a des heures.

— En direction du sud..., dit Vuldaroq. Encore une chose, Aile Noire. N'oubliez pas à qui vous avez affaire. Erienne est partie en réponse à un signal qui a transpercé notre bouclier de mana aussi aisément qu'un couteau fend l'eau. Les Al-Drechars ont gardé de grands pouvoirs magiques, et je dois savoir où ils sont. Veillez à ce qu'Erienne ne meure pas avant de vous l'avoir révélé. Mais assurez-vous qu'elle meure quand même.

Selik s'inclina légèrement.

— Seigneur Vuldaroq, aussi étrange que puisse paraître notre alliance, nous comprenons tous deux que la magie est une force nécessaire. Les Ailes Noires cherchent seulement à supprimer la pourriture pour l'empêcher de se propager aux fruits sains. Nous combattons pour la même cause.

Vuldaroq le suivit du regard tandis qu'il sortait de l'auberge.

— Ça, mon cher Selik, ça m'étonnerait beaucoup, murmura-t-il en ouvrant une nouvelle huître.

Des éléments inattendus venaient s'ajouter à ce qui déboucherait sur une conclusion extrêmement satisfaisante. Il se pouvait que plus d'un ennemi disparaisse à jamais. D'ici peu, Vuldaroq devrait organiser l'interception des Ravens et la récupération des parchemins volés, mais pour l'instant, il avait des huîtres à savourer et il n'était pas homme à gaspiller l'excellence.

Dehors, le vent gagnait en puissance, faisant vibrer les fenêtres de l'auberge. Dordover pouvait s'attendre à une nuit orageuse.

Une aube éclatante s'était levée. La lumière du soleil filtrait à travers les planches pour inonder la grange. La veille, Ilkar, l'Inconnu et Denser étaient arrivés très tard sur les terres de son propriétaire, et ils avaient supplié l'homme de leur offrir un refuge contre le vent qui les harcelait. Mais le mauvais temps s'était dissipé très vite. À présent, il n'était plus qu'un souvenir déplaisant.

Dans le grenier qui surplombait les animaux, Ilkar roula sur le dos. Il se redressa sur sa couche de foin improvisée et se retrouva nez à nez avec Denser.

— Par les dieux, je n'aurais jamais dû quitter Julatsa, grommela-t-il. Tous les matins depuis une semaine, je me réveillais près d'un ravissant visage et d'une silhouette délicieuse, et pour une raison qui m'échappe, j'ai échangé tout ça contre ta fichue barbe et la puanteur de tes aisselles !

— Tu sais bien qu'elles t'ont manqué, dit Denser en grattant les poils qui ornaient son menton.

— Certainement pas, répliqua Ilkar en marchant vers l'échelle.

— Hé ! lança l'Inconnu, en contrebas. Cessez de bavasser et préparez-vous.

— Tu l'as entendu ? fit Ilkar, tout sourire.

— Comme au bon vieux temps, marmonna Denser.

— Ça n'a rien à voir avec le bon vieux temps, dit l'elfe.

Ils suivirent l'Inconnu qui traversa la cour déserte pour marcher vers le corps de ferme. Leurs chevaux étaient encore à l'écurie. Dans la cuisine de la maison à deux étages, un plat de jambon fumait sur une longue table, et l'arôme d'un thé très doux planait dans l'air. Ilkar haussa les sourcils.

— Vraiment généreux de la part de notre hôte, dit-il en s'asseyant et en étalant un morceau de viande sur une épaisse tranche de pain.

— Pas vraiment, le détrompa l'Inconnu. Je l'ai payé.

La ferme était à une vingtaine de kilomètres au sud de Dordover ; elle faisait partie d'un petit groupe d'exploitations agricoles sis dans une étroite vallée, près de la route principale conduisant à Lystern. Occupées pendant l'invasion ouestienne, ces exploitations avaient été reconstruites, leurs champs réensemencés et leurs troupeaux reconstitués afin qu'elles puissent de nouveau assumer leur position clé et ravitailler les deux Collèges.

Ici, les gens étaient bien disposés envers les mages. Ilkar avait donc été certain qu'ils seraient bien accueillis. Et puisque Denser et lui n'avaient aucune envie de rester à Dordover, la petite communauté s'était présentée à eux comme le choix le plus évident.

— Bien, déclara l'Inconnu. Nous savons désormais que les Dordovans sont déterminés à retrouver Erienne et Lyanna. Ils ont déployé tous les moyens à leur disposition, ce qui signifie que nous devrons nous montrer très efficaces. Jusque-là, ils ont gaspillé leurs cinquante jours d'avance, mais ça ne durera pas éternellement. Bientôt, leurs espions laisseront traîner leurs oreilles partout. Nous devons aussi envisager la possibilité d'être suivis.

» Ce curieux ami de Will – si nous pouvons lui faire confiance – nous a parlé d'une activité suspecte au sud de la ville, la nuit du départ d'Erienne. Un témoin encore moins fiable – l'ivrogne que Denser a interrogé – affirme avoir vu une femme et une petite fille monter dans une voiture à peu près au même endroit.

— Et alors ? fit Denser. Nous savons déjà qu'elles ont quitté Dordover. Ça ne nous apprend rien.

L'Inconnu secoua la tête et sirota son thé.

— Réfléchis une minute. Tu as passé trop de temps le nez plongé dans la politique xeteske. Ça nous apprend deux choses, et nous pouvons en déduire une troisième. Premièrement, où qu'elles soient allées, quelqu'un les a aidées. Deuxièmement, une voiture suggère un long voyage. Troisièmement, elles ont pris la direction du sud.

Il leva une main pour prévenir les objections de Denser.

— Je suis certain que les Dordovans en ont deviné autant, et je ne doute pas qu'ils aient des agents dans chaque ville et chaque village, au sud d'ici. Mais ils ne disposent pas de l'information que j'ai découverte hier après-midi.

— Quelle information ? se rembrunit Ilkar.

— Désolé de ne pas vous en avoir parlé plus tôt, mais trop de gens connaissaient la raison de notre présence à Dordover. Je suis tombé sur un de mes vieux amis, un marchand qui voyage beaucoup entre Grisépine et Dordover. Il a vu une voiture conduite par un elfe quitter Grisépine il y a trois semaines et rouler vers Arlen. Ça n'est peut-être pas grand-chose, mais c'est plus que n'en sait Vuldaroq. Je pense que nous devrions aller faire un tour là-bas.

— Ton ami ne risque-t-il pas de bavarder à tort et à travers ? demanda Denser.

L'Inconnu inclina la tête.

— C'est à moi que tu parles, ne l'oublie pas...

— Arlen est très loin de Xetesk et des monts Balan, lui rappela Ilkar.

— C'est justement ce qui m'inquiétait, dit l'Inconnu. Voici ce que je propose : Denser, tu vas à Xetesk aussi vite que possible. Avec des OmbresAiles, ce serait l'idéal. Nous nous occuperons de ton cheval. De notre côté, Ilkar et moi gagnerons les monts Balan pour parler à Hirad. Cette histoire risque de tourner au vinaigre. Nous aurons besoin de sa force et de son épée. Puis nous nous retrouverons à Grisépine.

— Tu crois que vous arriverez à le persuader ? demanda Denser.

— Eh bien, disons que nous aurons plus de chance d'y parvenir si tu n'es pas là, répliqua l'Inconnu. Il a une dent contre toi. À juste titre.

— Je sais ! cria Denser. Mais tu connais la politique du Mont. Pour l'amour des dieux, jusqu'où as-tu poussé les recherches qui permettront de libérer les Protecteurs en toute sécurité ?

— Le groupe que je finance est bien plus avancé que le tien, qui s'efforce de décortiquer le réalignement des dimensions. Et je ne peux pas séjourner à Xetesk pendant de longues périodes. Contrairement à toi, je ne vis pas là-bas. Et pour autant que Diera comprenne mon désir de donner un choix aux Protecteurs, je suis censé avoir pris ma retraite.

» De toute façon, je doute que le moment soit bien choisi pour débattre du mal ou du bien-fondé de l'organisation du Mont. Mais tu n'as rien fait pour nous faciliter la tâche, Denser. Tu n'as pas tenu Hirad au courant. Du coup, il s'est mis en quête de ses propres informations. Et tout ce dont il a entendu parler, c'est de ton ascension vers le Cercle des Sept. Pas de recherches dimensionnelles sérieuses.

— Il doit faire preuve de patience, dit Denser. C'est un processus délicat...

— Laisse tomber ! cria l'Inconnu. Ça ne marche pas avec moi. Pour commencer, Hirad n'a jamais été du genre patient, comme tu es bien placé pour le savoir. Ensuite, plus de cinq ans sont passés sans qu'il ne se produise rien. Ces dragons ont sauvé Balaia, et pour ce qu'Hirad en sait, Balaia – et surtout Xetesk – leur a tourné le dos. Je dois avouer que je comprends sa rancune.

— Nous avons besoin de lui, insista Denser. Les Dordovans sont une menace sérieuse contre ma famille, je le sens.

— J'en suis conscient. Tout ce que je peux te promettre, c'est que nous ferons notre possible, et que nous te retrouverons à Grisépine d'ici une quinzaine de jours environ.

— Ça fait long, dit Ilkar.

— Raison de plus pour ne pas traîner, répliqua l'Inconnu. Finissez vite votre petit déjeuner. Il est temps pour nous de partir chacun de notre côté.

Erienne traversa le verger en courant et ouvrit la porte à la volée, les cris de sa fille résonnant à ses oreilles. Elle tourna à droite et s'engouffra dans le couloir qui conduisait aux salles d'enseignement des Al-Drechars, profondément enfouies dans le flanc de la colline.

Lyanna sanglotait et ses pleurs torturaient Erienne. La colère la fit voir rouge. Déboulant par une double porte, elle faillit aplatir Ren'erei contre le mur. L'elfe la saisit par le bras pour l'arrêter.

— Lâchez-moi ! siffla Erienne.

— Calmez-vous. Qu'est-ce qui ne va pas ?

Erienne se débattit sans réussir à briser son étreinte.

— Ces maudites sorcières font du mal à ma fille.

— Erienne, je puis vous assurer que c'est la dernière chose dont elles aient envie.

Mais la désinvolture de l'elfe exaspéra la Dordovane.

— Lâchez-moi immédiatement !

— Pas avant que vous vous soyez calmée.

Erienne regarda Ren'erei dans les yeux et la vit ciller involontairement.

— Lâchez-moi, ou je vous abats sur place, chuchota-t-elle. Je veux voir ma fille tout de suite.

Ren'erei s'écarta. Erienne se remit à courir sans lui prêter plus d'attention. Se fiant aux sons qui résonnaient dans son esprit, elle atteignit la porte de la Salle du Tout et l'ouvrit à la volée.

— Que diable se passe-t-il ? demanda-t-elle.

Les derniers mots faillirent mourir dans sa gorge avant d'avoir franchi ses lèvres. Lyanna dessinait sur une ardoise avec des craies de couleurs vives. Les Al-Drechars rassemblées autour de son pupitre observaient son travail avec intérêt. La fillette semblait parfaitement sereine et heureuse.

Ephemere leva les yeux.

— Erienne, vous êtes toute rouge, remarqua-t-elle. Que vous arrive-t-il ?

La jeune femme fronça les sourcils. Les sanglots s'étaient tus dans sa tête, et les hurlements n'étaient plus qu'un écho lointain.

— J'ai entendu…, commença-t-elle. (Elle fit un pas en avant.) Lyanna, tu vas bien ?

La fillette hocha la tête sans détacher les yeux de son ardoise.

— Oui, maman.

Erienne se tourna vers Ephemere qui, accompagnée d'Aviana, avançait vers elle en traversant la pièce nue mais tiède, les flammes de la cheminée dansant sur les murs et le plafond de pierre polie.

— Vous vous sentez bien ? demanda Ephemere.

— Non, je... j'ai entendu... Dans ma tête... Lyanna hurlait et sanglotait. C'était horrible.

— J'imagine très bien, dit Aviana. Ce sont sans doute des souvenirs qu'elle exorcise inconsciemment. Je suis navrée que cela vous affecte. C'est un effet secondaire que nous n'avions pas prévu. Mais comme vous pouvez le voir, Lyanna se porte comme un charme.

Les deux Al-Drechars continuèrent à avancer, et Erienne eut l'impression qu'elles la poussaient vers la sortie.

— Ce n'était pas un rêve ! lança-t-elle. Je n'ai pas déliré !

— Personne ne prétend le contraire, dit Ephemere. (Un bras tendu, elle guida la jeune femme vers la porte.) Un peu d'air vous ferait du bien.

— Sans doute, reconnut Erienne. Lyanna, as-tu besoin de maman ?

— Non ! répondit gaiement la fillette.

— Très bien.

Elle n'y comprenait plus rien. Elle avait entendu des cris affreux et elle s'était aussitôt précipitée comme elle l'avait fait des centaines de fois, à Dordover. Pourtant, Lyanna ne semblait pas du tout perturbée – au moins, vue de l'extérieur. Ça n'avait pas de sens.

Exorciser des souvenirs. Il faudrait qu'elle réfléchisse à ce concept.

— Si ça ne vous fait rien, je crois que je vais survoler la maison, comme vous me l'aviez suggéré le soir de notre arrivée.

Ephemere sourit.

— Bien sûr. Éclaircissez-vous les idées et revenez quand vous vous sentirez mieux. Je suis certaine que Lyanna aura terminé d'ici là.

— Alors, à plus tard, ma chérie.

— Oui...

Lyanna continua à dessiner.

Un craquement sonore et sec, dans le lointain, réveilla le seigneur Denebre en sursaut dans son fauteuil, installé près du feu rugissant.

Comme chaque jour après le déjeuner, il faisait la sieste dans sa tour à la décoration chaleureuse, la lumière du soleil entrant à flots par une baie vitrée. Un peu hébété, il secoua la tête en se demandant si le bruit n'avait pas fait partie de son rêve.

Il ne s'était jamais vraiment remis de l'occupation de sa ville par les Ouestiens. Les douleurs qui lui tordaient périodiquement l'estomac devenaient de plus en plus aiguës et prolongées au fil des saisons. Mais cette occupation avait coûté la vie à Genere, son épouse depuis quarante-cinq ans, et la douleur, dans son cœur, éclipsait encore celle de son ventre.

Le vieil homme sortit de son fauteuil et marcha lentement vers la baie vitrée qui surplombait la cour du château et, au-delà, sa ville bien-aimée où toutes les cicatrices de l'occupation ouestienne avaient été effacées. Il faisait tiède en cet après-midi d'automne, même si les nuages venant du sud annonçaient de la pluie.

Balayant du regard les rues magnifiques qui bordaient le lac, Denebre comprit que le bruit n'était pas issu de son imagination. Partout, les gens s'étaient arrêtés pour chercher sa source. Malgré son grand âge, la vision de Denebre n'avait rien perdu de son acuité. Il distinguait les citoyens qui tendaient le doigt, haussaient les épaules ou secouaient la tête avant de se remettre en route.

Sur la place du marché, l'activité reprenait après l'interruption du déjeuner. Les cris des fauconniers flottaient par-dessus le brouhaha. Les hommes et les femmes sortaient des auberges où ils avaient pris leur repas de midi. Des carrioles et des chevaux se déplaçaient paresseusement dans les rues pavées d'une propreté impeccable.

Le seigneur Denebre ne jouissait pas d'une grande fortune, mais il consacrait tout son argent à maintenir le lieu de sa naissance tel que dans ses souvenirs d'enfance. Ses gens respectaient et protégeaient la ville. Les voyageurs de passage qui cherchaient à tirer profit de ce qu'ils considéraient comme de la mollesse ne tardaient pas à découvrir le tranchant de la justice seigneuriale.

Denebre se refusait à dresser des gibets dans les rues, mais aux abords de sa ville, il arrivait parfois qu'un voleur se balance au bout d'une corde. Dans sa naïveté, il avait d'abord pensé qu'il suffirait de faire un exemple, mais au fil des ans, l'arrogance et la stupidité des criminels n'avaient cessé de le surprendre.

Dans l'ensemble, néanmoins, il avait mené une existence idyllique, que ses fils et ses filles avaient fait serment de prolonger après son départ. L'arrivée des Ouestiens, menaçant de détruire tout ce qui lui était cher, avait été d'autant plus difficile à accepter pour lui.

Heureusement, les envahisseurs avaient disparu. Ils étaient retournés de l'autre côté des monts Noirépine. Denebre doutait qu'ils reviennent un jour, et certainement pas avant que lui-même soit six pieds sous terre.

Un second craquement brisa le calme de la journée, renvoyé à travers le sol et agitant les murs du château d'un frémissement imperceptible. Denebre se rembrunit. Plissant les yeux, il mit une main tremblante et tachetée en visière pour sonder les collines basses qui bordaient le rivage sud du petit lac où il pêchait lorsqu'il était enfant.

Une cicatrice noire courait à la surface de la pente couverte d'herbe et de fougères. Denebre ne se souvenait pas de l'avoir déjà vue là. Il y avait peut-être eu un incendie pendant l'été caniculaire et sec… Il rejeta aussitôt cette idée. Un tel événement ne lui aurait pas échappé.

Son cœur fit un bond dans sa poitrine. La cicatrice remuait. Elle s'étendait vers le bas, engloutissant la végétation foisonnante et recrachant un nuage de poussière vers le ciel.

— Non, non, souffla-t-il.

Deux autres craquements retentirent ; deux autres fractures apparurent, la terre dégringolant dans les abîmes qui l'éventraient, leurs hideuses lignes sombres dévalant le flanc de la colline avec un grondement sourd et funeste.

La vibration qui agitait le château augmenta. Sur la place du marché, les voix étaient pleines d'anxiété et d'incompréhension. Les étals branlaient. Des oranges empilées dégringolèrent et rebondirent sur les pavés. Les vendeurs se hâtèrent de mettre leurs marchandises à l'abri, faisant comme toujours passer la préservation de leurs biens avant leur propre sécurité.

Les fractures qu'ils ne pouvaient pas voir s'agrandissaient à une vitesse vertigineuse. Elles déchirèrent le rivage sud et disparurent sous le lac. Un instant béni, Denebre crut que l'eau avait interrompu leur charge. Mais le grondement ne mourut pas et l'intensité des secousses augmenta encore. Derrière lui, un tableau se décrocha. Les bûches roulèrent dans la cheminée.

Un bouillonnement troubla la surface paisible du lac. Des vagues jaillirent du centre et se répandirent partout. Puis, avec un monstrueux bruit de succion, un mur d'eau s'éleva dans les airs en projetant une fine brume de gouttelettes, et retomba tel un déluge.

Déséquilibré par les vibrations, Denebre agrippa le rebord de la fenêtre. De la poussière s'échappa des fissures, dans les murs, et son fauteuil dansa sur les dalles de pierre.

La dévastation arrivait. Les fermes, au nord du lac, tombèrent dans le vide, comme aspirées par la bouche de l'enfer. À présent, des larmes ruisselaient sur le visage du vieux seigneur. Ce que les Ouestiens n'avaient pas pu réussir, la nature allait l'accomplir en un clin d'œil.

Il se pencha par la fenêtre. En contrebas, la plus grande confusion régnait dans les rues. Les gens criaient ou lançaient des avertissements. Des pieds glissaient sur les pavés instables ; des portes se fermaient ; des vitres se brisaient, et le grondement de l'apocalypse imminente n'avait toujours pas de visage.

— Fuyez ! Fuyez !

Denebre maudit sa voix. Affaiblie par l'âge, elle ne portait plus très loin. Il avait beau agiter frénétiquement les bras, si un citadin le voyait, il ne comprendrait pas ce que le vieil homme tentait de lui dire. Denebre était impuissant, et la terre engloutissait sa ville.

Déjà, à sa lisière, le sol se repliait vers l'intérieur. Les fractures démolirent les premiers bâtiments et foncèrent, plus rapides qu'un cheval au galop, plus droites que le vol d'une flèche. Elles avançaient vers le château.

Le monde tremblait. Une secousse priva Denebre de ses appuis. Il tomba lourdement et sentit un des os de sa main se briser quand il tenta d'amortir sa chute. La respiration laborieuse, il cria. Mais personne ne pouvait l'entendre.

Dehors, le grondement s'était transformé en un rugissement assourdissant, pareil à un léviathan jusque-là emprisonné sous terre et qui aurait retrouvé sa voix en émergeant des profondeurs.

Denebre se releva avec difficulté. Sous ses pieds, le plancher tressautait. L'encadrement de la fenêtre menaçait de se détacher. Une poutre s'écrasa derrière lui ; une de ses extrémités atterrit dans l'âtre, éparpillant les bûches enflammées et les charbons ardents à travers la petite pièce. Le vieux seigneur les ignora.

La panique avait envahi les rues et la place du marché. Hommes, femmes et enfants fuyaient une menace impitoyable. Les piliers se renversaient, les pierres se fendaient, et des bâtiments entiers se soulevaient, frappés par les ondulations du sol, avant de s'effondrer dans la gueule de la bête en écrasant tout et tous sous leur masse.

Une poussière mêlée de fumée étouffante tourbillonna autour de Denebre. Des gens se raccrochaient désespérément à la terre qui s'inclinait inexorablement. Ils finissaient par lâcher prise et dégringolaient en hurlant dans ses profondeurs. Le corps de garde du château vacilla et s'écroula. Les fissures monstrueuses coururent le long des murs de la cour, et les ordres des sentinelles se perdirent dans l'affreux hennissement des chevaux et le chaos d'une centaine de pauvres âmes tentant d'échapper à un destin déjà scellé.

La tour du seigneur Denebre s'inclina dramatiquement. Derrière lui, une autre poutre heurta le sol. Des ardoises du toit tombèrent devant sa fenêtre et furent englouties par la crevasse qui s'était ouverte devant la porte d'entrée de sa demeure. Sans marquer de temps d'arrêt, elle s'engouffra sous le donjon.

— Puissent les dieux avoir pitié de nous, chuchota Denebre.

La tour frissonna de nouveau. L'encadrement de la baie vitrée se détacha et dégringola dans le vide. L'air était saturé de poussière et des craquements de protestation de la pierre et du bois. Denebre resta debout, appuyé de tout son poids contre le mur qui tremblait. Mortellement atteinte dans ses fondations, la tour émit un sinistre grincement.

Au-delà du mur d'enceinte, la place du marché avait disparu, remplacée par des piles de gravats et des monticules de terre jonchés de corps dont très peu remuaient encore.

Le seigneur Denebre jeta un dernier regard au ciel bleu et paisible où brillait le soleil. Sous ses pieds, la tour s'inclina si violemment qu'il faillit lâcher l'appui de la fenêtre. Ses genoux cédèrent et il tomba en avant, déterminé à ne pas perdre de vue sa ville bien-aimée.

Un grondement sourd résonna très loin au-dessous de lui, lui apprenant que les poutres maîtresses venaient de céder. La tour continua sa chute. Ses appartements s'écroulèrent. Des dalles de pierre crevèrent le plafond et tombèrent sur le sol qu'elles défoncèrent. Dehors, la chute d'ardoises se transformait en torrent.

Une troisième secousse.

La tour s'inclina selon un angle impossible. Denebre essuya les larmes et la poussière qui maculaient son visage.

— Bientôt, Genere, mon amour. Bientôt...

L'air était limpide, tiède et pur dans ses poumons. Portée par ses OmbresAiles, Erienne s'élevait lentement dans le ciel, la structure extraordinaire qui dominait l'unique pic d'Herendeneth se révélant progressivement à elle.

La jeune femme avait simplement voulu voler un peu pour dissiper sa confusion et lui permettre de réfléchir clairement à tout ce qui allait mal. Mais le spectacle lui fit oublier ses préoccupations, emplissant ses yeux et son esprit de merveilles.

La maison des Al-Drechars s'étendait dans toutes les directions, désorganisée et magnifique. Suspendue dans les airs, Erienne identifia le verger où Lyanna aimait tant jouer et s'en servit comme d'un repère central.

Immédiatement sous elle, du côté du chemin qui menait à l'escalier taillé à flanc de falaise, elle vit ce qui avait dû être l'entrée principale de la maison à l'époque de sa construction. Des demi-tours et des pièces aussi grandes que des galeries étaient couvertes d'un toit d'ardoise disparaissant presque sous des plantes grimpantes d'un vert vif.

Une structure plus récente, toute de bois et de verre, avait été ajoutée le long du couloir d'accès qu'Erienne se souvenait avoir parcouru avec Ren'erei le jour de leur arrivée, déjà si lointain dans son esprit.

Sur la gauche du verger, trois ailes au toit d'ardoise saillaient telles les pattes d'un monstrueux insecte. Elles n'étaient pas tout à fait rectilignes, comme si elles avaient été construites en fonction des particularités du terrain. En descendant un peu, Erienne vit qu'il s'agissait de bassins de pierre remplis d'eau fumante et de délicates cascades que seul un fou aurait détruites.

Sur la droite, une structure massive dominait le paysage. Erienne la survola lentement, apercevant des cours intérieures et des jardins intégrés au bâtiment de pierre blanche, d'ardoise grise et de bois sombre. Haut de plusieurs étages, il était envahi par une extraordinaire abondance de fleurs, comme si les dieux les avaient jetées du ciel. Un splendide chaos de rouges, de jaunes, de bleus et de violets piquetés de vert émeraude, chaque pigment ayant un éclat incroyable.

Mais la véritable majesté s'étendait derrière le verger, d'où elle surplombait le reste de la maison. Taillés en escalier, le long de la pente douce qui menait au sommet de la colline, se succédaient, terrasse après terrasse, des arches, des statues, des piliers, des dômes évoquant des temples, des grottes, des bassins, des jardins de pierre sophistiqués et des arbres aux formes parfaites. Coiffant le sommet lui-même, une aiguille de pierre de dix mètres de haut sur deux de large à la base, couverte de lierre et de bas-reliefs aux contours adoucis par l'âge et les intempéries, diffusait une très profonde et très ancienne aura de magie.

Erienne descendit encore un peu, étendant ses ailes pour planer au-dessus de cette incroyable diversité architecturale et culturelle. Du regard, elle chercha un endroit où se poser. Elle s'imaginait déjà en train de se promener au cœur de cette sérénité, échappant à elle-même et au reste du monde pendant quelques instants. Mais alors qu'elle s'en rapprochait, la température de l'air baissa brusquement autour d'elle, et elle reprit de l'altitude avec l'impression d'être une intruse qui aurait tenté de s'introduire dans un passé où elle n'avait pas sa place.

Elle ne survolait pas les œuvres extravagantes d'artistes accomplis, mais des tombes. Une pour chacun des Al-Drechars qui avait vécu en rêvant de la réunification des Collèges – et qui était mort sans avoir vu son souhait se réaliser. Se poser maintenant équivaudrait à souiller leur mémoire. Malgré ses appréhensions croissantes, Erienne devait d'abord accomplir sa mission. Elle remonta dans les airs en s'efforçant de comprendre ce qui se passait.

Comme elle l'avait redouté, la formation de Lyanna avait produit un changement instantané chez la fillette. L'insouciance qui lui faisait chanter des chansons sans queue ni tête à ses poupées était remplacée par un calme pondéré, presque introverti. Et même si elle lui parlait encore, Erienne voyait défiler derrière ses yeux autre chose que les pensées d'une enfant. Comme si Lyanna assimilait tout ce qu'elle observait, ressentait et entendait. Et c'était sans doute la même chose avec le spectre du mana. Erienne était effrayée par ce que sa fille allait devenir, fière que Lyanna soit l'avenir de la Voie Unique, et jalouse de toutes les merveilles qu'elle pouvait contempler.

C'était très différent de leur séjour à Dordover, où la formation de Lyanna avait préservé son innocence tout en lui conférant le don d'accepter le mana. De nouveau, Erienne se sentit assaillie par la culpabilité tandis qu'elle chevauchait les courants aériens chauds au-dessus d'Herendeneth. Elle savait que l'esprit de Lyanna avait souffert à Dordover et qu'elle avait bien fait de l'emmener loin du Collège, mais ceci était-il vraiment préférable ? La fillette hurlait toujours au milieu de la nuit, continuant à se réveiller en sanglots à cause de la douleur dans sa tête. Mais ici, au moins, elle aurait une chance de vivre et de rendre à Balaia le don qui était sur le point de s'éteindre.

Cette pensée réconfortait un peu Erienne, sans pour autant bannir ses inquiétudes. Elle avait vu les Al-Drechars quitter la Salle du Tout sans parvenir à cacher leur anxiété. Elle les avait vues devenir plus fragiles à la fin de chaque jour, même si une semaine à peine était passée depuis le début de la formation de Lyanna. Et elle avait surpris des conversations chuchotées qui cessaient un peu trop brusquement quand les vieilles femmes remarquaient sa présence.

Erienne résolut de s'entretenir plus tard avec Ephemere et continua à monter dans le ciel, curieuse de découvrir où l'illusion commençait. Elle était à quinze mètres du sol quand les contours de la maison se brouillèrent. Comme si un nuage gris obscurcissait le ciel, dissimulant le paysage en contrebas, à chaque battement de ses OmbresAiles, la maison disparaissait un peu plus sous la complexité du sort. À vingt mètres d'altitude, la jeune femme ne voyait déjà plus que le sommet d'un volcan éteint depuis longtemps et enveloppé de brume.

Soudain, l'illusion vacilla avant de se stabiliser. Erienne crut d'abord que ses yeux lui jouaient des tours, jusqu'à ce que le phénomène se reproduise. Sur sa gauche, une déchirure du sort laissa une aile de la maison à découvert pendant quelques secondes, et une inspection plus poussée révéla que de la lumière brillait à travers la pierre illusoire.

Le cœur battant, Erienne piqua vers le verger. Elle avait vu assez de sorts statiques mal entretenus pour savoir que l'illusion se détériorait et qu'elle ne tarderait plus à se dissiper entièrement.

Quelque chose clochait. Les forces des Al-Drechars ne pouvaient pas être déjà si défaillantes. Une illusion défectueuse était pire que pas d'illusion du tout, car elle projetait des éclairs de mana à travers le spectre. Pour un œil averti, ce serait comme un phare envoyant des signaux au beau milieu de la nuit. Il n'y aurait pas besoin d'autre indice. Il suffirait qu'un maître mage vienne sonder la côte sud de Balaia et s'aventure suffisamment au large pour les repérer. Alors, Dordover débarquerait en force sur l'île. Et tout serait perdu.

Chapitre 7

Deux jours après avoir quitté Ilkar et l'Inconnu, Denser était assis dans ses appartements.

Un feu réchauffait sa petite étude, ses crépitements noyés par les bruits de la tempête qui assaillait Xetesk. Des éclairs déchiraient les cieux assombris, qu'ils embrasaient brièvement. Le tonnerre grondait, faisant vibrer les pierres du Collège, tandis que la pluie martelait les volets comme les coups furieux d'un millier de démons en colère.

Mais aucun son n'émanait des deux personnes présentes dans l'étude : Denser installé à son bureau, et la jeune et prometteuse devineresse-annalyste Ciryn, assise dans un fauteuil près de la cheminée. Elle appartenait à une espèce de mages relativement nouvelle, formée pour développer une empathie avec certains aspects d'autres annales – dans son cas, celles de Dordover.

Les textes et les miettes d'information dont Xetesk disposait sur les annales dordovanes et leur signification étaient éparpillés dans la pièce. Ce n'était pas grand-chose, mais combiné à leurs capacités de déduction, cela leur avait permis de jeter une chiche lumière sur un passage de la Prophétie de Tinjata volé par Denser. À présent, ils comprenaient pourquoi Vuldaroq avait fait disparaître sa traduction.

Denser frémissait à l'idée du danger que Lyanna avait couru sans le savoir. Une menace de mort avait plané sur elle à chaque instant de son séjour à Dordover. Et Erienne ne pouvait pas le deviner. Elle avait sûrement étudié la prophétie, mais il semblait logique que Vuldaroq lui ait caché ce passage abominable, tout comme il l'avait dissimulé à son époux.

Denser relut les fragments qu'ils avaient reconstitués mot par mot, avec une colère mêlée d'un désagréable soulagement. « *... fera taire à jamais... rituel... ordre d'incantation... Alors seulement, le souffle retombera et la célébration commencera... éparpillement des cendres conforme aux exigences annalytiques.* »

— Vous êtes certaine qu'il n'y a pas d'erreur possible ? demanda-t-il.

Ciryn haussa les épaules, faisant onduler les cheveux bruns et plats qui reposaient dessus, et le dévisagea de ses yeux sombres, sertis dans un visage trop allongé pour être plaisant.

— Pas dans les mots, maître Denser. En revanche, leur signification exacte peut être sujette à interprétation.

Il pensa qu'il n'aurait pas dû être surpris. Mais le meurtre magique rituel qu'impliquaient ces mots signifiait que les Dordovans ne valaient pas mieux que les Ailes Noires. Ils étaient simplement un peu plus sélectifs dans le choix de leurs victimes.

Denser se concentra sur un passage, vers la fin de la prophétie. Ciryn avait déterminé qu'il traitait d'un autre danger menaçant l'ordre dordovan. Certaines phrases décrivaient un étrange type de bouclier, mais elles ne contenaient aucune référence apparente à une incantation. Selon la jeune femme, elles suggéraient aussi que celui qui invoquerait le bouclier le ferait au prix de sa vie, ou que tout au moins, il en resterait « irrévocablement altéré ». Mais il permettrait au Mage Unique de se développer d'une manière indéfinie.

Avec autant d'avidité que Ciryn, mais beaucoup moins de logique, Denser parcourut les textes posés sur sa gauche, cherchant un indice qui les mettrait sur la voie d'une traduction des termes auxquels ils n'avaient pas encore trouvé d'équivalent. Leurs connaissances étaient si minimes. Il y avait vraiment de quoi être frustré. Et encore, ils avaient de la chance que la prophétie soit rédigée dans un bas langage annalytique. Si les textes avaient concerné la construction ou la génération d'un sort, ils n'auraient rien pu déchiffrer du tout : les hauts langages dordovans leur restaient totalement opaques.

Denser soupira. Ciryn leva les yeux vers lui, les sourcils froncés.

— Maître Denser ?

— Désolé, mais tout ça n'a pas de sens pour moi.

— Je crains que ça en ait pour moi.

— Vous craignez… ? Pourquoi ?

— Parce que vous êtes le père de l'enfant. Je vais vous écrire le passage que je viens de traduire.

— Inutile. Dites-moi simplement de quoi il parle.

— Comme vous voudrez. (La jeune femme prit une profonde inspiration.) Je doute qu'il s'agisse d'un bouclier. C'était une interprétation erronée de ma part. Mais il s'agit bien d'un moyen de ramener un Mage Unique de l'OmbreMage sans qu'il ait à subir d'effets secondaires.

— Comment ? demanda Denser.

Enfin, une chance de sauver sa fille se présentait !

— Le père doit ouvrir son esprit à la tempête et envelopper son enfant avec le pouvoir de son esprit, lui montrant ainsi la lumière dont il a besoin pour achever son Éveil, récita Ciryn.

Denser se sentit soudain glacé jusqu'à la moelle.

— Mais ça signifie que je…

— Que vous serez irrévocablement altéré, coupa Ciryn. Oui.

Le lendemain, en milieu de matinée, le Cercle des Sept accueillit en silence les révélations de Denser.

Dans les profondeurs de la Tour du Seigneur du Mont, dans la chambre de

Laryon, les Mages Aînés lui avaient accordé une audience à contrecœur. Puis ils étaient restés assis, figés par la stupéfaction et la fascination, tandis que Denser leur racontait les récents événements survenus à Dordover, puis leur parlait de la lettre d'Erienne et du travail que Ciryn et lui avaient accompli la veille au soir.

Les sept Maîtres des Tours de Xetesk, que Dystran dirigeait suite à un heureux concours de circonstances – heureux pour lui, mais pas pour son prédécesseur – pensaient que Denser les harcèlerait pour qu'ils poussent leurs recherches sur les possibilités de délivrer les Protecteurs. Ils ne s'étaient pas attendus à recevoir un appel au secours et encore moins à voir émerger le spectre d'une menace originaire d'un autre Collège.

— Depuis combien de temps a-t-elle disparu ? demanda Ranyl, un Maître vieillissant, chauve et voûté, mais dont la magie était encore vigoureuse.

— Plus de soixante jours, répondit Denser.

Il y eut des hoquets de surprise.

— Et vous espérez toujours la retrouver, dit Dystran.

La charge qui pesait sur ses épaules avait creusé son jeune visage. À présent, ses paupières semblaient lourdes, et ses cheveux noirs étaient striés de gris.

— Oui, dit Denser. L'identité des personnes vers qui elle s'est tournée ne fait pas de doute.

— En effet, lâcha Dystran, mais nous entrons ici dans le royaume du mythe et de la foi aveugle. Et nous n'avons pas la moindre idée de l'endroit où vivent ces adeptes de la magie unique, s'ils existent vraiment.

— Vous devriez lire davantage, répliqua Denser. Selon Ilkar, des preuves significatives indiquent qu'ils sont sur Calaius, ou très près, et cette hypothèse semble confirmée par les maigres indices que nous avons découverts à Dordover.

— Qu'attendez-vous donc de nous ?

Dystran le dévisagea par-dessus ses doigts joints, prit une pose contemplative et réfléchie. Denser faillit éclater de rire. Ce Seigneur du Mont était une figure emblématique ridicule, qui avait seulement engendré une forte instabilité politique depuis sa surprenante accession au pouvoir, pendant l'invasion ouestienne.

Plus surprenant encore, il avait réussi à se maintenir en vie pendant ces cinq années ! Sans doute le devait-il à la protection de Ranyl. Denser se demandait combien de temps passerait avant que le vieil homme décide de prendre sa place.

— J'ai besoin que Xetesk maintienne Dordover à distance. Leurs intentions sont assez claires, et nous ne pouvons pas les laisser reprendre Lyanna, ou pire.

Les yeux de Dystran brillèrent d'une lumière froide.

— Oh ! nous tiendrons Dordover à distance. Très volontiers. Nous ne souhaitons pas qu'ils perturbent davantage l'ordre naturel des choses. Et visiblement, vous comprenez votre rôle. Une chance que nous ayons retardé le plan de libération si ardemment réclamé par votre Guerrier Inconnu, ne pensez-vous pas ?

Denser frissonna. Les Protecteurs allaient de nouveau être sollicités. Et l'Inconnu n'aimerait pas du tout ça.

Selik chevauchait vers Arlen avec une escorte de huit Ailes Noires. En chemin, il fit halte dans les ruines de Denebre. Il voulait montrer à ses hommes pourquoi ils se battaient. Non qu'ils aient manifesté de réserve, mais renforcer leur détermination ne pouvait pas faire de mal.

Le spectacle qui s'offrit à eux ne se contenta pas de renforcer leur détermination : il y ajouta une toute nouvelle dimension. Quant à Selik, il raviva sa colère et les démangeaisons de son œil mort.

Les neuf cavaliers contournèrent lentement ce qui avait jadis été une ville magnifique sise sur le bord d'un lac paisible. Ils ne pouvaient pas s'approcher de son ancien centre : des fissures insondables leur barraient le chemin.

Et c'était peut-être mieux ainsi. L'odeur de putréfaction planait partout. Par-dessus le souffle du vent, le bourdonnement de myriades de mouches résonnait comme une invitation à se tenir à l'écart, et partout où leur regard se posait, des rats grouillaient parmi les gravats. Bientôt, les maladies qu'ils apportaient se déverseraient dans les rivières et s'infiltreraient dans le sol. Selik détestait penser à tous les innocents qui n'auraient jamais droit à une sépulture.

Il imaginait trop bien la panique qui s'était emparée de la ville. Alors que la terre se soulevait et que les bâtiments s'écroulaient, les habitants avaient dû abandonner tout ce qui leur était cher. Leur maison, leurs possessions. Leur famille. L'air avait dû vibrer des cris terrifiés des blessés et des mourants. La poussière avait dû dessécher les gorges ; les éclats de pierre et de verre, lacérer les visages et les mains. Et partout où ils tentaient de fuir, les Denebriens avaient senti le sol se déchirer sous leurs pieds, s'ouvrir pour les engloutir tout entiers ou pour tailler leur corps en pièces.

En regardant les ruines, il était difficile de se représenter la vie qui y fourmillait peu de temps avant. Aucun bâtiment n'avait été épargné. De l'autre côté de la ville, le château s'était écroulé. Selik voyait des morceaux de donjon, des piles de pierres branlantes et des poutres brisées. Mais les structures extérieures avaient disparu. Une faille de soixante-dix mètres de large s'était ouverte au milieu de la cour et les avait toutes englouties.

Plus près de l'endroit où ils se tenaient, muets d'accablement, les Ailes Noires n'arrivaient pas à deviner le tracé d'une route, ni même l'emplacement de l'ancien marché. Des débris jonchaient le sol, rochers monstrueux et plaques de terre crachés par le séisme. Çà et là, un lambeau de tissu ou un bout de meuble brisé évoquaient le souvenir de la population brutalement massacrée.

Selik était stupéfait que quiconque ait pu échapper à un tel cataclysme. De fait, il y avait une poignée de survivants, partis raconter leur histoire à Pontois, à Lystern ou à Erskan, dans le sud. Mais qui pouvait dire que le phénomène dévastateur ne se reproduirait pas dans un de ces endroits ?

Se tournant vers ses hommes, Selik vit leur expression incrédule, leurs mains plaquées sur le bas de leurs visages pour filtrer le plus gros de la puanteur apportée par la brise.

— Voilà pourquoi nous combattons la magie, lança-t-il. Et pourquoi nous sommes ici. La magie est la cause de tout ça. Ne l'oubliez jamais. C'est une force maléfique, et nous sommes les seuls à le voir. Le reste du monde est aveugle.

Mais plus pour longtemps, pensa-t-il. Les catastrophes pseudo-naturelles qui ravageaient Balaia allaient forcément changer la vision du monde de ses habitants. Ils réclameraient plus de contrôle. On ne pouvait pas faire confiance aux mages pour s'en tenir à un exercice bénin de leurs pouvoirs, et des innocents mouraient par milliers, emportés par des forces qu'ils ne comprenaient pas.

Mais le pire de tout, c'était qu'*elle* soit à l'origine de tout ça. Cette chienne avait donné naissance à l'abomination dont l'esprit détruisait le monde – au nom d'un pouvoir supérieur, de la domination.

Selik fulminait. Alors qu'il talonnait sa monture et s'éloignait vers le sud, abandonnant Denebre à la pourriture qui s'emparait d'elle, il imagina la douleur qu'il lui infligerait avant de l'autoriser à mourir. Justice serait rendue à ceux qui la méritaient. Pour la magicienne, il n'y aurait que la torture et la souffrance.

La pluie tombait dru sur les monts Balan quand Ilkar et l'Inconnu arrivèrent, tard dans la soirée, fatigués et affamés, onze jours après avoir quitté Denser.

Une nuit froide et sinistre succédait à la journée fraîche et couverte. Il n'avait pas cessé de pleuvoir depuis le matin, et les deux compagnons avaient chevauché dans la gueule d'un vent mordant, trempés jusqu'à la moelle malgré leurs capes et leurs vêtements de cuir.

Déplorant le contraste climatique, en comparaison du soleil et de la chaleur de Julatsa, Ilkar menait son cheval par la bride et souhaitait ardemment être en train de caresser Pheone, lorsqu'un mouvement dans les rochers au-dessus de lui attira son attention.

— Inconnu…, commença-t-il.

Il n'eut pas le temps de finir sa phrase. Avec un glapissement aigu, une ombre monstrueuse déchira la couverture de nuages et piqua droit vers eux.

Le cheval de l'elfe se cabra et détala. Ilkar ne tenta pas de le retenir. L'Inconnu fut projeté à terre et atterrit lourdement sur le sol, des sabots manquant sa tête de peu alors que sa monture imitait la tentative de fuite désespérée de celle d'Ilkar.

Le dragon vira sur l'aile et se stabilisa, les contours de sa silhouette à peine visibles sur le fond de nuages sombres. Le cœur battant, un sort de bouclier sur les lèvres, Ilkar avança vers l'Inconnu, qui se relevait déjà. Il n'avait pas d'épée au poing, mais n'en restait pas moins imposant avec son visage tordu par l'irritation.

— Hirad ! cria-t-il pour couvrir le tumulte de la pluie, du vent et des battements d'ailes du dragon. Ce n'est pas drôle !

Nos-Kaan les survola en reprenant la direction du Choul.

— On n'est jamais trop prudent, répliqua une voix puissante.

Une silhouette se faufila entre les rochers qui les surplombaient pour s'avancer à leur rencontre.

Hirad Cœurfroid arborait une barbe de plusieurs jours ; ses longs cheveux emmêlés voletaient autour de sa tête, et d'épaisses fourrures couvraient sa traditionnelle armure de cuir. Il se déplaçait avec rapidité et aisance sur les pierres humides, sans craindre la chute abrupte qui le menaçait s'il glissait. Ilkar n'en attendait pas moins de sa part.

À un mètre cinquante au-dessus d'eux, le barbare sauta Ses bottes de cuir perturbèrent la surface glauque d'une flaque de boue, et il enveloppa Ilkar dans son étreinte d'ours.

— Par les dieux, ravi de te revoir ! déclara-t-il.

L'elfe se dégagea, les narines frémissantes.

— Si je comprends bien, tu n'as pas encore bâti cette fameuse salle d'eau ?

Hirad fit la grimace, et ses dents blanches se détachèrent sur les poils noirs de sa barbe.

— Désolé. Ce sont les fourrures qui puent. Je n'ai pas d'outils pour les tanner convenablement. Mais je vais les emmener à Noirépine dans deux ou trois jours, et je les confierai à un professionnel.

— Ça, ça m'étonnerait, lâcha Ilkar.

Le sourire du barbare s'évanouit. Son regard passa de l'un à l'autre de ses amis.

— Ce n'est pas une visite d'agrément, comprit-il.

— Par ce temps ? demanda Ilkar en essuyant son front ruisselant.

— Nous te raconterons tout dès que tu auras retrouvé nos chevaux et notre équipement, grommela l'Inconnu. Cette petite démonstration était-elle vraiment nécessaire ?

— Je ne peux pas prendre de risques, Inconnu. Je ne voyais pas qui vous étiez, et Nos non plus, jusqu'à ce qu'il soit assez près de vous. Les chasseurs deviennent un peu trop malins, ces temps-ci.

L'Inconnu hocha la tête.

— Plus tard. Commençons par nous mettre à l'abri de la pluie.

C'était une belle journée tiède et ensoleillée à Dordover, très incongrue après le vent froid qui avait balayé la cité la veille. Dans l'enceinte du Collège, l'air était chargé du parfum des plantes à floraison tardive, et les pépiements des oiseaux contribuaient à renforcer l'atmosphère printanière.

Mais l'automne touchait déjà à sa fin, et Vuldaroq n'appréciait pas cette saison… ni la sueur. Alors qu'il s'engouffrait dans le couloir qui conduisait à la Chambre des Réflexions, ses robes sombres et volumineuses ondulant derrière lui, la fraîcheur qui régnait dans le bâtiment lui arracha un soupir de satisfaction.

La Chambre des Réflexions était le lieu où les Mages Aînés de Dordover recevaient les dignitaires d'autres Collèges en visite. Une fontaine avait été installée à chaque coin de ses murs de granit poli, pour susciter la sérénité et le calme. Des chaises d'osier tressé se dressaient autour d'une table basse en marbre. Derrière les portes opposées à celle du couloir s'étendait un jardin de pierre. Les mages adoraient ses arrangements complexes de plantes et de bassins, mais Vuldaroq détestait cet endroit à cause de sa capacité à emmagasiner la chaleur du soleil. Par bonheur, il n'aurait pas besoin d'y aller ce jour-là.

Dans la Chambre des Réflexions l'attendaient deux hommes récemment arrivés de Lystern, le quatrième et plus petit Collège de magie : Heryst, Seigneur Mage Aîné, et le général Ry Darrick, le plus brillant officier de Balaia.

Il était maussade sous sa masse de boucles châtain clair. L'air franchement mal à l'aise, il se tenait derrière la chaise d'Heryst, se dandinant comme s'il avait hâte de repartir. Trois gobelets et un pichet étaient posés sur la table basse, près d'une corbeille à fruits en osier.

— Vous avez pris votre temps ! lança Vuldaroq, offusqué qu'Heryst ne se soit pas levé à son entrée.

Son interlocuteur se contenta de sourire.

— Beaucoup de sujets mobilisent mon attention à Lystern. Nous nous sommes mis en route dès que possible.

— Versez-vous donc un verre de jus de fruits, Vuldaroq, proposa Darrick, et asseyez-vous. Vous me semblez un peu essoufflé.

Vuldaroq plongea ses yeux dans ceux du jeune général, qui ne cilla pas. Il soutint placidement son regard jusqu'à ce que son hôte tende enfin la main vers le pichet.

— Votre Communion était avare de détails, dit Heryst. J'ai cru comprendre que vous aviez un problème trop grave pour que Dordover puisse le régler seul.

Vuldaroq prit place dans un fauteuil, sa masse considérable faisant craquer et protester l'osier. Il but une longue gorgée du cocktail frais de jus de pomme et d'orange, déterminé à ne pas voir la situation lui échapper entièrement.

— Comme vous le savez peut-être, l'enfant a quitté Dordover. Ce ne serait pas très grave en soi, mais il semble que sa mère et elle aient totalement disparu. Nous pensons qu'elles ont été contactées par des adeptes de la Voie Unique.

Heryst éclata de rire.

— Vuldaroq, vous avez toujours eu un penchant pour les déclarations dramatiques. Pour vous, la pire raison susceptible de justifier une série d'événements est toujours la meilleure. Erienne est sûrement en train de prendre du bon temps avec son époux. À moins qu'elle n'ait voulu offrir des vacances à Lyanna, l'arrachant pour un temps aux rigueurs de sa formation. Souvenez-vous qu'elles ne sont pas vos prisonnières. Elles peuvent aller et venir comme bon leur semble.

Vuldaroq tamponna son front en sueur et s'autorisa un sourire condescendant.

— Votre Collège est peut-être très occupé, mais de l'aube au crépuscule, il tourne le dos au reste du monde. Lyanna est une fille de l'Unique, cela au moins est douloureusement évident, et les effets s'en font déjà sentir à travers tout Balaia. Vous êtes sans doute au courant que la ville de Grisépine et le Bois-d'Épines ont été frappés par des vents d'une force inconnue jusque-là, et que la terre a pratiquement englouti Denebre.

Il se pencha en avant, guettant la réaction de ses interlocuteurs. Le haussement d'épaules de Darrick le déçut, mais ne le surprit pas vraiment.

— J'imagine que ce sont là les présages d'une apocalypse ? lança cyniquement le militaire.

— Absolument, fit Vuldaroq, espérant que son sérieux déconcerterait le général. Visiblement, vous ne connaissez pas vraiment la Prophétie de Tenjata. Contrairement à votre Seigneur Mage Aîné, je présume.

Heryst blêmit, sa désinvolture soudain envolée. Vuldaroq le vit repasser le texte de la prophétie dans sa tête avant de demander d'une voix atone :

— En êtes-vous certain ?

— Certain de quoi ?

— De tout.

— Quelles autres preuves vous faut-il ? La nouvelle s'est sûrement répandue à Lystern comme ici. Un séisme a ravagé Denebre. Le Bois-d'Épines a été aplati par un ouragan. Nous avons reçu des rapports d'inondation de plus d'une douzaine de villes, et le lac de Sang couvre désormais plus du double de sa surface d'origine. Même Korina n'a pas été épargnée. Et je ne vous parle pas de toutes les histoires de tempêtes de grêle pendant des jours, ou de nuages si denses que le soleil ne les pénètre jamais.

» Écoutez… Denser était ici il y a quelques jours, avec Ilkar et l'Inconnu. Les Ravens vont se reformer pour chercher Erienne et Lyanna. Ils partagent notre inquiétude. Cette enfant doit être retrouvée et ramenée au Collège avant qu'elle puisse causer plus de dégâts.

— Et Xetesk ? avança Heryst.

Vuldaroq gonfla les joues.

— Nous pouvons nous attendre à ce qu'ils fassent des difficultés. Même s'ils sont aussi menacés par les forces élémentaires qui tourmentent Balaia.

— Mais ils doivent penser qu'ils s'en tireront à meilleur compte si la fillette n'est jamais retrouvée.

— Sans doute. Du moment que ces phénomènes inquiétants cessent. Nous devrons nous méfier d'eux.

— Qu'attendez-vous donc de nous ? demanda Darrick, attentif à la réaction d'Heryst.

— Les Ravens et l'enfant auront besoin de protection. J'ai déjà envoyé des agents suivre discrètement les Ravens. Le moment venu, général, je voudrais que vous soyez au bon endroit pour les aider. Ce pourrait être avant ou après qu'ils ont retrouvé Lyanna. Si Heryst est d'accord, j'aimerais que vous preniez la tête d'une cavalerie mi-dordovane mi-lysternienne…

— Naturellement, dit Heryst. Cela va de soi.

Vuldaroq sourit.

— Merci. Votre coopération permettra à nos deux Collèges de préserver leur indépendance.

Les sourcils froncés, Darrick gardait les yeux baissés.

— Quelque chose vous tracasse, général ?

— Tout ça ne me semble pas très clair. Je ne comprends pas pourquoi vous avez tant attendu pour faire appel aux Ravens, ni pourquoi les Xetesks nous mettraient des bâtons dans les roues. Ils partagent sûrement votre – notre – intérêt pour cette enfant, non ?

Vuldaroq pinça les lèvres.

— Mon cher général, les Ravens ont pris leur retraite. Et bien que Denser ait soutenu nos efforts initiaux pour retrouver Lyanna, il est vite apparu que nous avions besoin d'aide. D'où le fait que nous ayons contacté les Ravens et Lystern.

» Quant aux Xetesks, s'ils partagent vraiment notre intérêt pour l'enfant, c'est pour de tout autres raisons que les nôtres. Ils souhaitent un retour à la Voie Unique.

Or, cet événement marquerait indubitablement la fin de Dordover, de Lystern, mais aussi de Julatsa.

— Je ne vois pas pourquoi ils auraient de telles intentions ! lança Darrick. Je les croyais aussi désireux que nous de maintenir l'égalité entre les Collèges.

— Tout dépend s'ils pensent pouvoir survivre et devenir la force magique dominante sans recourir à la violence. Ce qui, à mon avis, est exactement le cas.

Darrick hocha la tête, mais Vuldaroq vit qu'il ne semblait pas convaincu.

— Que faites-vous des sentiments et des aspirations d'Erienne et de Lyanna ?

— Ce sont des Dordovanes, dit Vuldaroq d'un ton sec. Il est de notre droit, autant que de notre devoir, de les former selon l'éthique dordovane. Bien entendu, Lyanna sera autorisée à explorer d'autres disciplines, mais elle restera l'une d'entre nous.

Darrick fronça les sourcils.

— Il me semble, à tout le moins, que Lyanna est l'enfant de Xetesk autant que celle de Dordover, et peut-être de tous les Collèges.

Heryst regarda par-dessus son épaule.

— Ry, s'il vous plaît. Je vous expliquerai plus tard.

Darrick haussa les épaules.

— Ces gens sont mes amis. Je souhaite seulement que nous agissions pour leur bien.

— Et il en sera ainsi, affirma Heryst.

— Il y a là un enjeu bien supérieur à l'amitié, dit Vuldaroq.

Darrick le fixa froidement.

— Non, répliqua-t-il. Pas pour moi.

Il s'inclina devant les deux mages et quitta la Chambre des Réflexions.

Vuldaroq se rembrunit.

— Tâchez de tenir votre général en laisse ! Nous avons déjà impliqué les Ravens dans cette histoire. Ça fait bien assez de têtes brûlées. L'insubordination est un luxe que nous ne pouvons pas nous offrir. Pas cette fois.

— Ne vous inquiétez pas. Darrick a un grand cœur, mais il a toujours fait preuve d'une loyauté indéfectible envers Lystern. Il fera ce que je lui demanderai.

— Veillez à ce que ce soit le cas.

Lyanna marchait seule dans le couloir qui conduisait à sa chambre quand Erienne entra en trombe dans la maison, déterminée à affronter les Al-Drechars.

— Lyanna ? appela-t-elle un peu plus vivement qu'elle n'en avait eu l'intention, surprise que Ren'erei ne soit pas avec sa fille.

L'enfant s'immobilisa, et Erienne sentit l'air remuer autour d'elle. Elle tourna un visage maussade vers sa mère et s'approcha. Erienne l'avait déjà vue faire cette mine en des centaines d'occasions, mais cette fois, elle se sentit menacée. Même si elle savait que c'était absurde.

— Ma chérie, que s'est-il passé ? Ne me regarde pas comme ça, dit-elle en s'accroupissant pour se mettre à son niveau. Viens faire un câlin à maman.

— Je ne me sens pas très bien, avoua Lyanna. Ephy est très fatiguée et Myra est malade. Je leur fais du mal, maman, et je t'en fais aussi.

Elle était au bord des larmes. Erienne fronça les sourcils.

— Tu ne me fais pas de mal, mon cœur. Je m'inquiète pour toi, c'est tout.

Lyanna secoua la tête.

— Si, maman. Je sais ce que je fais.

Une larme roula sur sa joue. Erienne l'essuya avant d'attirer sa fille contre elle.

— Tu ne pourras jamais me faire de mal, Lyanna. Je t'aime.

Elle se releva, soulevant l'enfant dans ses bras, et la porta jusqu'à sa chambre où elle la posa sur son lit.

— Raconte-moi ce qui s'est passé aujourd'hui, tu veux ? Qu'est-ce qui a fatigué Ephy ?

— Je dessine des images, expliqua Lyanna, un peu rassérénée. Celles que la magie qui est en moi me montre. Ensuite, Ephy et les autres me disent comment retenir le vent que ça fait souffler dans ma tête. (La fillette leva des yeux de nouveau embués.) Mais je n'y arrive pas, et elles sont forcées de m'aider, et ça les rend malades. Je le sais, parce qu'elles font une drôle de tête et qu'elles doivent s'arrêter pour calmer mon esprit.

Elle pleurnicha et Erienne la serra contre elle, en proie à une nausée de plus en plus forte. Elle ne comprenait pas vraiment de quoi parlait sa fille, mais une chose était certaine : les Al-Drechars ne s'en sortaient pas avec elle.

— Ça ne t'ennuie pas de rester seule ici un petit moment ?

— Non. Mais pas trop longtemps. Ren va peut-être venir ?

— Si je la vois, je lui demanderai de passer. (Erienne sourit et se pencha pour embrasser la joue humide de Lyanna.) Ne t'inquiète pas, mon cœur. Tout va bien aller.

Mais alors qu'Erienne se hâtait vers la salle à manger où elle espérait trouver les Al-Drechars, ses paroles résonnèrent dans son esprit comme une trahison.

Ainsi qu'elle l'avait espéré, les quatre elfes étaient assises à un bout de la table, à leurs places habituelles. Bien que l'après-midi ne soit pas encore terminé, Myriell fumait déjà la pipe.

— Asseyez-vous, Erienne. Asseyez-vous.

D'un geste las, Cleress désigna les chaises vides. La jeune femme en choisit une qui leur faisait face à toutes.

— Je crois qu'il est temps que vous m'expliquiez de quoi il retourne, attaqua-t-elle.

— Vous semblez croire que quelque chose ne va pas, dit Aviana.

— Et il est également temps que vous laissiez tomber cette illusion. Elle est aussi pleine de trous que celle que je viens de survoler. (N'obtenant pas de réaction de ses interlocutrices, Erienne désigna ses yeux.) Ils fonctionnent, vous savez. (Puis elle montra ses oreilles.) Et elles aussi. Alors, pourquoi ne renoncez-vous pas à votre masque de grandes et puissantes Al-Drechars pour me dire ce qui se passe vraiment ?

Erienne sentit la moutarde lui monter au nez. Elle vit Ephemere se rembrunir, mais ce fut Cleress qui lui répondit :

— Votre fille est exceptionnellement douée, mais ses capacités manquent de focus. Il va nous falloir plus longtemps que prévu pour calmer son esprit. Alors seulement, nous pourrons commencer à lui apprendre l'usage de la Voie.

— Par les dieux, même Lyanna me fournit des réponses plus claires que ça !

s'emporta Erienne. J'ignore qui vous cherchez à bluffer, mais je ne marche pas. Je ne suis peut-être pas une Al-Drechar, mais je reconnais la désintégration d'une illusion majeure quand j'y assiste, et je sais quelles sont ses répercussions sur le spectre de mana. Je peux aussi reconnaître quatre vieilles elfes épuisées quand je les ai sous le nez – là où elles sont en ce moment. Je vous en supplie, n'échouez pas parce que vous êtes trop fières pour m'appeler au secours.

Les Al-Drechars gardèrent une expression neutre pendant qu'elles parlaient mentalement entre elles. Erienne attendit patiemment. À la fin, Ephemere se tourna vers elle.

— Erienne, le potentiel de votre fille dépasse nos espoirs les plus fous, mais il n'est pas sans causer certains problèmes. Sa jeunesse rend son esprit extrêmement vulnérable à des poussées et à des manifestations incontrôlées du mana. Nous devons donc les absorber et les refocaliser en attendant que Lyanna puisse accepter les sentiments qui bouillonnent en elle. Actuellement, elle ne court aucun danger, parce que nous réussissons à maîtriser son énergie. Mais comme vous venez de le faire remarquer, cela sape la nôtre et nous laisse quelque peu vulnérables.

— Quelque peu ? Regardez-vous, Ephy, Myra, vous toutes : vous fumez la pipe en plein après-midi, et on jurerait que rester assises mobilise déjà toutes vos forces. Et cette illusion, au-dessus de nos têtes, ne sert absolument à rien. Pourquoi vous donnez-vous la peine de l'entretenir ?

Le cœur d'Erienne se serra. Les Al-Drechars paraissaient si fragiles. Un pouvoir aussi grand et aussi vénérable, réduit à cet épuisement et à ces yeux cernés…

— C'est notre seule défense, se justifia Aviana. Nous sommes si peu nombreuses, et nos ennemis si proches…

Elle semblait au bord de la panique.

— Mais combien de temps pourrez-vous continuer ainsi, Ana ? insista Erienne. Par les dieux, vous êtes en train de vous tuer. Laissez-moi vous aider, je vous en conjure. Dites-moi ce que je peux faire. Clerry ? Ephy ?

— Nous avons déjà pris des mesures, révéla Cleress.

— Ren'erei partira avec la marée d'avant l'aube, ajouta Ephemere.

— Pour quoi faire ?

— Chercher des mages capables d'entretenir l'illusion et de nous permettre de consacrer toute notre énergie à Lyanna.

— Où ira-t-elle ? Connaissez-vous des mages à qui vous pouvez faire confiance ?

Cleress secoua la tête.

— Je crains que ce soit un peu trop urgent pour ça. Il n'y a pas de mages parmi les membres de la Guilde. Ren'erei ira donc sur Calaius pour recruter ceux qui partagent nos croyances.

Elle tenta de sourire. Mais Erienne était horrifiée.

— Vous allez inviter des étrangers à venir ici ? Réfléchissez aux conséquences.

— Réfléchissez à ce qui se passera si nous ne le faisons pas, répliqua durement Myriell, la voix épaissie par la fumée de la pipe.

— Non, non. Désolée, Myra, vous m'avez mal comprise. Je parle de confiance et de trahison. Vous vous êtes cachées aux yeux du monde pendant trop longtemps.

Il ne faut pas prendre le risque que Ren'erei ramène les mauvaises personnes.

Erienne marqua une pause, le cœur gonflé de joie, d'anxiété et de honte à cause de l'excitation qu'elle éprouvait.

— Je vais accompagner Ren'erei. Mais nous n'irons pas sur Calaius, parce que vous avez besoin de gens – et pas seulement de mages – en qui vous puissiez avoir confiance. Nous retournerons sur Balaia et nous ramènerons les Ravens.

Chapitre 8

L'avant-garde de l'armée des Protecteurs était partie en éclaireur. Avançant avec une demi-journée d'avance sur le reste de ses frères, à la distance limite de contact mental, elle se composait de vingt hommes, masqués et silencieux, accompagnés par quatre mages qui dirigeaient leurs mouvements mais ne disposaient plus du recours à la punition ultime en cas de désobéissance.

Les Protecteurs étaient un ordre xetesk. Bien que sur le déclin, il restait très impressionnant. Son dernier membre avait été appelé plus de six ans avant, puis libéré au cours d'une cérémonie qui ne pourrait être répétée avant l'aboutissement des recherches appropriées. C'était le Guerrier Inconnu, et ils ne l'oublieraient jamais.

Avant cela, un Protecteur qui avait transgressé les règles impitoyables de son ordre aurait vu son âme torturée par des démons aussi longtemps que son Protégé l'aurait voulu. Ce n'était plus le cas à présent, même si les Xetesks s'étaient gardés d'en informer les démons. Des âmes à tourmenter faisaient partie du marché visant à maintenir les ChaînesDémoniaques qui reliaient chaque Protecteur à son âme, retenue hors de son corps dans le Réservoir enfoui au cœur des catacombes de Xetesk.

En vérité, le spectre de cette punition n'était même plus nécessaire. À la tête de l'avant-garde, Aeb se souvenait à peine des années vécues avant son appel. Il devait approcher la vingtaine, lui semblait-il. Désormais, il ne connaissait plus que le Réservoir, où son âme liée à celle de ses centaines de compagnons lui offrait une fraternité au-delà de l'entendement humain. Elle lui conférait la force, le réconfort et la compréhension au niveau le plus fondamental. C'était elle qui faisait des Protecteurs des guerriers si puissants.

Aeb savait qu'on lui proposerait peut-être un jour de lui rendre sa liberté. Il n'était pas certain de la façon dont il réagirait.

Mais certaines règles ne variaient pas. Hors des combats, un Protecteur ne pouvait prendre aucune décision à moins que son Protégé ait disparu. Et personne ne les informait jamais de l'endroit où ils allaient. Ils suivaient et se battaient comme on le leur ordonnait.

Aeb acceptait cela. Et même si leurs âmes nageaient souvent dans la tristesse au cœur du Réservoir, leur proximité et le pouvoir qu'elle leur conférait était une source de joie constante. Il n'y avait jamais de dissension parmi eux. Le concept même leur était totalement étranger. Cela aurait miné leur unité, une éventualité inacceptable. Contre nature.

Aeb avait conscience que les recherches en cours finiraient par briser leur fraternité et cela l'attristait. Mais pour le moment, les gens craignaient les Protecteurs, comme il se devait.

Et les cavaliers dordovans sur qui ils venaient de tomber ne faisaient pas exception.

Depuis quatre jours, ils cheminaient vers le sud-est, s'arrêtant tard dans la soirée et repartant à l'aube le lendemain. Leur allure était rapide, les pauses imposées par la seule fatigue des mages et des chevaux. À une heure de la frontière des territoires collégiaux, dans une région jadis agricole et fertile mais désormais noyée sous une pluie incessante, ils avaient fait halte pour se rafraîchir.

Toute la journée, les nuages bas avaient émis une brume que le vent faisait tourbillonner, affectant la visibilité. L'humidité pénétrait les armures et les masques. Le terrain était aussi immobile que si toutes les créatures vivantes avaient trouvé un refuge contre le mauvais temps, et la brume jouait avec leurs yeux, leur faisant voir des formes là où il n'y en avait pas.

Quelque temps avant l'apparition des Dordovans, ils avaient entendu l'écho monotone d'un bruit de sabots, mais la pluie et le vent les avaient empêchés de déterminer sa provenance exacte. Enfin, les cavaliers étaient apparus, les hommes de tête tirant brusquement sur les rênes de leur monture pour l'immobiliser tandis que les Xetesks jaillis de la brume les toisaient en silence.

Aeb s'autorisa un rien de satisfaction à la vue de leur réaction. Sur sa droite, il distinguait le masque d'Elx, sombre et luisant, et devina qu'ils avaient dû effrayer les Dordovans. Il transmit l'information à leur armée, utilisant ses dix-neuf frères pour augmenter la puissance de son message et lui permettre d'atteindre sa destination malgré la distance.

Les mages avancèrent au centre de la piste alors qu'un cavalier se détachait de la colonne dordovane pour se porter à leur rencontre. Lui aussi était un jeteur de sorts, mais gras comme un cochon. Sous sa capuche, son visage rougeaud était loin de respirer la santé. Heureusement pour lui, son cheval avait la carrure nécessaire pour le porter.

Le mage senior qui accompagnait les Protecteurs prit la parole.

— Vuldaroq ! Quelle vision déplaisante, bien que prévisible.

— J'en ai autant à votre service, Sytkan. Depuis des jours, nous recevons des rapports indiquant que vos abominations et vous avancez vers nous. J'imagine qu'il est inutile de vous demander quelle est votre destination ?

— Ce serait gaspiller votre salive, et surtout la mienne.

Sytkan promena son regard à la ronde. C'était un mage encore jeune, mais qui se préparait déjà à accéder à de plus hautes fonctions. Il était grand et rapide malgré son squelette un peu lourd. Ses yeux gris flamboyaient sous sa calotte crânienne.

— Il me semble que ces terres sont sous la protection de Xetesk, déclara-t-il.

— La protection ? Un terme intéressant, ricana Vuldaroq. Et moi, il me semble que nous avons un droit de passage, conformément aux Accords de Triverne sur la Propriété Collégiale.

— Cette vieille législation poussiéreuse ! lança Sytkan, méprisant. Et qui devient caduque en temps de conflit inter collégial ouvert, si mes souvenirs sont exacts.

— C'est ainsi que vous qualifiez la situation actuelle ? demanda Vuldaroq.

— Depuis vos insultes contre le Seigneur du Mont, oui.

La tension atteignit son zénith. Aeb la regarda se communiquer à la cavalerie dordovane. Il comptait plus d'une centaine d'hommes, mais deux fois plus devaient être cachés par la brume tourbillonnante.

Au repos, mais tenez-vous prêts. Pas d'armes pour le moment. Agressivité à gauche, peur au centre, neutralité à droite, communiqua-t-il à ses frères.

Aucun d'eux ne bougea un muscle.

Au milieu de la piste, les quatre mages xetesks étaient immobiles et parfaitement calmes, mais Aeb sentait que l'un d'entre eux, une femme, préparait un BouclierDéfensif pour les protéger d'une éventuelle pluie de projectiles. Près d'elle, un de ses collègues préparait un BouclierMagique. Aeb supposa que les Dordovans faisaient de même.

— Il serait mal avisé de nous menacer, Sytkan, dit Vuldaroq, l'air hautain. Trois cents cavaliers sont avec moi. Je détesterais les voir vous piétiner.

— Soyez tranquille, ça n'arrivera pas, dit Sytkan. Une agression qualifiée sur les terres xeteskes serait une grosse erreur, alors que le gros de l'armée des Protecteurs est si près de vous.

Vuldaroq gloussa et mit pied à terre ; l'estomac de son cheval ballotta, soulagé d'un poids considérable.

— Là, dit-il en avançant vers Sytkan. Ce sera beaucoup plus civilisé. Cette petite querelle peut et devrait s'achever sur-le-champ. Acceptons notre divergence d'objectifs et restons-en là.

— Absolument, dit Sytkan. Mais pour vous, cela implique de prendre la route la plus directe pour quitter les terres xeteskes. Vous comprendrez sûrement que nous ne pouvons vous autoriser à chevaucher devant nous. Donc, ce sera le nord pour vous, je suppose. Aeb, qu'en penses-tu ?

— Au nord, le terrain est plus praticable pour les chevaux, maître. Ce sera plus rapide que par le sud.

— C'est bien ce qu'il me semblait. Désolé, Vuldaroq, mais je tiens mes instructions de Dystran en personne. À cause de la malencontreuse réaction de Dordover et de Lystern, nos terres vous sont temporairement fermées. J'espère que vous respecterez cet interdit…

— Vous voulez que je respecte les caprices d'un Seigneur du Mont qui est la marionnette du Cercle des Sept ? Et l'avis d'un bandit masqué ?

Vuldaroq tourna les talons et rejoignit son cheval à grands pas furieux.

— Retirez immédiatement vos remarques sur le Seigneur du Mont, exigea Sytkan.

— Je ne retire jamais la vérité ! cracha Vuldaroq par-dessus son épaule.

— Aeb, déploiement, marmonna Sytkan, en faisant signe à ses mages de lever leurs boucliers.

Déployez-vous en travers du chemin. En position.

Tels des fantômes dans la brume, les Protecteurs réagirent avec des mouvements précis et efficaces. En quelques secondes, ils avaient formé une ligne concave qui bloquait le chemin.

Quand ils se mirent en position, leurs haches et leurs épées sortirent des fourreaux attachés sur le dos des chevaux de bât avec un fracas métallique qui se répercuta dans le paysage balayé par le vent. Aeb vit la peur s'afficher sur le visage des Dordovans. Il s'y attendait.

— Nous ne bluffons pas ! dit Sytkan. Vos insultes sont grossières, Vuldaroq, mais notre menace ne l'est pas. Prenez la direction du nord. Quittez nos terres et, si vous en croyez mon conseil, rentrez à Dordover. Vous ne trouverez rien à Arlen à part la mort.

Vuldaroq renifla.

— J'irai où il me plaira.

— Au nord ! s'entêta Sytkan.

— Et si je refuse ?

— Alors, nous vous attaquerons. Aeb a la liberté d'agir. Il n'a pas besoin d'autre ordre de ma part.

Vuldaroq réfléchit et sourit. Puis il haussa les épaules.

— Nos chevaux sont rapides. Vos monstres sont à pied. Je peux ordonner à mes hommes de cheminer vers le nord pendant un kilomètre ou deux, si ça peut soulager votre conscience. Puis nous rejoindrons la piste au moment de notre choix – en avance sur vous.

— Comme vous ignorez le fonctionnement de l'esprit des Protecteurs ! Ils sont entraînés pour détruire toute menace visant Xetesk. Vous ne pourrez pas galoper éternellement, et nous finirons par vous rattraper. Ne nous défiez pas.

— Tout cela commence à me fatiguer. J'ai trois cents cavaliers, plus cent cinquante mages. Vous êtes vingt-quatre. Écartez-vous.

— Non. Tous les Xetesks se doivent de défendre leurs terres, comme les Dordovans ont pour mission de défendre les leurs. Si vous êtes incapable de politesse, faites au moins preuve de respect. (Le ton de Sytkan se radoucit.) Allons, Vuldaroq, ni vous ni moi n'avons envie de nous battre. Vous savez que je ne peux pas bouger. Vous ne perdrez pas la face. Vous vous contenterez de faire ce qui est juste.

— Qu'il en soit ainsi.

Vuldaroq fit pivoter son cheval et regagna au trot le centre de sa cavalerie déployée sur quatre colonnes. Aussitôt, des OrbesFlammes jaillirent des rangs, décrivant une courbe au-dessus d'eux pour aller s'écraser sur le bouclier des Xetesks, qui tint bon. Le feu l'enveloppa en crépitant et se dissipa en atteignant le sol.

— Soyez maudit, Vuldaroq, grommela Sytkan.

Aeb n'eut pas besoin d'invitation.

Premier rang, les chevaux, second rang, soutien sur les flancs. Tout le front, manœuvre en tenailles.

Placé au centre de la première ligne, encadré par Elx et Ryu, Aeb avança quand les Dordovans se mirent en mouvement. Il s'accroupit brusquement et, de la main droite, fit décrire un arc de cercle à sa hache vers les pattes du cheval placé devant lui. Il l'atteignit au-dessus du genou gauche. L'animal hennit et se cabra. Aeb s'était écarté des sabots qui le menaçaient. Son cavalier s'écroula, et sa dernière vision fut celle de l'épée du Protecteur qui s'abattait sur son cou vulnérable.

Des deux côtés d'Aeb, ses frères frappaient en bas avec leur hache et en haut avec leur épée. Les chevaux et les cavaliers tombaient comme des mouches. Du sang gicla dans les airs, colorant la brume de rose. Tout autour, les cris terrifiés des animaux se mêlèrent aux ordres pressants des hommes qui tentaient de les forcer à avancer.

Aeb était cerné de toutes parts. Il porta un coup avec sa hache et la sentit mordre profondément dans un flanc découvert. Le cheval bondit sur le côté, son cavalier s'accrochant à lui et piquant avec son épée, qui fut arrêtée par une parade d'Aeb. Mais l'homme était déséquilibré. Le coup de hache suivant lui fit vider les étriers et l'envoya mourir sous les sabots de sa monture affolée qui cherchait un moyen d'échapper à la mort dont l'odeur faisait frémir ses narines.

Aeb la laissa filer, histoire d'ajouter à la confusion, et se tourna vers sa cible suivante. Devant lui, les Dordovans s'étaient immobilisés, laissant Elx décapiter un téméraire qui avait commis l'erreur de se pencher en avant pour plonger son épée dans ce qu'il croyait être un dos exposé.

Regroupement. Retrait au centre. Flancs extérieurs, restez en position Ils se rassemblent. Charge imminente.

Aeb regarda autour de lui. Ils n'avaient perdu aucun Protecteur et une douzaine de Dordovans étaient morts. Il recula d'un pas assuré, guidé par un de ses frères. Au-dessus de sa tête, d'autres OrbesFlammes embrasèrent le ciel, faisant bouillir la bruine sur leur passage et venant s'écraser inutilement sur les boucliers xetesks. Plus aucun retour en arrière n'était possible.

La cavalerie s'était repliée dans la brume, mais des ordres filtraient à travers l'étrange demi-silence qui avait envahi le champ de bataille. La visibilité était de soixante mètres. Les Protecteurs se tenaient sur deux rangs de dix, à dix pas du carnage qu'ils avaient provoqué. Le gros de leurs forces était concentré sur les flancs, Aeb et trois frères tenant le centre.

Longtemps avant qu'ils puissent voir l'ennemi, le sol vibra sous leurs pieds alors que les Dordovans approchaient au trot. Un fracas métallique résonna au cœur de la brume, accompagné par les hennissements impatients des chevaux.

Entouré de ses frères, immobiles comme des statues, Aeb attendit. Devant eux, des ombres remuaient dans la brume, pareilles à des fantômes de pluie. Lentement, leurs contours se précisèrent, et Aeb put identifier leur formation. Il sentit son pouls s'accélérer, et ses frères éprouver la poussée d'excitation qui accompagnait toujours une bataille imminente. Derrière lui, les mages étaient remontés en selle ; ils avaient doublé leurs BoucliersMagiques et relâché leurs sorts de garde, prêts à s'enfuir en cas de besoin, mais confiants dans les capacités de leurs Protecteurs.

Une cinquantaine de pas plus loin, un officier lança un ordre. Sur leurs puissantes montures taillées pour la course, les Dordovans chargèrent en rugissant et en brandissant leurs épées luisantes de pluie.

Aeb avait déjà évalué la situation.

— Les rangs de devant, maître Sytkan. Brisez les flancs.

Ils vont tenter de nous contourner. Tenez-vous prêts. Position basse, coups rapides. Haches en avant. Nous ne faisons qu'un.

Nous ne faisons qu'un, répondirent ses frères.

Xetesk avait une arme dans sa manche, et pour avoir déjà subi une attaque magique, Sytkan ne répugnait pas à l'utiliser. Il s'y était préparé depuis le début de l'échauffourée. Alors que les premiers cavaliers de la colonne – huit de front – se lançaient au galop vers les corps de leurs camarades morts, son partenaire et lui tendirent les bras avant d'écarter les mains pour englober les flancs dordovans.

— FeuInfernal.

Une dizaine de colonnes de feu tombèrent des cieux. Elles firent s'évaporer la brume sur leur passage, chacune cherchant une âme vive.

Sur la gauche, le bouclier des Dordovans tint bon. Il envoya les flammes s'écraser sur le sol et calciner la terre détrempée, paniquant les chevaux et les cavaliers. Mais sur la droite, il se craquela, et les hommes qui se tenaient dessous n'eurent pas une chance d'échapper à leur destin. Ils explosèrent sans avoir le temps de hurler avant que leur corps soit éparpillé aux quatre vents, et que le feu, continuant sa trajectoire, coupe leurs montures en deux pour se perdre dans le sol.

La terreur désintégra le flanc dordovan droit. Les chevaux survivants voltèrent, précipitant leurs cavaliers impuissants dans la gueule de la charge qui s'écrasa sur eux sans leur laisser le temps de manœuvrer pour s'en écarter. Certains, qui tentaient désespérément de bondir par-dessus les autres, catapultaient leurs cavaliers hors de leur selle. Bientôt, le fracas des animaux qui se percutaient et les cris de douleur des hommes aux jambes broyées emplirent l'air.

Sur la gauche, les éclaboussures de flammes avaient produit un chaos similaire, mais moins de dévastation. La charge ne continuait plus qu'au centre. Nerveuses mais bien dressées, les montures aux yeux fous avançaient toujours, un peu moins vite à présent, en enjambant les cadavres des victimes.

Face à elles, Aeb s'était accroupi, prêt à bondir. Il avait renoncé à son épée, qui gisait dans la boue à ses pieds, pour empoigner sa hache à deux mains. Le regard rivé sur les Dordovans qui approchaient, il observait leur formation et évaluait la distance qui diminuait rapidement entre eux.

Au dernier moment, il roula en avant et sur sa gauche, puis se redressa en position accroupie tout en portant un coup de biais vers le haut. Il sentit son arme trancher de la chair et resserra sa prise sur le manche, laissant la lame mordre profondément et son corps être emporté par l'élan du cheval.

L'animal frissonna. Levant les yeux, Aeb vit que la hache était enfoncée dans sa cuisse. Il s'y suspendit de tout son poids, sans craindre le cavalier, trop occupé à lutter contre sa propre monture blessée.

Le cheval bascula vers l'avant tandis que ceux qui le suivaient se pressaient derrière lui, déconcertés par la violence des Protecteurs. Mais deux d'entre eux réussirent à forcer le barrage, renversant les hommes qui se dressaient sur leur chemin et piétinant les cadavres sous l'impulsion de leurs cavaliers, qui les exhortaient à aller de l'avant.

Pris au dépourvu un instant, un Protecteur du second rang fut touché par une épée qui lui zébra la poitrine et le souleva de terre. Mais les autres étaient si rapides… Se regroupant sans coup férir, une moitié s'accroupit et frappa pour ralentir les chevaux, tandis que l'autre moitié plongeait sur les cavaliers pour les désarçonner, puis leur brisait le cou.

Aeb dégagea sa hache du corps du cheval qui se débattait encore.

Aeb, trois des nôtres sont tombés. Ton épée. Frappe en arrière, cadran inférieur droit.

Il obéit sans regarder et faucha un adversaire.

Quand il se redressa en brandissant son épée, il vit que la fin était proche. Les Protecteurs taillaient toujours dans les flancs de la charge qui se délitait. Largement espacés, ils frappaient avec précision, abattant les chevaux avant de régler leur compte aux cavaliers. Leur avancée était impossible à arrêter.

Devant Aeb, un Dordovan luttait pour dégager son épée et forcer sa monture à faire demi-tour. Il pâlit en voyant le Protecteur avancer vers lui. Mais il était déjà trop tard. Ignorant son cheval, Aeb frappa à l'horizontale en décrivant un arc de cercle. Il atteignit le cavalier à la poitrine et le souleva de sa selle, l'homme lâchant son dernier souffle dans un geyser de sang.

Ils sont brisés. Nous sommes victorieux. Nous ne faisons qu'un.

Nous ne faisons qu'un.

Aeb balaya les rangs ennemis du regard. Les Dordovans faisaient demi-tour et s'éloignaient au galop le long de la piste, l'écho de leurs récriminations se répercutant à travers la brume tourbillonnante qui empestait la mort. Satisfait, Aeb se détourna, vérifia que tous les mages xetesks étaient saufs et s'agenouilla pour enlever le masque d'Elx.

Son frère avait reçu un coup de sabot au visage : l'impact avait fendu son masque en deux et lui avait brisé le cou. Son visage tuméfié et ensanglanté regardait le ciel sans le voir. Il était libre. Ses frères le pleureraient dans le Réservoir d'Âmes. Ils brûleraient son corps et récupéreraient ses armes.

Aeb revint vers Sytkan, toujours perché sur son cheval, le visage tordu par la colère et le corps épuisé par l'incantation du FeuInfernal.

— Vont-ils attaquer de nouveau ?

— Non, maître, mais nous allons les suivre. À présent, ils filent vers le sud.

— Bien. Dans ce cas, occupez-vous de vos morts et de vos blessés. Nous ne devons pas nous attarder ici. Nous avons encore dix jours de route avant d'atteindre Arlen.

Chapitre 9

— L'eau t'aurait-elle bouché les esgourdes, Ilkar ? J'ai dit non !

Hirad posa violemment sa chope en étain sur la table de pierre et marcha à grands pas furieux vers la porte de sa hutte, où il s'appuya au mur pour observer la nuit lugubre.

La pluie n'avait pas cessé de tomber. Le temps qu'ils retrouvent les chevaux, les trois hommes étaient trempés et de fort mauvaise humeur. Hirad avait allumé un bon feu dans sa hutte, et ils avaient mis leurs vêtements à sécher sur une corde à linge, devant les flammes, avant de s'envelopper dans des couvertures.

Mais malgré le repas qu'ils avaient partagé, l'humeur du barbare ne s'était pas assez améliorée pour qu'il réagisse de manière raisonnable à ce qu'Ilkar et l'Inconnu venaient de lui raconter.

— En fait, tu as hurlé « non », dit Ilkar en délogeant de l'ongle un morceau de mouton coincé entre ses dents. Et je t'ai entendu la première fois. J'espérais seulement avoir mal compris.

— Eh bien, ce n'est pas le cas, grogna Hirad. Pourquoi devrais-je aider ce connard ? Il n'a tenu aucune de ses promesses. Les Kaans sont toujours là.

— Tu savais bien que le problème serait long à résoudre, fit l'Inconnu.

— Je ne m'attendais pas à ce qu'il trouve une solution dans la semaine. Mais ça fait presque cinq ans ! Et la situation n'a pas avancé. À présent, ils sont mourants.

— Je comprends ce que tu ressens, assura l'Inconnu. Mais Denser ne s'est pas tourné les pouces pendant tout ce temps.

— Oh oui, j'ai entendu dire ça ! railla Hirad. Il est dans les petits papiers du Cercle des Sept, il a les faveurs du Seigneur du Mont et vit dans de superbes appartements. Il ne s'est pas tourné les pouces du tout. (Le barbare cracha sur le seuil de sa hutte.) Je vais vous dire : quand il viendra m'apporter une preuve indiscutable que Xetesk cherche un moyen de renvoyer mes dragons chez eux, je l'aiderai à retrouver sa famille.

— Il n'a pas assez de temps pour ça ! lança l'Inconnu.

— Il a eu cinq ans ! (Hirad fit volte-face et traversa la pièce comme une tornade.) Cinq putains d'années ! Mes dragons agonisent, et les seules personnes qui peuvent les aider restent assises sur leur gros cul, à se féliciter mutuellement de la façon dont elles ont vaincu les Ouestiens. Pendant ce temps, elles laissent crever les véritables héros.

Hirad regarda tour à tour Ilkar et l'Inconnu, les dévisageant à la lueur des flammes.

— Je n'arrive pas à vous faire comprendre, n'est-ce pas ? dit-il tout bas. Enfilez vos bottes et venez avec moi. Le Choul est juste à côté. Saluer les Kaans, c'est le moins que vous puissiez faire.

Les trois hommes avalèrent la courte distance qui séparait la hutte de la caverne, en serrant leurs couvertures autour d'eux. La lanterne d'Hirad éclaira leur chemin dans l'obscurité humide et glaciale.

— Par les dieux, on se les gèle, marmonna Ilkar.

— N'est-ce pas ? fit Hirad.

Ils franchirent l'angle du tunnel et entrèrent dans le Choul proprement dit. Aussitôt, l'odeur des dragons les prit à la gorge. Hirad eut une grimace de satisfaction en voyant ses amis s'étrangler.

— Grand Kaan, vous avez des visiteurs.

Sha-Kaan leva la tête et ouvrit un œil bleu.

— Salutations, Ilkar. Salutations, Guerrier Inconnu.

Sa voix était basse et lasse, comme celle d'un dragon aux portes du sommeil.

— Salutations, Sha-Kaan, répondit l'elfe. Je ne m'enquerrai pas de votre santé, Hirad nous a dit tout ce qu'il y avait à savoir. Je suis désolé.

— Ta compassion ne nous ramènera pas chez nous.

Le Grand Kaan était toujours aussi imposant, mais toute vigueur avait disparu de sa voix, et ses mouvements languissants trahissaient son inertie.

— Hirad a mentionné votre souhait, dit l'Inconnu.

— Ça a toujours été un souhait. Et à présent, c'est une nécessité. (Sha-Kaan regarda les deux voyageurs sans ciller.) Vous avez choisi un bien curieux moment pour nous rendre visite. J'ai cru comprendre que les humains n'aimaient guère la pluie et l'obscurité.

L'Inconnu haussa les épaules.

— Nous avons besoin d'Hirad. Le temps n'a pas d'importance.

— Et je leur ai dit que je ne les aiderais pas, coupa le barbare.

— Que tu ne les aiderais pas à faire quoi ?

— À retrouver la fille de Denser.

— Ah. (Sha-Kaan ouvrit grand la gueule, ses crocs scintillant à la lumière de la lanterne.) J'aurais dû deviner que ce voleur était la source de ta colère, Hirad Cœurfroid. J'imagine qu'il n'a pas encore découvert le chemin du retour vers Beshara.

— En effet, confirma le barbare. Il est trop occupé à se hisser au sommet de la hiérarchie xeteske.

Ilkar soupira.

— Vous avez quelque chose à ajouter ? demanda Sha-Kaan.

— Hirad sait que je le trouve un peu dur avec Denser, même si je comprends sa frustration et la vôtre face à cette attente. Mais il s'agit de la sécurité d'Erienne et de sa fille Lyanna. Elles courent un grave danger, bien qu'elles n'en soient sûrement pas conscientes. À l'heure actuelle, les Dordovans les cherchent, et Denser pense qu'ils ne souhaitent pas vraiment capturer Lyanna vivante.

— Et moi, je dis qu'il délire complètement, pour changer un peu, déclara Hirad. Les Dordovans ont entraîné cette gamine. Pourquoi voudraient-ils la tuer ?

— J'ai tenté de te l'expliquer, mais tu ne m'écoutais pas. C'est à cause de ce qu'elle représente, et de l'endroit où ils pensent qu'elle est allée.

Sha-Kaan expira avec un grondement qui fit vibrer l'air.

— Cette enfant est une magicienne ? demanda-t-il.

— C'est ce qu'on appelle un doux euphémisme, fit Ilkar. Au minimum, c'est une adepte des quatre Collèges, sans doute capable d'appréhender la Voie Unique.

Nos-Kaan et Hyn-Kaan relevèrent brusquement la tête, et les trois dragons regardèrent Ilkar, qui recula instinctivement. Les cous des Kaans allongés l'un contre l'autre remuèrent, donnant l'impression d'être une bête à trois têtes juchées sur un seul corps monstrueux.

— Où est-elle allée ? demanda Sha-Kaan.

— Denser pense qu'elle s'est réfugiée auprès de pratiquants de la Voie Unique, expliqua Ilkar, mais nous ne savons pas s'ils existent vraiment, et encore moins où ils sont.

— Les Al-Drechars, souffla Sha-Kaan. S'ils sont toujours en vie, il faut les retrouver. Hirad, tu dois aider tes amis.

— Qui sont ces Al-Machin ? demanda le barbare.

— Les Gardiens de l'Unique, répondit Sha-Kaan. Septern a certainement dû partager ses connaissances avec eux. Il était l'un d'eux. Les Al-Drechars pourront nous renvoyer chez nous.

Dordover avait ignoré la requête de Xetesk, qui voulait organiser une réunion au lac de Triverne. Cela eût été considéré comme une agression en soi, si les Dordovans n'avaient pas invoqué une clause poussiéreuse mais très utile du traité des quatre Collèges. Celui de Julatsa étant temporairement paralysé, il n'aurait pu remplir ses devoirs. De plus, son Prime Magicien actuel, Ilkar des Ravens, s'était absenté pour une durée indéfinie.

Vuldaroq attendait de pied ferme la délégation, d'autant plus qu'elle arrivait dans le sillage de la mobilisation d'une force de cent cinquante mages dordovans et de trois cents cavaliers. Ajouté à la Cavalerie Lysternienne de Darrick, aussi réticent que fût le général, cela représentait un mouvement de troupes très significatif. Il était inévitable que les Xetesks en conçoivent un certain mécontentement. Mais la seule chose qui importait était la manière dont on le leur annoncerait.

Ce n'était pas une manœuvre que Vuldaroq aurait tentée du temps de Styliann. Quels que soient ses sentiments personnels pour l'ancien Seigneur du Mont, il respectait son intelligence et son flair politique. Mais ce chiot de Dystran n'avait pas de réseau d'influence, pas de conseillers de qualité et pas d'idées originales. Même Denser n'était pas là pour l'aider. Les choses semblaient se présenter plutôt bien, et les réactions prévisibles de Dystran ajoutaient au sentiment de contrôle de Vuldaroq.

Il avait choisi de rencontrer le Xetesk et sa modeste escorte dans l'environnement austère d'une étude. La petite pièce abritait une table ronde et quatre chaises de bois, une cheminée des plus rudimentaires et des rideaux marron ordinaires qui masquaient ses fenêtres aux vitres de guingois. Des bougies projetaient une maigre lumière, et l'air était chargé d'une odeur de moisissure.

La seule concession au rang de ses visiteurs ? La corbeille de fruits et le pichet de la célèbre infusion aux plantes des Dordovans. Dehors, le temps était glacé, humide et venteux. Le breuvage énergétique bannirait les effets de ces déplorables conditions météorologiques et empêcherait les esprits las de vagabonder.

Vuldaroq et le Haut Secrétaire Berian allèrent très tôt à l'étude, située dans un bâtiment hors de la cour centrale du Collège, derrière la Tour. Alors que la porte s'ouvrait pour laisser entrer Dystran, l'air morose, Vuldaroq se composa une expression sincèrement navrée. Derrière le Seigneur du Mont venaient Ranyl, un mage assez moyen selon l'opinion de Vuldaroq, et deux Protecteurs.

— Messieurs, je vous prie d'excuser cet accueil quelque peu spartiate, mais votre arrivée nous a pris au dépourvu, et nous n'avons pas trouvé d'endroit plus confortable.

Il tendit les mains, faussement navré. Dystran le fixa froidement avant de prendre place face à Berian.

— Nous sommes venus parler avec vous, pas admirer le luxe de votre architecture et de vos tapisseries, répliqua-t-il.

— Bien entendu, dit Vuldaroq avec un sourire pincé. Berian, du thé pour nos invités. Seigneur Dystran, vos Protecteurs ?

Il avait beaucoup de mal à cacher son dégoût à la vue des monstres dont la seule présence insultait son Collège. On aurait dû les passer tous au fil de l'épée depuis longtemps.

— Ils n'ont besoin de rien. S'ils vous mettent mal à l'aise, ils peuvent attendre dehors.

— C'est très aimable à vous.

Vuldaroq se rassit et attendit pendant que Berian leur versait le thé. Ranyl choisit une pomme, mais il fut le seul à manger. Le Seigneur de la Tour dordovan regarda boire les Xetesks et remarqua avec satisfaction leur plaisir évident.

— Délicieux, admit Dystran.

— C'est sans doute notre secret le mieux gardé, fit Berian en inclinant la tête.

— Et vous en gardez très peu ces jours-ci, à ce qu'il me semble, déclara Dystran en se tournant vers Vuldaroq.

— Vous souhaitiez vous entretenir avec nous ?

— Je ne suis pas venu jusqu'ici pour passer le temps, grogna Dystran. J'irai donc droit au but. Mobiliser des troupes est un acte d'agression flagrant et une insulte à la paix, pas seulement entre les Collèges, mais sur tout Balaia. J'ajouterai, sans vouloir vous manquer de respect, que la décision de l'archimage d'envoyer un seigneur mineur pour me recevoir est une insulte personnelle qui paraît aussi incongrue qu'inutile.

Vuldaroq leva les mains, apaisant, même s'il fulminait derrière son masque de neutralité étudiée.

— Comme vous devez vous en apercevoir, seigneur Dystran, l'archimage Herolus est en très mauvaise santé. Il quittera bientôt ce monde. Berian et moi lui tenons lieu de voix et d'oreilles, comme il en a toujours été en cas de maladie d'un archimage. N'y voyez aucune insulte.

Il sirota une gorgée d'infusion avant de reprendre :

— De plus, je trouve votre utilisation du terme « agression » un peu surprenante.

Je ne vois pas qui pourrait se sentir menacé par nos agissements. Mes troupes réagissent à des renseignements fiables sur l'existence d'un danger pour notre fille Lyanna et sa mère. Nous sommes dûment concernés. Nous avons donc envoyé une force protectrice dans le sud, où nous pensons avoir les meilleures chances de retrouver les nôtres avant nos ennemis.

» Je crains qu'on ne puisse en dire autant du nombre de « Protecteurs » – et j'utilise ce terme avec circonspection – qui maraudent en ce moment à la lisière des territoires collégiaux, dans le but évident d'intimider tous les Dordovans qu'ils pourraient rencontrer.

Dystran se rembrunit.

— Contre quoi protégez-vous cette enfant ? Vous ne l'avez pas encore trouvée et vous n'y réussirez probablement pas. Les Ravens la ramèneront peut-être, mais je crains qu'ils ne connaissent pas plus de succès que s'ils cherchaient des esprits dans le vent.

» Quant à mes Protecteurs, ils sont ici pour rappeler à Dordover que toute démonstration de force sera aussitôt contrée. Ils fournissent aussi un filet de sécurité pour ceux qui, au sein ou hors de la communauté magique, ne partagent pas vos vues paroissiales.

Vuldaroq gloussa et se radossa à sa chaise en prenant une autre gorgée de thé, qu'il garda en bouche quelques instants pour jouir de son parfum. Au moins, le chiot avait du caractère.

— Mon cher Dystran, les vues de Dordover peuvent difficilement être qualifiées de « paroissiales », dans la mesure où elles sont partagées par Lystern et Julatsa. C'est Xetesk qui est en porte à faux avec la pensée et les désirs des autres Collèges.

— Mais votre désir de contrôler Lyanna entraînera sûrement sa mort ! lança Dystran.

— Il n'est pas question de ça. Notre intention est de la ramener ici pour qu'elle continue sa formation.

— Comme nous en sommes tous les deux parfaitement conscients, cela entraînera une fin rapide et douloureuse pour elle.

— Je vous demande pardon ?

— Ne me prenez pas pour un imbécile, Vuldaroq ! Nous comprenons tous deux ce qui se passe ici, et nous savons qu'Erienne a quitté Dordover car elle pensait que votre formation était préjudiciable à sa fille. Nous pensons savoir vers qui elle s'est tournée et nous avons tous deux lu la Prophétie de Tinjata. Mais au lieu de vous réjouir de la possibilité que les Al-Drechars soient toujours vivants, votre seule préoccupation est de récupérer quelque chose qui ne vous appartient pas.

Les yeux de Dystran flamboyaient. À côté de lui, Ranyl sirotait son infusion comme si la conversation ne le concernait pas. Par contraste, Vuldaroq percevait le malaise de Berian sans avoir besoin de le regarder. Pour permettre à la tension de retomber, il remplit de nouveau les chopes de thé fumant, dont l'arôme constituait un tonique parfait.

— Je ne vous ai jamais tenu pour un imbécile, dit-il enfin, le mensonge franchissant ses lèvres sans difficulté. Mais le chaos et la destruction qui ravagent Balaia exigent que Lyanna nous soit rendue au plus vite. Il est clair pour nous que les personnes qui la détiennent – et contrairement à vous, je ne suis pas persuadé qu'il s'agisse des Gardiens de l'Unique – n'ont pas les aptitudes nécessaires pour l'empêcher de déclencher ces tempêtes de mana. De tels problèmes ne se sont jamais manifestés quand elle était ici, n'est-ce pas ?

Dystran eut un léger hochement de tête.

— Nous avons reçu des rapports alarmants bien avant que Lyanna quitte Dordover. Néanmoins, c'était une réaction prévisible. Mais Xetesk considère que Lyanna est dordovane par son ascendance et son lieu de naissance, c'est tout. Nous sommes persuadés qu'elle est une enfant de l'Unique. Même si les prédictions de Tinjata étaient essentiellement exactes, sa conclusion est fondée sur la crainte d'un retour de l'Unique plutôt que sur la réelle conviction qu'il y aura désastre ultime.

— Vous ne pensez donc pas que tous ces tremblements de terre, ces ouragans et ces raz-de-marée sont le prélude à un « désastre ultime » ? (Vuldaroq fut surpris par les failles élémentaires du raisonnement de son interlocuteur.) Si nous avons raison – et par « nous », j'entends « vous et moi » – tout ça est la faute d'une très jeune enfant. Elle doit être contrôlée de manière appropriée jusqu'à ce qu'elle puisse maîtriser ses pouvoirs.

Dystran secoua la tête.

— Ne nous leurrons pas, Vuldaroq. Lyanna est une menace pour l'ordre magique que Dordover souhaite maintenir. Mais elle est l'avenir pour nous tous. Un progrès et pas une régression, comme vous semblez le croire. Nous ne resterons pas les bras croisés à vous regarder la détruire pendant que vous vous cacherez derrière vos belles paroles.

Il bomba le torse et repoussa sa chope de thé.

— Nous vous empêcherons de la reprendre. Rappelez vos troupes. Laissez les Ravens assurer sa sécurité.

— Les Ravens ? (Vuldaroq ne put retenir un ricanement.) Ce sont des pions dans une partie dont l'enjeu les dépasse, et où ils sont déjà beaucoup trop engagés. Avec eux, nous parlons d'une aide, pas d'une solution, comme vous le comprendrez sûrement.

— Pourtant, dit Dystran, vous les laissez chercher Lyanna, parce que vous avez le sentiment qu'eux seuls la retrouveront.

Vuldaroq inclina la tête.

— Leurs compétences sont indubitables. Leur puissance, après toutes ces années, me paraît plus discutable.

— En supposant que vous récupériez l'enfant par quelque moyen que ce soit, la remettrez-vous à Xetesk afin qu'elle puisse approfondir sa formation ? demanda Dystran.

Pris au dépourvu par cette question, Vuldaroq gonfla les joues et souffla en haussant involontairement les épaules.

— Cette décision est du ressort de nos maîtres annalystes et ne saurait être prise maintenant.

Dystran se pencha en avant et croisa les mains sur la table.

— Bien au contraire : c'est maintenant ou jamais. La fillette doit être autorisée à rester auprès des Al-Drechars, si ce sont bien eux qui l'ont. Car nous pensons que ce sont eux qui ont la meilleure chance de mettre un terme aux tempêtes de mana dans un délai raisonnable. À défaut, Lyanna devra aller à Xetesk, puis à Lystern et enfin à Julatsa pour compléter sa formation. En aucun cas, elle ne reviendra à Dordover.

Avant qu'il puisse la retenir, Vuldaroq sentit sa mâchoire inférieure tomber sur sa poitrine.

— Vous osez me menacer dans l'enceinte de mon Collège ? parvint-il à articuler.

— Pitié, Vuldaroq ! soupira Dystran. Ce n'est pas une menace, et mes Protecteurs ne se sont pas mis en marche pour le simple plaisir de vous impressionner. J'ai commencé par vous le demander poliment, mais puisque vous ne voulez rien entendre, j'exige que vous retiriez vos forces et celles de Lystern pour autoriser cette crise à se résoudre de la manière la plus naturelle.

— C'est-à-dire ? cria Vuldaroq.

— En laissant Lyanna se développer sans entraves, dans l'endroit que ses parents jugeront le plus approprié – de toute évidence, pas ici, répondit calmement Dystran.

Vuldaroq se tourna vers Berian et fronça les sourcils. Berian fit un léger signe de dénégation.

— Je crains que nous ne puissions accepter de telles conditions. Nous avons des intérêts à défendre.

Dystran se leva abruptement. Une fraction de seconde plus tard, Ranyl l'imita. La porte s'ouvrit, et un Protecteur apparut sur le seuil, sa seule présence effrayante, même pour des mages aussi expérimentés que Vuldaroq et Berian.

— Dans ce cas, je suis forcé de conclure que les relations entre nos deux Collèges – et, je présume, avec Lystern – ne relèvent plus du domaine de la cordialité. Vous avez été dûment avertis. Bonne journée.

Les Xetesks sortirent de la pièce. Vuldaroq se radossa à sa chaise et gonfla les joues.

— Stupide chiot, soupira-t-il. (Il se tourna vers Berian.) Mon cher ami, il semble que nous ayons un petit problème sur les bras. Heryst et Darrick doivent en être informés immédiatement. Veillez-y, voulez-vous ? J'ai d'autres personnes à contacter, et nous avons tous deux un voyage à entreprendre.

Erienne était blessée que Lyanna n'ait pas pleuré quand on lui avait annoncé que sa mère allait partir. En fait, elle avait manifesté peu d'émotion, à part un sourire quand Erienne lui avait expliqué la raison de son brusque départ.

— Elles sont fatiguées, s'était-elle contentée de dire. Et je trouve qu'elles ont l'air plus vieux. Papa pourra les aider.

Bien qu'elle ait tenté de mettre ses sentiments sur le compte de l'égoïsme, Erienne ne pouvait s'empêcher de penser que la réaction de Lyanna était beaucoup trop calculée pour une fillette de cinq ans.

Alors que le canot sortait de la minuscule baie pour rejoindre *L'Orme des Océans*, Erienne agita la main pour dire au revoir à Lyanna. L'enfant lui répondit de même. Ephemere était près d'elle. Quand l'embarcation s'éloigna du rivage et gagna des eaux moins abritées, elle entraîna Lyanna vers la maison.

Dans l'illusion vacillante, les arbres qui flanquaient le chemin se balançaient au gré de la brise. La falaise qui bordait la petite plage les cacha vite aux yeux d'Erienne, lui volant sa dernière vision du dos et des cheveux de Lyanna.

Le cœur déjà lourd, la jeune femme inclina la tête. La première fois qu'elle allait être séparée de sa fille plus de deux jours, et elle n'était pas sûre de bien le supporter… Une boule se forma dans sa gorge tandis que ses yeux s'emplissaient de larmes. Ç'aurait été plus facile pour elle si elle avait pensé que Lyanna éprouvait la même chose.

Ren'erei ne s'approcha pas d'elle avant que le navire ait levé l'ancre. Puis elle la rejoignit près du bastingage tribord, où Erienne regardait filer les vagues le long de la coque.

— Tout va bien se passer. Les Al-Drechars s'occuperont d'elle.

Erienne sourit. Elle ne pouvait pas s'empêcher d'aimer la jeune elfe malgré sa constante gravité. Mais parfois, Ren'erei était complètement à côté de la plaque.

— Oh, je ne doute pas que tout se passera bien pour elle. C'est pour moi que je m'inquiète…

Elle ne releva pas la tête, laissant l'eau frangée d'écume lui remplir les yeux.

— Elle va terriblement vous manquer, comprit Ren'erei.

— Oui. Raison de plus pour nous dépêcher de trouver Denser.

Erienne regarda l'elfe, qui hocha la tête sans cesser de fixer l'océan.

— Ce sera un plaisir de rencontrer le père de Lyanna et le gardien de votre cœur, déclara-t-elle.

Erienne rougit et se réjouit que sa compagne soit en train d'observer la ligne de flottaison du navire.

— Ne vous emballez pas trop. Il est xetesk avant d'être mon époux.

— Dans ce cas, il devrait réviser ses priorités.

— Pas forcément. Je suis moi-même une mère avant d'être une épouse. Nous avons tous les deux des choses à faire avant de pouvoir penser à une vie commune. Jusque-là, mieux vaut ne pas nous voiler la face et faire preuve d'honnêteté l'un envers l'autre.

Ren'erei médita les paroles d'Erienne, qui la vit se mordiller la lèvre.

Elle se sentait en sécurité près de l'elfe. Ren'erei était solide et fiable. Elle avait beaucoup de profondeur et une naïveté touchante. Élevée à l'écart de la société balaienne, elle ne comprenait pas bien son fonctionnement, mais elle avait une grande force de caractère et assez de détermination pour tuer. Les Ravens auraient eu de la chance de la compter parmi leurs membres, quelques années plus tôt.

— Comment allez-vous le localiser ? demanda enfin Ren'erei.

— Grâce à une Communion, répondit Erienne. Je pense avoir une puissance suffisante pour atteindre Xetesk à partir d'Arlen. Je suis certaine que Denser est encore là-bas. Ou peut-être à Dordover. Dans un cas comme dans l'autre, je devrais pouvoir le contacter sans difficulté. Ensuite, nous attendrons.

— Et les Ravens ?

— Il les amènera. Si je le connais bien, il a déjà dû les rameuter.

— Vous semblez bien sûre de vous, dit Ren'erei.

— Ils sont très différents les uns des autres, mais quand l'un d'eux à un problème, ils réagissent tous de la même façon.

La jeune femme sourit, surprise par sa propre impatience de revoir les Ravens. D'être de nouveau parmi eux. Si cela arrivait, elle ne doutait pas que tout se terminerait bien.

Après tout, les Ravens ne perdaient jamais.

Erienne faillit rire de sa propre arrogance et se tourna vers la magnifique étendue scintillante de l'océan.

Chapitre 10

Les retrouvailles d'Hirad et de Denser promettaient d'être assez peu chaleureuses, mais la désolation qui accueillit les Ravens au Bois-d'Épines, puis à Grisépine émoussa l'agressivité du barbare.

Depuis leur départ des monts Balan, il ruminait sa rancœur, refusant même d'envisager l'idée de relations cordiales avec le Xetesk – ce qui n'avait pas échappé à ses compagnons. Il enrageait d'avoir dû quitter les Kaans, qui l'avaient pratiquement jeté dehors, et afficha sa morosité pendant leurs trois jours de chevauchée.

Mais la vision du Bois-d'Épines le ramena à de meilleurs sentiments.

Les trois membres originels de la première expédition des Ravens, quinze ans plus tôt, virent les premiers dégâts causés par le vent alors qu'ils étaient encore à plus d'une journée de voyage de la forêt : herbes aplaties, buissons déracinés, amas de brindilles, de feuilles et de terre… Les ravages d'un puissant ouragan.

Mais rien n'aurait pu les préparer à la vue du Bois-d'Épines lui-même. Au moins, à ce qu'il en restait : une masse enchevêtrée de troncs brisés et torturés, de débris épars et de tas de feuillage couverts de poussière. On eût dit qu'une patte géante avait arraché le Bois-d'Épines du sol et l'avait écrasé entre ses griffes avant de le laisser retomber. Là où un paysage magnifique s'étendait jadis, il ne restait plus qu'une souillure sur la face de Balaia.

— Je n'arrive pas à voir où se dressaient les fermes, chuchota Ilkar. Il n'y a plus de lisière. Plus rien.

L'Inconnu tendit un doigt vers le nord-est.

— La piste est toujours là, même si elle est quasiment ensevelie. Allons voir si nous pouvons faire quelque chose.

En se rapprochant, ils constatèrent très vite que c'était sans espoir. Ils virent les piliers d'une ferme brisés net au niveau du sol, et çà et là, des morceaux de cuir tanné logés dans des fissures peu profondes. Tous les autres signes de vie avaient été balayés.

Devant la destruction qui s'était abattue sur le Bois-d'Épines, Hirad formula à voix haute la question qu'ils se posaient tous.

— Thraun ?

— Prions pour qu'il ait réussi à s'échapper, répondit l'Inconnu. Mais il aura eu du mal à survivre à la chute d'un arbre…

— Quant aux membres de sa meute…

Ilkar n'acheva pas sa phrase. Bien qu'il fût un loup, à présent, Thraun conservait des vestiges d'intelligence humaine – comme tous les métamorphes, même lorsqu'ils avaient renoncé à leur forme de bipède – et il avait déjà eu plus de chagrin que la plupart de ses semblables n'auraient pu en supporter. Les dieux seuls savaient ce qu'il ferait s'il perdait sa meute.

— Qu'est-ce qui a pu provoquer ça ? demanda l'Inconnu en secouant la tête.

— Je préfère ne pas y penser, répliqua Ilkar.

— Que veux-tu dire ? lança Hirad.

— Dépêchons-nous de gagner Grisépine, fit l'elfe en guise de réponse. Et de trouver Denser.

Ils continuèrent leur chemin, sans aucun espoir de découvrir la ville intacte. Mais alors qu'ils traversaient les plaines dévastées qui entouraient le Bois-d'Épines, il devint clair que leurs pires inquiétudes allaient sans doute être fondées.

Les trois compagnons connaissaient bien cette région. Pourtant, ils avaient l'impression de chevaucher en terre étrangère. Leurs repères familiers avaient disparu : les poteaux indicateurs, les cairns et les bosquets, arrachés à la surface de Balaia. Toutes les habitations avaient été détruites, leurs poutres éparpillées, et même la couche de terre superficielle avait été emportée sur les pentes les plus exposées, amenant la roche à la surface pour la première fois depuis des siècles.

L'ouragan, si c'en était bien un, n'avait pas fait de quartier.

En fin de matinée, ils étaient à moins d'une journée de cheval de Grisépine quand l'Inconnu se tourna sur sa selle pour la cinquième fois en autant de kilomètres. Il se concentra sur la route devant lui avant de tirer sur ses rênes.

— Hé ! appela-t-il en mettant pied à terre et en examinant la sangle de sa monture. Attendez-moi !

Hirad et Ilkar rebroussèrent chemin vers lui.

— Ta sous-ventrière n'est pas assez serrée ? demanda le barbare.

L'Inconnu fit un signe de dénégation.

— C'est ça, oui ! mentit-il. (Il baissa la voix.) Ne levez pas les yeux. Nous sommes suivis. Prenez vos gourdes, on va faire une pause.

Hirad haussa les épaules.

— Si tu veux.

L'Inconnu défit la sangle de son cheval et la rattacha – au même cran – avant de rejoindre ses compagnons, qui s'étaient assis sur le bord de la route, laissant paître leurs montures quelques mètres plus loin.

— Combien ? demanda Hirad en lui tendant sa gourde.

— Impossible à dire. (L'Inconnu but une gorgée d'eau pour se rincer la bouche, puis rendit la gourde au barbare.) J'ai vu du métal scintiller et des silhouettes bouger derrière nous.

— À quelle distance ?

Ilkar se passa une main dans les cheveux et s'allongea sur le dos.

— Cinq kilomètres, peut-être plus. Tout ce dont je suis certain, c'est qu'ils sont à cheval. Je pense qu'ils nous filent depuis les monts Balan.

— Mais tu ne nous en as pas parlé plus tôt pour ne pas nous inquiéter, c'est ça ? Hirad ne plaisantait qu'à moitié…

— Non, ce n'est pas ça, le détrompa-t-il. Je voulais d'abord être sûr. Tu sais ce que c'est : dans notre métier, on devient vite paranoïaque. De toute façon, ça n'a pas d'importance. Ils ne nous ont pas attaqués, donc, ils se contentent de nous suivre pour savoir où nous allons. Ça signifie qu'ils doivent avoir un mage avec eux, pour communiquer à je ne sais qui les informations récoltées.

— Dordover ? proposa Ilkar.

— C'est le plus probable, admit l'Inconnu. Inutile de dire que nous ne pouvons pas les laisser découvrir plus que ce qu'ils savent déjà.

— Alors, où allons-nous les emmener ? Dans la forêt ? demanda Hirad en désignant du menton ce qu'il en restait.

Jusque-là, les Ravens avaient longé le Bois-d'Épines par le sud, ignorant la piste qui filait vers le nord-ouest, entre les fermes en ruine, pour avancer plutôt vers Grisépine.

— Oui. Au rocher.

Quel que soit l'état de la forêt, le promontoire qui se dressait au centre n'avait pas pu disparaître, à moins que le sol ne se soit ouvert pour l'engloutir.

— À supposer que nous puissions les convaincre de nous suivre jusque-là.

Le Bois-d'Épines n'était plus qu'un amas de végétation mourante et de bois déchiqueté. Les oiseaux étaient revenus et leurs chants retentissaient malgré le vent qui avait repris de la vigueur, accumulant les nuages dans un ciel qui s'assombrissait rapidement.

— Ils n'ont pas vraiment le choix, dit l'Inconnu. Ils ne peuvent pas se contenter de surveiller les pistes, parce qu'il n'en reste plus. Nous pourrions entrer là-dedans et en ressortir n'importe où ! Et ils ne peuvent pas nous précéder à Grisépine, car ils ne sont pas sûrs que ce soit notre destination.

— Ne vont-ils pas comprendre, si nous modifions notre itinéraire, que nous les avons repérés ? demanda Ilkar.

L'Inconnu haussa les épaules.

— C'est possible. Mais ça n'a pas vraiment d'importance. Ça les rendra peut-être un peu plus méfiants, c'est tout. Et si nous réussissons à les semer, tant mieux.

— Bon. Et comment comptes-tu entrer dans ce labyrinthe ?

Hirad sourit. L'Inconnu gonfla les joues. La puissance de l'ouragan avait brisé presque tous les arbres à une hauteur comprise entre trois et quatre mètres. Le sol était jonché de branches amoncelées contre les troncs. Il n'y avait aucune trouée visible. Les Ravens devraient se frayer un chemin à coups d'épée à travers les zones les moins denses.

— Nous trouverons un moyen. Venez. Fin de la halte. Nous avons déjà assez perdu de temps.

Ils remontèrent en selle et s'approchèrent au trot de la lisière de la forêt

Alors qu'ils s'enfonçaient dans le Bois-d'Épines, ils purent mesurer la destruction dans toute sa cruauté. À certains endroits, le sol avait été littéralement nettoyé de l'herbe, des fleurs, des buissons et même de la terre accumulée au fil des ans. Aucun arbre n'était intact. Partout, les troncs abattus formaient des arches au-dessus de leur tête ou des obstacles infranchissables qui les obligeaient à changer de direction, comme s'ils souhaitaient qu'aucune créature vivante ne puisse observer la mort du Bois-d'Épines.

Pendant trois heures, l'Inconnu s'assura qu'ils laissent une piste facile à repérer. Aux endroits où la végétation était trop épaisse pour qu'un cheval puisse la piétiner, il mettait pied à terre et se servait de son épée pour taillader les branches et les feuilles. Ilkar et Hirad le suivirent en silence jusqu'à ce qu'ils aient atteint le rocher.

— N'oublie pas de nettoyer ta lame. La sève, ça fait rouiller, dit le barbare en se laissant glisser à terre.

— Vraiment ? Merci, Hirad. J'aurais détesté perdre mon épée parce que j'ignorais bêtement les effets de la sève sur le métal.

Ilkar ricana.

— C'était histoire de dire..., marmonna le barbare.

— J'ai quelques années de pratique, lui rappela l'Inconnu. Et ne pense même pas à t'asseoir ! Tu as vingt mètres de chemin à déblayer autour du rocher, pendant qu'Ilkar guettera nos poursuivants et que je déterminerai le meilleur point de contact.

Le barbare hocha la tête.

— D'accord. Qu'est-ce qu'on fait des chevaux ?

— Quand tu auras fini, amène-les dans la clairière et attache-les. Je t'aiderais volontiers, mais je vois des petites taches brunes sur la lame de mon épée. Tu as une idée de ce que ça pourrait être ?

— Très drôle, Inconnu, lâcha sèchement Hirad en dégainant sa propre lame. Mais la prochaine fois, laisse-moi me charger des plaisanteries.

— Pour nous prouver que tu es moins drôle que jamais ? sourit Ilkar.

— Assez bavardé ! coupa l'Inconnu. Dépêchons-nous de nous mettre au travail. Ils ne doivent pas être bien loin derrière.

Hirad était convaincu que ça ne marcherait pas. Des espions ou des assassins dordovans n'étaient pas du genre à se jeter tête baissée dans une embuscade tendue à la hâte. Mais il devait admettre que ses compagnons et lui ne pouvaient pas conduire des ennemis vers Erienne ou Denser.

Et s'ils réussissaient seulement à semer leurs poursuivants, ce serait déjà ça. Après tout, ils n'avaient aucune envie de les tuer : ces hommes détenaient peut-être des informations intéressantes, et c'étaient de simples exécutants. Ils avaient simplement besoin qu'on leur explique pourquoi pister les Ravens était une occupation dépourvue d'avenir.

Le barbare fut donc assez surpris d'entendre Ilkar chuchoter que des cavaliers approchaient au moment où le vent se leva sans crier gare et s'engouffra dans les vestiges de la forêt en troublant le désordre qu'il avait si brutalement créé.

Les Ravens s'étaient mis en position à quelques mètres du rocher, cachés par un enchevêtrement de branches de pin et d'ajoncs piquants.

Leurs poursuivants étaient quatre. Ils avançaient en tenant leurs chevaux par la bride, sans un bruit, comme s'ils avaient conscience que tout n'était pas normal dans le Bois-d'Épines. Vêtus de cuirasses sombres, ils tenaient une épée longue dans leur main libre, et leurs heaumes encadraient des visages plus âgés que ceux des hommes qui les observaient. Une bizarrerie qui fit hausser un sourcil à Hirad.

Visiblement, ces hommes avaient beaucoup d'expérience... Mais la façon dont ils avaient révélé leur présence à l'Inconnu poussait le barbare à se demander pourquoi Dordover les avait choisis pour suivre les Ravens. En l'absence d'elfes ou d'athlètes minces et musclés au sein du groupe, Hirad conclut qu'il ne s'agissait pas de mages assassins.

Leurs poursuivants entrèrent dans la clairière. Ils s'étaient séparés en deux paires quand l'Inconnu sortit de sa cachette et se campa face à eux, la pointe de son épée martelant le sol avec un bruit sourd qui résonna comme une douce musique aux oreilles d'Hirad, qui rejoignit son vieil ami.

— Vous êtes perdus ou vous cherchez quelqu'un ? demanda aimablement l'Inconnu.

Les quatre hommes s'étaient pétrifiés. Hirad vit les deux plus proches échanger un regard : apeuré pour le premier, surpris et confus pour le second.

— Je n'aime pas être suivi, ajouta l'Inconnu.

— Nous ne..., commença l'homme de gauche, un guerrier corpulent aux tempes grisonnantes.

De longs cheveux bruns s'échappant de son heaume, il avait une barbe de trois jours, des sourcils épais et un front bas.

— Je n'aime pas non plus qu'on me mente, coupa l'Inconnu, suave.

Hirad sentit Ilkar se placer derrière eux, avec sans doute un sort déjà en tête.

— Bien, reprit l'Inconnu. Nous ne cherchons pas d'ennuis : nous aidons un ami. Je comprends que vos maîtres soient très intéressés par nos agissements, mais ils ne découvriront rien en envoyant des espions. Au moins, rien d'autre que des cadavres. Suis-je assez clair ?

Les hommes se dandinèrent nerveusement. L'un d'eux baissa les yeux, mais l'autre soutint le regard de l'Inconnu en fronçant les sourcils.

— Vous nous tuerez si nous continuons à vous suivre ?

— Il est rapide à la détente, hein ? railla Hirad.

L'Inconnu cessa de tapoter le sol avec la pointe de son épée.

— Nous n'en avons pas envie, mais nous ne pouvons pas non plus prendre le risque que vous compromettiez notre mission. Je vous conseille de faire demi-tour et de repartir par où vous êtes venus.

Nouvelle hésitation. Derrière les deux premiers hommes, leurs camarades chuchotèrent.

— Quelque chose vous échappe ? lança Hirad d'une voix forte.

Le vent tomba un instant avant qu'une nouvelle rafale agite les capes, les chevelures et les crinières.

— Je n'ai pas l'habitude qu'on me menace, déclara l'homme corpulent.

— Ce n'est pas une menace, le détrompa l'Inconnu. Considérez ça comme un conseil d'ami.

Hirad ne put réprimer un sourire. L'Inconnu avait employé les mêmes mots face à Styliann, l'ancien Seigneur du Mont de Xetesk – un adversaire bien plus redoutable que leurs poursuivants.

— Je ne trouve pas ça drôle ! lança un des hommes du second binôme en avançant entre les chevaux.

De taille moyenne, il était un peu plus jeune que ses compagnons, un long nez et une petite bouche palpitant sous des yeux aux paupières lourdes.

Hirad sentit la tension monter. Jusque-là, les quatre hommes n'avaient pas eu l'intention de se battre. Mais ce n'était peut-être plus vrai. L'Inconnu et lui continuèrent à les fixer sans broncher. Derrière eux, Ilkar prit la parole.

— Inutile de compliquer ce qui est en réalité une situation très simple. Vous nous suivez, nous ne voulons pas que vous continuiez, et nous vous avons demandé très poliment de cesser de le faire. Je propose que nous nous calmions et que nous repartions chacun de son côté. Qu'en pensez-vous ?

Hirad et l'Inconnu hochèrent la tête. Le barbare vit trois de leurs interlocuteurs se détendre, mais l'homme corpulent fit la moue.

— Nous avons reçu des ordres, répliqua-t-il.

— Eh bien, vous venez de recevoir un contrordre.

— La ferme, Hirad ! fit l'Inconnu. Écoutez, personne ne vous observe. Racontez à vos supérieurs que vous nous avez vus nous diriger vers Grisépine, mais que vous nous avez perdus dans le Bois-d'Épines. (Il haussa les épaules.) Mais avant de partir, dites-nous qui vous envoie. Dordover ?

— Oui. Et nous laisser semer ne fait pas partie des options qu'on nous a laissées.

Comme s'il venait de rappeler à ses camarades un détail qu'ils avaient oublié, la tension augmenta instantanément.

— Allons, dit Ilkar, je sais que Vuldaroq et le Quorum dordovan ont hâte de récupérer leur petite prodige, mais ils ne vont pas vous couper la tête pour vous punir de nous avoir laissé échapper, pas vrai ?

Le silence qui suivit lui indiqua que les hommes n'en étaient pas du tout convaincus.

— Quoi qu'il en soit, dit l'Inconnu, vous battre contre nous ne servira pas votre cause. Quels que soient les gagnants, vous nous aurez « perdus », non ?

Un instant, leurs interlocuteurs hésitèrent. Puis l'homme corpulent esquissa ce qui aurait pu passer pour une grimace de capitulation. Il inclina la tête et rengaina son épée.

— Ne versons pas de sang ici, dit-il.

Suivant son exemple, ses compagnons firent demi-tour, remontèrent en selle et quittèrent la clairière.

L'Inconnu posa un doigt sur ses lèvres. Les trois Ravens gardèrent le silence jusqu'à ce que les bruits de sabots soient inaudibles.

— Vous savez ce qu'ils vont faire, pas vrai ? demanda-t-il alors.

— Évidemment, lâcha Ilkar.

— Dans ce cas, si tu veux bien avoir l'obligeance…

L'elfe hocha la tête, lança une MarcheVoilée, fit un pas en avant et disparut.

— Hirad, dit l'Inconnu, allons-y. Ils ne reviendront pas nous chercher ici.

— Tu crois qu'ils nous rattraperont plus loin sur la route ?

— Ça ne fait pas le moindre doute.

Le barbare sourit d'anticipation.

Ils prirent leurs chevaux par la bride et rebroussèrent chemin en déviant légèrement de leur trajectoire initiale, pour ressortir à quelque huit cents mètres de l'endroit où ils étaient entrés dans le Bois-d'Épines. Cela laissa à Ilkar tout le temps de retrouver leurs poursuivants et de leur faire croire que les Ravens avaient avalé leur mensonge.

Ilkar était déçu. Décidément, ces hommes n'étaient pas très doués. Après être sortis de la forêt par là où ils y étaient entrés, ils avaient pris vers l'est en longeant sa lisière, laissant une piste que seul un aveugle aurait pu manquer.

Courant à petites foulées le long de la piste, l'elfe s'efforça de les rattraper alors que le vent gagnait en force dans son dos, et que les nuages de plus en plus menaçants assombrissaient le ciel gris et humide de cette fin d'après-midi.

Il les trouva trois kilomètres plus loin, plongés dans une grande discussion. L'un d'eux fit des arabesques dans l'air, avant de désigner d'abord la forêt, puis la plaine. Étant parvenus à une conclusion, les quatre hommes plongèrent de nouveau à couvert et durent se frayer un chemin à travers le feuillage enchevêtré.

Ilkar nota leur position avant de revenir à une allure plus modérée vers l'endroit où il estimait qu'Hirad et l'Inconnu l'attendraient. Sachant que ses amis, encombrés par leurs trois montures, mettraient plus de temps que lui à l'atteindre, il ne se pressa pas.

— Alors ? lança la voix de l'Inconnu, montant d'un amas de buissons.

Ilkar sourit et s'enfonça dans la végétation, dont l'épaisseur atténuait un peu la force du vent, qui semblait vouloir se transformer en un nouvel ouragan.

Déjà, la lumière commençait à diminuer.

— Ils sont à deux kilomètres devant, à la lisière de la forêt, sans doute déployés pour couvrir plus de terrain. Comment veux-tu jouer le coup ?

L'Inconnu réfléchit un moment.

— Hirad, une petite balade sylvestre te dirait ?

Hirad savait qu'ils seraient là. Il ne s'était pas battu à leurs côtés depuis plus de quatre ans, mais le temps n'avait pas diminué sa confiance en eux.

Maintenant qu'il n'était plus gêné par son cheval, le barbare se déplaçait rapidement dans le Bois-d'Épines ravagé.

Hirad savait être discret, mais pas autant qu'Ilkar. Les elfes avaient une façon de se faufiler dans la forêt qu'il n'avait jamais réussi à comprendre, et encore moins à reproduire. De tous les humains qu'il avait connus, seul Thraun s en approchait, et il y avait une raison – tragique – à cela.

Les pisteurs dordovans s'étaient déployés et cachés le long du périmètre où ils pensaient que les Ravens sortiraient de la forêt pour continuer leur chemin jusqu'à Grisépine. Mais Hirad avait assez souvent pratiqué la chasse pour savoir tirer des renseignements des ombres et du silence. Il était à quelques mètres de l'homme le plus à droite lorsqu'il dégaina son épée et grogna :

— Je peux savoir ce qui vous a échappé dans notre mise en garde ?

L'homme sursauta violemment et fit volte-face, des brindilles craquant sous ses pieds.

— J'ai un problème ! cria-t-il à l'attention de ses compagnons.

— Je ne frappe jamais un adversaire désarmé, l'informa Hirad. Je te conseille donc de dégainer sans tarder.

Il se mit en garde entre les branches, les feuilles et les buissons qui les entouraient. L'homme tira son épée du fourreau.

— J'ai besoin d'aide ! cria-t-il avec un peu plus de force.

La réponse qu'il reçut était plus troublante que rassurante. Il avait peur. Hirad le voyait dans ses yeux et dans la posture de son corps. Il redoubla donc de prudence. Les hommes effrayés étaient souvent imprévisibles, et il n'avait pas la place de manœuvrer comme il l'aurait voulu.

— Personne ne viendra, affirma-t-il.

Il recula d'un pas, invitant son adversaire à approcher. Entendant d'autres cris portés par le vent, il sut qu'il avait eu raison.

L'homme bondit en avant pour lui porter une attaque, sa haute taille et ses grands bras lui donnant une bonne allonge. Hirad resta où il était, il bloqua le premier coup au-dessus de sa tête et dévia le second, qui visait son cou, tout en poussant son adversaire de sa main libre. Déséquilibré, l'homme tituba. Ses pieds glissèrent sur la couche de feuilles mortes, et il tendit désespérément un bras pour se retenir à une branche.

Hirad en profita pour s'avancer et pour le frapper au ventre. Il s'attendait à une parade maladroite et ne fut pas déçu. Profitant de son élan et du changement de direction, il fit tourner son épée au-dessus de sa tête, de la gauche vers la droite. Son adversaire vit le coup venir – presque trop tard. Il esquiva, et la lame du barbare rebondit sur son heaume.

Hirad jura. L'homme hoqueta de surprise et vacilla, mais ne tomba pas. Visiblement sonné, il secoua la tête et improvisa une défense peu inspirée, en reculant d'un pas chancelant. Par-dessus son épaule, le barbare vit deux autres silhouettes. Beaucoup plus massive, l'une avançait vers l'autre, l'épée en position basse – pour marteler le sol, à n'en pas douter.

Hirad dévia l'attaque qui visait son estomac, planta sa lame dans le cou de son adversaire et fit un pas sur le côté pour éviter le sang qui jaillit de l'artère sectionnée. Sa victime s'effondra, le sol de la forêt buvant avidement son fluide vital.

Levant les yeux, Hirad vit l'Inconnu taillader le visage de son adversaire avant de lui plonger son épée entre les jambes. L'homme s'écroula en hurlant pour la dernière fois. Et de deux !

Ilkar devait se charger des deux autres. Une vague inquiétude submergea le barbare alors qu'il avançait vers lui. Puis une bourrasque glaciale lui fouetta le visage et il sut qu'il n'aurait pas dû se faire de souci.

L'Inconnu apparut près de lui. Il rengaina son épée, qu'il avait déjà essuyée.

— Beau boulot, Hirad ! Ilkar voulait les deux autres. C'étaient des mages.

— Oh, je vois.

Ils traversèrent les fourrés en direction de la source du GlaceVent.

— Ilkar ? appela Hirad.

Un moment, personne ne lui répondit.

— Par ici, lança enfin l'elfe.

Ses amis le découvrirent agenouillé près des cadavres torturés des mages. Hirad avait toujours été perturbé par la vision des victimes d'un GlaceVent : pétrifiées dans une attitude de vivants, mais avec la douleur de la mort gravée sur le visage.

— Je croyais que tu n'aimais pas utiliser ce sort, dit-il.

— Exact, fit Ilkar, l'air absent. Il manque cruellement de précision. Mais pour une fois, personne d'autre ne risquait d'être coincé dans la zone d'effet.

Il n'avait toujours pas relevé la tête.

— Qu'est-ce qui te tracasse ? demanda Hirad.

— Regarde toi-même.

L'elfe se releva en indiquant le cou exposé d'un des deux hommes, dont le heaume gisait un peu plus loin sur le sol.

— Ça ne va pas du tout, commenta-t-il.

Hirad fronça les sourcils et se pencha pour mieux voir. La lumière déclinait rapidement, mais elle était encore suffisante pour lui révéler le tatouage familier que l'homme arborait sous l'oreille.

— Que… ? (Il se redressa et regarda autour de lui.) Inconnu, que diable se passe-t-il ?

Les pisteurs n'avaient pas été envoyés par Dordover. C'était des Ailes Noires.

Chapitre 11

À une journée de cheval au nord d'Arlen, Selik trouva enfin une cible à sa frustration.

Le voyage jusqu'à la ville, où tous les rapports indiquaient qu'il devrait stationner avec le plus gros de ses forces, avait été maussade et déplaisant. Le temps changeant l'avait alternativement glacé et trempé jusqu'à la moelle. Le vent avait failli l'arracher du dos de sa monture, et pour couronner le tout, une tempête de grêle lui avait mordu le visage.

Pourtant, la plupart des habitants de Balaia pensaient encore qu'il s'agissait de simples intempéries. Ils ne comprenaient pas ce qu'elles cachaient. Comment l'auraient-ils pu ? Après tout, les mages avaient une telle emprise sur eux que la vérité aurait sans doute été accueillie comme une hérésie. Mais Selik ne pouvait pas garder le silence et espérer dormir la nuit. La magie déchaînait le chaos à travers son pays, et c'était un cancer qu'il se devait d'exciser.

Vuldaroq avait disserté sur la Prophétie de Tinjata, affirmant que la chienne et sa fille étaient les seules à blâmer, mais Selik savait que ça allait bien au-delà. Quand la magie était en cause, les mages resserraient les rangs, ce qui les rendait tous aussi coupables les uns que les autres. Le temps de la tolérance envers les Collèges touchait à sa fin. Ce que les mages avaient à offrir, et qui ne pouvait pas lui être utile, il le rejetterait sans pitié.

Selik finit par craquer aux abords d'Estfoyer, une petite communauté fermière de cinquante familles.

Estfoyer se dressait assez près d'Arlen pour profiter du commerce que générait ce port prospère. Ses habitants, durs à la tâche, exploitaient la terre depuis des générations et vendaient sur les marchés d'Arlen la part de leurs récoltes qu'ils ne consommaient pas eux-mêmes. Leur grain voyageait parfois jusqu'à Calaius. Mais pas cette année.

Alors que la fin d'après-midi laissait la place au début de soirée, Selik et les huit hommes qui l'escortaient marchèrent vers le village en quête d'un logement pour la nuit. Le lendemain, ils rejoindraient le reste des Ailes Noires à Arlen. La calamité qui avait frappé Estfoyer se déploya sous leurs yeux alors qu'ils approchaient. Les récoltes aplaties, les haies et les palissades déracinées, les fermes et les granges sans toit, les écuries effondrées…

À la lisière d'une exploitation agricole, Selik tira sur les rênes de son cheval et s'arrêta près d'un homme qui contemplait ses champs dévastés, si préoccupé qu'il fit à peine attention aux nouveaux venus. Selik mit pied à terre.

Alors, le fermier tourna vers lui un visage incrédule et vaincu. Il était encore jeune – un peu moins de trente ans – avec des épaules larges, des cheveux clairs et des arcades sourcilières proéminentes.

— Que s'est-il passé ? demanda Selik.

Le fermier le dévisagea, puis regarda les huit autres cavaliers restés en selle.

— Vous êtes des Ailes Noires ? demanda-t-il. (Selik hocha la tête.) Venus pour empêcher le vent de souffler, hein ? Mieux vaut nous laisser nous débrouiller seuls. Nous ne cherchons pas les ennuis.

— Et nous ne vous en apporterons pas, promit Selik. C'est le vent qui a fait ça ?

Le fermier hocha la tête.

— Il est venu de nulle part la nuit dernière, alors que le ciel était dégagé. Nous y avons tous laissé nos récoltes. Certains ont aussi perdu leur maison et leur bétail. J'ai eu plus de chance, si l'on peut dire. (Il se tourna vers ses champs.) Dans le grenier, nous avons tout juste de quoi nourrir le village… Mais personne d'autre. Et il y a quatre jours, une centaine de réfugiés d'Orytte sont arrivés ici. Eux, ils ont tout perdu.

— Je l'ignorais, dit Selik, même s'il devinait ce qui s'était passé.

Le fermier confirma ses soupçons.

— La mer est venue et a emporté la ville. La plupart des gens sont morts. Nous aurions bien envoyé les survivants à Arlen, mais ils ne veulent plus voir d'eau de leur vie. C'est compréhensible. Alors, nous les avons recueillis. Mais maintenant, nous n'avons plus de quoi les nourrir.

Selik regarda ses hommes, qui écoutaient la conversation en secouant la tête. Il expira, la poitrine soudain douloureuse, là où le froid l'avait touché si profondément. Cela renforça sa détermination.

— Que comptez-vous faire ? demanda-t-il, non sans une certaine compassion.

Du pouce, le fermier désigna le centre du village.

— Les autres en parlent à l'auberge. Ils sont sacrément en colère. Ils veulent des réponses avant de crever de faim cet hiver. Apparemment, Evansor va demander de l'aide aux Collèges. Après tout, ils ont les moyens, non ?

— Et Evansor est… ?

Là encore, Selik connaissait la réponse d'avance.

— Notre mage, confirma le fermier.

— Les mages ! Vous n'obtiendrez rien d'eux. (La véhémence de son ton fit sursauter son interlocuteur.) Par les dieux, ils sont à l'origine de tout ça ! Croyez-vous vraiment que ce soit naturel ? Un ouragan venu d'un ciel dégagé, un raz-de-marée sur Orytte ? Et tant d'autres catastrophes que vous auriez le cœur brisé si je vous en faisais la liste. Et tout ça, c'est la faute de la magie.

Le fermier fronça les sourcils.

— Eh bien, nous avons entendu des rumeurs, mais Evansor…

— Evansor, oui, coupa Selik, glacial. (Il brûlait d'envie d'affronter cet homme, de le démasquer comme le charlatan qu'il était certainement.) Il a dû se montrer très compréhensif. Très persuasif, je n'en doute pas. Mais croire un mage, c'est remettre votre vie entre les mains d'un assassin.

Il fit demi-tour et remonta en selle.

— Puis-je savoir pourquoi vous n'êtes pas allé à cette réunion ?

— Je dois veiller sur les miens. Et il y aura du grabuge avant la fin de la soirée, répondit le fermier.

— Exact, dit Selik. Mais ce sera le début d'une juste croisade.

— Alors, que ferons-nous quand nous l'aurons trouvée ? demanda Hirad.

Les Ravens s'étaient reposés peu après avoir quitté le Bois-d'Épines, mettant pied à terre pour s'arrêter au sommet d'une butte sur laquelle le vent s'abattait en rugissant, charriant l'odeur du sang et de la mort. Assis en tailleur, le vent âpre et froid leur cinglant les joues, ils se faisaient passer une gourde avant d'entreprendre la dernière partie de leur voyage à Grisépine, qu'ils prévoyaient d'atteindre deux heures après la tombée de la nuit.

L'Inconnu reboucha la gourde.

— Bonne question. Mais ne veux-tu pas plutôt dire « si » ?

— Non, je veux dire « quand », insista Hirad en fixant son ami, dont le regard vague suggérait que son esprit était ailleurs. Comme d'habitude.

Ilkar gloussa.

— Ravi de voir que tu n'as pas perdu confiance en tes capacités, mon vieux.

Le barbare haussa les épaules.

— C'est un boulot comme les autres. D'accord, la paye est merdique, mais une fois la mission acceptée, nous la menons toujours à bien. Ma question tient quand même. Les chasseurs de sorciers, les Dordovans, les Xetesks et les dieux savent qui d'autre pourchassent cette pauvre gamine. Où pourrait-elle être en sécurité ?

— À l'endroit précis où elle est, j'imagine, répondit Ilkar un peu sèchement.

— Et tu considères que c'est une mauvaise chose ? demanda l'Inconnu Nous n'allons pas forcément faire quelque chose pour elle. Il suffira peut-être de nous assurer qu'elle va bien. Lyanna est la fille de Denser et d'Erienne, ne l'oublions pas.

— Ce n'est pas aussi simple, Inconnu, et tu le sais, dit Ilkar. Il ne s'agit pas seulement de retrouver une gamine perdue. Ce qu'elle est, et ce qu'elle représente, est à l'origine de ce foutoir. Regarde autour de toi. Par les dieux, regarde au-dessus de toi ! Vois ce qu'elle provoque involontairement.

Tous regardèrent. Les cieux étaient plombés par un nuage sombre, dense et malveillant, que le vent poussait devant lui sans réussir à le fragmenter. Quand la pluie tomberait, elle serait torrentielle.

— Lyanna serait responsable du mauvais temps ? demanda Hirad. Tu ne crois pas que tu abuses un peu ?

— Les preuves sont incontestables, répliqua Ilkar.

— Vraiment ? Un vieux mage a écrit une prophétie il y a deux mille ans, et soudain, vous décidez qu'il parlait de Lyanna ? Je sais que nous avons un temps un peu inhabituel pour la saison, mais…

— Inhabituel ? répéta Ilkar. Nous sommes censés rentrer les récoltes les prochaines semaines, dans un tiède climat automnal. Mais les tremblements de terre succèdent aux ouragans, et j'ai oublié à quoi ressemble le soleil. Par les dieux, Hirad, il pleuvait si fort dans les monts Balan que j'ai cru que mon crâne allait se briser ! Tu ne peux pas croire que c'est normal.

Le barbare haussa les épaules.

— D'accord, ce n'est pas normal, mais rien de ce que tu as dit ne désigne spécifiquement Lyanna. Ça pourrait être la faute de n'importe qui.

— Ah oui ? Qui, par exemple ? cria Ilkar.

— Hirad a raison, dit l'Inconnu. Tout ça n'est que pure spéculation.

— Mais à Julatsa, tu as dit…

— … Que les Dordovans croyaient à la Prophétie de Tinjata ! Maintenant, il semble que les Ailes Noires aient sauté dans le chariot en marche, ce qui n'est pas surprenant. C'est pour ça que je cherche Erienne et Lyanna. Pour les arrêter. Ça ne signifie pas que j'adhère à votre théorie.

Ilkar réfléchit et se passa une main dans les cheveux.

— Je vois que je n'arriverai pas à vous convaincre pour le moment, mais vous finirez par changer d'avis. En attendant, je vous demande de me faire confiance. Lyanna est une enfant innocente, mais ce bouleversement élémentaire est provoqué par des forces magiques dont je pense – comme les Dordovans – qu'elle est le focus. Je sens que le mana nous enveloppe, et ça ne devrait pas être le cas. Si nous avons raison, il y aura des conséquences pour toute la structure collégiale. Nous ne pouvons pas nous permettre la moindre erreur face à cette situation.

— Ce qui signifie ? demanda l'Inconnu, sourcils froncés.

— Je ne sais pas encore. C'est une des raisons de ma présence ici. En tant que julatsien, j'ai peur de ce que Lyanna pourrait symboliser. Je sais que ça ne vous concerne ni l'un ni l'autre, mais Lyanna et les Al-Drechars pourraient aisément permettre à Xetesk d'asseoir sa domination sous couvert de la Voie Unique. Ce serait mauvais pour nous tous.

— Mais particulièrement pour Julatsa, hein ? Cela dit, tu as raison, ça n'a pas d'importance. D'une façon ou d'une autre, il est capital de récupérer Erienne et Lyanna.

Ilkar hésita avant de répondre :

— Au risque de me répéter, ce n'est pas aussi simple.

— Alors, explique-moi ce qui est si foutrement compliqué ! exigea l'Inconnu.

Son ton colérique fit sursauter Hirad.

— Je viens de le faire ! lança Ilkar. Personne ne souhaite qu'il arrive malheur à Lyanna, mais je ne sais pas pourquoi ni contre quoi nous devons la protéger. Et j'ignore aussi comment l'empêcher de provoquer ce chaos. Denser pense que les Dordovans désirent sa mort, et je veux bien le croire. Nous n'avons pas à nous inquiéter des chasseurs de sorciers : ils ne sont ni assez puissants ni assez nombreux pour être une véritable menace. En revanche, je crains que Xetesk cultive des objectifs égoïstes, et que cela compromette la survie de mon Collège, déjà tellement affaibli.

Quant aux Al-Drechars, ils veulent assurer la pérennité de leur ordre, et je ne suis pas certain que nous devions les soutenir.

— Et Lyanna, dans tout ça ? demanda Hirad. À t'entendre, on dirait qu'elle est gênante pour tout le monde.

— Oui, Ilkar, il serait peut-être temps que tu te décides à choisir ton camp, dit l'Inconnu, le regard froid et le corps tendu.

Les oreilles de l'elfe frémirent un peu.

— Je veux que l'équilibre magique de Balaia soit maintenu. Sincèrement, c'est mieux pour tout le monde, et pas seulement pour Julatsa. Selon moi, nous ne devrions pas laisser Lyanna retourner à Dordover, ni aller à Xetesk ou dans un autre Collège. Il faut confier aux Al-Drechars le soin de la former, de lui apprendre à contenir les projections de mana qui provoquent ces perturbations climatiques, mais ça s'arrête là. Un retour à la Voie Unique n'est pas souhaitable. Ni maintenant, ni jamais.

— Et si Denser, Xetesk et les autres Collèges ne sont pas d'accord avec toi ? insista l'Inconnu. S'ils estiment que sa formation doit continuer jusqu'à sa conclusion naturelle ?

Ilkar haussa les épaules et tourna la tête vers Grisépine, encore cachée par la lande couverte de bruyère.

— Tu le ferais, n'est-ce pas ? Je le savais !

L'Inconnu bondit sur ses pieds et fit un pas vers Ilkar. Hirad se releva pour s'interposer.

— Du calme, dit-il en levant une main pour arrêter l'Inconnu. Que ferait Ilkar ?

— Il la laisserait mourir.

— Tu veux dire qu'il la tuerait ?

— Non… Mais il ne chercherait pas à empêcher quelqu'un d'autre de le faire, pas vrai, Ilkar ?

L'elfe refusa obstinément de soutenir le regard du guerrier.

— Tu vois ? (L'Inconnu s'empourpra, et Hirad comprit qu'il ne fallait pas qu'il s'écarte.) C'est une petite fille, espèce d'ordure ! Comment peux-tu envisager une ignominie pareille ? Par les dieux, je n'aurais jamais cru ça de toi !

Hirad brûlait d'envie de se retourner, mais il craignait la réaction de l'Inconnu. La nausée le gagna quand il comprit que le colosse menaçait réellement leur ami.

— Tu me connais assez bien, Inconnu, dit Ilkar. C'est peut-être moi qui me suis mépris à ton sujet.

— Je suis père, moi aussi. Et je comprends ce que Denser doit ressentir.

— Denser est mon ami autant que le tien, et je n'aimerais pas qu'il lui arrive du mal. Idem pour Erienne ou leur fille. Mais Lyanna est une enfant de l'Unique, je le comprends plus clairement chaque jour. Et jusque-là, la Prophétie de Tinjata s'est malheureusement vérifiée. L'OmbreMage de Lyanna vient de commencer, Inconnu, et elle provoquera une catastrophe si personne ne parvient à la contrôler. Ou à l'arrêter. Or, je n'ai pas l'impression que quiconque ait un moyen de la contrôler. Visiblement, les Al-Drechars n'y sont pas encore parvenus, n'est-ce pas ?

Hirad sentit l'Inconnu se détendre. Cela lui suffit pour se détourner et regarder Ilkar, toujours assis. L'expression de l'elfe et le désespoir qu'il vit dans ses yeux indiquaient combien il croyait à ce qu'il venait de dire.

— Tu n'exagérerais pas un tantinet ? demanda-t-il. Qu'entends-tu par « l'OmbreMage de Lyanna » ?

— Non, Hirad, pas du tout, fit Ilkar. Tu as vu le Bois-d'Épines de tes yeux. Et nous savons que c'est loin d'être un incident isolé. Quand un mage tente d'accepter le flot du mana, il entre dans une période de ténèbres souvent brève pendant laquelle il ne maîtrise plus ses perceptions. Son esprit se replie sur lui-même tandis que le mana s'y déchaîne. C'est comme être au cœur d'un ouragan dans une obscurité impénétrable. C'est pour ça qu'on surnomme cette période l'OmbreMage.

» Les mages qui sont en formation dans leur Collège ont une Cuve à Mana pour les aider à diriger et à contrôler le flot. Sinon, il les submergerait. Lyanna n'a que les Al-Drechars. Visiblement, ils n'arrivent pas à la protéger contre son propre Éveil. Son OmbreMage pourrait durer très longtemps. Là encore, c'est seulement mon intime conviction, mais j'estime être mieux placé que vous pour porter un jugement.

— Et tu penses qu'il vaudrait mieux qu'elle meure ?

— Je n'ai pas dit ça ! (Ilkar prit appui sur les mains pour se relever.) On en arrivera peut-être là, mais je n'y prendrai part sous aucun prétexte.

— Il est hors de question que tu parles de tout ça à Denser, grogna l'Inconnu.

— Je serais très surpris qu'il ne le sache pas déjà... Denser est un mage, et il n'est pas stupide. Il sait pertinemment ce qu'Erienne et lui ont tenté de créer, et ils ont malheureusement réussi.

— Dans ce cas, nous ferions mieux de le rejoindre au plus vite, pas vrai ? On dirait qu'il va avoir besoin de notre aide.

Les trois amis remontèrent en selle et reprirent la direction de Grisépine dans un silence aussi épais que les nuages qui les surplombaient.

Selik écouta attentivement les voix coléreuses qui résonnaient dans l'auberge. Puis il ouvrit la porte à la volée et entra à grandes enjambées, son escorte massée derrière lui, à part un homme resté près des chevaux.

Contre le mur du fond, trois individus se tenaient près du comptoir, face à un auditoire d'une cinquantaine de fermiers assis sur les chaises et les tables, ou adossés aux murs et aux piliers. La grande salle, basse de plafond, était éclairée par des lanternes. La ventilation laissant à désirer, un épais nuage de fumée de pipe planait au-dessus des têtes, son odeur douceâtre masquant presque celle de la bière et du vin.

L'irruption de Selik eut l'effet désiré. La foule se tut brusquement, et toutes les têtes se tournèrent vers lui. Il gagna calmement le comptoir et se campa entre les trois hommes : celui qui devait être Evansor, sur sa droite, et deux fermiers âgés, sur sa gauche.

Le mage était jeune et mince. Il avait le teint pâle des gens qui ne passent pas beaucoup de temps dehors, un corps visiblement peu habitué au travail physique, et des vêtements trop délicats pour être arborés dans les champs.

D'un regard paresseux, Selik embrassa l'assemblée. Certains villageois avaient peur. D'autres étaient trop furieux pour se soucier de lui. Mais la plupart le dévisageaient, attendant qu'il se présente. Parfait. Levant l'index gauche pour faire taire un des fermiers âgés qui allait protester, il lança :

— Je suis Selik. Certains de vous ont peut-être entendu parler de moi, et du travail que je fais – votre service – avec mes associés. (Il désigna son escorte qui s'était déployée dans la salle.) J'ai vu vos champs ravagés, et on m'a parlé des bouches supplémentaires que vous avez à nourrir. Croyez bien que je compatis.

Près de lui, le mage ricana tout bas. Selik choisit de l'ignorer. Il abaissa sa capuche et attendit que les murmures horrifiés retombent.

— Vous pouvez voir ce que la magie m'a infligé et vous avez vous-mêmes fait l'expérience de sa nuisibilité. (Alors que des voix étonnées retentissaient, il leva une main.) Je sais que vous ne comprenez pas. Contrairement à votre mage... N'est-ce pas, Evansor ? (Il sentit le jeune homme frémir à la mention de son nom.) Parce que ce n'est pas un vent naturel. C'est la magie qui a fait ça à votre village. (Il prit l'air surpris.) Oh, aurait-il négligé de vous en informer ? Il jugera peut-être bon de le faire, à présent...

Selik se tourna vers Evansor. Toute l'assemblée l'imita. C'était encore plus facile que prévu. Le mage eut un sourire pincé et écarta les mains

— Mes amis, les Ailes Noires ont toujours détesté la magie. Ne le laissez pas vous influencer. Nous avons des choses importantes à décider, comme la façon dont nous allons survivre à l'hiver si le temps ne s'améliore pas.

Il avait réussi à apaiser quelques hommes, mais Selik était loin d'en avoir fini.

— Vous esquivez ma question. Un simple oui ou non suffira. Le vent qui a détruit les récoltes de ces braves gens était-il naturel ou pas ? (Il se radoucit.) Allons, Evansor, nous sommes entre amis. Vous l'avez dit vous-même. Répondez à ma question.

Evansor balaya l'assemblée du regard. Selik le vit se dandiner, mal à l'aise. Le filet se refermait sur lui. Le silence s'épaissit et la méfiance des fermiers augmenta.

— J'ai senti de la magie dans le vent, avoua enfin Evansor. Mais...

— ... Vous n'avez pas pensé que ces gens méritaient de savoir que la corruption créée par vos semblables était la cause de leur ruine ?

Selik fit face aux fermiers. Ses hommes se déplaçaient parmi eux, leur suggérant des réactions.

— Maintenant que vous savez, qu'en pensez-vous ?

— Je ne comprends pas, lança une voix.

Plusieurs autres lui firent écho.

— C'est pourtant très simple, affirma Selik. Le vent qui a détruit vos récoltes était alimenté par la magie, non par la volonté des dieux. Et votre « ami » ne voulait pas que vous le sachiez. Pensez-vous que l'inondation d'Orytte était une catastrophe naturelle ? Ou le séisme de Denebre ? Ou une dizaine d'autres que je pourrais vous énumérer ? La magie ravage notre pays, et pourtant, c'est vers un mage que vous vous tournez pour réclamer des conseils. Vous allez mourir de faim. À cause d'Evansor et de ses semblables.

Il entendit la foule s'agiter. Il y était presque.

— Demanderiez-vous au diable le chemin de la sortie de l'enfer ?

Une voix lui répondit « non ». Soudain, les fermiers laissèrent éclater leur colère. Seule l'intervention d'un ancien, sur la gauche de Selik, parvint à calmer le jeu.

— Il va trop loin, affirma l'homme. Il débarque ici sans invitation pour répandre son poison. Evansor est notre ami, ne l'oubliez pas.

— Votre ami ? lança Selik en écartant théâtralement les mains. Qui a besoin du genre d'ami qui vous cache la vérité quand ça l'arrange ? Qui est tout content de prendre votre argent pour tenir les rats à l'écart de vos granges ou soigner les cloques de vos mains, mais n'a de véritable loyauté que pour son Collège maudit ? Croyez-moi, Evansor est un menteur ! Ne vous laissez pas abuser comme je l'ai été. Que mon visage ne devienne jamais votre visage !

Il haussa la voix. Il les tenait, il en était sûr.

— Ce misérable est le problème, pas la réponse. Et les problèmes doivent être résolus !

Il tapa du poing droit dans sa paume gauche pour souligner ses propos et foudroya Evansor du regard alors que la clameur enflait. Le jeune homme était effrayé, mais Selik savait qu'il ne pourrait pas s'empêcher de parler et de se condamner.

— S'il vous plaît, mes amis, implora-t-il. Je ne suis pas votre ennemi. Je peux vous aider.

— Oui, en fichant le camp d'ici, répliqua une voix.

C'était celle d'un Aile Noire, mais personne n'y fit attention dans le tumulte.

— Dehors ! Dehors ! Dehors ! scanda la foule.

— S'il vous plaît…

Le regard désespéré d'Evansor balaya la salle. Selik le saisit par les revers de sa chemise.

— Ne me touche pas, Aile Noire, ou je…

— Ou tu quoi ? cria Selik. Tu me détruiras, comme les tiens ont détruit les récoltes de ces braves gens ? Quel sort utiliseras-tu ? Le feu ou la glace ?

Il attira Evansor vers lui, puis le jeta dans la foule. Le poing d'un Aile Noire jaillit de nulle part et s'abattit sur sa joue. La tête du jeune mage partit en arrière, et il tituba.

Les fermiers rugissaient, mais aucun ne faisait mine d'avancer. Pourtant, Evansor perdait le contrôle de ses nerfs. Selik sourit en voyant ses yeux se plisser de colère, puis son regard se voiler alors qu'il préparait un sort.

— Il va incanter ! cria une voix – de nouveau, celle d'un Aile Noire.

Selik fit signe à deux de ses hommes, qui se ruèrent en avant. Evansor libéra son sort : une ForceConique, assez puissante pour les faire voler en arrière et s'écraser parmi les fermiers.

— Reculez ! Je ne vous veux pas de mal. S'il vous plaît.

Une bouteille vola par-dessus le comptoir, manquant de peu la tête du jeune mage.

— Il m'a cassé le bras, gémit un homme.

Cela libéra la marée humaine. Selik fit un pas sur le côté alors que les fermiers se ruaient en avant, laissant son pied au milieu pour faire un croc-en-jambe à un homme qui trébucha et tomba sur ceux qui le précédaient.

Au début, ils avaient sûrement l'intention de s'emparer d'Evansor pour le conduire à la lisière du village et le jeter dehors. Mais les Ailes Noires s'étaient précipités avec eux. Une fois le premier coup de poing lancé, le jeune mage n'eut plus la moindre chance.

Alors que les deux anciens s'efforçaient désespérément de repousser leurs voisins, les coups plurent sur le pauvre Evansor dont les cris et les supplications furent noyés par les rugissements de la meute.

Selik vit un pied de chaise s'abattre sur le visage du jeune mage, lui brisant le nez ; il vit des bottes le piétiner puis la lame d'un couteau scintiller dans la lumière des lanternes et plonger dans son cœur. Les fermiers le rossèrent encore longtemps après qu'il soit mort.

Le commandant des Ailes Noires rappela ses hommes. La haine se dissipant aussi vite qu'elle avait jailli, les villageois reculèrent, abasourdis par ce qu'ils venaient de faire. Selik entendit une femme pleurer.

Souriant, il marcha vers la porte de l'auberge et se retourna.

— Le chemin de la justice est toujours imbibé du sang des êtres maléfiques, annonça-t-il à la foule, avide de trouver une justification au meurtre qu'elle venait de commettre. C'est un grand jour pour Balaia. Voilà trop longtemps que la magie ravage notre pays. L'heure est venue de nous rebeller. Dites-le à tous les gens que vous rencontrerez : nous ne nous laisserons jamais plus écraser par les mages.

Il sortit, le cœur gonflé de joie… et sa colère enfin apaisée.

La chienne serait la prochaine à payer !

Lyanna ne comprenait pas. Elle savait simplement que ça lui faisait mal et qu'elle voulait que ça s'arrête. Les Al-Drechars lui avaient promis de la soulager des cauchemars qui la faisaient se réveiller en sursaut, terrifiée. Et elles lui avaient promis de calmer le vent qui soufflait dans sa tête.

Mais elles ne pouvaient pas.

Au début, elles avaient réussi. À présent, maman était partie chercher papa, et les Al-Drechars semblaient vieillir un peu plus chaque jour. Elles marchaient de plus en plus lentement. Leurs yeux étaient tout noirs, au-dehors et au-dedans.

Du coup, les cauchemars étaient revenus. Et le vent rugissait de plus belle dans sa tête. C'était si douloureux que Lyanna avait parfois l'impression qu'il faisait noir en plein jour. Les Al-Drechars l'aidaient toujours quand ça commençait. Mais elle aurait voulu que maman soit là pour la cajoler et la prendre dans ses bras quand elle pleurait.

La fillette leva les yeux vers le ciel bleu visible à travers les branches des arbres du verger. Les feuilles dansaient doucement en dessinant des motifs devant ses yeux, comme de minuscules esprits follets agitant la main pour la saluer. Elle sourit. Les esprits lui parleraient peut-être. Ephy et les autres semblaient ne jamais trouver le temps. Elles étaient bien trop occupées à fumer leur pipe puante.

Un instant, le vent retomba dans sa tête. Lyanna se concentra, et les branches d'un arbre se tendirent vers elle, rapprochant les esprits follets pour qu'elle puisse leur parler.

Ça, au moins, ce serait amusant.

Cleress tira profondément sur la pipe. Le mélange d'herbes détendait ses muscles et anesthésiait l'arthrite qui déformait et faisait enfler son genou gauche

Assise à côté d'elle à la grande table, Myriell s'affaissa sur sa chaise, épuisée. Bientôt, elle s'endormirait, comme Aviana l'avait déjà fait. Seule Ephemere veillait encore sur l'enfant qui les détruisait si rapidement.

Elles avaient sous-estimé son pouvoir, ou plutôt, celui qu'elles devraient déployer pour contenir un Éveil aussi déséquilibré. De plus, magie mise à part, Lyanna débordait d'une telle énergie ! Une enfant délicieuse, mais qui devenait sans cesse un peu plus exigeante. Son humeur passait sans crier gare de la joie à la peur, ou de l'émerveillement aux ténèbres.

Cleress avait eu beaucoup de mal à rappeler l'essentiel à ses compagnes : malgré les projections de mana ravageur qu'elles avaient tant de difficulté à contenir – à cause de la formation maladroite des Dordovans – Lyanna était encore une très jeune enfant. Avec tout ce que cela supposait en soi de bizarreries et d'exigences. En l'absence d'Erienne – fût-elle temporaire – les quatre elfes devaient assumer les responsabilités d'une grand-mère compréhensive. Et même si Lyanna leur faisait confiance, elles n'avaient pas eu à prodiguer ce genre de soins très particuliers depuis des décades.

Elles commettaient des erreurs, la pire étant de supposer que Lyanna pouvait s'amuser toute seule. Certes, elles maintenaient une vague surveillance sur son esprit et sur le flot du mana qui l'enveloppait, mais il fallait bien qu'elles se reposent, et la tentation de le faire chaque fois qu'elles n'étaient pas en train d'enseigner à l'enfant était irrésistible.

Cleress tira encore une fois sur la pipe avant de la passer à Myriell. Elle dut placer le tuyau entre les lèvres de sa sœur pour qu'elle réagisse.

— Quelle heure est-il ? marmonna-t-elle avant d'inspirer.

— Encore trop tôt pour nous en remettre au Lemiir, Myra. Le soleil a commencé sa descente, mais la nuit est encore loin.

— Ou peut-être pas si loin que ça, pour l'enfant…

— En effet, dit Cleress.

La remarque de Myriell hantait leur esprit brisé. Les Al-Drechars se soutenaient, partageaient leurs forces défaillantes et entretenaient de leur mieux leur corps et leurs pouvoirs. Lyanna aurait-elle acquis un peu de contrôle avant que leurs capacités d'enseigner et de protéger aient totalement disparu ?

Cleress redoutait le pire.

Cleress, le verger, maintenant.

La voix d'Ephy résonna dans sa tête telle une alarme qui affola les battements de son cœur.

— Il y a un problème, Myra. Reste ici. Je t'appellerai si nous avons besoin de toi.

— J'espère que non, marmonna Myriell.

Cleress se leva péniblement et tituba vers le verger. Les effets du Lemiir n'étaient pas assez forts pour assourdir la douleur qui remontait le long de sa jambe et de son dos chaque fois qu'elle prenait appui sur son genou arthritique.

Elle sortit de la salle à manger et traversa la salle de bal, l'anxiété d'Ephemere embrumant son esprit.

Ephy l'attendait sur le seuil de la porte du verger. Une main posée sur le chambranle pour se retenir, elle regardait droit devant elle. Quand Cleress la rejoignit, elle ne sut pas si elle devait rire ou pleurer.

Au centre du verger, Lyanna était assise en tailleur, vêtue de sa robe bleue préférée. Les bras tendus et le visage levé vers le ciel, elle souriait béatement. Autour d'elle, les arbres remuaient selon ses désirs. Des branches s'abaissaient, leurs feuilles bruissant doucement, leurs fleurs s'ouvrant, leurs fruits embryonnaires changeant de couleur.

Comme en une danse chorégraphiée par Lyanna, huit ou neuf pommiers ondulaient, leur cime s'inclinant et se tortillant. Mais c'étaient leurs feuilles qui fascinaient Cleress. Leur mouvement, pareil à celui d'épis de maïs agités par le vent, les envoyait scintiller dans des directions impossibles. La synchronisation était époustouflante. Leur face supérieure vert sombre et leur face inférieure argentée papillotaient comme des milliers d'yeux tandis qu'elles se tordaient gracieusement au bout de leur tige. Et le bruit qu'elles émettaient était semblable à une voix rieuse… et si réelle…

Lyanna était assise au-dessous d'elles, immobile à part ses lèvres qui remuaient en silence comme si…

— Elle leur parle, souffla Cleress.

— Oui, dit Ephemere. Ou elle essaye. L'imagination des enfants n'a aucune limite, et celle de Lyanna a le pouvoir d'animer ses rêves. Le problème, c'est qu'elle projette du mana. Elle aura une migraine infernale quand elle s'arrêtera.

— Et Balaia subira un autre ouragan, ajouta Cleress.

Sondant le spectre du mana, la vieille elfe comprit aussitôt ce quoi parlait sa sœur. La forme que Lyanna utilisait inconsciemment pour manipuler les arbres était une toile d'araignée complexe, mais des lances de mana brun sombre volaient tout autour, créant des tourbillons et des vortex qui gagnaient en taille et en force à mesure qu'ils s'éloignaient. Des phares pour ceux qui cherchaient l'enfant et voulaient lui faire du mal !

Lyanna n'avait aucune idée de ce qu'elle faisait, mais le contrecoup frapperait Balaia, où elle était née et où résiderait toujours le noyau de son pouvoir. Cleress imaginait à peine les perturbations provoquées par ses pulsions, mais elle savait que la dissipation d'une énergie de cette importance, focalisée sans être contrôlée, se manifestait souvent sous forme de forces élémentaires terrifiantes.

Malgré toutes ses divagations séniles, Tinjata avait eu raison sur un point. Une enfant de l'Unique risquait de dévaster Balaia en moins de six mois. Il appartenait aux Al-Drechars survivantes de l'en empêcher jusqu'à ce qu'elle soit assez grande pour comprendre quel genre de contrôle elle devait développer. Et si elle en était incapable, il leur resterait une solution trop hideuse pour que Cleress y pense.

Pour la millième fois, la vieille elfe maudit les Dordovans, qui avaient perturbé un processus dont ils n'auraient jamais dû se mêler.

— Que veux-tu que je fasse, Ephy ? demanda-t-elle.

— Va lui parler. Demande-lui de te décrire ce qu'elle fait. Moi, j'atténuerai les projections et je surveillerai la forme de mana.

Cleress hocha la tête et entra dans le verger. Malgré la tiède lumière jaune de la fin d'après-midi, il y régnait une atmosphère étrange. Les oiseaux ne chantaient pas et le craquement des branches contrôlées par Lyanna semblait *déplacé*.

De plus près, Cleress vit les yeux de Lyanna voler d'une feuille à l'autre, ses lèvres remuer, son sourire s'élargir comme si les réponses qu'elle croyait recevoir à ses questions la satisfaisaient. Ses bras tendus tremblaient à force de maintenir la forme de mana.

Elle fatiguait.

Cleress s'agenouilla près d'elle et écarta une mèche de cheveux tombée sur son front.

— Lyanna, tu m'entends ? demanda-t-elle d'une voix douce, malgré les effets du Lemiir.

— Mes amis sont là, Clerry. Regarde, répondit Lyanna sans tourner la tête vers elle.

Cleress obéit et ne put réprimer un sourire. Devant elle, les branches effleuraient le visage de la fillette, caressant ses bras et s'emmêlant les unes aux autres tels les tentacules d'une créature aquatique bienveillante. La raideur de l'écorce était remplacée par une souplesse comparable à celle de la chair.

Dans les branches, les feuilles dansaient et bruissaient – doux murmure presque musical. Une vision magnifique. Cleress se tourna vers Lyanna, se demandant ce que l'enfant imaginait voir et entendre.

— Ce sont de bons amis ? Je les trouve très jolis.

— Oh, oui. Mais ils ne peuvent pas te parler, parce que tu ne les comprendrais pas.

— Ah. Et que te racontent-ils ?

— Que des méchants arriveront ici pour me faire du mal, mais que des gentils viennent aussi pour m'aider. Et que vous êtes très fatiguées à cause de moi…

Cleress en resta sans voix. Elle regarda Ephemere par-dessus son épaule mais sa sœur était perdue dans sa concentration, les yeux clos et les mains croisées sur son ventre.

— Comment le savent-ils ? Ils doivent être très intelligents.

Lyanna hocha la tête… et les feuilles bruissèrent pour applaudir.

— Ils le savent parce qu'ils le sentent. C'est évident.

La vieille elfe étouffa un hoquet de surprise. Lyanna percevait des communications *via* les nuances du flux de mana, qu'elle filtrait d'une manière inexplicable à travers la force aléatoire qui rugissait dans sa tête. C'était la seule explication possible. Mais ce devait être épuisant et dangereux. Cleress espéra qu'Ephemere contrôlait les projections…

— Tes amis t'ont-ils dit autre chose ?

Elle craignait d'entendre la réponse.

De nouveau, Lyanna hocha la tête. Mais cette fois, son sourire avait disparu, et ses yeux s'embuèrent.

— Bientôt, il fera très noir, et je ne pourrai pas les revoir avant une éternité. Et je me perdrai peut-être, mais vous m'aiderez.

— Oh, Lyanna, souffla Cleress, le cœur gonflé de chagrin. Dis au revoir à tes amis. Je crains que l'OmbreMage approche.

Chapitre 12

Elle était là.

On ne pouvait pas s'y tromper. Pareille au premier souffle du vent à la surface d'une mer d'huile.

Loin dans le sud, au nord de Calaius, le spectre du mana s'agitait. À cette distance, le mouvement était presque imperceptible, mais son anormalité même le trahissait.

Et fascinait le mage qui venait de le sentir. Grâce à son expérience, il n'avait qu'à se focaliser sur le spectre du mana pour sentir les sorts jetés à travers Balaia, telles des oasis d'ordre émergeant du chaos total. Mais ces tourbillons-là étaient bien différents : d'une nature presque étrangère, ils émanaient indubitablement d'un sort statique qui s'effondrait sur lui-même. Mais il était difficile d'interpréter des perturbations aussi infimes.

Le maître dordovan Gorstan se concentra jusqu'à ce qu'il soit tout à fait sûr. Ce n'était pas de la magie balaienne. Malgré son incohérence, elle avait quelque chose de complet, d'achevé, qu'il n'aurait jamais pu produire. Elle venait d'une autre source, d'une puissance supérieure, et malgré le dégoût qu'il éprouvait, Gorstan ne put se défendre d'un certain respect admiratif.

Il se retourna, habituant ses yeux à la lumière grise et terne du ciel couvert de Balaia.

— Je les tiens, annonça-t-il.

Selik sourit – un rictus qui tordit la moitié de son visage défiguré.

— À quelle distance sont-ils ?

Gorstan haussa les épaules.

— Plusieurs jours. Je ne peux pas être plus précis, mais je pense que leur base est dans l'archipel d'Ornouth.

— Si vous voulez bien m'excuser…

— Avec grand plaisir.

Selik acquiesça sèchement et s'éloigna, flanqué de ses deux aides, en tirant sa capuche sur sa tête. Gorstan le suivit des yeux, puis se concentra sur le sud, la tête baissée et le regard rivé sur les vaguelettes du fleuve Arl qui allait se jeter dans l'Océan du Sud.

Il supposait que Vuldaroq avait raison, et que Selik était un allié utile pour le moment. Mais il ne pouvait s'empêcher de penser que Dordover serait à jamais souillé par son contact désormais ouvert avec les chasseurs de sorciers. Responsable des cent mages et des deux cents fantassins désormais stationnés autour d'Arlen, Gorstan était bien placé pour sentir la nervosité qui s'était emparée de la population du paisible port. Avec la rumeur qui affirmait que Xetesk et ses Protecteurs étaient en route, il se demandait si Selik n'était pas derrière tout ça.

Vuldaroq était attendu à Arlen sous peu. Plus tôt il arriverait, mieux ça vaudrait.

Hirad, l'Inconnu et Ilkar atteignirent Grisépine tard dans la soirée. De gros nuages lourds planaient toujours dans le ciel, et le vent battait la plaine. En chemin, ils avaient pu voir ses ravages partout : herbe aplatie ou arrachée révélant des zones de terre nue, des carcasses d'animaux, et même deux cadavres humains que les survivants n'avaient pas encore découverts.

C'était Ilkar qui les avait repérés, alors que les Ravens fouillaient les ruines d'une ferme pour voir s'il restait quelque chose à faire : un couple de personnes âgées, pelotonnées l'une contre l'autre dans leur grange qui s'était écroulée, les ensevelissant sous le chaume et les poutres brisées. Ils avaient seulement pu leur fournir une sépulture décente.

Peu après avoir quitté le Bois-d'Épines, ils avaient croisé une colonne de réfugiés de Rache qui marchaient vers Gyernath. Leur ville avait été frappée par un ouragan venu de l'Océan du Nord, et par une coulée de boue venue des collines alentour. Elle avait englouti Rache et enterré vivants la plupart des habitants. Les survivants avaient fui, pensant qu'ils seraient plus en sécurité dans le port méridional de Gyernath. Les Ravens n'avaient pas eu le courage de leur dire qu'ils ne seraient à l'abri nulle part.

Ils avaient fait la dernière partie du voyage en silence, chacun ruminant ce qu'ils avaient vu et entendu sur la route. Mais le pire restait à venir.

Alors qu'ils approchaient de Grisépine, des lumières leur firent espérer que la tranquille ville commerçante ait échappé à l'ouragan. Mais bientôt, même l'obscurité ne put plus leur cacher la réalité.

Ce qu'Hirad avait, de loin, pris pour des toits en pente se révéla être des murs à demi effondrés, dont quelques vestiges de pierre brisée s'élevaient encore vers le ciel. Le réseau de rues pavées qui menaient à la place du marché était jonché de débris et de gravats. Un nuage de poussière soufflait à travers la ville, et les seuls toits qui tenaient encore debout étaient ceux des tentes qui servaient d'abris de fortune.

Les Ravens avaient déjà vu ce genre de destruction, mais sur une plus petite échelle.

Les habitants leur firent mesurer l'étendue de l'horreur.

Bien que l'ouragan ait dû frapper deux ou trois jours avant, les citadins commençaient à peine à comprendre. Hirad imaginait parfaitement ce qui avait dû se passer immédiatement après la catastrophe. L'adrénaline et la panique avaient banni la fatigue alors que des équipes de survivants se démenaient pour retrouver leurs proches, libérer ceux qui étaient prisonniers des décombres et récupérer tout ce qui pouvait encore servir. De fait, les caisses empilées sous la toile et les peaux soulignaient l'ampleur de leurs efforts.

Mais la première nuit passée sans toit digne de ce nom, dans les ruines de leurs demeures, avait sapé leur volonté et leur moral. Ceux qui débordaient d'énergie la veille avaient dû se réveiller les yeux cernés et épuisés pour contempler leur ville détruite, et prendre conscience qu'ils n'en sortiraient plus que des cadavres.

Rien n'avait beaucoup changé depuis. Le visage maculé de poussière, les hommes et les femmes travaillaient aussi dur que possible, mais leur esprit combatif les avait abandonnés, comme en témoignaient leurs yeux pleins d'incrédulité et d'incompréhension.

Les Ravens virent un enfant enveloppé d'une couverture, assis sous une minuscule tente composée d'une bâche dressée sur un pieu. Il ne devait pas avoir plus de cinq ans. Trop traumatisé pour pleurer, il fixait seulement le vide et frissonnait de tout son corps. Les dieux seuls savaient ce qu'il avait vu et ce que ses parents étaient devenus.

Alors qu'ils arrivaient sur la grand-place, les Ravens, que les survivants avaient ignorés jusque-là, détectèrent des signes d'organisation derrière une activité déterminée mais désespérément lente. La mairie et le grenier de Grisépine avaient disparu, à part un coin de mur et quelques fenêtres dont les vitres reflétaient la lueur des lanternes tels des yeux malveillants dotés de multiples facettes. Un pavillon éclairé comme en plein jour se dressait à son pied. Par son entrée ouverte, ils virent des hommes et des femmes se presser autour de tables. Ils griffonnaient sur des cartes et des parchemins, ou préparaient des boissons et de la nourriture chaude.

Au centre du pavillon était assis un homme à la jambe droite et à l'œil droit bandés. Pâle et hagard, le visage creusé de sillons, il avait des cheveux gris et son corps usé luttait visiblement contre l'épuisement.

— Nous devons lui parler, déclara l'Inconnu.

— Allez-y, vous deux, proposa Ilkar. Je trouverai un endroit où attacher les chevaux.

L'Inconnu hocha la tête. Hirad et lui entrèrent dans la tente où régnait une agréable tiédeur et furent arrêtés par un jeune type blond à l'air las.

— Des étrangers, hein ? Vous êtes venus pour nous aider ? demanda-t-il.

— Nous sommes les Ravens, annonça l'Inconnu. Nous cherchons Denser.

Le jeune homme sursauta.

— Il nous avait dit que vous viendriez, dit-il en désignant le blessé aux bandages.

Hirad lui posa une main sur l'épaule.

— Au fait, oui, si nous pouvons vous aider, nous le ferons.

Le sourire du jeune homme alluma une étincelle de vie dans ses yeux injectés de sang.

— Merci.

L'Inconnu avança vers le blessé, qui portait toujours son insigne de maire et la cape vert sombre de son office. Il lui tendit une main tremblante, qu'il serra chaleureusement.

— Gannan… Au moins, vous êtes toujours en vie.

— Tout juste, Inconnu. Je dirais bien que vous revoir est un plaisir, mais je crains que votre venue n'ait pas grand rapport avec l'organisation des secours, et soit plutôt liée aux causes de ce désastre.

— Y a-t-il une seule personne qu'il ne connaisse pas ? souffla Hirad à Ilkar, qui venait d'entrer.

— Apparemment, non, dit l'elfe. Il y a une écurie improvisée à l'ouest de la ville. J'ai laissé les chevaux là-bas.

L'Inconnu les ignora.

— Vous avez parlé à Denser ? demanda-t-il.

— Pas longtemps, mais... oui. (Gannan remua sur sa chaise, utilisant ses deux mains pour modifier la position de sa jambe blessée.) Il est très agité, Inconnu. Ce qu'il raconte n'a aucun sens.

— Où est-il ? Nous devons le voir.

Gannan désigna une table.

— Ne prendrez-vous pas d'abord un rafraîchissement ?

— Non, répondit l'Inconnu. Gardez ça pour vos gens. Nous nous débrouillerons.

— Votre ami était derrière le grenier il n'y a pas très longtemps. Il a dit qu'il voulait être tranquille.

— Merci, Gannan. Je repasserai plus tard. (L'Inconnu se retourna.) Hirad, tu viens ou tu restes ici ?

Le barbare haussa les épaules.

— Il faudra bien que je le voie à un moment ou à un autre. Autant que ce soit maintenant.

L'Inconnu hocha la tête et gagna la sortie, ses amis sur les talons.

Du grenier, autrefois adossé à la mairie, il ne restait plus qu'un tas de gravats. Au-delà, à l'extrémité nord de Grisépine, l'activité semblait moins importante malgré des dégâts tout aussi graves. De toute évidence, les survivants n'étaient pas assez nombreux pour travailler partout à la fois.

Mais quelqu'un se déplaçait dans les débris.

— Denser, dit Ilkar en tendant un index dans la pénombre.

Hirad ne put d'abord pas le distinguer. Puis il vit bouger sa tête.

Denser était accroupi dans les ruines de ce qui avait dû être une maison. Des poutres brisées jonchaient le sol. Des ardoises, du chaume et des pierres s'empilaient au pied des murs encore debout. Il tenait quelque chose. Alors qu'ils approchaient, les Ravens virent que c'était une petite main humaine.

Denser ne parut pas les voir, il continua à caresser la main en murmurant des paroles que le souffle du vent empêcha Hirad de saisir.

— Denser ? appela doucement l'Inconnu.

Le Xetesk sursauta et tourna vers eux un visage sillonné de larmes. Dans les ombres de la nuit, ses yeux étaient comme deux trous noirs.

— Regardez ce qu'elle a fait, chuchota-t-il d'une voix étranglée. Tout ça est allé trop loin.

Ilkar s'accroupit près de lui.

— De quoi parles-tu ?

Denser désigna la petite main. Ilkar remonta le long du bras qu'elle prolongeait. C'était celui d'un garçonnet qui ne devait pas avoir plus de cinq ans, bien que ce fût assez difficile à dire, car sa tête avait été écrasée par la chute d'une pierre.

— Tu ne peux pas blâmer Lyanna.

— Blâmer Lyanna ? (Denser secoua la tête.) Non, mais elle est la cause de ce carnage. Même s'il est retombé, vous sentez encore ce vent ? Imaginez-le cinquante fois plus fort, détruisant vos murs. C'est un miracle que des gens aient survécu. S'il faut blâmer quelqu'un, c'est Erienne et moi.

— Je doute que ce soit aussi simple, dit Ilkar.

Il prit la main de l'enfant et la reposa dans les gravats. Denser le laissa faire.

— Je suis le seul à pouvoir arrêter ça. Le seul ! Vous devez me conduire à elle !

— Je crois qu'il est temps que tu cesses de te torturer et que tu sortes d'ici. (Ilkar leva la tête.) On peut aller dans un endroit plus tranquille ?

Hirad haussa les épaules.

— Si on le construit nous-mêmes. (L'elfe le foudroya du regard.) On trouvera quelque chose. Viens, Denser. Tu as besoin de boire un truc chaud.

Chaque espace abrité grouillait de gens : les très jeunes, les blessés et les rares adultes encore valides qui pouvaient s'occuper d'eux. Les Ravens s'éloignèrent du centre de la ville et allumèrent un feu dans les ruines d'un bâtiment dont les victimes avaient déjà été évacuées. Alors que de l'eau empruntée aux survivants chauffait dans la petite bouilloire de l'Inconnu, Denser se calma un peu. Mais ses mains tremblaient toujours, et il avait du mal à se concentrer.

— Je suis surpris que tu sois venu, Hirad, dit-il avec un sourire forcé…

… Que le barbare ne lui rendit pas.

— Je ne l'aurais pas fait, mais Sha-Kaan a besoin des Al-Drechars. Apparemment, ils sont sa seule chance, maintenant que tous les autres l'ont laissé tomber.

— On pourrait en parler plus tard ? lança Ilkar. Depuis combien de temps es-tu ici, Denser ?

Le Xetesk haussa les épaules.

— Une journée. J'ai été retardé. La confusion est telle…

— Tu ne peux pas te tenir pour responsable.

— Vraiment ? N'est-ce pas ce qu'Erienne et moi désirions tant : un Enfant de l'Unique ? Le plus puissant mage de Balaia ? Mais Lyanna est devenue incontrôlable, et nous devons l'arrêter. Je dois l'arrêter !

Ilkar se tourna vers Hirad et l'Inconnu.

— Qu'est-ce que je vous avais dit ?

L'Inconnu hocha la tête.

— Tu avais vu juste… Mais ça ne change rien aux raisons de ma présence. Tâchez de ne pas l'oublier. Denser, nous la trouverons et nous l'aiderons à maîtriser ses pouvoirs. Enfin, tu l'aideras, puisque tu penses en être le seul capable. Ilkar nous a expliqué que c'était peut-être son OmbreMage.

— Que restera-t-il quand l'aube se lèvera pour la Fille de l'Ombre ? (Denser fit un grand geste.) Regardez cet endroit. Tous ces morts… Et j'ai entendu d'autres histoires. Ça va bien au-delà de ce que nous imaginions. La même chose partout sur Balaia. (Il se prit la tête à deux mains.) C'est la magie qui a fait ça. Voilà ce que racontent les survivants. Mais, pire encore, c'est ma fille ! Vous devez me conduire à elle.

— Allons, Denser, calme-toi ! Tu as besoin de repos. Hirad, donne-lui quelque chose de chaud à boire.

Ilkar se rassit et se tut. Denser refoulait ses larmes. L'Inconnu et Hirad devaient être occupés à digérer ses paroles. Il ne restait pas grand-chose à dire, et l'elfe n'avait plus d'énergie. Il espéra que la lumière du jour les ramènerait à la raison et leur permettrait de parler de tout ça calmement.

Mais il restait encore des heures avant le lever du soleil.

Tout n'allait pas bien. Thraun avait laissé les survivants de la meute en sécurité, cachés au plus profond du Bois-d'Épines, dans une cavité sous un bosquet d'arbres que le vent n'avait pas réussi à détruire. Il avait choisi de partir en éclaireur jusqu'à Grisépine, où vivaient les humains. Pour chercher de la nourriture et les êtres qui émergeaient avec la brume de son passé vague et confus.

Mais quand il était arrivé, au cœur de la nuit, sous un ciel caché par les nuages, il avait trouvé davantage de chagrin et de destruction. Assis sur une butte qui surplombait la ville, il avait baissé les yeux, son cœur de loup plein d'une étrange et douloureuse sympathie pour une race qu'il considérait pourtant comme une menace. Il n'y aurait pas de nourriture. Pas de volaille à voler, pas de chien ou de chat à chasser, pas de détritus abandonnés par les humains dans leurs ruelles.

Parce que malgré l'obscurité, la ville s'agitait comme en plein jour. Des hommes charriaient des pierres et transportaient des cadavres jusqu'à un espace découvert, au milieu des habitations. Partout, des torches et des lanternes blessaient les yeux de Thraun. Il ne pouvait pas prendre le risque de s'aventurer plus loin – il ne voulait pas ramener de chasseurs au Bois-d'Épines.

Il était donc revenu vers sa meute en empruntant un chemin différent, dans l'espoir de trouver une proie. C'est alors qu'il les avait découverts. Quatre humains : deux tués par du métal et deux autres par une force inconnue, leurs visages figés sur une expression de terreur.

Mais il y avait autre chose. L'odeur qu'il reconnaissait dans l'air et sur les feuilles, et la netteté du coup de grâce porté aux victimes firent jaillir en lui un souvenir. Il savait qui avait fait ça. Il le sentait. Ce devait être en rapport avec les deux humaines qu'il avait vues dans le Bois-d'Épines avant l'arrivée du vent. Et les gens du peuple d'ombre-arbre qui les accompagnaient.

Thraun s'immobilisa, ses pensées s'ordonnant lentement. Le Bois-d'Épines le mettait encore mal à l'aise. Pas parce qu'il était dévasté, mais à cause de la manière dont c'était arrivé. Si brusque, si peu naturelle… D'où était sorti ce vent, et en quoi était-il lié à la brume qu'il percevait sans la sentir autour de lui ?

Le malaise persistait. À chaque bourrasque, le cœur de Thraun bondissait dans sa poitrine. À chaque goutte de pluie, il craignait qu'une inondation tombe du ciel. Il fallait mettre un terme à la menace qui pesait sur sa meute. Et d'une façon qu'il ne s'expliquait pas, les humains qu'il reconnaissait vaguement étaient impliqués dans ce bouleversement. Ils cherchaient peut-être la même chose que lui, et peut-être pas. Mais une chose était claire : il ne pouvait pas rester dans le Bois-d'Épines et vivre seulement d'espoir.

Thraun avait toujours su qu'il était différent du reste de la meute. Il comprenait certaines choses et il était difficile à blesser. Vis-à-vis des humains, il éprouvait une curieuse fraternité qui lui faisait interdire à ses semblables de les chasser. Mais pour le moment, il avait besoin de ses loups.

Sa décision prise, il revint vers le nouvel antre de sa meute, laissa les petits sous la garde des femelles, moins aptes à se battre, et emmena les mâles à Grisépine.

Les réponses étaient quelque part là-bas.

Hirad attisait le feu, projetant de nouvelles flammes vers le ciel et éparpillant les braises. Au-delà du cercle de lumière orange, la nuit était tout sauf tranquille. Même s'il ne pleuvait pas, le vent poussait les nuages dans le ciel. Plus près du sol, des rafales soulevaient la poussière et gémissaient sur les ruines des demeures de Grisépine, autrefois si fières.

Au centre et au sud de la ville, les lanternes brûlaient toujours, car l'exhumation des cadavres continuait. Hirad éprouvait une admiration et une pitié immenses pour ces gens qui se soutenaient les uns les autres, leur force intérieure les poussant à sonder les gravats en quête des morts, afin que les rescapés puissent recommencer à vivre.

Il ajouta une branche sèche dans le feu et détourna son attention de la ville pour se concentrer sur ceux qu'il veillait. Les Ravens. C'était un sentiment indéniablement agréable. Il n'aurait jamais pensé monter de nouveau la garde pour Denser, Ilkar et l'Inconnu. Pourtant il était là, et dans leur sommeil, la position de ses amis exprimait toute la confiance qu'ils avaient en lui.

Hirad avait tant de souvenirs à évoquer qu'il ne savait pas par où commencer. Saisissant la casserole où bouillaient les herbes ramassées par Ilkar, il remplit de nouveau sa chope. Il en restait encore assez pour une dernière infusion.

Une bourrasque s'engouffra dans le campement, soulevant les capes et les fourrures des Ravens endormis, tel un tire-laine qui ne voudrait rien voler. Le barbare sourit en se souvenant de toutes les nuits où il avait contemplé ce spectacle.

Mais son sourire mourut quand ses yeux se posèrent sur Denser. La bourrasque s'était éloignée et la cape du Xetesk ondulait toujours, comme fouillée par une main invisible.

Hirad était capable de reconnaître une MarcheVoilée quand il l'avait sous le nez. Craignant que l'intrus, qui se déplaçait lentement autour de Denser pour éviter de redevenir visible, ne soit pas seul, il se leva au ralenti.

Denser était du côté opposé du feu, avec l'Inconnu sur sa gauche et Ilkar sur sa droite. Hirad s'étira et les battements de son cœur s'accélérèrent. Une autre rafale balaya les ruines. Le barbare se tourna à demi comme pour observer Grisépine, puis bondit sans crier gare par-dessus les flammes.

Les bras tendus et les poings serrés, il plongea pour atterrir derrière Denser, mais heurta l'épaule du mage sous MarcheVoilée qui se penchait sur sa victime. Il l'entendit pousser un grognement surpris. Puis une longue silhouette moulée dans des vêtements noirs apparut et battit désespérément des bras alors qu'Hirad la plaquait sur le sol.

— Ravens ! Une attaque ! cria le barbare en cherchant une prise.

Mais le mage, souple et vif, se débattait furieusement.

Hirad le lâcha, roula sur lui-même et se redressa en position accroupie sans le quitter des yeux. Le mage était toujours désorienté. Derrière lui, les Ravens se réveillaient en sursaut. L'homme fit mine de s'enfuir, mais Hirad fut plus rapide. Il tendit une jambe pour le faire trébucher, et le type s'étala de tout son long dans la poussière.

Il se releva d'un bond et fit face au barbare. Alors qu'il lui lançait son poing dans la figure, Hirad esquiva et perça sa garde pour lui flanquer un direct dans le ventre, puis un revers de la main gauche qui le cueillit en plein dans le nez. Le barbare sentit l'os craquer. Du sang tiède et humide coula sur ses doigts.

Le mage recula en hoquetant de douleur. Sans lui accorder de répit, Hirad lui décocha un uppercut du gauche dans la mâchoire, puis un crochet du droit que son adversaire esquiva. Le barbare reprit très vite son équilibre. Mais alors qu'il préparait son coup suivant, il sentit quelqu'un percuter son flanc et le projeter à terre.

Quand il s'écroula, une autre silhouette apparut dans son champ de vision. Il entendit les Ravens crier.

— Trois ! Ils sont trois ! s'époumonait Denser.

Un des intrus dégaina une épée. Hirad aperçut l'éclat du métal et para instinctivement. Son coude heurtant un avant-bras, il recula et regarda autour de lui.

Denser hurla quelque chose d'inintelligible. Aussitôt, l'air s'emplit de fureur. Devant Hirad, son agresseur se redressa, puis se plia en deux. Le barbare sentit son sang lui gicler au visage alors qu'il s'effondrait.

— Par les dieux, marmonna-t-il en se relevant et en cherchant du regard le mage au nez cassé.

Mais Denser l'avait vu le premier.

— Salauds ! lança-t-il.

Il courut vers Hirad en brandissant son épée et l'abattit à plusieurs reprises.

— Arrête ! ordonna l'Inconnu. Arrête !

L'autre mage se tordait de douleur sur le sol. Le barbare lui flanqua son pied dans la figure pour le faire taire.

— C'est fini, Denser. C'est fini, dit l'Inconnu.

— Non !

— C'est fini.

Enfin, le calme revint.

Hirad s'épousseta, fléchit les doigts et massa ses jointures meurtries. Près de lui, le corps d'un mage gisait dans la poussière. Son coup de pied lui avait brisé la nuque. Une fin sans doute miséricordieuse, vue la plaie béante, dans son flanc.

Quelques pas plus loin, le barbare vit un second cadavre. Il y avait du sang partout. À la lueur des flammes, il brillait sur chaque pierre, se mêlait à la boue retournée et formait des flaques sous les corps. Le troisième intrus n'était pas en vue, et Hirad dégaina son épée en regardant autour de lui.

— Il en reste un, lança-t-il.

— Il ne reviendra pas, chuchota Denser. Il sait que nous l'attendrons.

Le Xetesk était penché sur sa seconde victime, du sang dégoulinant de son épée. La tête baissée, le visage fermé, il respirait lourdement. Sur sa gauche, Ilkar et l'Inconnu n'avaient pas eu le temps de tirer leurs armes et observaient le carnage avec une expression si stupéfaite qu'elle en devenait presque comique.

— Denser, il est temps de nettoyer et de rengainer ta lame, dit doucement l'Inconnu.

Le Xetesk hocha la tête. Ses amis le regardèrent s'agenouiller pour essuyer son épée sur les vêtements d'un cadavre, avec des gestes d'une lenteur délibérée, puis revenir vers le feu et récupérer son fourreau. Enfin, il s'assit sur son sac de couchage et fixa le feu.

— Qui était-ce ? demanda Hirad.

— Des Dordovans, répondit Ilkar.

— Des assassins, grogna Denser.

— Ça m'étonnerait, répliqua Hirad. Sans ça, c'est ton sang et non le leur qui imbiberait le sol. Tu peux m'expliquer ce qui t'a pris ? (Il désigna les cadavres et approcha du feu. Ilkar et l'Inconnu l'imitèrent.) Je n'arrive pas à croire que tu aies fait ça.

Denser haussa les épaules.

— Ils ont attaqué, nous nous sommes défendus.

— Un point de vue intéressant, lâcha Ilkar. Quelqu'un d'autre pourrait dire que tu as poursuivi un homme désarmé et que tu l'as taillé en pièces.

— Ils n'ont pas attaqué, dit Hirad. Ils voulaient te prendre quelque chose.

Denser leva vers lui un regard furieux.

— Et ils n'ont pas réussi.

— Réussi à prendre quoi ? demanda l'Inconnu.

— Ça n'a pas d'importance, affirma Denser, portant par réflexe une main à son estomac.

— Vraiment ? (Hirad, qui avait vu la sauvagerie dans les yeux du Xetesk, fit de son mieux pour rester calme.) Ça en avait pour les Dordovans. Et ça en avait assez pour toi pour que tu les tues.

— Ce n'est pas pour ça que je les ai tués.

— Alors, explique-nous, dit l'Inconnu. Une fois encore, tu nous caches des choses et tu nous empêches de nous préparer. Tu nous mets en danger, et ce n'est pas la façon d'agir des Ravens.

— Par les dieux, on croirait entendre Hirad, marmonna Denser.

— Sur ce point, il a raison, dit Ilkar. Nous avons besoin de savoir, Denser. Et nous dormirons mieux si nous savons maintenant.

Le Xetesk haussa les sourcils et hocha la tête à contrecœur.

— La prophétie n'était pas entièrement traduite, et j'étais curieux. Alors, j'ai emmené certaines pages à Xetesk et découvert les intentions de Dordover. Ça vous va ?

Hirad baissa les yeux vers la ville. Des lumières se déplaçaient dans les rues, avançant vers eux. Ça n'avait rien de surprenant. Les cris du mage agonisant avaient dû porter loin. Au moins, ça empêcherait son collègue survivant de revenir. Le barbare rengaina son épée et s'assit.

— Et tu pensais que ce détail ne valait pas la peine d'être mentionné ? grogna Ilkar. À cause de toi, nous sommes en danger depuis que nous avons quitté Dordover, et tu n'as pas jugé bon de nous en informer. Merci beaucoup.

— Je ne pensais pas que les Dordovans s'en apercevraient, se défendit Denser.

— La question n'est pas là, fit Hirad. J'espère que ça en valait la peine.

Il dévisagea le Xetesk et vit que, pour lui, c'était le cas.

— S'ils mettent la main sur ma fille, ils lanceront un sort de sacrifice rituel. Ils la tueront très lentement et dans d'atroces souffrances. Je ne peux pas les laisser faire. Ça te suffit, comme justification ?

Denser se tourna vers les flammes.

— Pour l'instant, lâcha l'Inconnu.

Hirad leva les yeux vers le colosse. Il soupçonnait que ça n'était pas tout. Le temps le dirait, mais il se trompait rarement. Pour le moment, les lanternes se rapprochaient, et ils avaient des explications à donner.

Même si Erienne savait qu'ils progressaient à bonne allure, la traversée lui semblait épouvantablement lente. Elle admettait que c'était à cause de son anxiété, et pourtant, elle ne tenait pas en place. Elle aurait elle-même soufflé dans les voiles si le vent qui créait des moutons blancs à la surface de l'eau – à n'en pas douter, un produit de l'esprit de Lyanna – n'avait pas fourni une poussée suffisante.

De temps à autre, elle voyait le capitaine de *L'Orme des Océans* debout à la barre, perplexe à cause de la direction du vent qui ne suivait pas vraiment celle des nuages. Mais c'était un marin habitué aux particularités de l'Océan du Sud et aux marées de Calaius. Bien qu'irrité par les informations contradictoires qu'il recevait, il avait assez foi en son jugement pour maintenir les voiles dressées.

Comme chaque matin, Erienne s'était levée avec l'aube, s'émerveillant à la vue de la lumière qui suintait à l'est tandis qu'elle se tenait à la proue du navire, vêtue d'un épais pantalon de laine, d'une chemise et d'une cape assorties. Ce matin-là, Balaia se découpait à l'horizon. C'était une journée claire et ensoleillée, sans trace de brume, et ce spectacle remonta le moral de la jeune femme, calmant un peu l'impatience que Ren'erei trouvait à la fois amusante et frustrante. Combien de fois, pendant la traversée, lui avait-elle dit : « Gardez votre calme. Vous ne pouvez rien faire de plus. Si vous vous détendez, les jours passeront plus vite » ?

Erienne sourit et se tourna vers l'elfe qui parlait avec le capitaine, près de la barre. Ren'erei avait tenté de lui enseigner des techniques de relaxation étrangement semblables à celles que les Collèges recommandaient aux mages vidés de leur mana. Elle lui avait conseillé de se représenter son esprit comme un muscle tendu par la fatigue, de l'imaginer se détendre et s'étirer lentement, puis de sentir le flux frais du sang l'envahir de nouveau. Erienne savait qu'elle en était capable, mais elle n'en avait pas envie. Cet aveu avait fait lever les bras au ciel à Ren'erei, qui s'était éloignée d'un pas exaspéré.

À présent, la jeune femme regrettait de ne pas avoir fait plus d'efforts. N'ayant pas dormi plus de quelques heures depuis son départ d'Herendeneth, elle était épuisée. Les cris de peur et de douleur de Lyanna résonnaient toujours dans son crâne, et sa propre anxiété faisait périodiquement surface pour la réveiller.

Mais elle survivrait. La côte se rapprochait, et la remontée du fleuve jusqu'à Arlen promettait d'être rapide si le capitaine évaluait bien la force de la marée. Erienne ne doutait pas que ce soit le cas.

Ses émotions étaient si mélangées… Elle mourait d'envie de revoir Denser, mais craignait sa réaction, après tout ce temps passé loin l'un de l'autre. Elle avait besoin de sa force et de sa pensée, mais jugeait cela comme un aveu de faiblesse.

Et elle se réjouissait à l'idée de retrouver les Ravens, même si elle savait que le réconfort que ça lui vaudrait serait dépourvu de fondement. Après tout, comment pourraient-ils l'aider ? Erienne ne put réprimer un sourire. Ils avaient déjà tant triomphé des probabilités que cette question était ridicule. En vérité, ils trouveraient un moyen.

La jeune femme savait que des problèmes se poseraient. Ilkar serait contre un retour à la Voie Unique, et elle comprenait d'avance les idées conflictuelles qui se bousculeraient dans son esprit. Il ne serait peut-être même pas avec les autres. Mais Erienne devinait qu'il ne manquerait pas leurs retrouvailles, au minimum pour défendre les intérêts de son Collège. Quant à Denser… Les Xetesks aussi se sentiraient concernés par la situation et seraient sûrement irrités qu'il ne travaille pas directement avec eux. Mais il était un père avant tout. Et il combattrait ses supérieurs s'il pensait qu'ils menaçaient Lyanna. Sur ce point au moins, Erienne et lui étaient en harmonie.

Malgré ses sentiments pour les hommes qu'elle allait retrouver sur Balaia, rien ne comptait davantage que la fillette qu'elle avait été forcée de laisser derrière elle. Pauvre Lyanna. Elle était l'innocente dans un jeu où il n'y avait pas de règles, pas de camps définis et pas de manière évidente de gagner. Erienne avait soif de revoir son petit visage, son ravissant sourire et ses magnifiques yeux. Et elle craignait, si sa mission tournait mal – si les Dordovans découvraient Herendeneth – que cela n'arrive jamais.

Le vent qui gagnait en force fit fendre la vague suivante à la proue de *L'Orme des Océans*, projetant des éclaboussures dans les airs et sur le pont avant. Erienne essuya les gouttelettes sur son visage et gagna la barre d'un pas assuré. Après six jours en mer, elle avait trouvé son équilibre.

Ayant gravi les huit barreaux de l'échelle, elle s'approcha de Ren'erei.

— Ça secoue un peu trop en bas ? demanda l'elfe, ses yeux verts pétillant de bonne humeur.

— Non. Mais je me suis déjà lavée ce matin, dit Erienne. À quelle distance sommes-nous ?

Le capitaine tourna vers elle son visage buriné.

— Une journée et demie, pas plus. Un peu moins si nous remontons le fleuve de nuit et si je suis d'humeur.

Sa voix était douce et mélodieuse, très différente de celle qu'il utilisait pour lancer des ordres à son équipage. Erienne hocha la tête.

— Dans ce cas, il est temps que j'essaye de contacter Denser. Je serai dans ma cabine. Prière de ne pas me déranger.

— Je monterai la garde dans le couloir, proposa Ren'erei.

— Vous n'êtes pas obligée, dit Erienne.

— Je sais.

Les deux femmes descendirent sous le pont. Arrivée devant la porte de sa cabine, Erienne se tourna vers Ren'erei.

— Vous ne devriez rien entendre. Mais même si c'était le cas, ne vous inquiétez pas. Il arrive que la dissipation d'une Communion soit un peu douloureuse.

— Bonne chance, lui souhaita l'elfe.

— Merci.

Erienne s'allongea sur sa couchette et ferma les yeux. Alors qu'elle basculait vers le spectre du mana, en quête de l'aiguille nommée Denser, elle espéra qu'il serait à sa portée, et plus important, qu'il daignerait lui répondre.

Elle ne devait pas être déçue !

Chapitre 13

Darrick fit face au maître dordovan furieux qui se tenait devant lui.

Le jeune général n'avait pas dormi. Les cavaliers et les mages sous sa responsabilité, eux, avaient pu grappiller quelques heures de sommeil après leur arrivée à Grisépine, au milieu de la nuit. Après avoir supervisé la construction d'un enclos et la distribution de nourriture aux chevaux, Darrick avait parcouru les ruines et pris la résolution immédiate de laisser la moitié de ses hommes sur place pour aider les survivants. Lui-même repartirait avec l'autre moitié après une journée de repos et d'évaluation.

La dernière chose dont il avait besoin, alors qu'un début de barbe lui irritait le menton, que ses yeux rougis le brûlaient et qu'il n'avait même pas eu le temps de changer de vêtements, c'était que Tendjorn s'oppose à lui.

— Ces gens ont besoin de notre aide, dit-il. Pendant que vous dormiez, j'ai exploré leur ville, ou plutôt ce qu'il en reste. Vous ne me ferez pas revenir sur ma décision.

Le mage – un peu moins de quarante ans, un visage plat à l'expression méprisante et un large nez couperosé – était venu le trouver au centre de Grisépine, d'où il pouvait parfaitement évaluer la situation lui-même.

— Si je ne m'abuse, général, vous avez reçu l'ordre de soutenir les forces d'Arlen et d'accueillir Vuldaroq à son arrivée. Les derniers rapports envoyés par Gorstan indiquent que nous sommes tout près de localiser la fillette, mais que nous devrons agir vite. Ornouth est loin d'ici, et Xetesk et ses Protecteurs sont sur nos talons.

— Ouvrez vos petits yeux, Tendjorn ! cria Darrick. Ne voyez-vous pas que cette ville a été détruite par un ouragan ? Selon vous, cette catastrophe a sûrement été provoquée par l'Éveil des pouvoirs de Lyanna. Je comprends que vous vouliez la récupérer pour mettre un terme à cette dévastation. Mais étant des ambassadeurs responsables de la magie, nous avons le devoir d'aider ses victimes innocentes.

Tendjorn eut un sourire condescendant qui fit frémir Darrick.

— Général, je pense que vous ne saisissez pas la situation. Ce n'est pas la fin, mais si nous ne retrouvons pas la fillette très vite, ce sera le *début* de la fin. Chaque heure passée ici est une heure perdue.

— Ma décision tient quand même, et je vous conseille de baisser la voix la prochaine fois que vous ferez une remarque aussi dépourvue de compassion. Nous avons le temps.

Tendjorn secoua la tête, libérant les mèches de cheveux noirs et gras coincées derrière ses petites oreilles rondes.

— C'est faux, général. Puis-je vous rappeler que… ?

Darrick le saisit par le col de sa chemise et l'attira vers lui.

— Écoutez-moi, grogna-t-il, le regard froid. Écoutez-moi bien. (Il vit la peur dans les yeux du mage.) Ces gens ont besoin de notre aide maintenant. Pas dans un jour, ni dans une semaine : maintenant ! Croyez-vous vraiment que je puisse repartir sans avoir levé le petit doigt ? Moi, l'émissaire de Lystern ? Outre que ce serait moralement répréhensible, quel genre de message pensez-vous que cela enverrait à notre sujet ?

» Cette opération est sous mon contrôle. D'ici, nous sommes à deux jours et demi de cheval d'Arlen. Il en faudra le double pour affréter et approvisionner les bateaux qui nous conduiront à Ornouth. Mes hommes et mes chevaux sont à bout de forces. Nous resterons pour superviser le déblaiement. Ensuite, la moitié de nos effectifs continueront jusqu'à Arlen. Là-bas, je déciderai si Izack et ses hommes resteront ici ou nous rejoindront. C'est bien compris ?

Darrick lâcha le mage et recula.

— Essayez de m'enlever mon commandement, si vous l'osez !

— Ne me défiez pas, Darrick ! cracha Tendjorn en rajustant ses vêtements et sa dignité mise à mal.

— Ce n'est pas un défi. Je suis responsable de nos forces, ne l'oubliez pas.

— Et vous, n'oubliez pas qui a le véritable pouvoir !

Darrick éclata de rire.

— Pas de danger que ça m'arrive. Mais nous ne sommes plus à Dordover, n'est-ce pas ? Et vous êtes entouré de Lysterniens.

Le jeune général s'éloigna à grands pas vers le campement, où il réveilla ses hommes pour qu'ils continuent les fouilles.

Il n'y avait pas eu de problème avec les habitants venus voir ce qui se passait après l'attaque des mages dordovans. Les survivants n'avaient plus assez d'énergie pour se poser trop de questions. De toute façon, ils faisaient confiance aux Ravens.

Le temps sec qui tint toute la nuit fut une autre bénédiction. Sur l'insistance de l'Inconnu, les Ravens se levèrent peu avant l'aube. Denser reçut la Communion alors qu'une lumière pâle filtrait à travers les nuages fins qui survolaient la ville ravagée.

— Qui est-ce ? demanda Hirad.

Ilkar le dévisagea mornement.

— Curieusement, c'est assez difficile à dire…

Le barbare tira une tête de trois pieds de long.

— Je croyais que les mages s'y connaissaient dans ce genre de trucs.

— Hirad, si quelqu'un remet une lettre à l'un de tes amis pendant que tu es à côté de lui, sauras-tu immédiatement de qui elle vient ? demanda Ilkar, les oreilles frémissantes d'irritation.

— Mais les lettres ne sont pas magiques, insista Hirad. N'y a-t-il pas une aura, ou quelque chose comme ça ?

— Par les dieux, Hirad, à combien de Communions as-tu déjà assisté ? N'as-tu pas encore compris que c'était une communication privée ?

— Ça n'implique pas que tu ignores entre qui et qui elle a lieu !

Ilkar pointa un index sur son propre visage.

— Tu vois ça ? Ce sont des yeux. Et ça, c'est Denser, allongé par terre, recevant une Communion des dieux seuls savent où et qui. Je suis mage, pas devin, d'accord ?

— Nos débats m'ont vraiment manqué, dit sèchement l'Inconnu. (Il s'agenouilla près de Denser et replaça sa tête sur sa cape roulée en boule.) Ils sont toujours si bien construits, si raisonnablement menés…

— Ravi que tu le penses, marmonna Ilkar en regardant Hirad en coin.

— Ce que je pense, dit l'Inconnu, et toi aussi, c'est que Denser doit être en contact avec Erienne. Après tout, peu de gens connaissent sa signature et ceux qui peuvent deviner où il est en ce moment sont encore moins nombreux.

— Tu crois qu'Erienne est à proximité…, dit Ilkar.

— Une rencontre était inévitable depuis le début, confirma l'Inconnu.

— Mais c'est un peu trop commode, non ? lança l'elfe. Je veux dire… Nous nous pointons au milieu de nulle part, et Erienne nous envoie un message après des semaines de silence ?

L'Inconnu haussa les épaules.

— Nous nous connaissons tous assez bien pour ne pas croire aux coïncidences. Erienne a laissé une lettre à Denser, sachant qu'il essaierait de la retrouver et que nous l'aiderions s'il nous le demandait. Pour une raison que j'ignore, si elle s'est aperçue qu'elle avait besoin de lui, il est normal qu'elle ait une petite idée de l'endroit où le contacter.

— C'est une fille intelligente, concéda Ilkar.

— Je n'en ai jamais douté… (L'Inconnu se redressa et baissa les yeux vers Grisépine.) Des cavaliers sont arrivés la nuit dernière. Des soldats, à en juger par la cadence des sabots de leurs montures. Nous devrions aller voir de qui il s'agit.

— Des Dordovans, sans doute, fit Ilkar.

— En toute probabilité, dit l'Inconnu. Nous pourrons leur montrer le cadavre de leurs collègues, pas vrai ? Dès que Denser sera revenu parmi nous, nous irons jeter un coup d'œil. D'ici là, gardez les oreilles et les yeux ouverts. On dirait que nous ne sommes pas tous du même côté.

— Maman ! Maman !

Les cris de Lyanna réveillèrent Cleress avant que le message urgent d'Aviana atteigne son esprit épuisé. La maison des Al-Drechars était plongée dans l'obscurité. Alors qu'elle luttait pour mobiliser sa vision et son esprit, elle entendit les voix pressantes des elfes de la Guilde et les cris d'Ephemere qui les appelait au calme.

Mais quand elle sortit dans le couloir, un châle enveloppant ses frêles épaules, des pantoufles aux pieds et sa chemise de nuit flottant autour de sa silhouette squelettique, il lui apparut clairement qu'Herendeneth était tout sauf calme.

Le vent hurlait en s'engouffrant dans le passage lambrissé, agitant les tableaux accrochés aux murs et faisant onduler le tapis sous ses pieds. Tandis que Cleress clopinait vers l'aile des invités – où était la chambre de Lyanna – un vase s'écrasa sur le sol derrière elle, et un bruit de verre brisé retentit dans une partie éloignée de la maison.

Devant elle, Ephy s'était arrêtée près d'une porte pour s'entretenir avec un elfe de la Guilde. Cleress ne put l'identifier, mais elle le vit hocher la tête, s'incliner légèrement et rebrousser chemin vers elle.

— Ephy ! appela-t-elle.

Ephemere tourna vers elle un visage blême.

— Laisse Aronaar t'aider ! cria-t-elle.

Elle ouvrit la porte, mais le vent la lui arracha des mains et la referma avec un claquement dont l'écho résonna le long du couloir.

La vieille elfe se rembrunit.

Aronaar approcha de Cleress en trottinant, ses yeux vert sombre encore embrumés par le sommeil et son pantalon enfilé à la hâte. Il était pieds nus.

— Merci, souffla Cleress en s'appuyant sur son bras avec gratitude.

Ils avancèrent vers Ephemere aussi vite que les vieilles jambes de Cleress le lui permirent.

— Nous te suivons, Ephy. Lyanna est-elle toujours dans son lit ?

Ephemere avait réussi à rouvrir la porte, qu'elle maintenait du bout du pied. Elle hocha la tête.

— Elle s'est assise mais elle dort toujours, d'après Ana. C'est mauvais signe. Elle risque de devenir incontrôlable.

Cleress sentit la peur l'envahir, lui serrant la gorge.

— Plus vite, Aronaar ! ordonna-t-elle. Plus vite.

C'était le flux du mana qu'elles devaient évaluer. L'ampleur des projections et des vortex qu'elles créaient. Sinon, elles risquaient de faire du mal à Lyanna en étouffant des courants qui, faute d'échappatoire, se disperseraient dans son esprit. Alors qu'elles se hâtaient vers la chambre de la fillette, Cleress se demanda si ce n'était pas déjà le cas.

Dehors, le verger était calme, mais toutes les fenêtres qui donnaient dessus avaient explosé de l'intérieur, laissant des échardes de verre et des encadrements tordus se balancer au gré du vent.

Les gémissements de Lyanna couraient dans les veines de Cleress comme de l'acide. La vieille elfe imaginait très bien les tourments de la fillette, qui livrait une bataille désespérée pour maîtriser ses pouvoirs.

Depuis plusieurs jours, les Al-Drechars veillaient sans relâche sur Lyanna dès qu'elle descendait dans l'abysse de son OmbreMage. À aucun moment elles ne l'avaient laissée seule *dans sa tête*. C'était le seul moyen de superviser son acceptation du mana et de repérer tout indice d'un début de contrôle éventuel.

À présent, elles allaient découvrir si leur enseignement avait donné à Lyanna les connaissances qui lui permettraient de sauver sa vie.

Aussi intelligente et talentueuse soit-elle, la fillette n'aurait pas dû affronter son Éveil avant l'adolescence. Du coup, elles devaient se préoccuper de son bien-être mental et de son état physique.

Les Al-Drechars avaient fait tout ce qu'elles pouvaient, même si ça ne représentait pas grand-chose. Elles avaient nourri et entraîné la fillette quand elle était éveillée et l'avaient protégée des débordements de son mana pendant qu'elle était à demi consciente. Mais le plus gros de la bataille se livrait dans sa psyché sous-développée, et elles ne pouvaient pas l'aider.

Les périodes de lucidité de Lyanna raccourcissaient à une vitesse effrayante. De plus en plus souvent, elle restait dans son lit ou arpentait les couloirs de la maison sans paraître consciente de ce qui l'entourait, les Al-Drechars la suivant telles des ombres impuissantes.

Un cri aigu déchira le sifflement du vent. Avec lui, une décharge d'énergie traversa l'esprit de Cleress alors que celui de Lyanna se dérobait de nouveau à la prise ténue d'Aviana.

Dépêchez-vous, par pitié. Elle me brise, souffla une voix dans sa tête.

Nous y sommes presque, répondit Ephemere. *Garde ton calme, Ana.*

De sa main libre, Aronaar ouvrit la porte de la chambre. Ephemere entra la première, et Cleress se détacha du jeune elfe pour la suivre tandis qu'Aronaar restait dans le couloir.

Lyanna était assise sur son lit, ses petits pieds ne touchant pas le sol. De la sueur plaquait ses cheveux sur son crâne et ruisselait le long de son visage aux yeux clos. La bouche grande ouverte, elle prenait des inspirations haletantes, appelait sa mère ou gémissait, le front plissé par une atroce douleur intérieure.

Près d'elle, Aviana était écroulée sur un fauteuil, la tête inclinée sur la poitrine. Ses mains agrippaient les accoudoirs, et elle avait replié ses jambes sous le siège, comme pour les protéger. Elle frissonnait, ses yeux papillotant alors qu'ils sondaient le spectre du mana.

Immédiatement, Cleress et Ephemere basculèrent à leur tour sur le spectre du mana, qui leur révéla l'énormité de ce qu'elles avaient pressenti en chemin. Ondulant et scintillant, instable mais encore ferme, le bouclier mental se déployait telle une capuche sur la conscience de Lyanna, son brun profond éclairé par de brillantes lueurs d'émeraude qui n'appartenaient qu'à Aviana. Sous cette fine couche bouillonnait le chaos de la lutte désespérée de la fillette pour accepter et contrôler le flux de mana qui s'engouffrait dans son esprit, attiré par ce qu'elle représentait comme s'il était vivant.

Et le mal fait par les Dordovans n'était que trop visible. Dominant le doux brun qui leur donnait des raisons d'espérer, car il indiquait les capacités al-drechars de la fillette, brillait l'orange empoisonné du Collège dordovan. C'était là que le combat se déroulerait.

En poussant son examen, Cleress vit des stries vert foncé, jaune pâle et bleu sombre assimilées dans les courants. Elles semblaient pour la plupart inertes, mais au centre de la structure hélicoïdale pulsait l'orange qui signifiait l'Éveil dordovan.

Tel un prédateur ramassé sur lui-même, ou plutôt un serpent s'apprêtant à frapper, le mana dordovan renégat se regroupait et se tordait avant d'exploser, déchirant le doux brun modulé autour de lui, diffusant des projections ou – de manière plus surprenante et plus inquiétante – des constructs à demi formés.

Aviana devait prendre des décisions instantanées et adapter son bouclier au coup par coup pour laisser les projections et les constructs les plus forts s'échapper ou, si elle le pouvait, les contenir et les voir se disperser sans faire de mal à Lyanna, même si cela devait lui en faire à elle. Il était impossible qu'il en soit autrement.

Le pouls de Cleress s'accéléra. C'était un assaut non prémédité et totalement dépourvu de malveillance, mais même Aviana donnait des signes de fatigue. Le pouvoir qu'il représentait était sans précédent. Si Lyanna accomplissait un miracle et survivait, elle deviendrait une magicienne sans égale. Un espoir bien mince, mais le seul auquel les Al-Drechars puissent se raccrocher… À tout le moins, elles ne se rendraient pas sans combattre.

— Cleress, tu renforces son bouclier, ordonna Ephemere. Il faut que je régule la structure intérieure.

— Sois prudente, lui recommanda sa sœur, qui s'emparait déjà des fils de mana rompus d'Aviana pour les ressouder et fournir une nouvelle échappatoire aux projections. Elle essaye d'incanter.

— Elle veut contacter Erienne, dit Aviana, soudain soulagée, car Cleress acceptait à sa place une partie des débordements de Lyanna.

À travers son anxiété et la concentration qu'elle déployait pour aider sa sœur, Cleress trouva encore la force de s'irriter de ne pas l'avoir compris plus tôt.

— Évidemment, marmonna-t-elle.

Bien que Lyanna n'ait pas appris les *rudiments* de la Communion, ses connaissances innées guidaient son subconscient. Ses constructs difformes et instables duraient à peine quelques secondes, mais elle les modelait quand même en s'efforçant de traverser le spectre pour atteindre l'esprit de sa mère.

Heureusement, elle n'avait aucune chance de réussir. Le pouvoir brut de ses incantations atteignait parfois des pics dangereux qui auraient frappé Erienne avec la force d'une FusionMentale. C'étaient ces pics qu'Aviana tentait de filtrer à travers son bouclier, pour qu'ils se dissipent loin de son jeune esprit impuissant. Mais la douleur devait parfois être intense. Pas étonnant que Lyanna appelle sa mère aussi souvent.

— Aviana, tu peux lâcher si tu veux, dit Cleress.

Malgré sa fatigue, elle se sentait capable de maintenir le bouclier pendant qu'Ephemere étoufferait la source des projections.

— Ça va. Je vais me retirer un peu. Ephy, il faut la calmer très vite. Parle-lui. Les dieux seuls savent ce qui se passe dehors.

— Non, je ne vais pas lui parler. J'ai une meilleure idée. Une fusion mentale avec elle.

— C'est risqué, dit Cleress.

Le mana prisonnier de l'esprit de Lyanna se lova sur lui-même et bondit, crachant une autre Communion embryonnaire. Mais elle était faible – Lyanna se fatiguait –, et Cleress put la disperser dans le bouclier : une contention qui représentait une petite victoire pour l'océan qui entourait Herendeneth.

— Il faut qu'elle comprenne de quelle façon lier à la source la magie dordovane et l'Unique. Si elle ne le fait pas, elle survivra peut-être à la réaction qui se produira dans son esprit, mais je crains que ce ne soit pas notre cas, ni celui de Balaia.

— Alors fais-le, Ephy, si tu t'en crois capable, dit Aviana. Mais dépêche-toi.

Sans relâcher sa concentration sur le bouclier, Cleress regarda la sphère brune et lisse qui représentait le calme de l'esprit d'Ephemere tendre des filaments de mana. Comme de rares cheveux se dressant sur un crâne chauve, ils sondèrent doucement le vortex multicolore et confus de Lyanna.

Au début, la fillette ne parut pas s'apercevoir de cette exploration. Ephemere put donc étendre davantage ses tentacules impalpables, reliant et diffusant des zones d'orange foncé dordovan, fusionnant leur flot au sien et neutralisant leur agression. Mais même si Lyanna n'avait pas reçu la formation nécessaire pour se défendre contre une telle intrusion magique, ses aptitudes innées, brutes et incontrôlées, flamboyaient dans son esprit.

— Ça va commencer, chuchota Ephemere. Tenez-vous prêtes. Acceptez la douleur.

Cleress fronça les sourcils, mais comprit trop bien ce qu'elle avait voulu dire dès la seconde suivante. Le mana de Lyanna se ramassa sur lui-même à une vitesse extraordinaire, passant de la taille d'un crâne à celle d'un poing plus vite que l'œil de l'esprit n'aurait pu le suivre.

Ephemere hoqueta alors que ses sondes mentales perdaient leur prise ténue. Aussitôt, elle construisit une surface convexe et la suspendit, face incurvée vers le haut, au-dessus du poing qui donnait des coups vers l'extérieur.

— Dieux bien-aimés, souffla Cleress tandis que le mana se déchaînait sur le déflecteur d'Ephemere et se désintégrait contre la surface infranchissable, soutenue par un esprit bénéficiant de plusieurs siècles d'expérience.

Des filaments jaillirent pour percer le bouclier de Cleress et d'Aviana, qui le modulèrent désespérément pour absorber l'impact. Si elles le laissaient passer, il déclencherait une nouvelle catastrophe sur Balaia.

L'absorption était comme un marteau qui s'abattait répétitivement sur leur cerveau. Les projections de Lyanna couraient à la surface du bouclier, cherchant une échappatoire qu'elles trouvèrent en la personne des deux Al-Drechars. Elles auraient pu former un circuit, construire une sphère contenue, mais Lyanna en aurait été irrévocablement endommagée, son mana dévorant l'esprit actif qui lui avait si récemment donné la liberté.

Elles ne pouvaient autoriser une telle chose. Leur esprit ancien, mais encore robuste, encaissa le gros de l'assaut, laissant seulement filer ce qui aurait pu compromettre leur concentration – et donc l'intégrité de leur bouclier qui, s'il venait à se dissiper, autoriserait les projections à se répandre dans le réseau de mana qui couvrait Balaia. C'était un moindre mal… pour le moment.

La résistance de Lyanna fut violente mais brève, et Cleress comprit qu'Ephemere l'avait prévue ainsi. Très vite, le flux de mana diminua. Le nœud se relâcha, et la respiration de la fillette recouvra un rythme régulier.

— Rejoignez-moi, appela Ephy. Elle est épuisée.

— Nous devrions maintenir le bouclier ! lança Aviana.

— Ce n'est plus nécessaire. Faites-moi confiance.

Ensemble, les trois Al-Drechars forgèrent un réseau de filaments qui caressa les défenses défaillantes de Lyanna, attirant à l'extérieur de ce nœud les filaments dordovans pour les calmer et les faire virer au brun. Alors, Cleress sentit l'énergie de la fillette se disperser en même temps que la sienne, et elle réagit juste assez vite, dans le monde physique, pour rattraper l'enfant qui basculait, apaisée, dans un sommeil sans rêves.

— Nous devrions réveiller Myra, dit Ephemere. Elle la gardera le reste de la nuit.

— Non ! lança Aviana. Je peux le faire. Priez seulement pour qu'elle reste calme demain.

Cleress comprenait ce qu'elle voulait dire. Elles ne pourraient pas contenir une nouvelle crise avant d'avoir pris du repos. Idéalement, Myriell devrait dormir jusqu'à midi, et Aviana toute la journée et la nuit du lendemain. Ephy et elle étaient à peine plus vaillantes, mais elles avaient ce qui restait de cette nuit pour reconstituer leurs forces avant de prendre leur prochain tour de garde près de Lyanna. La nuit obscure dans laquelle était plongée la fillette, elle, était loin d'être terminée.

À pas lents et douloureux, Cleress et Ephemere regagnèrent leurs chambres respectives. Pour un sommeil vraiment réparateur, mieux valait qu'elles évitent le Lemiir. De toute façon, elles n'avaient plus la force de rester assises à fumer.

Alors qu'elle refermait sa porte, Cleress pria silencieusement pour qu'Erienne revienne très bientôt.

Chapitre 14

Les Ravens marchèrent d'un pas décidé vers le centre de Grisépine. Enfin, la voie à suivre leur apparaissait clairement. Leurs pistes, leurs idées et leurs soupçons s'étaient vérifiés. Erienne était allée dans le sud. Elle avait reçu de l'aide et rejoint les Al-Drechars. Mais pas sur Balaia.

Denser avait émergé de sa Communion calme et pensif, mais déterminé. Sa fureur de la nuit précédente envolée, il avait daigné faire à ses amis un bref résumé de sa conversation avec Erienne. Il était impatient de se mettre en route. Avant, l'Inconnu insistait pour évaluer la situation de Grisépine.

Si tout se passait bien, ils quitteraient la ville en début d'après-midi. Sachant qu'Erienne devrait arriver à Arlen le lendemain matin – selon la force du vent et de la marée, à l'embouchure du fleuve –, c'était le maximum que Denser ait voulu concéder. Cela forcerait sa femme à rester seule pendant deux jours, mais il lui avait conseillé de rester à bord de *L'Orme des Océans* : une suggestion que lui avaient déjà faite les elfes de la Guilde.

— Comme je l'ai dit plus tôt, gardez les oreilles et les yeux ouverts. Nous avons entendu toutes sortes de rumeurs concernant la mobilisation des Collèges et nous ignorons où se porte actuellement l'allégeance de chacun. Ne faites confiance à personne. Souvenez-vous : dans un Collège donné, tout le monde ne pense pas nécessairement de la même façon.

— Ce qui signifie ? demanda Hirad.

— Que les Dordovans ne souhaitent pas que nous retrouvions Lyanna les premiers, répondit l'Inconnu. Ils veulent que nous les conduisions à elle, pour pouvoir la ramener chez eux et, probablement, la tuer…

Le barbare hocha la tête.

— Je serai prudent.

Il ne leur fallut pas longtemps pour se frayer un chemin dans les ruines et atteindre le centre de la ville dévastée qui s'éveillait de nouveau à une vie douloureuse. Une odeur de porridge planait au-dessus de la grand-place. Des équipes d'hommes et de femmes vaquaient à leurs funestes occupations.

Dans le pavillon, un brouhaha de voix indiquait qu'on distribuait les tâches de la journée.

L'Inconnu arrêta un groupe de survivants munis de pelles.

— J'ai entendu des cavaliers arriver la nuit dernière. Savez-vous d'où ils venaient ?

Un des hommes haussa les épaules.

— De l'ouest. D'un des Collèges.

— Lequel ? Dordover ?

— Je ne pense pas… Plutôt Lystern.

L'Inconnu le remercia puis s'éloigna avec ses camarades.

— Une bonne nouvelle, se réjouit Ilkar.

— S'il ne s'est pas trompé, dit l'Inconnu.

Ilkar leva les yeux au ciel.

— Cesseras-tu jamais d'être sceptique ?

— Cesseras-tu jamais d'être un elfe ? répliqua l'Inconnu avec un sourire.

— Le type avait raison ! lança Hirad en tendant un doigt vers le pavillon. Regardez !

Sous l'auvent de toile cirée, un grand jeune homme en cuirasse parlait avec Gannan. Il portait une cape vert foncé au col brodé de fils d'or, et ses cheveux bruns bouclés ondulaient sous la brise qui soufflait sans relâche dans les rues de Grisépine. Malgré la fatigue qui voûtait imperceptiblement ses épaules, les Ravens le reconnurent aussitôt.

— Darrick, lâcha l'Inconnu.

Les Ravens traversèrent la place en pressant le pas. Leur vieil ami leur tournait le dos et ne les vit pas approcher.

— Ça alors ! chantonna Hirad. Voici un visage qu'il est bon de revoir en ces temps troublés.

Darrick se tourna vers eux et sourit.

— Pourquoi nous rencontrons-nous toujours en des temps troublés ? (Recouvrant son sérieux habituel, il serra la main aux quatre hommes.) Je ne m'attendais pas à revoir les Ravens ensemble. La situation doit être pire que je ne le pensais.

— Nous nous efforçons seulement d'aider une amie, dit Ilkar. Les vieilles habitudes sont difficiles à combattre.

— Je suis bien placé pour le savoir, fit Darrick.

— Alors, qu'est-ce qui amène la Cavalerie Lysternienne à Grisépine ? demanda l'Inconnu.

— Certains de mes, hum, supérieurs ont jugé nécessaire de renforcer notre présence à Arlen, révéla Darrick. Même si elle était déjà significative…

— Déjà significative ? répéta Denser, visiblement alarmé.

— Mes amis, je sais que je n'ai pas affaire à des imbéciles. Tous les Collèges se sont mobilisés, et le risque de trouble, à Arlen, est très élevé.

— Quelqu'un d'autre sait qu'Erienne débarquera là-bas demain ?

— Hirad ! cria l'Inconnu, furieux.

— Non, personne ne le savait, dit Darrick en regardant par-dessus son épaule un homme vêtu d'une cape qui, penché au-dessus d'une table, examinait des papiers.

— Jusqu'à maintenant ! cracha Denser. Beau boulot, Hirad.

— Qu'est-ce qui vous prend ? Darrick est notre ami ! se défendit le barbare.

Mais son ton indiquait qu'il était conscient d'avoir fait une belle bourde.

— Et tu penses que c'est Lystern seul qui l'a envoyé ici avec sa cavalerie ? grogna l'Inconnu. Tu n'as vraiment pas de tête !

— On ne pourrait pas en parler ailleurs ? proposa Ilkar.

Denser hocha la tête sèchement, fit demi-tour et partit vers l'écurie improvisée.

— Désolé, dit Hirad en haussant les épaules. Je ne pensais pas...

— C'est bien ce qu'on te reproche ! coupa l'Inconnu. Venez. Il est temps d'apporter une petite modification à nos plans. (Il plongea son regard dans celui de Darrick, qui hocha imperceptiblement la tête.) Merci.

Puis il se détourna et suivit Denser, Ilkar et Hirad sur les talons.

Tendjorn tourna la tête pour suivre les Ravens du regard. Sur sa droite, Darrick était impassible, les yeux brillants. Le mage dordovan sentit la colère qui émanait de lui, et cela le réconforta. Il ouvrit la bouche pour parler.

— Ne dites rien, grogna Darrick. Vous allez les laisser faire ce qu'ils ont à faire.

— Le sentimentalisme est un luxe que vous ne pouvez pas vous offrir. Ils ont fait ce que nous attendions d'eux et localisé Erienne. Nous pouvons prendre le relais.

— Qu'entendez-vous par là ? Si vous vous êtes servi des Ravens, vous le paierez ! Pas à moi, mais à eux. Vous feriez bien de vous en souvenir.

— Il y a cinq ans, quand ils ont chevauché les dragons pour nous sauver des Ouestiens, j'aurais pu les croire capables de n'importe quoi. Mais aujourd'hui ? Regardez-les, général. Ils ne sont plus dans le coup, ça crève les yeux. Si vous êtes vraiment leur ami, comportez-vous comme tel.

— Je vous demande pardon ?

— Je vais contacter Gorstan à Arlen, dit Tendjorn, ignorant la colère de son interlocuteur. Nous nous emparerons d'Erienne dès qu'elle mettra pied à terre. J'attends que vous soyez prêt à aller là-bas avec autant d'hommes que vous jugerez nécessaire, dès que vous aurez terminé votre évaluation de Grisépine.

— Et les Ravens ?

— Ils seront tenus à distance pour ne pas poser de problème. Soit par vous, soit par les forces dordovanes déjà présentes à Arlen. D'une façon ou d'une autre, nous ne les autoriserons pas à prendre contact avec Erienne.

Darrick dévisagea le mage, les dents serrées, ses yeux trahissant les émotions qui bouillonnaient en lui. Mais il préféra garder le silence et s'éloigner, Tendjorn savourant son impuissance.

— Au fait, général, l'interpella-t-il. (Darrick s'immobilisa, dos à lui.) Nous ne voulons pas faire couler le sang à Arlen, n'est-ce pas ? Comme je l'ai dit, les Ravens sont vos amis. J'espère que vous déciderez de... veiller à leur bien-être, en les empêchant d'accomplir un geste fâcheux.

Le général sortit du pavillon.

Thraun avait retrouvé la piste de ceux dont il gardait des souvenirs vagues mais indiscutables. Alors qu'il trottait vers Grisépine avec le reste de sa meute, d'autres fragments de son passé luttèrent pour revenir à la surface, le distrayant et perturbant les autres loups qui le suivaient à une distance méfiante.

Tels des rêves éveillés, les images s'imposaient à son esprit. Lui debout sur ses pattes arrière. L'homme-frère. Les grandes bêtes ailées qui apportaient une terreur primale. Au moins, ces visions confirmaient qu'il avait jadis bien connu les humains qu'il pistait.

Et qu'ils étaient bons et forts.

Le chemin qu'ils utilisaient, comme les autres animaux, contournait les vestiges du Bois-d'Épines et décrivait une courbe dans l'espace découvert de la plaine, avant de filer plein sud vers la ville. Prudente, la meute était restée au-dessus. Elle aurait pu s'épargner cette peine : aucun être vivant ne se déplaçait le long du chemin sous le clair de lune, terne à travers les nuages. Seuls les esprits du vent étaient là pour garder la peur vivante dans le cœur des loups.

Ils s'étaient arrêtés pour se reposer et pour observer, au sommet d'une butte ombragée qui surplombait Grisépine. Le spectacle était le même que la veille : des lumières brûlaient, des voix résonnaient, des pierres s'écroulaient et du bois gémissait.

Bien avant l'aube, des cavaliers étaient arrivés de l'ouest dans un bruit de tonnerre. Thraun avait profité de cette diversion pour explorer les rues désertes de la ville. Il ne lui avait pas fallu longtemps pour repérer l'odeur de ses humains et les braises de leur feu. Satisfait, il était retourné près de sa meute.

Mais les humains n'étaient pas restés à Grisépine. Lorsque la lumière avait de nouveau embrasé le ciel, ils avaient pris leurs chevaux et s'étaient éloignés au galop vers le sud-est. Thraun ne savait pas exactement à quoi il s'était attendu, mais ce n'était pas à ça. Le malaise qu'il captait dans l'air allait peut-être plus loin qu'il n'osait l'imaginer. Et si les deux humaines qu'il avait aperçues dans le Bois-d'Épines ne s'étaient pas arrêtées à Grisépine ? Ou si les humains qu'il connaissait ne faisaient rien pour remédier au malaise ambiant ?

Quoi qu'il en soit, la meute devait suivre son chef. *Thraun ignora la faim de ses compagnons : ils chercheraient de la nourriture plus tard. Choisissant de pister à l'odeur plutôt qu'à l'œil, il emmena ses loups vers une destinée qu'aucun ne pouvait deviner ni espérer comprendre.*

Ils avaient quitté Grisépine si vite que l'Inconnu ne s'était même pas arrêté pour dire au revoir à Gannan.

Les sabots de leurs chevaux faisant jaillir la boue sur leur passage, ils avaient galopé hors des ruines sous le regard surpris et déçu des survivants. Arlen était à trois jours de voyage au sud-est, et même s'ils bénéficieraient d'une confortable avance sur d'éventuels poursuivants, ils n'étaient pas le principal souci de Denser.

Ils chevauchèrent à bride abattue pendant deux heures avant de faire halte. Tandis qu'Ilkar conduisait leurs montures à un ruisseau, Hirad alluma un feu pour faire du café.

Le barbare ne leva pas les yeux quand Denser avança pour embraser le bois humide avec une PaumeFlamme.

— Hirad, tu es un fichu crétin, dit l'Inconnu en s'accroupissant près de lui. Ne vous avais-je pas recommandé la plus grande prudence ?

— Tout va bien se passer, fit le barbare. Nous pouvons faire confiance à Darrick…

Mais le nœud, dans son estomac, lui disait qu'il se leurrait.

— Le problème, ce n'est pas Darrick : c'est l'homme qui se tenait derrière lui, déclara Denser.

— Tout de même…, commença Hirad.

— Il n'y a pas de « tout de même » qui tienne ! cria le Xetesk. À moins qu'ils aient commis une erreur tactique majeure, ce mage pourra facilement communier avec un des siens à Arlen. D'ailleurs, il a déjà dû le faire

— En supposant qu'il y ait quelqu'un là-bas, répliqua Hirad, sur la défensive.

— Oh, évidemment, ça pourrait ne pas être le cas.

Denser leva les yeux au ciel. Les nuages bouillonnaient, poussés par le vent qui gagnait rapidement en puissance. Déjà, Hirad avait changé de position pour protéger le feu, où l'Inconnu avait mis de l'eau à chauffer.

— Hirad, dit l'Inconnu, il est clair qu'Erienne a emmené Lyanna hors de Balaia. Jusqu'ici, la question était de savoir où. Dordover a dû envoyer des agents dans chaque port depuis des semaines. Après tout, ils ont eu cinquante jours d'avance sur les autres intéressés.

— Alors, qu'est-ce qu'on fait ? demanda le barbare, levant enfin les yeux pour dévisager son ami.

Sur ses traits, il ne lut pas de colère : seulement de la frustration.

— Nous devons supposer que les Dordovans d'Arlen sont déjà au courant de l'arrivée imminente d'Erienne. La priorité sera donc de l'empêcher de se jeter dans leurs bras.

— Ce qui signifie que Denser va communier avec elle, pas vrai ?

— Oui, Hirad, dit sèchement le Xetesk. Ce n'est pas tout à fait ainsi que j'aurais choisi de dépenser mon mana, mais tu ne me laisses pas le choix.

— Je suis désolé, d'accord ? (Le barbare ne put empêcher sa voix de trahir son irritation.) On trouvera un moyen d'arranger ça.

— Vraiment ? (Les yeux de Denser lancèrent des éclairs.) Nous sommes quatre. À ton avis, que pourrons-nous faire si les Dordovans mettent la main sur elle avant nous ?

— Ils ne lui feront pas de mal.

— Mais ils me la prendront, et le temps nous est tellement compté… Et s'ils la capturent, ils localiseront forcément Lyanna. Je suis le seul à pouvoir la sauver.

— C'est ce que tu n'arrêtes pas de répéter. Arrange-toi donc pour qu'Erienne évite Arlen et qu'elle nous retrouve un peu plus loin sur la côte. Ne panique pas.

Hirad mit une branche dans le feu. Ilkar les rejoignit et s'assit de l'autre côté des flammes.

— Je ne panique pas, Hirad. Je m'inquiète pour ma femme et pour ma fille. J'espère que ça ne t'ennuie pas trop !

— Et je m'inquiète pour mes dragons, répliqua le barbare, mais je suis quand même venu t'aider.

— Oh, dieux, marmonna Ilkar. Faut-il vraiment… ?

Les deux autres ne lui prêtèrent aucune attention.

— Ah oui, tes dragons, des créatures si vulnérables… Je ne vois pas comment ils survivront sans toi.

— Ils sont déjà mourants, Denser ! cria Hirad. Bien entendu, tu ne pouvais pas le savoir, tu te prélassais dans tes confortables appartements.

— Tu te trompes, affirma le Xetesk – calmement, pour éviter que la discussion ne s'envenime.

— Ah oui, pardon. Il est vrai que les fruits de ton dur labeur mûrissent partout. Les Protecteurs sont libres, tu as trouvé un moyen de renvoyer les Kaans chez eux…

— Ce ne sont que deux problèmes parmi…

— Deux problèmes ? Au cas où ça t'aurait échappé, Denser, ces deux « problèmes » ont sauvé Balaia. Le premier en s'exilant volontairement, le second en perdant une grande partie des siens au manoir de Septern. Malheureusement, c'était il y a cinq ans déjà, et ta mémoire n'est peut-être plus aussi bonne qu'autrefois.

La tirade caustique du barbare fut suivie par un silence contemplatif.

— Hirad, je sais que c'est très important pour toi, déclara Ilkar. Mais pour le moment, des questions plus pressantes exigent notre attention. De toute façon, retrouver Erienne et, à travers elle, les Al-Drechars, devrait suffire à résoudre les problèmes des Kaans.

Radouci, le barbare hocha la tête.

— Je sais que j'ai gaffé et j'en suis navré. Je veux simplement que Denser ait conscience de ce qu'il a fait, ou plutôt, de ce qu'il n'a pas fait, dit-il en désignant le Xetesk d'un index accusateur.

— Au risque d'avoir l'air idiot… Quel rapport entre les Al-Drechars et les Kaans ? demanda Denser.

— Les Kaans pensent que les Al-Drechars pourraient résoudre l'énigme dimensionnelle, expliqua l'Inconnu. Après tout, ils ont hérité des connaissances de Septern. Et autre chose : Hirad a raison. Les Kaans agonisent et les Protecteurs sont toujours esclaves de Xetesk.

— Attends un peu…

— Ne m'interromps pas, Denser. Je sais que la politique du Mont est complexe, mais tu es un maître senior à présent. Et nous n'avons pas constaté de progrès. Dès que Lyanna sera en sécurité, nous exigerons des résultats.

Denser dévisagea l'Inconnu, l'air morose.

— Soyons lucides, dit-il. Tant que nous n'aurons pas mis Lyanna et les Al-Drechars en sécurité, les dragons et les Protecteurs seront le dernier de nos soucis.

— Il est d'autant plus regrettable que tu n'aies rien fait quand tu en avais la possibilité, répliqua Hirad.

Il aligna leurs chopes et versa le café dedans. Denser secoua la tête.

— Tu ne mesures pas la gravité de la situation, n'est-ce pas ?

— Je comprends que si nous n'atteignons pas Lyanna les premiers et si nous ne parvenons pas à empêcher les Dordovans de lui mettre la main dessus, ce sale temps n'est pas près de s'améliorer, fit le barbare.

Il tira une chope vers lui si brusquement qu'un peu de café se renversa. Denser en resta bouche bée.

— Ne lui avez-vous rien dit ? demanda-t-il à Ilkar.

L'elfe haussa les épaules.

— Nous avons essayé.

— Je vois, soupira Denser avec un hochement de tête résigné. Dans ce cas, Hirad, laisse-moi t'expliquer avec des mots que tu pourras comprendre.

— Ne prends pas cette attitude condescendante avec moi, Xetesk !

— Désolé. Je ne voulais pas t'offenser. (Denser but une gorgée de café et se lança.) Il ne s'agit pas d'un simple front orageux. « Sale temps » n'est qu'un euphémisme pour décrire ce qui se passe en ce moment… Et ce n'est que le début. Nous sommes déjà confrontés à des séismes, des ouragans, des inondations et des raz-de-marée. Imagine des catastrophes naturelles cent fois pires survenant sur tout Balaia. Parce que si Lyanna est arrachée aux Al-Drechars et qu'elle glisse dans une OmbreMage insondable – comme cela semble inévitable – c'est ce qui arrivera tant qu'elle vivra. Voilà pourquoi les Dordovans essaieront de la tuer.

— Ah. Et pouvons-nous… peux-tu la contrôler ? demanda Hirad.

— Je n'arrête pas de te dire que oui ! répondit Denser. Mais nous devons la rejoindre au plus vite. Son OmbreMage commence à peine, et malgré ça, les Al-Drechars doivent avoir du mal à la contenir. Même si Erienne, en la leur confiant, a montré qu'elle les en croit capables pour le moment.

— Mais elle ne peut pas mesurer la gravité de ce qui s'est déjà passé, dit Ilkar.

— Je pense que les Al-Drechars ont dû le deviner. Ce que je veux dire, c'est que laisser Erienne tomber entre les mains des Dordovans serait un désastre. J'ai besoin de ma femme. Et nous n'avons pas beaucoup de temps.

Hirad ouvrit la bouche pour parler, vit de l'inquiétude dans les yeux de Denser et préféra boire une gorgée de café. De toute façon, ce qu'il avait failli dire n'était pas très gentil. Une autre fois, peut-être…

— Commençons par le commencement, proposa l'Inconnu. Denser, lance ta Communion ! Si Erienne peut persuader les elfes de la Guilde de jeter l'ancre dans la baie, nous descendrons à leur rencontre dans l'estuaire. Hirad, va voir si les chevaux ont fini. Ilkar, je peux te dire un mot ?

— Tu vas bien, Inconnu ? demanda le Julatsien.

— Oui, oui…

Mais le regard distant du colosse n'avait pas échappé à ses amis.

Hirad haussa les épaules et marcha vers le ruisseau, un sourire sur les lèvres, son irritation se dissipant. Les chevaux, qui semblaient avoir récupéré des forces, broutaient paisiblement sur la rive. Le barbare flatta l'encolure du sien et laissa glisser sa main le long d'une de ses pattes antérieures.

Son sourire s'élargit. Ils avaient peut-être été séparés pendant cinq ans, mais quand l'Inconnu parlait, ils l'écoutaient encore. À son avis, ça leur donnerait l'ombre d'une chance de réussir. Vu comment Denser avait présenté la situation, ils auraient besoin de toutes les ombres qu'ils pourraient rassembler.

Chapitre 15

Dans une salle privée de *L'Auberge de Lacfoyer*, Selik s'adossa à sa chaise de brocart rouge et or et s'autorisa un sourire. Du moins, il avait l'impression que c'était un sourire, même s'il ne contenait pas la moindre trace de joie. Quelqu'un d'autre y aurait seulement vu une grotesque distorsion de son visage.

Il n'aurait pas non plus pu qualifier ses sentiments de « bonheur ». Une amère satisfaction, peut-être. Un apaisement de sa haine à la perspective de son extinction prochaine, qui serait le fruit d'une douce vengeance. Mais du bonheur ? Sûrement pas. C'était une émotion qu'il n'avait pas éprouvée depuis que la chienne l'avait congelé avec son foutu sort.

Un homme moins fort aurait péri. Mais sa robustesse ainsi que son plastron lui avaient sauvé la vie quand le GlaceVent l'avait frappé de plein fouet. Malheureusement, rien d'aussi solide ne protégeait ses mains et son visage : pendant six longues années, il avait porté les stigmates de l'attaque et attendu sa chance.

À présent, on venait de la lui offrir.

Gorstan lui avait annoncé une bonne nouvelle alors qu'ils étaient à l'embouchure de la baie d'Arlen. Aussitôt, Selik avait galopé jusqu'à la ville pour louer des bateaux, engager des marins et acheter des provisions. Mais pendant ce temps, une anxiété secrète l'avait taraudé. C'était une chose de savoir où la chienne et son abomination de fille se cachaient. C'en serait une autre de les rejoindre, à travers les récifs de corail réputés pour leur traîtrise. De nombreux hommes n'en réchapperaient pas, et Selik ignorait combien il pouvait se permettre d'en sacrifier.

Il venait de renvoyer le mage qui lui avait apporté une meilleure nouvelle. À présent, assis seul devant un feu de cheminée, un tapis sous ses pieds nus, un verre de vin chaud et épicé fumant sur la table près de lui, il savourait la paix que seul rompait le crépitement des flammes.

Selik se détendit et sentit son anxiété se dissiper. Il n'avait pas le pied marin, et l'idée des dangers invisibles qui le guettaient sous les eaux d'Ornouth l'avait rendu nerveux. Mais désormais, la réponse à ses prières faisait voile vers Arlen. Et il attendrait sur le port pour l'accueillir à bras ouverts.

Il goûta son vin épicé, puis vida son verre d'un trait. Par les dieux, que c'était bon !

Renonçant à sonder le spectre du mana, Denser relâcha la forme de sa Communion et rouvrit les yeux. Les Ravens l'entouraient, et leur air inquiet lui apprit que ses émotions avaient dû se lire sur son visage pendant qu'il cherchait Erienne. Il se sentait fatigué et perdu. Le cœur cognant dans la poitrine, il s'assit et fouilla dans ses poches en quête de sa pipe.

Ilkar lui posa une main sur l'épaule.

— Ça n'avait pas l'air très agréable, commenta-t-il. Que s'est-il passé ?

Denser bourra sa pipe et l'alluma en réprimant un sourire involontaire. « Pas très agréable », c'était le moins qu'on pouvait dire. Il avait eu l'impression d'être assailli par une tempête de grêle et ne comprenait pas ce qu'il avait rencontré dans le spectre du mana. Il savait qu'il avait cherché au bon endroit, et il connaissait intimement la signature d'Erienne. Sa femme n'aurait pas essayé de se dissimuler à lui. Pourtant, il s'était heurté à une brusque impénétrabilité, comme s'il avait débouché dans une vallée envahie par le brouillard. Et l'expérience avait été douloureuse.

Il leva les yeux vers Ilkar et, par-dessus l'épaule de l'elfe, aperçut Hirad, qui observait la lame d'une dague d'un air détaché.

— Je n'ai pas pu l'atteindre, répondit-il. Je n'ai même pas pu la sentir. Quelque chose s'interposait entre nous.

Ilkar fronça les sourcils.

— Que veux-tu dire ?

— Eh bien…

Denser chercha les mots justes. Il se gratta la tête, aspira une bouffée de tabac et sentit la fumée lui emplir plaisamment la bouche.

— C'était comme si une autre puissance occupait l'espace, déclara-t-il enfin. Je ne pouvais pas la sentir car il y avait du mana focalisé entre nous, j'imagine.

— Quelle forme avait-il ?

— C'est ça le plus étrange : il n'en avait pas. C'était une coalescence, comme… un mur.

— Produit par un autre mage ? insista Ilkar.

— Je suppose. (Denser haussa les épaules et soupira.) Non que ça ait la moindre importance. Le fait est que je ne peux pas la contacter.

— Pas maintenant, du moins, dit l'Inconnu. Venez, on ferait mieux de repartir. Tu réessaieras ce soir.

Denser hocha la tête.

— Oui. Il semble très improbable que ce soit un effet durable. En tout cas, je l'espère.

— Sauf s'il s'agit d'un blocage délibéré, dit Ilkar.

— C'est possible, mais je ne vois pas comment. Ce n'était pas une structure que je connais. Cela dit, elle avait vraiment quelque chose d'étrange.

Frustré, Denser se mordit la lèvre.

Hirad rengaina sa dague et se leva.

— Ça va aller, promit-il.

Denser gonfla les joues.

— Rien de tel qu'un non-mage pour vous redonner confiance, pas vrai ?

Erienne se pencha par-dessus le bastingage et eut un nouveau haut-le-cœur. Ses muscles se convulsèrent et sa bouche s'emplit de bile. Son estomac était vide depuis longtemps, mais la nausée qui l'affectait depuis le début de la matinée ne faisait pas mine de reculer.

Ren'erei était assez près pour la réconforter, mais assez loin pour ne pas ajouter à son embarras. Alors qu'Erienne se redressait, se tournant pour laisser le vent lui souffler au visage et sécher la sueur sur son front, elle avança vers elle.

— Ce n'est pas le mal de mer, affirma-t-elle. C'est impossible, depuis le temps que nous naviguons.

— Je sais, parvint à dire Erienne.

Une douleur sourde battait dans son crâne, et son estomac protestait chaque fois qu'elle prenait une inspiration.

— Ça doit être quelque chose que vous avez mangé, avança Ren'erei en l'aidant à s'asseoir sur une caisse sécurisée par un filet.

La jeune femme secoua la tête. Elle n'avait plus assez d'énergie pour parler. Elle connaissait l'origine de sa nausée, mais ne voulait pas avoir à la lui expliquer. Ce n'était ni la nourriture, ni le doux balancement de *L'Orme des Océans*, qui filait vers la baie d'Arlen, poussé par un vent fort et régulier. Rien que Ren'erei puisse comprendre ! Bien qu'elle fût une elfe, et donc magique par héritage, elle n'appréhendait pas la force qui l'aidait dans tout ce qu'elle faisait. Après tout, elle n'était pas magicienne.

Erienne était agressée. Elle ne savait pas depuis où ni par qui, et cela l'effrayait presque autant que ce qu'elle ressentait. Sur le continent, seuls les Ravens savaient qu'elle arrivait. Alors, comment avait-on pu la prendre pour cible ? C'était incompréhensible.

L'idée qu'elle puisse être victime d'un empoisonnement du mana l'avait effleurée. Des rumeurs circulaient dans les Collèges, disant que le mana d'un mage pouvait être infecté. Erienne ne leur avait jamais prêté beaucoup d'attention, mais quand les vomissements avaient commencé, elle avait été prête à croire n'importe quelle explication.

Alors que les heures passaient et qu'elle recouvrait un semblant de lucidité, elle avait ignoré les hypothèses pour se concentrer sur les faits. Sa nausée était tombée sur elle comme un coup de marteau, si forte qu'elle ne pouvait pas se concentrer sur ses propres mains. Elle avait déclenché une réaction sans aucun rapport avec une affliction physique. Et perduré longtemps après qu'Erienne eut établi que son mana était intact.

Donc, il n'y avait ni mal de mer, ni nourriture frelatée, ni empoisonnement du mana.

Une situation que ses manuels n'avaient jamais envisagée. Ce qui se passe quand quelqu'un qui connaît votre signature vous lance des sorts sans être informé de votre position exacte. Ami ou ennemi, Erienne ne pouvait le deviner, mais elle avait sa petite idée. Lyanna cherchait son esprit. Mais dans son innocence, elle lui faisait du mal, et jusqu'à ce qu'elle s'arrête, le monde de la magie resterait fermé à Erienne.

Cette analyse ébranla la jeune femme. Une arme si puissante… Et qui la privait de toutes ses défenses. Par bonheur, elle retrouverait Denser dans deux ou trois jours.

Il saurait quoi faire.

La scène se reproduisit à l'identique le soir même. Pendant que le feu de camp brûlait et que les Ravens attendaient, Denser essaya de contacter Erienne et échoua. Seul changement perceptible, le brouillard qui obscurcissait sa signature lui parut plus épais encore que les deux fois précédentes.

Il dispersa sa Communion et resta allongé, tandis que le désespoir menaçait de le submerger et que des larmes pointaient sous ses paupières closes. Il était si las… La Communion n'avait jamais été un sort facile pour lui, et ses trois tentatives l'avaient vidé de toute énergie. Il devait se reposer, prier et reconstituer son mana avant la prochaine incantation. Mais toutes les explications possibles se bousculaient dans sa tête, et il savait qu'il aurait du mal à s'endormir. Il n'avait pas le temps d'attendre. Aucun d'eux ne l'avait.

— Denser ?

C'était Ilkar. Le Xetesk n'ouvrit pas les yeux. Il sentit le feu réchauffer le côté gauche de son corps et projeter une lueur orange dansante sur ses paupières.

— Denser, je sais que tu as dissipé ton sort, insista l'elfe. Il y a une infusion pour toi. Ça devrait t'aider à dormir, plus tard…

Denser ouvrit un œil. Au-dessus de lui, à travers les arbres qui les protégeaient à demi du vent, il voyait des nuages se bousculer dans le ciel, plus sombres que la nuit qu'ils masquaient. Il allait y avoir une sacrée averse.

— Je déteste les infusions, dit-il.

Il tenta de sourire, mais rien ne se produisit. Alors, il se redressa avec difficulté et accepta la chope qu'Ilkar lui tendait. L'odeur douceâtre lui fit plisser le nez. De l'autre côté du feu, l'Inconnu fabriquait une broche, et il vit Hirad poser des collets dans la pénombre.

— Le repas risque de ne pas être servi tout de suite, prévint l'Inconnu en suivant son regard.

Ils sombrèrent dans un silence morose. Denser se força à boire son infusion. Ilkar lui adressa un sourire forcé, et leva de nouveau les yeux vers le ciel. Aucune étoile n'était visible à travers les nuages anthracite. Un vent froid agitait l'air nocturne, et malgré le couvert des arbres, la température ne tarderait pas à baisser dans le camp. Visiblement, l'Inconnu avait l'intention d'entretenir le feu, qu'il ne considérait pas comme un danger.

— Si des gens de Grisépine tiennent absolument à nous retrouver, ils y arriveront de toute façon, se justifia-t-il. Et si des gens d'Arlen viennent à notre rencontre, ils ont trop de chemin à parcourir pour nous rejoindre cette nuit.

Trop de chemin à parcourir. Ces mots hantaient Denser.

Ils étaient encore à deux jours de cheval d'Erienne – ça faisait un et demi de trop. Le Xetesk était furieux de ne pouvoir atteindre sa femme, frustré et effrayé de ce qu'ils trouveraient à Arlen s'il ne réussissait pas à la contacter le lendemain matin.

Maudit Hirad ! Ce serait peut-être la gaffe de trop. Malgré les propos du barbare,

Denser bouillait à l'intérieur. La vie de sa femme et de sa fille était en jeu. Hirad semblait l'avoir oublié et il ne mesurait pas combien Denser était avide de leur mettre la main dessus.

Le vent agitait les branches et balayait les feuilles mortes sur le sol. Une première goutte de pluie tomba sur le visage de Denser. Une rafale souleva de la poussière et raviva les flammes du feu.

Quelque chose clochait. Denser n'était pas un homme des bois, mais sa sensibilité de mage lui faisait percevoir une profonde perturbation – jusque dans l'air qu'il respirait. Il vaudrait peut-être mieux que les Dordovans trouvent Lyanna les premiers. Ça réglerait le problème.

Honteux, il étouffa cette pensée. Mais la partie rationnelle de son esprit savait que ce serait une solution aux maux dont Balaia souffrait. Une solution abominable, mais une solution.

Hirad revint vers le feu et s'assit, laissant tomber une poignée de feuilles et de racines près de lui.

— Il n'y a pas vraiment abondance de gibier dans le coin. J'ai posé des collets, mais je crains que nous nous couchions le ventre vide.

— Avoue que tu as perdu la main, au lieu de te chercher des excuses, gloussa Ilkar.

— Tu es plus drôle que d'habitude ce soir, Ilks, fit le barbare. Ce qui n'est pas très difficile...

— Écoutez, lança l'Inconnu, nous devons envisager la possibilité qu'Erienne tombe entre les mains des Dordovans !

— J'en déduis que la Communion n'a rien donné ? (Hirad leva les yeux vers Denser, qui secoua la tête, incapable de soutenir son regard.) Demain matin, peut-être.

— Peut-être.

— Le pire qui peut arriver, c'est qu'Erienne se fasse capturer. Que se passera-t-il alors ? demanda l'Inconnu.

— J'imagine que les Dordovans exigeront la restitution de Lyanna et qu'ils l'emmèneront à Ornouth avec eux, répondit Ilkar.

— Probablement, fit l'Inconnu. Mais il y a des variables à prendre en compte.

— Comme d'habitude, grommela Hirad.

Ilkar lui tapota le genou.

— Ça ne serait pas la même chose sinon, pas vrai ?

Du bout du doigt, l'Inconnu traça une ligne dans la poussière.

— Premièrement : nous ignorons si les Dordovans sont en nombre suffisant pour s'emparer du bateau d'Erienne. Même si c'est le cas, il leur faudra au moins deux jours pour se réapprovisionner – plus, si Erienne et la Guilde leur donnent du fil à retordre.

» Deuxièmement : les Dordovans ne réussiront peut-être qu'à les empêcher de reprendre la mer. L'arrivée de Darrick à Grisépine nous indique qu'ils aimeraient avoir des renforts pour se lancer dans une traversée. Nous devons supposer que Lystern travaille avec eux sur ce coup.

» Troisièmement : la Guilde pourrait réussir à reprendre la mer après avoir repoussé l'assaut dordovan. Nous devons trouver un moyen de rejoindre le bateau au large. À supposer que Denser n'arrive pas à contacter Erienne…

» Quatrièmement : le comte Arlen ne restera pas les bras croisés pendant que des gens se battront dans son port. Il pourrait se montrer un excellent allié pour nous, parce qu'il ignore peut-être tout de ce qui se passe dans sa ville. Cela dit, il pourrait aussi être le complice des Dordovans.

» Cinquièmement : nous n'avons aucune garantie que les gens à qui nous nous adresserons seront de notre côté, ou même neutres. La seule chose dont nous sommes sûrs, c'est que les Dordovans d'Arlen nous chercheront. Ça signifie que rejoindre et aider Erienne s'annonce très difficile. Il y a d'autres variables, mais je crois que vous voyez le tableau.

— À quoi allons-nous servir si les probabilités sont à ce point contre nous ? demanda Denser.

Il secoua la tête. La pluie s'était mis à tomber, pas encore très fort, mais c'était une question de temps.

— Nous pourrons toujours faire quelque chose, répondit Hirad. Nous sommes les Ravens.

— Tu devrais commencer à réfléchir maintenant. Après tout, ce gâchis est ta faute.

Le barbare hocha la tête, se releva et s'épousseta. Puis il marcha vers les chevaux.

— Où vas-tu ? s'étonna Ilkar.

— Je me casse.

— Que veux-tu dire ?

— Je veux dire que j'en ai assez des remarques méprisantes de Denser. J'ai commis une grave erreur et j'en suis désolé. Mais je ne peux pas l'effacer, seulement essayer de la réparer. Denser me la jettera à la tête chaque fois qu'il en aura l'occasion, et je n'ai pas besoin de ça. Donc, je laisse les gens qui ne commettent jamais d'erreur se charger tout seuls du sauvetage de Lyanna.

— Si je comprends bien, tu comptes trouver les Al-Drechars par tes propres moyens ? demanda Ilkar.

Une rafale poussa un rideau de pluie dans la clairière. Les gouttes frappèrent les Ravens et soulevèrent des couronnes de poussière en s'écrasant sur le sol. Le feu siffla et crépita en signe de protestation.

— Nous pourrions nous débrouiller, les Kaans et moi, dit Hirad. Tout ce que je demande, c'est un peu de respect quand j'essaye d'aider un homme qui n'a pas levé le petit doigt pour moi ces cinq dernières années.

— Un peu de respect, voilà bien tout ce que je peux t'accorder, grogna le Xetesk.

— Laisse tomber, Denser, tu veux ? lança l'Inconnu.

Hirad leva un doigt.

— Un mot de plus, Denser, et tu iras à Arlen tout seul.

— C'est ça : retourne en courant près de tes précieux dragons. Pour moi, vous pouvez tous crever dans votre caverne humide pendant que j'essayerai de sauver Lyanna, et Balaia avec elle.

Le barbare se tourna et se jeta sur Denser. Il bondit par-dessus le feu, renversant la casserole, dont le contenu se répandit dans les cendres chaudes. Il avait vieilli depuis la dernière expédition des Ravens, mais il n'avait rien perdu de sa rapidité. Denser eut tout juste le temps de se relever pour l'affronter.

Hirad lui posa une main sur la poitrine et le poussa en arrière, le forçant à lutter pour garder son équilibre.

— Ça te plairait, hein, Denser ? cracha-t-il, les yeux plissés et les mâchoires contractées. Toi et tes puissants amis, perchés dans vos tours bien chauffées... Vous avez pensé : « Qu'ils dépérissent donc ! Les gens oublieront. Nous allons faire semblant de chercher, mais nous savons déjà qu'il n'en sortira rien. Et personne ne s'en souciera. » Ose me dire le contraire !

Denser soutint son regard, mais ne répondit pas. Hirad le saisit par le col et le força à reculer.

— Mais je n'ai pas oublié, Xetesk ! Et les Kaans non plus. Tu les as fait souffrir sans le moindre remords. Ils ne sont pas plus près de rentrer chez eux qu'il y a cinq ans, et tu es trop distrait par ton ascension au pouvoir pour t'en préoccuper. Mais moi, je vis avec eux. Chaque jour, je vois leurs yeux se ternir et leurs écailles s'assécher. Je sens augmenter leur confusion. Parce que chaque jour, ils meurent un peu plus pendant que les ingrats qu'ils ont sauvés les oublient davantage.

Denser était acculé contre un arbre. La pluie dégoulinait contre son tronc, et le tonnerre grondait au-dessus de sa cime. Le déluge redoubla de férocité, tambourinant sur les feuilles.

— Comprends-tu ce que je ressens, Denser ? Le comprends-tu, ne serait-ce qu'un tout petit peu ? (Il lui agita sous le nez son pouce et son index imperceptiblement écartés.) En ce moment, une sentence de mort plane sur les Kaans. Elle sera lente à venir, mais inévitable, car personne ne les aidera.

— Hirad, assez !

C'était la voix de l'Inconnu. Le barbare l'ignora.

— Mais aujourd'hui, c'est ta femme et ta fille qui sont menacées. Alors, c'est différent. Et nous sommes censés tout laisser tomber pour courir à ton aide, n'est-ce pas ? Non, plus que ça, nous le devons.

— J'ai une solution à te proposer, Xetesk. Une solution qui empêchera ta putain de magie de détruire mon pays. Laisse les Dordovans tuer la gamine. Problème résolu. Sentence de mort exécutée. Qu'en penses-tu ?

Il secoua Denser, lui cognant la tête contre le tronc de l'arbre, les yeux du mage lançant des éclairs de haine.

— Hirad, ça suffit !

Le bras de l'Inconnu se glissa entre eux pour repousser le barbare, qui résista.

— Alors, Denser, tu as perdu ta langue ?

— Je crois que tu as passé trop de temps avec des reptiles.

— Va te faire foutre, Denser !

Hirad leva le poing, mais l'Inconnu lui saisit le poignet et s'interposa, forçant le barbare à reculer.

— Ne fais pas ça, dit-il, sa silhouette massive dissimulant celle du Xetesk.

Mais Hirad était allé trop loin pour faire marche arrière.

— Écarte-toi, Inconnu !

De nouveau, il avança. Cette fois, l'Inconnu le repoussa sans ménagement. Ses pieds glissèrent sur le sol détrempé et il tomba sur les fesses. D'instinct, il porta la main à son épée. Mais l'Inconnu s'accroupit près du feu et, d'une secousse, sortit sa lame du fourreau.

— Tu ne lui feras pas de mal, Hirad ! Bas les pattes !

Sa voix menaçante ébranla le barbare, qui se releva et le regarda en silence.

— Inconnu, arrête ! lança Ilkar. Toi aussi, Hirad. Pour l'amour des dieux, nous sommes les Ravens !

Il se campa entre les guerriers, s'efforçant de les garder à l'œil tous les deux.

Hirad avait éloigné sa main de la poignée de son épée. Bouche bée, il observait la lame nue de l'Inconnu.

— Il regarderait mourir Lyanna. Je ne le tolérerai pas ! Il la regarderait mourir ! Le genre de spectacle qui t'est familier, je crois ? lança l'Inconnu à Ilkar, sans quitter le barbare des yeux.

L'elfe ignora ce commentaire.

— Rengaine ton épée, Inconnu ! Il n'y aura pas de combat entre nous, c'est compris ?

Il tourna enfin la tête vers l'elfe. La pluie crépitait sur son crâne rasé, ses yeux brillaient d'un éclat orange dans la lueur des flammes agitées par le vent.

— Je ne lui laisserai pas faire de mal à Denser, et tu sais pourquoi.

Il jeta son épée sur le sol.

— Là n'est pas la question, répliqua Ilkar.

— Vraiment ? lança Hirad. (Il s'essuya la figure et secoua sa main ruisselante.) Le problème, Inconnu, c'est que tu es toujours un Protecteur là-dedans. (Il se frappa la poitrine au niveau du cœur.) Et tu ne peux pas t'en défendre. Le plus ironique, c'est que Denser a traité tes frères comme les Kaans. Il vous a laissé pourrir en espérant que vous disparaîtriez.

— Tu sais peu de choses, Hirad. Je suis avant tout un père. Et je refuse de voir l'enfant d'un autre traitée comme une quantité négligeable. Tu es mon ami, sans doute le meilleur que j'aie jamais eu. C'est toi qui m'as délivré du Réservoir d'Âmes. Mais je ne te laisserai pas menacer un homme à travers son enfant. C'est un lien que tu ne pourras pas comprendre avant d'en avoir fait l'expérience.

— Pourtant, tu as tiré ton épée contre moi, dit Hirad, sa colère remplacée par un profond chagrin. Nous sommes les Ravens, et ce que tu viens de faire était mal. Indigne de toi.

— Écoute-toi ! cracha le colosse. C'est toi qui as commencé.

— Je crois que je vais aller dormir ailleurs.

Hirad se détourna et s'éloigna du camp.

Chapitre 16

Jasto, douzième comte d'Arlen, était un homme fier. Pour avoir trop présumé de ses ressources, il se retrouvait désormais sous l'emprise équitable, mais ferme, du baron Noirépine.

Même à l'époque où le baron était affaibli, après la destruction de sa ville vers la fin de l'invasion ouestienne, Arlen ne s'était pas senti assez puissant pour le défier avec une chance raisonnable de succès. Mais cela ne faisait pas de lui un poltron, comme l'avaient sous-entendu certains. Ça l'avait rendu plus sage et, récemment, de nouveau très fortuné.

Six ans plus tôt, les familles de marchands et d'armateurs accablés étaient venues le presser de rompre les entraves imposées par Noirépine. Lasses de subir le joug du baron, elles lui avaient dit qu'il n'aurait jamais de meilleure occasion d'exiger et d'obtenir son autonomie.

Arlen avait compris leur point de vue. Il ne restait plus un seul mercenaire à engager sur Balaia et les soldats de Noirépine étaient morts ou fatigués de se battre. Mais une attaque aurait été une trahison envers un homme qui avait tant sacrifié pour la liberté de Balaia.

Alors, plutôt que d'envoyer des hommes armés d'épées et de lances, il les avait équipés de pioches, de pelles, de scies et de marteaux. Au lieu d'aller voir Noirépine pour réclamer une liberté de mouvement et imposer ses propres conditions, il avait offert au baron aide et réconfort. Il avait recruté des maçons et des charpentiers pour rebâtir ce que les Ouestiens avaient détruit et encouragé ceux de ses gens dont il pouvait se passer à se porter volontaires.

Le comte Arlen sourit à ces souvenirs, sa moustache broussailleuse et grisonnante accentuant le frémissement de sa lèvre supérieure, et sa peau burinée par l'air marin se plissant sur ses joues et son front. Il avait tendu une main secourable quand Noirépine en avait besoin, mais il n'avait jamais été altruiste, et le baron ne s'y était pas mépris. Son geste était calculé.

Les services des artisans n'étaient pas bon marché. Le bois, la pierre, le fer et l'acier avaient un prix d'autant plus élevé que la demande était largement supérieure à l'offre. La nourriture aussi coûtait cher. Et tous les marchands, armateurs et propriétaires de bateaux de pêche d'Arlen avaient très vite compris où étaient leurs prochains bénéfices.

Noirépine n'avait pas sourcillé. Au contraire, il avait éclaté de rire, serré la main du comte et fait monter une bouteille de son sublime rouge des caves que les Ouestiens avaient découvertes, mais pas détruites. Même les sauvages appréciaient le bon vin.

Arlen se souvenait d'avoir trinqué avec son cadet sous un pavillon fourni par ses soins. Les mots que Noirépine avait prononcés alors resteraient à jamais gravés dans son esprit comme une apologie de sa décision. Le baron avait bu une longue gorgée de vin, s'était radossé à sa chaise et, haussant les épaules, avait déclaré :

— J'aurais fait la même chose à votre place.

Il avait quand même réduit le montant des droits de passage sur ses terres, qui pesaient si lourdement sur les profits des marchands d'Arlen. En témoignage de gratitude, avait-il affirmé.

Ce jour-là, tandis qu'il regagnait sa ville, Arlen s'était demandé combien de temps durerait cette gratitude. Près de six ans plus tard, il attendait toujours la lettre de révocation. Il n'aurait pas dû être surpris de ne pas la voir arriver : l'honneur de Noirépine était indiscutable.

Le comte gérait désormais paisiblement une ville aux activités en constante expansion. Des bateaux apportaient des marchandises de Calaius et Korina. De plus en plus de fermiers étaient attirés par les terres fertiles au nord d'Arlen, sachant que le prix de leurs produits ne serait pas discuté par des revendeurs désireux d'amortir les droits de passage imposés par Noirépine.

Mais récemment, une atroce puanteur s'était infiltrée dans sa ville, portée par l'immonde brise de la magie, et avait pris racine au sud, le long du fleuve Arl. Au début, ce n'était qu'une poignée de mages dordovans et leur escorte : rien qui sorte de l'ordinaire. Puis, dix jours après, ils avaient été rejoints – *rejoints* – par quarante vermines d'Ailes Noires. Depuis, le nombre des soldats et des mages dordovans avait augmenté jusqu'à atteindre trois cent cinquante individus.

Les aubergistes et les catins d'Arlen ne s'en étaient pas plaints, pas plus que les épiciers. Même les marchands de tissu et de vêtements avaient tiré leur épingle du jeu. En revanche, les pillages avaient été très mal accueillis, même si la milice avait plus ou moins réussi à les contenir. Mais il y avait une limite à ce qu'on pouvait excuser au nom du commerce, et cette limite avait été atteinte le matin même.

Arlen avait eu vent d'un « achat » agressif de provisions et d'une tentative de mainmise sur les bateaux conçus pour les traversées océaniques. Les Ailes Noires faisaient pression pour qu'on accède à leurs désirs, et ils n'accepteraient pas de réponse négative.

Le mouvement de marchandises ne préoccupait pas Arlen : il serait facile de le compenser. Mais les navires… Il existait un équilibre soigneusement entretenu entre l'offre et la demande de vaisseaux capables de couvrir la distance jusqu'à Calaius. Un équilibre que ses armateurs étaient anxieux de préserver pour maintenir leur luxueux style de vie.

Pourtant, à ce stade, ce n'était pas des armateurs qu'Arlen se souciait le plus.

Le commerce de la viande séchée, du vin, des armures et des armes dépendait de la régularité des transports, et le retour de marchandises importées telles que le café, le tissu et les bijoux était tout aussi critique. Il ne pouvait pas se permettre de perdre du volume de fret pendant une durée inconnue.

Il avait déjà envoyé des miliciens régler une querelle au sujet d'un navire réservé par un consortium de marchands. Visiblement, les Ailes Noires avaient offert le double du tarif pour assurer un convoyage de troupes jusqu'à Orrnouth – entre toutes les destinations possibles… Quand l'agent maritime avait refusé, préférant rester loyal à ses clients réguliers, il avait reçu des menaces, et un de ses employés s'était fait rosser pour avoir tenté d'intervenir.

Cela s'était passé la veille.

Ce matin, Arlen était forcé de tirer son impressionnante carcasse du lit à une heure fort inhabituelle, alors que le soleil pointait à peine à l'horizon. Une délégation l'attendait dans la salle d'audience du château. Elle se composait d'un marchand, d'un fermier et d'un armateur. Il passa une chemise de soie blanche, un simple pantalon de laine bleu marine et un trois-quarts noir. À chacune de ses mains, des anneaux d'argent ornaient trois doigts, et la lourde chaîne d'or que se transmettaient les comtes d'Arlen pendait majestueusement à son cou.

Il finit son thé, enfila une paire de bas blancs et des bottines noires à double boucle puis sortit de sa chambre, ses grandes enjambées dévorant les couloirs et les escaliers vers ce qui promettait d'être une entrevue houleuse. Devant la salle de réunion, un domestique brossa le dos de son manteau pour enlever la poussière et les cheveux tombés de son crâne, affligé d'une calvitie galopante, avant de lui ouvrir la porte.

— Bonjour, messires, lança Arlen en entrant.

Les trois hommes, dont deux étaient assis et l'autre debout près de la cheminée, le saluèrent du bout des lèvres. Ils étaient tous bien habillés, même si le fermier – un homme d'âge mûr assez maussade nommé Alpar – portait les vêtements de travail avec lesquels il avait déjà dû suer sur ses terres pendant deux ou trois heures avant de venir. Ceux qui étaient assis firent mine de se lever, mais Arlen les en empêcha

— Je doute que nous ayons le temps de nous embarrasser des politesses d'usage.

Il s'installa dans son fauteuil doré, face à la délégation, puis attendit que ses domestiques lui aient versé une tasse de thé et se soient retirés pour faire signe à son vieil ami, le marchand de soieries Hancross, de prendre la parole.

— La situation, sur le port, ne cesse d'empirer, Jasto. Ces Ailes Noires sont des bandits déterminés à obtenir ce qu'ils désirent, quitte à nous mettre en faillite. Erik ?

Hancross désigna le fils de l'agent maritime le plus en vue d'Arlen, destiné à prendre la relève dans les affaires familiales.

Erik Paulson hocha la tête, luttant pour maîtriser ses émotions. Des larmes brillaient dans ses yeux.

— C'est ce qui nous a décidés à faire appel à vous, seigneur. Tant que leurs manœuvres d'intimidation ne visaient que nous, nous pouvions le supporter. Maintenant, ils s'en prennent à nos familles. C'est inacceptable. Nous devons réagir.

Il marqua une pause et inspira profondément. Un instant, son menton trembla. Puis il se reprit et continua :

— Hier soir, ma femme et ma fille revenaient du marché quand trois de ces bâtards les ont agressées. Ils ont poussé ma femme par terre. L'un d'eux a plaqué un couteau sur la gorge de ma fille et menacé de la tuer pendant que les deux autres pelotaient ma femme et faisaient mine de la violer. (Il déglutit.) Je n'arrive pas à croire que je viens de prononcer ces mots. Pas ici, à propos de ma famille…

Il secoua la tête, et une larme s'échappa de son œil pour rouler sur sa joue.

— Vous devriez les voir. Elles sont calfeutrées dans notre maison, trop terrifiées pour s'aventurer dehors. Pour l'amour des dieux, nous sommes à Arlen ! Que nous arrive-t-il ? (Il leva vers le comte un regard suppliant.) C'est une ville paisible, seigneur, mais si vous ne réagissez pas, nous craignons que le peuple ne décide de faire justice lui-même.

— En réalité, nous pouvons vous promettre que ce sera le cas, dit Alpar d'une voix rauque qui irrita les tympans du comte. C'est Paulson qui a le plus souffert, mais nous avons tous perdu quelque chose. Chaque matin, mon troupeau est un peu plus petit que la veille, malgré les gardes postés autour des enclos. Hancross ne vous le dira pas, mais une de ses boutiques a brûlé, et nous savons tous qui a allumé l'incendie.

Arlen hocha la tête et leva les mains pour réclamer le calme. Une colère sourde le faisait trembloter. Il avait travaillé si dur pour tout rebâtir après l'invasion ouestienne ! Il avait ramené la paix et la prospérité à Arlen, et dans tout le comté. S'il devait apprendre aux Ailes Noires à lui témoigner le respect qu'il méritait, qu'il en soit ainsi.

— Messires, c'est ma ville, et je refuse qu'un acte de violence soit commis entre ses murs ou sur les terres que je contrôle. Par conséquent, je vous implore de ne pas prendre les armes, car je punirais aussi sévèrement les deux parties si cela devait en arriver là.

» Mais que vous soyez venus me voir ensemble m'apprend tout ce que j'ai besoin de savoir sur votre sincérité et votre confiance en mon administration. De cela, je vous remercie. Dès ce matin, j'irai à *L'Auberge de Lacfoyer* où l'on m'a dit que s'était installé le chef des Ailes Noires. Je lui ordonnerai de quitter Arlen pour ne jamais revenir. Tout l'argent qu'il a versé pour des biens ou services qui ne lui ont pas encore été fournis lui sera rendu, moins le montant des rapines et des dégâts causés par ses hommes.

— Jasto…

— Non, Hancross, ne dis rien. La réputation de cette ville est fondée sur notre honnêteté, surtout en matière commerciale. Et nos prisons débordent déjà de petits malfaiteurs. Cela dit, Erik, si votre femme souhaite identifier ses agresseurs, ils ne quitteront pas Arlen sans avoir payé pour leur crime.

Arlen dévisagea Paulson et vit de la fureur dans ses yeux aux paupières lourdes. L'homme se tordait les mains, et sa peau bronzée avait pris une teinte grisâtre des plus malsaines. Il était moins assis sur sa chaise que perché dessus, tel un prédateur prêt à bondir. De toute évidence, s'il avait son mot à dire, la justice serait violente.

— Erik ?

— Ils l'ont touchée. Ils l'ont touchée, répéta-t-il, une autre larme perlant au coin de son œil. Ils doivent payer.

— Dans ce cas, ils paieront, décida Arlen. Faites-moi confiance.

Leurs regards se croisèrent. Le comte lut dans celui de Paulson qu'il ne le croyait pas.

— D'accord, capitula-t-il. Je veux simplement que ma famille puisse de nouveau marcher en paix dans les rues de sa propre ville.

Arlen se leva, approcha et lui posa une main sur l'épaule.

— Je sais, Erik. Laissez-moi faire. Ils n'échapperont pas à ma justice. (Il se tourna vers Hancross.) Emmène-le chez lui et garde un œil sur sa maison. Je veux que le port soit dégagé, et que personne n'essaye de me mettre des bâtons dans les roues. Qu'on envoie quelqu'un à l'auberge pour retenir Selik aussi longtemps que nécessaire. Je devrais y être dans une heure au maximum. Autre chose que je devrais savoir ?

L'Inconnu observait son épée comme si c'était un serpent prêt à le mordre. L'arme était restée là où il l'avait jetée pendant l'averse. Elle scintilla dans la lueur mourante du feu.

C'était un symbole : celui de la mort des Ravens. De la fin de la confiance qu'Hirad et lui avaient l'un en l'autre. Cette confiance qui avait compté plus que tout pour l'Inconnu, y compris ces dernières années, où ils s'étaient à peine vus et où ils n'avaient pas combattu ensemble. Le barbare lui avait toujours fait une confiance aveugle. Et la veille, il l'avait trahi.

Pire encore, Hirad avait raison. Quand l'occasion s'était présentée, il n'avait pu faire autrement que de protéger Denser. *Le protéger*. Comme ce mot lui semblait creux à présent… Tout ce qu'il avait réussi à faire, c'était s'aliéner l'homme qui aurait pu les garder ensemble assez longtemps pour sauver Denser, sa famille et Balaia.

La réaction de l'Inconnu ne venait pas du simple désir de sauver une famille, et cela l'inquiétait jusqu'au plus profond de son âme. Il aurait dû se réjouir d'avoir une âme capable de s'inquiéter, mais il n'y arrivait pas. Une trop grande partie de son esprit était toujours liée aux Protecteurs. Malgré le peu de temps passé parmi eux, il pleurait encore la perte de leur fraternité. Après plus de six ans, il aurait pourtant dû accepter que ce vide l'accompagne à jamais.

Et les Protecteurs revenaient. Ils étaient tout près. L'Inconnu les sentait. Il avait averti Ilkar la veille, sans pouvoir décrire à l'elfe les sentiments contradictoires que cela faisait jaillir en lui. La joie de leur présence et la tragédie de leur existence, liée à l'exclusion qu'il éprouvait maintenant que son âme lui appartenait de nouveau. C'était la douleur la plus vive ! Il pourrait toujours sentir les Protecteurs, mais plus l'impression d'unité que le Réservoir d'Âmes leur conférait. Il se demanda si les Protecteurs le sentaient aussi.

L'Inconnu regarda Ilkar et Denser, endormis sous l'abri de feuilles, de branches et de cuir qu'ils avaient construit à la hâte. La veille, il s'était réjoui de l'intervention de l'elfe : son bon sens avait prévenu une catastrophe. Mais quand il avait voulu courir après Hirad, Ilkar l'en avait empêché. Il pensait que le barbare reviendrait au camp à l'aube. L'Inconnu, lui, n'en était pas si sûr.

La pluie s'était enfin arrêtée, mais le vent froid fouettait toujours les arbres et le faisait encore frissonner. Ils avaient besoin d'Hirad, maintenant plus que jamais…

Après s'être calmé, Denser avait accepté de communier avec un de ses contacts à Korina, pour qu'il transmette un message à Diera. Il en avait retiré davantage de mauvaises nouvelles.

Le contact se préparait à fuir vers l'intérieur des terres, comme des dizaines de milliers d'habitants de la capitale. Deux jours plus tôt, après un véritable déluge, la marée était montée le long de l'estuaire, alimentée par l'eau qui dévalait les collines et les montagnes. Les quais étaient déjà submergés, comme toutes les zones au niveau de la mer du bassin. Plus haut vers le centre de Korina, les conditions de vie restaient meilleures, mais pour combien de temps ? L'eau montait toujours.

La maison de l'Inconnu était dans le bassin. Son contact n'avait aucune idée de l'étendue des dégâts, mais il savait que *La Volière* tenait toujours debout et servait toujours ses clients. Il avait promis d'y livrer le message de l'Inconnu. À présent, le colosse devait espérer que sa femme et son fils étaient toujours vivants sous le toit accueillant de Tomas.

Il brûlait d'envie de seller son cheval et de retourner à Korina, mais il ne le pouvait pas. S'il voulait sauver sa famille et ses amis, il devait conduire Denser à Lyanna. Et Hirad était un élément clé de la réussite de leur mission. L'Inconnu se frotta le visage et secoua la tête en se maudissant.

Quand l'homme entra dans le camp, il comprit que son prétendu tour de garde était une excuse pour rester assis dans le froid humide et s'immerger dans son propre esprit.

— On rumine, Inconnu ?

— On peut dire ça, fit le colosse après avoir levé les yeux et vu Darrick avancer, les yeux cernés comme s'il avait chevauché toute la nuit. Asseyez-vous. Je vais mettre de l'eau à chauffer pour le café.

Mais Darrick n'était pas venu pour ça.

— Je crains que nous n'ayons pas le temps…

— Je vois.

L'Inconnu sonda les bois alentour, sans rien apercevoir sinon les ombres des arbres agités par le vent alors que le soleil perçait à peine les nuages qui promettaient une nouvelle averse.

— Vous avez beaucoup d'hommes avec vous ?

— Deux cents…

— Vous avez été discrets, approuva l'Inconnu. (Il baissa les yeux vers son épée toujours abandonnée dans la boue.) Deux cents… Ça devrait suffire.

— C'est ce que j'ai pensé. (Darrick contourna le feu et se campa face à lui.) Je me suis dit que des probabilités écrasantes vous aideraient à prendre la bonne décision.

L'Inconnu leva la tête vers le jeune général. La culpabilité était inscrite dans ses yeux comme le symbole d'une épidémie peint sur la porte d'un foyer affligé.

— Que voulez-vous ?

— Empêcher les Ravens de se faire tuer sans nécessité.

— Vraiment ?

— Oui, vraiment. (Darrick se gratta le front d'une main gantée de cuir.) Vous êtes impliqués dans une sale histoire, et je ne crois pas que vous compreniez la position de Dordover.

La colère fit monter le rouge aux joues de l'Inconnu.

— Je vous garantis que nous savons exactement de quoi il retourne. C'est pour ça que nous sommes avec lui, dit-il en désignant Denser du pouce, et que nous essayons de retrouver sa fille avant les autres.

— Ce n'est pas aussi simple.

— C'est ce qu'Ilkar n'arrête pas de dire. Mais vous vous trompez tous les deux. Denser a réclamé notre aide. Nous sommes les Ravens, donc, nous avons accepté. Ce n'est pas plus compliqué que ça. C'est un des nôtres, et il dit pouvoir sauver à la fois Lyanna et Balaia. Ça nous suffit.

Silence. L'Inconnu vit que Darrick comprenait, mais qu'il ne pouvait rien y faire. Sa loyauté allait à Lystern et, à travers Lystern, à Dordover.

— Où comptez-vous nous emmener ?

— À Arlen.

— Ça tombe bien : nous y allions justement.

— Je sais. Mais une fois là-bas, vous ne pourrez rien faire.

— Parce que nous serons vos prisonniers ?

— Quelque chose comme ça…

Darrick détourna le regard.

— C'est drôle comme les choses changent, pas vrai ? lança l'Inconnu.

— Pas vraiment… Allez-vous les réveiller, ou dois-je m'en charger ?

— Je vais le faire. Vous savez combien les mages peuvent être revêches quand on les réveille en sursaut. Vous avez déjà capturé Hirad ?

Il ne voyait aucune raison de dissimuler l'absence du barbare. Darrick n'était pas un imbécile.

Mais le général se mordit la lèvre et fixa le bout de ses bottes.

— Non. Je crains que nous soyons arrivés trop tard.

— Brave vieil Hirad, fit l'Inconnu.

Un peu d'espoir renaquit en lui. Hélas, Darrick l'étouffa très vite.

— Inconnu, vous ne comprenez pas. Nous l'avons pisté toute la nuit, mais nous ne sommes pas arrivés les premiers. (Il passa une main dans ses boucles mouillées.) Par les dieux, comment puis-je vous dire ça… ? Les loups l'avaient déjà cerné à l'arrivée de nos éclaireurs. Je suis désolé.

Arlen dédaigna son cheval et choisit de traverser la ville avec une vingtaine de ses gardes – une évidente démonstration de force. Il existait des moyens plus rapides d'aller à *L'Auberge de Lacfoyer*, mais le comte voulait être vu par le plus de gens possible, amis ou ennemis.

Alors que le soleil tentait de réchauffer une matinée nuageuse et de sécher les rues que la pluie, inhabituellement abondante pour la saison, avait de nouveau inondées, Jasto Arlen franchit à pied les portes de son château. Remontant d'un bon pas l'avenue qui reliait ses jardins privés aux baraquements, il tourna à droite dans l'Approche du Marché, une rue pavée, sinueuse et légèrement pentue qui rejoignait la grand-route au nord de la ville.

L'Approche du Marché était traversée par des rues perpendiculaires sur toute sa longueur. À l'est, des maisons de marchands et d'armateurs, de plus en plus somptueuses, s'étendaient jusqu'au splendide parc des Âmes Martyres. À l'ouest, au sud des baraquements, le marché des soieries et des objets de luxe précédait un quartier où l'on trouvait les chaumières des employés du château, les écuries municipales et l'austère mais important temple de la Mer.

Arlen descendit l'Approche et déboucha dans le square du Centenaire, où se tenait le principal marché de la ville. Il s'y vendait un peu de tout, de la nourriture aux armes en passant par les meubles. Sur son périmètre se dressaient des restaurants et des auberges. Si tôt dans la journée, il se remplissait à peine, mais la nouvelle se répandrait très vite, et Arlen sentit que sa colère augmentait encore. Sa ville, saine et prospère, était bâtie sur un dur labeur et sur une éthique commerciale rigoureuse. Il ne laisserait personne changer ça.

Saluant ses concitoyens de la main, Arlen sortit du square par le côté droit et traversa des rues résidentielles plus modestes avant de s'engager dans le quartier de la Glace, où les chalutiers vivaient et stockaient leurs prises sur des pains de glace avant de les vendre au marché au poisson, au milieu de la matinée.

Il dépassa la fonderie, atteignit enfin les quais et étudia le port qui abritait la flotte de pêche et une partie des bateaux conçus pour naviguer en haute mer. Puis il prit sur la gauche, admirant au passage un élégant vaisseau elfique qui venait de s'amarrer, et s'arrêta enfin devant la porte de *L'Auberge de Lacfoyer*.

Plus loin le long des quais, au-delà de la scierie, du côté du quartier du Sel, quelques personnes traînaient sur les débarcadères. Parmi elles, Arlen repéra plusieurs Ailes Noires. Comme ses concitoyens et les voyageurs de passage, ils se redressèrent d'un bond. Le sergent de son escorte n'avait pas fini de tambouriner à la porte de l'auberge et une foule se rassemblait déjà. Un bourdonnement emplissait l'air alors que les hommes et les femmes, mus par leur curiosité, abandonnaient leur travail.

Des verrous furent tirés, et le battant gauche d'une double porte de bois peinte en noir s'ouvrit avec un couinement. Un des fils de l'aubergiste, un jeune garçon maigrichon qui ne devait pas avoir plus de quatorze ans, passa la tête dehors, son visage couvert de taches de son pâlissant sous sa touffe de cheveux roux emmêlés.

— Ne t'inquiète pas, Petren, le rassura Arlen. Contente-toi d'aller réveiller ton père. J'ai besoin de parler à l'un de vos clients. Tout de suite.

Le garçon hocha la tête et disparut dans la pénombre. Arlen entendit sa voix aiguë et nasillarde – il n'avait pas encore mué – résonner dans l'auberge.

— Père ! Le comte est à la porte !

Arlen s'autorisa un sourire en croisant le regard de son sergent.

— Au moins, il sait qui je suis.

Pendant leur courte attente, la foule devint plus nombreuse. Arlen compta une dizaine d'Ailes Noires parmi les gens qui se pressaient autour d'eux. Pour l'instant, l'atmosphère était au calme et à la curiosité, mais il ne faudrait pas grand-chose pour que ça se gâte. Il se pencha vers son sergent et lui ordonna de disposer ses hommes près des Ailes Noires.

— Seigneur ?

C'était Denat, l'aubergiste.

— Navré de vous réveiller, dit Arlen.

— Pas du tout, seigneur. Je préparais le petit déjeuner.

— Vous avez beaucoup de travail en ce moment ?

— Nous sommes pleins.

— Hum… Malheureusement, je crains que vous soyez sur le point de perdre une bonne partie de votre clientèle.

— Je vous demande pardon, seigneur ?

Denat se rembrunit. Il ressemblait à son fils en plus âgé, en plus ventripotent et en plus chauve.

— Je voudrais parler à… Selik, c'est bien ça ? Oui, Selik. Immédiatement !

— Oh. (Denat hésita.) Bien sûr. Je vais le chercher.

— Merci, dit Arlen avec un sourire forcé.

Il regrettait qu'il existe des hommes comme Denat. Mais il devait reconnaître qu'ils avaient un rôle à jouer dans l'économie locale.

— Je suis capable de venir seul, dit une voix traînante qu'Arlen entendait pour la première fois.

Une voix qui n'avait rien de naturel. Et quand le visage difforme de son propriétaire apparut de l'autre côté de la porte, bousculant Denat, qui battait en retraite, le comte comprit aussitôt pourquoi.

— Comte Arlen, je présume ?

L'homme lui tendit une main… qu'il ignora.

— Exact. Et vous n'êtes pas le bienvenu dans cette ville.

Selik haussa un sourcil.

— Vraiment ? Qui l'a décrété ?

— Moi. Et cela suffit amplement. Mais je ne suis pas un homme injuste, et j'ai observé vos activités pendant plus longtemps que je ne l'aurais dû.

— Je…, commença Selik.

— Silence ! Écoutez-moi. Ici, le commerce repose sur la parole, le contrat, la livraison des biens concernés et le paiement. Pas sur la menace, les poings et l'intimidation. Les marchandises volées sont considérées comme perdues uniquement si le voleur ne peut être appréhendé. Et les atteintes à la personne humaine, particulièrement de sexe féminin, ne sont tolérées en aucune circonstance.

» Vous avez transgressé ces lois et de nombreuses autres. Aussi, voilà ce qui va se passer ; à deux exceptions près, j'exige que vos hommes se présentent aux autorités avant la cloche de midi pour être recensés et escortés jusqu'aux portes de la ville. Tout Aile Noire qui restera à Arlen après cette heure sera puni. Les marchandises que vous avez dûment payées, mais pas encore reçues, vous seront livrées hors de nos murs. Les contrats de fret que vous avez conclus, dans les règles ou sous la contrainte, seront déclarés nuls et non avenus, et vos acomptes vous seront remboursés.

» Quant à vous, Selik, vous resterez ici jusqu'à ce que vous ayez identifié et remis à la milice les deux raclures qui ont molesté une femme et menacé sa petite fille dans *mes* rues. Me suis-je bien fait comprendre ?

Un silence respectueux était tombé sur la foule qui comptait désormais plus d'une centaine de personnes.

Le vent qui soufflait du lac emportait une phrase sur deux. Pourtant, le discours du comte fut assez audible pour déclencher une vague d'applaudissements. Arlen n'y prêta pas garde.

Pendant sa tirade, Selik avait soutenu son regard avec un rictus méprisant, sans tenter de l'interrompre. Les applaudissements se tarirent très vite alors que la foule attendait sa réponse.

— Je croyais qu'Arlen était une ville libre. Apparemment, je me suis trompé.

— Non, vous ne vous êtes pas trompé. Mais la liberté doit être régulée pour ne pas devenir anarchie. C'est ce que vous avez tenté d'introduire ici, et je ne le tolérerai pas.

Selik hocha la tête, son rictus s'élargissant.

— Nous avons réclamé la coopération de vos gens, et ils nous l'ont refusée, dit-il calmement. Pourtant, il était vital que nous obtenions ce que nous avons tenté d'acheter, et je crains que vos marchands ne l'aient pas compris. Comte Arlen, une guerre approche. Et je suis du côté des justes, ceux qui se battent contre la menace ultime : la domination de Balaia par une puissance magique unique.

— Une guerre… Selik, nous sommes parfaitement conscients des problèmes en gésine dans le spectre du mana. Il m'arrive de m'entretenir avec mes mages, vous savez. Mais ces problèmes passeront, et avec eux, ce vent irritant et cette pluie glaciale. Ne tentez pas de justifier vos actions perverses par une menace imaginaire.

Il fit un pas en avant, sentant augmenter la répulsion que lui inspirait son interlocuteur.

— Je connais vos croyances, et vous êtes libres de les avoir. Mais pas de les imposer à mes sujets, ni de commettre des brutalités en leur nom. Comprenez-vous ce que j'attends de vous, ou dois-je vous faire conduire en prison pour vous donner le temps d'y réfléchir ?

Selik se redressa de toute sa hauteur et haussa la voix.

— Je vous accorderai cette victoire, aussi futile qu'éphémère, parce que m'opposer à vous serait une perte de temps. Mais entendez-moi bien, Arlen : une guerre approche. Nous obtiendrons ce qu'il nous faut pour la livrer. Des innocents mourront, et vous aurez leur sang sur les mains. À moins de me réclamer de l'aide.

De l'index, il tapota la poitrine du comte, qui lui saisit le poignet et écarta sa main.

— Il n'y aura jamais de guerre à Arlen ! À moins que vous ne commettiez l'erreur de revenir, et croyez-moi, nos lames vous attendront. À présent, rassemblez vos hommes, livrez-moi les coupables et débarrassez le plancher.

Selik éclata de rire.

— Croyez ce que vous voudrez, Arlen. Mais le bien triomphera de l'innocence et de l'ignorance.

Son expression glaça le comte jusqu'à la moelle.

Chapitre 17

Hirad improvisa un abri entre les troncs de trois jeunes chênes, attachant sa bâche de cuir huilé entre eux d'une manière qui lui offrirait une certaine protection contre les intempéries. Avant de quitter le camp des Ravens, il avait récupéré sa selle et son cheval, ne sachant pas très bien jusqu'où il devrait marcher pour trouver un autre endroit où s'installer. Finalement, il avait parcouru un kilomètre et demi sous la pluie battante qui imbibait ses fourrures et mettait la touche finale à cette soirée misérable.

Tandis que le vent et la pluie s'acharnaient sur sa toile de tente, il alluma un petit feu avec le bois mort qu'il transportait toujours dans son paquetage, puis ramassa d'autres branches et les mit à sécher près des flammes. Il n'avait pas attaché son cheval, sachant qu'il ne s'éloignerait pas à moins d'être menacé.

Utilisant sa selle comme un oreiller, le barbare s'allongea pour réfléchir au pétrin dans lequel il s'était fourré. Il avait dans l'estomac un nœud qui lui coupait l'appétit, et dans la gorge une brûlure qui ne devait rien à ses éclats de voix. Mais par-dessus tout, il éprouvait un profond malaise doublé de chagrin. Il avait abandonné les Ravens, la seule famille qu'il ait jamais vraiment connue. Rien à voir avec leur triste, inévitable et amicale séparation, quelques années plus tôt : cette fois, ça avait quelque chose de définitif.

Hirad chercha vainement une position confortable sur les feuilles mortes imbibées d'eau, distrait par les hurlements du vent, qui assaillait sa tente comme s'il voulait l'arracher ou la tailler en pièces, et par les torrents qui se déversaient des plis du cuir et formaient des flaques sur le sol avant de dévaler la pente.

Hirad n'était pas aussi intelligent que les autres et il ne l'avait jamais été. Il réagissait seulement à ce qu'il voyait, entendait et ressentait. C'était sa force et sa malédiction. Il ne comprenait pas pourquoi il avait craqué. Il eût été facile de rejeter la faute sur Denser, mais le barbare devait admettre qu'il était en grande partie responsable.

Il n'y avait pas une raison, mais une accumulation de raisons. Notamment, la façon dont on s'attendait à ce qu'il bondisse au secours des autres, même si ceux-ci ne se souciaient jamais de lui lorsque la situation était inversée. Denser était le pire de tous. Il s'était comporté de manière très étrange depuis qu'ils l'avaient rejoint à Grisépine.

Pourtant, Hirad savait qu'il n'aurait pas dû réagir ainsi. Le Xetesk avait peur pour sa famille, et ça le poussait à dire des choses stupides. Amener le sujet des Kaans sur le tapis avait mis le feu aux poudres.

Une fois encore, Hirad revit l'épée de l'Inconnu, sa pointe braquée sur lui, les mains du colosse agrippant fermement la poignée. Pas un simple avertissement… Le barbare savait que la réaction de son ami était instinctive, mais il était clair qu'il l'aurait tué s'il avait continué à menacer Denser. Après tout, c'était pour ça qu'on l'avait conditionné. Et même s'il avait récupéré son âme, l'héritage de Xetesk restait vivace en lui.

Hirad n'aurait su dire ce qu'il éprouvait exactement. De la colère contre Denser, oui. De la tristesse pour ce qu'il avait forcé l'Inconnu à faire, certainement. Plus de la déception d'être parti sans chercher à résoudre le problème. Jusque-là, ça avait toujours été le mot d'ordre des Ravens : en cas de crise, on ne tourne pas le dos à ses amis. On ne s'enfuit pas.

Le barbare ne pouvait rien faire de plus cette nuit. Ilkar devait se douter qu'il ne reviendrait pas immédiatement, et l'Inconnu ne partirait sûrement pas à sa recherche avant l'aube. Mais avant de s'endormir, il voulait répondre à une question : souhaitait-il être retrouvé ? Alors que les heures passaient lentement et qu'il oscillait entre le sommeil et la veille, la réponse devint évidente.

Hirad se réveilla recroquevillé sur lui-même, une position qui lui offrait une maigre protection contre le froid. Avec l'aube, le vent était plus fort, mais la pluie avait cessé.

Le barbare ouvrit les yeux et fixa la bâche de cuir, tendue, qui vibrait au-dessus de sa tête. La clarté le fit frissonner et froncer les sourcils, étonné de ne pas avoir émergé plus tôt. Mais ça n'était pas la seule chose qui clochait. Malgré le vent, il aurait dû entendre les bruits de la forêt, le chant des oiseaux. Or, tout semblait étrangement calme autour de lui, et le vent s'engouffrait dans ce qui, pour lui, était une forêt morte. Comme le Bois-d'Épines.

Hirad s'étira, puis roula sur le côté et s'assit. Son cuir chevelu le démangeait. Il le gratta en se disant qu'il était temps qu'Ilkar le débarrasse de ses poux. Puis il se redressa et, plié en deux, sortit de son abri. Tandis qu'il s'étirait de nouveau, son regard se posa sur son cheval.

— Salut, mon vieux, commença-t-il. Je…

Il n'acheva pas sa phrase. L'étalon était pétrifié, les yeux écarquillés et les pattes tremblantes. Hirad suivit son regard vers la gauche, où se tenaient cinq loups à demi cachés par des ombres.

— Et merde ! marmonna-t-il.

Son épée était posée près des cendres du feu. Il pourrait plonger pour s'en emparer, mais s'il déclenchait une charge, il se ferait tuer. Il resta donc immobile, espérant, contre toute attente, que les loups continueraient leur chemin sans l'importuner.

— Du calme, mon vieux, dit-il à son cheval – ou peut-être à lui-même.

Les loups étaient en formation serrée : le chef devant, quatre mâles derrière lui. Ils ne grognaient pas et ne montraient pas les crocs… Bref, ils ne donnaient aucun indice sur leurs intentions. Comme Hirad, ils restaient immobiles et attendaient. Ce n'était pas un comportement normal. Le barbare, qui n'avait pas reçu au berceau le don de la patience, avait hâte que ça se termine. D'une façon ou d'une autre.

Il fit un pas en avant. Sachant qu'une agression ouverte pourrait lui être fatale, il ignora son épée.

— Ben alors ? Faites quelque chose, lança-t-il aux loups. On ne va pas y passer la journée.

D'un geste, il désigna son cheval, qui se soulagea brutalement sur le sol de la forêt.

Le chef de la meute renifla. Puis, avec un grognement sourd pour les autres loups, il avança.

C'était un animal énorme, haut d'un mètre vingt au garrot, avec des yeux jaunes et un pelage brun clair, à part quelques taches grisonnantes et une bande blanche qui courait le long de son échine.

Une bande blanche qu'Hirad avait déjà vue quelque part.

Le barbare sentit ses genoux se dérober.

C'était Thraun.

L'Inconnu, Ilkar et Denser avançaient dans un silence lourd de rancœur. Pourtant, ça aurait pu être bien pire. Les gardes dordovans avaient voulu ligoter les deux mages Ravens. Darrick s'y était opposé. Sa réaction – une menace à peine voilée – avait arraché un sourire à l'Inconnu.

Le trio chevauchait désarmé, mais pas impuissant, au milieu des deux cents cavaliers lysterniens qui galopaient vers Arlen. L'Inconnu avait vite compris qu'aucun soldat n'avait idée de ce qui l'attendait dans le petit port de pêche dont les quais avaient récemment attiré tant d'attention. Tout ce qu'ils savaient c'était qu'Erienne devait y accoster à bord d'un navire elfique, et qu'ils ne devaient pas laisser les Ravens prendre contact avec elle.

Le colosse lisait de la confusion dans de nombreux regards – celui de Darrick compris – mais aussi de la loyauté et de l'obéissance. Tout soldat savait que les ordres n'avaient pas forcément une justification immédiate et évidente. Tant que la guerre était gagnée, les batailles ne comptaient pas. Atteindre l'objectif, voilà ce qu'on attendait et exigeait d'eux.

L'Inconnu comprenait et respectait ça. Tout comme Ilkar, qui avait loué ses services de mercenaire assez longtemps pour comprendre la discipline militaire et connaître le respect inconditionnel qu'un bon général pouvait s'attirer.

Il en allait autrement de Denser, et l'hostilité du Xetesk n'était pas seulement dirigée vers ceux qui les avaient capturés.

— Je pensais que tu étais tenu de me protéger, grommela-t-il en se rapprochant de l'Inconnu.

— Tenu, non. Plus maintenant. Mais je le ferai quand même, parce que tu es un Raven.

— J'ai vu de quelle façon tu as réagi hier soir. Ne m'oblige pas à te le rappeler.

— Inutile, je m'en souviens… Considère ça comme un réflexe résiduel malheureux. Ça finira par me passer. Mais je serai toujours ton ami. Et celui d'Hirad.

— Inconnu, il est mort, dit Denser.

— Je le croirai quand je le verrai.

— Allons, tu as entendu Darrick…

— Qui n'a rien vu non plus, intervint Ilkar. Jusqu'à ce que quelqu'un assure avoir retrouvé son cadavre, je le croirai vivant. Et ce n'est pas tout. Hirad est un Dragonen. S'il avait eu un problème grave, les Kaans seraient intervenus.

Denser haussa les épaules.

— Si tu le dis…

Ilkar secoua la tête.

— Qu'est-ce que j'ai encore fait ? demanda le Xetesk.

— Après tant d'années, il t'arrive encore de ne rien piger, pas vrai ?

— Piger quoi ? Hirad a perdu la boule et maintenant il est mort. Ou porté disparu. Qu'y a-t-il d'autre à piger ?

— Il est en colère, Denser. Il se sent trahi par toi, et ce qui s'est passé hier soir entre l'Inconnu et lui le bouleverse. Mais il reste un Raven. Malgré son travail près des Kaans, nous avons toujours été au centre de sa vie. Il ne nous laissera pas tomber. Il a accepté de t'aider. Sous la contrainte, certes, mais il a accepté, et il a toujours mené ses missions à bien. Et il continuera tant qu'il lui restera un souffle de vie. Voilà ce que ça signifie, être l'un d'entre nous. Tu devrais le savoir, depuis le temps.

— Mais nous n'avons pas été ensemble depuis presque six ans !

— Ça ne fait aucune différence pour Hirad.

L'Inconnu écouta ce dialogue en se demandant si Ilkar avait raison. Il voulait le croire, mais il avait vu l'expression du barbare avant qu'il disparaisse. Hirad n'était pas bouleversé mais déconcerté. S'il n'arrivait pas à analyser ce qui s'était passé, il ne reviendrait pas, parce que les Ravens tels qu'il les concevait auraient cessé d'exister.

— Ça ne change rien aux faits : nous sommes prisonniers, je n'ai pas pu tenter une autre Communion et il était censé monter la garde, affirma Denser en pointant un index accusateur sur l'Inconnu. Tu parles d'un Protecteur…

— T'aliéner tes seuls amis serait-il devenu ton passe-temps favori ? (Les oreilles d'Ilkar frémirent et s'empourprèrent.) Parce que tu es vraiment doué.

— C'est pourtant la vérité ! cria le Xetesk.

— Je ne suis plus ton Protecteur, Denser, dit l'Inconnu d'une voix basse et menaçante, pour tenter de cacher sa tristesse. (Il avait peut-être manqué à ses devoirs envers son ami. Et même s'il avait des raisons valables, il ne pouvait pas s'empêcher de culpabiliser.) Aucun de nous n'aurait pu prévoir que Darrick et ses hommes chevaucheraient toute la nuit pour nous rattraper.

— Mais tu ne les as pas entendus, insista Denser. Comment est-ce possible ? Ils sont plus de deux cents !

— Darrick est entré seul dans notre camp.

— Alors pourquoi ne l'as-tu pas tué ?

— Parce que je te protégeais, répondit l'Inconnu. Et parce que servir de cible aux archers elfes qu'il avait dû poster hors de ma vue ne me disait rien. Tu te crois peut-être capable d'échapper à des archers, à deux cents cavaliers et à deux douzaines de mages. Moi pas. Tu es vivant parce que j'ai choisi de ne pas me battre.

— Mais dans quel but ? lança Denser. Il est évident que ton bon ami Darrick se bat dans le camp adverse, et il semble peu probable qu'il nous laisse partir quand nous aurons atteint Arlen. Or, nous devons être libres de nos mouvements. N'as-tu pas écouté un mot de ce que j'ai dit ? Moi seul peux mettre un terme à cette histoire !

— Patience, dit l'Inconnu.

Il comprenait comment Hirad avait pu perdre son calme. Mais lui, il voyait plus loin que le bout de son nez. Il lisait du désespoir dans les yeux de Denser et il l'avait entendu s'agiter et soupirer de frustration toute la matinée...

Le Xetesk ne savait rien de l'état d'esprit de Darrick. Le jeune général était très mécontent de devoir retenir les Ravens. Mais son aptitude à suivre les ordres, même lorsqu'il ne les approuvait pas, était une des nombreuses qualités qui faisaient de lui un si bon soldat.

Quand ils atteindraient Arlen, la situation pourrait très bien se renverser. L'Inconnu avait l'intention de parler avec Darrick. Il était presque certain de pouvoir transformer son mécontentement en doute – et son doute en insubordination.

Le colosse aimait penser qu'il y avait toujours plusieurs options. À défaut d'autre chose, il était accompagné par deux des mages les plus puissants de Balaia. Ça ne pouvait pas lui faire de mal. Décidant de ne pas en dire plus, il sourit et leva une fois de plus les yeux vers le ciel.

Thraun observa longuement l'humain qu'il reconnaissait comme un homme-frère et ordonna à la meute de l'épargner. Et son cheval aussi, bien que l'odeur de sa viande les fasse saliver.

La nuit précédente, il avait hurlé dans la tempête, sa voix noyée par la pluie et éparpillée par le vent. Un mauvais vent qui l'avait effrayé. D'autres humains chassaient ceux qu'il voulait contacter. Ne sachant pas s'il devait les tuer, il avait surveillé la forêt jusqu'à ce que l'homme-frère s'éloigne du feu en emmenant son cheval. Quand les poursuivants avaient découvert les autres, et qu'il avait compris que la meute ne pourrait pas les aider, il les avait abandonnés pour rejoindre l'homme-frère solitaire.

Il avait d'abord eu peur en le voyant. Mais plus maintenant. Il les aiderait, et la meute l'aiderait en retour. Seul, il était forcément vulnérable. Sauf qu'il n'était plus seul. Thraun lui lécha la main et renifla de nouveau l'air, espérant réussir à comprendre.

Agenouillé, Hirad sentit la langue râpeuse de Thraun sur sa main et le vit lever le museau. Il lui caressa la tête, puis regarda les autres membres de la meute. Assis sur leur arrière-train, les quatre loups le regardaient, une confusion presque comique affichée sur leur visage expressif.

— Tu le sens, n'est-ce pas ? demanda-t-il en pointant un doigt vers le ciel.

En lui, la fascination se mêlait à l'immense soulagement de découvrir que le métamorphe était toujours vivant – même si ce terme ne s'appliquait plus nécessairement à Thraun. Mais s'il avait été un véritable animal, son comportement aurait été très différent.

Hirad aurait juré que la meute suivait les Ravens depuis le Bois-d'Épines. La seule raison possible, c'était que Thraun se rappelait d'eux, d'une façon ou d'une autre. Après presque six ans, il aurait dû être plus un animal sauvage que ne troublait aucun souvenir de sa vie humaine. De toute évidence, ce n'était pas le cas.

— Tu n'as pas complètement oublié, n'est-ce pas, Thraun ?

À la mention de son nom, le grand loup émit un doux grognement et riva son regard dans celui d'Hirad. Dans ses yeux, le barbare lut de la reconnaissance, plus quelque chose de très humain. Du calme. De la détermination. Du savoir. Les loups fonctionnaient à l'instinct, mais Thraun *savait* des choses. Ça signifiait qu'il conservait des souvenirs.

Hirad se pencha vers lui.

Le loup ne frémit pas.

— Souviens-toi.

Thraun racla le sol avec une de ses pattes antérieures, secoua la tête et recula.

— Tu me comprends, n'est-ce pas ? lança Hirad. Mais pourrai-je te ramener ? Le veux-tu seulement ?

Jadis, lorsque Thraun adoptait sa forme de loup, une étincelle d'humanité brillait dans ses yeux. Six ans plus tard, Hirad ne distinguait rien. Pourtant, le métamorphe avait gardé une partie de son intelligence, ça ne faisait pas de doute.

Le barbare se releva et se tourna vers son cheval toujours aussi apeuré. Mais il avait dû comprendre que sa vie n'était pas en danger pour l'instant. Hirad rebroussa chemin jusqu'à son abri, détacha et replia sa bâche, reprit son épée et ramassa sa selle. Quand il la posa sur le dos de son cheval, il le sentit se calmer. L'étalon trouva même la force de le pousser doucement du museau alors qu'il se penchait pour attacher sa sous-ventrière. Il lui passa sa bride, puis lui posa un baiser sur les naseaux.

— Brave garçon, l'encouragea-t-il. (Il lui caressa la joue et lui murmura à l'oreille gauche :) Souviens-toi que tu vis avec des dragons. Ce sont seulement quelques loups. Tu ne vas pas me laisser tomber ?

L'animal hennit doucement.

— Je le savais ! Viens…

Sans cesser de le caresser, Hirad entraîna l'étalon vers les loups.

— Thraun, dit-il à voix haute, nous devons rejoindre les autres. Les Ravens.

Il désigna la direction dans laquelle il voulait aller. Mais Thraun grogna. Aussitôt, la meute se déplaça pour lui barrer le chemin.

Le barbare se pétrifia, la main serrée sur la bride de son cheval, qui avait planté ses sabots postérieurs dans le sol. Il fronça les sourcils et secoua la tête. Les cinq loups avaient une expression presque suppliante. Ce n'était pas une menace, mais un avertissement.

— Qu'y a-t-il ? demanda-t-il en écartant les bras, sa main droite glissant le long des rênes.

Pour toute réponse, Thraun le dépassa en trottinant vers le soleil levant et Arlen. Après quelques mètres, il s'immobilisa, regarda par-dessus son épaule et poussa un grondement qui avait tout d'un ordre.

— Thraun, les autres campent par là-bas, insista le barbare en désignant la forêt.

Thraun aboya une fois et changea de direction. Le reste de la meute hésita un instant avant de le suivre.

Hirad se hissa en selle et força son étalon à leur emboîter le pas.

Il n'espérait plus trouver les autres au camp, mais fut quand même déçu de découvrir qu'il était vide. Alors qu'il s'avançait dans la clairière, il prit conscience que quelque chose clochait. Le feu n'avait pas été arrosé. Une petite pile de branches sèches gisait toujours près du foyer. Ses amis auraient dû les emporter pour la prochaine flambée.

Le barbare mit pied à terre et regarda autour de lui. Il n'y avait pas de traces de lutte, mais les Ravens étaient partis précipitamment : la boue avait été remuée comme si leurs chevaux s'étaient éloignés au galop. Hirad s'accroupit en fronçant les sourcils. Il effleura la boue d'une main gantée et leva les yeux vers Thraun.

— Que s'est-il passé ici, Thraun ?

Il suivit le chemin que les autres avaient emprunté pour sortir de la clairière. Alors, il comprit. La boue n'avait pas été remuée par le galop de trois chevaux, mais par le passage d'animaux beaucoup plus nombreux. Leurs empreintes s'élargissaient en s'éloignant vers la lisière de la forêt.

Ses amis avaient été faits prisonniers. Ignorant les grognements de Thraun, Hirad remonta en selle et longea la piste. Où qu'ils soient allés, il les retrouverait et les délivrerait. Il ne pouvait pas les abandonner.

Ils faisaient partie des Ravens.

Et lui aussi !

Chapitre 18

Comparé à l'océan sur lequel ils avaient navigué pendant sept jours, le fleuve Arl semblait très placide. *L'Orme des Océans* traversa l'estuaire à marée montante et, toutes voiles gonflées par le vent qui soufflait plein nord, s'engagea entre les berges bordées d'arbres. Un peu plus loin, ceux-ci céderaient la place à des collines en pente douce vers l'ouest et à de spectaculaires escarpements, vers l'est, précédant l'immense plaine où le fleuve s'ouvrait sur la beauté du lac Arlen.

À demi entouré d'arbres qui gravissaient le pied d'austères montagnes aux pics couronnés de neige, le lac offrait à tous ceux qui voguaient vers lui une vision enchanteresse. La ville portuaire d'Arlen occupait sa berge ouest. Ses quais en eau profonde accueillaient les vaisseaux conçus pour les traversées océaniques, une anse plus proche du rivage abritait sa flotte de pêche, et ses ancrages éloignés de la côte étaient desservis par des canots équipés de cordes et de poulies.

Les marins en approche pouvaient voir la ville s'étendre sur le versant d'une butte. Au sommet se dressait le château, dont les pierres blanches brillaient sous la lumière matinale, des drapeaux claquant au sommet de ses quatre tours. Mais ce jour-là, la blancheur n'étais pas aussi éclatante que d'habitude. À cause des nuages bas et gonflés de pluie qui encombraient presque toujours le ciel, personne, sur Balaia, n'avait vu le soleil plus de quelques heures d'affilée depuis une éternité.

La terre s'était dramatiquement refroidie. Beaucoup d'oiseaux avaient prématurément migré vers le sud. Quantité d'insectes étaient morts ou n'avaient même pas éclos. Les communautés agricoles estimaient déjà le manque à gagner dû à des récoltes trop maigres et redoutaient la famine qui ne manquerait pas de s'abattre sur elles l'année suivante.

Erienne était debout à la proue de *L'Orme des Océans*, l'esprit toujours embrumé par l'attaque, ses réserves de mana pas encore reconstituées, et ses sentiments toujours aussi mitigés depuis qu'elle avait quitté Herendeneth en laissant Lyanna derrière elle.

Au moins, elle avait l'impression de faire quelque chose pour assurer la sécurité de sa fille et elle se réjouissait à l'idée de revoir bientôt Denser. Mais le désir de serrer de nouveau Lyanna dans ses bras, de s'asseoir dans le verger pour la regarder jouer ou de lui lire une histoire de son livre préféré ne cessait de grandir. Chaque matin, elle se réveillait les joues inondées de larmes. Et ces trois derniers jours, à cause de ses pouvoirs réduits, elle avait fait l'expérience d'une nouvelle émotion.

La peur.

La peur de ne plus jamais pouvoir incanter correctement – un handicap qui deviendrait très vite terrifiant et insupportable. Mais aussi la peur de ce qu'elle trouverait à Arlen. Si Ren'erei avait raison, les Ailes Noires faisaient un retour en force, et Selik était toujours vivant. Il avait été le bras droit de Travers, le même zèle fanatique brillant dans ses yeux. Erienne avait rencontré ces hommes une seule fois, mais elle lui avait coûté la mort de ses jumeaux.

Elle savait maintenant que cette douleur ne s'effacerait jamais. Certains jours, elle était plus tolérable que d'autres, mais toujours présente. Une raison de plus de se battre. Personne ne lui prendrait un autre enfant !

Erienne laissa le vent fouetter ses cheveux. Vêtue d'une lourde cape et d'un pantalon de laine, elle observa la longueur du navire. Ce matin, elle se sentait un peu mieux. Assez pour ne pas souhaiter que Ren'erei la laisse tranquille quand celle-ci avança vers elle.

Alors que l'elfe approchait, elle dévisagea Erienne, essayant de deviner son humeur. Elle portait sa cape vert et brun, un pantalon de cuir lacé sur les côtés et une chemise marron.

— Comment vous sentez-vous ? demanda-t-elle en venant s'adosser au bastingage, les bras croisés.

Erienne haussa les épaules.

— Pas trop mal. Un peu moins dans le brouillard. Mais surtout, je me réjouis que nous soyons presque arrivés. Ce voyage m'a paru interminable.

Ren'erei hocha gravement la tête.

— Je comprends votre impatience. Mais il faudra nous montrer prudents à Arlen. Denser a raison : vous devriez rester à bord. Nous le trouverons.

— Je suppose…

— Qu'y a-t-il, Erienne ?

La jeune femme soupira. Elle n'avait pas l'habitude de se sentir impuissante, et ça ne l'aidait pas à maîtriser son caractère bouillonnant.

— Je suis irritée parce que je n'arrive pas à le contacter, et qu'il ne peut sans doute pas me contacter non plus. Par les dieux d'en haut, Ren'erei, nous ne savons même pas s'il est là. Vous allez devoir fouiller les rues et vous ne réussirez peut-être qu'à *les* alerter.

— Qui, les Ailes Noires ?

Incapable de prononcer leur nom, Erienne hocha la tête.

— Ils ne seront pas dans les parages, affirma Ren'erei.

— Non ? Comment pouvez-vous en être sûre ? Interrogez Tryuun à leur sujet. Quand j'étais avec les Ravens, nous pensions les avoir détruits. Par les dieux qui brûlent, je jure avoir vu Selik périr de ma propre main. Pourtant, vous me dites qu'il a survécu, et le visage de votre frère le prouve.

Elle se passa les doigts sur le front pour en écarter les petits cheveux qui voletaient autour. Puis, prenant une profonde inspiration, elle avança et couvrit les mains de Ren'erei avec les siennes.

— Ces hommes sont dangereux. Et ils ont des mages de leur côté. Je vous implore d'être prudente, mon amie. Ne baissez pas votre garde. La vie de ma fille est en jeu.

— Je ne l'oublierai jamais... Et je suivrai vos conseils. Ne vous inquiétez pas, nous trouverons Denser.

Erienne allait ajouter quelque chose quand un cri montant du pont avant les interrompit. Les deux femmes se tournèrent et virent le capitaine de *L'Orme des Océans* désigner la rive est, où les arbres s'éclaircissaient pour céder la place à la plaine.

Ren'erei suivit la direction qu'il indiquait, sondant l'épaisseur de la végétation. Erienne ne voyait rien. Ils étaient à plus de cent mètres de la rive, au milieu du fleuve Arl. L'ombre du feuillage cachait à ses yeux d'humaine ce que la vigie avait repéré.

— Qu'est-ce que c'est ? demanda-t-elle.

— Des cavaliers, répondit Ren'erei, immobile, en continuant à fixer le rideau des arbres. Des éclaireurs. Quatre.

— Comment le savez-vous ? ne put s'empêcher de demander Erienne.

Pourtant, elle avait assez côtoyé l'elfe pour connaître l'acuité de ses perceptions.

— Je sais que ce sont des éclaireurs parce que leurs montures sont taillées pour la vitesse sur des distances courtes et pour l'endurance sur des distances longues, et parce qu'ils portent une armure et des armes légères. Mais surtout, ce sont des elfes, et ils savent que nous les avons repérés.

— C'est nous qu'ils cherchent ? demanda Erienne.

— Qui d'autre ?

— Mais comment ont-ils su ? insista Erienne. Qui sait que nous arrivons ?

— Je suppose que nous le découvrirons à Arlen, répondit l'elfe.

Elle se tourna vers le rivage, suivant du regard les cavaliers qu'Erienne ne voyait pas.

La jeune femme se sentait plus impuissante que jamais et elle avait peur pour eux tous. Le débarquement à Arlen lui semblait soudain beaucoup plus risqué. Des gens – peut-être des Ailes Noires, mais plus probablement des Dordovans – les attendraient là-bas.

Cela dit, les renforts ne tarderaient pas à les rejoindre. Erienne aurait voulu avoir sa fille auprès d'elle. Lyanna n'était pas là...

Mais les Ravens y seraient bientôt.

Le matin suivant, à moins d'une journée d'Arlen, l'Inconnu avait réussi à persuader la garde lysternienne qu'il n'était pas une menace pour Darrick. Du coup, les deux hommes chevauchaient côte à côte en tête de la colonne. Pour une fois, le vent ne soufflait pas et quelques trouées, dans les nuages, permettaient à de précieux rayons de soleil de caresser brièvement le sol.

Après la pluie diluvienne tombée toute la nuit, les forçant à se pelotonner sous des abris de cuir et de feuilles, cette amélioration climatique remonta le moral des cavaliers. Autour d'eux, la lande couverte de bruyère pourpre qui descendait inexorablement vers la rive ouest du lac Arlen leur paraissait moins lugubre. Même si Darrick restait maussade, l'Inconnu en éprouva un certain soulagement.

— Vous faites vraiment un drôle de prisonnier, dit le général en surprenant le regard perplexe d'un de ses hommes.

— Je suis navré que vous me considériez ainsi, répliqua l'Inconnu.

Darrick se mordit la lèvre.

— Vous devez me croire quand je vous dis que c'est pour votre sécurité. Et moi aussi, je suis navré d'avoir dû vous priver de vos armes et placer Ilkar et Denser sous la surveillance de mes mages. Aucun de nous n'aime ça.

— Mais les ordres sont les ordres, pas vrai ?

Autant qu'il essayât, l'Inconnu n'arrivait pas à en vouloir au jeune général. Si seulement il avait pu lui faire comprendre de quoi il retournait…

— On m'a prévenu que vous risquez de commettre un acte malvenu en arrivant à Arlen, fit Darrick.

— Par les dieux déchus, vraiment ? (L'Inconnu ne put réprimer un sourire.) Et de quel genre ?

— Vous faire tuer en essayant de rejoindre Erienne – quoi d'autre ?

— Nous ne sommes pas pressés de nous faire tuer. Et nous imaginions que vous seriez derrière nous. Donc, que vous ne pourriez pas nous menacer.

Darrick se tourna sur sa selle, les sourcils froncés.

— Inconnu, vous vous méprenez. Je n'aurais jamais ordonné à mes hommes de combattre les Ravens.

— Nous sommes conscients qu'il doit y avoir à Arlen une poignée de Dordovans qui sondent les pistes du mana. Mais nous pensions pouvoir les éviter.

— Une poignée ? (Darrick secoua la tête.) Vous êtes restés hors du coup trop longtemps. À l'heure où nous parlons, ils doivent être plus de trois cents, et d'autres sont en route pour leur prêter main-forte.

Le cœur de l'Inconnu fit un bond dans sa poitrine.

— Plus de trois cents ? Que pensez-vous trouver là-bas ? Je veux dire… Erienne n'est pas une armée à elle seule.

— Ce n'est pas Erienne qui nous inquiète, dit Darrick. Ni même son escorte elfique. Vous savez comme moi que Dordover et Lystern ne sont pas les seuls qui s'intéressent à l'enfant.

— Par les dieux… J'aurais dû m'en douter…

— Je vous demande pardon ?

— Je les ai sentis il y a deux jours. Je n'arrive pas à croire que je n'aie pas fait le rapprochement… Les Protecteurs vont à Arlen, n'est-ce pas ?

Le général hocha la tête.

— Combien ?

— La totalité, je présume.

— Dans ce cas, ils vous massacreront. Trois cents Dordovans plus vos deux cents cavaliers ? Ce serait un suicide, Darrick. Même si vous receviez des renforts venus de je ne sais où. Vous devez sûrement en être conscient.

Le pouls de l'Inconnu s'était accéléré, et il vit dans les yeux de Darrick qu'il n'était conscient de rien du tout.

— Je les ai vus se battre. Et nous ne sommes pas des Ouestiens. Nous avons des mages pour nous appuyer. Nous pouvons les vaincre, j'en suis certain.

— Dans ce cas, mes frères mourront. Vous comprendrez que je fasse tout ce qui sera en mon pouvoir pour vous en empêcher.

— J'ai mes ordres.

— Et moi, mes loyautés…

L'Inconnu était enfin furieux. Mais que ce soit à cause d'une menace contre les Protecteurs l'attristait.

L'assurance de Darrick venait d'un mélange d'arrogance et d'ignorance. Le jeune général avait peut-être vu les Protecteurs se battre, mais il ne savait pas comment fonctionnait leur esprit. Il ne mesurait pas la profondeur de leur dévouement et ignorait tout de ce qui les rendait si différents des autres soldats. Les gens craignaient les Protecteurs. Malgré le génie tactique de leur commandant, les hommes de Darrick n'échapperaient pas à la règle. Sans compter que Xetesk aussi avait dû envoyer des mages pour les soutenir.

Bref, la situation était sur le point de déraper.

— Pourquoi, d'après vous, les Dordovans sont-ils si désireux de récupérer Lyanna ?

— Allons, Inconnu… Regardez autour de vous. N'est-ce pas évident ? Ses pouvoirs détruisent Balaia. Je suis certain que ça n'est pas volontaire, mais il faut quand même l'arrêter. Sommes-nous d'accord sur ce point ?

— Oui. Mais ce sont les Dordovans qui ont éveillé ses pouvoirs. Erienne l'a emmenée parce qu'ils n'étaient plus capables de la contrôler. C'est pour ça qu'elle s'est adressée aux Al-Drechars.

— Et vous appelez ça du contrôle ? lança Darrick. J'ai entendu les rapports, et j'ai vu Grisépine et le Bois-d'Épines. (Il soupira.) Inconnu, je suis vraiment désolé. J'ai beaucoup de sympathie pour vous tous. Et je sais que vous êtes persuadés d'agir pour le mieux. Mais Erienne a commis une erreur. Lyanna doit être sous tutelle collégiale. C'est le seul moyen.

L'Inconnu ne douta pas que Darrick était sincère. Le jeune général n'était pas du genre à s'affoler sans raison.

— C'est vraiment ce que vous croyez ? Que Dordover reprendra Lyanna sous sa tutelle ? Ces gens veulent la tuer, Darrick, et ils se servent de vous pour la capturer. Ils ne l'assassineront pas de sang-froid, mais ils veilleront à ce qu'elle meure. Je sais que vous ne le souhaitez pas.

— Et ça n'arrivera pas. Pas tant qu'il me restera un souffle de vie…

— Dans ce cas, n'oubliez pas de surveiller aussi vos arrières, recommanda l'Inconnu.

Darrick hocha la tête et leva les yeux vers le ciel encore tacheté de bleu. Des nuages au ventre lourd arrivaient de l'est. Korina devait déjà être sous l'orage. Il se tourna vers son second.

— Izack, donnez l'ordre de ralentir. Nous mettrons pied à terre dans deux kilomètres.

— Oui, chef. (Izack leva une main.) Au pas ! cria-t-il.

L'ordre fut immédiatement transmis le long de la colonne, et les cavaliers réagirent aussitôt.

— Vous savez que les Ailes Noires aussi sont sur le coup ! lança l'Inconnu.

Darrick lui jeta un regard surpris, puis il hocha la tête.

— Je suppose qu'il fallait s'y attendre. Au premier signe d'un problème magique, ils surgissent pour aggraver la situation et remuer le couteau dans la plaie. Raison de plus pour mettre Erienne en sécurité.

— Sur ce point au moins, nous sommes d'accord.

— À la fin de cette crise, j'espère pouvoir toujours vous considérer comme mon ami.

— Pas si vous livrez Lyanna à ceux qui veulent sa fin et que vous massacrez mes frères pour y parvenir, répliqua l'Inconnu. Et maintenant, si vous le permettez, je retourne près des amis qu'il me reste encore.

L'esprit de Thraun était en feu, et il sentait les regards soupçonneux de la meute peser sur lui. Il sentait la confusion des autres loups, leur crainte et leur colère, mais il n'avait aucun moyen de leur communiquer ce qui bouillonnait en lui. Il avait déjà assez de mal à l'accepter lui-même. Il devrait espérer que la meute lui ferait confiance, et ne se retournerait pas contre lui, ni contre l'homme-frère.

Ils avançaient donc rapidement dans le sillage de tous ces humains et de tous ces chevaux, avançant vers une vaste étendue d'eau et une communauté de bonne taille où, pensait-il, les attendaient les réponses à leurs questions.

Thraun n'avait pas été certain que l'homme-frère le suivrait. Mais il avait forcé sa meute à garder le silence tandis qu'ils approchaient de son campement. Sous le vent, ils avaient attendu qu'il se réveille, sans aucun moyen de lui révéler que ses amis étaient partis avec d'autres humains, mais résolus à l'empêcher de retourner à l'endroit où ils avaient dormi, car ce n'était pas dans la bonne direction.

Alors, l'homme-frère lui avait parlé. Et il avait continué à le faire pendant qu'ils marchaient, son cheval dûment effrayé mais sous son contrôle. La meute devrait attendre son prochain festin.

Thraun n'avait aucune idée de ce qui allait se passer ensuite. Son instinct le poussait simplement à veiller sur la sécurité de l'homme-frère jusqu'à la fin de son voyage. En lui s'affrontaient des sentiments contradictoires. Les humains n'étaient pas des proies mais une menace, et il avait l'habitude d'écarter toutes les menaces du chemin de sa meute. Il en avait toujours été ainsi. Pourtant cet homme-frère, comme un autre dont il se souvenait vaguement avec une étrange tristesse, comprenait mieux que le reste des humains. Thraun le voyait. C'était pour ça qu'il dirigeait la meute. Et pour ça qu'il était seul.

Différent…

De nouveau, des images s'imposèrent à son esprit, distantes et brumeuses. Debout sur ses pattes postérieures… Moins rapide, moins puissant, moins instinctif… Les odeurs se dérobaient à lui… Ces visions lui faisaient mal, et il grogna pour s'éclaircir l'esprit.

Mais depuis qu'il avait revu l'homme-frère et ses compagnons, toute clarté lui était refusée.

Thraun tourna la tête, vérifiant que la meute et le cavalier étaient toujours derrière lui. Il renifla l'air et, conscient que le temps pressait, trottina un peu plus vite.

Alors qu'il suivait les loups sur la piste d'une centaine de chevaux, Hirad avait senti se relâcher la tension dont il n'avait même pas vraiment conscience de souffrir. Ilkar, Denser et l'Inconnu étaient vivants. L'elfe avait laissé tomber un de ses gants, pensant sans doute qu'il le trouverait. Ils devaient être prisonniers, mais leurs ravisseurs ne les avaient pas tués. Ça signifiait qu'il pouvait encore les rejoindre et les libérer.

Et Thraun l'accompagnait. Ça n'avait pas de sens, mais Hirad aurait juré que le métamorphe savait ce qu'il faisait. Loup ou humain, il avait confiance en son instinct. Après tout, Thraun aussi était un Raven.

Chapitre 19

L'*Orme des Océans* reçut l'autorisation de s'amarrer vers le milieu de ce qui était devenu un après-midi inhabituellement calme. Le capitaine du port avait depuis longtemps renoncé à envoyer un pilote aider le navire elfique à négocier son approche. Si un équipage pouvait naviguer dans les eaux peu profondes de l'anse – qui ne présentaient aucune difficulté comparées à celles d'Herendeneth – c'était bien celui de *L'Orme des Océans*.

Le navire gagna sereinement les quais, son capitaine lançant des ordres pour que les marins affalent toutes les voiles à part la misaine. Une fois encore, la manœuvre s'annonçait impeccable.

— Il y a beaucoup de monde aujourd'hui, remarqua Ren'erei.

— Vraiment ? lâcha Erienne, distraite, tout en sondant les débarcadères en quête de son mari ou d'un autre Raven.

— Oui. (L'elfe haussa les épaules.) Les quais sont bondés. Nous avons eu de la chance d'avoir un emplacement.

— Que va-t-il se passer maintenant ?

— Si vous le voulez bien, vous allez descendre dans votre cabine, rester hors de vue et tenter de contacter Denser. J'irai à terre pour mener ma petite enquête. Les Ravens ne devraient pas être bien difficiles à trouver.

— C'est vrai, fit Erienne en souriant.

D'habitude, être reconnue flattait son ego. Pour le moment, c'était un risque qu'elle ne pouvait pas courir. Elle ramena sa capuche sur ses cheveux auburn et fit mine de s'éloigner.

Arlen et ses habitants n'étaient plus qu'à quelques dizaines de mètres d'elle. Toutes les têtes se tournèrent vers l'élégant vaisseau elfique pour admirer les gestes précis et assurés de ses marins. La jeune femme aspirait à sentir la terre ferme sous ses pieds – une chose dont elle n'avait jamais eu besoin jusqu'à ce qu'elle lui soit refusée.

Ren'erei lui saisit le bras.

— Erienne. Je le trouverai et je vous le ramènerai aussi vite que possible. Faites-moi confiance.

— J'ai confiance. (La jeune femme jeta ses bras autour du cou de l'elfe et la serra contre elle à lui broyer les côtes.) Merci. (Des larmes jaillirent de ses yeux, l'émotion qu'elle avait contenue pendant tout le voyage rompant ses digues.) Dépêchez-vous, je vous en supplie.

Ren'erei recula juste assez pour la regarder dans les yeux, puis se pencha vers elle et lui embrassa la joue.

— Nous repartirons avec la marée de demain matin. Chaque vague vous rapprochera un peu plus de Lyanna, et Denser sera à vos côtés.

Cette image emplit Erienne de soulagement et un grand sourire s'afficha sur son visage. Elle embrassa Ren'erei et gagna rapidement l'escalier alors que les ordres d'amarrage résonnaient sur le pont supérieur. Plus qu'une journée et ils reprendraient le chemin d'Herendeneth avec les Ravens à bord, forts et invincibles.

Erienne laissa tomber sa cape sur une chaise et s'allongea sur sa couchette, savourant une détente qu'elle n'avait pas connue depuis longtemps.

Ren'erei descendit rapidement la passerelle et s'engagea sur les quais grouillants de monde. Midi venait de sonner. Bien que le port soit aussi bruyant que jamais – grincements des grues, cris des dockers qui déchargeaient des caisses et les posaient sur des chariots – l'elfe sentit une tension impalpable dans l'atmosphère.

Elle décida d'enquêter. Lentement, elle marcha le long de l'eau, saluant d'un signe de tête les gens qu'elle connaissait. Tous les sens en alerte, elle se fraya un chemin parmi les ouvriers qui se hâtaient de transporter les cargaisons fraîchement arrivées vers le marché ou de les préparer pour une expédition au centre de Balaia.

Un cri d'avertissement retentit au-dessus de sa tête. Ren'erei leva les yeux. Un homme perché sur un filet plein de malles cherchait un espace dégagé pour que son équipier le dépose. L'elfe fit signe qu'elle avait entendu et s'écarta précipitamment.

Elle se faufila sans effort dans la cohue, le vent apportant du marché situé dans son dos une odeur de poisson qui lui fit plisser le nez. Un peu plus loin, *L'Auberge de Lacfoyer* attira son attention. Au premier regard, elle semblait inhabituellement calme, mais une inspection plus poussée révélait que quelque chose clochait. Les portes étaient fermées, les volets tirés, bien qu'on soit en plein jour, et un cordon de miliciens maintenait les passants à l'écart du bâtiment.

Ren'erei approcha d'un docker. Avec un petit groupe d'hommes et de femmes, il observait la façade de l'établissement.

— Il y a eu du grabuge ? demanda-t-elle.

Le docker tourna vers elle un visage buriné.

— Vous venez de débarquer, pas vrai ?

— C'est si évident que ça ?

— Sinon, vous sauriez déjà ce qui se passe, petite elfe. Toute la ville ne parle que de ça depuis le lever du soleil. Le comte a décidé de jeter les Ailes Noires dehors.

L'elfe dut pâlir ou sursauter, car le docker se rembrunit, fronçant les sourcils.

— Ça vous embête tant que ça ?

— Qu'ils partent, non. C'est une bonne chose. C'était leur présence qui m'ennuyait.

L'expression de l'homme se radoucit.

— Ils vous foutent la trouille, hein ?

— Et pas qu'un peu, dit Ren'erei. Ils n'aiment pas beaucoup les gens de mon espèce.

Le docker hocha la tête.

— Je comprends. Je chercherai pour vous. Soyez prudente.

Ren'erei fit une courbette respectueuse.

— Merci. J'ai une dette envers vous. Encore une chose, combien sont-ils ?

— Les Ailes Noires ? (Son interlocuteur haussa les épaules.) Trente ou quarante. Mais ils seront loin d'ici au coucher du soleil.

— Je l'espère. Au fait, je m'appelle Ren'erei.

— Donetsk, se présenta l'homme. Je suis toujours sur les quais.

Une ombre de sourire flotta sur le visage de l'elfe.

— Et moi toujours en mer. Mais je n'oublierai pas. Une dernière chose, si vous voyez les Ravens, allez informer l'équipage de *L'Orme des Océans*.

Elle n'attendit pas la réponse de Donetsk, certaine de pouvoir compter sur lui. Les dockers étaient toujours des alliés très utiles : ils savaient où se procurer une foule de marchandises et ils étaient au courant de toutes les rumeurs qui circulaient dans le port. Mais cette fois, Ren'erei ne se souciait pas de dégoter des provisions au meilleur prix. La sécurité, le muscle et un regard discret étaient les seules choses qui avaient de la valeur pour elle.

Elle continua son chemin, observant les mouvements à bord des trois autres navires amarrés le long des quais. Aucun ne mesurait moins de trente mètres de long. Si le premier arborait le drapeau de la baronnie affaiblie de Pontois, les deux autres étaient des vaisseaux elfiques venant de Calaius.

Ren'erei vit qu'ils chargeaient ou déchargeaient normalement, et ce fut un soulagement pour elle : un instant, elle avait craint que des Ailes Noires se soient préparés à y embarquer. Elle sourit. Plus maintenant. Arlen était un brave homme, bien que parfois un peu trop protecteur quand il s'agissait de sa ville. Une chose était sûre : il n'autoriserait pas les Ailes Noires à revenir.

Sachant que Donetsk ferait passer le mot sur les quais et dans le quartier du Sel, Ren'erei prit la direction du square du Centenaire, au nord. Le marché central d'Arlen était le point d'échange de toutes sortes de biens, à part les produits de luxe. Il n'y avait pas de meilleur endroit où découvrir si des gens aussi connus que les Ravens avaient été aperçus en ville.

Très excitée, l'elfe entra dans toutes les auberges sans trop savoir ce qu'elle s'attendait à trouver : les Ravens en personne assis autour d'une table, peut-être ? Elle était certaine de les reconnaître, bien qu'elle n'ait jamais posé les yeux sur eux. Même pour quelqu'un qui passait le plus clair de son temps sur Herendeneth ou en mer, les anciens mercenaires étaient une légende vivante. Le colosse au crâne rasé qu'ils appelaient l'Inconnu ; Denser, le Xetesk barbu en robe sombre ; Ilkar, l'elfe calme et posé aux cheveux noirs, et le puissant guerrier barbare Hirad Cœurfroid. Et Thraun l'homme-loup…

Ils ne devaient pas être difficiles à repérer.

Mais Ren'erei ne découvrit aucun signe d'eux dans le square ou dans ses environs. Ils n'étaient pas dans le parc des Âmes Martyres, ni en train de descendre à cheval l'Approche du Marché. Elle n'aurait pas dû être surprise, pourtant, elle ne put étouffer une certaine déception. Le premier – et unique – contact d'Erienne avec Denser suggérait que les Ravens n'arriveraient pas avant le début de la soirée. Malgré tout, elle avait espéré les trouver.

Glissant un mot à l'oreille des gens qui se montreraient circonspects s'ils avaient vent d'une information cruciale, Ren'erei rebroussa chemin et regagna lentement les quais.

Alors qu'elle longeait le marché au poisson, elle dut se ranger pour laisser passer un milicien à cheval, qui précédait un groupe de soldats d'Arlen et une colonne d'autres cavaliers. Se mêlant à la foule irritée qui se massait de chaque côté de la rue, elle vit les Ailes Noires être reconduits vers le sommet de la butte et, vraisemblablement, jusqu'aux portes de la ville.

Ren'erei sonda leurs visages en quête des hommes qui avaient torturé son frère et réprima un juron, laissant les quolibets aux habitants d'Arlen. Elle brûlait de haine pour ces brutes et méprisait tout ce qu'ils représentaient. Par leur faute, Tryuun resterait à jamais marqué. Tant qu'un seul de ces chasseurs vivrait, les mages du monde entier seraient menacés par la punition violente qu'ils dispensaient si avidement à toutes les personnes ayant commis le « crime » d'avoir des pouvoirs magiques.

Souhaitant leur mort à tous, Ren'erei les regarda s'éloigner. Quand elle se détourna pour reprendre sa route, elle vit les deux grands hommes minces qui marchaient une bonne quarantaine de mètres derrière la colonne. Un œil non exercé les aurait pris pour des bourgeois allant au marché de la soie. Mais ils étaient tout sauf ça.

Arlen n'était pas un dirigeant stupide, et des mages espions étaient le meilleur moyen de s'assurer que les Ailes Noires ne reviendraient pas. Un sourire sur les lèvres, Ren'erei reprit le chemin du port en regrettant qu'ils n'aient pas été des assassins, plutôt que de simples espions.

Une autre tempête assombrit prématurément le ciel tandis que la cavalerie de Darrick et ses trois prisonniers approchaient d'Arlen par le nord-est. Une Communion avec le camp dordovan situé au sud de la ville avait plongé Darrick et le mage qui lui avait fait son rapport dans une certaine perplexité. Lorsque ses éclaireurs revinrent avec un message de bienvenue mitigé du comte Arlen, le général décida de camper loin de ses alliés et d'emmener ses prisonniers en ville.

Darrick se sentait mal à l'aise. *L'Orme des Océans*, le vaisseau elfique qui transportait Erienne, avait été repéré sur le fleuve Arl en début de matinée. Pourtant, la délégation dordovane ne l'avait ni accosté ni contacté. Ce fait surprenant semblait dû à un obscur protocole et à de non moins obscures réglementations portuaires. Pendant la Communion, il était apparu que personne n'avait parlé au capitaine du port ou aux dirigeants administratifs d'Arlen. Par conséquent, Darrick allait devoir s'adresser personnellement au comte. Plus tard, il pourrait réclamer une explication aux Dordovans.

Entouré par une escorte de dix cavaliers, le jeune général se mit en route avec les Ravens. Cette ridicule affaire le rendait malade, et il était navré d'imposer cette épreuve à Denser. Les regards venimeux que le Xetesk ne cessa pas de lui jeter pendant le trajet ne firent rien pour soulager une culpabilité qu'il n'avait pas le droit d'admettre.

— Je peux savoir ce qui se passe ? lança l'Inconnu. Pourquoi ne nous avez-vous pas laissés au camp ?

— C'est une décision militaire, répliqua Darrick. Je ne voulais pas qu'il vous arrive malheur s'il devait y avoir un pépin.

— Quand il y aura un pépin, corrigea Denser.

— S'il vous plaît, ne rendez pas les choses plus difficiles ! lança Darrick par-dessus son épaule.

— Bien sûr. Pardonnez-moi. Je m'en voudrais de vous causer le moindre souci !

— Écoutez, ça ne me plaît pas plus qu'à vous. Mais si ça avait été quelqu'un d'autre que moi, vous seriez enchaînés…

— Votre générosité me bouleverse.

Darrick se tourna vers lui, sa main droite tenant toujours les rênes de son cheval, la gauche posée sur le pommeau arrière de sa selle.

— Que les choses soient bien claires entre nous, Denser de Xetesk. Je suis un soldat de Lystern et très honoré de l'être. J'ai reçu l'ordre de vous capturer et de vous conduire jusqu'à un endroit où vous serez incarcéré pour votre sécurité. C'est ce que je vais faire. Je ne suis pas obligé d'aimer cette décision, ni même de l'approuver : je dois simplement l'exécuter. Et j'ai déjà contrevenu à toutes les règles concernant les prisonniers mages, parce que je vous respecte et vous fais confiance. Ne me forcez pas à réviser mon jugement.

L'estomac noué, il se tourna vers la route. Il détestait ce qu'il venait de dire. Mais il se réjouissait que ses hommes l'aient entendu.

Un bon moment passa avant que l'Inconnu reprenne la parole.

— Cet endroit où nous allons être retenus… c'est le château ou la prison ?

Darrick fronça les sourcils.

— La prison, je le crains. Il y a des mages affectés en permanence à sa surveillance, et je pourrai aussi y laisser une partie de mes hommes.

— Vous êtes vraiment sérieux, constata Ilkar, déçu.

Darrick ne se tourna pas vers lui. Il n'aurait pas pu soutenir son regard.

— Je suis toujours sérieux, se contenta-t-il de répondre.

Avec ses marchés fermés mais ses auberges et ses restaurants encore ouverts, bruyants et bondés, Arlen prenait un aspect très différent la nuit. Les marins en permission avaient l'intention d'ingurgiter autant de bière et de spiritueux que leur estomac pourrait en contenir. Les affaires des catins marchaient d'autant mieux que l'alcool déliait les cordons des bourses, noyait les promesses faites aux épouses laissées à la maison et faisait frémir les entrejambes d'un désir irrépressible.

Les bagarres étaient inévitables, mais les miliciens patrouillaient en nombre suffisant pour que les problèmes plus graves soient rares. Darrick livra donc à contrecœur les Ravens à une prison encore vide d'ivrognes, bien que débordant de la puanteur de ses occupants des nuits précédentes.

— Ne me décevez pas, dit-il en fermant derrière eux la porte de bois renforcée de barres métalliques.

— Je ne vois vraiment pas d'autre endroit où j'aie envie d'être..., marmonna Denser.

— Que voulez-vous dire ? demanda l'Inconnu en approchant du judas de la porte.

— Je sais que vous n'avez rien fait de mal, mais vous devez me croire quand j'affirme agir dans votre intérêt. Pour vous protéger et vous garder en vie.

— Nous n'avons pas besoin de votre aide pour ça, général. Et si nous voulons sortir, nous le ferons.

— Mes hommes ont reçu l'ordre de vous tuer si vous tentez de vous évader. Ne les obligez pas à l'exécuter. Vous n'avez ni armes ni armure, et j'ai posté des mages dans le couloir. Restez où vous êtes. Je reviendrai aussi vite que possible.

— Vous commettez une grave erreur, affirma Denser. Je suis le seul capable de la sauver. S'ils la récupèrent, ils la tueront. Alors, vous aurez son sang sur les mains, et je vous traquerai pour vous faire payer.

— Si cela devait arriver, je ne me défendrais pas, répliqua Darrick.

Il se détourna et s'éloigna. Ses doutes refaisaient surface, alimentés par les Ravens et par l'apparente incompétence des Dordovans. Dès qu'il aurait vu le comte, il devrait parler avec le nommé Gorstan.

L'Inconnu tourna le dos à la porte sous le regard méprisant de Denser.

— Ton plan a fonctionné comme prévu ? Je dois dire que je n'aurais jamais pensé à ça : sauver Erienne en nous faisant boucler... C'est très original. Félicitations. Tu seras responsable de la mort de ma fille.

Denser avait traversé la cellule en parlant. Il se tenait désormais à moins de cinquante centimètres du colosse.

— Denser, il faut que tu me laisses réfléchir un moment, d'accord ?

L'Inconnu fit calmement face au Xetesk, ne souhaitant pas raviver les querelles des derniers jours.

— Réfléchir à quoi ? Le meilleur moyen de les pousser à nous enchaîner ? cracha le mage en secouant les fers pendus à hauteur de poitrine tout autour de la cellule.

Par-dessus son épaule, l'Inconnu fixa Ilkar. L'elfe n'avait pas dit grand-chose depuis leur capture, et il devinait facilement son dilemme. Ilkar lui avait toujours fait confiance pour prendre la bonne décision. Mais il devait avoir du mal à comprendre en quoi être enfermés dans la prison d'Arlen pourrait faire avancer leur cause.

L'Inconnu ne le savait pas non plus... Il avait d'abord pensé que ses compagnons et lui resteraient avec la cavalerie, sous bonne garde dans une des tentes du campement. Même quand ils chevauchaient vers Arlen, il s'était persuadé que Darrick les emmènerait au château, où il convaincrait le comte de les laisser partir. Après tout, Jasto était un de ses vieux amis.

Mais ça... Voilà qui ne faisait pas partie de son plan. Comme Darrick l'avait fait remarquer, ils n'avaient ni armes, ni armure, ni moyen de cacher un sort aux mages postés dehors. Donc, aucun espoir de s'échapper. Le pire, c'était qu'il ne trouvait rien à répondre à Denser. Les Ravens étaient coincés.

— Je sais que la situation ne semble pas brillante..., commença-t-il, histoire de dire quelque chose.

— Pas brillante ? (Denser le saisit par les revers de sa veste.) Cet endroit grouillera bientôt de Dordovans, et ma femme se jettera droit dans leurs bras. Ils la captureront avant qu'elle ait le temps de cligner des yeux. Alors, nous pourrons commencer le décompte des jours que ma fille aura encore à vivre. Par les dieux déchus, Inconnu, nous sommes son seul espoir ! Et qu'est-ce que tu as fait ? Tu nous as laissé conduire en prison ! Pas brillante… Traite-moi de pessimiste, mais c'est l'euphémisme du siècle.

L'Inconnu le repoussa doucement.

— Je suis désolé. Je n'avais pas envisagé que Darrick nous amène ici.

— Alors, qu'allons-nous faire ? demanda Denser avec une expression suppliante, sa colère envolée.

L'Inconnu secoua la tête. Mentir n'aurait servi à rien.

— Je ne sais pas, avoua-t-il.

— Fantastique ! Dans ce cas, je vais me mettre à l'aise.

— Tu sais, Denser, je crois que tu ne nous as pas tout dit. Tu as toujours pensé que Dordover tuerait Lyanna. Le seul point qui, en apparence, ait changé depuis le début, c'est que tu connais la méthode qu'ils emploieront. Il doit y avoir autre chose. J'ai commencé à le soupçonner aux abords de Grisépine. À présent, j'en suis convaincu. Tu ne cesses de répéter que tu es le seul qui puisse arrêter Lyanna, et il est temps que tu nous expliques comment. Je t'écoute.

Le Xetesk leva les yeux vers l'Inconnu.

— J'ignore de quoi tu parles.

— Denser… Tu es un ami très cher et un mage extrêmement talentueux. Mais ce poing peut défoncer ta mâchoire barbue plus vite que tu ne saurais incanter ! Je suis certain que tu nous caches quelque chose. Ça te pousse à faire et à dire des âneries, et je découvrirai de quoi il s'agit, que tu me le révèles de ton plein gré ou que je doive faire une divination avec tes dents brisées.

Ilkar observait toute la scène, à l'autre bout de la cellule nauséabonde. Voyant que l'Inconnu ne souriait pas, il se demanda jusqu'où il était prêt à aller pour extorquer une confession à Denser.

— En sommes-nous vraiment arrivés là ? Sommes-nous réduits à nous tourner les pouces et à nous menacer les uns les autres pour passer le temps ?

Personne ne lui répondit. Il vit Denser réfléchir puis, après un moment, faire signe à l'Inconnu de reculer et tirer des parchemins pliés de sa chemise.

— À Xetesk, j'ai réussi à traduire une autre partie de la prophétie.

Ilkar se redressa.

— Combien de pages… ?

— Six, dit Denser. (Il haussa les épaules.) Je suis désolé.

— Vas-tu nous raconter que ton autre petit secret n'est pas important non plus ?

— Non. Je peux la sauver, Ilkar. Je peux sauver Lyanna et nous tous. Je le peux vraiment.

L'elfe échangea un regard avec l'Inconnu, sachant qu'il pensait la même chose que lui. Ils avaient déjà entendu Denser prononcer ces mots, juste avant qu'il ne lance AubeMort. Tous deux firent la grimace.

— Mais c'est génial ! lança Ilkar. Je ne vois vraiment pas ce qui te tracasse à ce point.

— Il y aura un prix à payer, révéla Denser. (L'elfe sentit son sang se glacer dans ses veines.) Je mourrai.

Le général Darrick avait traversé Arlen avec quatre hommes de sa garde. La froide certitude de Denser – les Dordovans tueraient Lyanna – pesait lourdement sur son moral. Arrivé au château, il avait été introduit dans un confortable salon où on l'avait invité à attendre si le cœur lui en disait. Le comte, l'avait-on informé, dînait chez un ami, un noble marchand qui célébrait la naissance de son fils. Il était censé rentrer avant minuit.

Après les journées passées sur une selle humide et froide ou à frissonner sous une tente, Darrick ne put résister à la tentation d'une soupe chaude, d'un morceau de pain frais et d'un bon feu de cheminée. Une fois sûr que ses hommes avaient mangé, il envoya l'un d'eux porter ses ordres à Izack, puis s'installa pour attendre son hôte en luttant contre une forte envie de s'assoupir.

Au début, il avait pensé se contenter de superviser l'approvisionnement des bateaux loués par les Dordovans pour le voyage de retour jusqu'à l'archipel d'Ornouth, d'où venait Erienne. Il avait cru qu'il pourrait passer un peu de temps avec la jeune femme et l'aider à comprendre la situation, pendant que le navire elfique conduirait les Dordovans et les Lysterniens vers la proie qu'ils devraient capturer et contrôler pour sauver Balaia.

À présent, il comprenait que les Dordovans n'étaient pas pressés, et qu'il devrait tout organiser lui-même. Bel exemple de coopération intercollégiale, vraiment…

Alors qu'il franchissait les portes de château Arlen, Darrick avait vu l'expression soulagée des gardes, les sourires des palefreniers qui avaient emmené son cheval, et l'insouciance frisant le manquement au protocole de l'écuyer qui l'avait conduit au donjon. Comme si ces gens venaient de remporter une grande victoire et n'avaient aucune idée des forces qui convergeaient vers eux…

Darrick s'attendait à trouver le comte de bonne humeur. Mais à son retour, il lui parut assez distant malgré sa politesse coutumière.

— Général, quelle plaisante surprise, dit-il en lui serrant la main.

— Seigneur.

— Je viens de me faire porter un broc de vin chaud épicé. En prendrez-vous un verre avec moi ?

Darrick sourit.

— Volontiers. Après la soupe qu'on m'a servie tout à l'heure, j'ai l'impression d'être déjà en hiver.

— Et c'est peut-être le cas, dit Arlen en remplissant deux gobelets d'argent. (Il en tendit un à son hôte et lui désigna un des confortables fauteuils qui flanquaient la cheminée.) Je me suis laissé dire que cette magie sent mauvais, et je vois bien que ma ville est un peu trop froide et humide pour la saison. Tout ça est la faute d'une fillette, n'est-ce pas ?

— Exact, dit Darrick, curieux de découvrir ce que son interlocuteur savait.

— Hum… Et il semble que nous ayons eu de la chance jusqu'ici. Du vent, de la pluie, un peu de foudre… Alors qu'ailleurs, des catastrophes ravagent Balaia : des ouragans, un séisme qui a englouti une ville entière… Même Korina n'y a pas échappé : il paraît que la mer a monté au point de noyer les quais. Dites-moi quelle est la raison de votre présence à Arlen ?

— Je cherche l'enfant. Je veux la mettre en sécurité, là où l'on pourra la contrôler avant qu'elle provoque d'autres dommages.

— Les Dordovans qui campent au sud de ma ville poursuivent-ils le même objectif ?

— En théorie. Mais ils ne semblent pas avoir fait autre chose que dresser leurs tentes.

— Et voilà plus de deux semaines qu'ils sont ici. (Arlen but une longue gorgée de vin.) Je leur ai fichu la paix, parce qu'ils se sont montrés très courtois à chacune de nos rencontres. Ils ont loué *Le Soleil Calaien*, puis mangé et bu avec mes gens sans piper mot sur leurs motivations. Je suis très intrigué par leur alliance avec les Ailes Noires, ces vulgaires gredins que j'ai dû expulser. Je croyais pourtant que tous les Collèges partageaient la même haine envers ces gens.

— Je vous demande pardon ? fit Darrick, qui n'était pas certain d'avoir bien entendu.

— Et je suis encore plus surpris qu'un homme aussi honorable que vous accepte une telle alliance. Je pensais que Lystern était au-dessus de ça.

— Seigneur, je dois…

Le comte leva une main.

— Nous sommes dans mon salon, et je continuerai jusqu'à ce que j'en aie fini. Je sais que vous avez une force de deux cents cavaliers stationnée au nord-ouest de ma ville. Remmenez-les chez vous, général Darrick. Nous n'avons pas besoin de ces soldats ici. Les Ailes Noires sont partis. Vos douteux alliés vont bientôt s'embarquer pour Ornouth, où ils pensent trouver l'enfant. Tout s'arrangera. Par conséquent, je ne tolérerai plus aucune présence collégiale à Arlen.

Il remplit de nouveau son gobelet.

Darrick se leva, incapable de rester assis. Il n'arrivait pas à croire ce qu'il venait d'apprendre sur les Dordovans.

— Comte Arlen, je vous en prie, dit-il, sans se soucier de cacher son agitation. Les Ailes Noires… Insinuez-vous qu'ils travaillent avec les Dordovans ?

Une question si incongrue qu'il n'arrivait pas à croire qu'elle ait franchi ses lèvres. Un long moment, Arlen le dévisagea d'un air perplexe.

— Vous l'ignoriez ?

— Oui. Et je crains de ne pouvoir quitter votre ville. Je vous promets qu'aucun de vos sujets ne souffrira par la faute d'un Lysternien. Mais à moins que je puisse l'empêcher, il y aura un bain de sang à Arlen.

Le comte gloussa et secoua la tête.

— Mon cher général, vous êtes trop émotif. Demandez aux gens ce qui s'est passé ce matin. J'ai étouffé la menace dans l'œuf ! Les Ailes Noires ont été reconduits aux portes de ma ville, la queue entre les jambes. Il ne vous reste personne à combattre.

Darrick lutta pour maîtriser la colère qui montait en lui.

— Seigneur, un vaisseau elfique vient d'arriver dans votre port.

Arlen hocha la tête.

— *L'Orme des Océans*. Magnifique navire, n'est-ce pas ?

— Vous devez me donner immédiatement l'autorisation de monter à son bord !

— Je dois ? (Arlen haussa les sourcils.) Général, je n'ai pas l'habitude qu'on me présente de telles exigences dans mon salon.

— Mais je me permets d'insister. Ai-je votre permission ?

— Non, général, vous ne l'avez pas. (Arlen se leva.) Et vous ne l'aurez pas tant que vous ne m'aurez pas convaincu que c'est nécessaire pour la sécurité de ma ville.

Darrick se pencha par-dessus la table.

— Vous voulez une preuve ? Attendez, et elle viendra à vous. Mais Erienne Malanvai, la mère de l'enfant qui provoque toute cette destruction, est sur ce navire. Elle doit être mise en sécurité. Le seul moyen est de me laisser monter à bord pour faire reprendre le large à *L'Orme des Océans*.

— Reculez, général, ou j'ordonnerai à mes hommes de vous conduire à la prison que je vous ai laissé emprunter pour boucler des amis à moi. Vous semblez avoir peur d'eux, et à présent, je comprends peut-être pourquoi. Vous voulez les tenir à l'écart d'Erienne, n'est-ce pas ? De quoi d'autre avez-vous peur ? Des Ailes Noires ? Vous pensez vraiment qu'ils pourront l'atteindre à travers moi ?

Darrick ne recula pas. Il saisit le comte par le col de sa chemise de soie, la déchirant alors qu'il attirait le noble vers lui.

— Les Ravens sont en prison parce que je crains pour leur vie, tout comme je crains pour la vôtre ! grogna-t-il. Et pas à cause des Ailes Noires, bien qu'ils soient beaucoup plus dangereux que vous ne le pensez. Vous n'êtes pas au courant des dernières nouvelles venant de l'est.

Il lâcha le comte. Sans le quitter des yeux, le vieil homme livide tâtonna à la recherche de sa chaise et se rassit lourdement. Darrick s'aperçut que ses mains tremblaient, et pas seulement de colère.

— Xetesk arrive, révéla-t-il sur un ton funeste. Et à moins que *L'Orme des Océans* ait déjà repris la mer, les Protecteurs mettront votre ville à feu et à sang pour s'en emparer.

Chapitre 20

Donetsk sortit de *La Livarde*, dans le quartier du Sel, et reprit en titubant le chemin de chez lui. La soirée avait été bonne, et l'ambiance de la taverne inhabituellement joyeuse, tous les clients parlant encore de la façon magistrale dont leur seigneur avait éjecté les Ailes Noires le matin même.

Donetsk détestait ces brutes sans foi ni loi. Il avait suivi leur lamentable retraite jusqu'aux portes d'Arlen avant de retourner sur les quais pour finir sa journée de travail. Elle lui avait paru interminable, mais il avait pu s'échapper et aller à *La Livarde* pour fêter ça.

À présent que minuit approchait et que l'établissement allait fermer pour la nuit, le tavernier venait de le mettre dehors, non sans avoir prolongé son crédit de vingt-quatre heures. Du coup, Donetsk s'était arrêté sur le seuil pour l'étreindre chaleureusement. Demain matin, il se souviendrait de son geste et, comme toujours, en serait irrité. Mais pour le moment, il avait besoin de marcher un peu histoire de s'éclaircir les idées.

Le mauvais temps revenait. Il le sentait dans la morsure du vent. Il n'était pas encore trop froid, mais ça ne tarderait plus : le tonnerre grondait au-delà des montagnes, au nord, et au sud, en aval de l'Arl, des éclairs embrasaient l'horizon. Donetsk décida de profiter de ce répit pour se promener le long des quais. Il admirerait peut-être *L'Orme des Océans* au repos avant de rentrer chez lui dormir seul, comme chaque nuit, ces douze dernières années. Il avait entendu les rumeurs qui couraient en ville, murmurant que la magie était la cause de tous les problèmes, mais il ne leur avait pas prêté grande attention. Si elles étaient vraies, les Collèges y remédieraient. Ils sauraient quoi faire pour assurer la sécurité du peuple de Balaia.

L'écho de ses pas se répercutant sur les murs des entrepôts dans le calme nocturne, Donetsk aperçut les silhouettes sombres des grues, entendit le doux craquement des planches sur l'eau et eut un bref sourire.

Jadis, il était si fier. Il avait épousé une magicienne qui souhaitait s'installer à Arlen, avoir des enfants et mettre ses merveilleux charmes de guérison au service de ceux qui en auraient besoin. Leur fille aussi avait reçu le don. Le jour de ses dix ans,

Donetsk avait versé des larmes de joie lorsqu'ils étaient montés à bord du chariot qui devait les conduire à Julatsa.

Ils n'y étaient jamais arrivés. Des bandits de grand chemin, avait affirmé le cocher. Mais plus tard, Donetsk avait compris la vérité. Des Ailes Noires. Des chasseurs de sorciers désireux d'exterminer la prochaine génération de jeteurs de sorts.

Le sourire de Donetsk s'évanouit alors que le chagrin le submergeait, comme toujours au cœur de la nuit, et comme il le ferait jusqu'à son dernier souffle. Même si le docker travaillait et buvait pour oublier, il venait toujours un moment où le chagrin ressurgissait.

Donetsk porta une main à son visage et pria pour que les dieux veillent sur l'âme de sa femme et de sa fille. Il ne restait plus rien en ce monde pour lui, pas même la vengeance. Jadis, il y avait aspiré, mais il avait très vite renoncé, s'apercevant que cela ravivait sa douleur. Les dieux savaient que c'était la dernière chose dont il avait besoin.

Il s'arrêta et, vacillant, posa une main sur une vieille bitte d'amarrage en bois, fendue mais encore solide, pour se retenir. Son cœur battait la chamade, et un instant, il eut du mal à respirer. Il fixa le sol jusqu'à ce qu'il cesse de tanguer sous ses pieds, inspira profondément et maudit son esprit embrumé par l'alcool qui ballottait les souvenirs en lui comme des cadavres de noyés.

Lentement, il cligna des paupières pour refouler ses larmes, ravala son chagrin et leva les yeux. *L'Orme des Océans* n'était plus très loin. Derrière, au-delà du marché au poisson, l'attendaient sa maison et son lit. Vides mais néanmoins accueillants.

Donetsk repartit, écarquillant les yeux et gonflant les joues, alors que le vent lui soufflait en pleine figure. Il bâilla. Soudain, il avait hâte de s'allonger et de dormir jusqu'à ce que le chant des oiseaux le réveille.

Pressant le pas, il dépassa *L'Orme des Océans*. Une sentinelle patrouillait sur le pont. Donetsk lui sourit et agita la main. L'elfe le salua en retour. Donetsk n'aurait su dire s'il souriait, mais son salut lui suffisait. Il aimait bien les elfes – la plupart, en tout cas. Ils avaient quelque chose de magique, il le sentait.

Donetsk bâilla de nouveau et une odeur de poisson envahit sa bouche. Pas vraiment agréable, mais synonyme de sécurité. Il était presque chez lui. Il entra dans le marché, laissant les quais derrière lui.

Alors, il les vit jaillir de la nuit. Tous à pied, se déplaçant d'une allure lente et furtive, tenant à la main des épées ou des dagues dont le métal étincelait en reflétant le clair de lune. Confus, Donetsk plissa les yeux. Ils étaient dix… Puis douze, puis plus de vingt. Il crut d'abord que c'était des miliciens, mais il se ravisa très vite.

Il avança encore, même s'il savait que c'était une réaction stupide. Mais les hommes ne l'avaient pas vu, trop occupés à fixer une proie beaucoup plus massive. *L'Orme des Océans.*

Des Ailes Noires ! Des Ailes Noires dans le quartier du port, alors qu'on les avait expulsés de la ville le matin même. La colère s'empara de Donetsk, force irrépressible née de son chagrin et de l'insulte faite à Arlen – le comte comme la ville.

— Hé !

Sans se soucier du risque, il se lança. Il était Donetsk, et les gens d'Arlen prenaient soin des leurs.

Les hommes tournèrent la tête vers lui et se figèrent. Celui de devant écarta les bras, et tous se redressèrent en silence. Il portait une cape dont la capuche relevée cachait son visage, et il n'esquissa pas un geste quand Donetsk approcha de lui.

— Fichez le camp ! cria le docker en désignant la route du nord. (À bout de souffle, il courait aussi vite que ses jambes voulaient bien le porter.) Fichez le camp !

Il regarda autour de lui. Il n'y avait personne d'autre dans la rue. Son cœur manqua un battement. Trop tard pour reculer à présent. Il s'immobilisa devant les hommes si brusquement qu'il faillit trébucher.

— Vous n'êtes pas les bienvenus. Le comte vous a chassés. Partez !

— Allons, ronronna l'homme à la capuche d'une voix traînante. Tu as trop bu, l'ami. Tu ne sais pas ce que tu dis. Nous sommes les amis de tous, à part de ceux qui s'obstinent à nier la vérité. Laisse deux de mes hommes te raccompagner chez toi.

Donetsk secoua la tête.

— Non. Vous ne devriez pas être ici. (Il prit une inspiration laborieuse et tourna la tête vers le château.) Ga…

Une douleur intense lui traversa la poitrine. Il se tourna vers l'homme à la capuche. Il était si près qu'il sentait son haleine.

Il le prit par la nuque et l'attira encore un peu plus près. La douleur augmenta. Donetsk grogna, sentant ses forces l'abandonner.

— Nul ne saurait se dresser en travers du chemin des justes, chuchota l'homme à son oreille. Je ne te laisserai pas t'interposer entre le mal et nous. Puisse ton âme reposer en paix.

Donetsk sentit ses lèvres remuer, mais sa bouche était engourdie, et aucun son n'en sortit.

L'homme recula en retirant sa dague. Donetsk tomba à genoux, absurdement conscient de la noirceur de son sang, qui se répandait sur les pavés. Il fronça les sourcils alors que les ténèbres se refermaient sur lui, déçu de ne pas avoir pu faire comprendre aux Ailes Noires ce qu'ils lui avaient pris.

Ren'erei avait regagné *L'Orme des Océans* bien avant minuit, au terme d'une seconde sortie en ville qui n'avait pas porté plus de fruits que la précédente. Personne n'avait vu les Ravens arriver à Arlen, mais elle avait appris qu'une force de cavalerie lysternienne était désormais stationnée au nord-ouest de la ville, et son anxiété commençait à croître.

Le capitaine désirait repartir au plus tard le lendemain à l'aube, pour ne pas atteindre l'estuaire de l'Arl au moment du changement de marée. En temps normal, cela n'eût pas posé de problème. Mais depuis l'Éveil de Lyanna, les vents étaient devenus si capricieux que ça pouvait être un sérieux obstacle à leur fuite vers l'étendue ouverte de l'océan.

Erienne s'était montrée très calme, et sa certitude que les Ravens finiraient par arriver, aussi tard soit-il, avait rassuré l'elfe dans un premier temps. Mais à présent que la jeune femme dormait et que minuit approchait, l'inquiétude la taraudait de nouveau. Persuadée qu'il s'était passé quelque chose, elle monta sur le pont pour se dégourdir les jambes.

Dehors, la nuit était tranquille, mais le vent devenait glacial. Ren'erei gravit souplement les barreaux de l'échelle qui menait au pont avant, où une sentinelle montait la garde, sa vision elfique perçante portant loin dans l'obscurité.

— Tout va bien, Tryuun ? demanda Ren'erei en reconnaissant son frère.

Il se tourna vers elle et haussa les épaules.

— Les amis d'Erienne ne se sont toujours pas montrés. À part ça, j'ai vu passer un ivrogne il y a quelques minutes, et entendu quelqu'un crier, par là-bas. (Il désigna le marché au poisson dont les contours se détachaient sur le rivage, à leur gauche.) Probablement une dispute à propos d'une femme ou d'un pichet de bière.

Les deux elfes gloussèrent.

— Et toi, Ren ? Tu n'arrivais pas à dormir ?

— Non. Je m'inquiète pour eux. Je veux dire, pour les Ravens. Personne ne les a vus à Arlen, mais les Ailes Noires étaient là ce matin, et le comte vient de les faire expulser. Je sens de la tension dans l'atmosphère.

— Quel genre de tension ? demanda Tryuun.

— Cela dit, il y a les gens qui sentent que quelque chose est sur le point de se passer, mais qui ne savent pas quoi, et ceux qui croient que tous leurs problèmes ont disparu en même temps que les Ailes Noires.

— Et toi, qu'en penses-tu ?

— Je pense que nous devons filer d'ici aussi vite que possible.

Ren'erei se tourna vers le marché au poisson. Elle venait de capter un mouvement – peut-être l'ivrogne aperçu par son frère ou, si elle avait de la chance, quelqu'un qui venait la prévenir de l'arrivée des Ravens. Voire les aventuriers en personne.

— Tu as vu... ? commença-t-elle en tendant un doigt vers le marché enveloppé d'ombres profondes.

Mais Tryuun dégainait déjà sa fine lame elfique.

— Oui. Ren, va réveiller l'équipage. Ce sont les Ailes Noires.

Il se lança vers la barre tandis que sa sœur se laissait glisser le long de l'échelle, vers le pont principal. Derrière elle, elle entendit une cloche sonner et Tryuun hurler un avertissement.

— Toutes les armes sur le pont ! Toutes les armes sur le pont ! On nous attaque du rivage ! Réveillez-vous !

Il donnerait de la voix jusqu'à ce que les premiers marins émergent du pont inférieur.

Ren'erei dévala l'escalier de poupe et s'engouffra dans l'étroit couloir, frappant sur les portes alors qu'elle courait vers la cabine du capitaine.

— Debout ! Debout ! Les Ailes Noires attaquent ! Debout !

Sans prendre la peine de frapper, elle entra en trombe dans la cabine du fond. Le capitaine avait déjà sauté de sa couchette et enfilait un pantalon. Ren'erei décrocha son épée pendue derrière la porte et la lui lança avec son pourpoint de cuir.

— Combien sont-ils ?

— Peut-être une trentaine. Tryuun est à la barre. Nous n'avons pas beaucoup de temps. Ils sont sortis des ombres sur le marché au poisson.

— Va chercher Erienne, et enfuyez-vous à la nage toutes les deux. Nous les retiendrons.

Ren'erei hésita.

— Vas-y. La sécurité d'Erienne est tout ce qui compte !

Ren'erei fit demi-tour et courut. La porte de la cabine d'Erienne était la deuxième sur la gauche.

La jeune femme étouffa un cri quand son amie fit irruption dans la pièce.

— Erienne, ce n'est que moi !

Le visage livide de la jeune femme apparut dans le col de la tunique qu'elle était en train d'enfiler.

— Que se passe-t-il ? demanda-t-elle d'une voix étranglée.

Ren'erei lut dans ses yeux qu'elle connaissait déjà la réponse.

— Les Ailes Noires attaquent le navire. Je vais vous aider à vous échapper, mais pour ça, il va falloir que vous gardiez votre calme.

Elle voyait bien qu'il était trop tard pour ça. Le seul nom des chasseurs de sorciers fit trembler Erienne à tel point qu'elle ne parvint pas à boutonner le col de sa tunique.

— Non ! Je...

Elle n'acheva pas sa phrase, ses grands yeux écarquillés et confus rivés sur Ren'erei. L'elfe ramassa sa cape.

— Venez. Nous devons partir tout de suite.

— Attendez ! lança Erienne en se tordant les mains, puis en les essuyant sur son pantalon. Je dois...

— Maintenant ! cria Ren'erei. (Elle avança et prit la jeune femme par le bras.) Vous aurez tout le temps d'avoir peur plus tard. Pour l'instant, il faut filer d'ici.

— Ne les laissez pas me toucher ! supplia Erienne.

— Pas tant qu'il me restera une goutte de sang dans les veines, promit l'elfe.

Puis elle entraîna la magicienne dans le couloir alors que des bruits de pas et des ordres résonnaient dans tout le navire.

Tryuun les vit venir pendant qu'il donnait l'alarme. Ils étaient bien plus nombreux qu'il ne l'avait estimé, armés jusqu'aux dents et munis de trois longues planches, ainsi que de cordes et de grappins. L'équipage de *L'Orme des Océans* n'aurait pas le temps de lever les amarres. Ça se jouerait au corps à corps.

La peur nouait l'estomac de l'elfe, et le souvenir de la douleur fit brûler son œil crevé. Mais il ne pouvait pas se permettre de montrer des signes de faiblesse. Alors que les premiers marins couraient vers lui, il sauta sur le pont principal.

— Tous à l'avant, et assurez-vous qu'ils nous entendent, ordonna-t-il à ses camarades. Ils ont des passerelles, et sans doute des arbalètes. Nous pouvons les retenir, mais il me faudra des boucliers. Et des arcs. Tout de suite.

Les Ailes Noires se séparèrent en deux groupes. Le plus important, celui qui portait les planches, fonça vers *L'Orme des Océans*. Le second ralentit pour rester un peu en retrait.

— Des arbalètes ! cria un marin qui avait déjà atteint le pont avant.

Tryuun baissa les yeux vers le rivage. Si peu de temps... Autant que la perspective de la bataille à venir l'angoissât, il ne pouvait se défendre d'une certaine admiration pour l'organisation parfaite de leurs agresseurs. Aucune erreur n'était permise.

— Les boucliers sur le pont principal ! cria-t-il. Où sont mes arcs ? Par les dieux qui pleurent, bougez-vous !

— Attention !

Des carreaux volèrent par-dessus leur tête. La plupart retombèrent dans l'eau, de l'autre côté du navire, quelques-uns se plantant dans les mâts et les planches du pont. Ils avaient eu de la chance – cette fois.

À la poupe, les portes menant aux cabines s'ouvrirent à la volée, et l'équipage au complet déferla enfin sur le pont. Les archers coururent à leur poste derrière les trois mâts, cherchant à la fois une couverture et un angle de tir propice, pendant que leurs camarades dressaient des boucliers le long du bastingage.

Un cri monta du quai, et les porteurs de passerelles avancèrent, flanqués d'autres hommes qui les protégeaient avec leurs boucliers. Une nouvelle volée de carreaux, à la trajectoire mieux calculée, s'abattit sur le pont. Quatre projectiles ripèrent sur des boucliers ; un autre se planta dans la jambe d'un marin, qui s'écroula et fut aussitôt emporté par deux de ses camarades.

L'une après l'autre, les planches furent dressées et relâchées. Les deux premières rebondirent sur le bastingage et glissèrent sur le côté, mais la troisième enfonça l'obstacle et se logea entre les entretoises brisées.

— Débarrassez-moi de ce bois pourri ! rugit le barreur en se frayant un chemin jusqu'au bastingage.

Des elfes se penchèrent pour repousser les passerelles tandis que les premières flèches de leurs archers volaient vers leurs ennemis, transperçant un arbalétrier et deux autres hommes armés d'épées. Déjà, les Ailes Noires se précipitaient le long de la troisième planche.

— Abattez-les ! ordonna le capitaine.

Une passerelle tomba à l'eau ; grâce à un effet de levier, la deuxième fut soulevée du rivage.

Mais la dernière était une menace permanente.

Les Ailes Noires avaient encore neuf arbalétriers debout. Leur volée suivante prit pour cible les elfes qui montaient la garde près de la planche sécurisée. Trois d'entre eux s'effondrèrent, un carreau fiché dans l'estomac ou la jambe. L'instant d'après, les épéistes ennemis atteignaient le sommet de la passerelle et se jetaient sur les marins qui formaient un cordon de sécurité, tandis que leurs arbalétriers, disposés en deux rangs, mitraillaient l'équipage de *L'Orme des Océans*. Une charge ultra-disciplinée. Même si les archers elfes réussirent à abattre les hommes de tête, les suivants prirent pied sur le pont, et la mêlée s'engagea.

Le vacarme, les silhouettes sombres, l'odeur de la peur et l'adrénaline de l'action faisaient tourner la tête d'Erienne. Son pouls battait follement à son cou, sa bouche était pleine de bile et elle revoyait le sourire cruel de Selik devant ses fils assassinés. Frissonnant, elle ferma les yeux. Une vaine tentative pour chasser ses souvenirs.

Devant elle, Ren'erei bousculait les marins pour leur ménager un passage dans le couloir. Ici, les cris étaient plus forts, mais la jeune femme n'entendait pas le fracas de l'acier. Pas encore.

Elles déboulèrent au milieu de la mêlée. Une flaque de sang s'étendait lentement sur le pont.

Erienne laissa Ren'erei l'entraîner dans la direction opposée au combat, vers l'étroite passerelle qui conduisait à la poupe du navire.

— Voilà, dit l'elfe en s'arrêtant et en se tournant vers elle. Ne réfléchissez pas, enjambez le bastingage et sautez par-dessus bord. Je serai derrière vous. L'eau est un peu agitée, mais pas trop froide. Nous longerons la coque de *L'Orme des Océans* et remonterons sur le quai un peu plus loin, d'accord ?

Erienne la regarda sans comprendre. Sous elles, les flots qui agitaient le navire étaient sombres et menaçants. Elle baissa les yeux vers les ténèbres, les regardant onduler comme si elles attendaient que la jeune femme tombe dans leurs griffes pour l'engloutir.

La nausée la gagna.

— Il n'y a pas de canot ? demanda-t-elle.

— Non ! répondit Ren'erei. Nous n'avons pas le temps de le mettre à l'eau. Dépêchez-vous, Erienne, je vous en supplie. Tout va bien se passer. Je veillerai sur vous.

Bien que moins surélevée que le pont avant, la poupe du navire culminait à sept mètres. Le bruit des vagues qui venaient gifler la coque paraissait si distant... La jeune femme imagina le froid qui s'emparerait d'elle quand elle heurterait la surface du lac, puis l'envelopperait tandis qu'elle coulerait. Et les mains prêtes à la saisir pour l'entraîner au fond pendant qu'elle se débattrait en vain, jusqu'à ce que ses poumons explosent, ou qu'elle soit obligée d'inspirer pour avaler de l'eau... Alors elle s'étranglerait, tousserait et hurlerait.

Personne ne l'entendrait, et elle se soumettrait à la volonté des flots.

— Erienne, qu'est-ce qui ne va pas ?

Ren'erei avait empoigné la magicienne, la forçant à se tourner vers elle avec une force surprenante.

— Je ne peux pas ! haleta Erienne. Je ne peux pas !

Derrière elles, des cris résonnèrent, et le fracas, reconnaissable entre tous, d'épées qui s'entrechoquent se répercuta dans la nuit.

— Il le faut, la pressa l'elfe. S'ils s'emparent du bateau, ils vous captureront. Nous ne pouvons pas courir ce risque.

— Vous préféreriez me jeter dans le lac ? Pas question.

Erienne se détourna et agrippa le bastingage si fort que ses jointures blanchirent.

— De quoi avez-vous peur ? (De nouveau, Ren'erei la força à se tourner vers elle, plus doucement cette fois.) Je vous en prie, Erienne. Nous n'avons pas le choix.

— Je ne pourrai pas voir ce qu'il y a sous moi, souffla la jeune femme, persuadée que Ren'erei ne comprendrait pas son angoisse et la jugerait stupide. Par pitié, ne me forcez pas à faire ça !

L'elfe se mordit la lèvre. Erienne vit qu'elle réfléchissait frénétiquement. Un pli barra son front tandis qu'elle plissait les yeux.

— Je ne devrais pas faire ça, dit-elle en secouant la tête, mais...

Trop vite pour qu'Erienne puisse réagir, elle se pencha, saisit la jeune femme par la taille et la fit basculer par-dessus bord.

Les arcs elfiques tirèrent une nouvelle fois, mais les Ailes Noires se massaient sur le quai, ignorant les autres passerelles pour se concentrer sur celle que l'équipage de *L'Orme des Océans* ne pouvait déloger. Une partie des assaillants avait déjà pris pied sur le pont, et la violence de la mêlée augmentait de seconde en seconde.

Les arbalétriers décochèrent une autre volée de carreaux. Un archer reçut un projectile dans la poitrine. Il s'écroula en poussant un cri auquel ses camarades ne prêtèrent pas attention, trop occupés à lutter pour leur navire et leur propre vie.

Tryuun bloqua une attaque avec son bouclier et riposta. Son adversaire para le coup et revint à la charge en faisant décrire un arc de cercle à son épée. Tryuun recula d'un pas, esquivant avec aisance. L'Aile Noire avança mais ne tenta pas de frapper tout de suite.

L'elfe regarda autour de lui. L'équipage de *L'Orme des Océans* s'était déployé en demi-cercle autour des intrus. Une dizaine était déjà sur le pont, et d'autres s'apprêtaient à les rejoindre d'un instant à l'autre. Tryuun savait ce qu'ils voulaient, et il n'avait pas assez de marins pour les repousser.

La volée de carreaux suivante abattit le dernier archer. Un cri monta du rivage, et les Ailes Noires se ruèrent en avant, exerçant une intense pression sur l'extrémité droite de la ligne formée par les marins. Pris par son duel, Tryuun ne put rien faire pour les empêcher d'enfoncer la section la plus faible de leurs défenses. Alors qu'il repoussait son adversaire, il frémit en voyant une épée mordre l'épaule d'un de ses camarades.

Les Ailes Noires s'engouffrèrent dans la brèche qu'ils venaient d'ouvrir, prenant possession d'une importante partie du pont principal pendant que leurs camarades se déversaient à bord. Bientôt, les elfes seraient encerclés. Tryuun appela le capitaine et continua à se battre.

Ren'erei bondit souplement par-dessus le bastingage et sauta dans l'eau, dont elle perturba à peine la surface. Mais Erienne n'était pas tombée. Agitant les bras dans sa panique, elle avait agrippé une entretoise et restait suspendue dans le vide, trop effrayée pour lâcher prise et trop faible pour remonter à la force de ses biceps.

Un rugissement retentit à l'autre bout du navire.

— Erienne, nous sommes en train de perdre ! Vous devez le faire. Il n'y a rien en bas, à part l'eau et la sécurité.

— J'arrive, dit la jeune femme, avec tant de difficulté qu'elle se demanda si son amie l'avait entendue.

Repoussant les images de l'enfer qui l'attendait sous les vagues, des mains avides et des ténèbres prêtes à la noyer, elle tenta d'ouvrir les doigts.

Puis elle sentit le contact froid d'une lame sur sa gorge, tandis qu'une main puissante lui saisissait le bras.

— Laissez-moi vous sauver, susurra une voix traînante qui lui glaça le sang dans les veines. Vraiment, j'insiste.

Erienne leva les yeux, reconnut l'homme penché sur elle et hurla.

Chapitre 21

Darrick entra dans le campement lysternien au galop en appelant Izack à grands cris. Son second émergea des ténèbres au pas de course.

— Sonnez l'alarme générale, ordonna Darrick en tirant sur les rênes de sa monture avant de sauter à terre. Je veux que tous les hommes soient à cheval et prêts à partir en un éclair. Faites porter un message aux Dordovans stationnés au sud d'Arlen. Conseillez-leur de se tenir à l'écart de *L'Orme des Océans*. Et si vous trouvez ceux qui nous servent de guides, dites-leur qu'ils ne sont plus les bienvenus parmi nous.

Izack fronça les sourcils.

— Général ?

— Plus tard, coupa Darrick. Nous devons rejoindre le navire elfique. À mon avis, il ne va pas tarder à y avoir du grabuge.

— À vos ordres !

Izack claqua des talons et se détourna. Darrick le vit envoyer un jeune soldat sonner la cloche. Puis il l'entendit lancer des ordres qui firent courir les hommes vers les paddocks.

Le général prit aussi la direction des paddocks. Ils ressemblaient à un foutoir, mais il savait qu'il n'en était rien. Toutes les montures étaient attachées selon un ordre précis, pour que chaque cavalier puisse retrouver la sienne dans un délai minimal. Devant lui, Izack, qui l'avait précédé, lançait toujours des ordres.

— Sortez du camp et formez les escadrons au point de rassemblement numéro un. Le un ! répéta-t-il en levant un bras, l'index tendu et les autres doigts repliés pour ceux qui étaient hors de portée de voix. Remuez-vous, soldats, remuez-vous !

Darrick fit la grimace. Comme les Dordovans auraient été offusqués s'ils avaient pu l'entendre… Ces mages hautains qui les avaient suivis partout et qui brillaient désormais par leur absence. S'il leur restait deux sous de jugeote, ils avaient déjà dû quitter le camp.

Évitant les chevaux qui faisaient demi-tour pendant que les derniers cavaliers sellaient hâtivement les leurs et se hissaient sur leur dos, Darrick fonça vers sa monture de réserve, dont son palefrenier personnel tenait la bride. À la lumière des torches, la jument semblait en pleine forme avec son poil luisant, son fier port de tête, sa bride et son mors polis.

Le général monta en selle, glissa ses pieds dans les étriers et talonna sa monture, qui franchit d'un bond la clôture du paddock et galopa jusqu'au point de rassemblement, où Izack attendait nerveusement.

— Pas assez rapide, grommela le capitaine.

— Par les dieux, Izack, gloussa-t-il, je suis ravi de ne pas être votre subordonné. Sachant qu'ils dormaient il y a encore cinq minutes, je dirais que ces hommes sont en train de battre un record.

— Ça ne change rien à la réalité, nous n'avons pas de temps à perdre !

Darrick regarda les derniers cavaliers se mettre en formation.

— Écoutez ! cria Izack en levant les deux bras et en les écartant au-dessus de sa tête. Le général va parler.

Le silence se fit aussitôt dans les rangs.

— Il ne s'agit pas de charger un ennemi en terrain découvert. Ceux d'entre vous qui ont déjà combattu avec moi se souviennent de l'excitation de la chevauchée. Cette fois, ce sera différent. Nous allons traverser des rues étroites, bordées par les maisons d'une population innocente, et j'entends qu'aucun civil ne soit blessé dans la manœuvre. Nous nous déplacerons vite, mais prudemment. Vous garderez vos armes au fourreau jusqu'à ce que nous atteignions les quais et que je vous donne l'ordre de dégainer. J'ignore qui nous allons vraiment affronter, mais gardez à l'esprit que ceux que vous considériez comme nos alliés ne le sont peut-être pas. Notre objectif est de protéger une enfant de ceux qui voudraient l'assassiner. Lystern, en avant !

Avec un rugissement, la cavalerie s'ébranla.

Hirad avait bifurqué vers le nord, se détournant d'Arlen et entraînant les loups à sa suite. Ce n'était pas ce qu'il avait prévu. À l'origine, il avait voulu se rapprocher le plus possible des quais, mais ce qu'il avait vu du sommet d'une butte, à trois kilomètres des portes de la ville, l'avait profondément ébranlé.

Abandonnant un camp où des feux brûlaient encore, des centaines de fantassins et de cavaliers munis de lanternes ou de torches déferlaient vers le petit port. Des Dordovans, sans doute. Et à l'ouest, approchant au pas de course, une tache sombre infatigable se détachait sur le paysage aux contours découpés par le clair de lune.

Silencieux et terribles, telle une monstrueuse couverture jetée sur la plaine, ils avançaient. Ils n'avaient pas besoin de lumière ou de chevaux. Ni de repos. Et quand ils atteindraient Arlen, l'enfer se déchaînerait. Les Protecteurs. Une fois leur mission assignée, ils exécutaient les ordres impitoyablement, abattant tout obstacle qui se dressait sur leur chemin.

Hirad connaissait un homme qui aurait pu les arrêter, mais il ignorait où il était. Prisonnier quelque part. Peut-être dans le camp des Dordovans. Mais si c'était le cas, le barbare ne pourrait pas le délivrer avant qu'il soit trop tard. Prendre la direction du nord, où brûlaient d'autres feux, était un risque à courir.

Il approcha, Thraun et la meute sur ses talons. Ce camp aussi, presque désert, témoignait d'un départ précipité : rabats de tentes claquant au vent, flambées non entretenues, râteliers vides, dont certains avaient été renversés… Hirad aperçut deux hommes qui ne montaient même pas la garde : debout près de la fosse centrale, où pendaient des chaudrons fumants, ils tendaient les mains vers les flammes tandis que le vent agitait leur cape. Leur lance était fichée dans le sol à côté d'eux.

Sachant qu'il ne convaincrait pas Thraun de l'attendre, le barbare décida d'entrer dans le camp avec la meute. Les loups n'attaqueraient pas s'il ne leur montrait pas l'exemple, et il se doutait que leur présence lui permettrait d'obtenir des réponses plus rapides.

À cause du vent qui rugissait et de la lumière du feu, qui faisait paraître les ombres plus épaisses, les soldats le virent et l'entendirent au dernier moment. Réaction à la fois comique et prévisible, ils empoignèrent leurs lances, reculèrent, bouche bée, puis se regardèrent. Ils savaient que la situation était désespérée, qu'ils n'avaient aucun espoir de s'enfuir – ni de gagner en cas de combat.

Hirad tira sur les rênes de son cheval et se laissa glisser à terre. Il sentit Thraun approcher du feu en même temps que lui. Le regard rivé sur les loups qui attendaient un peu à l'écart, les soldats ne pipèrent mot.

— Impressionnants, non ? lança le barbare, une main sur la garde de son épée. Mais pas dangereux. Pas nécessairement.

— Vous voulez quelque chose ? osa dire un des hommes.

— Bien vu. Les Ravens. Où sont-ils ?

Une lueur de reconnaissance passa dans le regard des soldats.

— On nous a dit que vous aviez été tué, déclara le second, qui ne semblait pas plus âgé que son camarade. Par des loups.

Il désigna Thraun.

— On s'est trompé, dit Hirad. Alors ? Les Ravens ?

— Ils ont été emmenés à la prison d'Arlen.

Le barbare hocha la tête. Les Ravens en prison. C'était une insulte. Et il en était responsable.

Il ravala pourtant sa colère.

— Et Darrick ? Et le reste de la cavalerie ? À supposer que vous soyez bien des Lysterniens, comme je le pense. Ce camp est trop ordonné pour être celui de Dordovans.

— Il y a un problème à Arlen, révéla un des deux hommes sur un ton hésitant.

Hirad le comprenait. Après tout, il était sous les ordres de Darrick.

— Écoutez, je sais que vous avez reçu des instructions… Mais aussi invraisemblable que ça paraisse, nous voulons tous la même chose. Dites-moi. Je ne raconterai pas à votre général d'où je tiens mes informations ; sans compter que vous pourriez m'aider à sauver une grande partie de vos amis, et que je n'ai pas le temps de parler avec vous.

Après quelques instants, un des soldats haussa les épaules et l'autre prit la parole.

— La cavalerie est allée sur les quais. Le général pense qu'il y a eu une trahison. Il est parti défendre *L'Orme des Océans*.

— Et c'est tout ?

Les deux hommes hochèrent la tête. Hirad se détourna et prit les rênes de sa monture. Tout en se hissant en selle, il lança :

— Par les dieux qui brûlent, c'est bien pire que ça. Les Dordovans arrivent du sud, et les Protecteurs sont juste derrière eux. Si vous pouvez faire parvenir un message à Darrick, faites-le. Vous savez où je serai. (Il talonna son cheval.) Merci. Thraun, on y va.

Il s'éloigna au galop, la meute dans son sillage.

Ren'erei aurait voulu hurler, lui faire savoir qu'elle avait tout vu et qu'elle ferait tout ce qui serait en son pouvoir pour l'arracher aux griffes de Selik. Mais elle ne pouvait pas se le permettre. Ça lui aurait seulement coûté sa propre liberté, et peut-être sa vie.

Les Ailes Noires s'étaient emparés de *L'Orme des Océans* si vite… Ren'erei se maudit d'avoir laissé Erienne tomber entre leurs mains. Mais la jeune femme était si effrayée que ça lui avait semblé le seul moyen. Elle écouta ses cris alors que Selik l'entraînait vers le pont principal, priant pour que Tryuun ait survécu et pour qu'il veille sur elle.

Pauvre Tryuun, qui devait avoir presque aussi peur qu'Erienne.

Pour l'heure, Ren'erei avait des soucis plus pressants. L'eau était plus froide qu'elle ne l'aurait cru. Fouettée par le vent, elle lui jetait des gerbes d'écume à la figure. Sa cuirasse imbibée risquait de l'entraîner par le fond et son épée, bien que légère et attachée dans son dos pour un meilleur équilibre, augmentait ses difficultés. Elle devait réfléchir vite et choisir entre les deux options qui se présentaient à elle.

Même si, conformément au style elfique, la poupe de *L'Orme des Océans* formait une avancée sensible par rapport au bas de sa coque, elle pouvait être escaladée par quelqu'un qui connaissait la technique – ce qui était le cas de tous les membres d'équipage. Mais Ren'erei pourrait difficilement libérer ses camarades à elle seule. À moins de se cacher et d'attendre une occasion qui risquait de ne jamais se présenter, elle serait seulement prisonnière des Ailes Noires avec Erienne.

Elle s'éloigna du navire elfique, décidant de regagner le rivage au niveau de l'anse occupée par la flotte de pêche d'Arlen. Là-bas, elle serait hors de vue des Ailes Noires. De toute façon, ils ne devaient pas se soucier d'elle. Ils souhaitaient s'emparer d'Erienne et de *L'Orme des Océans* pour atteindre leur proie ultime – Lyanna.

Que savaient-ils exactement ? Assez de choses pour conduire un assaut organisé et efficace, ce qui était déjà choquant en soi. Mais Ren'erei devait aussi supposer qu'ils avaient une idée de leur destination finale. Après tout, c'était à cause de la dégénérescence du bouclier des Al-Drechars qu'Erienne avait voulu regagner Balaia, et un mage doué aurait pu percevoir les interruptions du flux de mana. Donc, au minimum, les Ailes Noires savaient que Lyanna était quelque part au sud du continent.

Ren'erei nageait un crawl puissant, qui lui permettait de fendre les flots agités avec une économie de mouvements. Devant elle, elle apercevait la structure du port de pêche, dont les quais de bois et de pierre fournissaient des eaux relativement placides aux frêles esquifs. Même si le lac était traditionnellement calme, les vents descendus des montagnes proches étaient parfois violents et la flotte aurait besoin de s'abriter.

Ren'erei se dirigea vers l'extrémité du promontoire bâti par l'homme. Mais plutôt que de se hisser dessus pour regagner le rivage à pied, elle choisit de le longer à la nage. À cause du vent glacial, elle serait transie jusqu'à la moelle dès qu'elle émergerait du lac. Tandis qu'elle observait les barques qui tanguaient à la surface de l'eau, elle pensa que leurs propriétaires passeraient sans doute une nuit blanche à prier les dieux des mers de retrouver leur gagne-pain intact le lendemain matin

Les cinquante derniers mètres, les pensées de Ren'erei se tournèrent de nouveau vers Erienne et *L'Orme des Océans*. L'équipage ne pourrait pas refuser une traversée aux Ailes Noires. Il n'oserait même pas les retarder trop longtemps. Lyanna était entrée dans son OmbreMage. Pour sauver le monde, il fallait qu'Erienne, Denser et Ilkar atteignent Herendeneth assez vite et soutiennent les Al-Drechars affaiblies. Mais cette exigence de rapidité rapprocherait du même coup les Ailes Noires de leur cible et la solution qu'ils avaient choisie était inacceptable. L'Unique devait survivre.

Par bonheur, les chasseurs de sorciers allaient être confrontés à un dilemme. Ils auraient besoin des elfes pour négocier l'approche dangereuse de l'île – et les elfes voulaient qu'Erienne reste en vie. Ça signifiait que Selik ne pourrait pas la tuer tout de suite. Donc, la seconde option était la seule vraiment valable. Ren'erei devait trouver les Ravens et un navire qui puisse suivre, sinon précéder, *L'Orme des Océans* à Herendeneth.

Mais alors qu'elle prenait pied sur le rivage, frissonnant dans le port de pêche balayé par le vent, Ren'erei entendit crier des ordres elfiques, capta le fracas d'une cavalcade et vit des lumières s'approcher du sud-est. Elle se lança vers le nord, longeant le marché au poisson en direction du square du Centenaire. Ses efforts seraient peut-être inutiles, mais elle devait quand même essayer.

Erienne avait très vite perdu jusqu'à la force de crier. Selik l'avait observée avec un rictus grimaçant et l'avait laissée s'épuiser.

À présent, la peur, la répulsion et le désespoir submergeaient la jeune femme, et ses jambes menaçaient de se dérober. Une douleur terrible lui déchirait les entrailles, une terreur qui fleurissait et déployait ses pétales de nausée dans tout son corps, la laissant tremblante et les joues inondées de larmes. Les cordes vocales à vif, elle ne résista pas lorsque Selik l'entraîna vers le calme surnaturel qui était tombé sur *L'Orme des Océans.*

Selik marchait à côté d'elle, un bras passé autour de ses épaules et une main sur sa gorge. Arrivé sur le pont principal, il poussa Erienne sous la lumière des torches, provoquant les vivats des Ailes Noires. La jeune femme trébucha mais parvint à reprendre son équilibre.

Elle regarda autour d'elle. Des planches éclaboussées de sang, des elfes à l'échine courbée sous la lame de leurs vainqueurs, des corps gisant là où ils étaient tombés... Certains marins remuaient encore. L'un d'eux agrippait le carreau planté dans sa cuisse. Livide, il s'efforçait d'arrêter l'hémorragie sous le regard indifférent des Ailes Noires. Et Erienne ne pouvait pas lui lancer de sort de guérison à cause des dommages que Lyanna lui avait infligés.

Des lanternes s'allumaient à bord d'autres vaisseaux, leurs équipages ayant été réveillés par le raffut. Erienne espéra que les marins viendraient à leur secours.

C'était son seul espoir. Çà, et que Ren'erei prenne la bonne décision, n'essayant pas de remonter à bord avant d'avoir trouvé de l'aide.

Mobilisant ses derniers lambeaux de volonté, la jeune femme se força à se tourner vers Selik.

— Vous avez ce que vous voulez. À présent, secourez les blessés avant que leur mort vienne s'ajouter à celles qui souillent déjà vos mains.

Selik secoua la tête.

— Erienne… Vous n'êtes pas en position d'exiger, ne croyez-vous pas ?

— Il vous faut un équipage pour faire naviguer ce bateau, oui ou non ?

La jeune femme entendait les mots sortir de sa bouche, mais elle ne reconnaissait pas sa voix, tremblante et dépourvue de son assurance et de sa force habituelles. Elle arrivait à peine à se concentrer sur Selik, son visage ravagé et sa respiration laborieuse attestant des dommages qu'elle lui avait infligés. Pourtant, il vivait encore, et la bile dans sa gorge était d'autant plus amère. Jadis, elle n'avait pas réussi à le tuer.

Dans les yeux de l'Aile Noire, Erienne lisait une haine profonde. Il l'avait poursuivie pendant plus de six ans, comprit-elle. Mais elle avait passé le plus clair de ce temps dans la sécurité de l'enceinte de Dordover sans jamais penser à ce danger. Pourquoi l'aurait-elle fait ? Par les dieux, elle était persuadée de l'avoir tué. Et pourtant sa Némésis l'avait retrouvée. Elle était désormais en son pouvoir… Terrifiée à l'idée que Selik puisse détruire sa famille et sa vie une seconde fois. Affolée parce qu'elle ne voyait aucun moyen de l'en empêcher.

Son cœur se serra. Quel choix lui restait-il ? Selik ne la laisserait pas partir. En refusant de le conduire à Herendeneth, elle condamnerait Lyanna – et peut-être Balaia – aussi sûrement qu'en acceptant. Erienne était coincée, et sa seule option restait de gagner du temps. Au bord de l'évanouissement, elle déglutit avec peine. Sa vision se brouilla, ses jambes menaçant de se dérober.

— Alors ? parvint-elle à articuler.

— Je n'ai pas l'intention de les laisser mourir, Erienne, affirma Selik. (Il claqua des doigts pour attirer l'attention d'un soldat et désigna un elfe qui se vidait de son sang.) Mais une aide plus efficace – d'une nature guidée par le mana, si je puis m'exprimer ainsi – arrivera bientôt.

— Quoi ?

De nouveau, le monde s'écroula autour d'Erienne. La jeune femme fut projetée plus de six ans en arrière, quand elle était prisonnière du château des Ailes Noires, où elle avait appris que des mages félons les soutenaient. À l'époque, cette idée l'avait rendue malade de dégoût. À présent, elle ajoutait à son désespoir.

Selik eut un rictus.

— Ne considérez pas ça comme une trahison, mais plutôt comme une aide bienvenue. Dans le fond, nous poursuivons tous le même objectif : nous souhaitons mettre un terme aux ravages déclenchés par les pouvoirs incontrôlés de votre fille.

Erienne se jeta sur lui, toutes griffes dehors, mais Selik l'immobilisa aisément.

— Je vous défends de lui faire du mal ! grogna-t-elle.

— Qui, moi ? Erienne, vous vous méprenez. Je n'ai pas l'intention de lui faire du mal. Et mes hommes non plus. D'autres que nous sont beaucoup mieux placés pour se charger de la créature que vous avez engendrée, et je serai ravi de la laisser entre leurs mains compétentes.

Il attira la jeune femme vers lui, les doigts profondément enfoncés dans la chair de ses bras.

— Vous voulez savoir pourquoi je suis toujours vivant, bien que votre sort ait gelé ma chair ? Vos amis Ravens ont transporté mon corps dans la cave, pour qu'il y pourrisse avec ceux de mes compagnons. Ils auraient dû me laisser brûler dans la tour, gisant dans le sang encore tiède de vos fils.

À la mention de ses deux garçons, Erienne frémit. Elle revoyait le massacre comme s'il avait eu lieu la veille. Leur regard fixe, leur gorge lacérée, et le sang répandu partout autour d'eux…

— Je n'en ai pas encore fini avec la famille Malanvai, reprit Selik. Vous êtes encore là, et vous m'appartiendrez aussi longtemps que je jugerai bon de vous garder en vie. Quand vous serez morte, je pourrai enfin recommencer à vivre sans sentir votre ombre maudite peser sur moi. Réfléchissez-y, Erienne, et savourez vos derniers jours.

Il força la jeune femme à faire face au pont principal. Le calme était revenu à bord. À travers ses larmes, Erienne vit que tous la regardaient. Une idée l'obsédait. Elle était perdue, mais Lyanna devait survivre.

— J'ai pitié de vous, Selik, dit-elle d'une voix étranglée. Vous n'êtes toujours qu'un vulgaire laquais. Et si vous posez un pied à l'endroit où vit ma fille, les Al-Drechars vous écraseront aussi facilement qu'une mouche. Vous ne pouvez pas imaginer l'étendue de leur pouvoir.

Selik la poussa vers la porte des cabines.

— Si c'est ce que vous croyez, grand bien vous fasse. Mais mes informateurs ont vu les projections dans le spectre du mana. De toute évidence, vos Al-Drechars ne sont pas assez puissants pour contrôler votre fille. Mais il est temps que nous ayons une petite conversation à leur sujet. En privé.

Quelqu'un leur ouvrit la porte. Erienne leva les yeux vers le capitaine de *L'Orme des Océans*, dont l'humiliation se lisait sur les traits. Derrière lui, un Aile Noire lui plaquait la lame d'une épée sur la gorge. Il repoussa l'arme.

— Faites-lui le moindre mal, cracha-t-il, et la seule destination que vous atteindrez sera le fond de l'océan !

— N'essayez pas de me menacer, elfe. Vous êtes vaincu !

— Ce n'est pas une menace, mais une promesse. Sans nous, vous ne trouverez jamais votre chemin et vous le savez. Si vous touchez à Erienne, nous mourrons plutôt que de vous aider !

Selik s'immobilisa et poussa la jeune femme vers un de ses soldats.

— Conduis-la dans sa cabine, ordonna-t-il. (Il se tourna vers le capitaine.) Elfe, je veux bien conclure un marché avec toi. Tant que cette chienne sera à bord, elle ne subira aucun dommage d'ordre physique. Mais si tu oses t adresser de nouveau à moi de cette façon, je te saignerai devant ton équipage avant de jeter ton corps aux requins. Et d'après mes calculs, il restera encore assez de marins pour manœuvrer ce bateau. C'est compris ?

Selik poussa le capitaine, une main posée sur sa poitrine, un geste méprisant qui indigna Erienne. Alors que le soldat la tirait dans l'escalier, elle entendit l'Aile Noire ajouter :

— À présent, rassemblez votre équipage. Qu'il soit prêt à larguer les amarres à mon commandement. Nous partirons dès que nos invités nous aurons rejoints. Ornouth est loin d'ici, et je détesterais prendre un retard inutile.

Erienne éclata en sanglots. Il savait tant de choses, mais d'où les tenait-il ? Et quel Collège l'avait trahie ? Alors qu'elle entrait dans sa cabine, elle craignit de connaître déjà la réponse à ses questions.

Chapitre 22

Assis la tête entre les mains, l'Inconnu s'efforçait de ne pas croire ce qu'il éprouvait. Une pression dans son cerveau qu'il n'avait pas connue depuis des années. Il avait su qu'ils s'étaient mis en marche avant que Darrick ait rattrapé les Ravens dans la forêt, mais il n'aurait jamais pensé qu'ils atteindraient Arlen si vite. Il était pourtant bien placé pour savoir que sous-estimer les Protecteurs était toujours une erreur.

Il leva la tête. Ilkar le regardait.

— Tu vas bien, Inconnu ?

— Ils sont là, annonça le colosse en se levant.

— Qui ? demanda Denser, dans le coin opposé de la cellule, à peine visible à la chiche lumière d'une unique torche.

Les Ravens étaient incarcérés depuis des heures, et le Xetesk n'avait pratiquement pas prononcé un mot. La nuit était tombée, et il semblait à l'Inconnu que toute volonté d'agir l'avait abandonné, comme s'il s'estimait déjà vaincu.

— Les Protecteurs. (Le colosse marcha vers la porte et la frappa du plat de sa paume.) Hé ! Par ici !

Il tambourina jusqu'à ce qu'un visage morose apparaisse derrière les barreaux de la fenêtre.

— Vous êtes vraiment obligé de faire tout ce raffut ?

C'était le gardien en poste la nuit, un homme d'âge mûr qui avait refusé de leur donner son nom. Il s'était montré assez affable, étant donné l'identité de ses prisonniers – et irrité par l'intrusion des soldats et des mages lysterniens qui avaient pris possession de sa salle de garde.

— Oui. Allez me chercher un des autres.

— Je ne suis pas assez bien pour vous ?

— Si, mais ce n'est pas votre problème. Ou au moins, ça ne devrait pas l'être. Alors, s'il vous plaît…

— Je veux savoir de quoi il s'agit. Après tout, c'est moi le responsable ici.

L'Inconnu empoigna les barreaux, et le geôlier frémit.

— Il va y avoir du grabuge en ville. Très bientôt.

— Seriez-vous une sorte de devin ?

— Une sorte, oui. Écoutez, je n'ai pas le temps d'en parler avec vous. Contentez-vous d'aller me chercher un des autres.

— Vous n'allez pas tenter d'entourloupe, hein ? hésita le geôlier.

— Bien sûr que si ! J'ai justement quelques tours de prestidigitation dans la manche ! Par les dieux, cessez de poser des questions stupides et allez me chercher un Lysternien ! Tout de suite !

Il ponctua son injonction d'un coup furieux sur le battant. Le geôlier recula.

— Si je le fais, c'est uniquement parce que vous n'avez pas votre place ici.

— Merci.

L'Inconnu regarda l'homme s'éloigner. Puis il sentit une main se poser sur son épaule.

— Tu te sens mieux ? demanda Ilkar.

L'Inconnu tourna la tête vers lui en réprimant un sourire.

— C'est très sérieux. Darrick n'a pas cru ce que je lui ai dit. À mon avis, il pense pouvoir négocier avec Xetesk, vaincre les Protecteurs ou emmener Erienne avant leur arrivée. Mais que nous croupissions toujours dans ce trou puant signifie qu'il n'a pas encore pu convaincre Arlen de le laisser monter à bord du navire. Et les Protecteurs approchent.

— À quelle distance ? demanda Denser.

— Je n'en suis pas sûr... Mais ils ne tarderont pas à atteindre les portes de la ville. Ils sont en mode de combat, c'est pour ça que j'ai pu les sentir.

— Nous devrions peut-être les laisser faire, proposa Denser. Erienne serait en sécurité avec eux.

— Et peu importe le nombre de Lysterniens qui périraient dans la bataille ? grinça Ilkar. Ils sont victimes des manipulations dordovanes autant que nous. Et c'est sans compter les innocents d'Arlen.

— Lystern a choisi de s'allier avec Dordover, insista Denser, sa voix sortant toujours des ombres.

— Quel choix crois-tu qu'on leur a donné ?

— D'une façon ou d'une autre, coupa l'Inconnu, nous ne pouvons pas rester les bras croisés et laisser Darrick se jeter sur eux. En tout cas, moi, je ne peux pas. Fais ce qui te chante, Denser.

— Ce serait pourtant le meilleur moyen de résoudre le problème, grommela le Xetesk. Et la façon la plus rapide de rejoindre ma femme.

L'Inconnu l'ignora. Il se tourna de nouveau vers la porte, prêt à donner de la voix, mais se reprit en voyant le visage d'un jeune homme derrière les barreaux. Selon Darrick, c'était un très bon mage. Grand et musclé, en parfaite condition physique comme tous les cavaliers lysterniens. Pour l'instant, il semblait très effrayé.

— Ça fait longtemps que vous êtes là ? demanda l'Inconnu.

— Assez... Que va encore devoir affronter le général ?

— Les Protecteurs. Il faut que vous nous laissiez sortir d'ici immédiatement.

— En quel honneur ?

— Pour que nous tentions d'empêcher un massacre. (L'Inconnu lut de l'incrédulité sur le visage de son interlocuteur et sentit la moutarde lui monter au nez.) Les Protecteurs aussi veulent s'emparer d'Erienne et ils ne s'en laisseront pas dissuader par Darrick. Malgré son admirable assurance, et la tout aussi admirable discipline de sa cavalerie, vos camarades se feront massacrer. Croyez-moi.

— Nous avons déjà pris des mesures. À l'heure actuelle, le général avance vers les quais, et nos alliés dordovans sont aussi en route.

— Donc, le général sait que l'arrivée des Protecteurs est imminente ?

Le mage tenta de sourire.

— Non, mais nous serons en position pour les accueillir, prêts à discuter avec leurs maîtres. Nous aurons repris le navire et…

Il s'interrompit en se mordant la lèvre. Trop tard. Denser bondit sur ses pieds et approcha avec Ilkar. Le Lysternien se retrouva face aux trois Ravens.

— Que voulez-vous dire par « repris » ? cria le Xetesk, les yeux flamboyants. Qui tient le navire en ce moment ?

— Ce n'est qu'une situation temporaire…

— Qui ? rugit l'Inconnu en flanquant un coup de pied à la porte.

— Nous pensons que… (Le mage hésita.) Une petite force d'Ailes Noires a…

L'Inconnu le fit taire d'un regard et agita l'index.

Près de lui, Ilkar jura.

— Je le savais, se lamenta Denser. Je le savais.

— Laissez-nous sortir ! Tout de suite, exigea l'Inconnu d'une voix terrifiante de calme malgré la colère qui bouillonnait en lui.

Une bataille tripartite pour la possession de *L'Orme des Océans* .. Elle pourrait finir d'une seule façon, et il ne voulait pas voir le sang d'Erienne couler dans la baie d'Arlen.

— Ces salauds, murmura Denser, qui s'était écarté de la porte et faisait les cent pas dans la cellule. Par les dieux, ils l'ont reprise.

Le cœur de l'Inconnu saigna pour Erienne, tombée pour la deuxième fois entre les mains de son pire cauchemar.

— S'il te plaît, Inconnu, supplia Denser. Tu dois nous faire sortir d'ici.

— Écoutez-moi bien, dit l'Inconnu, Darrick ignore à qui il a affaire, mais nous, nous le savons. Les Ailes Noires ne lui laisseront pas reprendre le navire. Ils tueront Erienne plutôt que de la lui livrer. Croyez-moi, nous les avons déjà vus à l'œuvre. La dernière fois, ce sont les fils d'Erienne qui ont péri. Cette histoire dépasse Darrick, et vous aussi. Votre seul espoir est de nous laisser sortir et de me donner une épée !

— Je ne peux pas, dit le mage. Les ordres du général étaient très clairs.

— Que ses putains d'ordres aillent se faire foutre ! lança l'Inconnu en martelant la porte à coups de poing à chaque mot. Ils finiront par causer sa mort. Et la vôtre, si vous ne nous laissez pas sortir.

— Je ne peux pas ! répéta le mage, désespéré.

— Dans ce cas, nous nous passerons de votre aide. Cette folie a déjà trop duré.

— Nous sommes censés vous tuer si vous tentez de vous échapper.

— Essayez donc. Maintenant, fichez le camp ou ouvrez cette porte.

L'Inconnu se tourna vers Ilkar et Denser. Quand il ouvrit la bouche pour leur donner ses instructions, un hurlement animal déchira l'air, suivi d'un cri et d'un bruit d'armes qui s'entrechoquent.

— Par les dieux déchus, qu'est-ce que c'est ? sursauta Denser.

L'Inconnu sourit.

— Tenez-vous prêts.

— À quoi ? demanda Ilkar.

— Tenez-vous prêts, un point c'est tout.

Hirad savait où était la prison d'Arlen. Quelques années plus tôt, il y avait passé une nuit, après une rixe dans une auberge du square du Centenaire. Il avait assommé tous ses adversaires, mais la paillasse puante de sa cellule le lui avait très vite fait regretter.

Il était plus de minuit lorsqu'il entra dans la ville au galop, bousculant le garde qui avait commencé à protester avant d'apercevoir les loups dans son sillage. Alors, l'homme bondit sur le côté en criant à ses camarades d'aller prévenir le comte Arlen.

— J'arrive trop tard, marmonna le barbare tandis que son cheval traversait le quartier marchand, vers le quartier du Sel.

Les rues étaient quasiment désertes. Il croisa seulement quelques ivrognes qui rentraient chez eux d'un pas chancelant après la fermeture des tavernes.

Enfin, il atteignit la prison : un bâtiment de pierre trapu qui se dressait entre deux entrepôts. Il savait que ses deux cellules surplombaient une cour intérieure faisant aussi office de paddock et de terrain d'exercice pour les « pensionnaires » de longue durée.

Trois chevaux étaient attachés dehors. Affolés par la vision des loups qui couraient vers eux, ils hennirent et tirèrent sur leurs rênes pour s'échapper. Mais Hirad n'avait pas le temps de s'occuper d'eux.

— Thraun ! rugit-il en sautant à terre et en dégainant son épée.

Le métamorphe parut comprendre. Il hurla pour ordonner au reste de la meute de laisser les chevaux tranquilles. Les loups se rassemblèrent autour d'Hirad, leurs yeux rivés sur l'humain.

— On va s'amuser un peu, leur promit-il.

Il gagna la porte à grandes enjambées. Elle s'ouvrit avant même qu'il l'ait atteinte. Un garde se découpa dans le rectangle de lumière projeté par les torches sur les pavés crasseux.

— Je vous laisserai une seule chance, prévint Hirad. Libérez les Ravens immédiatement.

— Je ne peux pas, répliqua le garde en brandissant son épée.

— Comme vous voudrez.

Le barbare bondit en avant en levant sa propre lame vers la droite. Le garde – un vétéran, à en juger par son allure – para son attaque dans une pluie d'étincelles.

— Je n'ai pas envie de vous tuer. Contentez-vous de me remettre les Ravens, dit Hirad en reculant d'un demi pas. Nous sommes du même côté.

— Je ne crois pas.

Le garde plongea vers lui, et le barbare s'apprêta à parer. Mais Thraun bondit, plaquant l'homme à terre. Son crâne heurta les pavés alors qu'une des pattes du loup lui lacérait la gorge.

Hirad prit une profonde inspiration et entra dans le hall, où il découvrit trois autres gardes en train de saisir leurs armes. Dehors, les cris du premier s'étaient transformés en pitoyables gargouillis.

— Il y a déjà une victime et j'aimerais autant m'arrêter là. (Il entendit un bruit de pattes derrière lui : Thraun et la meute entraient sur ses talons.) Si vous attaquez, je ne pourrai pas les contrôler.

Un autre homme déboula du couloir.

— Ils sont vraiment…, commença-t-il.

Mais ses mots moururent sur ses lèvres à la vue de la scène qui l'attendait dans la salle de garde.

— Furieux ? demanda Hirad en faisant passer son épée d'une main à l'autre. Un peu comme moi, si vous ne laissez pas mes amis sortir de cette cellule immédiatement.

— Je… (Les yeux de l'homme se voilèrent.) Ils incantent.

Hirad lâcha son épée, saisit une dague passée à sa ceinture, se jeta vers le mage et le prit par le cou en lui piquant la gorge avec la pointe de sa lame.

— C'est plus ou moins ce que j'espérais, avoua-t-il. À mon avis, la porte ne va pas tarder à tomber. Ne les gênons pas, voulez-vous ?

La pointe de sa dague fit couler une goutte de sang. De l'autre côté de la pièce, les trois gardes s'étaient figés, leurs regards passant du barbare aux loups.

Le mage esquissa un geste. Hirad appuya un peu plus fort.

— Ne faites pas ça. Vous ne serez pas plus rapide que moi.

Thraun grogna. Hirad regarda par-dessus son épaule. La meute hésitait face aux trois gardes qui avaient dégainé leurs armes, mais ne faisaient pas mine d'attaquer.

— Attends, Thraun, ordonna le barbare, sans savoir si le grand loup le comprenait. Dans le cas contraire, il allait y avoir un bain de sang.

Une voix reconnaissable entre toutes et un craquement de bois qui se fend montèrent du couloir des cellules. Quelques instants plus tard, l'Inconnu fit irruption dans la salle de garde. Il ne trahit aucune surprise en découvrant Hirad et la meute.

— Ravi que tu sois passé, dit-il.

Le barbare hocha la tête sans relâcher la pression de sa dague sur la gorge du mage.

— Allez, les amis, lâchez vos armes. Nous en aurons plus besoin que vous.

Les gardes hésitèrent. L'Inconnu prit une inspiration sifflante, fit un pas en avant et lança son poing dans la mâchoire du plus proche, qui s'écroula sur ses camarades en lâchant son épée. L'Inconnu se baissa, la ramassa et la pointa devant lui.

— Lâchez vos armes ! répéta-t-il.

Les deux autres gardes – un Lysternien et le geôlier – obéirent et reculèrent. Denser et Ilkar se penchèrent pour ramasser les épées abandonnées.

— Désolé, dit Hirad au mage.

— Le général n'était pas ravi de devoir vous garder prisonniers, de toute façon.

— Pas pour ça, le détrompa le barbare. Pour ça.

D'un geste vif, il écarta la dague de sa gorge et lui flanqua un coup de pommeau sur la tempe. Le mage s'écroula.

— Je ne pouvais pas vous laisser incanter, lança Hirad en guise d'excuse. (Il leva les yeux vers les gardes.) Quant à vous… Je suis désolé pour votre ami, mais considérez ça comme un avertissement. Ne vous avisez pas de nous suivre.

Les Ravens le dévisageaient : Denser comme s'il venait de voir un fantôme, Ilkar en souriant, et l'Inconnu avec une expression soigneusement neutre.

Tous les trois se tournèrent vers les loups d'un air interrogateur.

— Oui, c'est Thraun, dit Hirad en réponse à leur question muette. Je vous expliquerai plus tard. Pour l'instant, nous avons du pain sur la planche. Ravens ! Ravens, avec moi !

Et il partit vers le port.

Des lumières éclairaient la ville quand le comte fut dérangé par des coups frénétiques frappés à sa porte. Suite au départ théâtral du général Darrick, il avait fait poster des gardes sur les quais, mais comme il s'y était attendu, ils n'avaient rapporté aucun mouvement suspect.

— Oui, oui, grommela-t-il en se levant de son fauteuil. (Le capitaine de sa garde bondit dans la pièce.) Que se passe-t-il encore ?

— Seigneur, les Ailes Noires viennent de s'emparer de *L'Orme des Océans*. Les Lysterniens ont franchi un poste de garde sans s'arrêter et les Dordovans sont aussi en route. Notre port est sur le point de se transformer en champ de bataille.

— Pas tant que je serai comte d'Arlen. Vous savez ce que vous avez à faire. Bloquez toutes les issues de la ville et les accès au port. Tirez mon habilleur du lit et dites-lui de m'attendre à l'armurerie.

— C'est déjà fait, seigneur.

Arlen eut un sourire sans joie.

— Dans ce cas, je vous rejoindrai très bientôt.

Le capitaine ressortit en courant. Arlen marcha vers une fenêtre et tira les rideaux. Il ne vit rien du côté du port, mais l'abondance de lumières lui apprit que toute sa ville était réveillée – et pas seulement les habituels fêtards du square du Centenaire.

— Maudite soit la magie, marmonna-t-il.

Darrick chevauchait à la tête de ses forces, rongé par la culpabilité en pensant aux gardes qu'ils avaient tués ou blessés à la porte Nord de la ville. Sa cavalerie traversa la place du marché à vive allure, éparpillant les ivrognes et les noctambules, qui se mirent à l'abri dans les tavernes encore ouvertes. Filant plein sud, elle dépassa les bureaux des agents maritimes et *L'Auberge de Lacfoyer* avant de tourner à droite vers l'emplacement où était amarré le navire elfique.

Tous les bateaux stationnés dans le port brillaient de mille feux, et *L'Orme des Océans* ne faisait pas exception. Darrick aperçut des elfes dans les haubans et entendit des ordres charriés par le vent. Les premières gouttes de pluie s'écrasèrent sur le sol. La nuit promettait d'être déplaisante. Il tira sur les rênes de son cheval, et ses hommes s'immobilisèrent derrière lui.

— *Orme des Océans* ! cria-t-il. Je voudrais parler à votre capitaine !

Tout mouvement avait cessé à bord à l'arrivée des Lysterniens. Une voix lança un ordre, et les elfes s'agitèrent de nouveau. Un homme approcha du bastingage tourné vers le quai et se pencha par-dessus.

— Général Darrick, quelle agréable surprise.

— Qui êtes-vous ?

— Un allié. Je crains que le capitaine de ce navire soit très occupé en ce moment, mais ça n'a pas d'importance puisque c'est moi qui commande. Je suis Selik, capitaine des Ailes Noires.

— Dans ce cas, vous n'êtes pas mon allié ! cracha Darrick.

— Vos amis dordovans ne seraient sans doute pas d'accord avec vous, général.

— Je n'ai pas d'amis dordovans. Et vous non plus.

— Vous vous trompez, répliqua Selik. Mais qu'importe. Vous pourrez bientôt le leur demander vous-même. En quoi puis-je vous aider ?

Darrick marqua une pause, conscient que ses hommes l'écoutaient. Comme lui, ils ne croyaient pas un traître mot de ce qu'ils venaient d'entendre. Un instant, il regretta de n'avoir pas emmené leurs guides dordovans. Il aurait au moins pu les interroger. Alors que la vermine qui s'était emparée de *L'Orme des Océans* ne lui donnerait aucune réponse fiable.

— J'exige que vous me remettiez immédiatement Erienne Malanvai, puis que vous quittiez ce bateau sans faire couler plus de sang. J'ai deux cents cavaliers et trente mages. Nous prendrons *L'Orme des Océans* par la force si besoin est.

— Comme vous venez de le faire remarquer, je détiens Erienne Malanvai, fit Selik. Et je pourrais l'exécuter si vous m'ennuyez...

— Vous ne la tuerez pas. Elle est votre seul atout.

— Attaquez-moi donc, si vous en êtes persuadé.

Darrick se tourna vers Izack.

— Déployez la cavalerie. Personne ne met pied à terre et personne n'approche du bateau. S'ils tentent de larguer les amarres, brûlez leurs voiles. (Il se concentra sur Selik.) Vous n'êtes pas le bienvenu ici. Et vous n'atteindrez jamais la baie d'Arlen. Réfléchissez bien avant de lever les voiles.

— J'apprécie votre avertissement... Même si c'est un gaspillage de salive.

Selik se détourna.

Darrick mit pied à terre et conduisit sa jument vers *L'Auberge de Lacfoyer*, d'où il pourrait observer et réfléchir. Izack distribua ses ordres. Rapidement, les Lysterniens formèrent un demi-cercle sur quatre rangs de profondeur. Les mages défensifs se disposèrent à intervalles réguliers entre les soldats pour déployer leurs boucliers. Les mages offensifs se regroupèrent au centre, prêts à incanter.

Darrick entendait déjà un bruit de galop venant de l'est. Allait-il recevoir la preuve que Selik avait eu raison ? À contrecœur, il remonta en selle et revint vers l'extrémité ouest de la formation lysternienne. Puis il claqua des doigts pour attirer l'attention d'un soldat.

— Que vois-tu ?

— Des centaines de cavaliers aux couleurs de Dordover, général. Nos guides les accompagnent. Ils chevauchent pratiquement en tête de la colonne.

— Vraiment. (Les mâchoires serrées, Darrick leva un bras, et le silence se fit dans les rangs.) Les gens qui arrivent ne sont pas nécessairement nos alliés. N'obéissez qu'à moi ou au capitaine Izack. Et gardez *L'Orme des Océans*.

Sa voix avait porté jusqu'au navire elfique.

Il l'étudia. Erienne était prisonnière quelque part à bord. Les marins s'affairaient toujours sous la surveillance vigilante des Ailes Noires. La partie allait être serrée. Darrick avait du mal à croire qu'il existât un lien entre les Dordovans et les chasseurs de sorciers, mais les preuves s'accumulaient. Selik devait s'efforcer de gagner du temps pour appareiller. S'il réussissait à prendre le large, tout serait fichu.

— Ils sont encore loin ? demanda-t-il sans tourner la tête.

Il apercevait les torches des Dordovans. Mais il avait du mal à estimer la distance qui les séparait d'eux.

— Ils arriveront d'un instant à l'autre, affirma le soldat. Ils sont en rang par trois. Pas assez rapprochés les uns des autres. Ça ne vous plairait pas beaucoup.

Darrick se tourna vers lui.

— Je n'en doute pas.

— Ce n'est pas un compliment, messire, simplement une constatation, bafouilla le soldat, soudain nerveux. Ça pourrait indiquer un manque de discipline.

— Je vois ce que vous voulez dire.

Enfin, les cavaliers dordovans émergèrent des ombres et se déployèrent sur le marché au poisson.

— Rappelle ton nom à Izack, soldat, ordonna Darrick. Je le lui demanderai plus tard.

— Oui, général.

Apercevant la défense lysternienne, les Dordovans tirèrent sur les rênes de leurs montures. À leur tête se trouvait un homme que Darrick ne reconnut pas, un mage plutôt qu'un officier.

— Général Darrick, le salua-t-il d'un ton qui contrastait avec son sourire.

— Vous me voyez pris en défaut pour la seconde fois ce soir. Votre nom ?

— Gorstan. Aide de Vuldaroq, Seigneur de la Tour.

— Mes hommes gardent le navire. Il est étrange que vous soyez ici depuis si longtemps et que vous ne vous soyez pas aperçu de la menace que constituaient les Ailes Noires, insinua Darrick. Je vous attendais sur les quais plus tôt que ça.

— Il n'y a pas de menace, général, affirma Gorstan. Seulement une alliance temporaire, imposée par la nécessité plutôt que par l'éthique.

Ainsi, Selik avait dit vrai, pensa Darrick, abasourdi. Tous ses espoirs qu'Arlen se soit trompé s'envolaient. Et derrière lui, même ses cavaliers les plus disciplinés chuchotaient et s'agitaient dans leur selle. Il leva une main pour les faire taire. Il aurait pu vaincre les Dordovans, mais les Protecteurs arrivaient dans leur sillage, et Xetesk aussi voulait l'enfant. Pas question de plonger ses hommes dans la confusion, et encore moins d'en perdre certains.

Et ceux qu'il aurait dû écouter depuis le début croupissaient en prison par sa faute. Les Ravens étaient plus fiables que la hiérarchie des Collèges. Mais il n'avait pas eu assez foi en ses vieux amis, et des soldats allaient le payer de leur vie.

Darrick imprima une légère secousse aux rênes de sa jument pour la faire avancer. Gorstan l'imita. Les deux hommes se firent face dans les dix mètres qui séparaient leurs forces l'une de l'autre.

— Dites-moi que vous n'avez pas commandité l'action des Ailes Noires, lâcha Darrick d'une voix délibérément sourde.

— À chacun ses compétences, général, répliqua Gorstan. Selik a affirmé qu'il pouvait s'emparer du navire, et apparemment, il avait raison. Aucun Dordovan n'a été blessé, et nous tenons Erienne.

— Vous avez livré une des vôtres aux chasseurs de sorciers. Vous ne valez pas mieux qu'eux.

Darrick ferma les poings sur ses rênes, déterminé à ne pas faire de geste colérique que ses hommes puissent considérer comme un aveu de faiblesse

Gorstan se dandina sur sa selle.

— Général, nécessité fait loi. Parfois, les circonstances exigent que nous nous allions aux démons qui marchent parmi nous pour combattre un mal supérieur. Un mal comme celui que nous affrontons aujourd'hui. Balaia nous en remerciera.

— Erienne est une Dordovane ! cracha Darrick.

— C'est une tête brûlée qui a fait son choix en quittant le Collège et en nous condamnant tous. Seriez-vous aveugle ?

— Non, mais je ne crois pas qu'elle ait mérité pour autant le sort qui lui échoit par votre faute.

— Tant de compassion entraînera votre perte.

— Et votre alliance maudite sera la vôtre.

Gorstan marqua une pause.

— Soutenez-vous toujours l'accord qui a été conclu entre les anciens de nos Collèges respectifs ? demanda-t-il enfin.

Le pouls de Darrick battait douloureusement à son cou. Ses années d'entraînement le poussaient à hocher la tête, à ignorer les conséquences et à rejeter la faute sur ceux qui avaient émis les ordres. C'était ainsi qu'agissaient les soldats de métier. Normalement.

— Ils tuent ce qu'ils ne comprennent pas, lâcha-t-il.

Gorstan haussa les épaules.

— Parfois, c'est le seul moyen.

Darrick aurait presque cru voir Vuldaroq acquiescer.

Mais même une alliance avec Xetesk lui semblait préférable au plan des Dordovans. Il prit une profonde inspiration, conscient des probables répercussions des paroles qu'il s'apprêtait à prononcer.

— Je ne peux et ne veux pas m'exprimer au nom de mes hommes, mais en ce qui me concerne, la réponse est non. Je ne soutiens plus cet accord, car je ne pense pas que la fin justifie les moyens. Vos actions me dégoûtent, et je méprise les Dordovans et les Lysterniens qui ont consenti à cette abomination.

Gorstan se contenta de sourire.

— Votre attitude équivaut à une trahison, général.

— Qu'il en soit ainsi.

— Vuldaroq m'avait prévenu que vous étiez… du genre à causer des problèmes.

— L'expression que vous cherchez, c'est « un homme d'honneur ». Une chose qui semble se faire de plus en plus rare au sein des Collèges.

— Je…

— Silence, Dordovan ! cria Darrick. Je suis las de vos bêlements. Je vais annoncer mes intentions à mes hommes et leur demander d'agir en leur âme et conscience. Nous n'aurons pas d'autre contact. En vérité, si je vous rencontre de nouveau, vous y laisserez la vie.

— Un homme d'honneur, gloussa Gorstan. Et pour ça, vous êtes prêt à laisser tomber Balaia. Imbécile ! Pourquoi croyez-vous que Lystern soit si faible ?

Darrick mourait d'envie de jeter le mage à bas de son cheval et de le bourrer de coups de poing jusqu'à ce que ses ricanements se transforment en bulles de sang et de bile dans sa bouche édentée. Mais il savait qu'il ne pouvait pas se le permettre.

— Comme je viens de le dire, nous n'aurons pas d'autre contact.

Il fit pivoter sa monture et revint vers sa cavalerie.

Chapitre 23

Aeb se déplaçait à grandes enjambées au côté de Sytkan, toujours perché sur son cheval. Les Protecteurs se reposaient après avoir couru toute la journée et une bonne partie de la nuit. Les mages qui les accompagnaient avaient appris que le comte Arlen avait expulsé les Ailes Noires de sa ville le matin même, et ils soupçonnaient qu'il y aurait du grabuge plus tard dans la soirée, probablement sous le couvert des ténèbres. Les Protecteurs, alors à près de cinquante kilomètres de la ville, avaient donc été forcés de presser l'allure malgré le terrain accidenté. Ils n'avaient pas reçu d'autre Communion.

À trois kilomètres d'Arlen, ils repérèrent les Dordovans. Leurs fantassins suivaient les cavaliers à une distance qui augmentait rapidement. Des éclaireurs avaient dénombré deux cents fantassins et cent cinquante cavaliers, dont un nombre inconnu de mages. Les fantassins qui traînaient à l'arrière de la colonne étaient vulnérables, trop éloignés de leurs camarades pour que ceux-ci puissent les défendre.

Sytkan avait aussitôt ordonné de ralentir l'allure, et avait demandé à Aeb de passer en mode de combat en vue de l'affrontement imminent. À présent, il devait prendre une décision. Aeb comprenait qu'il tienne compte de certaines considérations politiques, mais il ne respectait pas sa répugnance à déclencher une bataille. Dordover avait annoncé ses intentions plusieurs jours avant, à la frontière des terres collégiales de Xetesk. Les fantassins représentaient une menace pour la réussite de leur mission, et les Protecteurs étaient conditionnés pour éliminer les menaces.

— Ton opinion, Aeb, réclama Sytkan.

— Un engagement hors d'Arlen serait plus judicieux. Ici, nous aurons plus de place pour nous déployer. L'ennemi aura davantage de mal à s'enfuir, et nous ne mettrons pas de vies innocentes en danger.

— Vous pourriez les encercler ?

— Oui, maître.

C'était la tactique la plus simple, celle qui permettrait la victoire la plus rapide. Les Protecteurs étaient une fois et demie plus nombreux que leurs adversaires.

— Mais comment justifier cette attaque ? demanda Sytkan.

— Ce sont des Dordovans en route pour rejoindre leur cavalerie. Ici, ils sont faibles.

— Ce n'est pas une justification.

— Ce sont nos ennemis.

— En effet.

Aeb attendit l'ordre de Sytkan. Derrière lui, l'avant-garde de leur armée était à moins d'une centaine de pas de trente autres mages à cheval et de trois cent quatorze Protecteurs. L'ordre devrait venir bientôt. Encercler les Dordovans prendrait un peu de temps, et les lumières de la ville étaient désormais bien visibles.

— Aurez-vous besoin d'un soutien magique ? demanda Sytkan.

— Ce ne sera pas nécessaire. Contenir une force ennemie est plus facile si l'on n'emploie uniquement l'acier.

— Tu penses qu'ils pourraient s'éparpiller face à un assaut magique ?

— C'est ce que nous ferions à leur place.

— Dans ce cas… Attaquez dès que vous serez prêts.

— Oui, maître.

Attaque en tenailles. Première centurie sur la droite, deuxième sur la gauche, troisième en formation de croissant pour prendre nos adversaires à revers et les encercler. Les autres, vous restez avec nos Protégés. Déplacement silencieux. Exécution.

Aeb s'élança, laissant près des mages le reste de l'avant-garde et ses frères qu'il avait désignés. Bientôt, il fut rejoint par trois de ses semblables, tandis que la première et la deuxième centurie infléchissaient symétriquement leur trajectoire. La troisième se déploierait un peu plus loin, sur trois rangs de profondeur, pour protéger l'arrière des colonnes de flanc.

Le sol était plat et découvert. Malgré l'obscurité, le bruit généré par le déplacement des Dordovans et la discrétion de ses frères, Aeb s'attendait à submerger un petit tiers des forces ennemies avant d'être repéré. Cela devrait suffire.

Les Protecteurs avalaient le terrain. La centurie d'Aeb filait le long d'une montée, à droite de la piste, tandis que celle de gauche descendait une pente. Leurs armes fixées dans leur dos avec des lanières de cuir ne faisaient presque pas de bruit.

Aeb voyait déjà les silhouettes des Dordovans devant eux : en formation serrée sur cinq rangs de large, les torches oscillant au gré de leurs pas rapides. Mais ils ne s'attendaient pas à ce qu'un agresseur surgisse dans leur dos. Selon les éclaireurs, les fantassins n'avaient ni avant ni arrière-garde. Une erreur qui allait leur être fatale.

Ralentissez, ordonna Aeb. *Nous y sommes presque. Chargez à mon commandement.*

À présent, il entendait l'ennemi. Il y avait du bavardage dans les rangs, ce qui ne serait jamais arrivé chez les Xetesks. Mais ces hommes se croyaient déjà victorieux, et leur discipline s'en ressentait.

Enveloppé de ténèbres, Aeb ordonna à ses frères de sonder la colonne pour savoir s'ils avaient été repérés. Et de fait, une voix inquiète lança tout à coup :

— Flanc gauche, flanc gauche ! Coureurs à une trentaine de mètres. Vérifiez votre droite.

Presque aussitôt, une autre voix répondit :

— Coureurs sur le flanc droit.

Quand les Dordovans ralentirent, la nuit résonnant du sifflement des épées arrachées à leur fourreau, Aeb envoya l'ordre de charger. Les deux premières centuries se ruèrent à l'assaut selon une trajectoire courbe destinée à les emmener devant la colonne.

Parfaitement silencieux, les Protecteurs empoignèrent leurs armes en courant. Aeb entendit leur nom se propager dans les rangs ennemis et lut de la peur sur le visage des Dordovans.

Des archers décochèrent une volée de flèches vers le ciel. Mais ils étaient trop peu nombreux et manquaient trop de précision pour arrêter la charge des Protecteurs. Un seul de leurs traits atteignit une cible et se ficha dans le bras d'un des frères d'Aeb. Il lâcha sa hache tandis qu'un autre se rapprochait pour couvrir son flanc blessé, et il informa mentalement les autres qu'il pouvait continuer.

Troisième centurie, fermez le cercle. Nous allons rejoindre la deuxième. Déploiement sur deux rangs de profondeur.

Aeb vit ses frères de la centurie de gauche foncer à sa rencontre. Telle une vague venant s'échouer en biais sur le rivage, les lignes de Protecteurs s'écrasèrent sur l'avant de la colonne dordovane, où la panique se répandait déjà.

Aeb balança sa hache de gauche à droite et sentit la lame mordre dans la chair du soldat le plus proche, enfonçant sa garde, placée pour anticiper un coup vertical. Près de lui, Xye bloqua une attaque avec sa hache et plongea son épée dans l'estomac de son adversaire. La pointe de l'arme transperça aisément sa cuirasse pour ressortir dans son dos.

Le Dordovan d'Aeb était toujours debout. Il réussit à porter un coup montant. Aeb esquiva, lui abattit le plat de sa hache sur la figure et remonta simultanément son épée entre ses jambes, lui faisant exploser le bas-ventre et projetant du sang à un mètre cinquante à la ronde.

Troisième centurie engagée. Brèche ouverte dans la ligne arrière. Xye, ta hache en haut à droite. Contrôle, épée en bas, frappe devant toi.

Xye obéit. Un homme mourut.

Certain de la victoire, Aeb amena tous les Protecteurs au contact, autorisant les blessés – rares, comme toujours – à reculer tandis que le piège se resserrait autour des Dordovans.

Se voyant pris au piège, leurs adversaires redoublèrent de hurlements. Leurs coups se firent plus nombreux et plus désordonnés alors que leur formation défensive vacillait et menaçait de se rompre. Malgré le vacarme environnant, Aeb se concentrait sur les messages qu'il envoyait à ses frères.

Il logea sa hache dans le cou d'un Dordovan, qui empoigna le manche à deux mains avant de s'écrouler. Aeb lâcha son arme pour garder son équilibre, puis para vers le haut avec son épée comme le lui indiquait le frère placé derrière lui. Il se tourna vers un soldat stupéfait et lui lança son poing ganté dans la figure.

L'homme bascula en arrière. D'un revers de poignet, Aeb le frappa à la poitrine. Son épée crissa en ripant sur la cotte de mailles, faisant jaillir des étincelles et coupant la respiration du soldat. Le coup suivant lui lacéra la gorge et éclaboussa de sang le masque d'Aeb. Le Protecteur secoua la tête pour chasser les gouttes qui risquaient de s'infiltrer dans les fentes prévues pour ses yeux.

Aucun d'eux ne doit survivre. Nul ne doit rentrer chez lui. Nous vaincrons. Nous ne faisons qu'un.

Ses frères continuèrent le massacre pendant que les torches de leurs ennemis crépitaient et s'éteignaient sur le sol boueux. Les cris d'agonie des malheureux Dordovans moururent peu à peu. Un soldat leva son épée en signe de reddition. Xye le décapita dans la seconde qui suivit.

Puis ce fut terminé. Le dernier Dordovan d'Aeb se fit embrocher proprement. Une demi-douzaine de ses camarades et lui poussèrent leur dernier soupir.

Nous ne faisons qu'un. Nous sommes victorieux. Au rapport, exigea Aeb.

Trois Protecteurs avaient péri. Sur les vingt et un blessés, douze ne seraient plus en état de se battre cette nuit. Aeb en conçut une certaine irritation. Leur belle discipline se déliterait-elle ?

Non, dit Xye. *Les hommes acculés se battent comme deux. Le désespoir redonne des forces aux mourants.*

Dans ce cas, nous avons trop présumé de leur faiblesse. Tirez-en la leçon, mes frères. Nous ne faisons qu'un.

Aeb récupéra sa hache et nettoya ses deux armes sur les vêtements d'un cadavre, avant de les tendre à Xye pour qu'il les attache de nouveau dans son dos. Puis il lui rendit le même service. Enfin, il se pencha et déchira un morceau de chemise dordovane assez propre, essuya son masque et se tourna vers Sytkan, qui approchait.

— Je vous féliciterais bien, mais ce serait un peu cruel face à un tel carnage.

— Nous sommes victorieux, répliqua Aeb.

— Je le vois bien, dit Sytkan en regardant le champ de bataille avec un dégoût évident. Ils ont sûrement essayé de se rendre. Pourquoi les avez-vous massacrés ?

— Les prisonniers sont une menace, dit simplement Aeb.

— Et c'est tout ?

— Nous ne pouvions pas nous encombrer d'eux.

— Je suppose que non, soupira Sytkan. Récupérez les masques de vos morts et envoyez les blessés à mes collègues pour qu'ils les soignent. Abandonnez tous ceux qui ne sont plus en état de courir et de manier une arme. La bataille n'est pas terminée. D'autres problèmes ?

— Aucun. Repasserons-nous par ici au retour ?

— Bien entendu.

Aeb transmit les ordres de Sytkan à ses frères. Très vite, l'armée des Protecteurs repartit vers Arlen.

Darrick fit face à sa cavalerie, conscient que Selik entendrait tout ce qu'il s'apprêtait à dire. Mais il ne pouvait rien y faire.

Ses hommes attendaient, immobiles et silencieux, les flancs de leurs chevaux fumant à la pâle lumière des lanternes et des torches qui brillaient à bord des bateaux. Le comte Arlen ne tarderait sans doute plus à arriver. Ce n'était pas lui que Darrick craignait, mais les Protecteurs. Même s'il n'en avait rien laissé paraître, car il ne voulait pas passer pour un lâche, les paroles de l'Inconnu l'avaient ébranlé. Il fit un signe de tête à Izack.

— Le général va parler ! cria son capitaine.

Le silence se fit plus lourd. Darrick vit Selik réapparaître sur le pont de *L'Orme des Océans*.

— Je suis surpris, déçu et écœuré de vous confirmer que les Dordovans ici présents se sont alliés aux Ailes Noires. (Il marqua une pause tandis qu'un murmure incrédule parcourait les rangs, puis leva la main et continua :) Comme vous devez le savoir, notre Conseil a accepté de soutenir les Dordovans qui veulent retrouver l'enfant et la conduire à ceux qui pourraient la contrôler. Mais les Dordovans ont volontairement livré la mère de l'enfant – une des leurs – aux chasseurs de sorciers. Par conséquent, ils ne nous demandent pas de reprendre ce navire, mais de le couvrir, ainsi que ses maîtres actuels.

Cette fois, personne ne pipa mot. Izack se doutait de ce qui allait suivre, mais pour les soldats, ce fut un véritable coup de tonnerre.

— Je ne peux pas m'exprimer en votre nom à tous, car c'est une affaire de choix individuel. Vous savez ce qui se passe sur Balaia. Les éléments nous harcèlent, et c'est la magie qui les contrôle. Nous sommes tous d'accord sur le fait qu'il faut y mettre un terme – mais pas sur la méthode à employer. Face à vous se tiennent les Dordovans, qui sont censés être nos alliés. Et près d'ici, mais je les attends d'une minute à l'autre, se tiennent les Protecteurs. Car Xetesk aussi a un objectif auquel nous sommes, là encore, censés être opposés.

» Prenez votre décision en votre âme et conscience. Pensez à votre famille et à tout ce qui compte pour vous avant d'opter pour un camp ou pour l'autre. En ce qui me concerne, je refuse de soutenir la vermine qui s'est emparée de ce vaisseau. Je démissionne donc de mon commandement et me refuse à servir plus longtemps les Collèges lysternien et dordovan. Ce qui fait de moi un traître. Si l'un de vous souhaite me mettre aux arrêts, je ne me défendrai pas. Dans le cas contraire, je partirai de mon côté. Izack, vous prenez la relève.

Darrick talonna sa jument et s'éloigna du tumulte grandissant, les joues inondées de larmes.

— Tu te sens d'attaque, Inconnu ? lança Hirad pendant qu'ils couraient vers le port.

Le colosse fronça les sourcils.

— Comment ça ?

— Tu n'as pas d'armure et une épée merdique ! J'espère que tu n'as pas perdu tes réflexes légendaires.

— Je me débrouillerai. Contente-toi de surveiller tes nouveaux familiers.

Le barbare sourit. Les loups bondissaient sur sa gauche. L'Inconnu était sur sa droite, et les deux mages derrière lui. Alors qu'ils longeaient la scierie, ils aperçurent les quais devant eux.

— Je ne manquerai pas de dire à Thraun que tu l'as appelé ainsi.

— Parce que tu parles couramment le langage des loups ? (Soudain, l'Inconnu fit la grimace et porta une main à sa tête.) Par les dieux, ça commence.

— Les Protecteurs ? demanda Hirad.

— Comme les échos d'une guerre dans mon crâne. Ils se battent, affirma l'Inconnu.

— Ils doivent encore être hors de la ville. Sinon, nous les entendrions, dit le barbare. Tourne à droite.

L'Inconnu hocha la tête et franchit le coin du bâtiment. Le vent qui soufflait du lac était âpre et froid. La pluie, qui avait commencé quelques minutes auparavant, devenait de plus en plus drue. L'Inconnu devait être transi, mais il n'en montrait rien. Hirad n'avait pas hâte de sentir sa transpiration lui geler sur le corps quand ils s'arrêteraient. S'ils s'arrêtaient.

Non, quand *ils s'arrêteraient,* rectifia-t-il. Devant eux, à une centaine de mètres, se dressait une force de cavalerie. Les soldats étaient déployés devant un navire qui devait être *L'Orme des Océans*, et un peu plus loin sur le quai, des dizaines d'autres torches crépitant sous l'averse trahissaient la présence d'une seconde force qu'ils n'arrivaient pas tout à fait à distinguer.

— Les hommes de Darrick, droit devant ! dit l'Inconnu alors qu'ils plongeaient dans les ombres de la scierie, pour s'abriter de la pluie autant que pour se cacher.

— Ne me dis pas qu'il garde le bateau ! lança Hirad.

— Ou il le garde ou il empêche quiconque de monter à bord, dit Ilkar. Je vois d'ici le général. Il s'adresse à ses hommes et à en juger par leur réaction, ils n'aiment pas du tout ce qu'il leur raconte.

Hirad regarda Thraun et la meute. Ils s'étaient arrêtés en même temps que les Ravens. À présent, Thraun marchait autour de ses loups qui étaient restés debout, le regard rivé sur la masse de chair équine dressée devant eux.

— Et maintenant ? La meute s'impatiente.

— Je ne comprends pas pourquoi tu les as amenés, Hirad ! lança Denser.

— Tu n'as qu'à leur ordonner de nous lâcher les basques, et voir comment ils le prendront.

— Silence, vous deux ! cria l'Inconnu. Gardez vos récriminations pour plus tard. Nous devons prévenir Darrick de ce qui arrive. Que les Dordovans encaissent seuls l'attaque des Protecteurs, comme je crois qu'ils l'ont déjà fait hors de la ville. Le problème, c'est que des Dordovans se tiennent derrière Darrick et qu'ils risquent d'être encore moins contents que lui de nous voir.

— Peu importe, répliqua Denser. Erienne est à bord de ce bateau, et nous devons l'en faire descendre.

— Ainsi parle un commandant soutenu par toute une armée, railla l'Inconnu.

— Nous n'avons pas besoin de muscles, mais de cervelle, insista le Xetesk. Ilkar et moi pourrions lancer quelques sorts pour semer la panique, puis voler jusque là-bas, nous emparer d'elle et l'emmener sous le couvert de la fumée et de l'obscurité.

L'Inconnu se tourna vers Denser.

— Tu vois, c'est pour ça que je suis le chef. Le plan que tu proposes est suicidaire. Crois-tu que les Ailes Noires ne s'attendent pas à ce genre de manœuvre ? Par les dieux, il doit y avoir une soixantaine de mages sur les quais, plus vous deux. Vous ignorez où Erienne est prisonnière et vous ne savez rien de l'ampleur de leurs forces. Nous ne pouvons pas foncer à l'aveuglette, de peur qu'ils lui fassent du mal.

— Ils lui en font déjà.

— De peur qu'ils la tuent, alors. Si nous attaquons, il faut que ce soit par surprise. Nous n'avons pas assez d'éléments. Écoute, Denser, je comprends ton impatience, et nous sommes tous pressés d'arracher Erienne aux griffes des Ailes Noires. Mais pour réussir, nous devons garder la tête froide. Maintenant, si tu peux trouver un moyen de nous conduire à Darrick sans que…

— Inutile, coupa Ilkar. Il vient vers nous. Seul.

Même Thraun s'immobilisa pour regarder.

Chapitre 24

Ren'erei avait bondi derrière une jetée surélevée au moment où des cavaliers la dépassaient au galop. Transie de froid, elle avait suivi le bref dialogue entre Selik et leur commandant. Les cavaliers n'étaient pas des Ailes Noires, mais des militaires collégiaux, ce qui ajoutait à la perplexité de l'elfe.

Pliée en deux, elle courut le long des quais jusqu'à ce qu'elle soit hors de vue derrière le marché au poisson. Elle se déplaçait en silence, plaquée contre un mur, et s'apprêtait à sauter par-dessus une pile de détritus lorsqu'elle vit une masse sombre.

Elle se pencha. Un cadavre d'homme gisait sur le ventre au milieu de la glu puante qui emplissait la gouttière conçue pour charrier les déchets de poisson et les jeter dans le port. Mort ou vivant, ce n'était pas un endroit où reposer. Ren'erei ne pouvait pas le laisser là et elle le retourna pour lui passer un bras sous les aisselles.

— Oh, non, souffla-t-elle.

C'était Donetsk. Les lèvres pincées, elle le souleva et le traîna lentement – car il pesait son poids ! – vers la pente de bardeaux qui redescendait sur le port de pêche. Mieux valait qu'on découvre son corps dans un endroit propre, le matin venu.

Alors qu'elle rajustait le manteau du docker, Ren'erei remarqua la plaie unique laissée dans sa poitrine par un couteau. L'absence de blessures sur son visage, son cou et ses mains indiquait que l'attaque l'avait pris par surprise. Il ne s'était même pas défendu. Ren'erei posa deux doigts sur son cœur et récita une brève prière pour qu'il trouve la paix dans l'au-delà. Un geste insignifiant, mais Donetsk méritait qu'on fasse quelque chose pour lui pendant que son cadavre refroidissait et se raidissait.

D'autres chevaux approchaient, venant de l'est. Le bruit de leur galop enflait rapidement, et Ren'erei s'aplatit sur le sol près du corps de Donetsk pour observer. Le vacarme des sabots, du métal et des voix masculines se répercutait entre les bâtiments, et dans la chiche lumière de leurs torches, des ombres noires grandissaient à toute allure.

Ren'erei reconnut l'insigne du Collège de Dordover alors que les cavaliers traversaient le marché au poisson. Elle les entendit s'arrêter près de *L'Orme des Océans*, mais était-ce pour parler avec les autres forces déjà présentes sur le quai ou pour les affronter ? Elle n'aurait su le dire.

Le vent froid aurait fini de sécher ses vêtements et ses cheveux si la pluie ne s'était pas mise de la partie. Levant les yeux vers le ciel plein de nuages noirs – les éclairs qui illuminaient leurs entrailles attestant que le pire restait à venir – Ren'erei pria pour l'Éveil de Lyanna.

L'elfe ne savait vraiment plus quoi faire. Elle se releva et se lança vers le square du Centenaire. Presque toutes les maisons étaient éclairées, leurs occupants réveillés par les centaines de cavaliers qui convergeaient vers le port. D'autres devaient encore boire dans les tavernes ouvertes jusqu'au milieu de la nuit. Si les Ravens étaient en ville, c'était là que Ren'erei l'apprendrait.

L'Inconnu s'avança pour se placer sur le chemin de Darrick, alors qu'il avançait vers la cachette des Ravens. Hirad s'était agenouillé près de Thraun et avait passé un bras autour de son cou, pour le retenir autant que pour le réconforter. Les loups étaient nerveux, donc d'humeur agressive. Ils avaient laissé le barbare les conduire jusque-là. À présent, il s'était arrêté, et leur mécontentement augmentait de seconde en seconde. Où qu'ils veuillent aller, Hirad ne les y avait pas conduits. Pas encore.

Darrick tira sur les rênes de sa jument et sauta aussitôt à terre. Quand il lâcha la bride, l'animal paniqué s'enfuit au galop dans une rue perpendiculaire, et les ténèbres l'engloutirent.

— Par les dieux, je suis ravi de vous voir.

— J'aimerais pouvoir en dire autant, répliqua l'Inconnu, mais je déteste être enfermé.

— Je comprends, fit Darrick. Nous ne pouvons pas parler ici. (Il fit un geste du pouce par-dessus son épaule.) Ils doivent nous observer.

— Et alors ?

— Je viens de démissionner. Je crois que le terme exact est « déserter ».

— Je vous demande pardon ? s'étrangla Hirad.

Darrick, qui n'avait pas remarqué sa présence, tourna la tête vers lui.

— Par les dieux déchus, qui est-ce ?

— Hirad et les loups censés l'avoir tué, répondit Ilkar.

— Et qui sont en réalité très utiles pour délivrer les prisonniers, ajouta le barbare.

— Hum. (Darrick se ressaisit très vite.) Ne restons pas là où l'on risque de nous voir. Je crois que je peux vous aider.

— Il vaudrait mieux pour vous, grommela Denser.

Hirad se redressa, et Thraun le suivit des yeux.

— Je ne peux pas t'expliquer, lui dit le barbare. Nous faisons tout ce que nous pouvons, mais j'ignore ce que tu attends de moi, exactement. Nous essayons de sauver Erienne.

À la mention de ce nom, Thraun grogna. La meute emboîta le pas aux Ravens qui se réfugièrent sous les auvents de la scierie alors qu'un chœur de voix montait derrière eux.

— Allez-y, dit Denser.

— J'aurais dû vous écouter, commença Darrick. Je suis vraiment désolé.

— Peu importe, répliqua l'Inconnu. Nous avons de plus gros problèmes sur les bras.

— Je sais. C'est difficile à croire, mais les Dordovans ont conclu un accord avec les Ailes Noires. Je refuse d'en faire autant, voilà pourquoi je suis parti. Mes hommes devront prendre leur propre décision, et malgré leur loyauté, je crois que beaucoup ne se laisseront pas arrêter par l'alliance avec les Ailes Noires. Comme nous tous, ils veulent sauver leur famille et leur foyer, et cette alliance est le moyen le plus rapide et le plus simple de récupérer l'enfant.

— Ils ne se rendent pas compte ! explosa Denser. Ces salauds lui arracheront le cœur !

— Je sais, répéta Darrick. Il m'a fallu du temps pour ça, mais je l'ai enfin compris. Cependant, nous ne pouvons pas tenter de délivrer Erienne tout de suite. Les Ailes Noires la tueraient en espérant atteindre Lyanna d'une autre façon. Je ne connais pas le plan des Dordovans, mais je sais qu'ils ont loué ce bateau. (Il tendit un doigt vers l'extrémité opposée du quai, où était amarré un grand vaisseau éclairé.) J'imagine qu'il doit déjà être approvisionné et prêt à appareiller. Après tout, les Dordovans sont ici depuis deux semaines…

— Donc, nous allons nous emparer de ce bateau pour suivre *L'Orme des Océans* ? avança Hirad.

— Je ne vois pas d'autre solution, dit Darrick. Pas dans l'immédiat. Cela dit, nous pourrons au moins voir comment la situation progresse avant d'intervenir.

L'Inconnu hocha la tête.

— Je suis d'accord avec vous. Bien. Il nous faut un plan, et vite. Il m'étonnerait que les Dordovans attendent jusqu'à demain matin.

— C'est toi l'expert, grommela Denser.

— Et c'est toi le comique de service, répliqua Hirad.

— C'est que… je ne vois pas l'intérêt de les suivre, se défendit le Xetesk.

— L'intérêt, expliqua patiemment l'Inconnu, c'est que nous n'aurons pas l'occasion d'agir ici. Si nous pouvons embarquer, elle se présentera peut-être sur l'île, voire pendant le voyage.

Denser secoua la tête. Il allait protester quand un sort déploya ses pétales de mana au-dessus du port, la détonation résonnant sur les quais un instant plus tard. Des rugissements humains et des piétinements de sabots lui succédèrent tandis que la cavalerie faisait précipitamment volte-face. Des ordres retentirent par-dessus la cacophonie, et l'air s'emplit du tonnerre de la bataille imminente.

L'Inconnu regarda Hirad et hocha la tête.

Les Protecteurs venaient d'arriver à Arlen.

Quand Ren'erei atteignit le square du Centenaire, l'endroit grouillait de gardes du château. Le comte accompagnait ses hommes. Monté sur un étalon au pelage brun foncé, il s'adressait à une foule sans cesse grandissante.

— … Une ville paisible, et parfois, l'ironie du sort veut que nous devions nous battre pour qu'elle le reste. Nos quais sont envahis. Tous les inconnus que nous trouverons là-bas ne sont pas les bienvenus et devront être expulsés sans tarder. J'invite ceux qui s'en sentent capables à se joindre à nous pour les chasser.

Ren'erei secoua la tête. Haranguer des ivrognes ! C'était gagné d'avance si on leur promettait de la bagarre, comme en attesta le rugissement qui salua le discours d'Arlen. L'elfe vit des hommes se lancer aussitôt vers le port – sans doute des marins impatients d'atteindre la relative sécurité de leur bateau.

Elle sonda la foule en quête des Ravens, mais il y avait trop de monde. Le comte cria des ordres. Ses gardes se mirent en formation derrière lui, et la foule avide d'action se massa en queue de colonne. Deux douzaines de soiffards et pas beaucoup plus de gardes contre une cavalerie de métier. Ren'erei espérait que le comte serait capable de négocier sa reddition quand il y serait obligé.

Derrière elle, la lumière d'un sort embrasa brièvement le ciel nocturne. Une explosion sourde se répercuta sur la place, aussitôt suivie par le grondement coléreux de centaines de voix. Alors, la foule échappa à tout contrôle et courut vers l'extrémité sud du marché, tout semblant d'ordre envolé.

Ren'erei recula vivement pour laisser passer l'escorte du comte. Elle saisit le bras du garde qui fermait la marche. L'homme tourna vers elle un visage sévère et résolu.

— Les Ravens. Où sont les Ravens ? demanda-t-elle précipitamment.

Le garde éclata de rire.

— Là où tous les amis de la magie devraient être en ce moment : dans une cellule fermée à clé. Joignez-vous à nous si vous voulez sauver votre navire.

Puis il s'éloigna avec le reste de la colonne.

Ren'erei soupira et prit la direction de la prison, redoutant un massacre.

Thraun hurla. Les loups jaillirent de leur abri et se lancèrent vers le port, sans prêter attention à Hirad qui leur criait de revenir.

— Ravens, avec moi ! ordonna l'Inconnu.

Épées au clair, Ilkar et Denser préparant déjà des sorts, ils rebroussèrent rapidement chemin.

La pluie de plus en plus drue martelait les pavés lorsqu'ils débouchèrent sur les quais pour découvrir l'ampleur du désastre. Un des entrepôts qui jouxtait le marché au poisson était en feu. Au-delà de *L'Orme des Océans* résonnait le vacarme du combat entre Protecteurs et Dordovans. Une bonne partie des Lysterniens se tenait à l'écart mais les autres s'étaient jetés dans la mêlée, trouvant en Xetesk un ennemi qu'ils pouvaient haïr.

En courant, Hirad vit la meute disparaître dans le chaos illuminé par les torches et les lanternes, aperçut des chevaux qui se cabraient et entendit le hurlement reconnaissable de Thraun. Le barbare n'avait aucune idée de ce que les loups croyaient être en train de faire. Au moins, ils avaient trouvé une cible à leur frustration. Il se réjouissait de ne pas être sur leur chemin.

— Bouclier dressé, annonça Ilkar.

— Orbes préparés et prêts à lancer, ajouta Denser.

La forme de leurs sorts ondulait au-dessus de leur tête sur l'arrière-plan orangé de l'entrepôt en flammes.

— Mages dans les airs, confirma Ilkar.

— *L'Orme des Océans* prend le large, constata l'Inconnu. Regardez.

Les marins avaient hissé la misaine et sectionné les amarres. Avec un craquement qui dut faire frémir son capitaine, le navire elfique tourna contre le quai tandis que le vent gonflait sa voilure avec assez de force pour le détacher du rivage, les mages portés par leurs OmbresAiles décrivant des cercles au-dessus de lui.

— Tu en comptes combien, Ilkar ? demanda l'Inconnu.

Les Ravens s'étaient de nouveau immobilisés, peu désireux de prendre part à la bataille qui faisait rage sur les quais, près de *L'Auberge de Lacfoyer,* dont les clients détalaient vers le centre d'Arlen.

— Dix... Peut-être plus. C'est difficile à dire.

Il y eut un second éclair. Des OrbesFlammes s'abattirent sur le centre de la cavalerie lysternienne hésitante, qui s'éparpilla sans demander son reste. Une BrûlePluie tombait à l'est. Malgré l'humidité, de la fumée et de la vapeur montaient déjà du toit détrempé du marché au poisson. Une odeur entêtante d'huile et d'entrailles balaya le port.

Un groupe de cavaliers dordovans se détacha de l'arrière de la mêlée, fonçant à travers les Lysterniens pour passer à gauche de l'auberge et filer vers le square du Centenaire.

— C'est une ruse, dit Darrick. Ils vont revenir de l'autre côté.

— Nous aurons besoin de renforts pour nous emparer de l'autre bateau, annonça l'Inconnu.

— Tu as une idée ? demanda Hirad.

— Oui. Darrick et Denser, allez parler au capitaine et voyez si vous pouvez faire quelque chose. Ilkar, Hirad, avec moi. Nous allons recruter quelques Protecteurs.

— Et c'est pour ça que tu es le chef ? grinça Denser.

— Ne discute pas. (L'Inconnu se tourna vers le barbare.) Allons-y.

Alors qu'ils se ruaient en avant, Hirad vit que la bataille dégénérait. Privés de commandant, les Lysterniens paniqués tournaient en rond. Le départ de Darrick leur avait porté un coup désastreux. Même si son successeur lançait ordre sur ordre, il était clair que ses hommes ne savaient plus s'ils devaient se battre ou s'enfuir. Résultat, l'unité se désintégrait rapidement, et seuls ses sorts de bouclier l'empêchaient de succomber. Si les Protecteurs l'atteignaient, ce serait un massacre.

Au-delà de la cavalerie lysternienne déconfite, les Dordovans avaient organisé une défense serrée en travers du front étroit qui s'était formé entre le marché au poisson, l'entrepôt en feu et le bord de l'eau. Après l'assaut initial, les mages dordovans avaient forcé les Protecteurs à reculer grâce à une série de ForcesConiques. D'autres devaient étendre des boucliers anti-magie et anti-projectiles au-dessus de leurs soldats.

Les Protecteurs cherchèrent un autre angle d'attaque. Hirad les vit rebrousser chemin vers le centre de la ville tandis que les Dordovans érigeaient des barrages similaires à l'est du marché au poisson et autour de *L'Auberge de Lacfoyer.*

Pendant ce temps, les mages xetesks avaient tourné leur attention vers les bâtiments environnants. Leur première rafale de BrûlePluie avait touché le marché au poisson par accident. À présent, ils bombardaient sciemment les toits d'ardoise, faisant évaporer l'eau et embrasant les poutres, des flammes bondissant vers le ciel d'une dizaine d'endroits sur toute la longueur du port.

— Par ici ! cria l'Inconnu en modifiant sa trajectoire pour longer l'auberge sur sa droite et laisser la confusion des quais derrière lui.

Hirad aperçut les loups, qui effrayaient les chevaux des Lysterniens en slalomant entre leurs jambes. Thraun marqua une pause pour regarder *L'Crme des Océans* qui s'éloignait, puis se jeta de nouveau dans la mêlée.

Devant eux, les trois Ravens virent une colonne qui arrivait en sens inverse, un cavalier à sa tête. Le comte Arlen.

— Ça, c'est une grosse erreur, marmonna l'Inconnu.

Il plongea dans une ruelle perpendiculaire – trop tard. Plusieurs hommes ralentirent, virent les Ravens et les prirent pour première cible. Hirad se campa à la droite de l'Inconnu qui martelait les pavés de la pointe de son épée.

— Ne faites pas ça ! lança le colosse à leurs agresseurs, qui n'étaient pas des gardes d'Arlen, mais de simples citoyens ivres d'alcool et d'adrénaline.

— Le comte ne veut pas de vous ici, répliqua un type d'une voix pâteuse.

— Désolé, fit Hirad, mais nous devons rester pour le moment. Passez votre chemin, ou mieux encore, rentrez chez vous. Le port n'est pas sûr.

— C'est notre ville, affirma un autre homme. C'est à nous de donner les ordres, pas à vous.

Un murmure d'assentiment suivit, puis les hommes chargèrent. Hirad en compta six, tous larges d'épaules mais peu habitués au maniement de l'épée. Il fit passer son arme d'une main à l'autre par deux fois, mais ses adversaires étaient trop éméchés pour mesurer la dextérité que cela réclamait.

Derrière lui, Ilkar soupira.

— Qu'y a-t-il ? demanda Hirad sans tourner la tête.

— Je... Par les dieux ! Attrapez les deux types les plus près de vous. Vite ! C'est tout ce que vous pouvez faire.

Les guerriers ne posèrent pas de questions. Quoi qu'Ilkar ait pu sentir, ça devait être quelque chose de sérieux. Trop rapidement pour leur laisser le temps de réagir, ils tendirent leur main libre et empoignèrent par le col les deux hommes qui leur faisaient face, les déséquilibrant et les entraînant sous le bouclier de l'elfe. Comme le sien se débattait et agitait son épée, Hirad lui flanqua un coup de pommeau dans la mâchoire pour le calmer.

L'instant d'après, un FeuInfernal s'abattit sur l'auberge, les colonnes de flammes cherchant les âmes des vivants. Mais elles étaient nombreuses et il restait peu de cibles dans le bâtiment. Alors que le feu dévorait les âmes et le bois, faisant exploser toutes les fenêtres, les flammes qui n'avaient pas trouvé de proie visèrent les victimes les plus proches du point de chute fixé par le mage qui les avait invoquées.

Des flammes se répandirent à la surface du bouclier d'Ilkar, transformant le monde, autour d'Hirad, en un dôme orange, jaune et blanc tandis que les citoyens d'Arlen hurlaient de terreur. Mais au-dehors, les cris de leurs compagnons étaient des cris d'agonie. Le FeuInfernal dévora les corps vulnérables. De la chair calcinée éclaboussa les murs. Des cadavres incinérés volèrent à travers la ruelle et dans la rue, au-delà.

Sur le côté, *L'Auberge de Lacfoyer* brûlait, des flammes jaillissant des encadrements de fenêtres vides et des fissures de son toit d'ardoise. L'Inconnu secoua l'homme qu'il tenait.

— Rentrez chez vous et veillez sur votre famille ! Cette histoire vous dépasse.

Il le poussa d'une bourrade. Hirad fit de même avec le sien. Les deux ivrognes, hébétés, s'éloignèrent en titubant.

— Ravens ! Ravens, avec moi !

Chapitre 25

Thraun savait où elle était. Il rappela à lui la meute effrayée qui brûlait de s'enfuir. Ensemble, ils se lancèrent entre les proies. Hurlant et distribuant des coups de crocs, ils firent détaler les animaux paniqués. Ils esquivèrent facilement le métal pointu que brandissaient les humains, se faufilant entre les pattes des proies et sous leur corps en sueur.

Une fois encore, il n'y aurait pas de festin. Parce que l'air sentait mauvais, et que les flammes qui les entouraient n'arrangeaient rien. La solution était entre les mains de la femme à l'âme enveloppée de brume que Thraun connaissait et qu'il avait vue avec sa petite, avant sa rencontre avec l'homme-frère. Elle était sur le grand objet flottant qui remuait avec le vent, et c'était son nom que l'homme-frère avait prononcé. Thraun ne pouvait pas reproduire ce son, mais il savait qu'il avait amené la meute tout près de la réponse qu'ils cherchaient.

Pourtant, cette réponse se dérobait à eux. Devant eux s'ouvrait une brèche trop large pour qu'ils puissent la franchir d'un bond. Elle s'élargissait un peu plus à chacun de leurs battements de cœur. Le vent avait entraîné l'objet flottant hors de leur portée. Thraun hurla et aboya pour lui ordonner de revenir. Mais le vent redoubla de violence, la pluie imbibant sa fourrure. Puis de grandes feuilles blanches se déployèrent sur les troncs de l'objet flottant, et la femme disparut dans la nuit.

Thraun hurla une dernière fois pour rassembler la meute, fit demi-tour et partit à la recherche de l'homme-frère.

Les Ravens n'avaient pas le temps d'aider Arlen. Le comte et ses hommes s'étaient fourrés seuls dans un guêpier qu'ils n'avaient aucune chance de contrôler. Un regard vers le bout de la rue d'où ils étaient venus leur révéla que *L'Orme des Océans* avait hissé toutes ses voiles et filait vers l'autre côté du lac.

Un des mages dordovans qui survolaient la scène se posa sur le pont principal.

Alors qu'ils couraient vers le square du Centenaire, Hirad entendit arriver le détachement de cavalerie dordovane : il avait sans doute contourné la place du marché avant de redescendre vers le port en longeant la prison. Sur leur gauche résonnaient d'autres bruits de course et de galop.

Au bout d'une longue rangée de bâtiments administratifs, l'Inconnu s'immobilisa et tendit un bras pour retenir Ilkar et Hirad. Face à eux se dressaient plus de soixante-dix Protecteurs déployés en cercle défensif autour d'une demi-douzaine de mages à cheval. Il était évident que ceux-ci auraient volontiers piétiné les Ravens, mais les Protecteurs avaient instinctivement ralenti à la vue de l'Inconnu, et Hirad sentit à quel point ils l'admiraient.

— J'ai besoin de quarante Protecteurs et d'autant de mages que vous pourrez m'en confier, dit l'Inconnu, son épée tendue, la pointe vers le sol.

— Et pour qui vous prenez-vous : le Seigneur du Mont, peut-être ? répliqua un mage d'un ton où se mêlaient irritation et respect.

— Non, simplement pour le Guerrier Inconnu, rectifia le colosse. Mes camarades et moi sommes les Ravens, et nous voulons empêcher Dordover de mettre la main sur Lyanna.

— En vérité, je vous avais reconnus… Croyez-vous avoir une meilleure chance que nous d'atteindre notre objectif commun ?

— *L'Orme des Océans* est parti. Notre seule chance est de le suivre. Nous savons qu'il y a dans le port un autre navire déjà affrété et prêt à appareiller, mais un détachement dordovan avance vers lui en ce moment. J'ai besoin des Protecteurs pour monter à bord. Et il faut que le reste de vos forces continue à occuper les autres Dordovans et les Lysterniens. Votre réponse, tout de suite !

— Vous pouvez emmener trente Protecteurs, mais je ne peux vous confier aucun mage. Je me nomme Sytkan. Faites-moi prévenir par Denser quand vous aurez pris le contrôle du bateau.

L'Inconnu sourit.

— Merci, Sytkan. Vous venez peut-être de sauver l'enfant de l'Unique. (Il tendit un index.) Aeb, amène nos frères.

Sans attendre, il se détourna et, Hirad et Ilkar sur les talons, se lança de nouveau vers le port.

Erienne entendait les bruits de bataille mais elle ne voyait rien, car le minuscule hublot de sa cabine ne donnait pas du bon côté. Elle espéra que son Collège était venu la chercher. Et pria pour que Denser apparaisse sur le seuil, la prochaine fois que la porte s'ouvrirait.

La jeune femme sentit un choc sourd alors que la proue de *L'Orme des Océans* raclait le quai et que sa coque protestait. Puis elle entendit le capitaine crier des ordres, sa réticence audible, et sentit un balancement familier alors que le navire elfique sortait des eaux abritées du port. Quand la porte s'ouvrit sur Selik, elle pleura.

— Une si belle bataille, dit son visiteur. Dommage de la laisser derrière nous…

— Sortez, Selik ! Vous êtes une ordure, et je ne veux pas vous voir jusqu'à ce que vous veniez me tuer ! cracha Erienne.

— Malheureusement pour vous, c'est mon bateau, et j'irai où bon me semblera. Je viens de parler à votre vieil ami, le général Darrick. Apparemment, il était mécontent de voir les forces du bien diriger ce navire.

Intéressée malgré elle, Erienne se força à garder la tête baissée.

— Normal… Ce n'est pas un assassin !

— Non, seulement un homme prêt à faire passer ses principes avant le bon sens le plus élémentaire.

— Que voulez-vous dire ?

La situation devenait de plus en plus irréelle. Ils voguaient vers Lyanna. Au bout du voyage, Erienne mourrait, et elle était en train de tenir une conversation futile avec Selik.

— Il a préféré déserter plutôt que de continuer à aider les Dordovans, révéla l'Aile Noire.

— Il a eu raison. Tout bien pesé, ils ne valent pas mieux que vous, marmonna Erienne, qui sentait de la bile monter dans sa gorge. Vous vouliez autre chose ?

— Oui, vous présenter à ceux dont je vous avais promis l'arrivée imminente. Vous savez que j'aime tenir mes promesses.

— Tout ce que je sais, c'est que vous ressemblez de plus en plus à votre défunt ami Travers.

— Je considère cela comme un compliment. C'était un grand homme.

— Vous avez tort.

Selik pinça les lèvres.

— Tâchez de ne pas oublier votre place, ma chère. (Il se tourna vers la porte.) Entrez donc.

Erienne vit l'homme avancer vers elle, les bras ouverts et un bon sourire aux lèvres. Alors, le sang lui monta à la tête, brouillant sa vision, et elle se laissa tomber sur sa couchette.

Elle leva les yeux et se força à se concentrer.

— Vous ! s'écria-t-elle.

Les Ravens couraient devant lui, mais le regard d'Aeb était rivé sur la silhouette de Sol – le Guerrier Inconnu. C'était lui et lui seul que les Protecteurs accompagnaient. Aeb éprouvait un sentiment dont il n'avait qu'un vague souvenir. Un sentiment qui brûlait en lui et se communiquait au Réservoir où les âmes de ses frères se mêlaient. Mais c'était lui et les vingt-neuf frères présents à ses côtés qui le percevaient le plus fortement. Un sentiment presque étranger et pourtant si bienvenu.

De la joie.

Des lanternes brillaient sur toute la longueur du navire que Darrick leur indiqua. Il s'appelait *Le Soleil Calaien*. Son équipage massé sur le pont principal observait la bataille.

Fouettés par le vent, de monstrueux rideaux de flammes dévoraient l'obscurité et menaçaient les bâtiments voisins jusque-là épargnés par les sorts offensifs. La BrûlePluie invoquée par Lystern, Dordovan et Xetesk tombait en torrents sur les boucliers qui protégeaient maintenant chaque cavalier.

Sous les yeux de Darrick, des colonnes de FeuInfernal frappèrent *L'Auberge de Lacfoyer*. Dans la panique qui suivit, des hommes jaillirent d'une rue parallèle et se jetèrent sur la cavalerie lysternienne. Surprise, cette dernière se reprit très vite, riposta, repoussa l'attaque et se lança dans une charge qui tourna court quand elle comprit que les mages ennemis avaient bloqué l'extrémité de la rue avec des ForcesConiques.

— Voyez si vous pouvez convaincre le capitaine. Moi, je dois me préparer, dit Denser.

— Certainement.

— Et, Darrick…

— Oui ?

— Merci.

— Pour quoi ?

— Avoir fait passer la vie de ma famille avant les intérêts de votre Collège…

— Mieux vaut tard que jamais ! fit Darrick avant de se détourner.

Denser examina les bâtiments qui leur faisaient face : trois entrepôts séparés par des passages assez larges pour que quatre ou cinq chevaux puissent les emprunter de front. Sachant qu'il n'aurait pas la puissance nécessaire pour lancer des ForcesConiques capables de bloquer simultanément tous les points d'accès, il opta pour une autre solution en espérant que l'Inconnu arriverait très vite avec les Protecteurs. Il s'agenouilla, ferma les yeux et, ignorant la pluie qui lui giflait le visage, l'odeur de bois calciné et de métal chauffé à blanc, il commença ses préparatifs.

Après avoir relâché son bouclier pour se ruer vers les quais, Ilkar s'était arrêté le temps d'incanter des OmbresAiles. À présent, invisible dans le ciel au-dessus d'Hirad, il cherchait la cavalerie dordovane. Faute d'informations, l'Inconnu avait décidé de regagner le port en longeant la scierie – le trajet qui leur permettrait d'arriver le plus vite en vue du navire qu'ils visaient.

De l'eau se dégorgeait des gouttières. La poussière charriée par le vent s'était transformée en boue sous les sabots des chevaux et rendait les pavés encore plus glissants. Hirad se serait étalé de tout son long plus d'une fois, si la main d'un Protecteur ne l'avait pas rattrapé avant qu'il comprenne qu'il avait perdu l'équilibre. Le barbare aurait voulu être furieux à l'idée que les Protecteurs pensent qu'il avait besoin de leur aide. Mais il était seulement éberlué par leur rapidité de pensée et de réaction.

Levant les yeux vers le ciel embrasé, il vit Ilkar piquer vers eux.

— Denser et Darrick ont atteint le bateau, annonça l'elfe en volant au niveau de l'Inconnu. Denser prépare quelque chose. Les Dordovans seront sur eux dans quelques instants : ils longent un entrepôt à deux rues d'ici. Le bateau ne bouge pas, mais tout son équipage est sur le pont. La partie va être serrée.

— Nous aurons besoin d'un bouclier quand nous les atteindrons, dit Hirad.

— Compte sur moi.

Ilkar les dépassa et se posa cinquante mètres devant eux pour dissiper ses OmbresAiles et préparer le bouclier. L'Inconnu accéléra. Hirad vit les Protecteurs l'imiter aisément, alors qu'il sentait le poids de ses trente-neuf années.

— Je me serais bien passé de ça, grogna-t-il, essoufflé.

— À force de vivre dans le luxe parmi les Kaans, tu t'es ramolli, fit l'Inconnu.

— Laisse-moi me charger des plaisanteries, d'accord ?

Ils franchirent l'angle de la scierie, Ilkar à leurs côtés. Un instant, il leur sembla que l'impossible allait arriver, et qu'ils atteindraient le bateau avant les Dordovans. Mais alors qu'ils n'étaient plus qu'à soixante-dix mètres de Denser et de Darrick, le général hurla quelque chose d'inaudible. Le Xetesk colla ses deux poings l'un contre l'autre à hauteur de son visage et tendit les bras vers le bas.

Les entrepôts les plus proches de l'eau frissonnèrent. La pierre du quai vibra tandis que des planches dégringolaient du toit des bâtiments. Il y eut une pause, pendant laquelle Hirad vit le premier cavalier dordovan apparaître sur sa gauche, lancé au galop. Puis de monstrueux blocs de pierre jaillirent du sol en une dizaine d'endroits, projetant un geyser de dalles brisées, de boue et d'eau dans toutes les directions.

La façade de l'entrepôt du milieu s'écroula quand un des blocs défonça les poutres qui la soutenaient. Le toit glissa en avant, et des hennissements terrifiés couvrirent brièvement le tumulte alors que les cavaliers tentaient de contrôler leurs montures, anxieuses d'éviter l'avalanche de bois et le geyser de pierres, sous leurs sabots.

— Brave vieux Denser ! dit Hirad.

Mais leur avantage ne durerait pas. Déjà, les chevaux se frayaient un chemin parmi les débris. Le sort de Denser avait fait des ravages, mais les Dordovans avançaient toujours.

— On se magne ! cria Hirad en voyant le premier cavalier se rapprocher de Denser.

— Aeb ! appela l'Inconnu. Tu prends à gauche ! Hirad, à droite !

Le Protecteur hocha la tête en silence.

— Et tu as la permission de parler librement, ajouta l'Inconnu. Fais tout ce qui te semblera nécessaire.

— Compris.

Le premier cavalier n'atteignit jamais Denser. En réponse à l'avertissement de Darrick, le mage recula pendant que le général levait son épée et la plongeait dans la cage thoracique du cavalier, effleurant la tête de sa monture au passage et lui tranchant une oreille. L'homme vida les étriers, son étalon hennit de douleur et fonça droit devant lui.

Hirad continua à courir. Le gros du détachement dordovan avançait à une allure plus modérée, coupé dans son élan par le TerreMartel de Denser. Puis un cri retentit, et les cavaliers se retournèrent, formant une ligne pour se porter à la rencontre des Protecteurs emmenés par l'Inconnu. Des OrbesFlammes volèrent au-dessus de la tête des chevaux et s'écrasèrent sur le bouclier d'Ilkar, qui était à l'abri au centre du groupe.

La courte distance qui séparait les deux forces ne permit pas aux chevaux de prendre assez d'élan pour une charge. Quand ils arrivèrent au contact, les animaux hésitèrent, décontenancés par le mur d'ennemis qui se dressaient devant eux sans manifester de peur.

L'Inconnu ralentit légèrement, frappa deux fois le sol avec la pointe de son épée et l'abattit sur l'encolure du premier cheval. La malheureuse bête s'écroula dans un jaillissement de sang que la pluie dilua aussitôt.

Le ciel était illuminé par les éclairs qui déchiraient les nuages…

Près de l'Inconnu, la hache à la main mais l'épée toujours attachée dans le dos, Aeb écarta la tête d'un cheval du plat de sa lame, et dans le même mouvement, en enfonça le tranchant dans l'estomac du cavalier. Soulevé de sa selle, l'homme vola en arrière et atterrit sous les sabots de l'animal qui le suivait.

Hirad slaloma entre les pattes antérieures d'un cheval qui se cabrait, évita un coup d'épée et leva la sienne au-dessus de sa tête pour parer toute attaque. Il détestait se battre contre des cavaliers : pas de marge de manœuvre, des coups qui pleuvaient d'une multitude d'angles, le risque de se faire piétiner par les chevaux aux réactions imprévisibles… Mais les Protecteurs étaient derrière lui, et pour une fois, il n'avait pas à se soucier des menaces qui jailliraient dans son dos. Il savait que les machines à tuer xeteskes le couvriraient.

Debout entre deux grands étalons, Hirad flanqua un coup de coude au cheval de droite et frappa sur la gauche avec son épée. Le cavalier visé para avec sa hache. Le barbare regarda vers la droite, saisit le bas du pourpoint du second cavalier et tira dessus pour le déséquilibrer, en rabattant sa lame pour parer la riposte du premier.

Le cavalier de droite vida les étriers. Hirad l'ignora, dégagea son épée et l'abattit sur la jambe découverte de l'homme à la hache avant de s'accroupir brusquement. Ses genoux percutèrent la poitrine du cavalier tombé à terre. Il sentit et entendit craquer ses côtes. Puis il lui écrasa la glotte d'un coup de pommeau, mettant fin à ses souffrances.

Autour de lui, les pattes des chevaux se dressaient telle une forêt de troncs. Le barbare se releva alors qu'un Dordovan à l'agonie hurlait derrière lui. Quand il s'avança pour affronter un nouvel adversaire, il vit la lame de l'Inconnu mordre férocement le ventre d'un homme sur sa gauche, et la hache d'Aeb en décapiter un autre.

La cavalerie avait perdu sa cohésion. Son commandant lança l'ordre de repli. Tous les hommes encore valides firent pivoter leur monture et s'éloignèrent du champ de bataille, suivis par des chevaux privés de cavalier. Les Protecteurs les laissèrent partir. Un seul avait perdu la vie et quatorze Dordovans gisaient sur le quai.

L'Inconnu avait une entaille au bras gauche.

— Ça va ? demanda Hirad quand ils se regroupèrent.

— Saleté d'épée ! Aucun équilibre. Pas étonnant qu'Arlen ne soit jamais distinguée par ses exploits guerriers. Ses forgerons ont de sacrés progrès à faire. (L'Inconnu porta une main à sa blessure et observa ses doigts maculés de sang.) Ma chemise est foutue.

Hirad sourit.

— Nous devons nous concentrer sur la prochaine charge. Alors, tes soucis vestimentaires…

Derrière lui, un rugissement et un roulement de sabots retentirent. Il regarda par-dessus son épaule. Dordover et Lystern fonçaient vers eux.

— Et merde ! Des ennuis en perspective.

— Un euphémisme de plus, fit l'Inconnu. Aeb ! Défense arrière. Faites en sorte qu'ils ne passent pas, cette fois.

— Compris.

Les Protecteurs se mirent aussitôt en position sur trois rangs, chacun brandissant une seule arme, histoire de présenter une ligne impénétrable aux cavaliers qui approchaient.

Du côté d'Hirad, une BrûlePluie tomba sur les Dordovans, rebondit sur leurs boucliers et éclaboussa les entrepôts calcinés. C'était l'œuvre de Denser, mais contrairement à ses sorts précédents, elle ne servit pas à grand-chose. Les cavaliers modifièrent leur trajectoire et continuèrent à charger.

— Tenez-vous prêts, ordonna l'Inconnu en martelant le sol de la pointe de son épée.

— Comme d'habitude, fit Hirad.

Les sabots des chevaux frappaient la pierre, et l'incendie qui faisait rage dans son dos illuminait les lames des attaquants. Le barbare rugit pour s'éclaircir les idées et chercha du regard sa première victime.

Xye observait la débandade de leurs adversaires avec le détachement analytique dont tous les Protecteurs bénéficiaient grâce à l'action apaisante du Réservoir d'Âmes. Cela lui permettait d'évaluer instantanément une situation, d'agir avec une assurance suprême et de réduire les risques pour ses frères ou leurs Protégés. Il avait le soutien infaillible de tous ses semblables, et son courage ne vacillait jamais.

Il était au centre de la ligne, son dos à huit pas de ceux de Sol et d'Aeb, le regard tourné vers les flammes qui avaient englouti le marché au poisson, l'auberge et la scierie, et menaçaient désormais la fonderie et les entrepôts voisins. Le feu projetait une lumière crue sur le port, nimbant les cavaliers et leurs montures des couleurs de l'enfer.

Xye estimait que l'ennemi avait pris l'initiative malheureuse de la panique plutôt que de la stratégie. Les forces lysterniennes et dordovanes galopaient le long du quai, les premières hésitantes, les secondes anxieuses d'enfoncer la ligne qui les coupait de leurs camarades. Derrière, leurs mages avaient relâché leurs barricades. Les jeteurs de sorts xetesks en profitèrent pour lancer des OrbesFlammes, des BrûlePluies et des GlaceVents sur la cavalerie qui chargeait tandis que les Protecteurs, se fichant des ForcesConiques, se portaient à sa rencontre.

D'autres individus que Xye n'identifia pas se jetèrent dans la mêlée. Des hommes à pied, dirigés par un cavalier solitaire. À travers un maelström de pensées et d'impulsions, il capta un hurlement de loups et un avertissement. Ces animaux devaient être épargnés.

Force et courage. Brisez la charge. De l'aide arrive par derrière. Nous ne faisons qu'un.

Xye savait que la fraternité ne pouvait pas perdre.

— Hirad, tu passes devant, ordonna l'Inconnu sans cesser de marteler la pierre détrempée, à ses pieds. Frappe au centre. Tu prends les chevaux et je me charge des cavaliers.

— Compris, dit le barbare.

L'Inconnu empoigna son arme à deux mains et regarda les Dordovans approcher. Leur charge manquait de puissance. L'ennemi qu'ils affrontaient rendait nerveux les cavaliers et leurs montures…

— Ilkar, qu'est-ce que tu fous ?

— Je me demande quel sort offensif je vais pouvoir lancer.

— Quand ils nous atteindront, pas avant.

— Très bientôt, donc…

L'humour noir de l'elfe n'échappa pas à l'Inconnu. La situation se présentait mal. La première ligne ennemie était presque sur eux, les cavaliers assez espacés pour ne pas se gêner les uns les autres avec leurs armes.

Le tonnerre des sabots, les cris des hommes et les hennissements des chevaux les enveloppaient, contrepoint frappant au silence et à l'immobilité des Protecteurs.

L'Inconnu fit un pas en avant, brandit son épée et l'abattit sur le Dordovan du milieu. Du coin de l'œil, il vit Hirad s'accroupir pour se relever sous l'encolure de sa monture. Le cavalier avait prévu la manœuvre, mais cela ne suffit pas : sa parade à une main ne fut pas assez solide pour dévier le coup puissant de l'Inconnu. Sa lame partit sur le côté, laissant sa poitrine et son cou exposés à l'épée du Raven qui trancha sa chair vulnérable et ripa avec un grincement métallique sur son plastron. Du sang jaillit. Quand son étalon s'effondra sous les coups d'Hirad, l'homme bascula sur le côté, déjà mort.

Se tournant pour faire face à son adversaire suivant, l'Inconnu sentit quelque chose percuter son omoplate. Il se détourna et leva son arme, mais ce n'était pas une menace : seulement la tête d'un Dordovan décapité qui rebondissait sur les pavés.

Le second rang de cavaliers fonça là où le premier avait échoué, forçant les Protecteurs et les Ravens à reculer. L'Inconnu para des attaques venues de gauche et de droite et se tordit le cou en quête d'une ouverture.

Il entendit Hirad jurer et vit étinceler son épée. Un cheval hennit. L'Inconnu frappa sur le côté. Sa lame transperça l'armure du cavalier. Le souffle coupé, l'homme voulut faire un écart, mais sa monture épuisée ne réagit pas. Il vacilla sur sa selle. L'Inconnu lui saisit un pied, le dégagea de son étrier et le fit basculer sur le côté pour qu'Hirad l'achève.

— Ilkar ! C'est le moment de faire quelque chose !

Quelques instants passèrent avant que l'elfe réponde :

— Bouclier baissé. Ravens, accroupis !

L'Inconnu obéit. Le sort d'Ilkar vola au-dessus de sa tête. Une ForceConique percuta de plein fouet les vestiges de la première ligne ennemie, repoussant les chevaux dans les pattes de ceux qui arrivaient derrière eux et déséquilibrant leurs cavaliers.

Un étalon sans cavalier se cabra. Ses sabots antérieurs griffèrent l'air, atteignant l'Inconnu à l'épaule et au menton. Le colosse s'étala sur la pierre humide, lâcha son épée et hoqueta de douleur, des étoiles dansant devant ses yeux. Il roula aussitôt sur son flanc gauche, vit les Dordovans se regrouper et entendit Hirad crier son nom.

Devant la ligne ennemie, vulnérable et désarmé, il se ramassa sur lui-même en position accroupie. La douleur lui traversa l'épaule et remonta le long de son cou. À quatre pattes, il se traîna jusqu'à son épée et la ramassa.

— Inconnu, à gauche. À gauche ! cria Hirad.

D'instinct, le colosse se retourna en levant sa lame.

Le cheval avait jailli de nulle part. Alors que le colosse faisait un bond sur la droite pour l'éviter, le cavalier dordovan abattit sa hache sur sa hanche exposée.

L'Inconnu sentit la brûlure.

Puis la chute et le contact glacé de la pierre sur son visage.

Chapitre 26

Les loups se recroquevillaient sur eux-mêmes, terrifiés par les explosions. Près de là, les flammes avaient englouti un bâtiment ; des sons semblables à ceux d'arbres abattus, des hurlements humains et le rugissement du vent maléfique fracturaient leur esprit collectif. Ils détalèrent.

Thraun voyait où ils allaient – vers l'ombre et le silence – mais il savait que ça n'était pas la direction à prendre. Il n'y avait là-bas ni réponses ni sécurité. Ils ne les trouveraient qu'auprès de l'homme-frère. Pourtant, il lui fallut un moment pour les arrêter, et plus encore pour les persuader de lui obéir.

Il aboya et hurla, leur ordonnant de ralentir leur course. Un par un, les loups obéirent, se réfugiant dans un étroit passage, entre les murs construits par les humains. Ici, les bruits de destruction étaient étouffés, les odeur de flammes, de sang et de mort dominées par celles de la végétation pourrissante et de la boue.

À présent, seuls les halètements rauques des loups emplissaient les oreilles de Thraun. Leurs langues pendantes, leurs yeux blancs écarquillés et leurs oreilles plaquées contre leur crâne occupaient entièrement sa vision. Il savait qu'ils n'auraient pas dû être là, au cœur du monde des humains. Il comprenait leur terreur, due au feu qui tombait autour d'eux, à la puanteur de chair calcinée, aux cris des moribonds et à la chute des bâtiments, mais il ne pouvait pas laisser cette terreur les dominer.

Il resta fièrement debout alors que les loups vaincus s'aplatissaient sur le sol, les observant pendant que leur respiration reprenait son rythme normal. Il attendit que leurs gémissements se taisent et que leurs yeux se lèvent vers lui en quête de soutien, les bruits qu'émettait sa gorge les apaisant et leur redonnant de la force.

Une partie de lui voulait les ramener dans la forêt où attendaient les femelles et les petits survivants. Mais ils étaient si près du but… L'homme-frère et les autres allaient trouver la femme, et avec elle, les réponses à leurs questions. Thraun aspirait à la quiétude de la forêt. Mais surtout, il voulait être au côté de l'homme-frère. À aider les humains. Ce n'était pas un sentiment facile à accepter, mais il était en lui, et Thraun ne pouvait le nier.

Il aurait voulu l'expliquer au reste de la meute, mais il n'y avait pas de sons pour ça. Les autres loups ne comprenaient pas la raison de leur présence ici : ils savaient seulement que c'était le désir de leur chef, et qu'ils avaient confiance en lui.

Ils continueraient à le suivre, même s'il les ramenait vers le feu, la douleur et la puanteur qui recouvrait tout. Ils prendraient un autre chemin afin d'éviter le gros des flammes et de rejoindre l'endroit où l'homme-frère s'était précipité avec les étranges humains au visage de bois. Ces humains qui faisaient peur à Thraun, parce qu'ils avaient un trou à la place de l'âme.

Du bout du museau, il poussa doucement chaque loup. Il serait avec eux. Il l es protégerait. Le moment était venu d'agir. Malgré cela, ils répugnaient à partir, frémissant dans l'obscurité, de l'inquiétude dans les yeux. Mais Thraun avait besoin qu'ils l'accompagnent pour lui donner de la force.

Il fit mine de s'éloigner vers l'horreur. Les loups ne bougèrent pas. Il revint vers eux, les toisant de toute sa hauteur. Ils ne pouvaient pas rester là. Se cacher dans le noir n'était pas une attitude de loup. La meute chassait et courait en liberté. Thraun lutta pour le leur faire comprendre. Il grogna, leur ordonnant de se lever. Il était le mâle dominant : les autres devaient lui obéir.

Lentement, leur respect et leur crainte de Thraun dépassèrent leur envie de fuir ce qui s'étendait au-delà de la ruelle sombre. L'échine toujours courbée, les membres encore tremblants, ils se levèrent.

Ils étaient prêts.

Thraun les ramena vers les flammes et le tumulte.

L'odeur du vent maléfique assaillait ses narines, le fracas du métal et les cris des humains montant à ses oreilles. Il hurla pour leur donner de la force, courant devant eux et humant l'air en quête de la piste de l'homme-frère. Il savait où il était allé. Mais quand la meute se rapprocha de l'endroit où la terre rencontrait l'eau, il comprit qu'il ne pourrait pas la persuader de s'aventurer plus loin.

En leur absence, le conflit s'était déplacé. Les bâtiments brûlaient toujours, leur chaleur crépitant dans l'air et faisant fumer la pluie lorsqu'elle les touchait. Thraun savait que l'homme-frère était ici. Pourtant, il ne voyait que des proies et les humains qui les montaient.

D'un aboiement, il déclencha l'attaque. Il bondit, referma ses crocs sur la gorge d'une proie, et sentit le ruissellement de son sang chaud et ses mouvements paniqués alors qu'elle luttait pour se débarrasser de lui. Le cavalier cria et abattit sa tige de métal pointue, qui rebondit sur la fourrure impénétrable de Thraun.

Il se laissa tomber à terre et, dans le même mouvement, bondit de nouveau – sur l'humain cette fois. Les pattes sur sa poitrine, il le jeta au sol où la créature se débattit en vain pendant qu'il lui lacérait la gorge.

Le sang avait bon goût, mais Thraun n'avait pas le temps de s'en repaître, et il n'aimait pas la chair humaine. Relevant la tête, il vit que la meute avait cerné une autre proie, qui se cabra, son cavalier s'accrochant de toutes ses forces pour ne pas être désarçonné. Un des loups la contourna et planta les crocs dans sa cuisse postérieure droite. L'animal s'écroula avec un cri de douleur ; son cavalier roula à terre, momentanément et fatalement vulnérable.

Quand l'humain fut mort, Thraun aboya pour rappeler ses loups et chercha leur cible suivante du regard. Les cavaliers et les proies avaient pris conscience de leur présence. Certains se tournèrent vers eux pour les repousser.

Le cœur de Thraun se serra quand un homme à l'âme enveloppée de brume les regarda. Il n'avait pas de tige de métal pointue, mais il était plus dangereux encore que les autres. Thraun voulut se jeter sur lui. Il en fut empêché par un loup qui se dressait entre eux. Aboyant pour disperser la meute, il bondit vers l'humain au moment où des globes de feu jaillissaient de ses mains, volaient par-dessus sa tête et atterrissaient derrière lui. Ses mâchoires serrées sur le visage de l'humain, ses pattes lui labourant la poitrine, Thraun entendit les glapissements et les gémissements de douleur de la meute.

Il donna un coup de crocs pour achever l'humain, lâcha prise et se retourna... Puis il se pétrifia en apercevant les autres loups. Ils ne s'étaient pas dispersés comme il le leur avait ordonné : la proximité des proies et du sang était trop tentante. À présent, trois loups gisaient à terre, et le dernier titubait. Tous agonisaient. Impuissant, Thraun regarda le feu surnaturel dévorer leur fourrure et leur chair, voler leur voix et immobiliser leur corps. Au dernier moment, le regard de l'un d'eux croisa le sien. Alors que ses yeux se voilaient, Thraun lut le message qu'ils lui lançaient.

Trahison. Mort injustifiée.

Assis près des carcasses fumantes, Thraun hurla sans se soucier des ennemis qui l'entouraient ni chercher à se protéger d'une attaque. Il avait failli. La meute n'était plus, et c'était son instinct qui lui avait coûté la vie. Il avait manqué à tous ses devoirs envers les loups, comme il avait manqué à tous ses devoirs envers...

Un fragment de souvenir longtemps enfoui traversa son esprit désespéré. L'image d'un petit humain, un autre homme-frère, couvert de blanc, les yeux clos et la poitrine immobile.

Thraun n'avait plus la force de venger les siens ni de s'enfuir. Il s'allongea où il était, ultime gardien de la meute massacrée, et regarda les proies et les cavaliers se déplacer autour de lui comme au ralenti. À chacun de ses battements de cœur, deux mots résonnaient dans sa tête, gagnant en intensité et en puissance. Au fond de lui, il savait qu'il ne pouvait plus les ignorer.

Souviens-toi.

Arlen cherchait en vain un moyen de rétablir l'ordre. Quand ses hommes et lui avaient déboulé sur le port bordé de bâtiments effondrés ou livrés aux flammes, la bataille faisait déjà rage. Les deux cavaleries collégiales affrontaient les Protecteurs avec une violence d'autant plus choquante qu'elle avait pour cadre les paisibles quais de sa propre ville. Les hommes rugissaient, les chevaux hennissaient, des sorts s'abattaient de toutes parts, embrasant des boucliers invisibles ou déchaînant leur puissance sur des cibles vulnérables.

À travers la pluie battante, l'odeur du bois et de la chair brûlés emplissait l'air et lui picotait les yeux. Des épées s'entrechoquaient, le vacarme se répercutant dans toutes les directions. À la lumière des flammes, de grandes flaques de sang dilué coulaient vers le lac tandis que les hommes et les montures pataugeaient dedans pour poursuivre leurs ennemis.

Dans la baie, *L'Orme des Océans* s'éloignait, toutes voiles dehors, pendant que sur sa gauche, une autre bataille se déroulait près du *Soleil Calaien*, devant des entrepôts en ruine et un rideau de feu qui montait jusqu'à une trentaine de mètres vers le ciel. Le bruit était assourdissant, le spectacle le déprimait, et Arlen n'avait aucune idée de la façon d'y mettre un terme.

Autour de lui, ses citoyens hésitaient, coupés dans leur élan par la mort qui les cernait. Certains avaient déjà pris leurs jambes à leur cou, et Arlen ne pouvait les en blâmer. Seuls ses gardes avaient formé une défense digne de ce nom, et ils avaient été attaqués sur deux côtés à la fois. Une partie avait succombé sous les coups de Protecteurs qui se frayaient un chemin vers le centre de la ville, une autre sous ceux des Dordovans déterminés à les arrêter. Finalement, le comte s'était retiré. À présent, les survivants de sa garde attendaient ses ordres.

Un des hommes qu'il avait envoyés étudier le déroulement des combats à travers la ville revint en courant.

— Au rapport, exigea Arlen.

— Seigneur, ils sont partout, haleta le jeune homme, qui ne devait pas avoir plus de vingt ans et était mort de peur. L'incendie s'est propagé jusqu'à la prison, dans le quartier du Sel et sur un côté du square du Centenaire, et j'ai repéré une douzaine de rixes. Les Protecteurs se sont répandus dans les rues. Les mages dordovans leur lancent des sorts depuis le toit des maisons. Nos gens sont en fuite. Des centaines marchent vers le château, mais je ne crois pas qu'ils s'y arrêteront. On dirait qu'ils croient que toute la ville va s'écrouler sur eux. Qu'allons-nous faire, seigneur ?

Il leva vers le comte un regard implorant.

Arlen aurait voulu hurler qu'il l'ignorait. Rien de ce qu'ils pourraient tenter n'éteindrait l'incendie qui dévorait les bâtiments ni ne mettrait un terme à la bataille. Les belligérants étaient trop nombreux. Des centaines de soldats de métier se battaient sur les quais et à travers toute la ville, et il disposait d'une trentaine d'hommes effrayés. Ils étaient impuissants. Et pourtant, il devait faire quelque chose.

— Écoutez-moi ! cria-t-il. Nous allons abandonner le port et reculer jusqu'au square pour établir une zone sécurisée, donner à nos gens un endroit où se replier et couvrir leur retraite jusqu'au château. Oubliez ces bâtards ! Laissez-les s'entre-tuer ! Occupons-nous de sauver les nôtres. En avant !

Il fit faire une volte à son cheval et s'éloigna à la tête de ses hommes, la culpabilité pesant comme une chape de plomb sur ses épaules. Il avait réussi à sauver quelques soldats pour le moment. Mais l'horrible vérité demeurait : il avait perdu le contrôle de sa ville. Il se demanda combien de ses hommes le comprendraient quand se dissiperait le soulagement d'avoir laissé les quais derrière eux. Si les Protecteurs et les Dordovans voulaient détruire Arlen, il ne pourrait rien pour les en empêcher.

— Inconnu ! rugit Hirad. Non !

Il se jeta sur le cavalier qui avait abattu son ami. Cinq enjambées et un saut lui fournirent l'angle idéal pour frapper. Le Dordovan fit pivoter son cheval, lui offrant une cible. Hirad n'avait pas encore touché terre quand il fit décrire un arc de cercle à son épée, détachant la tête de l'homme de ses épaules. Son cadavre décapité bascula en arrière tandis que du sang jaillissait vers le ciel.

Ignorant le cheval privé de cavalier, Hirad courut et se planta les pieds écartés au-dessus de l'Inconnu. Il n'osa pas baisser les yeux, craignant de découvrir que le colosse était mort. Il l'avait déjà vu périr une fois. Une deuxième eût été plus qu'il n'en pouvait supporter.

— Aeb ! appela-t-il. Aidez-moi !

Mais les Protecteurs avaient déjà réagi en se déployant pour lancer une attaque frontale. Ils bondirent sur les Dordovans, leurs haches tailladant la chair des chevaux alors que leurs épées bloquaient des attaques désespérées avant de porter une riposte fatale.

Plusieurs cavaliers aperçurent Hirad. Repérant une cible facile – un homme vulnérable parce qu'il tentait de secourir un ami blessé – ils fondirent sur lui. Le premier perdit la jambe gauche, tranchée net par la lame du barbare. La monture du second creva sous lui. Puis les Protecteurs apparurent au côté d'Hirad, Aeb sur sa gauche, pour former un cercle d'acier.

— Ilkar, examine-le ! cria le barbare.

De sa main libre, il saisit le bras de son adversaire et tira violemment pour lui faire vider les étriers. Aeb en profita pour abattre sa hache sur le ventre découvert de l'homme.

— Je suis derrière toi, Hirad, annonça l'elfe. Continuez.

Le cœur du barbare battait la chamade, mais il lutta pour garder la tête froide. Ses muscles le suppliaient de foncer tête baissée, de laisser son instinct prendre le dessus et de voir combien de Dordovans il pourrait massacrer avant de se faire tuer.

Mais il pensa à l'homme qu'il défendait…

— Il est salement amoché, dit Ilkar. J'ai besoin de Denser, et vite.

— Je m'en charge, promit le barbare. Aeb, nous devons absolument passer.

— Compris. Nous vous suivons.

Hirad hocha la tête, leva les yeux et vit les Dordovans préparer un nouvel assaut. Une vingtaine de corps gisaient déjà sur le sol, ajoutant aux obstacles constitués par les chevaux morts ou blessés. La charge serait laborieuse, et le barbare entendait en tirer parti.

Le long de la ligne, les Protecteurs attendaient, immobiles et silencieux. Leurs pertes étaient minimes, mais ne pouvaient pas être ignorées. C'était maintenant ou jamais.

— En avant !

Hirad fonça sur l'ennemi et entendit les Protecteurs se lancer derrière lui. Un cri monta des rangs dordovans, qui se mirent en mouvement, les cavaliers luttant pour maîtriser leurs montures, peu désireuses d'affronter les tueurs masqués de Xetesk. L'échine courbée, elles humaient le sang des morts et des mourants ; leurs sabots glissaient sur le sol détrempé.

Devant lui, Hirad vit un cavalier brandir son épée. Il plongea par-dessus la carcasse d'un cheval qui remuait encore, roula sur sa gauche, se redressa derrière l'homme et lui transperça les reins avant qu'il puisse faire pivoter sa monture.

Par-dessus son épaule, le barbare regarda les Protecteurs. La représentation de la sauvagerie organisée ! Par petits groupes de deux ou trois, ils attaquaient simultanément un cheval et son cavalier, ne lui laissant nulle part où aller et aucune possibilité de se défendre, faute d'une cible distincte. Bref, aucune chance d'en réchapper.

Hirad, qui n'avait plus d'adversaire à sa portée, regarda un trio de Protecteurs en action. L'un d'eux s'accroupit et trancha les tendons des pattes postérieures d'un cheval ; le deuxième lui lacéra la gorge, pendant que le troisième parait avec sa hache l'attaque désespérée du cavalier puis l'embrochait.

Ce fut terminé avant que le barbare ait pris deux inspirations. L'efficacité des Protecteurs le fit penser à une meute de loups.

Thraun !

Hirad se souvint d'avoir entendu un hurlement animal alors qu'il montait la garde devant le corps de l'Inconnu. Pendant que les Protecteurs occupaient les Dordovans, il pivota sur lui-même, cherchant les loups du regard. Mais il ne vit rien. À l'ouest le long du quai, du côté de l'emplacement laissé libre par *L'Orme des Océans*, les cavaleries dordovane et lysternienne s'étaient éparpillées, poursuivies par les Protecteurs que dirigeaient des mages xetesks à cheval.

Du côté du navire qu'ils visaient, le carnage continuait. Les Protecteurs avaient vite étouffé toute résistance. À présent, ils circulaient entre les ennemis tombés à terre, s'accroupissant pour achever ceux qui respiraient encore. À part eux, il ne restait plus personne sur le quai, et ce n'était pas bon signe.

Hirad comprit pourquoi l'Inconnu gisait aux portes de la mort. Les Ravens s'étaient séparés, une erreur qu'ils s'étaient pourtant jurés de ne jamais commettre.

Thraun devrait se débrouiller seul.

— Denser ! cria Hirad. Darrick ! Où êtes-vous ?

Sa voix fut couverte par le vent et noyée par la pluie qui martelait les pavés, les toits et la surface du lac, sans parler du crépitement des flammes qui, poussées par les bourrasques, se propageaient toujours vers le square du Centenaire.

— Denser ! J'ai besoin de toi tout de suite ! beugla le barbare.

Il observa le navire en fronçant les sourcils. Tout était étrangement calme à bord. L'équipage avait disparu. Seules restaient les lanternes qui se balançaient follement, illuminant le pont désert.

Hirad avança vers le bateau.

— Denser ! rugit-il une troisième fois. S'il te plaît ! L'Inconnu est blessé ! Denser !

Par les dieux, où était-il ? Le barbare se retourna et demanda :

— Comment va-t-il, Ilkar ?

— Ce n'est pas brillant. Il faut trouver Denser au plus vite.

— Je…

Hirad capta un mouvement du côté du navire. Une porte s'ouvrit, et une silhouette émergea sur le pont. Celle de Denser.

— Descends !

— Que se passe-t-il ?

Le mage xetesk sonda le quai et vit la cavalerie en déroute et les Protecteurs qui la poursuivaient. Il fronça les sourcils.

— Par les dieux, tu dois avoir du coton dans les oreilles ! L'Inconnu est blessé. Ilkar a besoin de toi. (Hirad désigna l'elfe, penché sur le colosse.) Vite !

Denser hocha la tête, incanta et s'envola du pont du navire, porté par ses OmbresAiles. Hirad le regarda traverser le nuage de fumée qui planait bas au-dessus d'Arlen. Il revint en trottinant vers Ilkar et l'Inconnu, sans prendre le temps de se demander ce que Denser faisait à bord du navire ou ce qu'était devenu Darrick. Pour le moment, ça n'avait pas grande importance.

Sur le quai, le combat était presque terminé, mais le barbare entendait des cris monter dans la ville, où les Protecteurs éliminaient les derniers Dordovans. Il vit des hommes de la garde d'Arlen errer entre les cadavres, ou regarder, hagards, les feux qui réchauffaient la nuit humide. La pluie ne s'interrompait pas et le vent hurlait toujours sur le rivage.

Hirad se sentait vidé. Voilà un bail qu'il n'avait pas ferraillé ainsi. Bien que la bataille n'ait pas duré longtemps, elle avait été intense. Surtout, il avait vu l'Inconnu tomber, et d'après les gestes qu'Ilkar adressait à Denser alors qu'il se posait près de lui, il devinait que sa blessure était grave. Probablement fatale, si les sorts des deux mages ne pouvaient rien pour lui.

Hirad rengaina son épée et ralentit.

— Hirad !

C'était Aeb. Le Protecteur avançait vers lui à grandes enjambées, ses armes de nouveau attachées dans le dos.

— Qu'y a-t-il ?

— Venez avec moi.

Le barbare regarda Ilkar et Denser, qui incantaient. Il ne pouvait rien faire pour les aider. Il haussa les épaules.

— Je te suis.

Aeb fit demi-tour. Quand il s'approcha d'une masse sombre frémissante, deux autres Protecteurs accroupis près d'elle se redressèrent et s'en écartèrent. Hirad fronça les sourcils, plissa les yeux pour mieux voir et pressa le pas alors que les contours se précisaient, révélant des loups au pelage noirci et à la chair calcinée.

— Je n'y crois pas, marmonna-t-il.

Aeb tendit une main pour le retenir.

— Il est déjà trop tard pour eux. Mais peut-être encore temps pour le métamorphe.

— Répète-moi ça ?

— Le métamorphe.

Aeb désigna une silhouette dont le barbare avait supposé qu'elle était un cadavre de plus, son visage blanc tourné vers le ciel.

— Par les dieux déchus !

Hirad se laissa tomber à genoux dans une flaque de sang et d'eau.

Sous une cape, l'homme était recroquevillé en position fœtale. Les Protecteurs avaient étendu une deuxième cape sous lui et rabattu les bords pour ne pas qu'il prenne froid. Une crinière de cheveux blonds tachetés de brun entourait sa tête et son visage était couvert de poils longs de plus d'un centimètre qui épargnaient seulement ses paupières et le bout de son nez. Sa peau était fripée et ses longues oreilles semblaient plus elfiques qu'humaines.

Hirad posa une main sur le corps tremblant et inclina la tête. C'était Thraun.

— Je n'aurais jamais cru te revoir un jour, mon vieil ami, chuchota-t-il. Par les dieux, comme tu dois souffrir…

Le barbare réfléchit un moment, puis leva les yeux vers Aeb, qui fixait l'Inconnu en serrant et en relâchant alternativement le poing, ce mouvement convulsif troublant son immobilité habituelle de Protecteur.

— Si quelqu'un peut le sauver, c'est Denser et Ilkar, déclara-t-il.

— Nous avons failli à nos devoirs envers lui, lâcha Aeb.

Hirad hocha la tête, submergé par la culpabilité. Puis il regarda le quai aux grues brisées, aux entrepôts éventrés et aux pavés jonchés de mort. Ce n'était pas un lieu convenable pour des malades.

— Nous devons les déplacer tous les deux.

— Il y a des hôpitaux à Arlen.

— Qui doivent déjà être bondés, s'ils n'ont pas été détruits. Non. Aucun remède ordinaire ne saurait guérir Thraun. De toute façon, ce sont des Ravens. Je ne les laisserai pas ici.

— Je comprends, affirma Aeb.

Hirad tourna la tête vers le navire, où régnait toujours un calme surnaturel. Qu'avait donc fait Denser ? se demanda-t-il. Puis, soudain, tout devint clair.

— Aide-moi à transporter Thraun et amène tes frères ! ordonna-t-il. Il est temps d'embarquer.

Aeb hocha la tête et s'accroupit pour soulever Thraun. Avec des gestes très doux, il chargea le métamorphe sur son épaule droite et se releva sans aucun effort.

— Ça va aller ? demanda Hirad.

Aeb hocha de nouveau la tête et avança.

— Tu en es sûr ? insista le barbare, car Thraun devait peser son poids.

— Oui. Xye m'aidera à porter Sol.

Alors, Hirad se détourna et rejoignit Ilkar et Denser à petites foulées, vaguement conscient des bruits de sabots qui résonnaient encore à travers la ville.

— Vous pouvez… ?

Il remarqua pour la première fois l'horrible blessure, sous la taille de l'Inconnu, là où la hache dordovane lui avait pulvérisé la hanche.

— Il vivra, diagnostiqua Denser, haletant comme s'il avait couru quinze kilomètres. Mais je doute qu'il remarche un jour.

— Il ne peut pas…, dit Hirad.

Il s'interrompit. Le bruit de sabots augmentait rapidement. Se tournant vers sa source, il vit un cavalier solitaire jaillir du linceul de fumée entre deux entrepôts en ruine. Un Dordovan. L'homme fonçait vers *Le Soleil Calaien*, mais quand il aperçut Aeb, il cria de colère et infléchit sa trajectoire pour se porter à la rencontre du Protecteur.

Hirad bondit. Mais il était clair qu'il n'arriverait pas à temps. Et Aeb était handicapé par son fardeau. D'autres Protecteurs avaient vu le danger et réagi de la même façon, mais eux aussi étaient trop loin.

Aeb s'arrêta, s'agenouilla prudemment et fit glisser Thraun à terre en prenant garde de ne pas lui cogner la tête. Il devait être conscient que son action allait lui coûter la vie. Mais la mort serait peut-être une délivrance pour lui, pensa Hirad.

En arrivant au contact, le cavalier brandit son épée, se raidit et porta sa main libre sur le carreau d'arbalète planté dans son cou. Puis il bascula sur le côté. Le cheval que plus personne ne dirigeait fit un écart pour éviter le Protecteur et s'enfuit au galop le long du quai. Aeb leva brièvement les yeux vers feu son agresseur, souleva de nouveau Thraun et repartit, flanqué d'un cordon de Protecteurs.

Hirad fit volte-face.

— Ilkar, cet endroit n'est pas sûr. Nous devons transporter l'Inconnu à bord.

— À bord ? répéta l'elfe.

Denser dit quelque chose que le barbare ne put entendre.

— Oh, lâcha Ilkar. D'accord, nous arrivons.

Hirad sourit en voyant que Xye était près d'eux, puis se tourna vers le cavalier tombé à terre. L'homme agonisait, des convulsions faisant gicler son sang sur les pavés. Le carreau s'était planté cinq centimètres sous son oreille. Le barbare hocha la tête d'un air approbateur, puis suivit du regard l'angle de tir probable.

— Montrez-vous ! ordonna-t-il.

Aussitôt, une silhouette émergea des ombres, écarta les bras et laissa tomber son arbalète. Elle se déplaçait de manière si fluide qu'Hirad identifia un elfe bien avant de voir la forme de son visage et de ses oreilles.

— Joli tir, lança-t-il en levant une main.

L'elfe s'immobilisa.

— Je visais l'œil, répliqua une voix féminine. Maudits Ailes Noires. Leurs armes sont toujours mal calibrées.

— Dans ce cas, merci d'avoir si bien raté votre coup. J'aimerais savoir qui vous êtes et ce que vous faites ici. Vous ne faites pas partie de la garde d'Arlen, n'est-ce pas ?

— Non. Je m'appelle Ren'erei. J'appartiens à la Guilde de Drech, et j'ai dû abandonner Erienne entre les mains de mon pire ennemi. Nous sommes venus vous chercher, Hirad Cœurfroid. Vous, Denser et les Ravens.

Hirad fit un pas en avant et tendit une main, que l'elfe serra.

— Venez. Je vais vous présenter aux autres.

C'était comme si quelqu'un venait de tirer sur un levier pour arrêter le mécanisme. L'instant d'avant, les maudits Protecteurs couraient en tous sens dans les rues de sa ville, traquant et massacrant les cavaliers dordovans. Soudain, ils avaient reformé les rangs et s'étaient éloignés à petites foulées, abandonnant les cadavres de leurs frères après leur avoir enlevé leur masque, guidés par leurs mages, qui n'avaient même pas jeté un regard à la désolation qu'ils laissaient derrière eux.

Le comte Arlen devrait l'affronter. Il ne voulait pas penser à l'horreur qui l'attendait sur ses quais.

Sous la pluie battante qui semblait ne pas vouloir s'interrompre, le grondement du tonnerre promettant que le pire restait encore à venir, il se tenait au centre d'un cercle infernal.

Un anneau de feu entourait le square du Centenaire où retentissaient les cris des hommes blessés ou terrifiés. Le cheval d'Arlen gisait à ses pieds. Un bras cassé, le comte avait le visage tuméfié et ensanglanté. Derrière lui, il le savait, faisait rage un incendie qu'il n'avait aucun espoir de maîtriser, même s'il venait d'ordonner qu'on détruise certains bâtiments pour endiguer le flot de flammes qui remontait vers le nord en direction du château.

Partout où se portait son regard, les citoyens erraient tels des spectres parmi les ruines de leur existence. Les soldats et les mages collégiaux avaient envahi sa ville. En moins d'une heure, ils l'avaient réduite à l'état de coquille vide et fumante.

Darrick avait raison : les Protecteurs étaient redoutables. Mais il n'avait pas assez insisté sur leur manque d'humanité, cette sauvagerie alimentée par les démons qui les contrôlaient. Et les mages qui les accompagnaient étaient encore pires. Personne ne les avait privés de leur âme. Pourtant, Arlen les avait vus commettre des atrocités au nom de la magie. Tant d'innocents avaient péri, carbonisés ou gelés, du sang jaillissant de leurs yeux et de leurs oreilles... Il avait vu les mages incendier des maisons pour effrayer les chevaux de leurs ennemis, déclencher des tempêtes de grêle horizontale qui avaient taillé en pièces les humains comme les animaux, faire pleuvoir le feu du ciel pour répandre davantage de panique...

— Pourquoi ici ? marmonna-t-il. Pourquoi dans ma ville ?

Son épée lui échappa des mains. Il s'écroula sur le sol au milieu de la place du marché, souhaitant que la nuit soit éternelle afin qu'il n'ait jamais à contempler les cendres d'Arlen à la lumière du jour.

Comment avaient-ils osé faire ça ? Penser qu'ils pouvaient utiliser ses terres comme un champ de bataille pour vider leurs querelles ? Le vieil homme se prit la tête à deux mains et pleura d'humiliation.

Au moins, il savait désormais à qui en revenait la faute.

La magie était à l'origine de la pourriture qui rongeait Balaia. Elle avait déclenché la bataille qui venait de détruire son univers. Il y aurait un prix à payer. Pas aujourd'hui ni demain, mais ceux qui la manipulaient avec tant de désinvolture méprisante seraient punis.

Ce bâtard de Selik et ses Ailes Noires avaient peut-être raison. Les Collèges se croyaient supérieurs depuis trop longtemps. Ils méritaient d'être jetés à bas de leurs pompeuses tours.

Assis dans la boue, trempé par une pluie surnaturelle et entouré par les décombres fumants de sa ville, le comte Arlen se jura qu'il porterait le premier coup.

Chapitre 27

Darrick et Denser avaient capturé l'équipage du *Soleil Calaien*. Porté par ses OmbresAiles, le mage xetesk s'était posé sur le pont principal après avoir transporté l'ancien général sur une distance miséricordieusement réduite.

Se faisant passer pour les premiers Dordovans censés embarquer, ils avaient gagné le pont de barre sans encombre. Puis, non sans s'excuser, Darrick avait fourré son épée sous le menton du capitaine et l'avait invité à rassembler son équipage dans la cale. Pendant ce temps, Denser était resté derrière lui, les prémisses d'un sort d'OrbesFlammes visibles entre ses paumes, histoire d'impressionner ses interlocuteurs.

Une passerelle avait été jetée entre le bastingage et le quai pour permettre aux autres Ravens et à vingt-quatre Protecteurs de monter à bord. Les marins avaient été libérés pour la manœuvre de départ, qu'ils exécutaient de fort mauvaise grâce.

Après avoir allongé l'Inconnu et Thraun sur des couchettes, les Ravens, Darrick et Ren'erei s'étaient rassemblés autour de la table du capitaine, un grand elfe brun et musclé nommé Jevin. Il avait pris place à une extrémité et s'efforçait d'assimiler les révélations qu'on venait de lui faire.

Il n'avait vraiment écouté que Ren'erei. Tous deux avaient conversé dans un dialecte qu'Ilkar lui-même ne semblait pas connaître. Le barbare était dans d'excellentes dispositions vis-à-vis de l'elfe qui avait sauvé Aeb et Thraun. Elle était directe et entièrement dévouée à sa mission. Par quelques mots soigneusement choisis, elle avait su apaiser la colère de l'équipage.

— Donc, ce temps de cochon est uniquement dû à une petite fille, résuma Jevin en haussant les sourcils.

— Oui, dit Denser.

— Et vous dites qu'elle fait partie des Al-Drechars ?

— Oui.

— Dans ce cas, puisqu'elle est si importante, pourquoi les elfes ne la protègent-ils pas ?

— Ils le font, affirma Ren'erei. Mais nous ne sommes pas assez nombreux au sein de la Guilde. Il nous fallait de l'aide. Erienne avait besoin de Denser et des Ravens.

C'est ce qui nous a poussés à recourir aux Protecteurs pour vaincre les Dordovans.

— Les Protecteurs sont des Xetesks, fit Jevin. Leurs objectifs ne sont pas moins égoïstes que ceux des Dordovans.

— Excepté sur un point, dit Denser. Nous ne la tuerons pas. Nous souhaitons qu'elle vive et qu'elle puisse réaliser son potentiel.

— Ce « nous » désigne les Xetesks, précisa Ilkar. Nous sommes les Ravens et nous ne travaillons pas pour eux. Il se trouve simplement que nos objectifs coïncident.

Jevin hocha la tête.

— Il semble que mon navire ait été investi par le moindre de deux maux.

— Acceptez-vous de nous aider ? demanda Ilkar.

— Je me prépare déjà à larguer les amarres ! cria le capitaine. Que voulez-vous de plus ?

— Ce n'est pas de ça qu'il parlait, dit Denser. Nous sommes navrés de nous imposer à vous. Mais nous aimerions que vous nous aidiez de votre plein gré. Bien entendu, vous serez payé – nous y veillerons – mais surtout, vous empêcherez Dordover de commettre un crime contre Balaia. Et vous participerez au sauvetage de ma fille.

Jevin se détendit un peu.

— Il vaudrait mieux pour vous que la paye soit bonne, dit-il.

— Le double de ce que les Dordovans vous avaient promis, ça ira ? lança Hirad.

— Ça ira. Et pour être tout à fait honnête, j'ai toujours rêvé de rencontrer les Ravens. Voilà mes conditions. Vous me laisserez diriger ce navire à ma façon. Je connais le chemin d'Ornouth. Mes décisions primeront et je ne risquerai le naufrage sous aucun prétexte. Vous mettrez vos Protecteurs au repos, sinon nous ne quitterons pas le quai. Vous êtes mes hôtes, pas mes geôliers. En tant que tels, vous obéirez aux règles du bord, que le premier maître vous expliquera dès que nous aurons gagné la baie d'Arlen. Je vais rassembler mon équipage et lui expliquer notre situation. Avez-vous des questions ?

Autour de la table, les autres secouèrent la tête.

— Dans ce cas, marché conclu.

Jevin tendit une main et Hirad la serra.

La porte de la cabine s'ouvrit. Aeb se plia en deux pour entrer.

— Un homme vous demande, général Darrick. Un officier de votre cavalerie.

Darrick se leva d'un bond.

— J'y vais. Denser, faites descendre les Protecteurs pour que les marins finissent tranquillement leur manœuvre.

— Entendu.

Les Ravens suivirent Darrick hors de la cabine. Ils longèrent un étroit couloir, montèrent une volée de marches de bois et débouchèrent sur le pont principal. Une demi-douzaine de cavaliers attendaient sur le quai dans la lumière des torches. À leur tête, Hirad reconnut Izack, l'ancien second de Darrick.

— Capitaine Izack, lança Darrick, debout près du bastingage. Êtes-vous là pour m'arrêter ?

Izack gloussa.

— Certainement pas, messire. Nous sommes venus vous apporter les armes et les armures des Ravens et vous offrir nos services.

— Les armes et les armures, je les accepte avec gratitude. Vos services, je dois les refuser, bien que je sois touché par votre loyauté. (Izack ouvrant la bouche, Darrick leva une main.) Vous êtes un excellent soldat et un bon ami. Voilà pourquoi je ne veux pas que vous soyez mêlé à cette affaire, même s'il est tentant de compter sur le soutien d'un homme de votre stature. J'ai commis un crime envers Lystern, et tant pis si vous et moi ne le considérons pas comme tel ! Je suis en fuite… Notre Collège aura besoin d'individus valeureux pour assurer sa défense.

— Sa défense ?

— Un conflit ne tardera sûrement plus à éclater, quel que soit le camp qui s'empare de l'enfant. J'ai fait mon choix, et je livrerai ma propre bataille dans l'archipel d'Ornouth. Vous devriez rentrer chez nous pour commencer les préparatifs. Forcez Heryst à vous écouter. C'est un brave homme, même s'il commet parfois des erreurs, et il doit comprendre qu'il ne peut pas faire confiance aux Dordovans. Qu'en dites-vous ?

— Si vous me le demandez, général, je le ferai.

— Merci, Izack. (Darrick se détendit et s'appuya au bastingage.) Prenez soin de vous. Lystern aura besoin de héros, les semaines à venir.

Izack hocha la tête.

— Que devrai-je répondre quand on m'interrogera sur vos actes de ce soir ?

— La vérité. (Darrick se redressa.) Bonne chance, Izack. Nous nous reverrons.

— Je l'espère, messire. Bonne chance à vous aussi.

Izack fit faire une volte à son cheval et s'éloigna à la tête de ses hommes, abandonnant un baluchon sur le quai. Hirad vit la poignée de l'épée à deux mains de l'Inconnu dépasser des plis du tissu, et espéra entendre de nouveau sa pointe marteler le sol avant une bataille.

Les Al-Drechars avaient depuis longtemps renoncé à essayer de maintenir le bouclier et se doutaient que leurs ennemis ne tarderaient plus. Toute la question était de savoir si les renforts arriveraient avant eux. Telle une éruption volcanique, et tout aussi flagrant pour un mage, le mana torturé jaillissait encore de l'esprit de Lyanna, les dégâts s'aggravant d'heure en heure.

Lorsqu'elles n'étaient pas près de la fillette – cela les épuisait tellement qu'elles étaient obligées de se relayer à son chevet – les Al-Drechars dormaient ou avalaient le brouet cuisiné par les elfes de la Guilde. Elles tentaient de sourire, mais la prudence exagérée de leurs gestes indiquait que tout n'allait pas aussi bien qu'elles voulaient le faire croire.

Ephemere était assise dans la salle à manger, une pipe de Lemiir à la main. Dans l'antichambre adjacente, Myriell veillait sur Lyanna. Il n'y avait plus de raison de laisser la fillette dans sa propre chambre : dans son état, elle ne faisait pas la différence, et cela facilitait un peu la tâche à ses gardiennes agonisantes.

La vieille Al-Drechar sourit tandis qu'elle tirait sur le tuyau de la pipe et sentait la fumée adoucir la douleur qui peuplait tous ses instants de veille. Ses sœurs et elle avaient passé tant d'heures ici, à parler, à se disputer, à se taquiner et à espérer. Maintenant, elle mesurait à quel point ces moments avaient été heureux.

Son sourire s'effaça. Depuis cinq jours, elle n'avait pas adressé plus de quelques paroles d'encouragement à Aviana lorsqu'elle venait prendre sa relève, ni souhaité autre chose qu'un sommeil paisible à Myriell quand elle lui cédait sa place. Quant à Cleress, elle ne l'avait pas vue du tout.

Chaque jour qui passait, ses sœurs et elle s'affaiblissaient, et l'OmbreMage de Lyanna ne semblait pas vouloir finir.

Seule chose encourageante, elle était passée à un stade supérieur, ce qui entraînait malheureusement une multitude de nouveaux problèmes. Auparavant, le déploiement anarchique de l'énorme pouvoir de Lyanna affectait uniquement son continent natal. À présent, son filet s'était étendu jusqu'à englober Herendeneth. En un sens, c'était encourageant, car la petite contrôlait un peu mieux sa magie. Mais cela exposait l'archipel aux ravages des éléments.

Le vent ne se bornait plus à quelques bourrasques irritantes déclenchées par Lyanna lorsqu'elle rêvait. Désormais, des éclairs déchiraient le ciel, toujours aussi bleu, et martelaient le sol. Les vagues assaillaient le rivage et montaient jusqu'à quelques mètres de l'entrée de la maison. Quand des nuages apparaissaient, ils charriaient une pluie drue qui inondait le sommet de la falaise et traversait les bâtiments en coulant vers la mer.

L'odeur de bois mouillé et de laine pourrie était un constant rappel de la domination des éléments sur le domaine des Al-Drechars. Ephemere soupira. Comme elles avaient été naïves… Malgré leur sagesse séculaire, elles étaient tombées dans le piège : surestimer leurs propres capacités et, pire encore, sous-estimer le pouvoir destructeur de l'esprit non entraîné mais déjà éveillé de Lyanna. Sa seule consolation ? Même si elles avaient su, elles n'auraient pas pu faire grand-chose de plus, sinon se préparer un peu mieux. Une précaution qui aurait peut-être rendu leur mort moins désagréable.

Ephemere tira une dernière fois sur la pipe et la reposa sur son râtelier. Bientôt, quelqu'un viendrait la remplir et l'allumer pour Myriell. Elle ouvrit les yeux, sans se rappeler quand elle les avait fermés, et vit là deux elfes de la Guilde qui attendaient sur le côté. Chagrinée, elle s'avisa qu'elle ne se souvenait pas de leur nom. Elle put seulement hocher la tête pour indiquer que le moment était venu.

Les deux jeunes elfes tirèrent sa chaise, chacun passant un bras sous ses aisselles pour l'aider à se relever. Avec une lenteur douloureuse, Ephemere traîna un pied après l'autre, déterminée à ne pas se laisser porter comme Aviana avait déjà dû le faire à trois reprises. Elle savait que c'était stupide. Mais parfois, cette compétition mesquine était tout ce qui la faisait tenir.

Un des elfes ouvrit la porte de l'antichambre, et ils avancèrent sous la douce lumière des lanternes. À gauche, une fenêtre était entrouverte sur un coin protégé de l'île. Malgré le vent qui l'assaillait, seule une brise fraîche entrait dans la pièce. Le soleil se lèverait bientôt, mais les rideaux resteraient fermés. C'était plus propice à la concentration.

Lyanna gisait sur le dos, dans le lit qu'elles avaient fait amener pour elle. Elle n'avait pas ouvert les yeux depuis six jours, basculant dans son OmbreMage peu après qu'Erienne fut partie chercher Denser et les Ravens. Sa poupée préférée reposait sur la table de nuit près d'un verre d'eau, symbolisant l'espoir des Al-Drechars qu'elle sortirait bientôt de son OmbreMage. Mais elles avaient dû changer l'eau plusieurs fois sans que la fillette y ait touché, et de la poussière commençait à se déposer sur le jouet.

Les deux jeunes elfes aidèrent Ephemere à s'asseoir sur le bord du lit. Elle se pencha en avant pour lisser les cheveux de Lyanna. Pour l'instant, le visage de l'enfant était frais et sec. Elle se reposait entre deux crises. À ces moments-là, tout son corps était agité de spasmes, son esprit tourmenté par des fantômes sur lesquels les Al-Drechars n'avaient aucune prise. Infatigables, les elfes de la Guilde baignaient Lyanna chaque jour, changeaient ses draps souillés et lui faisaient avaler de la soupe en lui grattant la gorge pour provoquer un réflexe de déglutition.

— Pauvre petite, murmura Ephemere.

Elle posa un baiser sur le front de Lyanna et fit signe aux elfes qu'elle voulait bouger. Ils la conduisirent jusqu'au canapé à deux places et l'assirent près de Myriell. Puis elle leur indiqua qu'ils pouvaient se retirer. Elle entendit un léger cliquetis quand la porte se referma derrière eux, mobilisa ses maigres forces et espéra survivre assez longtemps pour sentir le contact de l'esprit d'Aviana lorsque sa sœur viendrait la relever. Pour l'instant, c'était à elle de soulager Myriell. Elle bascula vers le spectre du mana et affronta la tempête.

Tandis qu'elle plongeait vers l'esprit de Lyanna et le bouclier que Myriell avait déployé autour, les bourrasques qui faisaient rage dehors, en comparaison, devinrent un simple souffle sur ses joues. La pluie et le tonnerre semblaient lointains, tels des échos réconfortants, et la puissance de la foudre se réduisit au vacillement de la flamme d'une unique chandelle.

Ephemere imagina que la force de la tempête de mana lissait sa peau sur son visage, faisait voler ses cheveux droit derrière elle et arrachait des larmes à ses yeux. Les torrents focalisés, mais dépourvus de direction, s'entremêlaient et se déroulaient comme un interminable tunnel brun foncé strié de blanc et traversé d'éclats jaunes, orange, verts et bleu marine.

Pourtant, elle n'était pas totalement impuissante. Au bout du tunnel vacillait une chiche lumière : celle de l'esprit de Myriell. Ephemere lutta pour l'atteindre, poussant une bulle de mana protecteur devant elle afin de dévier la magie rugissante de la Fille de l'Ombre pour l'empêcher de la détruire.

Elle avait soif de la tiédeur du contact mental. Cela la poussa en avant jusqu'à ce qu'elle la trouve, se joigne à l'esprit de sa sœur et éprouve la joie d'un « toucher » réciproque. Ephemere sentait l'épuisement de Myriell, mais la détermination de ne pas faillir à ses devoirs restait la plus forte. Ephemere déplaça sa conscience pour la soulager d'une partie de la pression. Sa respiration se fit lourde tandis que le bouclier déployé autour de Lyanna s'enfonçait et menaçait de se déchirer. Mais elle imposa sa volonté, alimentant la forme de mana jusqu'à ce qu'elle se stabilise. Alors seulement, elle se tourna vers sa sœur.

— Je suis ici, Myra.

— Je croyais que tu ne viendrais jamais.

— Tu peux aller dormir.

— Sois prudente, Ephy. Ça ne s'arrange pas.

— Je sais, Myra. Je sais.

— Je t'aime, Ephy, dit Myriell avant de se retirer.

Elle disparut et la solitude se referma sur Ephemere comme les murs d'une prison. Sous le bouclier, Lyanna hurla de douleur, ses pensées confuses et effrayées.

Ephemere se sentait seule. Pour la fillette, c'était pire. Elle était encore si jeune, séparée de sa mère et de ses propres perceptions. Elle vivait dans un monde ténébreux où le mana incontrôlé assaillait sans relâche sa fragile psyché.

L'esprit de Lyanna était comme un aimant qui attirait à elle de monstrueuses quantités d'essence magique, mais n'arrivait pas à la modeler ou à comprendre ses implications. Pendant qu'elle gisait dans son OmbreMage, son esprit faisait des expériences, luttait pour contrôler le pouvoir et, faute d'y parvenir, émettait des projections aléatoires d'une puissance incroyable. Pour survivre, elle devrait apprendre.

L'unique objectif des Al-Drechars était de la défendre contre ce qu'elle ne pouvait pas encore maîtriser ni manipuler. Elles devaient dévier les formes avortées des endroits où elles auraient pu causer des dégâts, puis leur fournir une échappatoire. Ça impliquait qu'elles encaissent une série d'attaques de magie à demi formée – un harcèlement qui sapait peu à peu leur résistance mentale. Quant aux formes achevées, elles étaient obligées de les laisser filer malgré les ravages que cela entraînait sur Balaia, et désormais sur Ornouth. Mais elles n'avaient pas le choix. Pour la succession de l'Unique, elles devaient subir cette torture.

Ephemere pleura. C'était pareil à chaque début de tour de garde. Elle sentait les gémissements de Lyanna modulés à travers le mana, la seule expression d'une émotion humaine perceptible dans le tumulte élémentaire que la fillette provoquait. Mais elle ne pouvait pas répondre ni serrer dans ses bras pour la réconforter une entité qui n'était pas là. Leur seul recours, c'était de dévier l'énergie dangereuse émise par Lyanna. Chaque fois qu'un éclair se fracassait sur son bouclier, elle s'affaiblissait. Mais chaque fois qu'elle prenait une inspiration, sa résolution grandissait.

Ce n'était pas pour ça qu'elle pleurait. Elle savait qu'elle devait encaisser tout ce que la Fille de l'Ombre lui lancerait. Mais elle ne savait pas si Erienne reviendrait à temps. Si elle n'y parvenait pas, le monde était déjà perdu et toute sa douleur aurait été vaine.

Erienne n'arrivait pas à en croire ses yeux. Selik avait bien dit que des mages l'aidaient, mais dans ses pires cauchemars, elle n'avait jamais imaginé être face à l'homme qui venait d'entrer dans sa cabine. Elle secoua la tête, les implications de sa présence la faisant frissonner. Il ne s'agissait pas d'un Dordovan renégat, mais du Haut Secrétaire du Collège, un mage qui avait le respect de l'éthique chevillé au corps. Un homme qu'elle connaissait depuis toujours et à qui elle croyait pouvoir faire confiance.

— Erienne, je vous en prie, ne me jugez pas trop vite.

Les paroles de Berian lui donnèrent la nausée. Elle se réjouit d'être assise, sinon, elle serait tombée à la renverse. Des émotions et des idées chaotiques se bousculaient dans sa tête. Elle ne savait pas comment réagir, ni que répondre. Sa seule certitude était que sa présence – et la gravité de la trahison que cette présence impliquait – la rendait malade d'écœurement. Elle vacilla et détourna la tête.

— Ne me parlez pas, chuchota-t-elle d'une voix rauque, en sentant la bile envahir sa bouche. Ne me regardez même pas. Vous me dégoûtez.

— Erienne, nous devions vous retrouver, tenta de la raisonner Berian. Nous nous inquiétions pour vous et Lyanna.

— Comment osez-vous me mentir ! (Les yeux de la jeune femme lancèrent des éclairs.) Vous vous tenez près du meurtrier de mes fils. Des enfants dordovans.

Comment avez-vous pu ?

Berian regarda Selik.

— Il savait où vous étiez, et nous ne voulions pas qu'il vous arrive de mal.

— Menteur !

Erienne se jeta sur lui. Elle réussit à lui lancer son poing dans la figure avant que Selik la ceinture et la repousse sur sa couchette.

— Calmez-vous !

— Que je me calme ? hurla Erienne. Par les dieux qui brûlent, j'ai livré mon enfant à un démon ! (Elle tendit un index accusateur vers Berian.) Et vous, espèce de traître répugnant… Vous êtes mort. J'en fais le serment. Vous avez tourné le dos à toutes vos valeurs. Vous vous êtes associé aux chasseurs de sorciers pour traquer les vôtres et les tuer !

Elle se recroquevilla sur elle-même alors qu'une vague d'impuissance éteignait les feux de sa rage, des larmes roulant sur ses joues. Tous ses idéaux n'étaient plus que cendres.

— Comment avez-vous pu ? chuchota-t-elle.

— Votre fille est un danger pour Balaia, répondit Berian. Et le héraut de la chute de Dordover. Pensiez-vous que nous resterions les bras croisés et que nous vous laisserions la livrer à l'Unique sans tenter de vous en empêcher ? Pour survivre, notre Collège doit la contrôler. C'est vous la traîtresse, Erienne Malanvai. Je cherche à sauver Dordover là où vous seriez prête à le sacrifier.

Erienne secoua la tête.

— Vous ne comprenez pas…

— Bien sûr que si, répliqua Berian. Je comprends parfaitement.

La magicienne entendit des pas battre en retraite, sa porte se refermer et le verrou tourner.

Jusque-là, Erienne n'avait jamais réfléchi aux circonstances de sa mort. Elle ne s'était jamais demandé ce qu'elle dirait, comment elle réagirait et ce qu'elle éprouverait si elle savait sa fin imminente. Et voilà que ça lui tombait dessus – en pire. Parce qu'elle ne partirait pas seule : elle scellerait le destin de sa fille en même temps.

La jeune femme se sentait détachée de tout, comme si elle observait les événements à distance. Sa vie avait basculé dans la dualité d'une froide certitude et d'une irréalité onirique. Elle savait un certain nombre de choses. Selik ne la toucherait pas avant qu'ils aient atteint Herendeneth. Les Ravens, s'ils avaient survécu, leur donneraient la chasse. Elle avait été trahie par Dordover. Et Berian voyageait sur le même navire qu'elle, aidant à organiser sa mort.

En revanche, sa perception du temps était des plus vagues. Elle sentait le navire bouger, se doutant qu'il redescendait le fleuve vers la baie d'Arlen. Pourtant, elle n'arrivait pas à intégrer ce fait à la réalité. Rien de tout cela n'aurait dû arriver, et une partie d'elle espérait encore, à son prochain réveil, découvrir Denser penché sur elle.

Évidemment, elle avait tenté d'incanter. C'était une façon de se reconnecter avec tout ce qu'elle connaissait. Mais bien qu'elle recouvrât lentement ses capacités, elle n'avait pas encore assez d'endurance pour tenter de modeler des formes complexes. Et même si elle l'avait eue, un sort de bouclier dordovan enveloppait sa cabine, la coupant de l'extérieur.

Erienne se versa un verre d'eau, revint vers le fond de sa cabine et regarda par le hublot. À travers la pluie, elle distinguait une tache rouge dans le ciel, au-dessus d'Arlen, une preuve que l'incendie ravageait toujours la ville. Elle s'accrocha au rebord du hublot tandis que le bateau tanguait, de l'eau salée éclaboussant sa coque. Le vent soufflait très fort. Malgré sa progression rapide, *L'Orme des Océans* ne devait pas naviguer toutes voiles dehors. Mais la jeune femme n'avait aucun moyen de le vérifier, car Selik refusait de la laisser monter sur le pont.

Elle s'assit sur sa couchette, vida son gobelet et le posa sur sa table de chevet. À la vague suivante, il tomba sur le plancher. Elle ne prit pas la peine de le ramasser. Tentant d'ignorer les conditions extérieures – la pluie qui martelait la vitre du hublot et le vent qui les assaillait en hurlant – Erienne réfléchit aux possibilités qui s'offraient à elle.

La liste n'était pas très longue. Elle aurait pu tenter une Communion, mais elle avait à peine commencé à sonder le bouclier placé autour d'elle. Il était robuste, sans doute l'œuvre de trois traîtres dordovans, et la jeune femme ne doutait pas qu'il soit sous surveillance constante. Si elle éprouvait sa structure, Selik en serait aussitôt averti. Donc, si elle découvrait une faiblesse, elle devait être prête à l'exploiter immédiatement.

Sur le plan physique, il existait deux échappatoires dont aucune ne semblait viable. La porte de sa cabine était verrouillée, et deux Ailes Noires montaient la garde dans le couloir. Même s'ils étaient englobés par le sort de bouclier, Erienne n'envisageait pas de les attaquer. Après tout, ça lui rapporterait quoi ? Et le hublot était cloué. À supposer qu'elle arrive à le forcer pour sauter à l'eau, elle réussirait seulement à se noyer.

Pourtant, le suicide n'était pas une option à écarter. Si elle mourait, l'équipage de *L'Orme des Océans* n'aurait plus aucune raison d'achever son voyage. Mais ça ferait simplement gagner un tout petit peu de temps aux Al-Drechars. Vu la détérioration rapide des défenses placées autour d'Herendeneth, la localisation de l'île ne resterait pas éternellement secrète – en fait, il était possible que des mages l'aient déjà découverte. Et malgré les eaux traîtresses de l'archipel, les assassins de Lyanna finiraient par arriver jusqu'à elle.

Le navire bascula sur le côté et vibra en plongeant au creux d'une vague. Erienne reconnut ce mouvement, et comprit qu'ils approchaient de l'embouchure de l'Arl. Désormais, elle en savait assez pour s'apercevoir que la marée, montante ou descendante, rendrait difficile la traversée de la baie, et que les vagues soulevées par un vent de tempête ne seraient pas évidentes à négocier.

Erienne aurait voulu s'écrouler, renoncer à se battre et se laisser submerger par les forces qui la menaçaient. Mais la foi brûlait toujours en son cœur. Lyanna devait vivre. D'une façon ou d'une autre, quelqu'un viendrait à son secours.

Elle s'accrochait à cette foi, parce que c'était tout ce qui lui restait. Il leur faudrait sept jours au moins pour atteindre Herendeneth. Pendant ce temps, elle remettrait sa vie entre d'autres mains. Pas celles de Dordover, ni de son mari. Celles d'une entité plus puissante que toutes les forces dressées contre elle. Une entité qui n'abandonnerait jamais tant qu'il existerait encore une chance de la sauver.

Les Ravens.

Chapitre 28

Ça avait commencé depuis plusieurs jours, mais nul n'y prêtait attention – pas vraiment. Malgré les inondations, personne n'avait été tué, et on déplorait très peu de blessés. Ils avaient entendu les histoires de fermes vulnérables, de villes côtières et de villages sis sur le bord d'un lac dont les réfugiés affluaient peu à peu. Mais ici, à Korina, ils s'étaient toujours crus à l'abri de ce genre de catastrophe. Jusqu'à ce que le flot des réfugiés s'inverse.

Diera se rua hors de sa chambre, son bébé serré contre la poitrine, au moment où la fenêtre explosait sous la poussée d'une bourrasque qui ébranla l'auberge. C'était bien pire qu'un simple ouragan. Le vent avait fait claquer les volets si fort qu'ils s'étaient brisés, défonçant l'encadrement et les vitres avant de retomber dans la pièce.

La jeune femme dévala l'escalier. Dans la grande salle, les clients de *La Volière* tentaient d'échapper à la tempête qui dévastait la place du marché. La moitié de la façade de l'auberge avait été arrachée. Des livres et des documents tourbillonnaient dans les airs. Les tables basculaient sur le côté. Le feu de cheminée projetait des braises brûlantes dans tous les sens, et des cris de terreur et de douleur montaient de partout.

— La cave, la cave ! cria quelqu'un à l'oreille de Diera en la tirant par le bras.

Elle se retourna. C'était Tomas, le visage livide sous le sang qui coulait d'une coupure, sur son front. Il désigna une porte derrière le comptoir, puis lâcha Diera pour aller s'agenouiller près d'un malheureux dont les jambes avaient été broyées par la chute d'une poutre. Muette d'hébétude, la jeune femme le regarda échanger quelques mots avec le blessé, hocher la tête et lui entailler profondément la cuisse au-dessus de l'artère. Il le tint contre lui alors que son sang se déversait sur le sol, le tuant rapidement.

Dehors, des gens couraient vers l'ouest, regardant par-dessus leur épaule avant de redoubler de vitesse. Un rugissement emplit l'air. Diera couvrit de sa main l'oreille exposée de Jonas et enfouit entre ses seins la tête du bébé.

— Tomas ! cria-t-elle. Tomas !

Le rugissement gagnait en intensité. Une carriole vola à travers la façade arrachée et s'écrasa contre un mur dans une pluie d'acier et de morceaux de planches. Les clients rentrèrent la tête dans les épaules et s'accrochèrent à ce qu'ils purent. Tomas leur cria quelque chose, mais ils ne le comprirent pas.

L'aubergiste revint vers le comptoir en rampant, empoigna Diera et la poussa vers la porte de la cave. Il l'ouvrit à la volée. Alors que le battant claquait derrière eux, la jeune femme trébucha dans l'escalier éclairé par des lanternes.

Dans le calme tout relatif qui l'enveloppa soudain, elle entendit sa propre respiration, les pleurs de son bébé et les jurons de Tomas. La cave était bondée de monde. Diera vit Maris et Rhob se serrer l'un contre l'autre au milieu d'une foule de gens dont elle se souvenait vaguement. Ils tremblaient d'épuisement, et ceux qui tenaient encore debout aidaient les autres.

Au-dessus de leur tête, un terrible craquement fut suivi d'un impact pareil à un grondement de tonnerre qui fit frissonner les poutres et souleva un nuage de poussière.

— C'est l'auberge, haleta Tomas. Elle s'est effondrée.

— Que pouvons-nous faire ? demanda Diera.

Tomas se tourna vers elle, tendit une main et lui caressa gentiment la joue.

— Prier, dit-il d'une voix sourde. Prier pour que le plafond tienne le coup. Prier pour que l'eau ne monte pas jusqu'ici. Prier pour voir le soleil se lever demain et pour que ton mari mette un terme à cette folie avant que nous périssions tous.

Diera avait appris que la magie était à l'origine de tout ce qui se passait, car la nouvelle s'était répandue en ville. Une partie de son esprit aurait voulu demander ce qu'un homme seul pouvait y faire. Mais une autre, plus profonde, savait qu'ils avaient tous besoin de croire en quelque chose.

Tomas avait choisi de croire en Sol.

Diera berça son bébé et décida de faire de même. Après tout, l'Inconnu n'avait jamais laissé tomber Balaia.

Le Soleil Calaien luttait pour avancer. Le vent qui avait emporté *L'Orme des Océans* hors de vue avait changé de direction, et soufflait désormais vers l'amont de l'Arl.

Vêtus d'habits propres fournis par les marins, les Ravens eurent le temps d'évaluer la situation pendant que Jevin levait autant de toile qu'il l'osait et tentait de s'y retrouver dans les conditions météorologiques. Déjà, il les avait prévenus qu'ils risquaient de devoir louvoyer à petits bords sur toute la longueur du fleuve, ce qui leur ferait prendre jusqu'à une demi-journée de retard sur *L'Orme des Océans*, pour peu qu'il ait plus de chance qu'eux.

Pendant que Darrick leur préparait une collation dans la cambuse, Hirad, Ilkar et Denser broyaient du noir entre les deux étroites couchettes où reposaient Thraun et l'Inconnu. Le barbare se sentait impuissant. Il ne cessait pas de revoir la bataille dans sa tête. Cherchant de quelle façon il aurait pu empêcher ce qui était arrivé, il n'en trouvait aucune.

Le chef des Ravens gisait, inconscient, sous un sort de SoinChaleur, vivant mais salement blessé. Hirad s'essuya le coin des yeux avec son pouce et son index droits tandis qu'une main se posait sur son épaule.

— Ce n'était pas ta faute, dit Ilkar. C'est moi qui ai lancé la ForceConique.

Hirad se tourna vers l'elfe.

— Ce n'est pas ça. Personne n'est à blâmer. Mais je pensais que vous pourriez faire plus pour lui…

— Nous pourrions si Erienne était là. C'est une experte du ForgeCorps.

— Mais je croyais…

— Les effets du SoinChaleur sont limités : il peut recoudre les tissus, encourager la reconstitution des muscles et ressouder les fractures. Mais l'Inconnu a besoin de beaucoup plus que ça.

Hirad répugnait à poser la question, comme si ne pas savoir pouvait améliorer les choses.

— Pourquoi ? demanda-t-il à contrecœur.

— La hache a pulvérisé sa hanche et fendu son pelvis, fit Denser. Sans compter les dégâts qu'elle a causés à ses tendons, à ses muscles et à sa peau. Nous avons pu refermer la fissure de son pelvis, mais nous ne pouvons rien faire pour sa hanche. Il y a des éclats d'os partout. Nous ne sommes pas médecins, Hirad, et nous n'avons pas les compétences nécessaires pour reconstituer le puzzle. Un ForgeCorps pourrait le faire…

Le barbare secoua la tête. Les deux mages évitaient soigneusement son regard.

— Il remarchera ?

Ilkar hocha la tête.

— Dans un certain temps, oui. Son articulation sera raide. Il souffrira constamment et boitera, mais il remarchera.

— Par les dieux, souffla Hirad. Il ne pourra plus se battre.

— Pas avec une épée à deux mains, non. Il n'aura plus assez de force ni d'équilibre dans cette jambe. Mais si quelqu'un couvre son flanc gauche, il se débrouillera avec une épée longue.

— C'est un miracle qu'il soit encore en vie, dit Denser. Il a perdu beaucoup de sang.

Hirad baissa les yeux vers le colosse. Les mages le garderaient endormi à bord du navire pendant des jours, voire toute la durée du voyage. Et quand il se réveillerait, il serait invalide, privé de la grâce et de la puissance qui avaient fait de lui un combattant légendaire. Le barbare ne pouvait pas l'accepter. Il devait y avoir quelque chose à faire.

— Erienne pourrait l'aider ?

— Si elle venait à son chevet avant que les muscles repoussent autour de l'articulation et que les os se ressoudent complètement, oui, répondit Denser.

— Combien de temps avant qu'il soit trop tard ?

— Je suppose que nous pourrions retarder un peu sa guérison, dit Ilkar, mais les sorts sont déjà à l'œuvre. Nous disposons de trois jours, c'est ça ?

Il regarda Denser, qui haussa les épaules et hocha la tête.

— Dans ce cas, il faut aller la chercher au plus vite, affirma Hirad.

Denser et Ilkar écarquillèrent les yeux, sans répondre.

— Quoi ? demanda-t-il en écartant les mains, paumes vers le haut.

— Eh bien… Nous attendions que tu nous expliques comment tu comptais accomplir ce miracle, fit l'elfe.

Déjà, un plan germait dans la tête d'Hirad.

— C'est très simple. Jevin rattrape *L'Orme des Océans*, nous volons jusqu'à lui de nuit, nous fonçons vers le pont inférieur en massacrant tout le monde sur notre passage, nous récupérons Erienne et nous repartons par là où nous sommes venus. Nous pourrions même amener des Protecteurs. Ils savent utiliser des OmbresAiles, pas vrai ?

— Oui, mais…, commença Denser.

— Mais quoi ?

— Quand j'ai proposé quelque chose de semblable, à Arlen, je me suis fait engueuler.

— C'était différent, déclara Hirad.

— Bien entendu.

Le Xetesk voulut se détourner. Hirad lui abattit une main sur l'épaule et l'en empêcha.

— Je le ferais pour toi. Je le ferais pour n'importe lequel d'entre vous. Cette fois, c'est l'Inconnu. (Ses yeux lancèrent des éclairs.) Regarde-le bien, Denser. Il a abandonné sa femme et son enfant pour partir à la recherche de ta famille. Il n'a pas hésité un instant. Et voilà ce que ça lui a coûté. Nous l'aiderons. Je refuse qu'il devienne invalide. C'est un Raven.

— Erienne aussi, marmonna Denser.

— Tu oublies que mon plan nous permettra de la récupérer. C'est bien ce que tu voulais, non ? Mais le moment où tu l'as proposé était mal choisi. À Arlen, les Ailes Noires étaient prêts à soutenir une attaque. Ils ne le seront plus, à présent.

Denser le fixa solennellement un long moment. Puis il sourit.

— Tu as raison. Nous mourrons probablement en essayant, mais tu as raison.

— Je préfère ça ! (Hirad lui tapa sur l'épaule.) Maintenant, il faut que tu communies avec Sytkan à Arlen, pour qu'il sache quels Protecteurs sont avec nous avant que quelqu'un, à Xetesk, invoque une punition. Ensuite, vois si tu peux joindre Erienne. Ilkar, tu viens avec moi. Nous allons parler à Ren'erei et voir ce que nous pouvons tirer de Jevin. Après, tu me raconteras, pour Thraun.

Il se détourna et ouvrit la porte, mais la voix de Denser l'arrêta.

— Hirad ?

— Quoi ?

— Je suis désolé. Tu sais, pour ce qui s'est passé dans la forêt…

— Moi aussi. Mais ça a tourné à notre avantage, en fin de compte. Si nous ne nous étions pas disputés, j'aurais été capturé par Darrick en même temps que vous. Oublions ça. Occupons-nous de récupérer ta femme, de guérir l'Inconnu et de sauver ta fille. Alors, nous trouverons peut-être un moyen de renvoyer les Kaans chez eux, et je te pardonnerai. Mets-toi au boulot.

— C'est comme si c'était fait ! lança Denser.

Hirad hocha la tête et sortit de la cabine avec Ilkar.

Les Protecteurs étaient consignés dans la cale avant, où les Dordovans auraient dû s'installer pendant l'inconfortable traversée de l'Océan du Sud. Vingt-quatre d'entre eux avaient survécu, plus ou moins indemnes. Aucun de ceux qui étaient en trop mauvais état pour se battre n'était monté à bord.

Ils se tenaient en cercle, les mains croisées sur le ventre, la tête inclinée et le corps vacillant au gré du roulis. Le silence de leur contemplation reproduisait celui qui régnait dans le Réservoir, au cœur des catacombes de Xetesk. Chaque frère pleurait intérieurement ceux qui les avaient quittés, mais célébrait la libération de leur âme.

Chaque mort les affaiblissait… et renforçait leur espoir. Pour Aeb, c'était une émotion conflictuelle, réprimée pour l'essentiel, mais néanmoins présente. Il savait qu'il en allait de même pour les autres. Ils bénéficiaient de la fraternité du Réservoir tout en haïssant les forces qui avaient arraché leur âme de leur corps pour l'intégrer dans le lien qui les tenait en vie.

La ChaîneDémoniaque.

Chaque Protecteur aspirait à lui échapper, mais aucun ne voulait perdre le contact avec les autres. Sol était le seul exemple vivant d'une libération et il illustrait tous les dangers que cela impliquait. La fraternité pouvait le sentir – et inversement. Mais ils n'arrivaient plus à se connecter. Sol était et serait toujours l'un d'eux, mais extérieur à leur réseau de solidarité. Pourtant, il était l'icône de l'espoir, et les Protecteurs le révéraient.

— Nous ne faisons qu'un, dit Aeb, sa voix emplissant la cale alors qu'il parlait au lieu d'émettre mentalement son message, comme il en avait le droit lorsqu'il n'était pas en mode de combat.

— Nous ne faisons qu'un, répétèrent ses frères.

— Sol est grièvement blessé et nous nous éloignons de notre Protégé. J'ai demandé que nous soyons affectés à Denser, le maître d'AubeMort. Ce sera un honneur que nous célébrerons dans le Réservoir d'Âmes avec nos frères. Préparez-vous. Affûtez vos lames, soignez vos plaies, endurcissez votre esprit. Nos ennemis aspirent à détruire ce qui pourrait entraîner la domination de Xetesk. Nous protégerons Denser. Et nous ne faisons qu'un.

— Nous ne faisons qu'un.

— Par les annales de la Chaîne et la miséricorde de la vie au-delà de la fraternité, je demande à Celui qui nous guide de veiller sur nous où que nous allions. Nous ne faisons qu'un.

— Nous ne faisons qu'un.

Quelques instants de méditation suivirent. Puis le moment de l'action revint, et Aeb s'adressa de nouveau mentalement à ses frères.

Xye, il nous faut de l'eau chaude. Les elfes pourront peut-être nous fournir des bandes et de l'onguent. Le capitaine écoute Ren'erei.

Compris.

Aeb promena son regard à la ronde. Il sentait la lassitude de ses frères. Ils avaient couru pendant des jours. Et au terme de la dernière bataille, ils n'avaient plus de Protégé pour puiser de l'énergie régénératrice dans la ChaîneDémoniaque.

Asseyez-vous, mes frères, et laissez l'air caresser votre visage. Fin, la porte. Que les ténèbres nous dissimulent.

Fin marcha vers la trappe et la referma. Elle se rouvrirait seulement pour Xye. Une par une, les lanternes s'éteignirent. Alors que l'obscurité les enveloppait, Aeb entendit les autres défaire les sangles de leur masque tandis qu'il tirait sur le sien.

Un souffle béni joua à la surface de son visage à vif. Aussi lisse que soit le bois d'ébène, la transpiration irritait leur peau. Aeb baissa la tête sans oser croiser le regard d'un de ses frères. Cela lui aurait porté malchance lors de son prochain combat.

Car c'était ainsi que fonctionnaient les choses.

— Alors, qu'avez-vous pour moi ? demanda Hirad.

Les Ravens, Ren'erei et Darrick étaient assis autour de la table du capitaine, qui s'entretenait sur le pont avec son premier maître et son navigateur.

Denser fut le premier à répondre.

— De bonnes et de mauvaises nouvelles. Sytkan m'a transmis le Droit de Don sur les vingt-quatre Protecteurs qui sont à bord. Je leur parlerai plus tard. Mais sachez que nous pourrons les utiliser comme bon nous semblera sur Herendeneth. Ils parleront et agiront aussi librement que possible pour eux.

— Ce qui signifie ? demanda Ilkar.

— Qu'ils n'attendront pas pour engager une action offensive si l'occasion se présente. Ils nous diront s'ils pensent que nous ne faisons pas le meilleur usage d'eux, et ils prendront la responsabilité de leurs formations de combat, sauf ordre contraire.

— Et les mauvaises nouvelles ?

Hirad but une gorgée de thé. Devant eux étaient disposées des assiettes de fromage dur, de pain et de viande séchée. La cambuse n'avait pas pu fournir de fruits et légumes.

— Balaia est livré au chaos. La situation politique a dégénéré au point d'approcher un conflit intercollégial ouvert. Des escarmouches font rage sur les terres collégiales. Mais jusque-là, Arlen est le seul endroit touché hors de la juridiction des mages. (Denser marqua une pause pour reprendre son souffle.) Tout ça n'est rien en comparaison des éléments. D'après la Communion de Sytkan avec Xetesk, on aurait signalé des tornades sur Korina, de l'activité volcanique dans les monts Balan et Noirépine, d'autres ouragans dans le nord et des inondations tout le long de la Force du Midi. Balaia n'a plus beaucoup de temps.

— Et Erienne ?

— Attends. Je n'en ai pas encore fini avec les autres mauvaises nouvelles. Sytkan rapporte aussi qu'une flotte dordovane est partie de Gyernath très récemment.

— Combien de navires, de quel type, et quand exactement ? demanda Darrick.

Denser haussa les épaules et se versa une nouvelle chope de thé. Le bateau tanguant, le récipient glissa contre le bord surélevé de la table sans se renverser.

— Les détails sont assez flous. Gyernath aussi a été inondée. Sytkan me contactera d'ici deux ou trois jours s'il a du nouveau à m'apprendre.

— Pourrions-nous faire appel à d'autres renforts ? demanda Hirad.

— Ça aussi, ça fait partie des choses que Sytkan s'efforcera de découvrir.

— Ça ne fera pas de différence, annonça Darrick. À moins que mes informateurs se soient fourvoyés, il n'y a pas de force xeteske significative à moins de dix jours de voyage d'un port méridional, et Korina est complètement hors jeu. C'est compter sans les Protecteurs, évidemment, mais même s'ils rebroussaient chemin jusqu'à Arlen, il leur faudrait une bonne journée pour affréter un bateau et embarquer.

Sinon, ils mourraient de faim en route.

— À votre avis, qui commande les Dordovans ? demanda Denser.

— Vuldaroq, répondit Darrick. Ce gros abruti devait arriver à Arlen il y a déjà des jours, mais personne ne l'a vu. Il a dû tomber sur un os pendant sa traversée des terres collégiales.

— Donc, ce sera nous seuls contre des multitudes d'adversaires, résuma Hirad. J'espère que cette île est défendable.

— Il n'y a qu'un point d'ancrage sur Herendeneth, dit Ren'erei. Nous l'avons choisie avec grand soin.

— Nous nous soucierons de cela plus tard, coupa Ilkar. Et pour Erienne ?

— Elle est sous bouclier, annonça Denser. Je suppose que j'aurais dû m'y attendre. Je ne peux pas la joindre. Au moins, pas sans alerter les mages qui la surveillent.

Il baissa le nez vers sa chope.

— Ça va aller ? s'inquiéta Hirad.

Le barbare n'avait toujours pas digéré les révélations du Xetesk. À présent, dans le calme de la cabine du capitaine du *Soleil Calaien*, il prenait conscience de l'atrocité du sort qui attendait Denser. Et ça lui fendait le cœur. Il se sentait coupable d'avoir agressé son ami dans la forêt. Denser savait qu'il allait mourir et il n'avait rien dit. C'était à la fois courageux et stupide. Les Ravens pouvaient le soutenir, maintenant qu'ils étaient au courant. S'il les avait mis dans la confidence plus tôt, il aurait profité de leur soutien plus longtemps.

Même si Denser avait parfois un caractère difficile, Hirad ne voulait pas d'un monde sans lui. À l'aune de cette nouvelle, leurs querelles et leurs silences furieux des dernières années lui semblaient bien infantiles. Mais à l'époque, il pensait que Denser serait toujours là. À présent, il découvrait qu'il s'était trompé et cette idée le ravageait.

Denser leva les yeux et sourit tristement.

— J'ai besoin qu'Erienne soit près de moi, Hirad. Il ne nous reste plus beaucoup de temps à passer ensemble.

— Je sais et je suis désolé. Nous la ramènerons pour toi.

— Si quelqu'un le peut, c'est bien les Ravens, dit Darrick.

— Je n'ai pas oublié que c'est à cause de vous que nous sommes dans cette situation, répliqua Denser.

Mais il n'y avait pas de colère dans sa voix. Darrick ne répondit pas, se contentant de baisser la tête.

— On avance, fit Ilkar. Ren, qu'a dit le capitaine ?

— Qu'il parlerait à son équipage. Il n'a rien promis.

— Il va bien falloir qu'il le fasse, grogna Hirad.

— Puis-je me permettre une remarque ? demanda Ren'erei.

— Bien sûr, répondit Ilkar.

— Je connais le capitaine de *L'Orme des Océans*. Il fera tout son possible pour retarder ses passagers sans que ça ait l'air trop flagrant. Il a des foules d'astuces à sa disposition. Et faites confiance à Jevin, je vous en prie. C'est un marin expérimenté. Il ira aussi vite que possible. Mais vous ne pouvez pas exiger de lui qu'il sacrifie son bateau et son équipage.

— Il doit prendre des risques, insista Hirad. Nous n'avons que trois jours.

— Il en est parfaitement conscient.

— Je peux l'aider à en être encore plus conscient, si besoin est.

— Ne le menacez pas, dit Ren'erei en se rembrunissant. Ce n'est pas le bon moyen.

Hirad repoussa sa chope et son assiette et se pencha vers elle.

— Ren'erei, nous sommes tous ravis que vous soyez avec nous. Nous respectons votre savoir et tout ce que vous avez déjà fait pour nous – et pour Erienne, en particulier. Mais nous sommes les Ravens, et nous avons toujours réussi en employant les moyens requis, bons ou mauvais. Nous ne changerons pas nos habitudes parce que Jevin est un peu susceptible.

Ren'erei ouvrit la bouche pour répliquer, mais Ilkar posa une main sur son bras.

— Ne dites rien. Je vous expliquerai plus tard.

— J'ai mieux à proposer, intervint Denser. Je vous l'explique tout de suite – ailleurs qu'ici – si, en échange, vous me parlez de ma femme et de ma fille.

L'elfe sourit.

— J'adorerais ça.

Hirad les suivit des yeux pendant qu'ils sortaient. Évitant le regard d'Ilkar, il remplit de nouveau sa chope et son assiette. Dehors, le vent avait faibli ou peut-être encore changé de direction, car il ne les secouait plus autant.

— Bravo pour cette démonstration de tact, Hirad, lança Ilkar quand la porte se fut refermée.

— Quoi encore ? marmonna le barbare.

— Toi et ton fameux discours du « nous sommes les Ravens… ». Ça ne marche plus. Tout ce que tu as réussi à faire, c'est à l'irriter, et nous avons besoin d'elle dans notre camp.

— Il fallait lui faire comprendre comment nous fonctionnons.

— Pas en agressant nos alliés ! cria Ilkar. Oui, nous employons les moyens requis, mais il y a toujours des options.

— Et tu penses que j'ai choisi la mauvaise, grommela Hirad.

— Curieusement, oui… (L'elfe soupira.) Mais on ne peut pas te demander de changer complètement en vingt-quatre heures, pas vrai ?

— Je suppose que non. Désolé, Ilks, mais ça n'était pas censé se passer ainsi. Par les dieux qui brûlent, il ne reste presque rien des Ravens. L'Inconnu est invalide, Erienne prisonnière, et Thraun… Le pire, c'est que Denser est sur le point de se sacrifier, et que nous ne pouvons rien y faire. Ce n'est pas juste.

— Je sais. Mais nous avons quand même une chance de réussir.

— Tu parles d'une victoire ! Denser sera mort.

Hirad haussa les épaules. Les mots qu'il venait de prononcer avaient sonné étrangement à ses oreilles, comme s'ils sortaient de la bouche de quelqu'un d'autre.

— Une partie de lui survivra en Lyanna, dit Ilkar.

Des paroles creuses, mais qui exprimaient un espoir sincère.

— Il ne sera plus là ! s'entêta le barbare. C'est tout ce que je sais.

Ils se turent, écoutant les craquements du navire, les bruits de pas, au-dessus de leur tête, et le souffle assourdi du vent. Hirad se sentait épuisé. Il n'avait pas bien dormi depuis une éternité. Tous ses muscles étaient douloureux, surtout ceux du dos et des épaules. Ça n'avait pas toujours été ainsi, mais plusieurs nuits passées à la dure lui avaient fait prendre conscience du poids des ans. Son apogée physique était derrière lui. Il n'était plus dans la force de l'âge. Désormais, les combats un peu trop longs seraient une souffrance. Il devait admettre, fût-ce à contrecœur, que leur inactivité forcée était une bénédiction pour son corps, même si elle n'empêchait pas son esprit de continuer à bouillonner.

À sa gauche, Darrick avait gardé un silence appliqué pendant le plus gros de la conversation, se contentant d'écouter les autres et d'éviter les reparties potentiellement caustiques de Denser.

Hirad sourit intérieurement. Ce n'était pas sa faute si Erienne avait été capturée.

— Darrick, ne faites pas cette tête !

— Si ça ne vous ennuie pas, je pense que je vais continuer, marmonna le général sans lever le nez.

— Nous savons que ce n'est pas à cause de vous si nous sommes dans la panade. Et dans le fond, Denser le sait aussi.

— Vous vous trompez. J'aurais dû écouter mon cœur avant de partir pour Arlen. Si je vous avais fichu la paix, vous seriez à bord de *L'Orme des Océans* et l'Inconnu n'aurait pas été blessé. Je suis un imbécile. J'aurais dû refuser de vous mettre en prison.

— Ça n'aurait servi à rien, fit Ilkar. Au premier signe d'insubordination, vous auriez été remplacé.

— On ne pourrait pas parler d'autre chose ? demanda Darrick, plus sèchement qu'il ne l'aurait voulu. (Il se força à sourire.) Qu'est-il arrivé à Thraun ?

C'était la question qui brûlait les lèvres d'Hirad. Thraun. Il n'avait rien vu d'aussi extraordinaire depuis une éternité. Il hocha la tête et tourna un regard interrogateur vers Ilkar. L'elfe se suçota la lèvre et se radossa à sa chaise.

— Je ne sais pas trop, mais il est dans un sale état. Il a été un loup pendant si longtemps… Trop pour redevenir complètement humain, c'est clair. Vous avez vu les poils qui couvrent son visage ? Il a les mêmes sur tout le corps. Mais ce n'est pas le plus grave. Il reste couché dans la position d'un animal, les bras raides et les genoux à peine fléchis. Sa musculature est déséquilibrée. Il a toujours des griffes aux pieds et son cœur est beaucoup trop gros. Et ce sont seulement les symptômes que nous avons pu détecter, il y en a peut-être d'autres. En conclusion, il ressemble à un humain, mais c'est un leurre. Pour le moment, du moins. Nous espérons que ses organes achèveront leur métamorphose, mais nous ne pouvons pas en être sûrs.

— Pouvez-vous le maintenir en vie ? demanda Hirad.

— Ça ne devrait pas poser de problème. Mais nous devons nous demander quel genre de vie ce sera pour lui. Par les dieux déchus, son esprit doit être ravagé. Personne ne peut deviner quelle part de sa psyché et de ses souvenirs humains il a gardée. Il aura besoin de beaucoup d'aide.

— Dans ce cas, nous devons faire en sorte de rester vivants pour la lui apporter.

— Ce serait préférable, fit Ilkar.

— C'est incroyable… Thraun de retour parmi nous, murmura rêveusement Hirad. Comme s'il avait toujours dû en être ainsi.

— Que veux-tu dire ?

— Depuis des semaines, nous nous efforçons péniblement de reconstituer les Ravens. Et d'une certaine façon, c'est comme si nous n'avions jamais été séparés. Mais je n'aurais jamais cru revoir Thraun. Il a dû nous suivre depuis le Bois-d'Épines, je ne vois pas d'autre explication. Et maintenant, il s'est retransformé. C'est un vrai miracle.

— Tu l'as dit. (L'elfe se rembrunit.) Si seulement j'avais de bonnes nouvelles à t'annoncer à son sujet… Ou au nôtre, d'ailleurs.

La bonne humeur d'Hirad s'évapora instantanément.

— Bon. Alors, qu'est-ce qu'on fait ? demanda-t-il.

— Toi, je ne sais pas. Mais moi… C'est le milieu de la nuit et je suis crevé, avoua Ilkar.

Le barbare hocha la tête. Malgré le roulis, il avait l'impression qu'il s'endormirait à peine allongé. Cette seule pensée lui arracha un bâillement.

— Je vois que nous sommes d'accord, fit Ilkar.

— Ouais. (Hirad se leva et s'étira.) Venez, général. Vous avez bien mérité quelques heures de repos.

— Bonne idée.

Quand ils s'engagèrent dans le couloir, une idée traversa l'esprit du barbare : une occasion de finir la journée sur une note plus légère.

— Tu sais quoi, Ilks… Cette Ren'erei, elle n'est pas trop vilaine, non ?

— Pas trop, non, convint l'elfe.

— Tu pourrais aller la rejoindre, dit Hirad. Un beau garçon comme toi, elfe comme elle, célèbre et chef des Julatsiens… Ça te rendrait la traversée plus agréable.

Ilkar secoua la tête.

— Hirad Cœurfroid, il n'y a vraiment que toi pour penser au sexe dans une situation pareille.

Le barbare haussa les épaules et ouvrit la porte de leur cabine.

— Fais de beaux rêves, Ilkar.

Chapitre 29

Le lendemain, *Le Soleil Calaien* lutta contre un vent qui soulevait des vagues de presque dix mètres de haut – avec plus de voiles gonflées qu'il n'était raisonnable. Jevin resta sur le pont de barre du lever au coucher du soleil. Sondant les nuages noirs bouillonnants et traversés d'éclairs en quête de signes, il examina la toile tendue à craquer ou s'inquiéta de la direction changeante du vent.

Ren'erei passa le plus clair de la journée près de lui pour l'encourager. Darrick était perdu dans ses pensées, silhouette solitaire accoudée au bastingage ou allongée sur sa couchette dans une des cabines théoriquement affectées aux commandants des forces dordovanes. Les Protecteurs restèrent dans la cale. De temps à autre, l'un en sortait pour réclamer de la nourriture ou de l'eau. Pour eux, c'était une période de récupération.

En milieu d'après-midi, Hirad se retrouva agrippé d'une main au bastingage, son autre bras soutenant Ilkar, qui, penché par-dessus bord, vomissait tripes et boyaux. Il tremblait d'épuisement, le visage humide de sueur et d'embruns. Le Julatsien avait passé une sale journée, mais sa condition physique n'était pas sa principale préoccupation. Il avait déjà exprimé son inquiétude au sujet des répercussions qu'elle aurait sur son endurance, sur sa capacité à se concentrer et à incanter efficacement. Or, s'ils voulaient avoir une chance de sauver Erienne, les Ravens ne pourraient pas se passer de lui.

Pour Hirad, un problème de plus venait s'ajouter à une liste qui ne cessait de s'allonger. Son idée – qu'Ilkar et Denser puissent attribuer des OmbresAiles aux Protecteurs – avait déjà été rejetée. Même sans le mal de mer d'Ilkar, les deux mages consacraient déjà une grande partie de leurs forces à maintenir Thraun et l'Inconnu en vie et endormis. Selon leurs estimations les plus optimistes, ils pourraient invoquer des OmbresAiles pour eux-mêmes, le temps de gagner *L'Orme des Océans* et d'en revenir, et lancer un éventail limité de sorts offensifs ou défensifs pendant la tentative de sauvetage. Mais ça s'arrêtait là. Après, ils devraient s'appuyer sur Erienne et ils ne pouvaient pas savoir dans quel état ils la trouveraient. Hirad ne se faisait pas trop d'illusions de ce côté-là.

Le Soleil Calaien plongea dans le creux d'une nouvelle vague, l'impact faisant vibrer sa coque et projetant une gerbe d'écume sur le pont de barre. Une fois encore, les deux hommes furent douchés. Mais c'était là qu'Ilkar se sentait le mieux, même si ça restait tout relatif.

Hirad leva les yeux. Des éclairs illuminaient l'horizon, le ciel noir et l'océan d'un gris coléreux frangé de blanc. Le plafond de nuages, bas et sombre, voyageait à une allure effrayante, poussé par un vent qui, s'il était descendu au niveau de la mer, aurait envoyé le navire par le fond. La côte avait disparu derrière eux depuis longtemps, et le barbare frissonna à l'idée qu'ils ne la reverraient peut-être jamais.

Au début, il s'était montré assez sceptique vis-à-vis des superstitions des marins. À présent, il comprenait trop bien leur désir de se raccrocher à quelque chose pour apaiser leur esprit. Les signes étaient visibles partout sur le navire. Chaque cabine était munie d'un petit autel consacré à l'un des dieux de la mer ou du ciel : figurines, fleurs séchées, bougies, modèles réduits de bateaux flottant dans une cuvette remplie d'eau… Et à la tête de chaque couchette, des prières étaient gravées dans le bois ou rédigées à grands renforts de couleurs criardes sur des bouts de parchemins épinglés au mur. Pas un seul membre de l'équipage ne se promenait sans un talisman – un poisson ou un oiseau de métal – autour du cou.

La plus curieuse de leurs superstitions concernait le chat. Hirad savait que la plupart des équipages gardaient un chat à bord pour chasser les souris et les rats, mais sur ce bateau-là, ça allait beaucoup plus loin. L'animal avait un panier luxueux, de la viande et des biscuits à volonté et une écuelle toujours pleine d'eau fraîche. Chaque jour, un marin différent avait le devoir de veiller sur sa sécurité, de lui retirer d'éventuelles échardes des pattes, de lui chanter des ballades et de le remettre dans son panier au début du premier tour de garde nocturne. Naturellement, le matou s'empressait de filer dormir où bon lui semblait, mais la tradition ne pouvait être ignorée. Tant que l'équipage était satisfait, Hirad n'irait pas s'en plaindre.

Ilkar se redressa et se tourna vers lui, le visage livide et dégoulinant.

— Redescendons. Il faut que je m'allonge.

— Jevin a dit que ce serait pire si tu restais en bas, lui rappela le barbare.

— Il a aussi dit que je m'habituerais d'ici demain, et je ne crois pas que ce soit possible. Aide-moi.

Soudain, Ilkar fut pris d'un nouveau haut-le-cœur et cracha par-dessus bord de la bile que le vent emporta.

— Viens, marche vers l'intérieur du bateau.

Hirad garda une main sur le bastingage et l'autre autour de la taille d'Ilkar tandis qu'ils marchaient lentement vers le pont inférieur. Quand il poussa la porte, un cri retentit derrière lui. Se tournant, il vit Ren'erei leur faire signe. L'elfe haussa les épaules et tendit le doigt, sans doute pour désigner Ilkar. Hirad secoua la tête, pointa son index vers sa poitrine puis vers l'escalier. Ren'erei agita la main pour faire signe qu'elle avait compris.

Ilkar et Hirad partageaient une petite cabine qui donnait sur le flanc bâbord du *Soleil Calaien*. Le mage occupait la couchette du bas. Hirad l'aida à enlever sa cape, puis lui essuya le visage avec une serviette. Le navire pencha sur le côté avant de plonger en avant. Hirad trébucha.

— Par les dieux, je voudrais être mort, grommela Ilkar.

— Essaye de dormir. Je vais voir si je trouve quelque chose pour te soulager.

— Un couteau dans le cœur, ça devrait suffire.

Hirad tapota l'épaule de l'elfe.

— Je t'en rapporterai un. À plus tard.

— Dis au capitaine de nous trouver une mare bien calme, tu veux ?

Le barbare gloussa.

— Continue comme ça, Ilks…

Il referma la porte de la cabine et remonta sur le pont principal. Bizarre… Il avait très peu navigué, mais il se sentait bien et n'avait pas trop de mal à garder son équilibre. Il avait dormi longtemps, avalé un solide petit déjeuner et, contrairement à Ilkar, se sentait plus frais qu'il ne l'avait été depuis des semaines. Alors qu'il grimpait l'échelle menant au pont de barre, il se demanda s'il n'avait pas raté sa vocation.

Le capitaine Jevin et Ren'erei étaient derrière le timonier. Tous regardaient alternativement le drapeau qui flottait en haut du mât principal et le compas fixé à droite de la barre. Jevin affichait une expression sévère. Ce fut tout juste s'il salua Hirad d'un signe de tête quand le barbare les rejoignit.

— Comment on s'en sort ? demanda-t-il en élevant la voix pour se faire entendre par-dessus le rugissement du vent.

Une pluie lourde avait recommencé à tomber. Il resserra ses fourrures autour de lui.

— Nous devons progresser plus vite que *L'Orme des Océans*, répondit Jevin.

— Comment ça se fait ?

— Il est plus petit, moins large et moins long que *Le Soleil Calaien*. Dans ces conditions, son barreur doit naviguer avec la voile minimale. Ce navire n'a pas été conçu pour ce temps. (Le capitaine se tourna vers Hirad.) Cela dit, *Le Soleil Calaien* non plus.

— Allons-nous le rattraper ?

Jevin se lécha l'index et le leva pour tester la direction du vent.

— Comment voulez-vous que je le sache ? répliqua-t-il. J'ignore quelle avance il a sur nous, quel cap il a pris et à quelle vitesse il se déplace. Je peux seulement émettre des suppositions. Ce temps est impossible. Le vent vient de trois directions à la fois et les courants s'affolent… Je fais confiance à mon compas, mais je ne devrais peut-être pas. Je suis certain que nous voguons vers le sud, et c'est à peu près tout.

Hirad hocha la tête. Une question idiote !

— Désolé. Je vous en prie, faites de votre mieux. Tant de vies dépendent de vous…

Ren'erei lui lança un regard surpris. Puis elle sourit, lui posa une main sur le bras et articula un remerciement muet.

— Mes marins sont courageux, et je suis encore trop jeune pour mourir, répondit Jevin. Mieux vaut vous occuper de vos malades et laisser le pont à ceux qui y ont leur place.

Hirad fit mine de se détourner, mais le capitaine n'en avait pas terminé.

— Descendez à la cambuse et demandez au cuisinier de vous donner de la poudre de Lemiir. Dites-lui que c'est moi qui vous envoie, ou il refusera. Faites-la dissoudre dans un peu d'eau. Ça devrait apaiser la tête et l'estomac de votre ami et l'aider à dormir.

— Merci, sourit Hirad.

Jevin hocha la tête et se concentra sur les voiles.

La nuit tombait de nouveau. Après toute une journée de nuages noirs, de vents violents et de pluies torrentielles, ça n'allait pas faire une grande différence.

À bord de *L'Orme des Océans*, le barreur tapa sur l'épaule de son timonier. Un geste innocent, mais l'elfe connaissait sa signification. Il appuya très légèrement sur la barre, infléchissant leur trajectoire de quatre degrés. Le vaisseau était tellement ballotté par la tempête que Selik ne s'apercevrait ni du changement de direction, ni de la perte de vitesse. Ce n'était pas un marin.

Le barreur le voyait, agrippé au bastingage tribord, le visage tourné vers le vent et l'estomac en ébullition. L'Aile Noire avait déjà vomi une demi-douzaine de fois pendant la journée. Il devait être affaibli et distrait. Il était regrettable qu'on ne puisse pas en dire autant de tous les mages qui l'accompagnaient. En particulier le plus vieux.

Berian passait beaucoup trop de temps à regarder par-dessus l'épaule du barreur. C'était lui qui avait déterminé leur cap, et lui que le barreur cherchait des yeux avant d'indiquer au timonier de modifier le cap. Il y avait quelque chose de dangereux chez ce Dordovan. Il connaissait bien la mer. Quand il était sur le pont de barre, il observait toujours le compas, attendant qu'il se stabilise entre deux bordées pour manifester sa satisfaction.

Mais il était descendu se coucher, et son remplaçant n'avait aucune idée de ce qui se passait autour de lui. Du coup, le barreur en avait profité pour dévier leur trajectoire et faire gagner de précieuses heures à leurs poursuivants. Il n'osait pas encore regarder en arrière pour voir si la silhouette d'un autre navire elfique se profilait à l'horizon.

Il savait qu'il y en aurait un autre, car il se fiait à Ren'erei. Il priait pour que les Ravens soient avec elle, mais la bataille qu'il avait laissée derrière lui, sur le port d'Arlen, avait douché ses espérances. Il fallait pourtant, même s'il emmenait les Ailes Noires jusqu'à Herendeneth, que les Al-Drechars ne se retrouvent pas impuissantes. Si un autre navire elfique les suivait et réussissait à franchir les récifs qui entouraient l'île, elles auraient encore une chance.

Un peu plus tôt, Erienne avait reçu l'autorisation de sortir sur le pont principal pour prendre l'air. Le barreur avait pu capter son regard au moment où un des mages qui la surveillaient la poussait de nouveau vers le pont inférieur, et il lui avait adressé un sourire qui se voulait encourageant. Mais la jeune femme tirait la tête d'une condamnée et il ne pouvait pas s'empêcher de partager son abattement.

— Capitaine ?

Son timonier indiqua le bastingage tribord, où Selik s'entretenait avec trois mages. Parmi eux, Berian ne cessait de désigner le pont de barre derrière lui. C'était une conversation coléreuse, et le barreur se mordit la lèvre.

— Reprends le cap initial, mon garçon, dit-il tout bas. Et garde ton calme.

Le timonier hocha la tête et attendit la vague suivante pour imprimer une légère rotation à la barre. Alors qu'il se détournait du vent, le barreur sentit la tension des voiles – qu'il maintenait aussi réduite que possible – se répercuter à travers les planches, sous ses pieds. Les quatre hommes se détachèrent du bastingage et gagnèrent la proue.

— Continue à regarder droit devant toi, chuchota le barreur, les yeux baissés vers le compas.

— Oui, capitaine.

Des bruits de pas résonnèrent sur les barreaux de l'échelle et approchèrent dans leur dos.

Écarté brutalement de la barre, le barreur parvint à paraître indigné quand Selik lui plaqua son épée sur la poitrine.

— Qu'avons-nous fait encore, mis trop de sucre dans votre thé ? demanda-t-il, fixant par-dessus l'épaule de l'Aile Noire les trois mages qui se pressaient autour du compas.

Selik le frappa.

— Tu abuses de ma patience, elfe. Berian ?

— Notre cap est correct, répondit le vieux mage.

— Mais il n'en a pas toujours été ainsi, n'est-ce pas, capitaine ?

Selik appuya plus fort sur son épée. Le barreur prit conscience qu'un roulis un peu brutal entraînerait sa mort.

— Maintenir une direction est impossible dans des conditions pareilles, se défendit-il. Nous faisons de notre mieux.

Cette déclaration lui valut une nouvelle gifle.

— Menteur ! Tu te crois malin, elfe, mais les hommes qui m'accompagnent le sont bien plus que toi. Ils peuvent voir notre destination à travers les pistes du mana et deviner notre position d'après la lumière, le vent et la magie. Et quand un elfe joue avec la vie de son équipage en essayant de nous retarder, ils le sentent !

Le barreur ne répondit pas. Selik recula.

— Nous ignorons combien d'heures tu nous as fait perdre, mais nous soupçonnons que ça doit être beaucoup. Et chacune doit être compensée par un paiement adéquat. (Il leva la pointe de son épée et l'agita devant le cou du barreur.) Je pourrais me rembourser sur toi, mais je crains que ton équipage réagisse mal à ta mort. Par bonheur, il existe des substituts très acceptables.

Il se retourna et plongea sa lame dans le cou du timonier. Le jeune elfe s'écroula à ses pieds.

Le barreur fit mine de bondir, mais Selik lui braqua la pointe de son épée sur le ventre.

— Vous venez de faire un nouveau pas vers votre mort, grogna le marin.

L'Aile Noire ne sourit même pas.

— J'en doute… Les justes sont récompensés et leurs ennemis périssent. Il en a toujours été ainsi. À présent, je te conseille de prendre la barre avant que nous perdions de nouveau notre cap. Mes hommes disposeront du corps. Après tout, nous n'avons pas de temps à perdre avec vos rituels ridicules, n'est-ce pas ?

Selik rebroussa chemin vers l'échelle, le capitaine le suivant du regard. Il souhaita ardemment qu'une vague l'emporte, ou, à tout le moins, que le roulis le déséquilibre et l'envoie s'écraser tête la première sur le pont. Il baissa les yeux vers le corps de son jeune timonier au visage encore lisse, vit la pluie diluer le sang autour de ses pieds et récita une prière pour recommander son âme aux dieux de la mer. Puis il saisit la barre poisseuse de sang.

Le troisième jour, Hirad était sur le pont, sondant l'horizon en quête d'un signe de *L'Orme des Océans*. Il savait qu'il ne le verrait pas avant la vigie elfe, mais il devait faire quelque chose. Denser et Ilkar, qui se sentait un peu mieux, s'occupaient de Thraun et de l'Inconnu ; Ren'erei était avec Jevin, comme d'habitude, et Darrick… Darrick restait claquemuré dans un enfer de sa propre invention. Ça ne lui ressemblait pas, mais Hirad avait décidé de le laisser se vautrer dans ses remords. Le temps du rassemblement n'était pas encore venu et n'arriverait peut-être jamais. Tant qu'Erienne ne serait pas à bord, le barbare devinait qu'il n'y aurait pas de Ravens à diriger.

Le temps avait empiré et Jevin avait été forcé d'affaler une partie des voiles pour reprendre le contrôle de son navire. C'était frustrant, mais Hirad se consolait en pensant qu'il devait en être de même pour *L'Orme des Océans*. Il avait confiance en Jevin, qui affirmait qu'ils se déplaçaient toujours plus vite que leur proie. Toute la question était de savoir si ce serait assez vite.

Et même s'ils repéraient l'autre vaisseau, parviendraient-ils à s'en rapprocher assez pour arriver à portée d'OmbresAiles ? Hirad tapa du poing sur le bastingage et leva les yeux vers les gros nuages noirs chargés de pluie. Il avait froid depuis plus de vingt-quatre heures, et toute l'énergie récupérée en dormant était sapée par une impression croissante d'impuissance. L'Inconnu dépendait d'eux pour ne pas passer le reste de ses jours dans le corps d'un invalide. Et Hirad ne pouvait rien faire. Pas avant que…

— Navire droit devant ! cria la vigie en haut du mât principal. Navire droit devant !

Hirad plissa les yeux mais ne vit rien. Il entendit Jevin crier quelque chose en elfique, et ne le comprit pas plus que la réponse qui fusa aussitôt. Courant à moitié, il marcha vers l'échelle qui menait au pont de barre.

— Attention, Hirad ! dit Ren'erei. À bord d'un navire, mieux vaut ne pas confondre vitesse et précipitation.

— Ouais, ouais… Capitaine ?

— Nous ne pouvons pas encore dire si c'est bien *L'Orme des Océans*, mais il se déplace en diagonale par rapport à nous.

— Ce qui signifie ?

— Si c'est bien lui, il ne maintient pas le bon cap. Sans doute délibérément.

— Pouvons-nous le rattraper ?

— Sans problème. Mais j'ignore combien de temps ça nous prendra.

— Jusqu'à la tombée de la nuit, au maximum. Il faut que nous soyons à portée d'ici là.

— Je suis conscient de nos impératifs, et je ferai tout ce que je pourrai pour maintenir ce navire à flot. Le comprenez-vous ?

— Oui, mais…

— Il n'y a pas de « mais » qui tienne, Hirad Cœurfroid. Maintenant, comme je vous l'ai déjà demandé, ayez la bonté de laisser le pont à ceux dont c'est la place. Pourquoi n'allez-vous pas peaufiner votre plan, manger un morceau, apporter un peu plus de Lemiir à Ilkar… ?

— N'importe quoi pourvu que je ne reste pas dans vos pattes, c'est ça ?

Enfin, Jevin sourit.

— Voilà !

Hirad se détourna et redescendit l'échelle tandis que la voix du capitaine criait :

— Bosco ! Il nous faut plus de toile à l'avant ! Que *Le Soleil Calaien* file comme le vent ! Montrons à ces humains ignorants ce que peuvent faire de véritables marins !

Le barbare secoua la tête en marchant vers l'escalier qui menait à la cambuse. Le cuisinier lui tendit son Lemiir sans un mot, et il regagna silencieusement la cabine où les deux mages veillaient sur Thraun et sur l'Inconnu.

Malgré le hublot entrouvert, l'atmosphère de la petite pièce était étouffante, avec en plus une désagréable odeur d'urine et de savon. Hirad versa de l'eau dans une chope, y ajouta la poudre de Lemiir et tendit le tout à Ilkar.

— Je suis étonné que vous supportiez cette puanteur.

— Nous n'avons pas le choix, répliqua l'elfe en prenant la chope. Merci. Ce truc est vraiment efficace. Je me demande pourquoi on ne m'en a pas donné plus tôt.

— À mon avis, ça coûte cher, et il ne doit pas y en avoir beaucoup à bord, dit Hirad. Tu as de la chance d'être un elfe. Sinon, je soupçonne que Jevin t'aurait laissé souffrir.

— Crois-moi, je souffre quand même. (Ilkar vida sa chope d'un trait et fit la grimace.) C'est efficace, infect, avec un goût âpre et douceâtre à la fois. J'ai l'impression d'avaler de l'écorce sucrée.

— Alors, tu es en état d'incanter ? demanda Hirad. (Denser regarda autour de lui. Le barbare lui fit un grand sourire et lui abattit une grosse main sur l'épaule.) Parce que nous venons de repérer un navire, droit devant.

— C'est *L'Orme des Océans* ?

Le visage du Xetesk s'éclaira.

— À ton avis, combien d'autres navires traînent seuls dans les parages ? le taquina Hirad.

Denser hocha vigoureusement la tête.

— Il ne doit pas y en avoir beaucoup. Alors, Ilkar, quel est le verdict ?

— Nous avons toute la journée devant nous. Si ça ne vous fait rien, je vais en profiter pour me reposer. Tant que je lance des sorts simples, ça devrait aller. Mais ne me demandez pas une FusionMentale.

— Des OmbresAiles ?

— Ce sera limite, mais je pense pouvoir le faire.

— Il vaudrait mieux, dit Hirad, parce que je viens avec vous.

— As-tu pensé que les conditions ne sont pas idéales pour porter quelqu'un de ta corpulence ? lança Ilkar. Désolé, mais Denser et moi devrons y aller seuls.

Hirad secoua la tête.

— Non, parce que j'ai eu une idée.

Chapitre 30

Le temps que la nuit tombe, Hirad put voir *L'Orme des Océans* à travers la pluie. Le vent avait un peu diminué, et la houle aussi. Du coup, Jevin avait ordonné au bosco de déployer autant de toile qu'il l'osait, sachant que le barreur de l'autre navire traînerait le plus possible.

Mais alors que l'obscurité commençait à dissimuler leur proie, ils comprirent qu'ils avaient encore beaucoup de distance à parcourir, et qu'ils risquaient de ne pas la rattraper avant le lendemain soir – dans le meilleur des cas. La mer étant moins forte, *L'Orme des Océans*, plus profilé que son poursuivant, pouvait reprendre de l'avance sur le vaisseau marchand où avaient embarqué les Ravens, et Hirad se surprit à espérer qu'il y ait une autre tempête.

Au milieu de la nuit, son vœu fut exaucé, beaucoup plus violemment qu'il ne l'aurait voulu. Alors qu'il se reposait avec Ilkar et Denser en vue de leur équipée nocturne, le barbare fut réveillé en sursaut par un roulis qui faillit le jeter à bas de sa couchette. Ilkar, qui dormait au bord de la sienne, n'eut pas autant de chance : il tomba sur le plancher en jurant. Un bruit de pas précipités et l'écho d'une série d'ordres flottèrent jusqu'à eux.

— Ça n'a pas l'air de bien se présenter, dit Hirad, en sautant à terre pour aider Ilkar à se relever.

— Quelle heure est-il ?

— Plus de minuit, je pense. Comment va ton estomac ?

— C'est supportable. On aurait déjà dû nous réveiller…

Les deux amis furent projetés l'un contre l'autre quand une nouvelle vague frappa le flanc du navire, faisant vaciller les figurines de l'autel et glisser les couvertures des couchettes superposées.

— On ferait mieux de monter, dit Hirad. Va chercher Denser, et rejoignez-moi sur le pont de barre. J'espère que nous sommes assez près de *L'Orme des Océans* pour toi.

— Et moi donc…, soupira l'elfe.

Ils sortirent dans le couloir. À tâtons, Hirad avança vers l'escalier, tandis qu'Ilkar allait frapper à la porte de la cabine de Denser. Ils allaient devoir laisser Thraun et l'Inconnu, mais Darrick resterait avec eux. De toute façon, les sorts les garderaient endormis.

Le chaos régnait sur le pont. Jevin et le bosco lançaient des ordres à l'équipage. Le hunier s'était déchiré au milieu, et la tempête faisait claquer ses lambeaux. Autour d'eux, les vagues étaient monstrueuses, et Hirad vit le timonier lutter pour faire tourner le navire. De grosses gouttes de pluie martelaient les planches. Des elfes se débattaient avec les haubans, tentant d'affaler suffisamment les voiles pour reprendre le contrôle.

Le barbare courut vers le pont de barre, qu'il devinait à peine dans l'obscurité. Il n'y avait pas de lumières à bord. Ils ne voulaient pas qu'on les repère, et les elfes n'en avaient pas besoin. Alors qu'il était à la moitié de l'échelle, une autre vague percuta le navire sur bâbord, et un torrent d'eau salée se déversa sur le pont. Une des mains d'Hirad lâcha prise, mais il s'accrocha avec l'autre et percuta le montant de l'échelle. Quand *Le Soleil Calaien* se redressa, il gravit à la hâte les derniers barreaux.

— Que s'est-il passé ? cria-t-il en s'agrippant au bastingage, tandis que le navire se cabrait avant de plonger dans une trouée.

— La tempête a été soudaine, répondit Jevin. Vous êtes prêts ?

— Pourquoi ? À quelle distance sommes-nous ?

La pluie se transforma en grêle qui crépita sur le pont et – plus douloureusement – sur leur crâne. Hirad rabattit ses fourrures sur sa tête.

— Par la voie maritime, à plus d'une journée encore, répondit Jevin. Par la voie des airs, avec vos ailes, je ne sais pas. Mais nous n'arriverons pas à nous rapprocher davantage cette nuit. Si le capitaine de *L'Orme des Océans* a deux sous de bon sens, il a dû affaler ses voiles pour se laisser porter en attendant que ça se calme. Je vais être obligé d'en faire autant, ou presque, pour que nous ne sombrions pas.

Hirad hocha la tête.

— Encore merci pour vos efforts.

— Nous aurons peut-être droit à un bonus au moment de la paye.

— Vous pouvez compter dessus.

Ilkar et Denser les rejoignirent. Le Julatsien était encore pâle, mais semblait en meilleure forme que le premier jour. Le Lemiir lui avait permis de se reposer et de manger un peu sans régurgiter aussitôt. Dans les yeux du Xetesk brillait une détermination mêlée de désespoir. Hirad avait déjà vu ça. Ça le rendrait puissant, mais instable.

— Nous y sommes ! cria-t-il pour se faire entendre malgré le rugissement de la tempête. Jevin dit que nous ne pourrons pas nous approcher davantage cette nuit, et l'Inconnu ne peut pas attendre une journée de plus.

— Tu vois *L'Orme des Océans* ? demanda Denser à Ilkar.

L'elfe tendit le cou et plissa les yeux pour percer le rideau de grêle, devant eux. Hirad apercevait à peine la proue de leur propre navire. Au-delà, pour lui, tout n'était que ténèbres.

— Non. Il va falloir y aller à l'aveuglette et prier.

— Génial !

— Reste près de moi. Je serai tes yeux.

Denser leur fit signe d'approcher et leur passa un bras autour des épaules.

— Il nous faudra des ailes conçues pour la vitesse, pas pour l'endurance ; donc, je serai instable, avec Hirad pendu à moi, expliqua-t-il. Surveille-moi de près, Ilkar, parce que s'il tombe, ce sera à toi de le rattraper. Et souviens-toi : Ren'erei a dit que la cabine d'Erienne était à la poupe. Nous devrons partir du principe qu'ils ne l'ont pas déplacée.

— Dans le cas contraire, la nuit risque d'être longue, dit Hirad.

Ils s'écartèrent. Le barbare défit la corde qu'il avait enroulée autour de sa taille avant de se coucher. Ilkar noua une des extrémités à son poignet gauche, puis Hirad s'allongea sur le pont pendant que l'elfe attachait l'autre bout à la cheville gauche de Denser. Il ne pouvait pas risquer de toucher les ailes du Xetesk.

— Soyez prudents, supplia Ilkar.

— C'est à Denser qu'il faut dire ça : c'est lui qui conduit, répliqua Hirad. Vous avez assez d'armes, tous les deux ? Je pense que des couteaux seraient indiqués, en la circonstance.

— Ne t'inquiète pas pour ça, nous sommes équipés. Tu es prêt ?

— Bien sûr que non !

— Dans ce cas, allons-y.

Denser se plaça au-dessus du barbare, les jambes assez écartées pour qu'il puisse passer la tête entre et s'accrocher à ses mollets.

— Je n'arrive pas à croire que je fais ça, marmonna Hirad.

La grêle redoubla d'intensité. Hirad entendit Denser crier ; l'instant d'après, le pont du navire se déroba sous lui, et il hurla sa peur dans la gueule de la tempête.

— Tuez-moi si ça vous chante ! rugit le barreur. Tuez qui vous voudrez, parce que si nous levons plus de toile, pas un seul de nous ne s'en sortira de toute façon.

Il repoussa Selik, qui reprit très vite son équilibre et avança de nouveau vers lui, la dague à la main.

— Et tu peux m'expliquer à quoi nous servira ce pitoyable mouchoir ? grogna l'Aile Noire en plaçant de nouveau la lame sur la gorge du barreur, trois de ses hommes prêts à bondir au cas où il tenterait de se débattre.

La fureur de la tempête les avait pris par surprise, ses bouillonnements jaillissant du sud, sous des nuages si bas qu'ils avaient l'impression de pouvoir les toucher en levant le bras. Le barreur avait appelé tout l'équipage sur le pont : les elfes s'étaient lancés à l'assaut du gréement pour affaler toutes les voiles à part le hunier. Les vagues qui s'écrasaient autour d'eux jetèrent deux Ailes Noires et un marin par-dessus bord. L'océan impitoyable engloutit aussitôt les trois hommes. Un autre elfe était tombé du gréement. Il ne tarderait pas à mourir non plus.

Pourtant, Selik s'était rué sur le pont de barre en exigeant que le barreur aille plus vite. Plus vite ? Ils avaient de la chance d'être encore à flot

— Je vais vous dire à quoi il nous servira, imbécile ! cracha le barreur. Il nous donnera assez de maniabilité pour rester face au vent et survivre jusqu'à la fin de la tempête. J'imagine que c'est bien ce que vous désirez ?

— Ne me parle pas sur ce ton ! Ça risque de t'attirer des ennuis !

Le barreur saisit le poignet de Selik et attira la lame de la dague vers sa propre gorge.

— Dans ce cas, mettez vos menaces à exécution tout de suite, parce que je n'en ai plus rien à foutre !

L'Aile Noire le dévisagea, se dégagea d'une secousse, recula d'un pas, puis hocha la tête.

— Et eux ? demanda-t-il en tendant un doigt par-dessus l'épaule de l'elfe vers la nuit torturée.

— Si leur capitaine a un peu de jugeote, il fera exactement la même chose que moi. Ils ne nous rattraperont pas, Selik, et croyez-moi, je le déplore. Même s'ils y arrivaient, que pourraient-ils faire ? Ils ne réussiront pas à négocier les eaux d'Ornouth avec un vaisseau aussi massif.

La pure vérité... La quille du navire qu'ils avaient aperçu derrière eux était beaucoup trop profonde pour franchir les récifs d'Herendeneth. Par bonheur, un « vaisseau aussi massif » devait avoir à son bord des canots à un seul mât, pour pouvoir jeter l'ancre au large et faire parvenir quand même sa cargaison jusqu'au rivage. Un détail dont Selik n'avait sans doute pas conscience. Si Ren'erei était à bord, elle saurait à quel moment dire au capitaine de les mettre à l'eau. Le barreur était même prêt à le lui signaler, dans la mesure du possible.

— Malheureusement pour le monde civilisé, je sais ce que je fais, déclara-t-il.

Selik eut un grognement méprisant.

— Civilisé... Pourtant, vous accepter les maléfices de la magie. Les elfes... Il paraît que vous viviez quasiment comme des animaux, sur votre continent natal.

— Fichez le camp, Selik, et laissez-moi faire mon boulot si vous ne voulez pas passer par-dessus bord !

— Je t'aurai, elfe, lâcha l'Aile Noire en se détournant et en faisant signe à ses hommes de le suivre. Tu es un mort en sursis.

Le barreur ne répondit pas, mais des idées de vengeance tourbillonnaient dans son esprit. Il s'autorisa un petit sourire intérieur. Cet abruti de Selik avait réclamé qu'on allume des lanternes sur le pont dès la tombée de la nuit, afin que ses hommes puissent se déplacer plus sûrement à bord du navire brinquebalé par la houle. Dès que l'intensité de la pluie diminuerait, *L'Orme des Océans* serait visible à des kilomètres à la ronde.

— Dépêche-toi, Ren. Dépêche-toi !

Le voyage jusqu'à *L'Orme des Océans* fut une véritable torture pour Hirad. Accroché aux jambes de Denser, le barbare ne voyait pratiquement rien devant lui. De temps en temps, Ilkar apparaissait brièvement. À part ça, tout ce qu'il pouvait dire, c'était que Denser volait trop bas, quand il sentait de l'écume l'éclabousser.

Une chose était sûre : ils filaient dans la bonne direction. Ilkar avait repéré *L'Orme des Océans* peu de temps après leur décollage et s'était rapproché pour prévenir Denser. Mais l'elfe ne pouvait pas évaluer la distance qui les séparait du navire. Tandis que le vent et la pluie engourdissaient ses membres douloureux, Hirad pensa qu'elle risquait d'être trop importante.

Une rafale les poussa vers le bas. Le barbare glapit en sentant ses bottes toucher la surface de l'eau. Denser redressa rapidement, trop vite pour les mains raidies par le froid de son passager. Tel un pendule humain, il se retrouva suspendu à la cheville gauche du mage, séparé de la noyade par moins d'un mètre de corde.

Déséquilibré par le brusque déplacement de son centre de gravité, Denser piqua vers les flots. Levant les yeux, Hirad le vit lutter pour reprendre de l'altitude alors même que l'eau l'enveloppait. Le froid glacial le fit hoqueter de douleur. Sous son poids, Denser faillit être catapulté dans la vague qui venait à leur rencontre. Au dernier moment, il s'arracha à l'étreinte de la gravité.

De nouveau, le barbare leva les yeux. Denser hurla quelque chose, mais il ne l'entendit pas.

Ils oscillèrent dangereusement alors qu'Hirad se balançait dans les airs, tentant d'escalader la corde qui menaçait d'arracher la jambe du mage, qui bataillait avec ses OmbresAiles pour les empêcher de plonger tous les deux dans l'océan.

Hirad remua le bras droit sans réussir à gagner d'élan. La corde lui mordait le poignet. Il l'agrippa pour soulager la pression en priant pour atteindre *L'Orme des Océans* avant que la botte de Denser glisse de son pied. Le vent le faisait tourner sur lui-même tandis qu'il se tortillait en vain. Le barbare avait la nausée. Le froid lui embrumait l'esprit, la grêle et l'écume l'aveuglaient, et du sang coulait de son poignet meurtri.

Ilkar piqua pour le rattraper, le souleva dans le même mouvement et resta en vol stationnaire jusqu'à ce qu'il se soit de nouveau agrippé aux jambes de Denser.

— Merci, haleta le barbare. Merci.

— Nous y sommes presque, promis Ilkar.

Puis il disparut.

Ils changèrent de direction, rasant les vagues pour prendre *L'Orme des Océans* à revers. La lumière des lanternes qui éclairaient le pont n'atteignait pas la poupe du navire. Les trois hommes savaient, si un marin elfe les apercevait quand même, qu'il ne les trahirait pas.

À l'abri de la coque fuselée, ils connurent enfin un bref répit et les battements de cœur désordonnés d'Hirad se calmèrent. Denser s'éleva lentement, le barbare ramenant les genoux sur sa poitrine pour franchir le bastingage. Dès que ses pieds eurent touché le gaillard arrière, il s'allongea pour soulager le Xetesk de son poids et lui permettre de se poser. Il entendit le pas léger d'Ilkar près de sa tête. Ses mains étaient trop engourdies pour dénouer la corde. Par bonheur, il n'en allait pas de même pour l'elfe.

Hirad se redressa, enroula la corde autour de sa taille et regarda autour de lui.

— Ça fera un mal de chien plus tard, maugréa-t-il. Denser, comment va ta cheville ?

— Elle tiendra le coup. Et maintenant ?

— On écoute.

Ils prêtèrent l'oreille au hurlement aigu du vent, aux paroles occasionnelles qu'il charriait et aux craquements de protestation des mâts. Tout ça ne leur apprit pas combien de personnes étaient sur le pont principal, et encore moins lesquelles, mais à en juger par le silence relatif, il n'y avait pas de patrouilles. Au moins, pas de patrouilles qui s'aventurent jusqu'à la poupe.

— Si ce bateau est configuré comme *Le Soleil Calaien*, l'escalier est le seul accès au pont inférieur, dit Denser.

— C'est risqué, fit Ilkar.

— À moins de défoncer le gaillard pour passer à travers, je ne vois pas d'autre moyen, lança le Xetesk.

— Et de toute façon, il faudra bien qu'on ressorte par là, intervint Hirad. Sinon, tu ne pourras pas déployer tes ailes, à moins d'incanter sous l'eau.

— Dans ce cas, ne perdons pas plus de temps, fit Ilkar.

Le barbare hocha la tête et dégaina deux dagues : une qu'il garda dans sa main droite, l'autre qu'il prit entre ses dents, laissant son épée longue dans le fourreau accroché dans son dos. Ilkar et Denser sur les talons, il longea le bastingage vers le pont principal, courbé en deux pour ne pas se faire repérer et pour se protéger des bourrasques qui risquaient de le jeter par-dessus bord. Sous ses pieds, le bois détrempé était glissant. Le navire tanguait follement, et la grêle se transformait de nouveau en pluie mêlée à l'écume de l'océan. Les mains d'Hirad étaient gelées, et son poignet gauche lui faisait de plus en plus mal.

Plaqué contre une cloison, derrière lui, il avançait lentement, le pont principal se révélant à sa vue. Ses amis et lui étaient toujours dans l'ombre. Mais à la lumière de quelques lanternes, il vit trois Ailes Noires debout près de la proue, un bras passé autour du mât avant pour garder leur équilibre. Un autre garde se tenait près du bastingage bâbord, vers le milieu du navire, et Hirad pensait qu'il y en avait d'autres, probablement à tribord ou sur le pont de barre sous lequel ses amis et lui étaient accroupis. Il se tourna vers Ilkar.

— Il te reste assez de mana pour une MarcheVoilée ?

— Ça, un bouclier et une autre paire d'ailes, pas plus.

— Nous devons savoir comment ça se présente devant la porte de l'escalier.

L'elfe hocha la tête.

— Priez pour que je ne me heurte pas au bouclier qui enveloppe Erienne.

Il modela la forme de son sort, fit un pas en avant et disparut.

— Denser, ça va ? demanda Hirad.

— Ouais. Mais dépêchons-nous de la tirer d'ici avant que je fasse un massacre.

— La vengeance attendra, d'accord ?

Le Xetesk grogna, le regard rivé devant lui.

Ils attendirent dans l'ombre. Les Ailes Noires se déplaçaient très peu, contrairement aux marins, qui vérifiaient les haubans, escaladaient le gréement et distribuaient des boissons chaudes à ceux qui les surveillaient. Pendant une brève accalmie, Hirad entendit des voix elfiques flotter jusqu'à eux. Il se demanda à quoi pensaient les marins, et si leur vie aurait encore la moindre valeur pour Selik une fois Erienne envolée. Il devrait peut-être accéder au désir de Denser et l'aider à massacrer tous les Ailes Noires.

— Je n'ai pas relâché ma MarcheVoilée, dit Ilkar en revenant, alors il faut faire vite. Il y a un Dordovan sur le pont de barre, avec deux elfes, et un autre qui parle avec deux Ailes Noires du côté opposé au nôtre. Ils détecteront peut-être notre présence, et peut-être pas. Notre problème, ce sont les gardes qui regardent vers nous, et celui qui se tient près du bastingage. Ils finiront par nous voir, donc, nous n'avons pas beaucoup de temps.

— Pas beaucoup de temps pour quoi ? demanda Denser.

— Ne discute pas, c'est notre seule chance. Quand je réactiverai ma MarcheVoilée, comptez jusqu'à douze avant de me suivre. Ça me laissera le temps d'ouvrir la porte. Vous foncez dedans, je referme et je verrouille derrière vous. À partir de là, il faudra improviser. Ils ont des épées et de la magie, mais ils ne nous attendent pas. D'accord ?

— Maintenant, je comprends pourquoi c'est l'Inconnu qui fait les plans d'habitude, grogna Denser. Finissons-en.

Ilkar hocha la tête et disparut de nouveau. Hirad compta à voix haute, histoire de ramener le calme dans son esprit avant la bataille. Cette fois, pas question de faire le coup de la Rage : ils seraient dans des quartiers trop exigus.

— ... Onze, douze. On y va.

Il se redressa et fonça quand le navire plongea au creux d'une vague. Déséquilibré, il glissa jusqu'à une flaque de lumière. Un cri résonna devant lui, et il vit les Ailes Noires accourir. Il les ignora, se tournant vers la porte, qui s'ouvrit alors qu'il approchait, un léger scintillement dans l'air trahissant le manque de concentration d'Ilkar.

— Cours, Denser !

Hirad sauta au pied de l'escalier, se reçut en position accroupie et leva les yeux. Environ dix mètres plus loin, dans le couloir, deux gardes encadraient une porte, et deux mages étaient assis près d'eux. Entendant un impact sur leur gauche, les soldats tournèrent la tête et hésitèrent. Pas Hirad. Il chargea. D'un geste vif, il planta sa dague dans l'épaule du premier garde qui se porta à sa rencontre. L'homme recula. Son compagnon dégaina une épée et avança pour lui bloquer le passage.

— Denser, mages droit devant ! avertit Hirad.

— Vu.

Le garde porta une attaque de pointe, car le couloir était trop étroit pour autre chose. Hirad fit un pas en arrière. L'homme avança et tenta une seconde attaque. Cette fois, le barbare s'aplatit contre la cloison de droite.

— Maintenant, Denser ! cria-t-il.

Il abattit son poing sur le bras du garde et lui lacéra simultanément la poitrine avec sa lame.

Puis il lui appuya sur le bras et profita de son déséquilibre pour ramener sa dague vers lui. Denser se faufila derrière l'homme quand la porte claqua, une main invisible tirant le verrou en haut de l'escalier.

— Ilkar, aide-le ! appela Hirad.

Mais alors qu'il lançait son poing dans la figure de son adversaire, il vit que le Xetesk n'avait besoin de personne. Il bondit sur le garde blessé à l'épaule et lui plongea sa dague dans le cœur.

Le barbare flanqua un coup de pied dans le ventre du deuxième homme. Dès qu'il se fut écroulé, il lui marcha sur le cou. Tous les occupants du couloir entendirent sa nuque se briser.

Les deux mages, qui s'arrachaient péniblement à la concentration nécessaire pour maintenir un bouclier, furent des proies faciles. Denser et Ilkar en prirent un chacun et ne firent montre d'aucune pitié. Denser dit quelque chose à sa victime, mais Hirad ne l'entendit pas.

Sans attendre ses amis, il ouvrit d'un coup de pied la porte de la cabine et bondit dedans en brandissant sa dague. Erienne était pelotonnée dans un coin de sa couchette. À la vue du barbare, elle écarquilla les yeux.

— Hirad ! Comment… ?

— Plus tard, Erienne ! Prépare des OmbresAiles. Nous devons partir d'ici très vite, ou jamais.

Denser et Ilkar entrèrent à leur tour.

— Ils sont en haut, annonça l'elfe tandis que Denser traversait la pièce et étreignait Erienne. Ils ne tarderont plus à défoncer la porte. Quelqu'un a une idée ? (Il dégaina son épée, gardant sa dague dans la main gauche.) Denser, pose-la. Vous aurez tout le temps pour ça plus tard.

— Rabat-joie, l'accusa le Xetesk.

— Une idée ? répéta Ilkar.

Hirad entendit une porte s'ouvrir à la volée dans le couloir. Il revint vers le seuil de la cabine. Quand un garde passa la tête dans l'embrasure, il lui planta sa dague dans l'œil et la retira aussitôt. L'homme s'écroula en silence.

— C'est ce qu'on appelle être au mauvais endroit au mauvais moment, commenta le barbare.

Des coups sourds résonnèrent en haut de l'escalier.

— Ilkar ?

— Ils doivent avoir préparé des sorts. Il nous faut un BouclierMagique. Denser peut s'en charger. Je lancerai une ForceConique pour les repousser et nous dégager le passage vers la poupe, en supposant que ce soit bien là que nous allions.

— Entendu, fit Hirad. Tout le monde est paré ?

— J'incanterai un BouclierDéfensif, proposa Erienne, excitée d'avoir recouvré ses pouvoirs. Ils ont des arbalètes.

Hirad hocha la tête.

— D'accord, merci… Mais garde en tête la forme des OmbresAiles. Gardez-la tous en tête !

Ils rebroussèrent chemin dans le couloir ; Ilkar ouvrant la marche, sa ForceConique prête à partir ; Denser et Erienne maintenant leurs boucliers respectifs ; et Hirad assurait leurs arrières, au cas où d'autres gardes surgiraient des cabines voisines. La porte, en haut de l'escalier, tenait toujours bon, mais une autre s'ouvrit dans leur dos. Un homme approchait, une arbalète dans chaque main.

— Pas un pas de plus ! ordonna-t-il d'une voix traînante.

Hirad se tourna vers lui.

— Continuez, lança-t-il par-dessus son épaule. Je peux me le faire.

— Vous n'irez nulle part. J'ai à bord une trentaine d'hommes et douze mages. Bien essayé, mais c'est fini pour vous !

— Selik, ravi de voir à quel point Erienne t'a amoché. Dommage que tu aies survécu.

— Hirad Cœurfroid, c'est bien ça ? Oui, un guerrier solitaire... Renoncez à elle, et je vous laisserai partir.

Les autres approchaient de l'escalier. Sous les assauts répétés des Ailes Noires, le battant craqua, et le verrou céda à moitié.

— Concentrez-vous ! ordonna Ilkar.

— Vous l'aurez voulu ! cracha Selik.

Il tira. Deux carreaux volèrent vers Hirad et rebondirent sur le BouclierDéfensif d'Erienne. Le premier se planta dans le mur près de la tête du barbare et le second retomba sur le sol.

— Un guerrier solitaire, mais avec trois mages. Aucun Raven n'est jamais seul. À ton tour.

Hirad avança vers Selik, qui battit en retraite en lâchant ses arbalètes pour dégainer son épée. Au même moment, la porte explosa.

— Hirad, reviens sous le bouclier ! cria Erienne d'une voix tendue par la concentration.

Le barbare recula et vit Selik écarquiller les yeux. Il plongea dans sa cabine alors qu'un GlaceVent balayait le couloir en rugissant. L'air se figea autour des Ravens. Une pellicule blanche couvrit leur bouclier tandis que le mana gelé sifflait dans l'interstice entre la barrière invisible et les cloisons, qui se couvrirent aussitôt d'une épaisse couche de glace, puis s'engouffrait dans la cabine de l'Aile Noire.

— Beau travail, Denser, dit Ilkar. Bougeons-nous ! Ils se préparent à incanter de nouveau.

Hirad sentit la ForceConique se déployer lentement. Derrière elle, les Ravens avancèrent vers l'escalier.

— Selik, grogna Hirad, je peux me faire Selik !

— Non. Nous devons partir tout de suite ! lança Ilkar. Prêts, Ravens ?

— Prêts.

— Une fois sur le pont, on prend à gauche. Et maintenez-moi ces boucliers. Courez !

Selik réapparut dans le couloir, son épée à la main. Hirad lui fit un petit signe moqueur, puis se détourna et s'élança en lui criant par-dessus son épaule :

— À la prochaine, Selik ! (Il se tourna vers l'escalier.) Pousse ce cône, Ilkar ! Nous avons un poursuivant.

L'elfe propulsa son sort vers les mages et les Ailes Noires déployés en arc de cercle devant la porte défoncée, les renversant comme de vulgaires quilles.

— Ilkar, ton épée. Tu prends le quart proue-tribord. Denser, Erienne, accrochez-vous à ces boucliers. Je couvre nos arrières.

Les Ravens firent irruption sur le pont. Ilkar se lança sur la gauche et glissa sur les planches grasses et détrempées. Derrière lui venaient Erienne et Denser, dague à la main, et enfin Hirad, Selik sur ses talons.

Les Ailes Noires se relevèrent péniblement.

Le navire tangua. Hirad tomba sur la droite, roula sur lui-même et se redressa sur les genoux. Dans sa chute, il avait lâché sa dague. Il bondit sur ses pieds et courut à bâbord.

La tête de Selik apparut au sommet des marches. Hirad jura, car il tenait son épée dans la mauvaise main. Du coup, il balança son poing dans la tempe du commandant des Ailes Noires, et entendit sa tête heurter l'encadrement de la porte avec un bruit très satisfaisant.

— Ouaiiiis !

Un bruit de course l'empêcha de savourer son triomphe. Devant lui, un Aile Noire dévalait l'échelle du pont de barre pour se lancer à la poursuite des mages Ravens. Le barbare recula jusqu'au bastingage pour prendre son élan, puis chargea le garde et lui abattit son épée sur la tête. La lame mordit profondément le cou exposé de l'homme. Il bascula en avant. Son épée lui échappa et vola par-dessus bord, mais ses mains vides se tendirent vers Erienne et l'attirèrent à lui. Denser s'arrêta net.

— Vas-y ! cria Hirad. Je te la ramène !

D'un coup de pied, il expédia au loin l'Aile Noire agonisant, saisit la jeune femme par le coude et l'entraîna vers la poupe.

— Bouclier baissé, dit Erienne.

Comme pour illustrer ses propos, un carreau d'arbalète siffla près d'eux et se planta dans le bastingage.

— Et merde ! grogna Hirad. File, dépêche-toi !

Il poussa la jeune femme devant lui. Elle franchit l'angle d'une cloison, le barbare sur ses talons. Alors qu'il dérapait dans le virage, un autre carreau se planta dans le gras de son mollet. Déséquilibré par l'impact, il tomba à la renverse contre le bastingage, qui craqua sous son poids. Des vivats résonnèrent derrière lui.

Il se redressa et détala hors de vue des arbalétriers.

— Merde, merde ! jura-t-il entre ses dents.

— Hirad ? appela Erienne en se tournant vers lui.

— On n'a pas le temps ! haleta le barbare. Tenez-vous à l'écart des hublots. Denser et toi, lancez vos OmbresAiles et décollez. Ilkar, qu'est-ce qui te reste ?

Sa jambe le torturait chaque fois qu'il prenait appui dessus, et il sentait du sang couler dans sa botte. Le carreau était planté fermement, ce qui était un moindre mal, mais il n'avait pas touché son os – quasiment un miracle.

— Des Ailes Noires avancent vers nous de mon côté. Je vais les occuper, dit l'elfe.

Hirad fit passer son épée dans sa main gauche et attendit, sachant que chaque seconde gagnée pouvait être vitale.

— Je pourrais lancer des Orbes, proposa Denser.

— Non. Toi, tu emmènes Erienne loin de ce putain de bateau ! lança Hirad. Fiche le camp avant que je te jette par-dessus bord ! Nous serons derrière vous.

— Je l'espère vraiment…

Un premier Aile Noire apparut, son épée brandie à hauteur d'épaule. Hirad dévia le coup vers la droite et, d'un revers du poignet, ramena son épée à gauche. Son adversaire esquiva d'un bond en arrière et riposta. Hirad para aisément, lui flanqua son poing dans la figure et plongea en avant malgré la douleur qui remontait de son mollet jusque dans son dos. Sa lame traversa la cuirasse de l'Aile Noire et l'embrocha proprement. Il la sentit racler contre sa colonne vertébrale et la dégagea, tandis que son adversaire s'écroulait sur le pont.

— Ilkar, tu t'en sors comment ?

Une arbalète apparut à l'angle du mur. Hirad fit remonter son épée le long de l'arme, défonça la visée et plongea la lame dans l'œil du guerrier. Son index se crispa sur la détente quand il s'écroula et le carreau érafla le flanc du barbare.

— Je les retiens, souffla l'elfe. De justesse.

— Continue et fais gaffe aux arbalètes ! (Hirad regarda par-dessus son épaule : Erienne et Denser avaient disparu.) C'est bon, on peut y aller.

— Comment ?

Le barbare s'accroupit et attendit, sa blessure lui faisant un mal de chien. Le garde suivant se montra plus prudent, mais en tendant l'oreille, il entendit un de ses talons racler le long d'une planche. La main posée sur le mur pour un meilleur équilibre, il se pencha en avant et frappa à ras du pont. Sa lame traversa la botte de l'homme et s'enfonça dans sa cheville. L'Aile Noire bascula en arrière avec un hurlement. D'autres carreaux sifflèrent dans les airs, tous manquant leur cible de beaucoup.

C'était maintenant ou jamais. Hirad revint en boitant vers le bastingage de poupe. Ilkar était en difficulté.

— Derrière toi, lui lança le barbare en approchant. Baisse-toi à mon signal.

Ilkar para une attaque et repoussa son adversaire. Mais il revint aussitôt à la charge en faisant tournoyer son épée au-dessus de sa tête.

— Maintenant !

L'elfe se jeta à terre. Hirad bloqua la lame qui venait d'entamer sa descente et déséquilibra son porteur. Enjambant Ilkar, il flanqua un coup de poing à l'Aile Noire, qui tituba en arrière.

— Tes OmbresAiles, Ilkar. Dégage d'ici !

— Ils vont nous prendre à revers, Hirad.

— Je les retiendrai. Va-t'en.

— Pas question.

Le barbare porta une nouvelle attaque, que son adversaire bloqua de justesse.

— Fais-moi confiance et ne me perds pas de vue. Décolle

Il fit un pas en avant et abattit sa lame sur le cou de l'Aile Noire. L'homme vacilla, s'écroula sur le bastingage et bascula par-dessus bord.

— Les poissons auront à bouffer ce soir, grogna Hirad. À qui le tour ?

Derrière lui, il entendit Ilkar déployer ses ailes et s'envoler.

— Hirad, ils sont sur toi ! cria l'elfe.

Le barbare s'adossa à la cloison. D'autres Ailes Noires arrivaient sur sa droite et des arbalétriers tentaient de le contourner.

— Surtout ne me perds pas, Ilkar ! cria-t-il.

— Lâchez votre arme, ordonna un Aile Noire.

Hirad sourit.

— Désolé.

Il fit un pas en avant et enjamba le bastingage.

L'eau glaciale l'enveloppa. Il refit surface en agitant les jambes, son mollet blessé protestant à cause de la morsure du sel. Il sonda le ciel, mais ne vit rien. *L'Orme des Océans* s'éloignait doucement. Une vague noire le souleva. Le vent rugissait à ses oreilles, la grêle recommençait à tomber, et il se sentait lourd, si lourd…

Il savait qu'il aurait dû lâcher son épée et tenter de défaire sa cuirasse, mais quelque chose en lui s'y refusait. De nouveau, il fut submergé. De nouveau, il refusa de devenir la prochaine victime de la tempête et se propulsa à la surface d'une ruade. Dès qu'il sentit l'air sur son visage, il prit une profonde inspiration.

— Ilkar ! cria-t-il.

Il se démena pour glisser son épée dans son fourreau, conscient que c'était stupide et qu'il pouvait se permettre de la perdre.

L'eau se referma au-dessus de sa tête. Enfin, il sentit la lame glisser dans le cuir, entre ses omoplates, et refit surface.

— Ilkar !

Il leva les yeux et vit l'elfe au-dessus des flots.

— Attrape mes jambes !

Ilkar tenta de se stabiliser à l'aplomb d'Hirad tandis que le vent le ballottait. Le barbare leva les bras, mais ses doigts se refermèrent sur le vide. Il donna un violent coup de reins, et cette fois, sa main gauche agrippa une cheville.

— Vas-y !

Ilkar s'éleva. Hirad tâtonna avec sa main gauche et saisit le bout de la botte de l'elfe tandis qu'il prenait de l'altitude.

Suspendu dans le vide, il escalada les jambes de son ami centimètre par centimètre, s'arrêtant lorsque son menton arriva au niveau de ses genoux et que ses bras furent solidement verrouillés autour de ses mollets. Près d'eux, il aperçut deux formes sombres. Denser et Erienne.

Il regarda en arrière, en quête de poursuivants dordovans. Mais avec l'obscurité et la grêle, ils avaient dû les perdre de vue presque aussitôt. Ils étaient tirés d'affaire ; même si un mage s'envolait du pont de *L'Orme des Océans*, il ne saurait pas où les chercher.

— On a réussi ! rugit-il. On a réussi !

Hurlant sa joie, il s'accrocha en vue du voyage de retour vers *Le Soleil Calaien*.

Chapitre 31

Le barreur de *L'Orme des Océans* éprouvait une profonde satisfaction. Il ne commandait plus son bateau, trop de membres de son équipage avaient été assassinés et il tentait de survivre à la pire tempête qu'il ait jamais connue. Pourtant, il se sentait serein.

Il venait d'être témoin d'un sauvetage impossible – s'il n'avait pas été effectué par les Ravens. L'homme qu'il avait vu assommer Selik d'un coup de poing n'avait tout simplement pas envisagé la possibilité d'un échec.

Bien qu'à bord d'un vaisseau occupé par les Ailes Noires, ses marins et lui étaient libres. Erienne disparue, ils pouvaient choisir leur destin. Et ils ne s'en priveraient pas. Tryuun avait vu les mages Ravens s'envoler du pont, repêcher le guerrier tombé à l'eau et disparaître dans la nuit, privant les arbalétriers et les mages dordovans de toute cible. En outre, sept Ailes Noires avaient péri pendant l'opération. Même si la grêle bombardait toujours sa calotte de cuir, le barreur trouvait que c'était une nuit merveilleuse.

L'homme qui allait renforcer cette impression gravissait à cet instant l'échelle du pont de barre. Le barreur était seul. Il avait renvoyé son nouveau timonier afin de le préserver. Pour sa part, il ne se sentait pas menacé. Un sourire s'afficha sur son visage quand Selik se traîna jusqu'à lui, une ecchymose fleurissant sur sa mâchoire et une bosse de la taille d'un œuf de pigeon ornant sa tempe.

— Vous avez besoin d'un coup de main ? demanda-t-il.

Selik se campa devant lui, furieux.

— N'oubliez pas qui dirige ce bateau ! cracha-t-il.

— Je n'oublie pas que c'est la Guilde de Drech, répliqua le barreur. Vous deviez garder une femme seule et vous avez échoué. Comment prenez-vous ça ?

Selik le saisit par le col de son manteau.

— Tes railleries serviront à te faire tuer très lentement, elfe ! menaça-t-il. Ton équipage et toi ! Rappelle-toi qui possède les armes et la magie à bord.

Redevenu sérieux, le barreur hocha la tête.

— Tu as intérêt à maintenir le cap sur Ornouth, ajouta Selik. Dévie d'un pouce et tes marins en paieront le prix.

Le barreur éclata de rire.

— Décidément, vous ne comprenez rien ! Je n'ai aucune intention d'aller ailleurs. Ornouth est notre foyer. C'est vous qui y serez des étrangers. Et maintenant qu'Erienne a disparu, la situation est différente. Avant, je vous conduisais là-bas pour tuer. Désormais, je vous y emmène pour mourir…

Bien que son esprit soit encore meurtri par le souvenir des Ailes Noires, Erienne se démena toute la nuit. Son repos forcé avait restauré ses réserves de mana. Elle brûlait d'envie de s'abandonner à l'étreinte de Denser, mais un autre homme avait besoin d'elle.

La hanche de l'Inconnu était brisée comme un vase en terre cuite qu'on laisse tomber sur le sol. Des échardes d'os envahissaient sa chair et ses muscles ; ses tendons et ses ligaments sectionnés se mouraient, et l'articulation n'était plus qu'une succession de fêlures qui ne supporterait aucun poids et n'autoriserait aucun mouvement. Malgré son sommeil magique, la douleur devait être atroce.

Des larmes avaient coulé des yeux de la jeune femme tandis qu'elle sondait les dommages avec son esprit et ses doigts. Elle aurait voulu dire qu'il ne restait rien à faire, même avec un ForgeCorps, mais l'expression d'Hirad, quand il lui avait demandé si elle pouvait aider l'Inconnu, la hanterait jusqu'à la fin de sa vie. Il était venu la sauver. Elle ne pouvait pas le laisser tomber. Jusqu'à ce qu'Erienne accepte d'intervenir auprès de son ami, il avait même refusé qu'on enlève le carreau planté dans son mollet.

Alors, il l'avait embrassée, menton râpeux contre joue lisse. La jeune femme ne l'aurait jamais cru capable d'une telle démonstration d'affection. Aussitôt, elle s'en était voulu d'avoir eu cette pensée injuste. La plupart du temps, le barbare dissimulait ses sentiments sous sa carapace de guerrier, mais ça ne l'empêchait pas d'en éprouver autant que n'importe quel homme. Voire plus.

Erienne créa la forme d'un ForgeCorps, un sort très difficile à contrôler, qui enveloppa ses mains d'une douce tiédeur. Alors qu'elle palpait de nouveau la hanche de l'Inconnu, des tentacules de chaleur s'infiltrèrent dans sa chair infectée pour le soulager pendant qu'elle se concentrait sur le problème principal.

Manipulant son mana pour libérer les échardes d'os, Erienne les ramena à leur emplacement initial telles les pièces d'un puzzle. Puis elle les examina une à une, suivit leurs contours afin de déterminer comment elles s'emboîtaient les unes aux autres. Elle força les fragments trop petits à s'extraire de sa chair pour tomber sur le drap ensanglanté, en espérant que l'os se reconstituerait de lui-même au fil du temps.

Mais le temps était justement ce qui leur faisait défaut. Erienne avait une conscience aiguë du combat à venir. Les Dordovans trouveraient bientôt le chemin d'Herendeneth, et quand ils débarqueraient sur l'île, les Ravens auraient besoin de l'Inconnu pour les affronter.

Elle se pencha sur son patient pendant que le ForgeCorps ressoudait lentement son os.

C'était un processus laborieux et épuisant – utiliser des filaments de mana aussi fins que des cheveux pour guider les échardes vers leur place originelle, refermer les fêlures de l'articulation et rapprocher les extrémités des nerfs et des muscles tranchés…

Une chose semblait évidente : le résultat ne serait pas parfait. Il l'aurait peut-être été si Erienne avait pu intervenir aussitôt après la blessure, mais trop de temps était passé, et le corps de l'Inconnu avait commencé à se régénérer de travers. La jeune femme ne pouvait pas revenir là-dessus. La magie ne remédiait pas à tout : elle se bornait à limiter les dégâts.

L'Inconnu ne serait plus jamais le même. Il lui appartiendrait de s'adapter de son mieux.

Le lendemain, Hirad rejoignit Ren'erei, Ilkar et Jevin sur le pont de barre, bien après que le soleil eut dépassé son zénith. Son mollet lui faisait encore mal, mais Denser avait dissipé le plus gros de la douleur grâce à un SoinChaleur de faible intensité et les elfes lui avaient fourni des onguents qui caressaient la chair et atténuaient les brûlures. Le temps qu'ils arrivent à Herendeneth, le barbare serait tout à fait remis.

La férocité de la tempête avait diminué. La houle qui continuait à ballotter *Le Soleil Calaien* semblait insignifiante en comparaison de celle de la nuit précédente. Au-dessus d'eux, les nuages s'étaient effilochés, laissant parfois une lumière liquide filtrer entre les averses.

Jevin avait ordonné qu'on lève toutes les voiles, et ils filaient à bonne allure. *L'Orme des Océans* avait encore des heures d'avance sur eux et Hirad s'étonnait de voir sa silhouette à l'horizon.

— Pourquoi continuent-ils vers le sud ?

— Ils nous montrent la route, dit Ren'erei. Quand nous ne pourrons pas approcher davantage, le capitaine nous le signalera, et nous devrons mettre les canots à l'eau.

— Et s'il ne nous le signale pas ?

— Ne vous en faites pas : je ne laisserai pas ce navire s'échouer.

— Moi non plus, grogna Jevin.

— Combien de temps avant d'arriver ? demanda Ilkar.

— Trois jours, peut-être un peu plus, répondit Ren'erei. Nous avons pris du retard la nuit dernière.

— Dans ce cas, je vais en profiter pour dormir, déclara Hirad.

— Tu le mérites, fit Ilkar.

— Toi aussi, Ilks. Mais c'était marrant, non ? lança Hirad.

— Non. À moins que tu trouves drôle de sonder un océan déchaîné en pleine nuit, après une bataille à bord d'un navire perdu au milieu de nulle part. Tu peux m'expliquer ce que tu foutais dans l'eau ? J'allais t'attraper quand je t'ai vu te débattre et couler.

— J'essayais de rengainer mon épée, marmonna Hirad.

— Pourquoi tu ne l'as pas lâchée ? Tu aurais pu te noyer. (Ilkar se radoucit et il flanqua un coup de poing dans le bras du barbare.) Un instant, j'ai cru t'avoir perdu. Ne me fais plus jamais une peur pareille.

— Je ne me séparerai pas de cette épée avant de m'en être servi pour embrocher Selik.

— Vous croyez que vous en aurez l'occasion ? demanda Ren'erei.

— J'en suis certain.

La fenêtre de la chambre implosa et Aviana hurla, son anxiété se communiquant à toutes les Al-Drechars. Myriell était en train de s'habiller. Elle se préparait à prendre la relève de sa sœur alors que l'aube pointait. À présent, elles étaient toutes réveillées, arrachées en sursaut à leur sommeil réparateur par un appel à l'aide impérieux.

Myriell fit venir ses assistants.

— Conduisez-moi là-bas tout de suite, ordonna-t-elle. Portez-moi et courez. Et amenez les autres.

— Oui, Myriell.

Les mains croisées, ils lui firent une chaise à porteurs et sortirent en donnant de la voix pour rameuter leurs semblables.

Le vent propulsé par l'esprit de Lyanna hurlait dans les couloirs. Sur leur droite retentit un bruit monstrueux. De l'autre côté du verger, l'aile ouest de la maison frissonna et s'écroula, son toit s'effondrant, ses poutres se fendant, ses briques se désolidarisant et tombant en pluie.

— Dieux bien-aimés, elle s'est libérée. Plus vite, plus vite ! pressa Myriell.

Les elfes de la Guilde traversèrent la salle de bal et la salle à manger en courant. Arrivés devant l'antichambre, ils posèrent Myriell et luttèrent contre une bourrasque pour ouvrir la porte.

Aviana gisait sur le sol. Lyanna s'était redressée dans son lit, ses cheveux flottant autour de sa tête. Elle serrait sa poupée dans ses mains tendues, les yeux ouverts mais ne voyant rien.

— Amenez les autres ! cria Myriell.

Elle entra dans l'antichambre, s'assit au bord du lit et serra la fillette contre elle en sondant le spectre du mana pour découvrir l'horreur qui l'y attendait.

Une masse gris anthracite enveloppait Aviana. Elle tournait autour de son esprit et l'attaquait sans relâche, animée par une force que Myriell ne pouvait même pas espérer comprendre. Quelque chose de maléfique était tapi au fond de Lyanna, une entité qui devait être localisée et détruite. L'esprit de la fillette était prisonnier d'une gangue orange tachetée de brun foncé. Elle semblait canaliser parfaitement le mana, modelant l'énergie aléatoire pour créer des vortex et les projeter dans toutes les directions.

Myriell forma un filet mental et le déplaça prudemment vers Lyanna, espérant la séparer de la force qui se déchaînait sur Aviana. Elle entendit un mouvement derrière elle, sut qu'une de ses sœurs l'aidait et continua à pousser.

Mais elle ne parvint pas à approcher de Lyanna. Quand la fillette sentit sa présence, des anneaux de mana orange jaillirent de l'ensemble, bombardant le filet mental et absorbant l'énergie qui l'alimentait. Myriell le dispersa une fraction de seconde avant que la dissolution gagne son propre esprit affaibli et s'arracha au spectre du mana. Une douleur sourde pulsait dans sa tête et sa vision se troublait sur les bords.

Lyanna se débattit dans son étreinte. Myriell la lâcha. L'enfant la fixait comme si elle la reconnaissait enfin.

— Bonjour, Myra. Pourquoi me gardez-vous dans cet endroit tout noir ?

C'était la voix de la fillette, mais avec quelque chose de sinistre qui se répercuta dans la pièce par-dessus le hurlement du vent.

— Lyanna, ce n'est pas notre faute, dit Myriell. Ton esprit t'y a emmenée et nous veillons sur toi pour empêcher qu'il t'arrive du mal.

— Je ne veux plus être dans le noir, insista Lyanna en serrant sa poupée contre elle.

Myriell fronça les sourcils. Son OmbreMage n'était pas terminée. Son mana continuait de se déchaîner et elle le contrôlait juste assez pour qu'il n'endommage plus son esprit. Elle n'avait aucun moyen de comprendre ou de maîtriser les forces qu'elle déployait. Elle aurait toujours dû être repliée sur elle-même, apprenant, modulant et acceptant ses pouvoirs.

— Tu ne peux pas encore arrêter le vent dans ta tête, n'est-ce pas ? Je sais que tu dois te sentir seule ici, mais y rester t'aidera à être heureuse plus tard.

— Non. Ana voulait que je reste. J'ai refusé et quelque chose est sorti de moi pour lui faire du mal. (Des larmes roulèrent sur ses joues.) Je ne veux faire de mal à personne ! Alors, il ne faut plus que vous soyez avec moi dans ma tête.

Myriell regarda par-dessus son épaule. Ephemere se concentrait sur la forme inerte d'Aviana. Mais Cleress la regardait et elle haussa les épaules en signe d'incompréhension.

— De toute façon, dit Lyanna, maman va bientôt arriver, et je dois me brosser les cheveux.

Elle sauta du lit et marcha vers la salle à manger, sa poupée à la main. Myriell la suivit des yeux.

— Clerry ? supplia-t-elle.

— Je ne sais pas, Myra. Je crois que nous l'avons perdue.

À trois cents kilomètres au large de la côte méridionale de Balaia, le fond de l'Océan du Sud se fendit et se déplaça, envoyant vers la surface des ondes d'une puissance oubliée depuis un millénaire. Elles jaillirent vers le haut, créant une déferlante haute comme une montagne suivie de vagues plus petites, telles des courtisanes dans le sillage d'une reine.

La lame de fond se rua vers le nord, mur de plus de quinze kilomètres de large impossible à arrêter. Elle se déplaçait sans effort à la surface de l'océan. Dessous, les courants marins perturbés firent fuir les créatures, grandes ou petites, qui les peuplaient tandis qu'elle avançait toujours, cherchant un endroit où s'abattre.

Ce fut Gyernath. La lame de fond la surplomba un instant, semblable à un prédateur s'apprêtant à fondre sur sa proie. La ville portuaire avait les meilleures défenses maritimes de Balaia, conçues pour détourner les vagues des tempêtes hivernales et dévier les inondations loin de ses rues et des champs environnants. Elles faisaient la fierté du conseil municipal. Mais aucun obstacle construit de la main de l'homme ne pouvait espérer combattre une lame de fond de cinquante mètres de haut et un kilomètre de profondeur.

Le temps que les citoyens commencent à courir, il était déjà trop tard. Quand le dernier bateau amarré dans le port alla s'écraser au sommet de la voie des Cochers, il ne restait plus âme qui vive à Gyernath.

Le Soleil Calaien voguait sur les eaux de plus en plus calmes de l'Océan du Sud, à deux jours des premières îles de l'archipel d'Ornouth. L'ambiance, à bord, s'était considérablement améliorée. À travers des trouées dans les nuages, on apercevait l'azur du ciel. Désormais, le vent soufflait régulièrement de l'ouest, et la grêle n'était plus qu'un lointain souvenir. *L'Orme des Océans* n'avait pas réussi à les distancer. Jevin pensait que le barreur faisait exprès de lambiner et l'accalmie leur donnait des raisons d'espérer que les Al-Drechars avaient réussi à contrôler Lyanna.

Hirad était allongé seul dans la cabine qu'il partageait avec Ilkar. L'elfe était sur le pont, où il appréciait leur voyage maritime pour la première fois depuis leur départ d'Arlen. Hirad était ravi pour lui. En fait, il était content pour eux tous. Selon Erienne, son ForgeCorps avait fait tout ce qui était encore possible, et ils pouvaient désormais autoriser l'Inconnu à se réveiller. La réaction du colosse les informerait du travail qui restait à accomplir – et de ce dont il devrait s'accommoder.

Hirad espérait un miracle.

Thraun restait plongé dans un sommeil magiquement induit. Selon le compte rendu d'Ilkar, il avait perdu une partie de sa fourrure et ses doigts de pied griffus ressemblaient de nouveau à des orteils. Mais ses organes n'avaient pas retrouvé leur aspect humain. Une raison de plus de survivre pour les Al-Drechars ! Même si personne n'avait osé le formuler à voix haute, tous espéraient que les quatre magiciennes elfes sauraient comment aider Thraun.

Restaient Denser et Erienne. Ils n'étaient pratiquement pas sortis de leur cabine depuis que la jeune femme avait terminé son ForgeCorps. Hirad savait qu'elle avait besoin de se reposer et de rattraper le temps perdu avec son époux. Il se surprit à sourire, mais se reprit très vite. Du temps, Denser n'en avait plus beaucoup. Lors des rares sorties du couple sur le pont, le barbare avait vu de la joie dans les yeux du Xetesk, plus une mélancolie signifiant qu'il n'avait encore rien dit à Erienne. Ce qu'il pouvait comprendre : ça aurait gâché le bonheur de la jeune femme, qui avait subi tant d'épreuves. Mais Denser devait lui annoncer la nouvelle avant qu'ils n'atteignent leur destination.

Hirad croisa les mains sur sa nuque et sentit aussitôt une pression familière sur son esprit. Il ferma les yeux et inspira profondément, parlant mentalement comme il avait appris à le faire.

— Grand Kaan, je croyais que vous m'aviez oublié.

— Et réciproquement, répliqua Sha-Kaan. J'ai perçu que tu te reposais. Est-ce le cas ?

— Oui, et la tiédeur de vos pensées me délasse davantage.

— Ça, et la distance qui te sépare de nos montagnes glaciales.

Hirad sourit puis s'inquiéta. Le Grand Kaan venait de plaisanter. Quelque chose clochait forcément.

— Vous faites de l'humour, maintenant ?

— C'est la seule chose qui nous reste en attendant la rédemption ou la mort, grogna le dragon.

— Racontez-moi.

— Notre état ne cesse d'empirer. Hyn-Kaan a des difficultés à voler. Je me fatigue trop vite et nous avons tous perdu notre feu. Même celui que nous gardions en réserve a disparu, aspiré par votre maudite contrée, qui nous tue un peu plus chaque jour. Les Kaans m'ont demandé de te contacter pour avoir des nouvelles. Et il faut qu'elles soient bonnes.

— Elles le sont, pour la plupart, affirma Hirad, surpris par la situation que Sha-Kaan venait de lui décrire. Erienne est là et nous sommes à deux jours des Al-Drechars. Nous craignons que les Dordovans nous mettent des bâtons dans les roues, mais nous protégerons tout le monde. Les éléments ont cessé de nous attaquer pour le moment. J'espère seulement que les Al-Drechars sauront vous aider.

— C'est notre dernière chance, Hirad Cœurfroid. Nous sommes trop loin de notre couvée, de l'air vivant de Beshara et des torrents régénérateurs des Klenes, dans l'espace interdimensionnel.

— Et les chasseurs ?

Le barbare avait à peine osé poser la question. Il sentit Sha-Kaan soupirer.

— On dirait qu'ils sont partout. La nouvelle de ton départ est tombée dans de mauvaises oreilles, et ils affluent. Nous avons tué ceux qui ne nous ont pas laissé le choix, mais ça n'arrête pas les autres. Aide-nous, Hirad !

Frustré, le barbare flanqua un coup de poing dans la cloison, près de sa tête. Tous ces ouragans, toutes ces tempêtes et ces inondations… et seuls les innocents semblaient avoir péri.

— Je le ferai, Grand Kaan. Je vous appellerai quand nous serons arrivés.

— Essaie de faire vite, avant qu'un de ces chasseurs ne s'empare de son trophée.

Le dragon se retira de l'esprit du barbare.

Hirad avait besoin d'air. Il sauta de sa couchette, monta sur le pont et se planta près du bastingage tribord pour observer la surface calme de l'océan, si magnifique avec son scintillement turquoise. Il se gratta la tête et gonfla les joues en souhaitant de toutes ses forces que le navire puisse avancer plus vite. Des bruits de pas s'approchèrent de lui.

— Quelque chose ne va pas ? demanda Ilkar.

— Comme d'habitude…

— Les Kaans ?

Hirad hocha la tête.

— Je ne sais pas ce que…

Mais l'elfe ne l'écoutait pas. Il s'était pétrifié, le regard rivé devant lui. Se tournant, il courut vers la proue du bateau et se pencha par-dessus le bastingage comme pour mieux sonder l'horizon, au-delà de *L'Orme des Océans*. Hirad le rattrapa.

— Qu'est-ce qui se passe ?

— Par les dieux noyés, Hirad, ils sont si nombreux…

— Qui ça ?

Au même moment, la vigie cria.

— Eux ! dit Ilkar en tendant un doigt.

Plissant les yeux, le barbare aperçut des formes minuscules à la limite de son champ de vision. Des voiles. Il en compta sept. Il y en avait peut-être plus, mais la distance interdisait de le dire.

— Qui ça ? répéta-t-il, bien qu'il connût déjà la réponse.

— Les Dordovans. C'est leur maudite flotte !

Hirad n'attendit pas. Il ne pouvait pas se le permettre. Il regagna précipitamment sa cabine. Ses amis et lui avaient besoin d'aide. Avec ou sans feu, cette aide ne pouvait venir que d'une seule source.

Les Kaans.

Denser embrassa doucement les seins d'Erienne, sa langue lui agaçant les mamelons pendant que sa main lui caressait le flanc et la cuisse droite. La jeune femme gloussa et releva la tête pour le regarder dans les yeux.

— J'en rêvais depuis si longtemps, soupira-t-il.

— Mais tu ne t'es entraîné sur personne d'autre, j'espère, le taquina-t-elle. (Elle passa une main derrière sa nuque et l'attira vers elle pour poser un baiser sur ses lèvres.) Je me demande à quoi tu ressemblerais sans ta barbe…

Denser se gratta le menton.

— J'aurais l'air plus jeune, sans doute, concéda-t-il avec un sourire forcé qui n'échappa pas à Erienne.

— Qu'y a-t-il, mon amour ? N'aie pas l'air si sombre. Nous sommes presque arrivés.

— Oui, je sais.

Denser détourna les yeux et regarda sa main glisser sur le ventre de la jeune femme, puis se poser sur son pubis. Erienne sentit une boule de chaleur se former dans son ventre. Mais elle écarta la main de son époux.

— Alors, de quoi s'agit-il ? Pas de réponse, pas de câlin.

Denser la dévisagea comme s'il voulait graver chaque détail de ses traits dans sa mémoire, de la couleur de ses cheveux aux contours de son menton. Il hocha la tête.

— D'accord. De toute façon, il aurait fallu que je t'en parle très bientôt.

Il roula sur le flanc, se redressa et enfila sa chemise. Erienne fronça les sourcils, le cœur soudain serré.

— Denser ?

— Mets-toi quelque chose sur le dos et viens voir.

La jeune femme regarda autour d'elle, prit la chemise abandonnée au pied de la couchette et la glissa par-dessus sa tête pendant qu'il ouvrait un coffre et en tirait une liasse de parchemins. Il lui tendit la première feuille.

— Tu connais ? demanda-t-il en revenant s'asseoir près d'elle et en lui caressant les cheveux.

Erienne s'assit en tailleur, lissa le parchemin sur son genou et hoqueta de stupeur.

— Où as-tu trouvé ça ?

— Dans la bibliothèque de Dordover. Il y en a d'autres, mais c'est celui-là qui importe pour le moment.

La jeune femme regarda Denser. Dans ses yeux, elle lut un terrible chagrin. Son cœur cognait douloureusement dans sa poitrine. Elle comprit qu'elle avait peur.

— Ce sont des annales… mineures, je te le concède, mais des annales quand même.

— C'est un extrait de la Prophétie de Tinjata, révéla Denser.

Erienne secoua la tête.

— Ça ne me dit rien.

— Je m'en doutais un peu. Tes supérieurs le cachent à certaines personnes et refusent la traduction aux autres.

— Des gens comme toi, tu veux dire ?

— Oui. Donc, j'ai dû le voler. Il fallait que je sache. (Denser déglutit. Erienne lui caressa la joue, cherchant à le soulager d'un chagrin dont elle ne comprenait pas l'origine.) Et maintenant, je sais.

Il lui tendit un second parchemin. La jeune femme le prit et le lut. C'était une traduction. Courte et fragmentaire, mais très explicite. Elle trembla, une boule se formant dans sa gorge et son estomac se nouant. Elle consulta alternativement l'extrait de la prophétie, puis sa traduction, comparant les mots en quête d'une erreur.

— Non, non, non, chuchota-t-elle, le regard fiévreux, en suivant les lignes du doigt.

Et elle finit par trouver ce qu'elle cherchait. Une erreur assez fréquente quand on maîtrisait mal le bas langage dordovan et qu'on s'essayait à une traduction.

— Oh, Denser… Vous vous êtes trompés.

— Où ça ? demanda le Xetesk. Comment ?

Il lui arracha les parchemins. Erienne désigna un mot, sur le second.

— Le genre… Ce n'est pas le bon, dit-elle, prenant une dernière inspiration avant que ses larmes jaillissent. Ça ne signifie pas « père », mais « mère ».

Chapitre 32

Une courte journée, alors qu'ils se rapprochaient de la flotte dordovane venue de l'ouest, Denser et Erienne espérèrent qu'aucun d'eux ne devrait mourir. Les nuages continuaient à se disperser. Le soleil brillait dans un coin de ciel bleu et les vents avaient la force à laquelle Jevin s'attendait dans cette partie de l'Océan du Sud.

Ils avaient longtemps pleuré, seuls dans leur cabine.

Lorsqu'ils avaient enfin repris leur contrôle et senti qu'ils supporteraient de ne plus s'accrocher l'un à l'autre comme des noyés, Erienne avait examiné les pages de la prophétie en quête d'une phrase qui indiquerait que leur interprétation était fausse. Mais il n'y avait rien…

Au crépuscule du sixième jour, Denser, allongé un bras autour des épaules de sa femme, lui caressait le bras droit du bout des doigts. Ils avaient fait l'amour de manière tendre et sensuelle – bien que larmoyante – chacun se délectant du corps de l'autre et identifiant son plaisir à ses soupirs ou à ses grognements. Les mots n'étaient plus nécessaires – ni pendant ni après – alors que leur souffle s'apaisait et que les rayons du soleil couchant filtraient par le hublot et jouaient sur leur corps.

Bientôt, ce serait l'heure d'aller dîner avec les Ravens et d'observer l'horizon rougeoyant sous le ciel qui s'obscurcissait. Pour le moment, ils gisaient en silence sur leur couchette, le regard rivé au plafond, leurs corps encore tièdes et palpitants de béatitude. Denser prit une profonde inspiration, et l'odeur d'Erienne lui emplit les narines. Peut-être. Il ne serait peut-être pas nécessaire qu'elle se sacrifie.

Le Xetesk savait qu'il aurait dû s'inquiéter au sujet des Dordovans, qui pouvaient atteindre l'archipel d'Ornouth avant eux. Pourtant, il avait l'intime conviction qu'ils échoueraient. Leur seul espoir était que l'OmbreMage de Lyanna ait pris fin. Si le temps se maintenait, le calme revenant sur Balaia et sur l'Océan du Sud, ça signifierait que sa fille avait atteint la maîtrise vitale pour sa survie et celle de leur monde. Dans ce cas, Erienne ne devrait pas mourir.

Une ombre passa devant le soleil. Denser se tordit le cou pour regarder par le hublot. L'ombre s'épaissit et il fronça les sourcils.

— La nuit tombe de bonne heure ce soir, dit-il en se redressant sur un coude.

— Non, ce n'est pas ça, chuchota Erienne, des larmes plein les yeux. Ça recommence.

Denser aurait voulu protester, mais il savait qu'elle avait raison. La température baissait et le navire tanguait de plus en plus fort. Une tempête approchait.

— Nous nous doutions que ça ne durerait pas, ajouta Erienne. N'est-ce pas ?

Denser hocha la tête en silence. Les paroles étaient inutiles.

Au-dessus d'eux, il entendit des ordres résonner sur le pont, puis un bruit de pas précipités et un claquement de toile. Presque aussitôt, il sentit *Le Soleil Calaien* tourner.

Des coups insistants firent vibrer la porte de leur cabine.

— Désolé de vous déranger, tous les deux, mais il faut que vous voyiez ça. Rejoignez-moi sur le pont.

La voix d'Ilkar était triste mais déterminée. Denser l'écouta s'éloigner dans le couloir, puis se tourna vers sa femme.

— Qu'en penses-tu ?

— On devrait y aller. Nous vautrer dans l'auto-apitoiement n'arrangera rien. (Erienne se releva, l'embrassa avec ferveur et réussit à esquisser un sourire quand elle s'écarta de lui.) Nous aurons tout le temps de le faire plus tard. L'Inconnu se réveillera bientôt. Je ne voudrais pas rater ça. Il pourrait avoir encore besoin de mes talents.

Elle repoussa doucement son époux, sortit de la couchette et tâtonna sur le plancher, en quête de ses vêtements.

— Je t'aime, Erienne, murmura Denser.

La jeune femme ravala un sanglot.

— Tâche de ne pas l'oublier.

Ils s'habillèrent rapidement et, après une longue étreinte, montèrent sur le pont. Quand ils poussèrent la porte, en haut de l'escalier, une rafale leur fouetta le visage. Le navire commençait à s'incliner sous la poussée du vent.

— C'est reparti, soupira Denser.

Prenant la main d'Erienne, il regarda autour de lui dans la pénombre. Ilkar était près du bastingage bâbord avec une foule de gens : Hirad, Ren'erei, Darrick, un des Protecteurs et la moitié de l'équipage du *Soleil Calaien*. Les deux époux approchèrent. L'elfe s'écarta et recula pour leur laisser sa place.

Une lumière jaillissait de la mer au-dessus de l'archipel d'Ornouth, les premières îles devenant visibles. C'était une colonne jaune bordée de vert, zébrée d'orange, de brun et de noir. Là où elle les touchait, les nuages tourbillonnaient, s'épaississant et grossissant. Déjà, ils recouvraient l'horizon, masquaient le soleil et filaient vers Balaia. Des éclairs illuminaient leurs entrailles, et des taches sombres signalaient la dizaine d'endroits où la pluie tombait à seaux.

Sous eux, le vent fouettait la surface de l'océan. Les vagues atteignaient déjà trois mètres de haut. Le navire continuait à progresser, mais Jevin avait fait affaler les voiles, à part la misaine et le hunier, qu'il ne pourrait pas tenir levés beaucoup plus longtemps.

— Dieux bien-aimés, souffla Denser, regarde ce que notre fille est en train de faire.

Autour de sa taille, le bras d'Erienne se raidit. Baissant les yeux, il vit son visage refléter la douleur qu'il éprouvait aussi. Il la serra brièvement contre lui et la força à se détourner.

— Nous devrions manger tout de suite, avant que la mer ne devienne trop forte, proposa-t-il au passage à Ilkar.

L'elfe hocha la tête.

— Je m'en occupe.

La porte qui menait au pont inférieur s'ouvrit alors qu'ils s'en approchaient. Une tête rasée familière apparut dans l'encadrement. L'homme vit Denser et Erienne et leur fit signe. De l'autre main, il tenait un drap enroulé autour de sa taille.

— Vous ne sauriez pas où sont passés mes vêtements ?

— Inconnu, ravi de te revoir !

— Toi aussi, Erienne. Et ce sera encore meilleur quand on m'aura raconté ce qui s'est passé pendant que j'étais dans les choux. Et qu'on m'aura donné quelque chose à manger. Je meurs de faim.

Aux petites heures du matin, le vent rugissait dans le Choul. L'aube était encore loin. Dans la nuit noire, les nuages déversaient toujours des torrents de pluie. Quand Sha-Kaan réveilla ses compagnons, ils le regardèrent avec irritation.

— Ici, nous agonisons… Hirad Cœurfroid a raison. Nous devons les aider.

— Il ne nous appartient pas d'aider, mais d'être aidés, dit Nos-Kaan. Nous sommes les Kaans.

— Et ce monde n'est pas Beshara. Nous ne régnons pas sur lui. Il faut accéder à la requête de mon Dragonen. Il le mérite, car il nous est resté fidèle pendant que les autres habitants de Balaia nous tournaient le dos. Sans lui, nous aurions déjà péri. Déployez vos ailes, jeunes Kaans, et envolons-nous ! Mais prenez garde : les chasseurs sont partout.

— Oui, Grand Kaan.

— Je vous montrerai le chemin.

Sha-Kaan s'écarta de ses compagnons pour avoir un peu plus d'espace et étendit ses ailes. Un exercice devenu douloureux, que seule justifiait l'excitation de la chasse. Et même celle-ci commençait à perdre son attrait.

Sha-Kaan était déjà un vieux dragon quand il avait été coincé sur Balaia. Les conditions déplorables de son exil avaient accéléré sa décrépitude. Pourtant, il restait un espoir. Les Al-Drechars pouvaient les aider. Elles avaient à la fois la connaissance et le pouvoir.

Sha-Kaan ouvrit son énorme gueule. Il inspira, sentit l'air froid du Choul pénétrer dans les conduits qui lui servaient jadis à cracher des flammes et emplir ses sacs à combustible vides. S'ils savaient, les chasseurs seraient encore plus téméraires. Un dragon « à sec » n'avait rien de bien terrifiant. Cela dit…, pensa Sha-Kaan en examinant ses griffes et en tâtant la pointe de ses énormes crocs du bout de sa langue. Cela dit…

Tournant la tête, il vit ses deux compagnons étirer les muscles fatigués de leurs ailes. Ils n'étaient pas en meilleure forme que lui, mais ils ne le décevraient pas.

— Venez, Kaans. Volons haut et vite. Que les Cieux nous gardent.

— Que les Cieux nous gardent, répétèrent Nos et Hyn.

Sha-Kaan gagna l'entrée du Choul, ses yeux perçants sondant l'obscurité. Il vit seulement des roches noires et plates, des arbres pliés en deux par la tempête et un rideau de pluie cinglante.

— Balaia, grogna-t-il. Plus tôt je partirai d'ici, mieux mes écailles se porteront.

Avec un rugissement, il bondit dans les airs. Nos et Hyn derrière lui, il s'éleva jusqu'au sommet qui abritait leur Choul et tourna autour en attendant que les autres dragons le rejoignent.

Il y avait du mouvement à terre. Sha-Kaan lança un avertissement et donna l'ordre de prendre de l'altitude. Un instant, il avait vu du métal briller au cœur d'une zone de broussailles.

Par-dessus le sifflement du vent, il entendit un bruit sourd. Une énorme flèche vola dans les airs et Hyn-Kaan glapit quand elle perça son aile gauche, sa pointe déchirant la membrane sèche. La hampe agrandit le trou sur son passage avant de continuer sa trajectoire et de retomber sur le sol.

Sha-Kaan rugit et plongea vers les buissons. Les humains s'étaient déjà mis à couvert, mais l'un d'eux n'avait pas été assez rapide. Le dragon le saisit entre ses puissantes mâchoires et remonta, le misérable vermisseau se débattant en vain. À l'aplomb du pic, il ploya le cou, l'attrapa du bout des griffes et l'éleva jusqu'à ses yeux.

— Tu vas connaître le sort que tu réservais à mes Kaans, cracha-t-il.

Il lâcha l'humain, qui dégringola vers sa mort. Puis il se détourna et revint vers l'endroit où Nos et Hyn tournaient en cercle. Hyn souffrait, mais sa blessure n'était pas critique.

— Vous voulez toujours aider les humains ? demanda Nos.

— Ils ne sont pas tous pareils. Hyn-Kaan, regagne le Choul si tu ne te sens pas capable de voler sur la distance que nous devons parcourir.

— Quand nous atteindrons les hautes couches de l'atmosphère, où je pourrai planer, j'irai aussi vite que vous. Ne me demandez pas de rester, Grand Kaan.

— Dans ce cas, suivez-moi. Volons vers notre destinée.

Rugissant dans le vent et le tonnerre, il fonça vers les nuages en quête de l'air plus calme qu'il savait trouver au-dessus.

Erienne se réveilla plus tôt que Denser. La lumière pâle de l'aube commençait à filtrer par le hublot. En vérité, elle avait à peine dormi. Le navire avait tangué sans cesse pendant la tempête, qui faisait toujours rage dehors. Depuis que Jevin leur avait ordonné de regagner le pont inférieur, peu après le dîner, la jeune femme était restée allongée dans le noir, près de son époux.

C'était étrange. Presque drôle. À bord de *L'Orme des Océans*, elle s'était habituée à l'idée de sa mort imminente, même si elle se révoltait contre la raison qui lui coûterait la vie. À présent, sa mort restait tout aussi certaine, mais elle se sentait quasiment euphorique. Car elle périrait pour une bonne cause : la survie de l'Unique et de son propre enfant. Lyanna et tous ceux qu'elle aimait lui manqueraient, mais elle savait que sa mort aurait une signification pour Balaia. Elle marquerait peut-être l'aube d'une nouvelle ère magique.

Dans leur désespoir, il y avait eu un moment – ni Denser ni elle ne le nieraient – où ils avaient jugé la disparition de Lyanna préférable à leur irrévocable séparation. Cette option aurait sauvé leur monde. Ils n'auraient pas été humains s'ils ne l'avaient pas envisagée, même brièvement. Mais aujourd'hui, cette idée semblait presque risible.

Erienne se tourna sur l'étroite couchette et posa sa tête sur la poitrine de Denser, laissant courir ses doigts à travers la toison noire qui la couvrait. Elle écouta le souffle régulier de son époux et les doux battements de son cœur. Dehors, le vent assaillait le navire et le poussait vers la perte de la magicienne.

Si tout se déroulait comme prévu, il lui restait deux jours à vivre. Un concept étrange, mais dont elle pensait pouvoir s'accommoder. Après tout, il y avait encore beaucoup à faire avant qu'elle s'offre en sacrifice à Balaia.

Erienne sourit et frotta sa tête contre Denser. Au moins, un miraculé arpentait de nouveau le navire grâce à elle. L'Inconnu boiterait jusqu'à la fin de ses jours, mais il finirait par récupérer l'usage de sa jambe gauche. Elle n'était pas certaine qu'il puisse utiliser une épée à deux mains, mais il réussirait à se battre et même à courir en boitant. Pour l'instant, il devrait se contenter de tenir debout et de marcher en traînant la patte. La jeune femme espérait qu'il s'en satisferait.

Curieusement, elle avait l'impression qu'ils avaient atteint une sorte de statu quo. Son retour parmi les Ravens avait rassuré Darrick qui, d'après ce qu'elle avait entendu dire, avait boudé depuis leur départ d'Arlen. Seul Thraun restait un problème. Erienne avait été choquée de le voir. Même si elle s'était gardée de le dire, elle craignait qu'il eût mieux valu pour lui être mort. Mais pour le moment, elle ne pouvait rien y faire.

Elle leva la tête et ne vit qu'un menton poilu. Tendant la main, elle gratta la barbe de Denser. Il remua dans son sommeil et souffla entre ses lèvres comme pour tenter de déloger une mouche importune. Elle lui enfonça un index dans la joue. Il ne se réveilla toujours pas.

Pas question qu'Erienne reste seule pendant que le navire oscillait et tanguait follement ! Elle glissa sa main sous le drap et saisit son membre viril. Denser grogna. Quand elle le massa doucement, il se mit à ronronner. C'était déjà mieux, même s'il donnait toujours l'impression d'être dans le coma. Finalement, sa main le trahit en se tortillant pour se poser sur le sein d'Erienne.

— Bonjour.

— Parti comme ça, ça va sûrement être une bonne journée, dit Denser.

Lyanna traversait le verger, faisant crisser du verre brisé sous ses chaussures. Elle était mécontente. Les vieilles dames ne lui parlaient pas beaucoup. Et maman n'était pas encore revenue, même si elle l'avait sentie approcher pendant qu'elle était dans l'endroit noir où les esprits follets lui avaient dit qu'elle irait aussi.

Voilà pourquoi la fillette était venue voir les esprits follets. Pour jouer de nouveau avec eux ! Mais ils ne dansaient pas dans les arbres comme dans son souvenir. Et les troncs ne se tenaient pas tout droit. Certains étaient brisés et tous les esprits follets gisaient sur le sol, la plupart recroquevillés dans les coins du verger. Comme des feuilles mortes en automne.

Lyanna gagna un coin, s'accroupit et enfonça sa main dans la pile de feuilles mortes qui avaient été des esprits follets. Il n'y avait plus la moindre trace de vie.

Elle se releva, des larmes silencieuses roulant sur ses joues. Tous ses amis avaient disparu à part les vieilles dames, et elle ne pensait pas qu'elles l'aimaient beaucoup.

Elle revint en courant vers la porte aux vitres éclatées. Que s'était-il donc passé ici ? Un des elfes accepterait-il de lui raconter ? Ren était peut-être rentrée, même sans maman.

— Ren ! appela Lyanna en rentrant dans la maison. Ephy !

Sa voix retentit dans le couloir au sol humide, mais personne ne lui répondit. Elle éclata en sanglots.

Elle ne comprenait pas. Quand elle était partie pour l'endroit noir, tout allait bien, et le soleil brillait sur Herendeneth. Maintenant qu'elle était revenue, tout était différent. Il faisait froid, les tableaux étaient tombés, tout était mouillé et elle n'entendait aucun bruit dans la maison.

— Myraaaa ! vagit-elle.

Silence. Le ciel était noir, à part la lumière qu'elle avait projetée dans les airs pour guider maman, comme le lui avait enseigné le vent, dans sa tête. Elle ne savait pas pourquoi les nuages essayaient d'étouffer cette lumière. Elle avait essayé de les éloigner, mais il y en avait tant…

— Myra ! cria-t-elle.

Personne ne l'entendait. Ce n'était pas normal. Le vent lui parlait. Elle pourrait forcer les vieilles dames à se réveiller et à lui expliquer pourquoi tout était si froid et humide.

Lyanna fit demi-tour et revint vers sa chambre.

Sous ses pieds, le grondement avait déjà commencé.

Hirad et Ilkar étaient de nouveau à leur endroit favori, à la proue du navire. Mais cette fois, l'elfe ne vomissait pas par-dessus bord et le barbare n'avait pas besoin de le soutenir.

C'était le milieu de la matinée. La tempête un peu calmée, l'amplitude des vagues avait diminué. Bien que Jevin ait de nouveau fait hisser les voiles, ils ne devanceraient pas la flotte dordovane. Les sept vaisseaux orange filaient sur tribord, assez près désormais pour qu'ils distinguent des silhouettes sur leur pont. Tous voguaient vers le même canal d'accès à l'archipel. Mais si *L'Orme des Océans* s'y engagerait avant les Dordovans, *Le Soleil Calaien* n'y arriverait pas.

Il fallait arrêter la flotte collégiale et les Kaans étaient en retard. Ilkar et Hirad sondaient le ciel, cherchant un signe dans les nuages noirs.

— Ils ont encore baisé toute la matinée, lança le barbare, pour soulager la tension presque palpable.

— Tu es jaloux, hein ? gloussa Ilkar.

— Pas du tout, fit Hirad. Mais je me demande d'où ils tirent leur énergie…

— Peut-être de n'avoir plus beaucoup de temps.

— Je sais, mais quand même…

— Hirad, on ne pourrait pas parler d'autre chose ? De ce que fichent tes dragons, par exemple ? (L'elfe tourna la tête vers le barbare.) Il me semblait que les circonstances critiques te préoccuperaient plus que l'ardeur sexuelle de tes amis.

— Ils ne vont plus tarder, ne t'en fais donc pas.

— Tu es sûr qu'ils nous retrouveront dans cette bouillasse ? insista Ilkar en désignant les nuages chargés de pluie.

— Ils n'ont pas besoin de voir : ils peuvent nous localiser grâce à la signature de mon esprit, répliqua Hirad, irrité. Tu le sais bien.

— Je plains quiconque essaie de lire dans ton esprit en ce moment, grommela Ilkar. Tout ce stupre…

Le tonnerre gronda au-dessus de leur tête. Des éclairs déchiraient sans cesse les nuages. Soudain, ils libérèrent un torrent qui s'abattit sur le pont du navire, sur ses voiles et sur le visage des Ravens. Hirad rentra la tête dans les épaules – une pitoyable tentative pour se protéger.

— Par les dieux déchus, c'est incroyable.

Ilkar et lui rebroussèrent précipitamment chemin le long du pont avant. La pluie tombait de plus en plus fort, dégoulinait le long de leur cou et imbibait leurs vêtements. Ils traversèrent le pont principal en courant, en quête d'une boisson chaude et de la chaleur d'un poêle.

À la porte du pont inférieur, ils croisèrent Darrick, qui fixait le ciel sans paraître se soucier de l'averse. Le Lysternien leur sourit.

— Rafraîchissant, n'est-ce pas ?

— Putain de soldats, grogna Hirad. Il faut toujours qu'ils prouvent à quel point ils sont coriaces.

— Pas vraiment, répliqua Darrick. Je me demandais simplement ce qui avait provoqué ce déluge.

— Continuez à vous interroger, mais laissez-nous passer, voulez-vous ? demanda Ilkar en lui faisant signe de s'écarter.

Darrick obéit.

— Je pensais que quelque chose avait dû déclencher la foudre. Eux, probablement.

Il tendit un doigt vers la proue. Hirad se retourna, la tête déjà pleine de salutations. Les Kaans venaient d'émerger des nuages et filaient vers la flotte dordovane.

Ce sont les bateaux dont tu veux que nous te débarrassions ? demanda Sha-Kaan.

Oui, Grand Kaan. Ceux qui ont hissé des couleurs orange. Ils sont sept. Attention à la magie.

Attention aux débris !

De nouveau, une plaisanterie. Sha-Kaan mollissait en vieillissant. Mais pas assez pour que les Dordovans n'aient pas à se faire du souci.

Oubliant la pluie, Hirad courut vers la proue en encourageant les dragons de la voix.

Chapitre 33

Les Kaans jaillirent des nuages en formation en chevron, Sha-Kaan à la pointe, Nos et Hyn sur les flancs. Portés par les courants aériens, ils se laissèrent glisser vers la flotte aux voiles orange. Sous eux, les humains paniqués se précipitaient à couvert. Sha-Kaan sentit la présence de nombreux mages parmi eux. Hirad Cœurfroid avait raison : ils représentaient un danger non négligeable.

Dépassant le vaisseau de tête, les dragons reprirent de l'altitude et virèrent sur l'aile pour attaquer.

Brisez leur formation. Abattez les mâts si vous le pouvez. Des sorts viendront, dit Sha-Kaan à ses compagnons.

Ils piquèrent, rugissant dans l'air humide, chacun visant une embarcation. Les Dordovans se dispersèrent. Barres actionnées à la hâte, gouvernails mordant les flots, ils s'éparpillèrent à la surface de l'océan. Mais beaucoup trop lentement.

Sha-Kaan plongea vers la proue de sa cible et battit des ailes pour ralentir sa chute. Ses énormes griffes s'enfoncèrent dans les planches du pont alors qu'il se posait, l'avant du navire s'enfonçant sous son poids. De l'eau salée se déversa par-dessus le bastingage, tel un torrent déferlant vers la cale et le pont inférieur pour les envahir.

Sha-Kaan tendit brusquement le cou. Ses mâchoires se refermèrent sur le mât avant, qui se fendilla sous ses crocs. Une seconde morsure et il s'écroula, entraînant les voiles et le gréement. Le dragon redécolla quand un groupe d'humains courut vers lui. Des mages. Ils se déployèrent tandis que la poupe du navire retombait dans l'eau en soulevant une gerbe d'écume. D'un battement d'ailes paresseux, Sha-Kaan se tourna vers les jeteurs de sorts, la gueule grande ouverte, laissant ses griffes racler le pont et sa queue le balayer.

Sous lui, le pont avant surélevé se brisa et les humains s'effondrèrent ou s'éloignèrent en rampant sur leurs membres brisés. Sha-Kaan remonta vers le ciel, assez pour se mettre hors de portée des sorts, et baissa les yeux pour contempler son œuvre. Le mât avant était en miettes. Les humains crevaient de peur, et les voiles déchirées ralentissaient leur progression. Mais ça ne suffisait pas.

Sha-Kaan piqua de nouveau. Alors qu'il se rapprochait, il capta l'onde annonciatrice des sorts offensifs qu'on lui lançait, freina brusquement, bascula pour amener ses griffes postérieures en avant et saisit le mât principal, dont il sentit le bois se compresser entre ses pattes. Incapable de prendre appui pour l'arracher au pont, il battit vigoureusement des ailes. Lentement, le navire s'inclina.

D'autres sorts s'écrasèrent sur son dos. Une chaleur intense et un froid mordant dévorèrent ses écailles desséchées. Il cria de douleur, se rééquilibra, et le mât se brisa sous son poids. Emporté par son élan, il plongea vers les flots, lâcha le morceau de bois qu'il tenait toujours entre ses griffes et laissa l'eau se refermer sur lui pour éteindre les feux magiques avant de refaire surface et de se lancer vers le ciel.

Sha-Kaan était surpris par l'ampleur des dégâts qu'il avait subis. Pendant son ascension, il lança un nouvel avertissement à ses compagnons et se tordit le cou pour regarder en arrière, sentant faiblir ses écailles où les sorts les avaient touchées. La destruction du mât principal avait ouvert dans la coque une fissure qui descendait sous la ligne de flottaison. Le navire coulait. Il pouvait se choisir une nouvelle cible.

Sha-Kaan décrivit un cercle dans les airs en rappelant à lui ses compagnons. Deux autres bateaux prenaient l'eau de toutes parts, mais celui que visait Hyn-Kaan se maintenait toujours à flot. Et alors que le dragon prenait de l'altitude, Sha-Kaan vit que l'état de son aile blessée avait empiré.

— Hyn, la bataille est terminée pour toi. Tu peux te poser sur une des îles. Il faut prendre du repos.

— Non, Grand Kaan, à moins que vous me l'ordonniez. Je peux encore voler.

— Je ne te donnerai pas d'ordre. Mais je souhaite que tu vives. Les mages seront mieux préparés cette fois, et nous avons encore beaucoup de travail. Ne te mets pas en danger inutilement.

— Nous vivrons peut-être tous assez longtemps pour revoir Beshara. À condition d'arrêter ces ennemis.

Sha-Kaan hocha la tête.

— Nous avons éparpillé leur flotte. Un bateau à la fois ! Nos, les mâts ! Je prends la barre. Hyn, tu te charges du gouvernail et tu t'éloignes à la nage. Suivez-moi.

Pour la troisième fois, Sha-Kaan piqua, flanqué de ses compagnons. Il rugit, choisissant un navire encore intact qui tentait de reprendre son cap initial. Des sorts fusèrent : des orbes de flammes crépitants et des lances de froid intense qui transpercèrent ses ailes, gelant les veines et leur huile aux endroits où elles frappaient. Il se tourna pour présenter son dos aux mages et fonça sur sa gauche. Mâchoires ouvertes, il balaya le pont de barre, engloutit le timonier, la barre et le compas puis les recracha alors qu'il survolait de nouveau l'océan.

Derrière lui, un *splash* lui apprit que Hyn-Kaan venait d'entrer dans l'eau. Une série de craquements signalèrent la chute d'un mât.

D'autres flammes coururent le long de son échine tandis qu'il s'éloignait. La douleur s'infiltrait sous ses écailles et dans sa chair, et chaque battement d'ailes tirait un peu plus sur ses blessures. Les années passées sur Balaia l'avaient rendu plus vulnérable qu'il ne l'aurait imaginé.

Les humains seraient peut-être obligés de terminer seuls la bataille d'Herendeneth.

Vuldaroq regarda les dragons attaquer. Sa propre mise en garde – « Ne sous-estimez surtout pas les Ravens. » – envahit son esprit comme de la bile. En quelques heures, son humeur était passée de la joie victorieuse au désespoir, ses plans tombant en morceaux comme ses navires rescapés.

Dès qu'il lui était clairement apparu que l'armée des Protecteurs marchait sur Arlen, il avait abandonné la ville à sa décrépitude, choisissant d'embarquer à Gyernath avec une force plus importante que prévu.

Préparer la flotte collégiale, rapatrier les équipages vers Gyernath et réunir les provisions nécessaires à un voyage aussi long l'avait retardé de plusieurs jours. En apprenant qu'Erienne avait été capturée à Arlen, il s'était réjoui de sa décision. Il avait déjà envisagé une traversée pour détruire les Al-Drechars et la fillette, guidée par la mère de l'enfant en personne. Tout ça avait quelque chose de merveilleusement ironique, et il devait confesser, fût-ce à contrecœur, une certaine admiration pour l'efficacité dont Selik et ses Ailes Noires avaient fait preuve. Une bonne décision de plus. Bien entendu, Selik ne serait pas autorisé à regagner Balaia pour autant : les salauds qui assassinaient des mages dordovans de sang-froid devaient connaître le même sort que leurs victimes.

Puis la situation s'était délitée. Cet abruti de Gorstan n'avait pas réussi à embarquer à Arlen. La bataille avait tourné en leur défaveur. Pire, les Ravens s'étaient emparés du vaisseau affrété pour eux. Et ils ne s'étaient pas contentés de poursuivre les Dordovans : aussi incroyable que ça puisse sembler, ils avaient réussi à récupérer Erienne au nez et à la barbe de Selik.

Pourtant, ça n'avait rien de catastrophique en soi. Dans le ciel brillait désormais un signal que seul un aveugle aurait manqué. Négocier les récifs serait difficile, mais les vaisseaux dordovans à l'étrave peu profonde étaient conçus pour ça.

Et voilà que les Ravens avaient fait appel à leurs familiers. Sa flotte était salement endommagée. Mais les dragons n'étaient pas aussi invincibles que Vuldaroq l'avait d'abord cru. De toute évidence, ils n'avaient plus de feu. Et leur corps était vulnérable aux sorts dordovans. Il s'agissait simplement de viser juste.

Vuldaroq attendait avec trente mages. Par bonheur, rien n'était venu troubler leurs préparatifs. Leur navire n'avait pas encore subi d'attaque directe, mais il s'écartait du cap souhaité. Il fallait faire preuve de patience. Leur moment viendrait. En attendant, Vuldaroq avait ordonné aux vaisseaux les plus proches de se tenir prêts, comme le sien.

Une occasion ne tarderait plus à se présenter.

Le Seigneur de la Tour dordovan regarda les dragons arracher le cœur du *Chasseur*, vit les mâts s'écrouler et le pont de barre disparaître dans une nuée d'échardes alors qu'une des créatures piquait vers la poupe, sans doute pour arracher le gouvernail. C'était une lutte inégale, chaque monstre ayant la même masse que le navire qu'il malmenait comme un vulgaire jouet. Et quand ils auraient fini de le dépecer, ils s'attaqueraient au suivant. Vuldaroq ne pouvait pas les laisser faire.

Il désigna l'eau qui bouillonnait à la poupe du *Chasseur*.

— Là. Le plus mal en point, lança-t-il aux mages alignés derrière lui. À mon signal.

Le dragon mordait et déchirait le navire qui tanguait follement. D'un coup de crocs, il arracha le gouvernail. Puis le bouillonnement de l'eau s'apaisa. La bête avait plongé.

— Attendez, ordonna Vuldaroq.

Il sonda l'océan, ses vagues frangées de blanc sous l'assaut continu de la tempête. Enfin, il distingua des ondulations qui s'éloignaient du *Chasseur* mortellement blessé. Le dragon refit surface quarante mètres plus loin, ses écailles luisantes d'eau, son ventre exposé un précieux instant.

— Visez haut. Maintenant !

Vuldaroq baissa le bras, même s'il savait que les mages ne le regardaient pas. Le GlaceVent produit par trente Dordovans passa en hurlant au-dessus de sa tête.

Le dragon prenait de l'altitude rapidement – mais pas assez. Le sort courut le long de sa queue et de son estomac. Le hurlement déchirant qui s'échappa de sa gueule couvrit le rugissement du vent et le fracas des vagues. Il monta encore, mais sa queue ne l'équilibrait plus, et le GlaceVent consumait sa chair. Ses ailes battaient de plus en plus lentement. Il baissa la tête vers ses meurtriers. Alors que son long cou se tendait, il bascula sur le côté. Ses yeux scintillèrent. Il rugit de nouveau. Ses semblables lui répondirent… puis il dégringola du ciel.

Sous l'eau, il avait perdu son sens de l'orientation et refait surface trop près de l'ennemi. À présent, Hyn-Kaan n'arrivait plus à respirer. La moitié inférieure de son corps était engourdie là où le sort l'avait touché. Ailleurs, ses écailles étaient craquelées par le froid et sa chair le brûlait comme si des flammes le dévoraient.

Il appela les Kaans et supplia les Cieux de le garder, même s'il savait désormais qu'il ne reverrait pas Beshara. Ce serait une mort solitaire, loin des anciens de la couvée. Son grand corps frissonna, ses ailes battant sans réussir à le faire avancer. Toute son énergie s'était évaporée. Son esprit enregistrait le ralentissement des battements de son cœur et la progression du froid qui gagnait sa poitrine.

Il parvint à aspirer une dernière goulée d'air dans ses poumons torturés. Dans son ultime moment de lucidité, il sut qu'une chose encore restait en son pouvoir.

Sur le pont du navire dordovan, les vivats cessèrent brutalement.

— Dieux bien-aimés, marmonna Vuldaroq. (Il se tourna vers ses mages.) ForcesConiques, tout de suite ! Déploiement en chaîne. Je veux que vous repoussiez ce gros lézard. Plus vite que ça !

Des murmures fébriles montèrent du pont alors que les mages s'agenouillaient pour être plus stables pendant leur incantation. Le dragon piquait vers eux, ses ailes à moitié déchirées mais toujours tendues, selon un angle aigu mais juste. Il allait percuter le navire. Les Dordovans avaient quelques instants pour l'en empêcher.

Vuldaroq capta un mouvement dans le spectre du mana. Des ForcesConiques jaillirent, barrières invisibles ancrées par ceux qui les avaient invoquées pour repousser la monstrueuse créature qui s'abattait sur eux.

Hyn-Kaan heurta le mur d'énergie et l'enfonça, éjectant les mages du pont ou les envoyant s'écraser contre le bastingage.

— Courez !

Tous ceux qui en étaient encore capables avaient pris leurs jambes à leur cou et fonçaient vers la poupe ou la proue. Certains sautèrent à l'eau tandis que le timonier tentait de virer de bord.

Trop tard.

Le dragon mourant s'écrasa tête la première sur la coque, qu'il percuta sous le pont principal. Le cou brisé, Hyn-Kaan s'enfonça jusqu'aux épaules parmi les planches. Le navire bascula sur le côté, projeta une partie de ses passagers dans les flots tumultueux et renversa tous les autres.

Les poutres explosèrent. Le mât principal, sectionné à la base, tomba sur le pont ravagé, rebondit et glissa dans l'eau. Les ailes du dragon ouvrirent des fissures béantes dans la coque affaiblie. Sa queue gelée se brisa net, et son poids entraîna le navire par le fond.

Par-dessus les craquements du bois et le tumulte des flots qui engloutissaient l'épave, les cris des blessés et des prisonniers des décombres, condamnés d'avance mais suppliant encore qu'on les sauve, composaient une cacophonie gémissante que l'océan engloutit très bientôt.

Se propulsant dans les airs grâce aux OmbresAiles qu'il avait préparées en courant, Vuldaroq rasa les vagues jusqu'à un autre navire de la flotte, terrifié à l'idée de ce qui pourrait encore tomber du ciel orageux.

Le rugissement de rage et de chagrin de Sha-Kaan déchira le silence. Nos-Kaan et lui fendirent le ciel pluvieux, entrant dans l'eau à l'endroit où Hyn-Kaan et le navire dordovan avaient disparu.

Leur frère était déjà mort quand ils le repérèrent, enveloppé de cordages et de débris. Sa tête aux yeux vitreux se tendait vers le ciel pendant qu'il coulait doucement.

Sha-Kaan se retourna, ordonna à Nos-Kaan de le suivre et remonta vers la surface. Il jaillit à l'air libre, les ailes dégoulinantes et l'esprit en feu. Après avoir tant souffert sur Balaia, son frère avait été tué par les humains qu'il avait aidé à secourir. Il méritait d'être vengé.

Alors que Sha-Kaan rasait le ventre des nuages, se tordant le cou en quête de sa prochaine proie, un autre humain le sauva de lui-même et de sa colère.

Non, Grand Kaan, dit une voix dans son esprit. *Ils vous tueront.*

Le dragon baissa les yeux, aperçut les mages massés sur le pont des navires rescapés et sut qu'Hirad Cœurfroid avait raison.

Le Soleil Calaien fendait toujours les flots jonchés de débris : lambeaux de voiles, malles de voyage, morceaux de poutres, cordes et haubans… Plus des dizaines de cadavres bercés par le flux et le reflux des vagues, que la pluie martelait toujours.

Les Kaans avaient éparpillé la flotte dordovane. Seuls trois navires voguaient encore, et ils s'éloignaient vers le nord-ouest. Deux vaisseaux irrémédiablement endommagés coulaient peu à peu. Les passagers et les marins survivants se hâtaient de mettre à l'eau les canots intacts. Un troisième était en sérieuse difficulté : ses voiles lacérées et ses mâts rompus traînant dans son sillage, son pont était incliné à l'extrême et les vagues déferlaient dessus. Elles assaillaient son équipage impuissant, qui s'efforçait de trancher le gréement pour se débarrasser du poids mort qui menaçait de l'entraîner par le fond. N'ayant plus aucun contrôle sur sa direction, il dérivait perpendiculairement au flux de l'océan qui le détruisait inexorablement.

Hirad ne prêta pas d'attention à ce spectacle de destruction. Il avait suivi la dégringolade d'Hyn-Kaan et vu les deux autres dragons plonger à sa suite. À présent, le cœur lourd, il les regardait fendre la masse noire des nuages. C'était lui qui leur avait demandé de venir au secours des Ravens. Hyn-Kaan l'avait payé de sa vie. Sha-Kaan et Nos-Kaan ne survivraient pas à une nouvelle attaque magique...

Volez jusqu'à Herendeneth. Reposez-vous.

Nous resterons au-dessus de vous pour le moment, répondit Sha-Kaan. *Aucun ennemi ne pourra vous attaquer par la voie des airs. À la tombée de la nuit, nous trouverons une cachette. Les sorts continuent à nous brûler. Nous n'avons plus de défenses et nous nous affaiblissons à chaque battement d'ailes.*

Je suis désolé, Grand Kaan.

Les Cieux veillent sur toi, Hirad Cœurfroid. C'est ton monde qui est responsable, pas toi. Son air est nocif, la nourriture ne nous convient pas et nous ne pouvons pas régénérer nos forces. Bonne chance pour la suite.

Merci, Grand Kaan. Si nous gagnons, ce sera grâce à vous.

Mais Sha-Kaan lui avait déjà fermé son esprit. Hirad savait que les dragons planeraient dans les couches supérieures de l'atmosphère, se laissant porter par le vent jusqu'à ce qu'ils doivent se poser, à la tombée de la nuit.

Il se tourna vers l'océan. Les Kaans avaient accompli leur mission. Cela suffirait-il ? Seul le temps le dirait. Alors que les équipages abandonnaient les navires endommagés, de petites voiles furent hissées et des canots luttèrent parmi les flots déchaînés. Certains voguèrent vers les vaisseaux encore intacts ; d'autres, perdus dans les vagues avec leur cargaison de soldats et de mages, atteindraient peut-être le rivage. Les Ravens avaient avec eux vingt-quatre Protecteurs, chacun valant au moins cinq guerriers ordinaires. S'ils pouvaient forcer leurs adversaires à se battre dans un espace confiné, ils vaincraient.

Mais ils risquaient de manquer de jeteurs de sorts. Les Dordovans devaient en avoir encore une soixantaine, voire plus. Les Ravens en avaient trois, plus les Al-Drechars. Et si Erienne ne s'était pas trompée, le pouvoir des quatre vieilles elfes était tellement affaibli qu'ils ne pourraient pas compter sur elles. Mais avant toute bataille magique, ils devaient évaluer la situation et déterminer ce qu'ils avaient à défendre.

Et arriver avec assez d'avance pour se préparer avant que leurs ennemis les rejoignent.

Bref, ils avaient du pain sur la planche. Hirad se détourna du bastingage et descendit du pont avant. Au passage, il agita la main pour saluer Darrick, debout près de l'escalier menant au pont inférieur.

— Rassemblez les Ravens. Nous devons parler. Assurez-vous que l'Inconnu sera là et n'oubliez pas Ren'erei. Bien entendu, vous êtes invité aussi. On se retrouve dans la cabine du capitaine.

— Pas de problème.

Hirad marcha vers le pont de barre et gravit l'échelle. Jevin le vit approcher et lui fit un signe de tête approbateur.

— Une démonstration extraordinaire, dit-il. Ce sont vraiment des créatures majestueuses. Je crois qu'elles nous ont donné l'avantage.

— Un avantage minuscule que nous perdrons si nous n'arrivons pas les premiers, dit le barbare. Si vous croyez en ce que nous faisons, c'est le moment de prendre tous les risques. Pourriez-vous nous faire avancer plus vite ?

Le barreur de *L'Orme des Océans* remarqua avec plaisir que *Le Soleil Calaien* fendait les flots, et il vit se gonfler sur ses mâts plus de toile qu'il n'était raisonnable. À bord du navire elfique, tous les regards s'étaient tournés vers l arrière pendant que les dragons attaquaient la flotte dordovane. Tous les cœurs avaient battu deux fois plus vite à cause de la peur provoquée par les redoutables créatures étrangères à ce monde. Tous les yeux s'étaient écarquillés et tous les souffles s'étaient suspendus.

Le barreur savait qu'il y avait des dragons en exil sur Balaia depuis la fin de l'invasion ouestienne. Et qu'ils étaient liés d'une façon ou d'une autre aux Ravens. Il n'avait pas craint que *L'Orme des Océans* soit menacé et fait passer le mot à son équipage, sans voir la nécessité de mettre les Ailes Noires et les Dordovans dans la confidence. Voir leur panique et leurs traits tirés par l'anxiété, alors qu'ils se rassemblaient sur le pont lui avait ravi l'âme. Encore des forces gaspillées et des nerfs tendus pour rien.

Il n'aurait jamais cru voir des dragons de ses propres yeux. Leur masse et leur puissance extraordinaires lui avaient coupé le souffle. La mort de l'un d'eux et les blessures potentiellement fatales des deux autres lui avaient paru regrettables. Mais leur intervention avait néanmoins retourné la situation en faveur de leurs alliés. À présent, le barreur pouvait s'assurer que Ren'erei, si elle était bien à bord du *Soleil Calaien,* comme il le pensait, atteindrait Herendeneth la première.

Elle connaissait les canaux et savait quelle route emprunter. Mais elle ignorait à partir de quel moment la hauteur de l'étrave de son navire rendrait le passage impossible. Le barreur le lui indiquerait de la seule façon qu'il pensait susceptible de marcher.

Si la pluie se calmait, on ne pouvait pas en dire autant de la houle. Il ordonna à son équipage d'affaler une partie des voiles pour ralentir *L'Orme des Océans*, regarda la colonne de lumière qui dominait l'horizon au sud et espéra que les Al-Drechars seraient toujours vivantes.

Chapitre 34

Il y avait eu des moments d'anxiété pendant la nuit.

La journée s'était passée sous le plafond bas des nuages, avec un vent toujours aussi fort et des averses brutales, mêlées au grondement omniprésent du tonnerre et à la lumière des éclairs qui traversaient le front orageux.

Au crépuscule, ils avaient plusieurs heures d'avance sur les Dordovans, et peut-être une de retard sur *L'Orme des Océans*. N'importe quel capitaine ayant deux sous de jugeote aurait ordonné de jeter l'ancre quand ils s'étaient engagés dans le canal, entre les premières îles de l'archipel d'Ornouth, mais ce n'était pas une option offerte à Jevin. *L'Orme des Océans* ne ralentissait pas, et il ne pouvait se permettre de le perdre de vue. Pas plus qu'il ne pouvait laisser les Dordovans les rattraper.

Ses marins n'avaient pas fermé l'œil de la nuit, ceux qui n'étaient pas occupés par la manœuvre montant la garde près du bastingage. Ils avaient utilisé des fils à plomb pour évaluer la profondeur du canal sous les vagues. Elle diminuait toujours alors qu'ils atteignaient des eaux relativement protégées, et ils devaient garder l'œil ouvert, à l'affût de toute modification de leurs conditions de navigation.

Ren'erei était restée sur le pont de barre toute la nuit, guidant Jevin et lui prodiguant des paroles apaisantes tandis que *Le Soleil Calaien* passait dangereusement près des falaises dans le sillage de *L'Orme des Océans*.

À la fin de la réunion, les mages s'étaient retirés pour se reposer et maintenir leurs réserves de mana au niveau le plus élevé. Hirad, l'Inconnu et Darrick étaient restés dans la cabine du capitaine, où ils avaient débattu de leurs tactiques défensives et de l'étendue de leurs forces. Les restes du dîner gisaient, abandonnés, sur la table ; ils les avaient grignotés en les faisant descendre avec du vin coupé d'eau.

L'Inconnu était préoccupé. Sa jambe gauche tendue devant lui, il ne cessait de se masser la hanche en grimaçant.

— Il est temps que tu nous dises comment tu te sens, dit Hirad. Nous devons en tenir compte pour notre formation.

— Je veux Aeb sur ma gauche. À part ça, pas de traitement de faveur, d'accord ? Nous ne pouvons pas nous le permettre.

— Tu ne t'en tireras pas aussi facilement. Dis-moi comment tu te sens.

— Raide et affaibli, avoua l'Inconnu. Mes muscles n'ont pas eu le temps de se reconstituer. Mon articulation s'est bloquée plus d'une fois, et même si Erienne me dit que ça finira par passer, je n'aurai pas la liberté de mouvement qu'il me faudrait. (Il se mordit la lèvre.) Il me sera difficile de me battre.

— Alors ?

— Alors, je n'utiliserai pas mon épée à deux mains, parce que je ne serai pas assez stable pour ça. Les elfes ont des épées longues en réserve à bord. Pas tout à fait l'idéal mais il n'y a pas d'autre solution. Je pense que je prendrai une dague dans la main gauche. (Il secoua la tête.) Désolé, Hirad. On dirait que je vais vous encombrer plus qu'autre chose.

Le barbare leva un sourcil, et Darrick ne put réprimer un gloussement.

— Nous encombrer ? Votre blessure vous réduit à l'état de « meilleur que la plupart des guerriers » au lieu de « meilleur que n'importe quel autre guerrier », mais ça s'arrête là.

— Et de toute façon, nous ne pouvons pas y faire grand-chose pour le moment, ajouta Hirad. À ton avis, d'après ce que nous ont raconté Erienne et Ren'erei, d'où viendront nos plus gros problèmes ?

— Nos adversaires ne se rueront pas à l'assaut du chemin du rivage, pas vrai ? Ils peuvent voler et transporter des soldats sur de courtes distances. Donc, nous devrons nous attendre à être attaqués de n'importe quelle direction. Si nous ne bloquons pas une partie des points d'accès à la maison, nous serons certainement submergés. Cela dit, si nous ne protégeons pas la maison en vue d'un assaut magique, rien de tout ça n'aura d'importance.

— Tu crois qu'ils oseraient ? demanda Hirad.

— À leur place, c'est ce que je ferais, affirma Darrick. Ça leur permettrait de ne pas risquer la vie de leurs hommes et de se procurer très vite ce qu'ils sont venus chercher.

— Que pouvons-nous pour les en empêcher ? demanda le barbare.

— Ça dépendra du nombre de Protecteurs que nous sommes prêts à poster hors de la maison, répondit Darrick. Les Dordovans s'attendront à nous trouver en formation défensive serrée. Ils savent que nous n'avons qu'un seul bateau et que nous ne pouvons pas être très nombreux…

— N'oubliez pas qu'ils n'ont aucune idée de la résistance qui les attend sur l'île, rappela l'Inconnu.

— Certes, mais dès qu'ils avanceront, ils comprendront qu'il n'y a pas de force significative en place, fit Darrick. Si nous arrivons à cacher des Protecteurs hors de la maison, ils pourraient attaquer les mages pendant qu'ils incantent. La réussite de cette manœuvre dépendra du nombre de soldats que les Dordovans ont amenés… et du danger qu'ils pensent que nous représentons.

— Combien voulez-vous soustraire d'hommes à la défense de la maison ? demanda Hirad.

— Huit, pas plus. Mais beaucoup de choses dépendront de la configuration du terrain. Ils devront être invisibles du ciel comme du sol. Je pense quand même que c'est une option à envisager.

Darrick se versa de l'eau.

— Autre chose ? (Hirad fixait l'Inconnu.) Je sais que nous ne pouvons être sûrs de rien, mais nous n'aurons pas vraiment le temps de nous creuser la tête une fois là-bas.

— Nos possibilités sont limitées. Nous ne devrions pas nous séparer à moins d'y être obligés, mais l'idée de Darrick pourrait marcher si nous avons l'avantage de la surprise. Beaucoup de choses dépendront de l'état de santé des Al-Drechars. Nous ne voulons pas que nos mages gaspillent leur mana à protéger la maison avec un bouclier, mais les choses pourraient en arriver là. Dans ce cas, nous devrons improviser pour empêcher les soldats d'entrer.

L'Inconnu prit une profonde inspiration, se leva et frémit quand il fléchit son genou et sa hanche.

— Il faut que je me repose. Mais d'abord, je vais me promener sur le pont pour tenter de dérouiller cette fichue articulation. Quelqu'un m'accompagne ?

— Pourquoi pas ? dit Hirad.

Darrick hocha la tête.

— Je vous laisse en tête à tête. J'ai hâte de m'endormir, histoire de me réveiller en sursaut parce qu'une vague m'aura jeté de ma couchette.

— Alors, à demain. Et tâchez de ne pas vous faire trop de bleus, le taquina Hirad. (Il se tourna vers l'Inconnu.) Tu viens, papy ? Traînons tes vieux os jusqu'à l'air libre.

— Tu vois ce poing ? Il fonctionne encore très bien, lui, et je peux encore te le mettre dans la gueule, Cœurfroid !

— Il faudra d'abord que tu m'attrapes !

Les deux amis marchèrent vers l'escalier.

À l'aube, *Le Soleil Calaien* ralentit. Le vent hurlait autour des îles d'Ornouth, en harcelant les arbres qui couvraient les pentes et en forçant Jevin à réduire les voiles. Devant eux, *L'Orme des Océans* avait fait de même. Nul doute que les Dordovans les imiteraient quand ils seraient à leur tour confrontés aux rafales tourbillonnantes.

Ils longeaient un large canal, entre deux des plus grosses îles de l'archipel. Les nuages, plus bas que jamais, épais, rapides et lourds de pluie, obscurcissaient les collines et le sommet des montagnes ou survolaient les vallées. La seule amélioration concernait la houle, moins puissante qu'au large. Même si des vagues s'écrasaient sur les rivages exposés, projetant une gerbe d'écume, les canaux étaient beaucoup plus calmes.

Ren'erei se tenait toujours sur le pont de barre où elle avait passé la nuit, sans quitter des yeux la poupe de *L'Orme des Océans*, guettant le signal qui leur indiquerait de mettre les canots à l'eau. Chaque heure de plus passée à bord du *Soleil Calaien* rendrait leur mission plus confortable, et elle estimait qu'ils avaient encore une journée de navigation devant eux, considérant l'allure d'escargot à laquelle ils progressaient. Bien que plus difficiles à manœuvrer dans ces conditions, les canots avanceraient probablement plus vite.

Les Ravens, les Protecteurs et les marins qui n'étaient pas de service s'étaient déployés le long du bastingage. Il ne restait personne sur le pont inférieur, à l'exception du cuisinier, et il devrait monter rejoindre les autres aussitôt que possible. Visiblement nerveux, Jevin voulait que tout le monde soit prêt à réagir en cas de besoin. Outre les fils à plomb qui sondaient la profondeur du canal, des équipes de Protecteurs se tenaient prêtes à faire descendre les canots conformément aux indications fournies par les marins.

Herendeneth était droit devant. Le faisceau de lumière transperçait la lumière grisâtre du matin, magnifique mais inquiétant – une démonstration de pouvoir dont Ren'erei savait qu'elle n'était pas due à la volonté des Al-Drechars, mais à leur incapacité à maintenir un bouclier autour de Lyanna. La jeune elfe craignait ce qu'elle allait découvrir quand ils poseraient le pied sur l'île.

Soudain, le navire frissonna et ralentit. Sous leurs pieds, un grincement courut de la coque jusqu'à l'étrave avec une lenteur pénible. Des regards sondèrent la surface de l'eau, les marins munis de fils à plomb secouèrent la tête. La vibration continua.

— Maintenez le cap, ordonna Jevin, ses mains aux jointures blanches agrippant le bastingage.

Près de lui, Ren'erei attendit que le grincement devienne le craquement qu'il redoutait. Pendant ce qui leur parut une éternité, ils se traînèrent sur le fond. Mais l'étrave tint bon. Aucune poutre ne se brisa, pas une brèche ne s'ouvrit pour laisser entrer l'eau à torrents, et le grincement finit par cesser.

Jevin se tourna vers Ren'erei, livide et haletant.

— Du sable, dit-il à voix basse. Mais nous n'aurons peut-être pas autant de chance la prochaine fois. À quelle distance sommes-nous ?

— Plus très loin, répondit Ren'erei, bien qu'elle n'en soit pas sûre. Ça va aller. Ils ne nous laisseront pas tomber.

— Si le barreur est toujours vivant…, répliqua Jevin. Je ne ferai pas subir ça à mon équipage beaucoup plus longtemps. Ni à mon bateau. Quel genre de signal attendons-nous ?

Ren'erei était sur le point de hausser les épaules quand elle regarda *L'Orme des Océans.*

Un sourire éclaira son visage.

— Ce genre-là, dit-elle en tendant le doigt.

Selik monta en trombe sur le pont de barre, deux gardes derrière lui.

— J'espère pour vous que vous avez une bonne raison pour avoir changé de direction, grogna-t-il en bousculant le barreur pour l'écarter de son timonier.

— Vous avez vu les canaux et vous avez entendu mon équipage annoncer la profondeur de l'eau, dit calmement le barreur. Nous n'atteindrons pas notre destination en continuant droit devant.

— Vous mentez, l'accusa Selik. Je le vois dans vos yeux. Reprenez le cap immédiatement. Pensez-vous que je sois aveugle ?

— Non, mais à moins que vous ayez de meilleures informations que moi sur la profondeur du canal dont je viens de me détourner, je vous conseille de me laisser faire mon travail. Après tout, pourquoi vous égarer ? Je serai ravi de vous faire débarquer sur l'île : j'ai hâte de vous y enterrer.

Selik recula un peu.

— Vous me prenez pour un imbécile, dit-il tout bas après quelques instants de réflexion. Combien de temps avant que nous reprenions notre direction initiale ?

— Une demi-journée environ. Ça dépendra du vent. Si vous ne me croyez pas, tuez-moi et dirigez ce bateau vous-même, lâcha le barreur.

Une lueur glaciale brilla dans l'œil de Selik.

— C'est un signe, ça ? s'étonna Jevin.

— Oui, affirma Ren'erei. Parce que la bonne route… est droit devant. Nous n'aurons pas besoin de tourner avant d'avoir dépassé la prochaine île.

Jevin hocha la tête.

— Je m'incline devant votre savoir. Maintenant, que dois-je faire ?

— Si vous le pouvez, continuez jusqu'à l'endroit où ils ont bifurqué. De là, nous mettrons à l'eau les canots nécessaires pour gagner Herendeneth. Ensuite, vous pourrez suivre *L'Orme des Océans* et trouver un endroit où vous cacher. Ou rebrousser chemin. À ma connaissance, il n'y a pas d'autre moyen de sortir de l'archipel. La décision vous appartient.

— Et si nous voulons nous arrêter plus loin ?

— Vous trouverez des îles, et encore des îles. Vous n'atteindrez pas Herendeneth par là, mais vous pourrez vous amarrer en sécurité dans un lagon, à une journée de voile d'ici. Vous le saurez quand vous le verrez. Là-bas, vous serez protégés et vous pourrez vous reposer. Mais longez de près le rivage tribord : le rivage bâbord est semé d'écueils à fleur d'eau.

— Et *L'Orme des Océans* ?

— Je ne sais pas, avoua l'elfe, inquiète. Je suppose que le barreur tentera d'éloigner les Ailes Noires le plus possible. Il est très courageux.

— Je ferai ce que je pourrai.

— Merci.

La pluie et l'écume salée se mêlaient à la sueur des marins lorsque *Le Soleil Calaien* atteignit laborieusement l'endroit où *L'Orme des Océans* avait changé de cap. Il se retourna, prêt à suivre l'autre navire loin d'Herendeneth.

Le pont était bondé d'humains et d'elfes, d'armes, de petites voiles et de caisses de nourriture. Les Protecteurs se massaient autour des treuils qu'on avait montés de la cale et installés près du bastingage. Ils se pendirent aux cordes pour soulever les canots et les mettre à l'eau, puis descendirent rapidement le long des filets et saisirent les rames. Leur équipement était déjà à bord, caché sous des bâches, à la proue et à la poupe de leurs embarcations.

Jevin avait accepté de se séparer de deux canots. Les Protecteurs s'étaient répartis également entre les deux, Darrick dans le premier et Ren'erei dans le second. Bien que toujours dans un sommeil magique, Thraun quitterait le navire avec eux. Hirad n'avait pas voulu en démordre.

— Si nous devons mourir, ce sera ensemble. Et Thraun doit être à l'endroit où les Al-Drechars pourront l'aider !

Les Ravens embarqueraient à bord d'une yole. Jevin ne pouvait leur allouer que ces trois embarcations : il voulait que son équipage dispose d'un moyen de s'échapper au cas où les choses tourneraient mal.

Des elfes descendirent à bord de la yole et levèrent son mât, laissant la voile ferlée mais prête à hisser. Puis ils aidèrent l'Inconnu, qui bataillait avec le filet, la douleur lui faisant monter les larmes aux yeux. Le colosse refusa de s'asseoir, préférant s'accrocher au mât pendant la traversée. Hirad, qui l'avait suivi des yeux, échangea un regard avec Ilkar, anxieux de le rejoindre à bord de la yole. L'elfe était livide à l'idée de naviguer dans un aussi frêle esquif. Denser, qui s'était emparé du gouvernail, ne put réprimer un sourire.

— J'ai comme une impression de déjà vu, grimaça-t-il.

— Si tu veux bien t'en souvenir, le bras de Triverne était une mare aux canards en comparaison de ces eaux, répliqua Ilkar. Et tu barrais tellement mal qu'on se serait cru sur une mer déchaînée. Je ne comprends pas pourquoi on t'a encore confié le gouvernail.

— Parce qu'il n'y avait pas d'autres volontaires.

Denser tourna la tête vers Erienne, assise près de lui. Les bras croisés sur l'estomac et les épaules contractées, la jeune femme regardait en direction d'Herendeneth.

— Nous y serons bientôt, mon amour, promit-il.

— Je sais, dit Erienne. Lyanna m'a tellement manqué, mais…

Elle s'interrompit et déglutit.

— Tant qu'il y a de la vie, il y a de l'espoir, dit Denser, qui n'en pensait pas un mot.

— Pas cette fois, souffla Erienne. Contente-toi de nous amener là-bas en un seul morceau, et le plus vite possible.

Hirad s'arc-bouta contre la coque du *Soleil Calaien* pour en écarter la yole. Agitant la main et criant des remerciements à l'équipage elfique aligné contre le bastingage, les Ravens s'éloignèrent. L'Inconnu hissa la voile, qui les propulsa dans le sillage des Protecteurs.

Le barreur de *L'Orme des Océans* les avait repérés bien avant qu'un cri ne signale leur présence. Il traversa le pont de barre et se pencha par-dessus la rambarde. De là, il vit un mage dordovan planté à la proue sonder la brume. Selik longeait le pont principal à grandes enjambées.

— Misère, marmonna le barreur. (Il revint vers son timonier.) Fiche le camp. Si le mage de Selik les a vus, il montera ici pour me tuer. Tu connais les consignes.

— Oui, capitaine.

— Souviens-toi : l'Unique doit survivre, et les Al-Drechars sont plus importantes que tout. Nous avons fait tout ce qui était en notre pouvoir.

Le barreur poussa le jeune elfe vers l'échelle et le remplaça à la barre. Son timonier rejoignit le bosco et le premier maître pour parler avec eux à voix basse. Les deux hommes levèrent la tête vers le barreur, hochèrent imperceptiblement la tête et se mirent au travail.

Le barreur entendit un bruit de course. Les battements de son cœur s'accélérèrent et ses mains se crispèrent sur la barre. La tête de Selik apparut au sommet de l'échelle, son expression fournissant au barreur la réponse à sa question. Deux mages et un garde marchaient derrière le chef des Ailes Noires.

Il fonça vers le barreur, le saisit par la gorge et le força à reculer. Dans l'autre main, il tenait une dague.

— Je t'écoute ! grogna-t-il. (Il regarda par-dessus son épaule.) Toi, prends la barre. Contente-toi de la maintenir en place. Pour l'instant. (Il leva sa dague et appuya la pointe sous l'œil droit du barreur.) Parle.

— Vous n'avez même pas pris la peine de m'interroger, n'est-ce pas ? Dans votre arrogance, vous avez pensé que je m'inclinerais devant vous et que je vous laisserais détruire tout ce que je chéris. Mais vous avez eu tort et ma mission est accomplie. Vous avez perdu Erienne, et j'ai guidé sur la bonne route ceux qui vous vaincront, alors que nous voguions dans une autre direction.

Selik le fixa, bouche bée, un filet de salive coulant au coin de ses lèvres. Il recula un peu, sans toutefois baisser son arme.

— Mais les forces du bien ne sauraient être vaincues, chuchota-t-il avec un regard brûlant de ferveur. Vous venez de trahir toutes les créatures vivantes de Balaia.

Le barreur vit la haine brûler dans l'œil intact de l'homme. Il sentit sa main se resserrer sur sa gorge et vit la pointe de la dague trembler devant lui.

Il comprit qu'il ne lui restait plus beaucoup de temps.

— Il est trop tard, Selik. Erienne et son enfant seront réunies. Ensemble, elles vous détruiront, vous et tout ce que vous représentez. Si c'est cela que j'ai trahi, je mourrai heureux. Allez, Aile Noire, tuez-moi. Vous n'avez plus le pouvoir de me menacer ni de me faire du mal.

Selik tourna la tête. Toutes voiles dehors, dans les eaux calmes de l'archipel abrité de la fureur de la tempête, *L'Orme des Océans* filait à une vitesse réjouissante. Vers où ? Le barreur ne le savait pas et il s'en souciait encore moins. À un moment ou un autre, le fond marin monterait à la rencontre de l'étrave, mais il ne serait plus là pour le voir.

La pointe de la dague piqua sa joue. Il ne frémit pas.

— Si je te tue, ton équipage refusera de me conduire jusqu'à Herendeneth. Je ne suis pas aussi stupide que tu le crois !

Le barreur éclata de rire.

— Regardez derrière vous, Aile Noire. Mes gars ont déjà refusé. Vous avez perdu, et j'ai gagné.

Selik se retourna. Les marins elfes étaient toujours perchés dans le gréement ou alignés à leur poste, le long du bastingage. Les seaux et les balais à frange gisaient sur le pont, près des fils à plomb proprement enroulés. Mais personne ne bougeait.

— Faites demi-tour immédiatement, rugit Selik, ou votre capitaine mourra !

Aucun elfe ne broncha.

— C'est un de vos hommes qui tient la barre, dit aimablement le barreur.

Selik ricana.

— En effet. Tu as entendu ? Exécution.

— Mais..., protesta l'Aile Noire.

— Tout de suite ! Ça ne doit pas être si difficile. Il suffit de tourner cette roue.

Le barreur regarda l'Aile Noire lutter contre la barre. *L'Orme des Océans* tourna maladroitement. Ses voiles se détendirent un peu avant de se regonfler. Il aurait fallu modifier leur orientation pour optimiser la vitesse du navire. Mais le barreur n'avait pas besoin de regarder pour savoir ce que son équipage faisait. Chaque marin abandonnait son poste pour se planter sous le pont de barre – ou aussi près que les Ailes Noires les y autorisaient.

— Retournez à votre place ! lança Selik.

— Personne ne peut manœuvrer ce bateau sans *ma* permission, dit calmement le barreur. Ils ne lèveront pas le petit doigt pour vous obéir.

— Il semble que je n'aie pas besoin de toi, en fin de compte, dit Selik. Et je suis sûr que ton équipage refusera de se noyer à cause d'une obscure règle du code maritime. Mais tu ne seras plus là pour le voir.

Alors que la dague frappait vers le haut, et qu'une douleur atroce mais brève lui déchirait le crâne, le barreur sut que Selik ne tarderait pas à le rejoindre dans l'étreinte des dieux de la mer. Qui rendraient leur jugement et exécuteraient leur vengeance.

Chapitre 35

La navigation était parfois délicate, mais jamais vraiment dangereuse. Pendant que les Protecteurs se démenaient, leurs rames frappant en cadence les eaux agitées, les Ravens, voilure gonflée à bloc, filaient le long du canal, distançant rapidement les canots.

Sur leur gauche, les nuages bas engloutissaient le sommet d'une immense falaise. Sur leur droite se dressait une suite de petites îles rocheuses aux contours déchiquetés. Le vent s'engouffrait entre les deux, forçant les Ravens à s'asseoir sur tribord pour contrebalancer la traction de la voile. Denser barrait sous le regard vigilant mais approbateur de l'Inconnu, debout une main sur le mât ou sur son étai.

Le cœur du Xetesk s'emballait à cause d'un mélange d'excitation et de chagrin. Il se délectait de la vitesse qui les propulsait vers Lyanna, la fille qu'il n'avait pas vue depuis si longtemps – mais qui allait coûter la vie d'Erienne. Il regarda la jeune femme. Assise sur sa droite, elle agrippait le plat-bord d'une main et son épaule de l'autre. Sous sa capuche, son regard était rivé sur lui.

Denser lui sourit. Elle pressa son épaule un peu plus fort, la massant à travers la laine épaisse de sa cape. Incapable de dire un mot, Denser hocha la tête. Ces derniers jours, ils avaient connu une harmonie – le sentiment de ne plus faire qu'un – inédite jusque-là. Une proximité née de leur désespoir, mais aussi de la conviction qu'ils faisaient ce qu'il fallait. Même s'ils devaient être séparés pour toujours, leur amour survivrait à travers Lyanna.

Pourtant, Denser savait qu'il ne se remettrait jamais de la perte d'Erienne.

Mais il ne leur restait plus de larmes à verser. Ce qui aurait dû ou aurait pu être ne comptait pas. Ils n'avaient plus le loisir de rêver ou de faire des projets d'avenir. Il fallait affronter la réalité et Denser devait se concentrer sur sa mission : sauver sa fille, afin qu'Erienne puisse mourir pour elle.

Il détourna les yeux et tourna le gouvernail alors que le vent se renforçait. Ils n'étaient plus très loin.

Les Ravens aperçurent Herendeneth au crépuscule. À première vue, l'île se présentait comme un mur de pierre nue et infranchissable, mais de la verdure jaillissait un peu partout à sa surface grise, comme à travers des portes entrouvertes.

Erienne hoqueta de surprise.

— L'illusion se fragmente de toutes parts. Du ciel, ils verront la maison, j'en suis certaine.

— Nous devons connaître les paramètres exacts, dit l'Inconnu.

— Mon amour, proposa Denser, pourquoi ne nous précéderais-tu pas par la voie des airs, histoire d'avertir les Al-Drechars que nous arrivons et de passer un peu de temps avec Lyanna avant que nous devions nous mettre au travail ?

— Quelle idée merveilleuse !

— Il m'arrive d'en avoir, de temps en temps...

La jeune femme lui jeta les bras autour du cou et l'embrassa.

— Répugnant, fit Hirad avec une grimace.

Denser se dégagea et ramena vers lui le gouvernail, qu'Erienne avait repoussé dans son élan. La jeune femme se leva, prépara son sort et s'éleva dans les airs. Un instant, elle resta suspendue derrière Denser et se pencha pour poser un baiser sur le sommet de son crâne.

— Rejoins-nous vite.

Le Xetesk leva la main pour lui caresser la joue.

— Je verrai ce que je peux faire.

Erienne fila vers le sud, quelques mètres à peine au-dessus des vagues pour éviter le vent qui soufflait très fort au sommet des falaises et ne fut bientôt plus qu'un point minuscule à l'horizon. Denser la regarda disparaître, jaloux de penser que quelqu'un d'autre profiterait de son amour. Même si c'était leur fille.

L'Inconnu se tourna vers Ilkar, de plus en plus verdâtre.

— Ça te dirait d'en faire autant pour aller regarder derrière nous ? lança-t-il à l'elfe. J'aimerais savoir si nous avons des poursuivants, et à quelle distance ils sont.

Ilkar hocha la tête.

— Tout ce que tu voudras, pourvu que ça m'évite de passer une minute de plus à bord de cet assemblage de bois mort.

— Ne t'approche pas trop, recommanda Hirad.

— Ne t'en fais pas. J'ai de bons yeux.

Jevin longeait le côté droit du canal, comme le lui avait conseillé Ren'erei. Il avait posté des guetteurs à la proue et à la poupe du navire. Quand un cri retentit, le signal étant relayé par la vigie, il ne fut pas surpris. Ce qui ne l'empêcha pas de s'attrister.

Émergeant de la pénombre crépusculaire, à la périphérie de sa vision, *L'Orme des Océans* gîtait, tel un géant ivre mort, dirigé par un homme qui n'avait aucune notion du rapport existant entre la barre et le gouvernail, de la force et de la direction du vent ou de l'inertie du magnifique vaisseau. Ça ne pouvait pas être un elfe. Jevin et son équipage pleurèrent intérieurement la mort de leurs semblables et firent une prière aux dieux de la mer pour qu'ils recueillent leur âme dans le sein de l'océan. Puis ils attendirent l'inévitable.

Jevin secoua la tête en observant la progression de *L'Orme des Océans*, qui avançait vers *Le Soleil Calaien*, toutes voiles dehors. Il n'y avait personne dans le gréement et du côté des haubans. Pas un seul passager ne serait prêt, et Jevin en retira une certaine satisfaction. La plupart se noieraient peut-être et passeraient l'éternité dans un crépuscule de douleur, trop loin de la surface pour respirer. Du moins, il l'espérait.

Il redouta une collision, mais les imbéciles maîtres de *L'Orme des Océans* ne manœuvraient pas assez bien pour ça. Se demandaient-ils pourquoi il naviguait avec si peu de toile, se contentant de se laisser porter par les courants ? L'avaient-ils seulement aperçu ?

N'ayant aucun moyen de le savoir, Jevin continua à observer. Lorsque l'événement qu'il attendait se produisit, il soupira. La destruction de la beauté. Un kilomètre et demi devant lui, *L'Orme des Océans* ralentit, comme si la main d'un dieu l'avait empoigné. Sa proue se souleva légèrement ; puis elle bascula sur le côté, révélant les plaies béantes de sa coque. Une vision horrible.

Le son parvint aux oreilles de Jevin un instant plus tard : craquement, grincement, déchirure... Les gémissements d'agonie d'un vaisseau blessé à mort. Il imagina – non, espéra – entendre les hurlements de ses passagers qui basculaient dans les flots impitoyables ou étaient projetés contre le bois et la pierre. L'eau qui entourait *L'Orme des Océans* commença à l'engloutir dans un bouillonnement.

— Archers, en place ! ordonna Jevin.

Douze marins s'alignèrent contre le bastingage bâbord, une flèche déjà encochée dans leur arc, prêts à faire feu.

Comme Jevin l'avait prévu, ils se propulsèrent vers le ciel, ces lâches trop égoïstes pour essayer de mettre un canot à l'eau ! Pendant que leurs compagnons, qui n'avaient aucun moyen de s'envoler, tentaient désespérément de sauver leur peau, les mages filèrent vers *Le Soleil Calaien*. En les suivant du regard, Jevin vit que l'un d'eux portait un homme.

— Ne les laissez pas approcher. Aucun d'eux ne doit toucher mon pont tant qu'il respirera encore.

Les marins armèrent leurs arcs tandis que les mages les survolaient. Visiblement, ils n'avaient pas l'intention de se poser à bord du *Soleil Calaien*, mais seulement de longer le canal pour rejoindre leurs amis dordovans, qu'ils avaient distancés depuis longtemps. Pourtant, même s'ils ne présentaient aucun danger pour son équipage, Jevin ne pouvait les laisser s'en tirer comme ça. C'était à lui de venger *L'Orme des Océans* et ses marins.

— Abattez-les.

Une volée de flèches vola vers le ciel. Cinq mages dégringolèrent en hurlant, leurs ailes dissipées. Les flots se refermèrent sur eux, et les dieux des mers les guidèrent vers leur enfer. Trois, dont celui qui portait un humain, s'éloignèrent encore.

Les marins encochèrent de nouvelles flèches, bandèrent leurs muscles et tirèrent. Avec un sifflement, les projectiles filèrent vers leurs proies. Un autre mage tomba du ciel et l'humain suspendu entre les jambes d'un Dordovan cria. Jevin eut beau plisser les yeux, il ne put voir où la flèche s'était plantée. Dans un poumon, espéra-t-il, ou tout autre endroit où sa blessure lui vaudrait une agonie lente et douloureuse. Il hocha la tête.

— Rangez vos armes. Guetteurs sur bâbord. Allons voir s'il y a des survivants elfes.

L'expression de ses marins révéla au capitaine qu'ils n'y croyaient pas plus que lui.

Ilkar revint vers la yole des Ravens. Il avait vu tout ce qu'il avait besoin de voir. Laissant le vent lui souffler au visage, il sentit les premières gouttes d'une nouvelle averse l'éclabousser. Au moins, il serait bientôt sur la terre ferme.

Bien qu'il n'ait pas vraiment été malade depuis ces deux premiers jours à bord du *Soleil Calaien*, savoir qu'il ne vomirait pas ne le faisait pas aimer davantage la mer, et il n'avait aucune intention de se poser sur la yole. Il se contenta d'ajuster sa vitesse pour voler de front avec elle, quand la pluie augmenta d'intensité et lui battit la figure.

— Alors, comment ça se présente ? demanda l'Inconnu.

— Nous avons encore trois navires dordovans aux trousses. Ils vont trop lentement pour atteindre le bout du canal avant le coucher du soleil, mais ils devraient quand même arriver à l'endroit où nous avons quitté *Le Soleil Calaien*.

— Hum… (L'Inconnu regarda en arrière, essayant d'évaluer la distance.) Dans ce cas, nous pouvons nous attendre à une attaque pendant la nuit, dit-il enfin. Ils pourront manœuvrer des yoles dans l'obscurité, surtout s'il y a des elfes parmi eux. Et aussi envoyer des mages par la voie des airs. Il est vraiment regrettable que nous ne puissions pas éteindre cette maudite lumière.

— Rien ne prouve que nous ne le puissions pas, fit Ilkar.

— Exact. Alors, puisque tu n'as pas l'intention de finir la traversée avec nous, pourquoi ne pars-tu pas en avant pour voir ce que tu peux faire ?

— L'idée m'avait traversé l'esprit. Je pourrais emmener l'un de vous, mais il vaudrait mieux que je ménage mes réserves de mana.

— Dans ce cas, on se retrouve dans deux heures.

— Tu as vu les Kaans ? demanda Hirad.

Ilkar secoua la tête.

— Ni eux, ni *Le Soleil Calaien*, ni *L'Orme des Océans*. Désolé.

Puis il fila vers Herendeneth.

Le cœur d'Erienne battait douloureusement lorsqu'elle atteignit l'île. Elle était partie moins de quinze jours, mais tant de choses avaient changé en son absence… Et pas en bien.

L'illusion se délitait pratiquement sous ses yeux. Elle tourbillonnait, se fragmentait et se reconstituait irrégulièrement, évoquant une mosaïque à ses points les plus affaiblis mais encore existants. Partout ailleurs, elle avait disparu, alors que la structure de mana incroyablement complexe perdait sa stabilité et se désagrégeait morceau par morceau. Bientôt viendrait le moment critique où elle s'effondrerait sur elle-même, mais cela n'aurait plus la moindre importance.

Plus personne ne se serait laissé duper par l'illusoire façade de roche abrupte. Derrière elle, au-delà de la dangereuse réalité des écueils à fleur d'eau, s'étendait une île éminemment habitable, dont les steppes montaient en pente douce vers le pic volcanique central.

Vu du dessus, c'était encore plus évident. Erienne était montée à une trentaine de mètres d'altitude. De là, elle put immédiatement repérer la maison, ses jardins et ses tombes. Les dommages qu'elle avait subis la firent hoqueter de stupeur. Toute l'aile ouest avait disparu, ses décombres engloutis par une fissure qui, telle une cicatrice indélébile, balafrait la beauté de ce sanctuaire. Les doux torrents, les chutes scintillantes et les bassins placides s'étaient transformés en fleuves bouillonnants. Là où ils avaient débordé de leur lit, l'eau courait vers la maison et s'y infiltrait en quatre points. Le toit était piqueté de trous trop nombreux pour les compter, et des débris – verre, bois, ardoise et pierre – jonchaient le sol, comme pulvérisés par un gigantesque marteau.

La maison était dominée par le faisceau de lumière magique que Lyanna – ça ne pouvait être qu'elle – avait créé. Majestueux et muet, zébré des couleurs des quatre Collèges, plus un brun foncé très calme et des éclairs noirs, il tourbillonnait sur lui-même, lentement à sa base, puis de plus en plus vite en gagnant de l'altitude. Au-dessus de la tête d'Erienne, des nuages orageux s'enroulaient autour de la colonne. Sous leur ventre, une brume pâle couvrait Herendeneth et ses environs, où elle crachait une fine pluie froide.

Erienne décrivit un cercle autour du faisceau, qui s'élevait du centre du verger. Alors qu'elle piquait vers le sol pour se poser, elle aperçut un détail qui la réjouit. Une fillette venait de jaillir des ruines de la maison et levait la tête vers elle, une main en visière devant les yeux, l'autre s'agitant dans sa direction.

Lyanna.

Erienne cria son nom, pointa ses ailes en avant pour freiner sa descente et s'arracher aux courants aériens, puis les dissipa en se laissant tomber sur le sol. Elle serra l'enfant contre elle – une joie qu'elle avait cru ne plus jamais connaître. Lyanna s'accrocha à elle comme à une bouée de sauvetage.

— Lyanna, Lyanna, chuchota Erienne d'une voix chevrotante, le visage ruisselant de larmes. Oh, ma chérie, comme il est bon de te retrouver. Raconte-moi tout. Je t'ai manqué ? Toi, tu m'as épouvantablement manqué, mon cœur. Que t'est-il arrivé ? De quoi te souviens-tu ?

Elle repoussa doucement la fillette et vit que celle-ci la regardait, l'air intrigué.

— Qu'y a-t-il, ma chérie ? Qu'est-ce qui ne va pas ?

Lyanna fronça les sourcils.

— Tu sais bien ce qui m'est arrivé. J'étais dans l'endroit noir. Les vieilles dames m'ont forcée à y rester, et c'est pour ça que tu es partie. Parce que tu pensais que je ne m'en apercevrais pas. Mais je m'en suis aperçue, et j'ai fait de la lumière pour t'aider à revenir. Pourquoi es-tu partie ?

La lèvre inférieure de l'enfant tremblait. Erienne résista à l'envie de la serrer de nouveau contre elle.

— Ma chérie, je te l'ai déjà expliqué. Tu m'as dit au revoir sur la plage, pas vrai ? Tu as déjà oublié ? Je suis partie chercher de l'aide parce que les Al-Drechars se fatiguaient. Je suis allée chercher papa.

Lyanna réfléchit quelques instants et hocha la tête.

— Oui, mais je ne voulais pas aller dans l'endroit noir, et les vieilles dames m'ont forcée à rester là-bas jusqu'à ce que je les oblige à me laisser me réveiller.

Le cœur d'Erienne bondit dans sa poitrine. D'une main soudain tremblante, elle écarta les cheveux qui tombaient devant le front de Lyanna.

— Que veux-tu dire ?

— J'ai fait du mal à Ana. Je ne sais pas ce qui s'est passé, gémit la fillette. S'il te plaît, maman, ne sois pas en colère contre moi. Je n'ai pas fait exprès. J'avais peur.

Elle pleura. Erienne la prit dans ses bras et la berça doucement en lui chuchotant à l'oreille :

— Bien sûr que je ne suis pas en colère.

Elle regarda autour d'elle. À présent, elle comprenait l'origine de cette dévastation. Et elle craignait pour l'esprit d'Aviana, si la vieille elfe était toujours vivante. Mais là n'était pas le véritable problème. Si Lyanna disait vrai, son OmbreMage n'était pas vraiment terminée. Elle n'acceptait et ne maîtrisait pas encore complètement le mana. Et elle risquait de rechuter à tout moment, sans le bouclier des Al-Drechars pour l'empêcher de provoquer des catastrophes à la surface de Balaia.

Erienne se reprit, tentant d'adopter un ton léger et affectueux. Elle ne pouvait pas se permettre de montrer à Lyanna combien elle avait peur.

— Et comment te sens-tu, ma chérie ? demanda-t-elle.

La fillette eut un petit sourire.

— Ça va. Ma tête me fait mal, et je crois que ma lumière est un peu trop grosse. Le vent est toujours dans ma tête. Les vieilles dames avaient dit qu'elles m'aideraient à l'arrêter, mais elles ne l'ont pas fait.

Erienne se leva et tendit une main.

Lyanna la prit.

— Allons voir où sont les Al-Drechars.

— Je crois qu'elles ne m'aiment pas beaucoup. Elles ne me parlent plus du tout.

— Mais non, je suis sûre que tu te trompes. Viens, je vais te montrer qu'elles sont toujours tes amies.

— Et après, on pourra guetter papa ? J'ai un endroit spécial pour regarder la mer. J'y suis allée tous les jours pour t'attendre.

— Merci, ma chérie. Ça m'a aidée à revenir plus vite.

À contrecœur, Lyanna se laissa entraîner vers la maison. Erienne enjamba les poutres imbibées d'eau, les vitres brisées, les morceaux de poterie, les tableaux tombés à terre et les lambeaux de tapisserie en s'efforçant de ne pas réagir. Lyanna ne semblait pas remarquer la destruction qui l'entourait : elle babillait à propos de ses amis, les esprits follets, et de la bonne soupe qu'elle avait mangée au déjeuner.

Elles ralentirent en approchant des appartements des Al-Drechars. Déjà inquiète de n'entendre d'autre bruit dans la maison que celui du vent s'engouffrant par les encadrements de fenêtres et les trous du toit, Erienne craignit le pire lorsqu'elle ouvrit la porte du couloir. Personne ne montait la garde. Nul ne l'attendait. Elle n'eut même pas besoin de regarder dans les chambres pour savoir qu'elles étaient vides.

Elle prit Lyanna dans ses bras et se lança vers la salle de bal, espérant que les vieilles elfes seraient assises autour de leur table à fumer la pipe. La fillette ne tenta pas de résister, mais s'agita quand sa mère ouvrit la porte de la salle et se figea en découvrant les grands chandeliers qui gisaient sur le sol craquelé tels des squelettes d'animaux blanchis.

— Qui est cet homme, maman ? demanda-t-elle, le regard rivé sur un point, au-dessus de l'épaule d'Erienne.

La jeune femme fit volte-face, et l'enfant pivota dans ses bras pour ne pas perdre de vue l'intrus.

— Ilkar, dieux merci. Lyanna, cet homme est un ami de maman et papa. Il va nous aider. Dis-lui bonjour.

La fillette eut un signe de dénégation.

— Peu importe, dit Ilkar en les rejoignant au pas de course. Par les dieux déchus, Erienne, cet endroit est ravagé ! Que s'est-il passé ?

Du menton, la jeune femme désigna sa fille.

— Devine ! Je n'ai trouvé personne... Il devrait y avoir des elfes de la Guilde partout, sans compter les Al-Drechars, mais la maison ressemble à une morgue. Accompagne-moi, tu veux ? Je ne me sens pas très rassurée.

Ilkar sourit.

— De quel côté ?

Pour toute réponse, Erienne traversa la salle de bal vers la salle à manger, ses pas produisant un écho humide dans l'immense pièce. Il y avait dans le toit un trou de la taille d'une carriole, et les moulures en plâtre du plafond étaient tombées par morceaux. La jeune femme n'y prêta aucune attention, tentant de ne pas courir comme une folle vers son dernier espoir. Elle saisit la poignée de sa main libre et poussa la porte vers l'intérieur.

— Oh, non, marmonna-t-elle en s'arrêtant net et en se couvrant le bas du visage.

Dans ses bras, Lyanna se débattit et eut un haut-le-cœur. Ilkar s'immobilisa derrière elles. La jeune femme l'entendit déglutir.

— Erienne, emmène ta fille. Je vais voir ce que je peux faire. (Il la prit par les épaules et la força à se tourner vers lui.) Denser n'est plus qu'à une heure ou deux d'ici. Il faut que tu persuades Lyanna d'éteindre son faisceau. Les Dordovans ne sont pas loin, et cette lumière risque de les attirer comme la flamme d'une lanterne attire des papillons.

Erienne hocha la tête en ravalant ses sanglots.

— Pitié, pourvu qu'elles ne soient pas toutes mortes !

— Je ferai tout ce que je pourrai, lui promit Ilkar. À présent, sors d'ici et va respirer un peu d'air frais.

Erienne rebroussa hâtivement chemin, luttant contre le désespoir qui menaçait de la submerger.

Ilkar regarda autour de lui et comprit ce qui les avait incitées à se réfugier ici. La salle à manger était sèche – sans doute la seule pièce de la maison que l'humidité n'ait pas encore envahie. Face à lui, un âtre qui dégageait une maigre chaleur résiduelle. Sur les côtés, des fenêtres aux volets fermés sur leurs vitres brisées.

La table avait été poussée contre le mur de gauche. Au centre se dressaient quatre lits tous occupés, dont un au moins devait contenir un cadavre. Quand l'elfe entra, la puanteur le prit à la gorge. Ses yeux s'embuèrent et il toussa.

Il devait aérer cette pièce. D'un pas vif, il gagna une porte située sur sa droite, qui s'ouvrit sur une chambre dotée d'une unique fenêtre arrachée. Ilkar aspira une grande goulée d'air, coinça le battant avec un canapé et passa à la porte suivante. Elle tourna sur ses gonds en grinçant, révélant une cuisine.

L'elfe venait de prendre une chaise pour la tenir ouverte quand il s'interrompit et se redressa, sourcils froncés. Il posa sa chaise et s'approcha des fours. Ils étaient encore chauds et des flammes brûlaient à l'intérieur. Ilkar ne vit pas de nourriture prête à cuire, ni de casserole d'eau à mettre à chauffer, mais de toute évidence, quelqu'un était passé par là très récemment.

— Hou hou, appela-t-il, traversant la cuisine vers les deux portes qui se découpaient dans le mur du fond. Il y a quelqu'un ?

Il dégaina son épée et, de sa main libre, poussa celle de gauche. Une chambre froide. Vide. Il laissa le battant se refermer, fit un pas vers la droite et tourna la poignée de la seconde porte.

— Par les dieux, mais que faites-vous là ? lança-t-il, incrédule, en reculant malgré lui.

Une voix masculine monta des corps pelotonnés les uns contre les autres – Ilkar en compta au moins six, mais il y en avait peut-être plus.

— Nous attendons la fin. Nous prions pour être délivrés.

— Délivrés de quoi ?

— De Lyanna.

Chapitre 36

Ilkar réussit à persuader les elfes de quitter leur cachette et de passer dans la cuisine. Il avait été forcé de leur expliquer qui il était et ce qu'il faisait là, avant qu'ils consentent à le regarder en face – sans même parler de lui obéir. Finalement, ils étaient huit : Ilkar n'avait pas vu les deux jeunes enfants. Pendant qu'un des adultes mettait de l'eau à chauffer pour le thé, il fit asseoir les autres, sans perdre de vue que les Al-Drechars gisaient mortes ou mourantes dans la pièce voisine. Il devait motiver ces gens.

— J'ai du mal à comprendre ce qui se passe, avoua-t-il, s'adressant aux deux elfes qui semblaient les plus disposés à communiquer.

C'était un couple âgé qui devait servir la Guilde depuis deux siècles environ. Pourtant, leur assurance avait volé en éclats.

— Vous n'étiez pas là, répondit l'homme, qui s'était présenté sous le nom d'Arrin. (Il avait des yeux d'un bleu-vert limpide, un visage creusé de rides et des cheveux gris clairsemés.) Tout est arrivé si vite…

— Mais comment cela se fait-il ? Vous êtes la Guilde de Drech.

— Et nous n'avions jamais été confrontés à un pouvoir d'une telle force ! répliqua la femme, Nerane, dont les longs cheveux argentés étaient attachés en queue-de-cheval. Ou aussi incontrôlable.

— Ah, dit Ilkar.

Il avait eu une vision de Lyanna les terrorisant d'une façon qu'il ne s'expliquait pas, telle une force maléfique décidée à les détruire.

— Ce n'est qu'une petite fille, dit Arrin. Et c'est bien là le problème. Elle ne comprend pas ce qu'elle fait. Elle devait vivre son Ombre sous le bouclier des Al-Drechars.

— Mais visiblement, elle en a émergé, murmura Ilkar.

L'eau commença à bouillir sur la plaque chauffante. Un elfe entreprit de remplir des chopes. Il semblait épuisé, comme s'il n'avait pas fermé l'œil depuis trois jours. Ce qui était peut-être le cas.

— Non, dit Arrin. Elle a brisé le bouclier il y a trois jours. Elle marche, parle et mange, mais elle n'a aucune notion d'acceptation ou de contrôle, bien que son subconscient soit tout à fait capable de modeler le mana. Et elle n'a aucune idée de ce que crée son esprit. Ou de ce qu'il détruit, pour être plus exact.

— Je ne suis pas sûr de comprendre, dit Ilkar. (Il leva les yeux alors que l'elfe posait une chope fumante près de sa main droite.) Merci.

— C'est comme ça, dit Arrin en sirotant son thé. Son OmbreMage a été différente de celles des autres mages. Elle est trop jeune pour accepter les forces qui sont en elle et les manipuler sans se faire de mal ou nuire à autrui. Bref, ce sont ces forces qui la contrôlent, et pas l'inverse. Chacune de ses émotions et de ses réactions trouve un écho, une expression dans le mana qu'elle abrite. Quand elle est en colère, la foudre frappe l'île ; quand elle est triste, il pleut ; quand elle est heureuse, le soleil brille. Des métaphores très simples, comme on peut s'y attendre chez une enfant de cinq ans.

— D'une façon perverse, je suppose que oui, fit Ilkar. Je sens qu'il y a un « mais » quelque part…

Nerane hocha la tête.

— Et même plusieurs. Comme on pouvait s'y attendre, la violence des phénomènes provoqués par son mana reflète la profondeur de ses émotions. Mais à une ou deux exceptions près, nous pouvons nous en accommoder. Notre problème principal, c'est que son subconscient modèle le mana et crée des formes très dangereuses pour lui permettre d'obtenir ce qu'elle désire. Sa colère, par exemple, ne s'est pas bornée à se manifester à travers la foudre. Elle s'en est prise à nous directement.

— Des attaques mentales ? demanda Ilkar.

— Oui. Si sa cible est un individu. Mais vous avez vu l'aile ouest de la maison. Elle s'est écroulée à cause d'un caprice qui s'est manifesté sous la forme d'un tremblement de terre. Dix-sept elfes de la Guilde ont péri dans les décombres. Il ne reste plus que nous, dit Arrin en regardant ses compagnons.

Sa femme lui passa un bras autour des épaules.

— Je suis désolé, souffla Ilkar.

Nerane haussa les épaules, un geste qui exprima tout son désespoir.

— Et en ce moment, Lyanna utilise les Al-Drechars comme conduit pour le faisceau qu'elle a placé au milieu du verger, même si elle ne s'en aperçoit pas. Nous n'osons pas lui demander de l'enlever. Ça la mettrait encore en colère.

— Donc, vous vous cachiez pour lui échapper ?

— Oui. Je sais qu'il peut paraître idiot d'avoir peur d'une si petite fille, mais elle ne supporte pas qu'on lui dise non, et elle voulait réveiller Ephemere. Quand nous avons refusé de la laisser entrer dans la chambre, elle est devenue folle de rage, et elle a fait s'effondrer la moitié du plafond de la salle de bal. C'était hier. Nous avons de la chance qu'elle déteste la cuisine, ou nous serions déjà morts.

Aucun elfe ne voulait soutenir le regard d'Ilkar, tant ils étaient embarrassés. Mais le Julatsien ne les blâmait pas et ne les prenait pas non plus pour des lâches. Les profanes n'avaient aucune défense contre la magie. Ils ne pouvaient pas faire grand-chose d'autre que se cacher. La prise de responsabilité était un élément crucial de la formation de tout jeteur de sorts. Lyanna avait encore beaucoup à apprendre.

— Et aucun de vous n'a franchi cette porte depuis ? demanda-t-il en la désignant du pouce.

— Non, répondit Arrin. Nous savons qu'Aviana est morte. Elle nous a quittés il y a deux jours, mais Lyanna n'a pas voulu que nous la déplacions.

— Très bien, dit Ilkar. (Il leva une main.) Écoutez, voici ce que nous allons faire : Lyanna est dans le jardin avec sa mère, évacuez le corps d'Aviana et occupez-vous des Al-Drechars encore vivantes. Ensuite, vous me ferez visiter la maison. Des amis à nous arrivent – une trentaine environ – mais les Dordovans les suivent de près et ils veulent la mort de Lyanna. Vous devez m'aider à la protéger, d'accord ? (Il avait l'impression de parler à des enfants.) Je vous supplie de nous faire confiance. Erienne va persuader Lyanna de disperser son faisceau lumineux, et les Al-Drechars s'en remettront peut-être. Je dois savoir si elles seront en mesure de nous prêter main-forte ou pas.

— Pourquoi les Dordovans veulent-ils la mort de Lyanna ? demanda Arrin.

Ilkar soupira.

— Les phénomènes dont vous avez été victimes ici assaillent Balaia depuis plus de soixante-dix jours. Des milliers de gens ont péri. Beaucoup d'autres ont perdu leur maison, et les autorités ne peuvent plus faire face. Certaines personnes pensent que la mort de Lyanna serait un moyen de mettre un terme à leurs problèmes, mais Erienne et Denser croient qu'il en existe un autre. Alors, nous aiderez-vous ?

— Cela va de soi Nous sommes la Guilde de Drech, affirma Arrin, des gens dévoués à la cause de l'Unique. (Il se tourna vers ses compagnons.) Vous l'avez entendu. Dès que vous aurez fini votre thé, que deux d'entre vous s'occupent d'Aviana, et que deux autres examinent Ephy, Myra et Cleress. Pendant ce temps, deux autres prépareront un repas pour trente personnes – voyez ce que vous pourrez trouver dans le garde-manger et faites cuire du pain si c'est tout ce qui reste. Moi, je ferai à Ilkar les honneurs de la maison.

Des murmures d'assentiment coururent autour de la table. Ilkar hocha la tête et sourit.

— Merci.

— Non, merci à vous, dit Arrin. Votre arrivée nous a sauvés.

— Pas encore, mes amis. Pas encore…

Erienne laissa Lyanna la conduire dehors, loin de l'odeur de mort et dans l'air frais et venteux d'Herendeneth. La brume pluvieuse tourbillonnait encore dans le ciel, mais elle était tiède, et le soleil tentait une percée à travers les nuages, qui se dissipaient rapidement.

Toute contente, la fillette sautait à cloche-pied en entraînant sa mère sur le chemin qui menait à l'anse abritée.

— Papa ne saura pas par où aller, avait-elle dit.

Erienne avait compris qu'elle avait raison : il n'y avait pas d'accès évident à la petite plage.

Les arbres qui bordaient la pente avaient été abattus par la tempête. Visiblement, les elfes de la Guilde avaient eu le temps de traîner sur le côté ceux qui obstruaient le passage. Mais beaucoup avaient été déracinés et étaient tombés sur ceux de derrière. Chaque rafale provoquait des craquements sinistres alors qu'ils glissaient progressivement vers le sol.

Arrivée au dernier virage, Lyanna guida Erienne vers un escarpement de six ou sept mètres. La jeune femme entendit le grondement du ressac en contrebas, et le sifflement du vent qui balayait le rivage exposé.

— Je vais te montrer, maman.

Lyanna lâcha la main d'Erienne et trottina vers les rochers, qu'elle escalada avec une agilité et une assurance surprenantes.

— Qui t'a montré ça ? demanda Erienne, anxieuse, en se plaçant sous elle pour la rattraper si elle tombait.

— Personne, répondit Lyanna, essoufflée, ses petits membres se tendant pour atteindre des appuis.

Erienne se sentit glacée jusqu'à la moelle. Qui avait veillé sur son enfant ? Un nœud de colère se forma dans son estomac. Elle avait confié Lyanna à des gens convaincus qu'elle était trop précieuse pour vivre n'importe où ailleurs dans le monde. Mais ils ne l'avaient pas empêchée de crapahuter sans surveillance. Une chute. Il aurait suffi d'une malheureuse petite chute…

— Personne ne t'a accompagnée ici ?

— Ils voulaient, mais je ne les ai pas laissés faire. (La fillette prit pied au sommet de l'escarpement.) Tu vois, c'est facile. À ton tour, maintenant.

Erienne n'avait pas le choix. Elle haussa les épaules et escalada. C'était beaucoup plus simple qu'elle ne l'aurait cru, grâce à son allonge supérieure à celle de Lyanna. Sa fille la regarda grimper avec un large sourire.

— Tu es drôlement forte, maman, dit-elle quand Erienne l'eut rejointe.

— Pas autant que toi, ma chérie. C'est plus difficile pour les petites filles.

Lyanna se rengorgea.

— Viens.

Elles firent quelques pas sur la roche inégale avant de se retrouver face à la mer. Sur leur droite, l'escarpement descendait jusqu'à la plage ; sur leur gauche, jusqu'à des brisants déchiquetés et impitoyables. Devant elles s'étendait le canal d'accès qui traversait l'archipel. La pluie avait enfin cessé, et le soleil réussit à traverser les nuages. Dans le lointain, une tache de couleur se détachait sur le bleu-gris de la mer piqueté d'austères roches noires. Une voile.

— Tu vois le bateau, Lyanna ?

Erienne tendit le doigt. La fillette hocha la tête.

— Papa sera bientôt là ?

— Oui, mon cœur, promit Erienne. Avec tous les amis qui vont nous aider.

— Comme l'elfe, dans la maison ?

— C'est ça…

Les paroles d'Ilkar résonnèrent dans la tête d'Erienne, et le souvenir de la salle à manger la fit frissonner. Elle s'assit sur la roche humide, les jambes tendues devant elle, les pieds au-dessus du vide.

— Lyanna, il faut que je t'explique quelque chose. Viens sur mes genoux… Là.

La fillette se pelotonna dans son giron et leva les yeux vers elle. Son regard avait une profondeur qu'Erienne jugea inquiétante, car elle démentait l'innocence de son ravissant petit visage.

— Des gens méchants arrivent. Ils voudraient nous faire du mal, nous emmener loin d'ici.

— Je sais, répondit simplement Lyanna. Et nous mourrons tous : toi, moi, les vieilles dames…

Erienne garda le silence un moment, assimilant ce qu'elle venait d'entendre. Sa fille n'avait que cinq ans ! Elle était encore trop jeune pour comprendre le concept de mort, et encore plus pour l'accepter facilement.

— Mais nous pouvons les arrêter, déclara-t-elle enfin, et tu peux nous aider.

Lyanna eut un sourire ravi.

— Vraiment ?

— Oui. C'est très facile. La lumière qui m'a permis de te retrouver… Tu dois l'enlever pour ne pas que les méchantes gens te retrouvent aussi.

Lyanna réfléchit en se mordillant la lèvre.

— Ça n'empêchera pas papa d'arriver, insista Erienne. Il sait où nous sommes, à présent.

— Quand je le verrai, je les relâcherai.

— Qui ça ?

— Les vieilles dames. Je les ai obligées à m'aider.

Alors, Erienne comprit pourquoi les Al-Drechars étaient immobiles. Elle pria pour que Denser les rejoigne le plus vite possible. Lyanna comprenait les choses à de nombreux niveaux, mais elle ne parvenait pas à faire le lien entre elles. Du coup, il était difficile de lui parler, et impossible de déterminer ce qu'elle savait sur ses propres capacités.

— Tu devrais peut-être les laisser se reposer à présent. Nous sommes tous ici avec toi. Et nous ne laisserons pas les méchantes personnes t'emmener.

Elle serra la fillette contre elle, savourant la joie de cet instant… et sachant qu'il ne durerait pas. Lyanna tourna la tête vers l'endroit où la voile de la yole grossissait peu à peu.

— Il sera bientôt là, dit-elle.

— Oui, fit Erienne. Très bientôt.

Elle se détendit avec son enfant dans les bras et tenta d'oublier qu'il leur restait peu de temps à passer ensemble.

Les elfes de la Guilde avaient enveloppé le corps d'Aviana d'un drap de coton et l'avaient transporté dans la chambre froide. Personne n'avait évoqué la possibilité d'un enterrement. Cette cérémonie devrait attendre, et Ilkar craignait que beaucoup de personnes rejoignent l'Al-Drechar sous terre quand tout serait terminé.

La visite de la maison, la vision des ruines et la perspective de devoir les défendre avaient déprimé le Julatsien. Il espéra que les guerriers des Ravens auraient plus d'idées que lui sur la manière de combler les brèches.

Il était assis dans la cuisine avec une nouvelle chope de thé lorsque les Al-Drechars se réveillèrent. Soulagés et excités, les elfes de la Guilde le firent entrer dans la salle à manger, où ils avaient confortablement installé les vieilles femmes. Quand Ilkar pénétra dans la pièce, l'une d'elles était adossée à ses oreillers, une longue pipe dans la bouche. Une vision assez incongrue, mais il identifia aussitôt l'odeur de la fumée et comprit.

— Du Lemiir, murmura-t-il en s'approchant.

Peu de choses pouvaient encore impressionner Ilkar, mais les Al-Drechars en faisaient partie. Il était en présence d'un pouvoir considérable, d'un mythe vivant. Cette pensée accéléra son rythme cardiaque et assécha sa gorge.

— Merveilleux en infusion, mais encore plus efficace à fumer, dit la vieille elfe d'une voix rauque.

Ilkar fut invité à s'asseoir près d'elle. Il étudia son visage décharné encadré de longs cheveux blancs et fut captivé par le regard perçant de ses prunelles scintillantes. Dans les lits voisins, les deux autres Al-Drechars observaient leur visiteur ; des elfes de la Guilde s'affairaient autour d'elle, mais elles semblaient si épuisées, avec leurs yeux cernés et leurs lèvres exsangues, qu'ils n'avaient pas osé les redresser.

— Je suis Ephemere. Sur ma gauche, c'est Cleress, et sur ma droite, Myriell. Il est regrettable que vous ne soyez pas arrivé assez tôt pour rencontrer notre sœur bien-aimée, Aviana. Nous la pleurerons, mais je crains que cela doive attendre.

— En effet, dit Ilkar. Toutes mes condoléances. Je suis Ilkar, membre des Ravens et mage de Julatsa. Puisque vous êtes réveillées, j'en déduis qu'Erienne a persuadé Lyanna de disperser son faisceau.

— Oui. C'est une enfant incroyablement douée. Je déplore que nous n'ayons pas été assez fortes pour la maintenir plus longtemps sous bouclier pendant son OmbreMage. Je crains qu'elle n'ait aucune idée des conséquences de ses actes…

— C'est ce que j'ai cru comprendre. Navré de vous bousculer, mais je dois vous informer de la situation actuelle et vous interroger sur votre état.

Ephemere eut un sourire amer.

— Je soupçonne que ni vous ni moi n'avons de bonnes nouvelles à annoncer…

— Sans doute. Nous avons eu des problèmes à Arlen, quand nous avons tenté d'y rejoindre Erienne. À présent, une force importante approche de notre île. En plus des Ravens, nous avons emmené vingt-quatre Protecteurs xetesks. Mais les Dordovans sont plus nombreux que nous et ils pourraient nous attaquer dès ce soir. Ils tueront tout le monde ici si on ne les arrête pas.

— Il est très intéressant de voir quel camp ont choisi les différents Collèges. Je ne suis pas surprise que Xetesk soit de notre côté et Dordover contre nous. La peur et l'ignorance sont des forces puissantes. Et vous, Ilkar de Julatsa, quelle est votre allégeance ?

— Comme tout Julatsien, le retour de la magie Unique m'inquiète, avoua Ilkar. C'est une menace, aussi faible semble-t-elle en ce moment. Mais Erienne et Denser sont mes amis – des Ravens, comme moi – et je ferai tout ce qui sera en mon pouvoir pour les aider.

— Sans compter que l'honneur et le respect font partie intégrante de votre personne, dit Ephemere.

— Oui. Et vous ? Comment vous sentez-vous, à présent que vous êtes réveillée ? demanda Ilkar.

— J'imagine que la maison a été endommagée ? avança Ephemere comme si elle n'avait pas entendu sa question.

— Un doux euphémisme… C'est pourquoi il faut que je sache de quoi vous êtes encore capables, vos sœurs et vous. Les Dordovans nous attaqueront avec leur magie, nous devons déployer un bouclier au-dessus de la maison. Nous n'avons aucune chance de colmater efficacement toutes les brèches, mais nous pouvons au moins empêcher leurs sorts de nous faire du mal.

— Je ne peux vous répondre tout de suite. Voilà si longtemps que Lyanna sape nos forces… Nous sommes vieilles, et nos capacités de récupération sont plus que limitées. Nous avons déjà eu du mal à la maintenir dans son OmbreMage. Ensuite, elle a puisé dans nos réserves pour alimenter son extraordinaire lumière. Nous allons nous habiller, manger, faire quelques pas dans notre verger s'il est toujours là, et nous vous tiendrons informé. Mais n'attendez pas trop de nous.

Ilkar se leva avec le sentiment que leur entretien était terminé. Il se sentait mal à l'aise en leur présence, comme un apprenti mage face à un grand maître.

— Je suis navré d'insister, mais les Ravens n'ont que trois jeteurs de sort, et les Dordovans vingt fois plus. La situation est critique.

— Avant de partir, demanda Ephemere, dites-moi deux choses. Qu'est-il advenu de Ren'erei et de l'équipage de *L'Orme des Océans* ?

— Ren'erei est avec nous, elle va bien. Mais les Ailes Noires se sont emparés du bateau, et j'ignore ce qu'il est advenu des marins. Rien de bon, je le crains. Je suis désolé. (Ilkar haussa les épaules.) Et pour l'autre chose ?

— Je peux me tromper, mais pendant que je dormais, j'ai senti des esprits très anciens effleurer le nôtre. Des esprits très anciens et très puissants, précisa Ephemere. Voilà longtemps que je n'avais pas eu affaire à des dragons Kaans.

Ilkar hocha la tête.

— Vous ne vous trompez pas. Trois Kaans nous ont aidés pendant la traversée. L'un d'eux a été tué par la magie dordovane, et les deux autres sont gravement blessés. Trop gravement pour nous aider davantage. Ils se reposent quelque part dans l'archipel.

— Leurs pensées étaient lasses, presque résignées. Plus tard, vous me raconterez ce qu'ils font dans notre monde. Nous pourrons peut-être les soigner.

— Je n'en doute pas, mais ils ont besoin de bien plus. Ils ont perdu le chemin de leur dimension et sont coincés sur Balaia. Voilà pourquoi ils sont venus ici avec Hirad Cœurfroid – le Dragonen de Sha-Kaan.

— Sha-Kaan est ici ? s'écria Ephemere. Une telle magnificence… Je dois parler à Hirad.

Ilkar fronça les sourcils et réprima un sourire. Ça, c'était une conversation qu'il n'aurait manquée pour rien au monde. Il marcha vers la porte de la salle de bal, qu'Arrin lui ouvrit.

— Ilkar ? (C'était Ephemere. Il se retourna.) J'adorerais voir Erienne et Lyanna. Pourriez-vous leur demander de venir ?

— Naturellement.

— Pauvre Erienne…

Le Julatsien fronça les sourcils.

— Que voulez-vous dire ?

— Je crois que vous le savez déjà. Je lis de la tristesse sur votre visage. Nous avions espéré ne pas en arriver là, mais nous sommes si fatiguées… Nous n'avons plus la force, et je crains qu'il n'y ait pas d'autre moyen.

Ilkar traversa les décombres de la salle de bal, l'espoir qu'il n'avait pas eu conscience de nourrir éteint en lui.

Chapitre 37

Hirad entra dans la maison, enchanté d'avoir de nouveau les pieds sur la terre ferme, même si celle-ci était un peu craquelée. Derrière lui, Denser savourait ses retrouvailles avec Lyanna. L'Inconnu, sa hanche lui faisant mal après l'inconfortable voyage en yole, prenait son temps. Il boitillait en arrière sur le chemin.

Faisant crisser des éclats de verre sous ses semelles, Hirad avança dans l'immense hall d'entrée où l'air était chargé d'une odeur de moisissure et de renfermé. Il vit des portes et des poutres effondrées sur sa droite et avança donc vers la gauche.

— Ilkar ? appela-t-il.

Il s'engagea dans un long couloir détrempé, comptant les portes qui se dressaient sur sa gauche. Sur la droite, un verger s'étendait derrière une fenêtre brisée. De petites piles de feuilles mortes s'étaient accumulées dans les coins protégés. Au-delà des rangées d'arbres abîmés, le barbare vit des traces de la violence qui avait frappé d'autres parties de la maison. Au-dessus de lui, de l'eau gouttait par les trous du plafond, et le sol était jonché de gros morceaux de bois.

Une porte s'ouvrit devant lui, livrant passage à Ilkar.

— Hirad, nous avons un problème.

— Tu as remarqué aussi ?

— Non, pas ça. Les Al-Drechars. Une est morte, et les trois autres ne valent guère mieux. Si elles ne déploient pas un bouclier, au moins sur une partie de la maison…

— Je vois. Tu as visité les lieux ?

— Oui, et ça se présente mal. Je te montrerai quand Darrick et l'Inconnu nous auront rejoints. À quelle distance sont les Protecteurs ?

— Une heure, d'après l'Inconnu.

— Comment va-t-il ?

Hirad se gratta la tête et regarda par-dessus son épaule.

— Il y a à bouffer quelque part ? Je crève de faim.

— Bien sûr.

Ilkar le conduisit à la cuisine, où il le fit asseoir devant une assiette de soupe et une chope de thé. Une délicieuse odeur de pain flottait dans l'air.

— Le pain n'est pas encore sorti du four, désolé. À présent, cesse de tergiverser et parle-moi de l'Inconnu.

— Ça aussi, ça se présente mal. Il a refusé de s'asseoir pendant la traversée, et il marche comme un vieillard. Je croyais qu'Erienne était censée l'avoir retapé. Elle n'a pas fait du si bon boulot que ça.

— Putain, Hirad ! lança Ilkar. Il y a sept jours, il était pratiquement mort. Maintenant, il est debout et il peut se déplacer tout seul. Que veux-tu de plus ? Elle a reconstitué sa hanche, ressoudé ses muscles et ses tendons, mais elle n'a pas pu faire de miracle. La guérison est loin d'être terminée, et il ne sera plus jamais le même. Pour le moment, il a besoin d'un peu d'exercice et de beaucoup de repos, et il n'aura ni l'un ni l'autre. Il devra se battre quand même. Tu ferais bien de l'accepter. La question est : en sera-t-il capable ? C'est ce que je voudrais savoir.

— Hum… (Hirad avala une cuillerée de soupe. C'était un brouet de légumes épais et goûteux, assez nourrissant pour qu'il ne regrette pas trop l'absence de pain.) Je comprends ce que tu veux dire. Mais… je voudrais qu'il soit encore le guerrier que nous connaissons tous, et ce n'est pas le cas.

— Comment le prend-il ?

Le barbare haussa les épaules.

— Il veut croire qu'il se battra comme avant, mais il est évident qu'il n'y arrivera pas. Je pense que ça affectera son assurance. C'est pour ça qu'il a demandé à avoir Aeb sur sa gauche. Darrick est un sacré combattant, mais il ne vaut pas un Protecteur, pas vrai ?

Ilkar hocha la tête.

— Alors, que va-t-on faire ?

— Ne pas lui montrer qu'on s'inquiète pour lui, pour commencer, conseilla Hirad.

La porte qui séparait la cuisine de la salle de bal s'ouvrit, et l'Inconnu entra en traînant la jambe.

— Dans ce cas, vous devriez commencer par baisser la voix pour qu'il ne vous entende pas, railla-t-il.

Ilkar leva les yeux au ciel.

Debout dans le verger, Darrick observait les ruines de l'aile ouest. Derrière lui, les Al-Drechars bavardaient avec Erienne, Lyanna, Ren'erei et les elfes de la Guilde. Ce n'était pas eux qui lui donneraient des raisons d'espérer, et pas non plus le spectacle qu'il avait sous les yeux.

Alors que la lumière déclinait rapidement, la menace d'une attaque sous couvert de l'obscurité se précisant, il était venu de la plage pour évaluer la situation. À sa grande surprise, les Ravens lui avaient confié l'organisation de leur défense, pendant qu'ils conversaient de l'accueil à réserver aux mages dordovans. Il savait que c'était une marque de respect pour ses compétences. Venant des Ravens, il ne pouvait s'empêcher d'en tirer une certaine fierté.

Après avoir établi qu'il n'y avait sur l'île aucun autre endroit où cacher qui que ce soit, il avait tourné son attention vers la maison. Déjà, des Protecteurs bloquaient les accès arrière du bâtiment principal et des trois ailes encore debout.

D'autres examinaient l'entrée.

Faisant signe à Aeb de l'accompagner, Darrick marcha vers la façade de la maison. Il regarda les briques, les ardoises et les débris de poutres qui jonchaient le sol, puis leva les yeux vers le toit en équilibre précaire sur ses fondations instables. Une partie de la façade avait glissé dans une fissure, mais au-delà, il restait des murs encore debout. Les deux hommes franchirent les portes de bois déformées, traversèrent le hall et s'arrêtèrent devant une série de portes conduisant à l'aile ouest.

— Il faut abattre tout ça ! ordonna Darrick. Je ne veux pas que nos ennemis puissent entrer de ce côté. Envoie une partie de tes frères à l'autre bout, et répétez la manœuvre si nécessaire. Ensuite, notre principal problème sera l'accès par le verger, par les trois ailes est et par le toit de la salle de bal, pour peu qu'ils découvrent le trou. Et par ici, évidemment. Dieux, défendre cet endroit ne va pas être facile.

— Ce sera fait, promit Aeb.

Ils remontèrent le couloir qui longeait le verger, dépassant trois doubles portes. Chacune donnait sur une des ailes qu'Erienne avait décrites comme des pattes d'insectes, vues du ciel. La première abritait des salles qui ne servaient plus ; la deuxième, les appartements des Al-Drechars, et la dernière, les quartiers d'habitation de la Guilde, plus des passages menant à la salle de bal, à la cuisine, aux réserves et aux autres ailes. Un véritable dédale, dont la complexité inquiétait Darrick.

— Nous pourrions faire écrouler les plafonds, proposa Aeb.

— Mais ça ne bloquerait pas nécessairement l'accès. De ce côté, les structures m'ont l'air assez solides. Nos ennemis pourraient entrer par n'importe quelle fenêtre ou n'importe quelle brèche. Et nous devons supposer que nous allons gagner. Pas question de démolir cet endroit à moins d'y être obligés.

Darrick fixa le masque impassible d'Aeb. Les yeux du Protecteur ne trahissaient rien de ses pensées.

— La victoire d'abord, la survie plus tard, dit-il.

Ils avançaient dans le couloir central de la première aile. De chaque côté, des portes conduisaient à des suites de chambres, de salons, de salles de bains et de jardins intérieurs décorés de fontaines ou de bassins. Malgré les récentes inondations, la structure ne semblait pas affaiblie.

— Je comprends ton raisonnement, fit Darrick, mais nous avons une responsabilité envers ceux que nous laisserons éventuellement derrière nous.

Cela dit, chaque pas qu'il faisait ajoutait à son désespoir. Moins de trente guerriers pour défendre une maison qui aurait pu en accueillir des centaines…

Ils traversèrent un couloir de service qui reliait les extrémités des trois ailes et entrèrent dans celle de la Guilde. Après avoir jeté un rapide coup d'œil à la disposition des pièces et examiné les accès, ils rebroussèrent chemin.

— Ce couloir doit être bloqué en deux endroits, déclara Darrick. Nous ne pouvons pas nous permettre de les laisser circuler librement entre les ailes.

— Nos meilleurs efforts ne les arrêteront pas indéfiniment…

— Je sais. Le problème est de les guider vers l'endroit par où nous voulons qu'ils entrent, puis de battre en retraite vers le barrage suivant en cas de besoin. La journée risque d'être longue.

Aeb hocha la tête.

— Ils devront tous mourir !

Répartis entre des yoles et les canots surchargés, les Dordovans progressaient lentement vers l'île. Le soleil s'était couché, la lumière pâle de la lune filtrant à travers les nuages clairsemés et se reflétant sur l'océan. Le temps s'était enfin calmé, et Vuldaroq avait l'impression que les circonstances tournaient en sa faveur.

Mais s'il regardait par-dessus son épaule, sa vision améliorée grâce au mana pour bannir la pénombre, il devait prendre son courage à deux mains pour y croire. La silhouette du navire de tête de la flotte dordovane se découpait à l'horizon crépusculaire, ses mâts brisés et ses espars trempant dans l'eau. Il se souvenait encore du terrible grincement du bois sur la pierre, de la déchirure de la coque et du bouillonnement des flots qui s'étaient engouffrés dans le vaisseau éventré.

Les derniers navires avaient fait demi-tour à toute allure, leurs capitaines rugissant des ordres malgré la panique qui s'était répandue à bord. Leurs timoniers tournèrent la barre à tribord toute, le vent continuant à les pousser alors que la peur de ce qui se tapissait sous l'eau tendait leurs nerfs à craquer. La vibration redoutée qui se changerait en soubresaut brutal lors d'un arrêt forcé… L'inclinaison qui signalerait un désastre imminent…

Les pertes avaient été légères, mais toute la force dordovane avait été contrainte de s'entasser dans une flottille de yoles et de canots : ceux des trois derniers navires, plus ceux des rescapés des quatre vaisseaux que les dragons avaient coulés. Il y avait juste assez de place pour cent cinquante hommes. Vuldaroq lisait déjà de la fatigue sur le visage des soldats qui seraient obligés de ramer une grande partie de la nuit pour atteindre l'île –, et sur celui des mages qui se relayaient pour voler au-dessus des esquifs surchargés, dépensant ainsi leur précieux mana.

Malgré tout, le Seigneur de la Tour se sentait confiant. Ils atteindraient l'île avant l'aube et dresseraient un camp pour se reposer un peu. Puis ils feraient un massacre. Les dragons étaient partis. De toute façon, ils ne représentaient plus une menace : blessés, vulnérables à une incantation et privés de leur feu, ils devaient s'approcher de leurs cibles pour leur faire du mal.

De nouveau, il tourna son regard vers la poupe et distingua la silhouette de l'île dans le lointain. L'extraordinaire colonne de lumière avait disparu, mais elle les avait guidés jusque-là. Avec un barreur elfe dans chaque embarcation, Vuldaroq ne craignait pas qu'ils approchent trop du rivage ou fassent une fausse manœuvre. Néanmoins, il restait encore des préparatifs à achever.

Il héla l'un des mages qui volaient de front avec sa yole.

— Il est temps de mettre nos assassins à contribution, déclara-t-il. Je dois connaître la configuration des points de débarquement, le positionnement des gardes et des bâtiments et les différents accès potentiels. Je veux savoir à quel type de terrain nous avons affaire, quel sera le meilleur vecteur d'attaque et découvrir si nos ennemis disposent d'autres forces que celles qu'ils ont amenées avec eux.

— Oui, seigneur, fit le mage, un jeune homme aux yeux effrayés. Combien voulez-vous en envoyer ?

— Tous ! répondit Vuldaroq. Et dites-leur de ne pas engager le combat à moins que leur vie ne soit directement menacée. Qu'ils volent au ras de l'eau pour ne pas se faire repérer, et qu'ils lancent une MarcheVoilée à l'instant où ils toucheront le sol. J'aimerais que les Ravens ne s'aperçoivent pas qu'ils leur ont rendu visite.

— Compris, seigneur.

— Bien. Passe le message et fais une pause. Je te trouve un peu tendu.

— Merci, seigneur.

Le jeune mage voleta vers un des canots qui les suivaient Vuldaroq lissa ses robes et, du bout du pied, poussa la jambe de l'homme assis devant lui.

— Vous vous sentez mieux ? demanda-t-il. Vous devriez vraiment rester sur la terre ferme. Ni l'eau ni l'air ne sont votre élément, n'est-ce pas ?

Selik tourna vers lui un visage défait.

— Veillez à ce que ce rafiot me conduise à destination, Dordovan, et épargnez-moi vos sarcasmes.

Le sourire de Vuldaroq s'évanouit. Il se pencha vers son interlocuteur, mais parla assez fort pour que tout le monde à bord de la yole l'entende.

— Vous devriez tenir votre langue, Selik. Regardez autour de vous. Tous ces accidents qui vous guettent… Tant de Dordovans, et un seul Aile Noire…

— Je croyais que c'était vous, le maître tacticien, lança Hirad, brisant un silence tendu.

Les Ravens, Ren'erei, Darrick et Aeb étaient assis autour de la table devant des assiettes vides. Dans la salle à manger, Arrin veillait sur le sommeil de Lyanna, pendant que les autres elfes de la Guilde s'occupaient des Al-Drechars, de nouveau endormies. Ils avaient installé un lit pour Thraun dans le garde-manger où Ilkar les avait découverts. Ce n'était pas l'idéal, mais la petite pièce était encore sèche, et les Ravens pouvaient surveiller le métamorphe.

Dehors, le temps se gâtait. Le vent soufflait de plus en plus fort, et une pluie battante se déversait sur la maison – un bruit réconfortant après des heures d'accalmie qui avaient servi les Dordovans plus que les défenseurs d'Herendeneth. Tout le monde était conscient que ces modifications correspondaient au temps que Lyanna avait passé avec ses parents et au moment où on l'avait convaincue d'aller se coucher.

À présent, la nuit était tombée. Des Protecteurs patrouillaient dans la maison ou se cachaient près de la plage. L'énormité de la tâche, telle que Darrick venait de la leur présenter, n'avait rien pour améliorer l'humeur des Ravens.

— Hirad, tu ne voudrais pas essayer d'être un peu plus constructif ? soupira Ilkar.

— Mais il vient de nous dire que cette maison est pratiquement impossible à défendre !

— Non, rectifia Darrick. J'ai dit qu'elle n'avait pas été conçue pour soutenir un assaut. C'est un endroit ouvert et accueillant, pas une forteresse, et il nous faudrait des jours pour la transformer. Ce que je viens de suggérer est notre seule chance de succès. Si vous avez d'autres idées, je serai ravi de les entendre.

— C'est vous le tacticien ! beugla Hirad. À vous de le dire !

— C'est ce que je viens de faire.

— Eh bien, répétez-moi ça d'une façon qui ne me fasse pas penser que ce sera un suicide.

L'Inconnu s'agita sur sa chaise, raclant délibérément le sol avec ses pieds.

— La nuit est tombée, dit-il, autoritaire. Nous savons que cette île grouillera d'espions ou d'assassins d'une minute à l'autre. Laisse-moi te poser une question, Hirad : as-tu une alternative à proposer ?

— Non, mais…

— Dans ce cas, ferme-la ! Parce que nous devons encore décider de nos positions, avant de nous reposer quelques heures par roulement et de nous battre toute la journée de demain. Si nous manquons de cohésion, nous nous ferons massacrer, et je n'ai aucune intention de gaspiller le boulot admirable qu'Erienne a accompli avec ma jambe. Malgré tes inquiétudes, j'ai l'intention d'avoir plus de sang sur mon épée, demain, que vous tous réunis.

» En parlant d'Erienne, je veux qu'on lui attribue une chambre privée, gardée par des Protecteurs, pour que Denser et elle puissent profiter de ce qui sera probablement leur dernière nuit. Une nuit que tu es en train de raccourcir.

Il foudroya Hirad du regard jusqu'à ce que le barbare se radosse à sa chaise, lève les yeux au ciel et pousse un long soupir.

Ilkar avait déjà assisté à cette scène des centaines de fois. Il savait ce qu'Hirad faisait. Et l'Inconnu le savait aussi. Le barbare s'assurait que tout marcherait pour le mieux. Simplement, il n'était pas très doué pour s'exprimer.

— Je veux que nous remportions cette bataille. Erienne et Denser, je suis désolé, mais je refuse que ce soit votre dernière nuit, parce que ça signifierait que nous mourrons tous demain.

Il repoussa sa chaise, saisit sa chope et marcha vers la casserole d'eau bouillante.

— Tu sais qu'il a raison, n'est-ce pas ? demanda Denser, assis au bout de la table, la tête d'Erienne sur son épaule et un bras autour de la taille de la jeune femme.

— Ça fait une heure que nous en parlons, et il n'y a pas de meilleur moyen, se défendit l'Inconnu.

— Sans compter qu'Hirad n'est toujours pas au point, question tact, ajouta Ilkar histoire de détendre l'atmosphère.

Même le barbare ne put réprimer un gloussement pendant qu'il remplissait de nouveau sa chope. Seul Aeb, qui participait à la réunion parce qu'il devait transmettre instantanément les décisions à ses frères, resta impassible.

— D'accord, on la refait, capitula l'Inconnu en invitant Darrick à se pencher une fois encore vers la carte hâtivement dessinée posée entre eux.

— Prêt, Hirad ? demanda le Lysternien.

— Oui, mon général !

— Allons, concentrons-nous ! grogna l'Inconnu. C'est maintenant ou jamais.

— Très bien. Comme je l'ai mentionné plus tôt, nous établirons l'essentiel de nos défenses juste avant l'aube. Je ne veux pas que les espions dordovans rapportent à leurs maîtres plus d'informations que nécessaire. Nous devons supposer qu'ils connaîtront la position de la maison et ses points d'accès, et qu'ils s'aventureront peut-être dans les bâtiments. Mais Aeb a placé des Protecteurs devant chaque issue stratégique, et les Al-Drechars ont lancé un sort qui devrait détecter toute intrusion sous MarcheVoilée.

Darrick se racla la gorge et posa un index sur la carte.

— Comme vous le savez, c'est ici, dans la cuisine, que nous établirons le cœur de nos défenses au lever du jour. Ce choix est motivé par plusieurs raisons. La pièce est sèche et tiède, un avantage pour nos protégées, et nous aurons un champ de vision dégagé sur chaque entrée. Le seul accès direct a été opportunément bloqué par l'effondrement de l'aile ouest, et les fenêtres de ventilation… (Il désigna une rangée de six vasistas horizontaux le long du mur opposé à la porte qui menait vers la salle de bal.) … sont par conséquent notre seul vrai point faible. Erienne placera un glyphe dessus avant de se coucher, en prévoyant des réserves d'énergie suffisantes pour qu'il dure jusqu'à la fin de la bataille. C'est exact ?

— Oui, dit la jeune femme. C'est un piège explosif, orienté vers l'extérieur pour réduire le risque de blesser les occupants de la pièce. Et s'il se déclenche, le bruit fera office d'alarme.

— J'ajoute que nous allons couvrir ces fenêtres pour empêcher tout mage qui passerait dans le coin de regarder dedans.

— J'imagine bien un mage passer dans le coin par hasard, fit Ilkar.

— Et moi donc ! fit Denser, les yeux pétillants. Combien de fois suis-je tombé sur une bataille désespérée alors que j'étais simplement sorti me dégourdir les ailes ?

Darrick pianota nerveusement sur la table.

— Pour en revenir à des préoccupations plus pressantes – survivre à la journée de demain, par exemple – voilà le reste de mon plan. J'ai établi trois zones défensives en fonction des endroits où je pense que les Dordovans attaqueront. D'abord, l'entrée principale, les trois ailes latérales et le verger. C'est la zone la plus large et apparemment la plus problématique. Toutefois, elle offre un accès limité à la maison elle-même, et les combats devraient être concentrés. Si nos ennemis ouvraient une brèche dans nos lignes, j'ai désigné la salle de bal comme première position de repli à partir du couloir qui longe les ailes et le verger. La salle à manger et la cuisine seront notre dernière position de repli, mais je ne m'attends pas à ce que nous soyons obligés d'aller jusque-là. Tout le monde me suit ?

Autour de la table, les autres hochèrent la tête.

— Le verger sera un moyen de nous couper de l'entrée principale, fit remarquer Aeb.

— Exact, mais il ne peut pas y avoir d'incursion importante par là, à moins que nos défenses aient déjà été enfoncées au niveau de l'entrée ou des ailes latérales, répliqua Darrick. (Il déplaça son index sur le plan.) Grâce à l'effondrement de l'aile ouest et aux barricades que nous avons érigées pour la sceller, l'unique accès non protégé du verger sera la voie des airs. Ça signifie que seuls des mages pourront nous attaquer par là, à moins de porter des soldats. D'une façon ou d'une autre, ça réduira le nombre d'assaillants potentiels et ça les rendra vulnérables. Ren'erei a accepté de se poster dehors avec les trois meilleurs archers de la Guilde. Remercions Jevin de nous avoir fourni des arcs et des flèches.

Hirad s'était penché sur la table, l'air ravi. Enfin, il voyait la logique du plan de

Darrick, découvrant qu'il avait une chance de fonctionner.

— Qui va où, en fin de compte ? demanda-t-il.

— Cinq Protecteurs resteront dans la cuisine quoi qu'il advienne. Les Ravens, Aeb et six autres Protecteurs prendront l'entrée de devant. De ce côté-là, nous pouvons nous attendre à une attaque par l'épée et par la magie. C'est le front le plus large, donc celui qui a besoin d'être le mieux garni. Deux autres Protecteurs surveilleront la salle de bal et la salle à manger. Je doute que les mages tentent de s'introduire par le trou du toit, mais je ne voudrais pas avoir de mauvaises surprises. Il suffirait d'un seul Dordovan un peu plus malin que la moyenne. Nous avons bloqué la porte de l'antichambre avec des armoires, des branches et des rochers, et les fenêtres avec des glyphes. De plus, comme vous avez pu le constater, l'accès à l'arrière de la maison est très difficile grâce aux caprices de Lyanna.

Il sourit à Erienne et Denser.

— Tu as bien élevé notre fille, fit le Xetesk. Même ses caprices nous serviront.

— Enfin, les dix Protecteurs restants et moi garderons les portes extérieures de l'aile. Nous servirons de réserve et nous tiendrons prêts à intervenir dans le verger en cas de besoin. Des questions ?

Personne ne parla.

— La communication sera vitale. Voilà pourquoi j'ai réparti les Protecteurs entre les différents fronts. Je sais qu'ils seraient plus efficaces tous ensemble, mais cette fois, je pense que nous devons mettre à profit leur autre grande force.

— Nous sommes d'accord, dit Aeb. Et nous vaincrons.

— Nous ne faisons qu'un, chuchota l'Inconnu.

Ilkar choisit d'ignorer cette remarque, bien qu'elle l'ait fait frissonner. Des années avaient passé, mais l'Inconnu se sentait toujours obligé de réagir comme un Protecteur.

— Tout ça prendra effet après l'inévitable barrage de sorts des Dordovans ? demanda-t-il.

— C'est la première chose que j'ai prise en compte, mais elle n'affectera pas nos zones défensives, à moins que notre bouclier cède en un point critique, répondit Darrick. Les Al-Drechars pensent pouvoir invoquer un bouclier assez solide, mais d'une portée limitée. Il ne faudra pas que le bombardement dure trop longtemps, parce qu'elles ont des ressources limitées, mais je leur fais confiance. Je leur ai demandé de couvrir la cuisine, la salle à manger, la salle de bal, les couloirs et l'entrée de devant. Elles tenteront de l'étendre aux autres ailes, mais même si elles n'y arrivent pas, la zone de protection sera assez importante pour que les Dordovans ne sachent pas où viser – et pour les rendre prudents.

— D'autres questions ? demanda l'Inconnu. (Les autres secouèrent la tête.) Bien. Erienne, tu mets ton glyphe en place et tu files avec Denser. Ilkar, Hirad et Ren'erei, au lit tout de suite ! Darrick et moi prendrons le premier tour de garde, les Protecteurs organiseront leur propre roulement. Soyez vigilants. Si les Al-Drechars vous appellent, accourez ! Ce sera tout…

Mais les Ravens ne partirent pas immédiatement. Sans se concerter, ils restèrent tous assis pendant que les autres se retiraient. Un moment, ils gardèrent la tête baissée, pensant à la bataille à venir et à ce qu'elle signifierait pour eux tous – mais plus particulièrement pour Erienne et Denser.

— C'est difficile, hein ? lança la jeune femme. (Ils levèrent les yeux vers elle.) Nous avons pris notre temps pour nous y faire ces derniers jours, mais vous avez été très occupés, et nous vous avons négligés. Je suis désolée.

— Laisse tomber, Erienne, dit Ilkar. Tu n'as pas à être désolée. Aucun discours ne saurait te remercier suffisamment de ce que tu es sur le point de consentir : un sacrifice dont peu de gens auront connaissance, mais dont tous bénéficieront. Et je ne peux rien faire pour exprimer mon admiration au nom de Balaia. Tu vas mourir pour sauver un nombre incalculable de gens. C'est extraordinaire.

Denser sourit.

— Merci.

— Mais ça ne s'arrête pas là, et nous le savons tous, ajouta l'Inconnu. Erienne, tu es notre amie. Une Raven. Et nous ne pouvons rien pour te sauver. Ça fait plus mal que tout le reste. (Hirad et Ilkar hochèrent la tête.) Nous avons traversé tant d'épreuves ensemble… Si nous avons déjà perdu certains des nôtres, ça n'a jamais été aussi dur.

Hirad sentit tous les regards se poser sur lui. Il haussa les épaules, se leva et contourna la table pour s'approcher d'Erienne.

— Je ne suis pas doué pour les grands discours. Tout ce que je sais, c'est que nous devrions nous dire au revoir maintenant, parce que nous n'en aurons peut-être pas l'occasion demain matin.

Il ouvrit grand les bras. Erienne se blottit contre sa poitrine et il la serra de toutes ses forces contre lui.

La jeune femme avait les joues inondées de larmes, et Ilkar vit le barbare lutter pour refouler les siennes. Ils restèrent enlacés un long moment. Quand Hirad la lâcha enfin, Erienne caressa sa joue mal rasée.

— Gros balourd, sourit-elle. Je n'ai pas besoin de discours.

— Viens, dit Denser. Il est temps d'aller nous coucher.

Erienne se tourna d'abord vers l'Inconnu. Ils échangèrent un au revoir, dans les bras l'un de l'autre. Puis ce fut le tour d'Ilkar. Lorsque la jeune femme s'écarta de lui, elle plongea son regard dans le sien.

— Je sais que tu n'approuves pas la Voie Unique, dit-elle doucement. Mais veille sur ma petite fille, tu veux bien ?

— Sur elle et sur Denser. Je te le promets.

Ils regardèrent Denser et Erienne sortir de la cuisine bras-dessus, bras-dessous avant qu'Ilkar reprenne la parole.

— Venez avec moi, vous deux. Je veux vous montrer quelque chose.

Hirad et l'Inconnu le suivirent jusqu'à la pièce où Thraun dormait, agité de spasmes sous ses couvertures. Ils se rassemblèrent autour de lui pour regarder le visage de l'homme qu'ils croyaient avoir perdu émerger de l'animalité. Un processus atrocement lent.

— Qu'est-ce qui cloche ? demanda Hirad.

— Rien, le rassura Ilkar. Je voulais simplement vous rappeler une chose. Bien que nous ne puissions rien faire pour Erienne, sauver Thraun est encore possible. Lui aussi est un Raven.

— Je n'ai jamais cessé d'y penser, répliqua l'Inconnu. Depuis que je me suis réveillé, nous avons été si occupés… C'est incroyable, n'est-ce pas ? Je veux dire, qu'il soit revenu. Réfléchissez un moment à ce qui a dû se passer dans son esprit pendant qu'il était un loup. Forcé de faire des choses qu'il ne comprenait pas, mais qu'il savait justes. Et qui lui ont coûté sa seule famille.

— C'est pour ça qu'il s'est tourné vers nous, murmura Hirad.

— Oui, dit l'Inconnu. Souvenez-vous de son désespoir, après la mort de Will. Il se reprochera aussi celle de sa meute.

— Il va être difficile de le sauver, n'est-ce pas ?

— Mais nous serons là pour lui, affirma Ilkar. Ensemble ou séparément, nous avons prouvé ces dernières semaines que les Ravens existaient toujours.

Hirad sourit. L'elfe comprit que pour lui, ça n'avait jamais fait le moindre doute.

Le mage assassin survolait l'île à faible altitude. Ses camarades s'étaient déjà posés et remontaient, sous MarcheVoilée, le chemin qui partait d'un site de débarquement dissimulé, impossible à repérer du niveau de la mer. Il prenait le risque de se faire voir, mais il l'avait jugé assez faible pour tenter le coup.

Au-dessous de lui, il sentait une illusion en décomposition. Plus bas encore, il distinguait la maison, gravement endommagée. Au milieu, des arbres. Autour, un terrain dégagé et sur l'arrière, une cascade. Le mage percevait un grand pouvoir, et son instinct l'avertit de ne pas descendre plus bas. Leurs ennemis devaient le guetter, dans le spectre du mana et à l'œil nu.

Il se contenta de décrire un cercle dans les airs. Sous l'illusion, il n'y avait ni lumière ni mouvement. Un observateur moins bien informé aurait cru que la maison était abandonnée. De fait, le mage se demandait si ça n'était pas le cas. Mais il n'y avait pas d'autre cachette sur l'île.

Il survola la maison une dernière fois, mémorisant les points d'accès potentiels. Puis il revint vers la flottille en laissant à ses compagnons le soin d'effectuer une reconnaissance plus poussée du terrain.

La bataille ne serait pas facile, mais ils l'emporteraient. Ils le devaient. L'avenir de la magie dordovane en dépendait.

Chapitre 38

Dans la nuit, Lyanna s'était glissée entre eux sans les déranger. Elle y était encore quand Erienne se réveilla, les bras en croix, occupant beaucoup plus de place qu'une enfant de cinq ans ne l'aurait dû. Denser, qui s'était replié vers le côté droit du lit, risquait de tomber, Erienne s'étant recroquevillée pour faire de la place à la fillette.

Un moment idyllique… La jeune femme s'autorisa quelques larmes avant de se ressaisir et de s'essuyer le visage. Se redressant sur un coude elle caressa la joue de Lyanna. Bien qu'il fasse encore nuit, il y avait du mouvement dans la maison. Erienne devina qu'il serait bientôt temps pour eux de se lever.

Leur chambre était la première dans l'aile de la Guilde Malgré une légère humidité, ils y avaient trouvé tout le confort nécessaire. Deux Protecteurs montaient la garde dans le couloir. Les volets tirés, les fenêtres avaient été piégées par un glyphe de Denser. Rien n'était venu troubler leur repos.

Lyanna ouvrit les yeux et fit un sourire ensommeillé à sa mère.

— Bonjour, mon cœur, chuchota Erienne.

— Il fait encore noir, maman.

— Je sais, mais il va y avoir beaucoup de danger aujourd'hui, et il faudra que tu sois courageuse.

— Je veillerai sur toi, maman.

— Oh, ma chérie…

Erienne étreignit la fillette, qui s'accrocha à elle de toutes ses forces. Elle sentait l'agitation et l'inquiétude de Lyanna. Ce n'était pas un endroit pour une enfant si jeune, et Erienne ne pourrait pas l'aider à surmonter les effets secondaires des terreurs à venir. Pour l'heure, Lyanna devinait que quelque chose clochait, car tous les gens qui l'entouraient étaient tendus. Ça allait la rendre très anxieuse. .

Des coups frappés à la porte les firent sursauter, interrompant ce moment de tendresse. Lyanna s'écarta et Erienne s'assit en tirant le drap sur sa poitrine.

— Entrez.

La porte s'ouvrit sur Nerane, qui leur apportait un plateau avec deux chopes fumantes.

— Navrée de vous déranger si tôt, s'excusa la vieille elfe, mais le Guerrier Inconnu réclame que vous vous leviez.

Elle sourit à la vue du touchant tableau familial. Près d'Erienne, Denser s'agita et roula sur lui-même en grognant.

— Il est tellement dommage de vous embêter, ajouta Nerane. Vous avez l'air si bien ensemble…

Erienne regarda Denser, vit ses paupières lourdes, ses cheveux ébouriffés, sa barbe en bataille, ses lèvres gonflées de sommeil et ne put s'empêcher d'éclater de rire.

— Vous en êtes sûre ?

— Vous voyez ce que je veux dire…

Nerane posa le plateau sur une petite table près du lit.

— L'Inconnu a dit autre chose ? demanda Erienne.

— Les Dordovans ont atteint la plage et se déploient sur l'île. Ils nous encercleront bientôt. Les Al-Drechars ont dressé leur bouclier. Tout le monde est dans la maison, et vous ne devez pas vous attarder ici, parce que vos amis souhaitent sceller et barrer les portes de l'aile.

— Il vous a forcée à apprendre tout ça par cœur ? grommela Denser. (Baissant les yeux, il aperçut sa fille.) Oh ! Salut, toi.

— Bonjour, papa.

— Au moins, je sais pourquoi mon dos me fait si mal.

— Je doute que ça ait un rapport avec Lyanna, dit Erienne.

Nerane rougit et battit en retraite vers la porte.

— Le Guerrier Inconnu vous prévient : si vous ne vous levez pas, la prochaine fois, c'est Hirad qu'il enverra vous chercher.

— J'ai des sueurs froides rien que d'y penser, affirma Denser. Merci, Nerane. Dites-lui que ça ne sera pas nécessaire.

La vieille elfe sortit et referma doucement la porte derrière elle. Denser regarda Erienne. Dans ses yeux, la jeune femme lut un désir qu'il lui aurait été impossible d'ignorer si Lyanna n'avait pas été entre eux. Il tendit une main pour lui caresser la joue, et Erienne la couvrit de la sienne.

— Alors, nous y voilà, murmura-t-il.

— Je suppose que oui, fit Erienne.

Denser hocha la tête, la lèvre inférieure tremblante.

— N'oublie pas à quel point je t'aime, souffla-t-il d'une voix brisée.

— Et je continuerai à t'aimer, où que j'aille, assura la jeune femme.

— Qu'est-ce qui ne va pas, maman ? demanda Lyanna.

— Rien, ma chérie. Rien du tout.

Hirad tira le dernier lit des Al-Drechars dans la cuisine, près du poêle pour que les vieilles elfes puissent profiter de sa chaleur.

— Alors, ils ont réussi à avoir quelques-uns des assassins ? demanda-t-il.

— Trois, répondit l'Inconnu.

— Pas mal. Et personne n'a réussi à s'introduire dans la maison ?

— Pas à notre connaissance. Mais Ren'erei pense avoir aperçu un mage volant. Nous devons supposer qu'ils ont vu le verger et qu'ils connaissent la configuration des lieux. Les Al-Drechars disent que personne n'a touché leur bouclier.

Hirad s'assit à la table, sortit son épée et l'affûta avec une pierre à aiguiser qu'il avait empruntée aux elfes de la Guilde. Il se sentait vivant. Une bataille approchait, les probabilités étaient contre eux, mais les Ravens n'avaient pas dit leur dernier mot.

— Combien de temps avant qu'ils attaquent ?

— Ça ne saurait tarder, dit l'Inconnu. Ils ne se sont pas encore regroupés, mais nous devrions prendre nos postes, au cas où.

Hirad testa le tranchant de sa lame. Satisfait, il se leva et la rengaina, vérifiant machinalement que ses dagues étaient aussi dans leur fourreau.

La porte de la salle à manger s'ouvrit. Les Al-Drechars entrèrent, soutenues par des elfes de la Guilde.

— Ça va, mesdames ? demanda Hirad.

Myriell le foudroya du regard.

— Je pensais ne plus jamais revenir dans cette cuisine.

— Nous tenterons d'écourter votre séjour au maximum, dit le barbare. Ensuite, nous pourrons parler de mes dragons.

Il sourit et attendit qu'elles soient passées pour rejoindre la salle de bal *via* la salle à manger. Une inquiétude le taraudait. Il avait tenté de communiquer avec Sha-Kaan, mais l'esprit du dragon lui était resté fermé. À moins qu'il soit déjà mort… Hirad espérait que Sha et Nos auraient pu se reposer et récupérer, mais il se souvenait de la lassitude du Grand Kaan la dernière fois qu'ils avaient partagé un contact mental, et craignait le pire. Comme leur pouvoir aurait été utile aux Ravens…

Hirad secoua la tête et continua à marcher, l'Inconnu boitillant près de lui. Ils vérifièrent que tous les accès étaient bloqués et aussi sécurisés que possible, puis s'engagèrent dans le couloir. La porte de l'aile de la Guilde s'ouvrit devant eux. Denser apparut, finissant de boucler son ceinturon.

— Surtout, prends ton temps ! lança Hirad en passant près de lui.

— Ha ! ha ! lâcha sèchement le Xetesk.

— Je vais dire aux Dordovans de t'attendre.

— Si ça ne te dérange pas trop.

— Hirad, fit l'Inconnu, dépêche-toi !

Ils continuèrent leur chemin dans le couloir. Les Protecteurs étaient déjà en place, et Hirad vit un elfe dans le verger, caché sous une branche morte qui formait une arche avec le mur extérieur. Plus loin, ils trouvèrent Darrick en train de faire les cent pas, l'épée encore au fourreau.

— Bonjour, général, le salua Hirad sur un ton guilleret en s'arrêtant devant lui.

— Il est toujours comme ça ? se plaignit Darrick.

— Toujours, fit l'Inconnu. Vous vous y habituerez. Plus ou moins…

— Tout est paré ? demanda Hirad en s'efforçant de reprendre son sérieux.

L'excitation de la bataille courait dans son corps et dans son esprit, lui faisant presque tourner la tête. Mais il savait qu'il ne pouvait pas se permettre de manquer de concentration.

— Il reste à sceller la porte de l'aile de la Guilde, et ce sera bon. Nous aurons un peu d'espace pour bouger, à supposer que nous ayons raison, pour le bombardement.

— Fallait-il vraiment poster des elfes dehors ?

— Le bouclier couvre le côté du verger adjacent à la maison. C'est un risque calculé. Nous ne pouvons pas nous permettre d'être surpris par une attaque de ce côté, et je ne veux pas que les Dordovans voient où nos défenseurs sont cachés.

Hirad tendit une main que le Lysternien serra chaleureusement, avant de faire de même avec l'Inconnu.

— N'hésitez pas à crier si vous avez besoin de renforts, recommanda Hirad.

— Vous de même.

Les deux Ravens repartirent, l'Inconnu marchant aussi vite qu'il le pouvait. Enfin, ils atteignirent le hall d'entrée où Ilkar les attendait avec Aeb et les Protecteurs.

— Prêt ? demanda Hirad.

— Bouclier dressé, répondit l'elfe. Il couvre la porte.

— Parfait, dit Hirad. Et maintenant, que fichent Erienne et Denser ?

Lyanna était assise sur une chaise au bout de la table, l'air terriblement petite et effrayée. Accroupie près d'elle, Erienne lui caressait les cheveux et lui chuchotait des paroles apaisantes. L'enfant serrait sa poupée contre elle. Même si elle hochait la tête de temps en temps, Denser voyait son regard revenir sans cesse vers les Protecteurs immobiles autour de la pièce. Il comprenait sa peur.

Il approcha de sa famille, sous le regard compatissant mais voilé des Al-Drechars.

— Comment va-t-elle ?

— Elle tiendra le coup, affirma Erienne.

Denser se pencha et posa un baiser sur la joue de sa fille.

— C'est ici que tu seras le plus en sécurité, tu sais.

— Mais je veux être avec vous ! lança Lyanna.

— Ce serait trop dangereux, mon cœur, dit tendrement Erienne. Mieux vaut que tu restes ici avec Ephy, Clerry et Myra, tu ne crois pas ?

Lyanna regarda la pièce. Son petit front se plissa.

— Je n'aime pas ces hommes. Pourquoi ont-ils des masques ? Et pourquoi ne disent-ils jamais rien ?

Erienne leva les yeux vers Denser, qui fronça les sourcils. Le moment était mal choisi pour expliquer à une enfant de cinq ans les contraintes infligées aux Protecteurs.

— Ce sont des soldats très spéciaux. Ne t'en fais pas à propos de leurs masques : ils les portent pour être meilleurs au combat, et ils sont ici pour veiller sur toi.

Lyanna hocha la tête.

— D'accord…

— Maintenant, ma chérie, écoute-moi, ordonna Erienne. Il y aura beaucoup de bruit dehors, et ça risque d'être très effrayant. Mais quoi qu'il arrive, tu ne devras pas bouger d'ici. Ne t'inquiète pas pour nous, nous nous débrouillerons. Veux-tu être courageuse ?

— J'essaierai, promit Lyanna.

— Ça, c'est une brave petite fille, fit Denser. Si tu as trop peur, va faire un câlin à une des vieilles dames. Elles t'aiment aussi, tu sais.

Lyanna hocha la tête, l'air peu convaincu.

Il y eut une détonation qui se répercuta à travers la maison.

— Ça commence, dit Denser. (Il s'agenouilla et étreignit sa fille.) On se retrouve un peu plus tard.

— Au revoir, papa.

À son tour, Erienne prit Lyanna dans ses bras.

— Sois gentille et obéis aux hommes masqués, d'accord ?

Avec un dernier regard pour leur fille, ils sortirent de la cuisine pour rejoindre les Ravens.

— À mon signal et pas avant ! rugit Vuldaroq alors qu'un OrbeFlamme solitaire jaillissait et allait s'écraser sur un bouclier. (Il se tourna vers Gorstan.) Utilisez des sorts concentrés. Je veux que vous détruisiez cette maison autant que possible, mais même si vous n'arrivez à rien, ne vous arrêtez pas avant d'avoir épuisé vos réserves. Cela dit… Il était peut-être indiscipliné d'incanter avant d'en avoir reçu l'ordre, mais ça nous a appris quelque chose, pas vrai ? Ça ne ressemble à aucun bouclier collégial que j'aie déjà vu.

— En effet, seigneur.

— Bien. Feu à volonté ! Et n'oubliez pas de me prévenir avant de lancer vos derniers sorts. J'ai une attaque à déclencher.

— Qu'est-ce que c'était ? demanda Hirad. Je…

— Ouah, souffla Ilkar. Ça arrive. Je le sens dans le mana.

Il y eut un instant de silence, puis le tonnerre des sorts se déchaîna. Tel un troupeau de chevaux sauvages galopant sur le toit, des OrbesFlammes explosèrent sur le bouclier des Al-Drechars. Des éclairs de lumière orange, jaune et blanche embrasèrent la pénombre autour d'eux. Filtrant par les interstices des barricades, ils inondèrent le verger. Le bouclier crépita alors qu'il luttait pour repousser l'attaque. Hirad rentra instinctivement la tête dans les épaules. Le vacarme lui faisait mal aux tympans, bien qu'il ait les mains plaquées sur les oreilles. Assourdissant, il faisait vibrer le plancher sous ses pieds, trembler les portes devant lui et les ardoises au-dessus de sa tête.

Le barbare se tourna vers Erienne et Denser, qui venaient de débouler dans le hall. Il se força à sourire, vit remuer les lèvres du Xetesk, mais ne put entendre ce qu'il disait et haussa les épaules en tendant un index vers une de ses oreilles.

Derrière lui, des boules de feu s'écrasèrent au milieu du verger. Les flammes se répandirent parmi les arbres détrempés, firent s'évaporer l'eau et embrasèrent les troncs. Hirad approcha des portes barricadées, regarda, ne vit personne approcher et, en réponse au coup d'œil interrogateur de l'Inconnu, leva le pouce pour lui indiquer que tout allait bien.

Il y eut une nouvelle vague de lumière, puis un craquement alors qu'un sort franchissait la barrière d'énergie et atteignait le toit. Tous les Ravens levèrent un même regard anxieux vers le plafond. Partout ailleurs, le bouclier tenait bon, et le vacarme diminua tandis que le barrage se mourait et était remplacé par des grondements, sur leur droite.

— TerreMartel, lâcha Denser. Ils attaquent les ailes.

Les oreilles d'Hirad bourdonnaient. Derrière lui, un rideau de feu de six mètres de large dévorait les arbres du verger. Au-dessus de lui, il entendit l'OrbeFlamme grignoter le bois et l'ardoise.

Du côté des ailes, le bruit augmenta. Le plancher vibra et des détonations se répercutèrent à travers le hall : celles de sorts explosant dans un espace confiné. À la pâle lueur de l'aube, ils projetaient des éclairs douloureusement brillants qui bannissaient les ombres autour de la maison.

— Aeb, alerte Darrick et tes frères, ordonna l'Inconnu. Ils vont croire qu'ils ont un accès.

— Tout de suite.

Une autre volée de sorts s'abattit sur le bouclier, puis le silence retomba quelques précieux instants.

— Ravens, en position !

L'Inconnu dégaina sa lame elfique et, la tenant d'une seule main, tapota les dalles à ses pieds avec sa pointe. Ses compagnons se déployèrent sans hésiter, formant leur chevron habituel au centre d'un demi-cercle qui scellait l'entrée principale. Hirad se tenait à la droite de l'Inconnu, Aeb à sa gauche. Trois autres Protecteurs formaient les flancs, couvrant les mages agenouillés derrière eux.

— BouclierDéfensif dressé, annonça Denser.

— BouclierMagique dressé, renchérit Ilkar.

— GlaceVent prêt, ajouta Erienne.

Les portes frissonnèrent sous un violent impact.

— Un sort ? demanda Hirad.

— Non, répondit Ilkar.

Il y eut un deuxième impact. Les portes émirent un craquement sinistre. Hirad se dandina d'un pied sur l'autre, ajustant sa prise sur la poignée de son épée. Dehors, il entendait des cris et des bruits de course alors que les soldats dordovans se rassemblaient.

Qu'ils viennent donc, pensa-t-il, laissant le son métronomique de la lame de l'Inconnu envahir son esprit.

— Maintenant ! dit l'Inconnu.

La troisième fois, un tronc d'arbre défonça le centre des portes, envoyant des échardes rebondir sur le bouclier de Denser. Les Dordovans retirèrent leur bélier improvisé, et Hirad vit une masse de silhouettes en armure charger vers lui dans la pénombre.

À travers la trouée, des flèches et des carreaux d'arbalète volèrent, ricochant eux aussi sur le bouclier de Denser. Puis des OrbesFlammes percutèrent celui d'Ilkar avant de mettre le feu aux battants démolis.

— Ne bougez pas encore, ordonna l'Inconnu, qui n'avait pas frémi à la vue des projectiles et des sorts. Les soldats arrivent.

Dans le sillage d'une autre paire d'OrbesFlammes, les Dordovans se déversèrent dans le hall, hurlant tandis qu'ils fonçaient vers la ligne des Ravens.

— Erienne, quand tu veux ! lança l'Inconnu.

Derrière eux, la jeune femme se leva.

— Baissez-vous.

Les guerriers obéirent, et le GlaceVent rugit au-dessus de leur tête, percutant le premier rang ennemi. Les cris des Dordovans s'étranglèrent dans leur gorge alors qu'ils tombaient, leurs traits figés sur une expression terrifiée. Leurs doigts et leurs armes se brisèrent alors que leurs corps heurtaient le sol. La charge s'interrompit, et les Ravens se relevèrent.

— Allez ! rugit Hirad. On vous attend !

Répondant à son appel, les soldats se ruèrent de nouveau à l'assaut. Une dague dans la main gauche, l'Inconnu cessa de marteler le sol. Son épée décrivit une diagonale montante, enfonça la garde du premier Dordovan, lui entailla la poitrine et termina sa trajectoire dans sa mâchoire avec tant de force que l'homme s'arrêta net, son cadavre projeté en arrière dans une giclée de sang.

Près de l'Inconnu, Hirad bloqua facilement une attaque et repoussa son adversaire d'un coup de poing. Le soldat tituba mais se reprit aussitôt. Il feinta à gauche, puis frappa à droite. Hirad bloqua de nouveau. Cette fois, il ramena son épée d'un revers de poignet, lacérant la poitrine de l'homme à travers sa cuirasse et sa chemise. Son adversaire hoqueta, bascula vers la droite et se fit fendre le crâne par l'épée d'un Protecteur.

Devant les Ravens, l'espace se remplit d'ennemis. De chaque côté, les Protecteurs, largement espacés et munis de deux armes chacun, déchaînaient leur puissance terrible et silencieuse. Aeb, dont l'épée maintenait les Dordovans à l'écart du flanc gauche de l'Inconnu, portait des coups dévastateurs avec sa hache, parant les coups adverses du plat de sa lame et ripostant avec des coups verticaux ou horizontaux impossibles à arrêter. Mais alors que les corps s'effondraient, la pression augmenta, et les Ravens furent obligés de reculer.

L'Inconnu dévia une épée avec sa dague et plongea sa lame dans la poitrine découverte de son adversaire. La pointe d'acier elfique transperça la cotte de mailles. Alors que l'Inconnu dégageait son épée, sa hanche se bloqua. Il perdit l'équilibre et bascula en avant en poussant un cri de douleur.

Voyant une occasion, un Dordovan attaqua sur sa gauche. L'Inconnu, qui n'était pas en position de parer, agita vaguement sa dague dans sa direction. Mais ce fut Aeb qui neutralisa la menace. La hache du Protecteur s'abattit dans le creux formé par le cou et l'épaule de l'homme et s'enfonça jusqu'à sa colonne vertébrale. Le Dordovan s'écroula dans les jambes de ses camarades. Sans marquer de pause, Aeb ramena l'Inconnu en position à la pointe du chevron.

Hirad soupira de soulagement. De sa main libre, il saisit son adversaire par le col, le tira vers lui et lui flanqua un coup de tête dans l'arête du nez. Puis il repoussa l'homme étourdi et lui plongea son épée dans l'entrejambe.

Hirad se redressa. Il cherchait du regard sa prochaine victime quand les portes du verger explosèrent derrière lui.

Darrick suivit du regard les mages qui survolaient le verger et sortaient rapidement de son champ de vision. Puis il entendit des Dordovans avancer à travers les gravats, derrière les portes de la première aile.

Sur sa droite, un sort explosa contre les portes de la seconde aile, qui volèrent en éclats. Les Protecteurs postés devant entrèrent en action, leurs lames tailladant l'ennemi. Les cris des agonisants se répercutèrent dans le couloir. Devant lui, un bruit sourd résonna, et des voix pressantes filtrèrent à travers les battants.

— Écartez-vous ! ordonna-t-il. (Les trois Protecteurs se plaquèrent contre le mur.) Foncez dès qu'ils auront ouvert un passage, et nous aurons peut-être une chance d'intercepter les mages.

Des hochements de tête lui indiquèrent que les Protecteurs avaient entendu et compris.

Sans autre avertissement, les portes vibrèrent, cédèrent et allèrent percuter les murs sur les côtés. Darrick détourna la tête alors qu'un nuage de poussière et d'échardes soufflait par l'ouverture, la ForceConique se dissipant contre le mur du verger.

— Maintenant ! hurla-t-il en chargeant dans le couloir, flanqué par les Protecteurs qui n'avaient dégainé que leur épée pour se battre dans l'espace confiné.

La surprise qui s'afficha sur le visage des Dordovans le fit éclater de rire. Sans leur laisser le temps de réagir, Darrick plongea sa lame dans le ventre du jeteur de sorts qui lui faisait face.

Avec une rapidité ahurissante, les Protecteurs avancèrent, taillant en pièces leurs adversaires. Bientôt, le sang des mages se mêla à celui des soldats, et les cris des agonisants emplirent le couloir.

Les survivants rompirent les rangs et s'enfuirent.

— Arrêtez ! ordonna Darrick aux Protecteurs, qui faisaient mine de les poursuivre. Repliez-vous.

Ils rebroussèrent chemin jusqu'à la sécurité relative du couloir principal. Darrick regarda par-dessus son épaule et vit des silhouettes remuer.

— À terre !

Ils plongèrent de chaque côté de la porte et roulèrent sur eux-mêmes. L'instant d'après, des OrbesFlammes s'engouffrèrent en rugissant dans le couloir, éclaboussant les murs et léchant le bois exposé.

Darrick se releva.

Déjà debout, les Protecteurs le regardaient.

— Patience, leur ordonna-t-il.

Une qualité que les guerriers xetesks possédaient en abondance.

Ren'erei sonda le ciel, la corde de son arc détendue mais une flèche déjà encochée et prête à tirer. Des silhouettes venaient de passer, trop vite pour qu'elle ou ses semblables puissent les suivre. Sans aucun doute, elles cherchaient des ennuis, modifiant leur trajectoire pour se poser dans la maison pendant que leurs soldats occupaient les Ravens et les Protecteurs. Ren'erei entendait les bruits de combat devant de la porte. Derrière elle, des coups sourds indiquaient que les ailes aussi étaient assaillies.

Un sifflement, sur sa gauche, lui fit tourner la tête. Un elfe de la Guilde tendait un index vers le ciel. Ren'erei suivit la direction de son doigt. Huit mages descendaient rapidement. L'avertissement se diffusa autour du verger et les archers armèrent leurs arcs.

La respiration profonde et régulière, Ren'erei fixa sa cible, la regardant tourbillonner dans les airs. Le ciel s'éclaircissait peu à peu, mais des nuages s'amoncelaient. Des rafales toujours plus fortes éparpillaient les feuilles mortes et attisaient les flammes sur sa droite, près des portes du hall d'entrée.

Les mages descendaient toujours. Patience, patience… Ren'erei tendit un peu plus la corde de son arc et la lâcha. Sa flèche fila et se planta dans le cou d'un mage, qui dégringola sans un bruit. L'instant d'après, trois autres projectiles sifflèrent au-dessus de sa tête, et deux mages de plus tombèrent. Il en restait encore cinq.

Ren'erei encocha une nouvelle flèche et regarda sur sa gauche. D'autres silhouettes approchaient. Encore des mages. Une dizaine.

— Feu à volonté, ordonna-t-elle. Il en arrive d'autres sur la gauche.

Elle décocha sa flèche, qui atteignit un mage dans l'avant-bras. Les ailes du Dordovan clignotèrent, se stabilisèrent puis disparurent brusquement, et il hurla un long « Nooooooon ! » tandis qu'il plongeait vers le sol et allait s'écraser dans les débris du toit de l'aile ouest.

D'autres flèches abattirent leurs cibles, mais à présent, une demi-douzaine de mages avaient touché terre. Leurs ailes dissipées, ils avançaient rapidement, une incantation sur les lèvres. Ren'erei sentit la panique gagner les elfes de la Guilde. Elle tira de nouveau. Sa flèche se logea dans l'œil d'un Dordovan et lui transperça le cerveau.

— Continuez à faire feu !

Mais les mages ne s'intéressaient pas à eux : ils marchaient vers les portes, sur sa droite. Des OrbesFlammes jaillirent, défonçant les battants. Puis d'autres, et d'autres encore. Le verger se remplit de feu.

Chapitre 39

— Le glyphe ! cria Hirad alors qu'une pluie de bois et de verre s'abattait sur leur dos.

Devant eux, les Dordovans revinrent à la charge. Une lumière de plus en plus vive emplissait le verger, et des cris résonnaient dans l'air.

— Ilkar ! s'époumona l'Inconnu, assenant un coup d'épée dans la tête d'un soldat. Dissipe ton bouclier et vérifie nos arrières !

— Non au premier ordre et oui au second, répondit l'elfe.

Hirad esquiva une attaque pathétique et enfonça son épée dans la poitrine de son adversaire. D'autres sorts explosèrent dans son dos.

— Inconnu ! appela-t-il en bloquant un autre coup. Périmètre secondaire.

— Pas maintenant. On peut encore les retenir ici.

Et de fait, ils pouvaient. Les Protecteurs semaient la terreur dans les rangs ennemis. Leurs mages n'osaient pas lancer de sorts de peur de toucher leurs propres hommes, et le sang des morts et des blessés rendait le sol glissant.

— Parle-moi, Ilkar, réclama l'Inconnu en portant un coup d'estoc avec sa dague.

Près de lui, Aeb trancha net le bras d'un Dordovan, mais encaissa une coupure au bras droit.

— Restez groupés, Ravens, ordonna l'Inconnu. En avant !

Hirad rugit et frappa, ignorant les protestations de ses muscles endoloris.

Lyanna était très mécontente. Elle avait essayé de rester sagement assise, de dessiner et de jouer à la poupée, mais les bruits étaient horribles. Elle avait entendu les vieilles dames allongées dans leur lit gémir tandis que des coups faisaient vibrer les tasses sur la table, et le sol sous les pieds de sa chaise.

La fillette savait que c'était à cause de la magie. Elle le sentait, mais ne comprenait pas comment ça fonctionnait. Quand elle tentait de s'introduire dans l'esprit des vieilles dames, le rugissement du vent la repoussait et lui donnait mal à la tête. Elle pleura tout bas, espérant qu'un des étranges hommes viendrait la réconforter. Mais ils restèrent immobiles, surveillant les fenêtres ou les portes ouvertes qui donnaient sur la salle de bal et la salle à manger.

À présent, les bruits magiques avaient cessé, et les vieilles dames ne bougeaient plus du tout. Elles respiraient encore, mais leur visage était très blanc et luisant de sueur. Lyanna glissa à terre et s'approcha d'elles.

— Ephy ? appela-t-elle en s'accroupissant près de l'elfe frêle. Ephy, vous allez bien ?

Ephemere cligna des yeux et tenta de lui sourire. Au prix d'un gros effort, elle leva une main tremblante pour lui caresser la joue.

— Nous sommes si fatiguées, Lyanna, souffla-t-elle. Ça ne t'ennuie pas que nous dormions un peu ?

— Maman a dit que vous me feriez un câlin si j'avais peur.

— Dans un petit moment, Lyanna, fit Ephemere en laissant retomber sa main. (D'une voix presque inaudible, elle répéta :) Dans un petit moment.

Lyanna tapa du pied. Ce n'était pas juste. Il n'y avait personne pour s'occuper d'elle, et elle avait besoin de quelqu'un tout de suite. Il lui fallait sa maman ! Elle se souvenait de ce que ses parents lui avaient demandé, mais ça n'avait plus d'importance. Elle marcha vers la porte de la salle à manger, où se tenait un des hommes masqués. Elle tenta de se faufiler entre ses jambes, mais il lui posa une main sur l'épaule et baissa les yeux vers elle.

— Tu dois rester ici. C'est dangereux, dehors.

— Non, répliqua Lyanna. Je veux ma maman. Maintenant. J'ai peur.

— Tu seras plus en sécurité dans la cuisine, insista l'homme. Je ne peux pas te laisser partir.

Lyanna recula. Il la lâcha et se redressa. Elle tenta de le contourner. Il l'arrêta aisément et la repoussa avec douceur mais fermeté.

— Non ! cria la fillette. Laissez-moi !

L'homme s'accroupit pour la regarder dans les yeux. Lyanna trouva les siens horribles. C'était comme si une partie de lui manquait.

— Ta mère sera furieuse si tu t'en vas.

— Vous n'avez pas le droit de me forcer à rester, affirma Lyanna, qui ne comprenait pas ce qu'elle disait mais savait qu'elle avait raison. Il y a des choses autour de vous, et elles vous puniront si vous m'embêtez.

Face à elle, l'homme frémit.

— Reste ici, s'il te plaît.

— Je ne veux pas ! s'entêta Lyanna.

L'homme se tut quelques instants. Dans son dos, Lyanna entendit tous les autres avancer vers elle et elle eut encore plus peur. Elle se tourna vers eux. Ils étaient si énormes, si bizarres… Et ils voulaient l'arrêter. Ils lui feraient peut-être même du mal. Ce n'était pas gentil.

— Je vous l'ai déjà dit, et vous n'avez pas voulu m'écouter, grogna la fillette, se sentant soudain dépossédée de son corps et de son esprit. Mais je ne resterai pas ici. Oh non !

Dans sa tête, le vent augmenta, et elle entendit des voix caquetantes. Celles des créatures qui entouraient les hommes masqués. Et elle connaissait un moyen de les libérer. C'était si facile…

Elle se tourna vers le premier homme, qui se prit la tête à deux mains et hurla. Il bascula en arrière et se tortilla sur le sol, poussant avec ses jambes comme pour s'éloigner d'un danger, tout son corps se convulsant et tressautant.

Lyanna recula et leva les yeux vers les autres hommes. Immobiles, ils la fixaient en serrant et en desserrant les poings. Son petit menton trembla, et l'instant d'après, les cris de l'homme la firent éclater en sanglots.

Il ne s'arrêtait pas de hurler…

— Je suis désolée, balbutia-t-elle en s'élançant vers la salle à manger. Je suis désolée. Maman !

Près de l'Inconnu, Aeb hésita et bloqua de justesse un coup de son adversaire. Malgré cela, la pointe de la lame lui érafla la hanche, et il grogna.

— Aeb, Aeb, le pressa l'Inconnu, en faisant de grands moulinets pour maintenir les Dordovans à distance.

Leurs ennemis poussaient de plus en plus fort, et Hirad et lui se fatiguaient. Derrière eux, le bouclier d'Ilkar encaissait les assauts répétés des mages du verger. Ils se reposaient sur la force inébranlable des Protecteurs. Voilà qu'ils avaient ralenti imperceptiblement, ne portant plus leurs attaques avec leur sauvagerie habituelle.

— Aeb, parle-moi.

Le Protecteur secoua la tête et abattit sa hache sur l'épaule du soldat qui lui faisait face.

— Lyanna est sortie de la cuisine, révéla-t-il. Elle a invoqué une punition de la ChaîneDémoniaque.

— Quoi ?

L'Inconnu n'en croyait pas ses oreilles. Il frappa distraitement en avant et son adversaire bloqua le coup.

— Notre frère souffre. Nous sentons sa douleur. Elle nous perturbe.

Tous les Protecteurs avaient reculé d'un demi pas, forçant les Ravens à les imiter. Les Dordovans avancèrent dans l'espace ainsi dégagé avec une assurance renouvelée. À ce rythme-là, les défenseurs risquaient de perdre très rapidement. Près de l'Inconnu, Hirad croisait le fer avec un soldat. Du sang dégoulinait d'une entaille, sur sa joue.

— Erienne ! cria l'Inconnu. Lance ton sort et retourne dans la salle de bal. Ilkar, accompagne-la. Lyanna s'est échappée.

Erienne se releva, jeta son OrbeFlamme au-dessus la tête des Ravens puis, sans attendre de voir où il atterrissait, se détourna et se lança vers le couloir.

— Je ne peux pas abandonner cette porte, fit Ilkar.

— Vas-y ! hurla l'Inconnu. Sécurise le périmètre secondaire. Dis à Darrick que nous arrivons.

Les boules de feu s'écrasèrent sur le troisième rang des Dordovans, éclaboussant les poutres déjà noircies du hall. Paniqués, les soldats se jetèrent sur les armes des Ravens. L'Inconnu plongea son épée dans le flanc du plus proche et lui trancha la gorge avec sa dague. Sur sa droite, Hirad se baissa pour esquiver une attaque et taillada les jambes de son adversaire tandis que les Protecteurs, forcés de réagir, se déchaînaient de nouveau.

— À mon signal, rompez le combat ! ordonna l'Inconnu. (Derrière lui, il entendit Denser se relever.) Maintenant !

Comme un seul homme, ils reculèrent d'un pas et prirent leurs jambes à leur cou. L'Inconnu était plus lent que les autres, mais deux Protecteurs l'encadrèrent et le soulevèrent.

— Mages dans la salle de bal, annonça Aeb d'une voix dont le calme contrastait avec le chaos ambiant. Mages en mouvement dans le verger.

— Et merde ! marmonna l'Inconnu. Denser, maintiens ton bouclier.

Ils franchirent l'intersection et se ruèrent dans le couloir du verger.

— Darrick ! rugit le colosse. Périmètre secondaire. Il y a du grabuge dans la salle de bal. Nous avons perdu le verger.

Darrick était devant eux, jouant de l'épée pour repousser une attaque venue de la première aile. Le couloir était en feu, et les flammes avançaient vers la salle de bal en dégageant une intense chaleur. À l'entrée des deux autres ailes, les Protecteurs se battaient férocement contre des forces dordovanes.

L'Inconnu vit Ilkar et Erienne dépasser la troisième aile. Quelques instants plus tard, une détonation déchira l'air brûlant, et des flammes jaillies de nulle part se déversèrent dans le couloir. Les quatre Protecteurs n'eurent pas une chance d'en réchapper. Soufflés contre le mur, le corps calciné, ils moururent avant de toucher le sol. Le feu se répandit au plafond, le contrecoup de l'explosion soulevant un nuage de poussière de plâtre qui se mêla à la fumée étouffante. Des Dordovans foncèrent dans la brèche et se déployèrent sur la gauche et la droite.

Avant qu'il ait besoin de le leur demander, les deux Protecteurs qui portaient l'Inconnu le lâchèrent et partirent avec Hirad, laissant le colosse, Aeb, Darrick et Denser protéger leurs arrières.

L'Inconnu pria pour qu'Hirad leur ouvre rapidement la voie. Dans le cas contraire, ils seraient pris entre deux feux, au propre comme au figuré.

Lyanna s'immobilisa dans la salle de bal obscure. Il y avait deux autres hommes masqués, mais ils ne bougeaient pas davantage que ceux de la cuisine. La fillette ne comprenait pas ce qu'elle venait de faire. Elle savait que c'était mal et qu'elle ignorait comment arrêter.

— Maman, où es-tu ?

Ses yeux s'emplirent de larmes, et elle serra sa poupée contre elle un peu plus fort.

De l'autre côté de la salle de bal, elle entendait des gens crier et se battre et voyait des flammes bondir à l'assaut des murs. Maman et papa devaient être là-bas, à essayer de la protéger. Indécise, Lyanna se mordit la lèvre. Elle devrait retourner à la cuisine pour être avec les vieilles dames et voir si l'homme bizarre allait mieux. Mais elle avait tellement envie de rejoindre sa maman… Avec un peu de chance, elle ne lui en voudrait pas trop.

Quelque chose se passait. Lyanna leva les yeux vers le plafond, où il y avait un gros trou. Le ciel était nuageux, et il allait encore pleuvoir très fort, mais ce n'était pas ce qui avait attiré son regard. Des hommes ailés piquaient vers elle. L'un d'eux en portait même un autre dans ses bras.

Ils étaient six. La fillette les observa en souhaitant pouvoir voler comme eux. Les deux hommes masqués s'arrachèrent enfin à leur immobilité de statue pour courir vers elle. Lyanna hurla et s'enfuit. Mais ils étaient plus rapides qu'elle. Le plus grand la prit dans ses bras pendant que l'autre se tournait vers les hommes ailés.

Ils se posèrent ; leurs ailes disparurent, et celui qui s'était fait porter dégaina une épée longue.

Lyanna se débattit, mais l'homme masqué la serrait trop fort.

— Maman, aide-moi ! Maman !

La température baissa brutalement dans la pièce, et le premier homme masqué tomba.

Celui qui tenait l'enfant se lança vers la porte de la salle de bal. Si Lyanna criait assez fort, sa maman finirait bien par l'entendre.

Ilkar courait derrière Erienne sans parvenir à diminuer la distance qui les séparait.

— Erienne, ralentis ! appela-t-il. Les Protecteurs vont s'en occuper !

Mais la jeune femme ne l'écoutait pas.

Elle était à vingt mètres de la porte de la salle de bal quand un Protecteur apparut sur le seuil, tenant Lyanna dans ses bras. Soudain, il sursauta et bascula en avant. Ilkar sentit le souffle froid d'un GlaceVent sur son visage, et sut que le corps du guerrier xetesk avait sauvé la vie de la fillette.

Le Protecteur s'effondra sur Lyanna. L'enfant cria et tenta de se dégager, mais ses jambes étaient coincées sous le cadavre.

— Lyanna ! cria Erienne en accélérant.

Ilkar l'imita, espérant qu'Hirad ne serait pas trop loin derrière eux. Les dieux seuls savaient combien de Dordovans s'étaient introduits dans la salle de bal. L'elfe avait beau pousser sur ses jambes de toutes ses forces, il n'avait pas l'impression d'avancer.

Un mage aux OmbresAiles encore palpitantes franchit le seuil de la pièce, leva les yeux, puis se baissa pour écarter le corps du Protecteur. Erienne porta une main à sa bouche et hurla le nom de sa fille. L'enfant tendit des mains suppliantes vers elle. Mais il était clair que la jeune femme n'arriverait pas à temps.

Derrière Ilkar, une explosion retentit. Soudain, tout lui parut atrocement clair. Comme il aurait été facile de laisser le mage s'emparer de la Fille de l'Ombre et la ramener à Dordover, où la menace de l'Unique serait étouffée à jamais. Comme il aurait été simple de ne pas réussir tout à fait à l'en empêcher. En essayant quand même, pour que personne ne puisse le blâmer. Cela aurait sauvé la structure collégiale, et particulièrement celle de Julatsa, qui se remettait à peine de l'invasion ouestienne.

De la part du Prime Magicien, c'était la seule décision possible. Qu'avait donc dit l'Inconnu à son sujet ? Qu'il ne s'interposerait pas s'il voyait quelqu'un essayer de tuer Lyanna, ou quelque chose du genre, sous-entendant que la survie de son Collège était plus importante pour lui que celle d'une fillette.

Mais l'était-elle vraiment ?

Ilkar n'aurait su expliquer ce qui lui passa par la tête. Il n'avait jamais tenté une chose pareille, mais son subconscient anima son corps sans se soucier de consulter la part rationnelle de son esprit. Dégainant son épée – sa seule arme – il la projeta à travers le couloir.

Le temps suspendit son vol.

L'épée tourbillonna dans les airs. Ce n'était pas un lancer fabuleux, mais il suffit. L'arme rebondit contre le mur du verger et heurta le Dordovan du plat de sa lame. Elle ne le blessa pas, mais le fit reculer et perdre sa concentration.

Ses OmbresAiles se dissipèrent. Erienne en profita pour plonger vers Lyanna et la dégager. Le Dordovan revint à la charge, mais cette fois, Ilkar se jeta sur lui et le ceintura. Les deux hommes roulèrent dans la salle de bal.

Hirad trancha la gorge du premier Dordovan et le renvoya d'une bourrade dans le couloir d'où il était sorti. Près de lui, un Protecteur abattit sa hache sur la tête d'un autre soldat, lui fendant le crâne à travers son casque. Sans perdre de temps à dégager son arme, il dégaina l'épée attachée dans son dos et la plongea dans le ventre d'un troisième homme.

Le barbare rugit de colère. Il écarta un coup qui visait son estomac et lança son poing gauche dans le nez de son adversaire. Laissant son élan l'emporter, il tourna sur lui-même, flanqua à l'homme un coup de coude gauche au visage, enchaîna par un coup de coude droit et termina par un revers du droit. Le Dordovan s'écroula, du sang jaillissant de son visage, et Hirad se retrouva au milieu des rangs ennemis. Les soldats n'eurent pas le temps de comprendre ce qui leur arrivait.

— Approchez, mes salauds !

Il plongea son épée dans le front d'un homme. Sa lame lui traversa le crâne, le faisant exploser. D'un coup de pied, il jeta le corps sur le côté pour se dégager un chemin.

— J'arrive, Ilkar !

D'autres Dordovans se massaient devant lui. Deux Protecteurs le dépassèrent en courant, assommant trois poursuivants d'Erienne et Ilkar avant que le barbare les rattrape. Un voile rouge devant les yeux, il choisit sa victime suivante.

— Bougez, bougez ! cria Denser, qui s'efforçait désespérément de maintenir son BouclierDéfensif tandis que des flèches et des carreaux rebondissaient dessus. Restez derrière moi, et attaquez seulement s'ils font deux pas à l'intérieur.

Encadré par Aeb et Darrick, l'Inconnu clopinait aussi vite que le lui permettait sa hanche blessée. Devant eux, Hirad, livré à la Rage, semait la confusion parmi les Dordovans, qui ne savaient plus où donner de la tête. Aeb résolut leur dilemme en chargeant et en décapitant le plus proche d'un coup de hache.

Ignorant sa douleur, l'Inconnu se lança derrière lui, chaque pas lui faisant tourner la tête.

— Il faut atteindre la cuisine. Périmètre tertiaire ! Périmètre tertiaire !

Aeb para avec son épée et frappa à ras du sol avec sa hache, tranchant le pied d'un mage qui s'écroula en serrant son moignon ensanglanté. Le Protecteur leur ouvrait un chemin à grand renfort de moulinets, bloquant l'entrée de l'aile et gagnant du temps pour ses alliés, mais il serait bientôt submergé. L'Inconnu accéléra.

— Denser, reste avec moi ! haleta-t-il, une lance de douleur remontant le long de sa jambe gauche chaque fois qu'il prenait appui dessus.

— Je suis derrière toi. Je te dirai quand il faudra courir, promit le Xetesk.

L'Inconnu atteignit la mêlée et attira l'attention de deux soldats. Le premier se rua sur lui en brandissant son épée pour porter un coup de haut en bas. Le colosse était handicapé par sa blessure, mais pas totalement invalide. Il se pencha vers la droite et fit décrire un arc de cercle à sa lame, lacérant l'estomac de l'homme qui s'apprêtait à lui porter un coup mortel. Une erreur tactique dont il ne vivrait pas assez longtemps pour tirer la leçon.

Le second se montra plus prudent, mais il fut distrait par la hache d'Aeb, qui passa près de son nez en sifflant avant de s'abattre sur le visage d'un autre Dordovan. Profitant de son hésitation, l'Inconnu frappa avec sa dague. Le soldat la dévia sans difficulté, mais il découvrit son bas-ventre, et l'Inconnu en profita pour le découper en deux comme une vulgaire volaille. Il sentait la nausée le gagner. La douleur avait envahi son dos et se propageait jusqu'à sa tête par vagues qui menaçaient de le submerger.

— Cours ! cria Denser.

L'Inconnu regarda par-dessus son épaule et déglutit. Les Dordovans chargeaient, renonçant à leurs armes de jet pour exploiter leur supériorité numérique au corps à corps.

Darrick dépassa le colosse en criant quelque chose qu'il ne comprit pas.

— Aeb, on y va ! cria l'Inconnu.

— Entendu.

Le Protecteur flanqua un coup de pommeau dans la figure d'un soldat et le poussa dans les jambes de la meute qui courait vers eux. Puis il fit volte-face, saisit le bras de l'Inconnu et l'entraîna en avant dans le couloir.

— Préparez les portes ! lança l'Inconnu en luttant contre une atroce envie de vomir.

Il ne savait pas combien de temps il pourrait tenir debout, et encore moins se battre. Derrière eux, les Dordovans approchaient rapidement. Ça allait être juste.

Ilkar roula et s'immobilisa sur le Dordovan. Il abattit ses deux poings sur le visage du mage, entendit son crâne heurter violemment les carreaux et senti son étreinte se relâcher. Derrière lui, Erienne entra en titubant dans la salle de bal. L'elfe regarda autour d'elle. La pièce grouillait de Dordovans.

— Oh, dieux…

Il se releva et fonça vers le mage le plus proche, espérant que celui-ci n'aurait pas le temps d'incanter.

Lyanna s'accrochait de toutes ses forces à sa mère, qui courait vers la cuisine. Soudain, un homme armé d'une épée jaillit de nulle part et frappa Erienne à la tempe. La jeune femme s'écroula. Lyanna hurla en se sentant tomber à terre et glisser sur le sol de la salle de bal. Ravalant ses larmes, elle se releva et voulut se précipiter vers sa mère, mais l'homme l'en empêcha.

— Tu vas rentrer à la maison pour mourir, petite, mais pas avant de m'avoir vu tuer ta chienne de mère !

Sa voix était bizarre, mais Lyanna le comprenait.

— Vous ne ferez pas de mal à ma maman ! cria-t-elle. Vous ne ferez pas de mal à ma maman !

Ilkar tituba sous une pression énorme alors qu'il tentait de basculer dans le spectre du mana pour préparer un sort. Devant lui, six mages vacillèrent comme un seul homme en plaquant leurs mains sur leurs oreilles. Quoi qu'ils aient été en train de créer, leur forme s'était dissipée. Ilkar les aurait tous tués si le pouvoir qui assaillit brutalement le mana ne l'avait pas fait tomber à genoux. Luttant pour ne pas s'écrouler, il regarda autour de lui en quête de secours.

Hirad jaillit dans la pièce, des Protecteurs sur les talons.

Au milieu de la cohue, la lumière du mana se déversait en Lyanna.

Alors qu'il faisait irruption dans la salle de bal, Hirad vit Selik campé devant Erienne, étendue sur le sol. Deux pas plus loin, Lyanna hurlait, mais il ne pouvait pas se soucier d'elle pour le moment.

— Selik ! grogna-t-il en marchant sur lui. Je t'avais dit qu'on se reverrait.

L'épée à la main, l'Aile Noire se retourna.

— Je savais que je ne sortirais pas d'ici vivant, mais au moins, j'aurai arraché le cœur des Ravens avant de périr. D'abord toi, et ensuite la chienne !

Il flanqua un coup de pied dans le ventre d'Erienne, qui grogna mais ne bougea pas. Lyanna hurla encore plus fort.

— Tu peux toujours rêver, ricana Hirad.

Il bondit en avant.

Toutes les vitres encore intactes explosèrent. Chaque morceau de plâtre se craquela et tomba en poussière. Des poutres se brisèrent, des ardoises dégringolèrent par le trou du toit, et le sol trembla violemment sous leurs pieds.

Une monstrueuse bourrasque s'engouffra dans la maison. Le mur du verger implosa et le plafond du couloir s'effondra. Comme Selik, Hirad fut soulevé de terre et jeté un peu plus loin. Il roula sur lui-même, vit Lyanna immobile au centre du chaos, et Ilkar ouvrir la bouche pour hurler, du sang dégoulinant de son nez et de ses oreilles. Le rugissement du vent couvrit la voix de l'elfe, mais il n'y avait pas besoin de son pour voir à quel point il souffrait.

— Ilkar ! cria Hirad.

L'elfe ne pouvait pas l'entendre. Il devait le mettre en sécurité.

Le barbare se releva et lutta contre le vent pour parcourir les quelques mètres qui le séparaient de son ami. Les traits tordus par la douleur, il s'était recroquevillé sur le sol en position fœtale. Hirad tenta de nouveau de l'appeler, mais ça ne servait à rien. Regardant autour de lui, il vit que les mages dordovans étaient tout aussi mal en point et se concentra sur Lyanna. Si personne ne l'arrêtait, il ne resterait plus un seul mage en vie dans la maison.

Denser s'écroula alors que le plancher se fendait sous lui. Tandis que l'Inconnu rebroussait chemin pour l'aider, il vit le plafond exploser au-dessus de lui, puis s'effondrer sur toute sa longueur dans une pluie de bois et d'ardoise. Les

Dordovans avaient interrompu leur charge et s'étaient éparpillés. Les bras repliés sur leur tête, ils avaient tourné les talons pour échapper à cette destruction.

Un morceau de poutre frappa l'Inconnu à l'épaule lorsqu'il se baissa pour soulever le mage, et la douleur, répercutée dans sa hanche, lui fit tourner la tête. Un vent tel qu'il n'en avait encore jamais entendu ni senti le jeta à plat ventre sur le sol, son visage tout près de celui du Xetesk.

— Denser, qu'est-ce que c'est ?

— Lyanna, parvint à dire son ami, les dents serrées, un filet de sang coulant d'une de ses narines. Erienne doit déployer un bouclier sur elle. L'enfant est en train d'attirer tout le mana à elle, et elle n'arrivera pas à… le contenir. Emmène-les à la cuisine. Les Al-Drechars…

L'Inconnu crut comprendre.

— Darrick, aidez-moi !

— Non, cria le Lysternien dans son oreille. Je dois trouver Ren'erei. Impossible de la laisser là-dehors.

Il courut vers les portes du verger.

L'Inconnu ramassa Denser.

Se tournant, il vit Aeb se frayer un chemin vers la salle de bal à coups de hache et d'épée. Il avança vers lui en titubant, la tête tournée sur le côté pour se protéger de l'ouragan et un bras levé pour repousser les morceaux de plâtre qui volaient à sa rencontre.

Dedans, le vacarme était encore plus fort.

Aeb, si tu m'entends, amène Erienne et sa fille. Nous devons rejoindre les Al-Drechars.

Aeb le regarda et hocha la tête. Instantanément, ses frères rampèrent sur le sol. L'un d'eux passa un bras musclé autour de Lyanna, deux autres soulevant Erienne.

Derrière l'Inconnu, les Dordovans revenaient à la charge.

Lyanna leur avait fait gagner du temps, mais à en juger par l'expression torturée de son visage, son esprit était menacé de destruction.

Chapitre 40

La cuisine était une oasis de calme, mais la tenir ainsi tuait rapidement les Al-Drechars. Toutes les trois étaient assises dans leur lit. Leur bouclier poussait vers l'extérieur mais réussissait à peine à atteindre la table, au centre de la pièce.

Au-delà, le mana se déchaînait. Tout ce qui n'était pas rivé au sol avait été soulevé et aplati contre les murs ou la barrière d'énergie. Les chopes brisées, les chaises n'étaient plus que du bois d'allumettes et la table glissait sur le plancher, menaçant de les écraser, quand elles l'avaient arrêtée.

Ephemere lutta pour tendre son esprit vers Lyanna, la calmer et la ramener auprès d'elles. Mais la fillette était trop loin, dans tous les sens du terme.

Pour Erienne, c'était maintenant ou jamais.

La porte de la salle de bal s'ouvrit à la volée. Un des Protecteurs postés dans la cuisine s'apprêta à frapper et se ravisa aussitôt pour traîner Hirad et Ilkar dans la pièce. Il claqua la porte derrière eux et se remit en place, immobile malgré le vent qui le fouettait alors qu'il se tenait à l'extrême limite du bouclier.

— Où est-elle, Ephy ? gémit Myriell. Nous ne tiendrons plus longtemps.

— Dehors ! haleta Hirad. Elles sont encore dehors…

Il baissa les yeux vers Ilkar, qui respirait encore, puis se lança vers la porte de la salle à manger.

— Dépêchez-vous, Hirad ! cria Ephemere. Dépêchez-vous !

Mais le barbare n'en eut pas besoin. Un Protecteur entra et lui tomba pratiquement dessus, Lyanna dans les bras. Il s'écroula dans le bouclier.

Aussitôt, les hurlements, les craquements et les grincements se turent comme si quelqu'un avait tranché une corde et fait tomber un rideau. Le bouclier des Al-Drechars avait interrompu le flot du mana qui se déversait en Lyanna, dont l'esprit n'était pas encore assez entraîné pour échapper à leur réseau d'énergie.

Des bruits de pas retentirent, gagnant en intensité à chaque seconde. Tandis qu'un appel aux armes résonnait à travers les décombres de la maison et que les Dordovans se rassemblaient pour l'assaut final, l'Inconnu entra en clopinant avec Denser et Aeb. Ils étaient suivis de près par les deux Protecteurs qui portaient Erienne.

Sur le sol de la cuisine, le Protecteur torturé était mort, achevé par un de ses frères. Pour son âme prisonnière, c'était une libération.

— Bloquez les portes, ordonna l'Inconnu. Vite !

— Il faut agir maintenant, Erienne, marmonna Denser. Au revoir, mon amour.

L'Inconnu se traîna jusqu'à la table, qu'il entreprit de pousser vers la porte de la salle de bal. Denser rampa jusqu'à Erienne qui se redressa sur les mains. Tous les deux levèrent les yeux vers Lyanna, raide comme une planche dans les bras du Protecteur qui l'avait sauvée.

— Laisse-la et défends-nous, ordonna Denser.

— Oui, maître, dit le Protecteur en allongeant l'enfant sur le sol.

— Erienne ? appela Ephemere. Vous savez ce qui vous reste à faire.

La jeune femme hocha la tête, prit sa fille dans ses bras, se laissa aller contre Denser et s'apprêta à s'introduire dans l'esprit de l'Unique, sachant qu'elle n'en reviendrait pas.

Darrick courait vers les portes Nord du verger, plié en deux pour rester sous les fenêtres et dans l'ombre projetée par les flammes qui dévoraient toujours les arbres. Autour de lui, le calme, après la tempête de mana, amplifiait chaque son. Il entendait les Dordovans crier derrière lui, mais rien devant.

Il atteignit les portes, arrachées à leurs gonds, entra dans le rectangle de feu et longea les ruines du mur de droite soufflé, par l'éclat de Lyanna. Il passa rapidement d'une flaque d'ombre à l'autre tandis que ses yeux luttaient pour se focaliser sur le paysage ravagé.

La plupart des arbres avaient été abattus ou transformés en cendres par les OrbesFlammes, et le feu continuait à grignoter l'écorce humide autour du périmètre. La lumière orange et jaune, teintée de bleu, bondissait et dansait dans les courants d'air naturels qui balayaient le large espace découvert. Déjà, il avait recensé les corps calcinés de quatre mages et d'un elfe.

Sur sa droite, les Dordovans remontaient en courant le couloir effondré vers la salle de bal. Ils étaient trop nombreux. Bientôt, ils submergeraient les Ravens et les Protecteurs postés dans la cuisine.

Darrick maudit sa propre stupidité. Il avait sous-estimé l'ampleur de l'attaque magique que les Dordovans porteraient sur le verger. À présent, il lui appartenait d'y remédier. Jusqu'à la prise du verger, les défenseurs avaient facilement pu tenir le périmètre primaire, épuisant leurs adversaires à petit feu. Il avait vraiment pensé qu'ils pourraient gagner et laisser à Erienne le temps de faire ce qu'elle avait à faire. Mais il s'était trompé. Si les Dordovans s'introduisaient dans la cuisine, tous leurs efforts auraient été vains.

Darrick continua jusqu'aux portes Sud. Cinq autres mages ennemis gisaient non loin de là. Des flèches les avaient abattus, leur gorge ayant été tranchée avant que le feu ne ravage leur cadavre. Il s'agenouilla près du dernier et regarda autour de lui.

Au moins, un elfe de la Guilde avait survécu pour manier le couteau. Il attendit, guettant un mouvement, et sentit bientôt une légère piqûre sur sa nuque.

— Je devrais vous apprendre quelques trucs de pisteur, lança Ren'erei en baissant sa flèche. Que faites-vous ici ?

Darrick se tordit le cou. Elle était derrière lui, avec un autre elfe. Une vilaine brûlure sur la joue droite, et du sang coulait d'une coupure profonde près de son oreille gauche, elle frissonnait.

— Je vous cherchais, répondit-il. Les Dordovans ont atteint le périmètre tertiaire. Les Ravens ne pourront plus les retenir longtemps. Nous devons faire quelque chose. Vous avez des idées ?

Ren'erei hocha la tête.

— Une seule.

Les six Protecteurs survivants s'étaient répartis derrière les deux portes. L'Inconnu en avait coincé une avec la table renversée, le plateau la recouvrant complètement. Deux Protecteurs s'y appuyaient, l'entrée par la salle à manger restant le seul accès possible.

Les Dordovans l'empruntèrent.

Des coups répétés fendirent les planches pendant que les Protecteurs et Hirad attendaient, prêts à bondir sur les intrus. Le barbare eut l'impression que ses poumons allaient exploser. Un morceau de plâtre s'était écrasé sur son crâne, et sa tête lui faisait mal. Mais derrière lui, Erienne se sacrifiait pour son enfant, et il était prêt à en faire autant pour lui permettre d'accomplir sa mission. Près de lui, il entendit le martèlement d'une lame sur les dalles de pierre craquelées. Il regarda sur le côté et croisa le regard déterminé de l'Inconnu.

— Tu es prêt ? lui demanda-t-il.

— À ton avis ? répliqua le colosse.

— Qu'est devenu Darrick ?

— Il a parlé d'aller retrouver Ren'erei... Ce que je peux comprendre. Après tout, c'est lui qui l'a postée dehors.

— Je vois. Il ferait une excellente recrue pour les Ravens.

— S'il survit. Ce dont je doute...

L'Inconnu cessa de marteler le sol. Aeb était sur sa gauche, Hirad sur sa droite, et les Protecteurs formaient le reste du « comité d'accueil ».

La porte explosa sous un dernier assaut et les Dordovans déferlèrent sur eux.

Darrick, Ren'erei et Aronaar, l'autre elfe de la Guilde qui avait survécu, foncèrent dans le couloir étrangement désert jusqu'à l'entrée principale. Des corps gisaient à l'endroit où ils étaient tombés. Leur sang rendait le sol glissant, et des bruits de combat montaient de la cuisine.

Sur le seuil, Ren'erei tendit un bras pour arrêter ses compagnons.

— Là, sous les arbres, en face. Comme le lâche que je me doutais qu'il était, cracha-t-elle.

Plissant les yeux, Darrick vit Vuldaroq, flanqué de trois mages et de deux soldats. Apparemment peu concerné par la destruction qu'il avait provoquée, le Seigneur de la Tour dordovan attendait, tranquillement assis, que la bataille se termine.

— Chargez-vous des mages, ordonna Darrick. Assurez-vous que Vuldaroq ne puisse pas incanter. Ils semblent avoir échappé à l'ouragan qui a sévi à l'intérieur. Je prends les soldats.

— Les deux ? s'étonna Ren'erei.

— Sans problème, affirma le Lysternien.

— Entendu. Tenez-vous prêt.

Ren'erei fit signe à Aronaar. Les deux elfes se glissèrent dehors sans un bruit et disparurent aussitôt dans les buissons qui encadraient la porte. Darrick sonda les environs en quête d'autres Dordovans. Il n'en vit pas, mais dix mètres devant lui, au-delà de Vuldaroq et de sa garde rapprochée, la végétation touffue pouvait cacher beaucoup d'attaquants. Il était obligé de s'en remettre aux perceptions affûtées des elfes.

Il dégaina sa lame, vérifia son tranchant et observa. Vuldaroq parlait avec un de ses mages, qui se tourna et tendit un doigt vers la plage. Un trille résonna sur la gauche. Des cordes d'arc vibrèrent et deux des mages s'écroulèrent, une flèche dans l'œil.

Darrick partit au pas de course.

— Vuldaroq ! appela-t-il, détournant l'attention des Dordovans pendant une seconde cruciale.

Il parcourut rapidement la distance qui les séparait pendant que les soldats avançaient pour l'intercepter et que Vuldaroq et son dernier mage incantaient. Les cordes d'arc vibrèrent de nouveau. Le gros Seigneur de la Tour glapit de douleur quand une flèche se planta dans son épaule droite. Son acolyte n'eut pas autant de chance.

Darrick continua à courir, portant une attaque au premier soldat, qui para maladroitement, recula d'un pas sous l'impact et laissa échapper son épée. Un mètre plus loin, le Lysternien croisa le fer avec un jeune homme effrayé qui n'était pas prêt à se battre. Mais la compassion était un luxe qu'il ne pouvait s'offrir.

Gardant un œil sur le premier homme, qui se baissait pour ramasser son arme, Darrick fit décrire un arc de cercle horizontal à son épée. Son adversaire fit un bond en arrière, levant sa lame en une pathétique tentative de parade. Le Lysternien écarta sa lame, fit un pas en avant et l'embrocha proprement. Puis il repoussa son cadavre d'un coup de pied, libéra son épée et se tourna pour transpercer la poitrine du premier homme, qui ne s'était pas encore remis en garde. Le soldat tomba sur le dos en se tenant les côtes. Darrick se campa au-dessus de lui et lui enfonça sa lame dans le cœur.

Levant les yeux, il vit que Vuldaroq était en mauvaise posture. Ren'erei lui avait plaqué une dague sur la gorge et Aronaar regardait autour de lui, son arc bandé, en quête d'une éventuelle menace.

— Amenez-le ! ordonna Darrick.

Le trio de défenseurs regagna la sécurité relative de la maison en poussant Vuldaroq sans ménagement.

— Vous me paierez ça, Darrick, cracha le gros mage. D'abord, vous désertez, et maintenant, vous trahissez votre Collège. Vous vous balancerez au bout d'une corde. J'y veillerai !

Darrick se retourna et tordit son bras droit blessé, lui arrachant un gémissement.

— Un mot de plus et je vous saigne comme un pourceau. Votre alliance contre nature avec les Ailes Noires est la cause de ce désastre. À présent, vous allez faire ce que je vous dirai. C'est compris ?

Vuldaroq avait peur, il le voyait. Son visage était livide, et de la sueur dégoulinait de son front. Pour ponctuer ses paroles, Darrick saisit la hampe de la flèche plantée dans son épaule et la fit tourner dans la plaie.

Le Dordovan couina comme un porc qu'on égorge.

— C'est bien compris ?

Vuldaroq hocha la tête.

Ils remontèrent rapidement le couloir, se frayant un chemin parmi les cadavres et les débris qui jonchaient le sol. Le vacarme augmentait à chacun de leurs pas. Darrick piquait les reins de leur prisonnier avec son épée, tandis que Ren'erei et Aronaar les précédaient vers la salle de bal.

Ils y découvrirent des corps immobiles de Protecteurs et des mages prostrés sur le sol.

— Couvrez-les, Aronaar, ordonna Darrick. Venez, Ren'erei, allons mettre un terme à cette folie.

Erienne survola la conscience de Lyanna, sentit sa tension et sa douleur et les dissipa doucement. Elle s'enfonça plus profondément dans l'esprit de sa fille, jusqu'au noyau de sa magie, où le mana se tordait et pulsait, et suivit ses tentacules jusqu'à l'endroit où ils dévoraient son corps, sapaient ses forces et la détruisaient. Elle s'efforça de détacher les plus proches, mais ils se tendirent brusquement vers elle, et elle recula comme si elle venait de recevoir une gifle mentale.

Elle se reprit rapidement et avança de nouveau en se remémorant les termes de la prophétie.

La mère pourra enrayer la destruction intérieure en offrant son esprit au pouvoir qui la provoque et en acceptant comme sienne la mort promise à l'Innocent. Elle devra se sacrifier pour que son enfant échoue.

Erienne se rapprocha. Au centre de l'esprit de Lyanna, un monstre aspirait son mana, se repaissait de son énergie vitale et l'assimilait pour alimenter ses propres forces. Il n'avait qu'un seul objectif : la mort de son hôte.

Les Dordovans l'avaient réveillé, Lyanna l'avait nourri involontairement et les Al-Drechars n'avaient pas réussi à la protéger. À présent, la fillette faiblissait à vue d'œil. Son dernier éclat avait libéré un pouvoir destructeur qui se retournait contre elle et menaçait d'étouffer son esprit.

Erienne se concentra et bondit vers le monstre, qui ouvrit ses griffes pour l'accueillir.

Non, maman.

Lyanna ?

Tu ne dois pas te battre contre lui. Il est méchant.

Mais il est en toi, ma chérie, et si je ne l'en fais pas sortir, tu mourras.

Si tu te bats contre lui, il te tuera aussi.

Je sais, ma chérie. Mais je serai toujours là, en toi pour t'aider pendant que tu grandiras.

Non. Erienne sentit couler les larmes de sa fille. *Je ne veux pas que tu meures.*

Il y a un autre moyen, dit une voix qu'elle identifia aussitôt.

Ephemere, sortez de l'esprit de ma fille !

Erienne, n'avez-vous pas encore compris ? Ce n'est pas l'esprit de votre fille : c'est celui de l'Unique. Le construct de mana qui nous appartient à tous.

Le cœur de la jeune femme battit la chamade.

Que voulez-vous dire ?

L'Unique ne ressemble pas à la magie collégiale. Il a une forme. C'est une entité qui, une fois réveillée, fusionne avec l'esprit d'un mage pour apporter l'harmonie. À présent, il est réveillé, et il ne peut pas rester là.

Pourquoi ?

Erienne éprouva une brève confusion avant de comprendre ce qu'impliquaient les paroles d'Ephemere. Son sang se glaça dans ses veines.

Ne lui faites surtout pas de mal, vieille sorcière, ou par les dieux, je jure que je vous tuerai de mes propres mains.

Lyanna ne sent plus la douleur. Mais son corps est trop jeune pour contenir ce qui a été éveillé en elle. Nous avons tenté de le lui apprendre et de la rendre plus forte. Elle n'a tout simplement pas la maturité physique nécessaire pour contenir l'esprit de l'Unique.

Je peux la sauver, Ephemere. La prophétie était très précise. Retirez-vous et laissez-moi faire.

Tinjata s'est trompé. Il n'a pas su interpréter correctement les signes. Vous êtes ici parce que vous êtes la mère de l'enfant. Parce que vous seule avez l'empathie dont l'Unique a besoin pour survivre, maintenant que l'Innocent ne le peut plus. C'est ce que vous venez de lui offrir. Je pensais que vous aviez compris, Erienne.

Compris quoi ?

Ma chère Erienne, nous ne vous avons pas laissé pénétrer dans son esprit pour la sauver.

Hirad bloqua le coup de justesse, la pointe de l'épée dordovane effleurant sa joue. Il plongea en avant avec une vivacité qui surprit son adversaire, le forçant à reculer d'un bond et à brandir son épée pour écarter celle du barbare.

Derrière, les autres intrus se massaient, et les Ravens n'avaient plus nulle part où fuir. Denser et Ilkar n'étant pas en état d'incanter, ils ne pouvaient plus compter sur aucun renfort, et Hirad se fatiguait vite. Près de lui, l'Inconnu grognait à chaque coup. Un Protecteur était tombé. Aeb et deux autres étaient blessés, et les Dordovans se relayaient pour épuiser leurs adversaires.

Hirad chercha une brèche du regard et frappa. Le soldat qu'il visait recula pour esquiver, puis contre-attaqua. Le barbare s'accroupit, se releva et abattit son épée sur le dos du Dordovan, qui s'écroula. Hirad regarda par-dessus la tête de ceux qui le suivaient, s'efforçant d'évaluer leur nombre. Il y en avait trop. Beaucoup trop.

— Inconnu ? appela-t-il en empoignant son épée à deux mains pour dévier une lame qui visait sa tête.

Il écarta l'arme ennemie et ramena la sienne devant lui d'un revers du poignet. Son adversaire bondit en arrière pour ne pas être éventré.

— Continue, ordonna le colosse, bien qu'il soit à bout de souffle, le désespoir perçant dans sa voix. Garde la foi.

Sur sa gauche, Aeb abattit sa hache sur le plastron d'un Dordovan, qui s'écroula dans les jambes de ses camarades. L'adversaire d'Hirad était déséquilibré : le barbare en profita pour lui trancher la gorge. L'homme s'effondra, la carotide pissant le sang. Aussitôt, des mains le traînèrent sur le côté, et un autre soldat avança pour prendre sa place.

Les muscles endoloris et les poumons en feu, Hirad rugit pour s'éclaircir les idées et se jura qu'il ne céderait pas sous la pression.

Darrick n'était pas d'humeur à attendre. Derrière la mêlée, il regardait les forces dordovanes avancer inexorablement. Au-dessus de leur tête, il voyait l'épée d'Hirad se lever et retomber, bloquer et riposter. Mais il devinait aussi la tournure que prenait le combat et savait que ses amis ne tarderaient plus à succomber.

— Rappelez vos hommes, ordonna-t-il.

Vuldaroq garda le silence.

— Ren'erei, nous devons attirer leur attention. Tirez jusqu'à ce qu'ils vous remarquent.

L'elfe soupira, banda son arc et lâcha sa flèche, qui alla s'enfoncer dans la nuque d'un Dordovan. Le soldat bascula sur ses camarades.

— Rappelez vos hommes, répéta Darrick. (La pointe de son épée s'enfonça un peu plus dans les reins de Vuldaroq ; de sa main libre, il empoigna la flèche plantée dans son épaule.) Si mes amis meurent, vous ne leur survivrez pas. Je vous en fais le serment.

Ren'erei tira une deuxième fois. Un autre soldat s'écroula, et les survivants de la dernière ligne se tournèrent vers cette nouvelle menace. Certains firent mine de charger. Ren'erei encocha une troisième flèche et banda son arc. Darrick plaqua sa lame sur la gorge de Vuldaroq et leva sa main libre pour arrêter les Dordovans.

— À vous de choisir, mon gros, chuchota-t-il. Ou nous vivons tous ou nous mourons tous.

Hirad capta un mouvement, à l'arrière des forces ennemies, mais il ne put pas vraiment voir ce qui l'avait provoqué. Des soldats se détournaient. Les cris d'encouragement se transformèrent en avertissements.

Puis la pression se relâcha.

— Venez, Ravens ! rugit-il.

Même si l'Inconnu était le seul encore près de lui, les Protecteurs ne se firent pas prier pour reprendre l'invitation à leur compte. Ils jaillirent en avant.

Hirad voulut transpercer la poitrine d'un soldat. Les anneaux de sa cotte de mailles déviérent la lame, mais s'enfoncèrent sous l'impact, coupant le souffle de l'homme, qui ne put bloquer l'attaque suivante. Le barbare l'embrocha. Près de lui, l'Inconnu abattit son épée sur le casque d'un Dordovan. La lame d'Aeb siffla dans l'air, comme elle l'avait fait toute la journée, et trancha la gorge d'un ennemi.

Des cris retentirent devant eux. Hirad crut entendre l'ordre de rompre le combat et voir leurs adversaires reculer. Il voulut en profiter, mais la voix de Darrick l'arrêta net dans son élan :

— Hirad, ne bouge plus !

Étonné, le barbare se pétrifia.

— Repos ! cria l'Inconnu.

Les Protecteurs s'immobilisèrent.

Les Dordovans battirent en retraite dans la salle à manger. Ils étaient encore une vingtaine, peut-être davantage. Haletant, en sueur et enchanté de ce répit, Hirad les regarda s'écarter devant lui. Vuldaroq avança, la lame de Darrick sur le cou, flanqué de Ren'erei prête à tirer.

Hirad sourit. Il allait prendre la parole lorsque Erienne revint à elle en hurlant.

Elle jaillit hors de l'esprit de Lyanna, folle de rage. Elle devait avertir Denser, d'une façon ou d'une autre. Mais les tentacules se tendaient vers elle, et à chaque battement de cœur, le monstre l'envahissait un peu plus, laissant mourir Lyanna.

Car il se nourrissait d'elle tel un parasite. En la maintenant en vie, il lui avait pompé tout ce qu'il pouvait avant de la rejeter pour se trouver un nouvel hôte. Et les Al-Drechars n'avaient pas voulu courir le risque de perdre ce qu'elles avaient cultivé en Lyanna. Elles l'avaient donc transféré dans un corps et un esprit mieux préparés à l'accueillir. Une combinaison parfaite !

Erienne lutta contre le monstre qui l'envahissait et lui montrait les miracles qu'ils pourraient accomplir ensemble. Mais elle ne voulait pas de son pouvoir : elle désirait que son enfant vive.

Ses paupières s'ouvrirent, son cœur cognant à tout rompre dans sa poitrine. Elle baissa les yeux vers Lyanna. La fillette était inerte…

Erienne massa frénétiquement les bras de l'enfant, sa poitrine et son dos, l'implorant de respirer, suppliant les dieux de faire battre son pouls.

Malgré la cacophonie qui résonnait dans sa tête, elle eut vaguement conscience que Denser l'appelait. Elle posa Lyanna sur le sol, repoussa les mains qui la secouaient, et colla sa bouche contre celle de sa fille pour lui souffler dans les poumons. Mais elle n'entendit qu'un rugissement, dans son esprit, et une voix chuchotant qu'il était trop tard.

Lentement, elle releva la tête, écarta les cheveux collés sur le front de Lyanna, vit ses propres larmes couler sur les joues rondes de la fillette et caressa de ses doigts tremblants ses lèvres qui bleuissaient déjà.

— Ma pauvre petite fille… Je suis désolée.

Les bras de Denser l'enveloppèrent. Le silence revint dans sa tête, le rugissement se dissipant.

— Lâche-moi, dit-elle calmement.

Denser obéit. Elle bondit sur ses pieds, tira le couteau passé à sa ceinture et plongea sur Ephemere, enfonçant la lame dans la poitrine de l'Al-Drechar.

— Assassin ! hurla-t-elle. Assassin !

Des bras puissants la ceinturèrent mais elle se débattit.

— Vous l'avez tuée, salope ! Vous l'avez tuée !

Elle faillit réussir à se libérer, mais d'autres mains l'empoignèrent, et quelqu'un lui arracha son couteau.

Le visage de Denser apparut devant le sien. Il lui passa un bras autour du cou et l'attira vers sa poitrine.

— Elles ont tué mon bébé ! Elles ont tué mon bébé ! cria Erienne.

Puis elle perdit connaissance.

Hirad tremblait. Il ne comprenait pas. Lyanna était morte et Erienne venait de poignarder Ephemere sous les yeux des autres Al-Drechars, trop sonnées ou trop affaiblies pour intervenir. L'Inconnu l'avait entraînée loin d'elles, et Aeb l'avait délestée de son couteau.

Le barbare se retourna, son épée ensanglantée à la main. Ilkar était assis sur le sol, à demi conscient. Les soldats dordovans s'occupaient de leurs blessés en jetant des regards méfiants aux Protecteurs, leurs seuls adversaires encore prêts à se battre.

Hirad prit une inspiration laborieuse. Denser pleurait, Erienne dans les bras. Il l'avait conduite jusqu'à une chaise. La magicienne sur les genoux, il restait assis sans prêter attention à ceux qui l'entouraient.

Le barbare se tourna vers Darrick, qui tenait toujours son épée plaquée sur la gorge de Vuldaroq.

— Merci, parvint-il à dire malgré son terrible sentiment d'échec.

Darrick haussa les épaules. Dans la salle à manger, les Dordovans, hébétés et silencieux, ne semblaient même pas remarquer que Ren'erei et Aronaar les tenaient en joue.

— Ça n'a plus vraiment d'importance, pas vrai ? lâcha le Lysternien.

Hirad secoua la tête. Il baissa les yeux sur le petit corps sans vie de Lyanna, et sur la dépouille ensanglantée d'Ephemere. Myriell et Cleress l'entouraient, les yeux clos, chacune tenant une de ses mains.

Vuldaroq se racla la gorge.

— Ça ne vous ennuierait pas d'écarter ça ? demanda-t-il en désignant la lame de Darrick. Il semble évident que je ne suis plus un danger pour vous.

— Hirad ?

— On ne peut pas le tuer, de toute façon, alors autant le laisser filer, répondit le barbare.

Darrick rengaina son épée et Vuldaroq se détendit.

Hirad se tourna vers l'Inconnu. Le regard du colosse était rivé sur Lyanna.

— Inconnu ?

— Tout ça pour rien... Pauvre gamine. Elle n'a jamais eu de chance.

— Mais nous devions essayer, dit le barbare.

— Elle était condamnée depuis le début, pas vrai ? (L'Inconnu désigna les Al-Drechars.) Et elles le savaient.

— Et maintenant ? demanda Hirad.

L'Inconnu leva vers lui des yeux embués de larmes.

— D'abord, je suggère que les Dordovans ramassent leurs blessés, enterrent leurs morts et fichent le camp. La bataille est terminée. Ensuite… Franchement, je n'en sais rien.

Un mouvement, à la périphérie de la vision d'Hirad, le força à se retourner. Un homme – si tant est qu'il méritât encore ce qualificatif – se frayait un chemin parmi les Dordovans massés devant la porte de la cuisine. Il vacillait. Du sang coulait d'une blessure mal pansée, sur sa jambe, et son œil unique était vitreux.

— Selik ! grogna Hirad en brandissant son épée. Voilà quelqu'un qui ne s'en tirera pas vivant. (Il courut vers l'Aile Noire.) Défends-toi. Je détesterais abattre un homme désarmé.

Selik tira sa lame du fourreau et fit signe aux Dordovans de s'écarter.

— Tu ne m'auras pas si facilement.

Mais l'Inconnu s'interposa entre eux.

— Non, Hirad. La bataille est terminée. Ce serait un meurtre.

Le barbare bouillait d'envie de tuer l'Aile Noire. Mais l'Inconnu soutint son regard et insista doucement :

— Hirad, nous avons un code d'honneur.

— Exact. (Le barbare rengaina son épée et tendit un doigt vers Selik.) Un jour, l'Inconnu ne sera pas là, et je t'attendrai. Souviens-t'en chaque matin, à ton réveil.

Selik cracha à ses pieds.

— L'honneur… C'est ce qui causera ta perte, Cœurfroid. Et maintenant, Vuldaroq, quand allons-nous quitter cette île maudite ?

— Viens avec moi, Hirad, dit l'Inconnu.

L'après-midi touchait à sa fin et la situation avait radicalement changé. Les Dordovans avaient regagné leurs bateaux, emmenant Selik et leurs blessés. On pouvait douter que l'Aile Noire atteigne Balaia vivant, mais le barbare espérait que ce serait le cas. Il tenait à le tuer lui-même.

Une fois encore, Ilkar veillait sur Thraun. Bientôt, ils devraient réveiller le métamorphe, et voir s'il était un homme ou un loup dans son corps hybride. Denser avait emmené Erienne dehors, sous la douce lumière du soleil. Il l'avait allongée sur l'herbe, près des tombes, pour qu'elle se repose sous un SoinChaleur. Le sort n'apaiserait pas son esprit, mais il permettrait à son corps de se remettre du traumatisme. Quant à Darrick, il devait ruminer dans son coin, repassant en boucle ses erreurs tactiques et se demandant ce qu'il aurait pu faire autrement. Ailleurs, les six Protecteurs survivants, dont Aeb, conduisaient une cérémonie funéraire pour leurs frères morts.

Clopinant près d'Hirad, l'Inconnu l'entraîna hors des décombres de la maison et sur le chemin qui descendait vers la plage.

— Tu crois qu'elle s'en remettra ? demanda-t-il.

— Erienne ?

— Qui d'autre ? Perdre un enfant, dans quelques circonstances que ce soit, doit être terrible. Et ça lui est arrivé *deux* fois. D'abord les jumeaux et maintenant Lyanna.

— Nous serons là pour elle, affirma Hirad.

— Ça va sans dire, mais elle aura besoin de beaucoup plus que ça. Tous ses enfants sont morts. Son esprit doit être brisé. Elle se considérera comme la plus mauvaise mère du monde, et je doute que quiconque puisse la convaincre du contraire. Lyanna était son univers.

— Denser sera la clé, n'est-ce pas ? Il est le seul qui puisse vraiment partager son chagrin, comprendre ce qu'elle traverse et lui redonner confiance en elle.

— Lui aussi aura besoin de notre aide. Les semaines à venir seront difficiles. Surtout pour Erienne et Denser. Mais nous devrons tous faire preuve de patience et de tolérance. Toi compris.

— J'avais pigé..., fit Hirad.

Ils continuèrent à marcher. L'Inconnu avait le regard lointain. Le barbare doutait qu'il l'ait emmené se promener simplement pour lui conseiller de surveiller sa langue.

— Qu'y a-t-il ?

— Sens-tu ceux qui ont le plus besoin de toi ?

— Que veux-tu dire ?

— As-tu l'intime conviction qu'ils sont vivants et qu'ils t'attendent ?

— Je suppose que oui... Disons que si Sha-Kaan était mort, je le saurais.

— Donc, il ne l'est pas ?

— Non. En réalité, il se peut même qu'il apprécie le climat d'Ornouth. Cette chaleur et cette humidité... Ça ressemble plus à Beshara que les montagnes où il a vécu ces dernières années.

— Je l'espère pour lui.

— Tu penses à Diera et à Jonas, pas vrai ?

L'Inconnu s'arrêta et s'assit sur le tronc d'un arbre mort.

— J'aimerais savoir s'ils vont bien.

— Nous serons bientôt chez nous.

— Pas assez tôt ! Je voudrais le savoir maintenant, tout de suite.

Hirad continua son chemin et entendit le colosse boiter derrière lui.

— Et tu t'attendais à les sentir en toi ? demanda-t-il après une pause.

— C'est idiot, hein ?

— Pas du tout. (Il ralentit et passa un bras autour des épaules du colosse.) Je suis sûr qu'il ne leur est rien arrivé de fâcheux. Tomas aura veillé sur eux.

Ils atteignirent la plage. Myriell et Ren'erei se tenaient au bord de l'eau, fixant l'horizon. L'Al-Drechar se retourna quand ils s'approchèrent d'elles.

— Alors, les Ravens, lança-t-elle d'une voix lasse, pourquoi êtes-vous si maussades ?

— Nous n'avons pas l'habitude d'échouer, répondit Hirad.

— D'échouer ? répéta Myriell. Qui a dit que vous aviez échoué ?

— Lyanna est morte ! cria l'Inconnu. Nous étions venus ici pour la sauver. Ça s'appelle un échec...

— Je comprends que vous le pensiez. Et je comprends aussi la réaction d'Erienne. Nous sommes également tristes d'avoir perdu deux de nos sœurs. Mais Lyanna était une enfant très spéciale et elle ne disparaîtra jamais vraiment. Seul son corps est au repos.

— De quoi parlez-vous ? demanda Hirad. Vous l'avez tuée, n'est-ce pas ?

— Elle était déjà morte. Vous devez me croire.

— C'est Erienne que vous devrez convaincre, pas nous.

— Je sais. Mais vous devez comprendre que vous n'avez pas échoué. Loin de là. Croyez-moi, vous avez fourni un sauveur à ce monde. Et il en aura bien besoin.

— Je ne vous suis pas.

— Erienne. Il faudra protéger ce qu'elle porte en elle. Une chance pour nous que les Dordovans aient cru leur travail achevé avec la mort de la pauvre Lyanna. L'Unique est une puissance qui ne saurait être autorisée à disparaître. Pas encore. J'aurais du mal à vous le décrire en des termes compréhensibles, mais la trame de la magie et des dimensions est tendue à craquer. Elle est sortie de son alignement naturel, et l'Unique seul l'empêche de se déchirer. Jusqu'à ce que cette trame retrouve son état normal, l'Unique sera nécessaire à la survie de tous – y compris de ceux qui le prennent pour une force maléfique.

— Donc, si Erienne meurt, le monde mourra avec elle ? demanda Hirad.

— Non. Un nouvel ordre s'instaurerait sans aucun doute, mais le chaos qui régnerait sur Balaia et dans l'espace interdimensionnel ressemblerait fort à la fin du monde pour ceux qui en seraient les témoins. Pour l'instant, il est infiniment préférable de préserver l'Unique. Croyez-moi.

— Je vois…

— Pas encore, mais ça viendra, promit Myriell. Et maintenant, jeunes gens, voudriez-vous me ramener à la maison ? Je suis si fatiguée…

— Jeunes gens ? répéta Hirad, faussement incrédule. Elle ne peut pas parler de toi, Inconnu.

— Tu te souviens ce que je t'ai dit à propos de mon poing ? menaça le colosse.

Ils hissèrent la vieille elfe sur leurs mains croisées et remontèrent vers la maison.

• • • SAGIM • CANALE • • •

Achevé d'imprimer en août 2003
sur presse Variquik
à Courtry 77181

Imprimé en France

Dépot légal : Août 2003
N° d'impression : 6759